El ministerio de la felicidad suprema

Arundhati Roy

El ministerio de la felicidad suprema

Traducción de Cecilia Ceriani

EDITORIAL ANAGRAMA
BARCELONA

Título de la edición original:
The Ministry of Utmost Happiness
Hamish Hamilton
Londres, 2017

Ilustración: Two Associates, fotos © Mayank Austen Soofi

Primera edición: octubre 2017

Diseño de la colección: Julio Vivas y Estudio A

Pedró de la Creu, 58
08034 Barcelona

ISBN: 978-84-339-7993-3
Depósito Legal: B. 18375-2017

Printed in Spain

Liberdúplex, S. L. U., ctra. BV 2249, km 7,4 - Polígono Torrentfondo
08791 Sant Llorenç d'Hortons

Para
los Desconsolados

Lo que quiero decir es que todo depende de tu corazón...

NAZIM HIKMET

A la hora mágica, cuando el sol se ha ido pero su luz no, un ejército de zorros voladores se descuelga de las ramas de los banianos del viejo cementerio y sobrevuela como una nube de humo la ciudad. Cuando los murciélagos se van, los cuervos vuelven al hogar. Ni siquiera todo el alboroto de su regreso logra llenar el silencio que han dejado los gorriones ausentes y los buitres dorsiblancos que han sido barridos de la tierra después de custodiar a los muertos durante más de cien millones de años. Los buitres murieron envenenados con diclofenaco. El diclofenaco es un relajante muscular, una especie de aspirina para las vacas, que se les administra para reducir sus dolencias e incrementar la producción de leche, pero actúa (actuó) sobre los buitres como un gas nervioso. Las vacas y las búfalas que producían abundante leche y que murieron químicamente relajadas se convirtieron en carroña envenenada para los buitres. A medida que las vacas se volvían mejores máquinas de producción y que la ciudad consumía más helados, caramelos de azúcar y mantequilla, barritas Nutty Buddy y chips de chocolate, y a medida que se bebían más batidos de mango, los buitres empezaron a doblar el pescuezo como si estuviesen cansados y les costara mantenerse despiertos. Del pico les caían hilillos de baba plateada. Uno a uno, fueron desplomándose, muertos, de las ramas de los árboles.

No fueron muchos los que notaron la desaparición de esas antiguas y amigables aves. Había tantísimas cosas con las que ilusionarse.

1. ¿ADÓNDE VAN A MORIR LOS PÁJAROS VIEJOS?

Ella vivía en el cementerio como si fuese un árbol más. Al alba veía a los cuervos partir y a los murciélagos regresar. Al anochecer, hacía lo contrario. Entre turno y turno, departía con los fantasmas de los buitres que vagaban por sus ramas más altas. Sentía la suave opresión de sus garras como un dolor en un miembro amputado. Llegó a la conclusión de que no eran tan infelices por haberse despedido y ausentado de la historia.

Nada más mudarse allí, soportó meses de crueldad gratuita como lo haría cualquier árbol, sin inmutarse. No se volvió para ver cuál era el niño que le había lanzado una piedra, no alargó el cuello para leer los insultos garabateados en su corteza. Cuando la gente se mofaba de ella (llamándola «payasa sin circo, reina sin palacio»), dejaba pasar el agravio entre sus ramas como si fuese una brisa y el susurro que esta levantaba entre las hojas era la música que le servía de bálsamo para aliviar su dolor.

Solo cuando Ziauddin, el imán ciego que una vez dirigiera los rezos de la Fatehpuri Masjid, se hizo amigo suyo y empezó a visitarla, el vecindario decidió que ya era hora de dejarla en paz.

Tiempo atrás un hombre que sabía inglés le dijo que su

nombre escrito al revés (en inglés) era Maynu. En la versión inglesa de la historia de Laila y Maynu, Maynu se llamaba Romeo y Laila, Julieta. Aquello le pareció gracioso.

–¿Quieres decir que soy un *khichdi* de sus historias? –preguntó–. ¿Qué harán cuando descubran que en realidad Laila podría ser Maynu y que Romi era Juli?

La siguiente vez que se encontraron, el Hombre Que Sabía Inglés le dijo que se había equivocado. Que su nombre escrito al revés sería Muyna, que no era ningún nombre y que no quería decir nada. A lo que ella respondió:

–No importa. Yo soy todos ellos, soy Romi y Juli, soy Laila y Maynu. Y, ¿por qué no?, Muyna. ¿Quién dijo que mi nombre es Anyum? No soy Anyum, soy Anyuman, soy un *mehfil*, una reunión. De todos y de nadie, de todo y de nada. ¿Hay alguien más a quien te gustaría invitar? Están todos invitados.

El Hombre Que Sabía Inglés le dijo que esa era una idea muy ingeniosa. Dijo que a él jamás se le hubiese ocurrido. Ella respondió:

–¿Cómo se te iba a ocurrir con tu nivel de urdu? ¿Qué te crees? ¿Que eres inteligente solo por saber inglés?

Él se rió. Ella se rió de su risa. Compartieron un cigarrillo con filtro. Él se quejó del tamaño de los cigarrillos Wills Navy Cut. Demasiado finos y cortos, demasiado caros para lo que eran. Ella contestó que los prefería a los Four Square o a los Red & White, tan masculinos.

Ya no recordaba cómo se llamaba aquel hombre. Quizá nunca lo supo. Hacía tiempo que el Hombre Que Sabía Inglés se había marchado, al lugar adonde tuviera que irse. Y ella vivía en el cementerio, detrás del hospital público. Su única compañía era un armario metálico de la marca Godrej, donde guardaba su música (discos rayados y cintas), un viejo armonio, ropa, joyas, los libros de poesía de su padre, sus álbumes de fotos y unos pocos recortes de prensa que habían sobrevivido al fuego de la Jwabgah. Llevaba la llave del armario colgada al cuello con un cordel negro junto a su mondadientes de plata curvado. Dormía sobre una raída alfombra persa que guardaba bajo llave durante el día y desenrollaba entre dos tumbas cuando llegaba la noche (como gracia, nunca repetía dos noches seguidas las mismas tumbas). Todavía fumaba. Todavía Navy Cut.

Una mañana, mientras le leía el periódico en voz alta al viejo imán, este, al ver que no le estaba prestando atención, le preguntó de pasada:

–¿Es verdad que a los indios que son como tú no los incineran sino que los entierran?

Viendo venir el problema, contestó con evasivas.

–¿Verdad? Verdad, ¿qué? ¿Qué es la Verdad?

Resistiéndose a que desviaran su línea de interrogatorio, el imán farfulló una respuesta mecánica.

–*Sach Khuda hai. Khuda hi Sach hai.* –La Verdad es Dios. Dios es la Verdad. Era la típica muestra de sabiduría que podía verse pintada en la parte trasera de los camiones que rugían por las autopistas. Entonces, el imán entrecerró sus ojos verdiciegos y preguntó en un susurro verditalmado–: Dime, cuando muere la gente como tú, ¿dónde os entierran? ¿Quién lava vuestros cuerpos? ¿Quién eleva las plegarias?

Durante un largo rato, Anyum permaneció en silencio. Después, se inclinó hacia delante y contestó también con un susurro nada arbóreo:

–Dígame, imán sahib, cuando las personas hablan de los colores, del rojo, del azul, del naranja, cuando describen el cielo al atardecer o la salida de la luna durante el Ramadán, ¿qué pasa por su mente?

Después de herirse ambos de esa forma tan profunda y casi mortal, se mantuvieron callados, uno junto al otro, sentados sobre la tumba soleada de alguien, desangrándose. Finalmente, fue Anyum quien rompió el silencio.

–Dígamelo usted –dijo–. Usted es el imán sahib, no yo. ¿Adónde van a morir los pájaros viejos? ¿Se precipitan sobre nosotros como piedras caídas del cielo? ¿Tropezamos con sus cadáveres en las calles? ¿No cree que el Todopoderoso, el Omnisciente que nos puso en este mundo habrá hecho los arreglos pertinentes para nuestra partida?

Aquel día la visita del imán concluyó más temprano de lo habitual. Anyum lo observó marcharse, tan-tan-tanteando el camino entre las tumbas, sacando música con su bastón de ciego de las botellas de alcohol vacías y de las jeringuillas usadas que salpicaban su recorrido. No le detuvo. Sabía que volvería. No importaba su complicado disfraz, Anyum reconocía la soledad nada más verla. Tenía la sensación de que, de un modo extraño y tangencial, el imán necesitaba su sombra tanto como ella necesitaba la de él. Y la experiencia le había enseñado que la Necesidad era un almacén que podía acumular una cantidad considerable de crueldad.

Aunque la partida de Anyum de la Jwabgah había estado lejos de ser cordial, sabía que no podía revelar unos sueños y unos secretos que no le pertenecían solo a ella.

2. LA JWABGAH

Ella era la cuarta de cinco hijos, nacida una fría noche de enero a la luz de un farol (hubo un apagón) en Shahjahanabad, la ciudad amurallada de Delhi. Ahlam Baji, la comadrona que atendió el parto y la puso en brazos de su madre envuelta en dos chales, dijo: «Es un niño.» Dadas las circunstancias, su error era comprensible.

Ya en el primer mes de su primer embarazo, Yahanara Begum y su marido decidieron que, si era niño, lo llamarían Aftab. Tuvieron tres hijas, una tras otra. Durante seis años estuvieron esperando a su Aftab. La noche que dio a luz a un varón fue la más feliz en la vida de Yahanara Begum.

A la mañana siguiente, cuando el sol estaba alto y la habitación tibia y hermosa, la madre desenvolvió al pequeño Aftab. Inspeccionó sin prisas su cuerpecito (ojos nariz cabeza cuello axilas deditos de las manos deditos de los pies) con embeleso. Fue entonces cuando descubrió, rebuscando bajo sus partes varoniles, una parte pequeñita, informe, pero, sin lugar a dudas, femenina.

¿Es posible que una madre se aterrorice ante su propio bebé? Yahanara Begum estaba aterrorizada. Su primera reacción fue sentir que se le encogía el corazón y sus huesos se volvían cenizas. Su segunda reacción fue volver a mirar para asegurarse de no estar equivocada. Su tercera reacción fue apartarse de lo que había creado mientras se le retorcían las entrañas y un hilillo de mierda le caía por las piernas. Su cuarta reacción fue considerar la posibilidad de asesinar al bebé y después suicidarse. Su quinta reacción fue coger al bebé en brazos y estrecharlo contra su pecho mientras se precipitaba al abismo abierto entre el mundo que conocía y otros mundos de los que ni siquiera sabía su existencia. En medio del vacío, despeñándose en la oscuridad, todo aquello que había tenido por certeza hasta entonces, cualquier cosa, desde la más insignificante hasta la más importante, dejó de tener sentido para ella. En urdu, el único idioma que conocía, todas las cosas, no solo los seres vivos sino *todas* las cosas (alfombras, ropa, libros, bolígrafos, instrumentos musicales) tenían un género. Todo era masculino o femenino, macho o hembra. Todo menos su bebé. Sí, claro que sabía que existía una palabra para los que eran como él: *hijra*. De hecho, había dos: *hijra* y *kinnar*. Pero dos palabras no constituyen un lenguaje.

¿Era posible vivir fuera del lenguaje? Por supuesto que esa pregunta no surgió en su interior con palabras ni la expresó con una frase única y lúcida. Surgió en su interior como un aullido embrionario y mudo.

Su sexta reacción fue lavarse y decidir no contárselo a nadie por el momento. Ni siquiera a su marido. Su séptima reacción fue tumbarse junto a Aftab y descansar. Como hizo el Dios de los cristianos después de crear el Cielo y la Tierra. Solo que Dios descansó después de dar sentido al mundo que había creado y Yahanara Begum descansó después de que aquello que ella había creado trastocara su sentido del mundo.

Después de todo, no era una auténtica vagina, se dijo para sus adentros. Los conductos no estaban abiertos (lo había comprobado). No era más que un apéndice, cosas de los bebés. Puede que se cerrase o se curase o desapareciera como fuese. Ella rezaría en todos los lugares sagrados que conocía y le pediría misericordia al Todopoderoso. Él se la otorgaría. Estaba segura de que lo haría. Y quizá lo hizo, de una forma que ella no llegaría a comprender del todo.

El primer día que logró reunir fuerzas para salir, Yahanara Begum llevó al bebé Aftab al santuario construido sobre la tumba de un hombre santo, el *dargah* de Hazrat Sarmad Shahid, que quedaba a apenas diez minutos andando de su casa. Ella no conocía entonces la historia de Hazrat Sarmad Shahid y no tenía ni idea de por qué encaminó sus pasos tan decididamente en dirección a aquel lugar sagrado. Quizá fuese él quien la convocó. O quizá la atrajo la gente rara que había visto acampada por allí cuando solía pasar rumbo al Bazar Mina, ese tipo de gente que en su vida anterior ni siquiera se hubiese dignado mirar, a menos que se le cruzasen en el camino. De repente se convirtieron en la gente más importante del mundo.

No todos los visitantes del *dargah* de Hazrat Sarmad Shahid conocían la historia de aquel hombre santo. Algunos sabían parte de ella; otros, nada, y otros inventaban sus propias versiones. La mayoría sabía que era un mercader judío-armenio que había llegado a Delhi procedente de Persia en busca del amor de su vida. Pocos sabían que el amor de su vida era Abhay Chand, un joven hindú que había conocido en Sind. La mayoría sabía que había renunciado al judaísmo y abrazado el islam. Pocos sabían que su búsqueda espiritual le llevó con el tiempo a renunciar también al islam ortodoxo. La mayoría sabía que había vivido como un faquir desnudo en las calles de Shahjahanabad antes de ser ejecutado públicamente. Pocos sabían que la razón de esa ejecución no fue la ofensa resultante de su desnudez pública sino la ofensa resultante de su apostasía. El emperador de aquel entonces, Aurangzeb, convocó a Sarmad ante su corte y le pidió que demostrase que era un auténtico musulmán recitando la Kalima: *la ilaha illallah, Muhammad ur rasul Allah* (No hay más dios que Alá y Mahoma es su profeta). Sarmad permaneció de pie, desnudo, en la corte real del Fuerte Rojo ante un jurado de cadíes y ulemas. Las nubes se detuvieron en el cielo, los pájaros se congelaron en mitad del vuelo y dentro del fuerte el aire se tornó denso e impenetrable cuando comenzó a recitar la Kalima. Pero nada más empezar, se detuvo. Lo único que dijo fue la primera frase: *la ilaha*. No hay más dios. Eso era todo lo que podía recitar, dijo, hasta no haber completado su búsqueda espiritual y poder abrazar a Alá con toda su alma. Hasta que no llegase ese momento, dijo, recitar la Kalima sería simular un rezo. Aurangzeb, respaldado por los cadíes, ordenó la ejecución de Sarmad.

A raíz de esto sería erróneo inferir que aquellos que iban a presentar sus respetos a Hazrat Sarmad Shahid sin conocer su biografía lo hacían por pura ignorancia, sin consideración alguna por los hechos o la historia. Porque dentro del *dargah*, el espíritu rebelde de Sarmad, intenso, palpable y más auténtico que lo que pueda ser cualquier acumulación de hechos históricos, se aparecía a aquellos que iban en busca de su bendición. Se celebraba (pero nunca se predicaba) la virtud de la espiritualidad por encima del sacramento, de la simplicidad por encima de la opulencia y la virtud del amor extático y tenaz incluso ante la perspectiva de la aniquilación. El espíritu de Sarmad permitía que los que acudían a él tomaran su historia y la transformaran hasta hacer de ellos lo que ellos necesitaban que fuese.

Cuando Yahanara Begum se convirtió en una figura conocida en el *dargah,* escuchó (y después propagó) la historia de cómo Sarmad fue decapitado en la escalinata de la mezquita Jama Masjid, ante un verdadero mar de gente que lo amaba y que se había reunido para despedirse de él. O cómo la cabeza de Sarmad continuó recitando sus poemas de amor, incluso después de haberle sido cercenada del cuerpo, y cómo Sarmad recogió su cabeza parlante, con la misma naturalidad con la que un motorista recogería hoy su casco, subió las escaleras, entró en la Jama Masjid y después, con la misma naturalidad, fue directo al cielo. Yahanara Begum decía (a todo aquel que estuviera dispuesto a escucharla) que por eso en el diminuto santuario de Hazrat Sarmad (que se levanta como una lapa aferrada al pie de la escalinata oriental de la Jama Masjid, el lugar exacto donde su sangre derramada fue cayendo hasta formar un charco) el suelo es rojo, las paredes son rojas y el techo es rojo. Yahanara Begum decía que, a pesar de haber pasado más de trescientos años, nunca pudieron lavar la mancha de sangre de Hazrat Sarmad. Repetía que daba igual el color con el que pintaran su *dargah,* con el tiempo se volvía rojo de nuevo.

La primera vez que se abrió paso entre la multitud (vendedores de aceites esenciales o *ittars* y de amuletos, custodios de los zapatos de los peregrinos, tullidos, mendigos, personas sin hogar, cabras que estaban cebando para sacrificar en Eid y un grupo de eunucos silenciosos y ya entrados en años, que habían establecido su residencia bajo una lona impermeable junto al santuario) y entró en el diminuto recinto rojo, Yahanara Begum sintió que la inundaba la paz. Los ruidos de la calle se atenuaron hasta parecer que provenían de muy lejos. Se sentó en un rincón con su bebé dormido sobre el regazo y observó a la gente, a musulmanes así como a hinduistas, los veía entrar de uno en uno y de dos en dos, y atar hilos rojos, pulseras rojas y notitas de papel a la reja que rodeaba la tumba, suplicándole a Sarmad que los bendijera. Solo cuando notó la presencia de un anciano traslúcido, con la piel reseca como el papel y una barba rala que brotaba como hilos de luz, sentado en un rincón, meciéndose hacia delante y hacia atrás, llorando en silencio como si tuviese el corazón roto, solo entonces, Yahanara Begum permitió que fluyeran también sus propias lágrimas. *Este es mi hijo Aftab*, le susurró a Hazrat Sarmad, *lo he traído hasta ti. Cuídalo. Y enséñame a amarlo.*

Hazrat Sarmad lo hizo.

Durante los primeros años de la vida de Aftab, el secreto de Yahanara Begum se mantuvo a salvo. Mientras esperaba que la parte de niña de su hijo sanara, no se apartaba de él y lo protegía con fiereza. Incluso después de que naciese su siguiente varón, Saqib, no permitía que Aftab se alejase mucho de ella. Su comportamiento no fue considerado inusual en una madre que había esperado tanto y tan ansiosamente el nacimiento de ese hijo.

Cuando Aftab cumplió cinco años comenzó a acudir a la madrasa urdu-hindi para niños en Chooriwali Gali (en la calle del vendedor de brazaletes). Al año ya podía recitar buena parte del Corán en árabe, aunque no estaba claro cuánto entendía, algo que también podría decirse de los demás niños. Aftab era un alumno por encima de la media y ya desde muy joven quedó claro que tenía un don especial para la música. Cantaba con voz dulce y firme y podía reproducir una melodía con solo oírla una vez. Sus padres decidieron mandarlo a estudiar con Ustad Hameed Kan, un músico joven y excepcional que enseñaba música clásica indostánica a un grupo de niños en su populoso barrio de Chandini Mahal. El pequeño Aftab jamás faltó a una sola clase. Con nueve años cumplidos podía cantar veinte minutos largos de *bada jayal* en las diferentes escalas melódicas, los ragas *yaman*, *durga* y *bhairav* y lograba que su voz destacase tímidamente por encima de la monotonía de la nota *rekhab* de los ragas *pooriya dhanashree* como una piedra que rebota en la superficie de un lago. Podía cantar *chaitis* y *thumris* con el talento y la elegancia de una cortesana de Lucknow. Al principio le hacía gracia a la gente e incluso le animaban, pero pronto empezaron las burlas y las risillas de los demás niños: *Él es ella. Él no es él ni ella. Él es él y ella. Ella-Él. Él-Ella. ¡Ela! ¡Ela! ¡Ela!*

Cuando las burlas se volvieron insoportables, Aftab dejó de ir a las clases de música. Pero Ustad Hameed, que lo adoraba, se ofreció a darle clases particulares. Así que las clases de música continuaron, pero Aftab se negó a seguir yendo a la escuela. A esas alturas, Yahanara Begum había perdido casi todas las esperanzas. No había ningún indicio de cura. Había logrado posponer unos años la circuncisión de Aftab mediante una serie de ingeniosos pretextos. Pero le estaba llegando el turno de ser circuncidado al joven Saqib y la madre sabía que se le acababa el tiempo. Al final, hizo lo que tenía que hacer. Juntó coraje y se lo dijo a su marido. Se vino abajo y lloró de dolor y, a la vez, de alivio por tener, por fin alguien con quien compartir aquella pesadilla.

Su marido, Mulaqat Ali, era un *hakim*, un médico especializado en plantas medicinales, y un apasionado de la poesía urdu y persa. Toda su vida había trabajado para la familia de otro *hakim*, Hakim Abdul Majid, creador de un famoso elixir llamado Rooh Afza (que significa «Elixir del alma» en persa). Se suponía que el Rooh Afza era un tónico que estaba hecho de semillas de *khurfa* (verdolaga), uvas, naranjas, sandía, menta, zanahorias, un poco de espinaca, *kus kus* (semillas de amapola), loto, dos clases de lirios y un destilado de rosas de Damasco. Pero la gente descubrió que dos cucharadas grandes de aquel jarabe de color rubí brillante en un vaso de leche fría o simplemente de agua no solo se convertía en una bebida deliciosa sino que, además, era muy eficaz a la hora de combatir el abrasador verano de Delhi y las fiebres extrañas provocadas por los vientos del desierto. En un abrir y cerrar de ojos, lo que había nacido como una medicina pasó a ser el refresco más conocido de la comarca. Rooh Afza se convirtió en una empresa próspera y en una marca conocidísima. Dominó el mercado durante cuarenta años y el producto se exportó desde su casa central en la antigua Delhi a ciudades tan lejanas como Hyderabad, en el sur del país, y a países como Afganistán, en el oeste. Entonces llegó la Partición. En la nueva frontera entre India y Pakistán a Dios se le reventó la carótida y un millón de personas murieron a causa del odio. Los vecinos se enfrentaron como si nunca se hubiesen conocido, como si nunca hubiesen asistido a las bodas de los demás, como si nunca hubiesen cantado las canciones de los demás. La ciudad amurallada se quebró con violencia. Las viejas familias (musulmanas) huyeron. Llegaron las nuevas (hindúes) y se asentaron en las inmediaciones de las murallas. Rooh Afza sufrió un serio retroceso, pero pronto se recuperó y abrió una sucursal en Pakistán. Un cuarto de siglo después, tras el holocausto en Pakistán Oriental, abrió otra sucursal en el flamante país de Bangladesh. Pero finalmente, el Elixir del Alma que había sobrevivido a las guerras y al nacimiento sangriento de tres nuevos países fue derrotado, como muchas otras cosas en el mundo, por la Coca-Cola.

Aunque Mulaqat Ali era un empleado apreciado y de confianza de Hakim Abdul Majid, el salario que percibía no era suficiente para llegar a fin de mes. Por eso solía atender pacientes en su casa fuera del horario laboral. Yahanara Begum contribuía a los ingresos familiares tejiendo gorrillos gandhianos de algodón blanco que vendía al por mayor a los tenderos hindúes de Chandni Chowk.

Según Mulaqat Ali su linaje familiar entroncaba directamente con el emperador mongol Gengis Kan, ya que descendía de Chagatai, el segundo hijo del emperador. Poseía un detallado árbol genealógico pintado sobre un pergamino cuarteado y un baúl pequeño de hojalata lleno de papeles endebles y amarillentos que, según él, certificaban su afirmación y explicaban cómo los descendientes de los chamanes del desierto de Gobi, devotos del Eterno Cielo Azul, considerados en el pasado enemigos del islam, fueron los ancestros de la dinastía mogol que gobernó la India durante siglos y cómo la familia de Mulaqat Ali, descendientes de los mogoles suníes, se convirtieron en chiíes. De vez en cuando, quizá una vez cada pocos años, abría su baúl y le enseñaba los papeles a algún periodista que no solía prestar demasiada atención ni tomarle en serio. Como mucho, la larga entrevista merecía una mención maliciosa y jocosa en algún suplemento de fin de semana sobre la Vieja Delhi. Si el artículo era a doble página, podía incluir una foto de Mulaqat Ali junto a algunos primeros planos de platos de la gastronomía mogol, fotos tomadas desde lejos de mujeres musulmanas con sus burkas surcando las calles estrechas y mugrientas en rickshaws y, por supuesto, la foto panorámica obligatoria de miles de musulmanes tocados con sus gorritos de oración blancos, alineados en perfecta formación e inclinados durante el rezo en la Jama Masjid. Algunos lectores interpretaban dichas fotografías como una prueba del avance hacia el laicismo y la tolerancia del pluralismo religioso en la India. Otros las recibían con cierto alivio al ver que la población musulmana de Delhi parecía bastante conforme en su animado gueto. Sin embargo, otros las interpretaban como una prueba de que los musulmanes no deseaban «integrarse» y estaban ocupados multiplicándose y organizándose para volver a ser una amenaza para la India hinduista. La influencia de quienes defendían esta opinión crecía de forma alarmante.

Más allá de lo que apareciese o no apareciese en los periódicos, Mulaqat Ali, ya casi senil, siguió recibiendo a los visitantes en sus diminutas habitaciones con la trasnochada cortesía de un noble. Hablaba del pasado con dignidad, pero jamás con nostalgia. Describía cómo, en el siglo XIII, sus antepasados habían dominado un imperio que se extendía desde países ahora llamados Vietnam y Corea hasta nada menos que Hungría y los Balcanes, y desde el norte de Siberia hasta la meseta del Decán, en la India, el mayor imperio que haya existido jamás. Solía finalizar la entrevista recitando un pareado urdu de uno de sus poetas preferidos, Mir Taqi Mir:

Jis sar ko ghurur aaj hai yaan taj-vari ka
kal us pe yahin shor hai phir nauhagari ka

La testa de cuya corona hace hoy soberbia ostentación
aquí mismo mañana se ahogará en su aflicción.

La mayoría de sus visitantes, emisarios presuntuosos de una nueva clase dirigente, apenas conscientes de su arrogancia juvenil, no comprendían totalmente las segundas lecturas del pareado que acababa de ofrecérseles como un refrigerio, acompañado de una tacita del tamaño de un dedal de té dulce y espeso. Comprendían, por supuesto, que se trataba de un lamento por la caída de un imperio cuyas fronteras internacionales acabaron reducidas a un gueto mugriento, circunscrito por las ruinosas murallas de una ciudad vetusta. Y sí, se daban cuenta de que también era un comentario afligido por las penosas circunstancias del propio Mulaqat Ali. Lo que se les escapaba era que el pareado era un aperitivo malicioso, una *samosa*[1] pérfida, una advertencia envuelta en luto, ofrecida con falsa humildad por un erudito que tenía una confianza absoluta en el desconocimiento del urdu por parte de sus oyentes. El urdu era un idioma que,

1. Empanadilla de forma triangular, típica de la cocina del sur de Asia. *(N. de la T.)*

como casi todos los que lo hablaban, estaba cada vez más marginado.

La pasión de Mulaqat Ali por la poesía no era simplemente una afición al margen de su trabajo como *hakim*. Estaba convencido de que la poesía tenía propiedades curativas o que, al menos, era una gran ayuda para la cura de casi todas las dolencias. Recetaba poemas a sus pacientes de la misma forma que otros *hakims* recetaban remedios. Era capaz de extraer de su formidable repertorio el pareado apropiado para cada enfermedad, cada ocasión, cada estado de ánimo y cada cambio delicado en la situación política. Esa costumbre hacía que la vida a su alrededor pareciese más profunda y al mismo tiempo más difusa de lo que realmente era. La impregnaba de una leve sensación de parálisis, la sensación de que todo lo que ocurriese ya había ocurrido antes. De que ya había sido escrito, cantado, comentado y registrado en el inventario de la historia. Que nada nuevo era posible. Aquella podía ser la razón por la que los jóvenes cercanos a él solían huir, riendo tontamente, cuando intuían que estaba a punto de recitar un pareado.

Cuando Yahanara Begum le contó la realidad de Aftab, Mulaqat Ali, por primera vez en su vida, no encontró un pareado adecuado para la ocasión. Le llevó un rato superar la impresión inicial. Cuando lo hizo, regañó a su mujer por no habérselo dicho antes. Los tiempos han cambiado, dijo. Estamos en la Era Moderna. Estaba seguro de que existiría una sencilla solución médica para el problema de su hijo. Buscarían un médico en Nueva Delhi, lejos de las habladurías y del chismorreo de los mohallas o vecindarios de la ciudad vieja. El Todopoderoso ayuda a aquellos que se ayudan a sí mismos, le dijo a su mujer con cierta severidad.

Una semana después, ataviados con sus mejores galas, con un desdichado Aftab emperifollado con un traje pastún masculino de color gris acero, con un chaleco negro bordado, un gorrito y calzado con unas *jootis* con las puntas curvadas hacia arriba como góndolas, partieron rumbo a Nizamuddin Basti en un carruaje *tanga* tirado por caballos. El propósito aparente de aquel viaje era comprobar las cualidades de una posible novia para su sobrino Aijaz, hijo de Qasim, el hermano mayor de Mulaqat Ali, que se había mudado a Pakistán después de la Partición y trabajaba para la sucursal de Rooh Afza en Karachi. La verdadera razón era que tenían una cita con un tal doctor Ghulam Nabi, que se autodenominaba «sexólogo».

El doctor Nabi se vanagloriaba de ser un hombre franco, de carácter meticuloso y científico. Después de examinar a Aftab declaró que el niño no era, desde el punto de vista médico, un *hijra* (una mujer atrapada en un cuerpo masculino), aunque podría usarse dicho término por razones prácticas. Dijo que Aftab era un raro ejemplo de hermafroditismo con características tanto masculinas como femeninas, aunque aparentemente las características masculinas eran las dominantes. Dijo que podía recomendarles un cirujano que le cerraría la parte femenina, que se la cosería. También podía recetarle unas pastillas. Pero dijo que el problema no era solo superficial. Aunque estaba seguro de que el tratamiento sería de ayuda, aflorarían ciertas «tendencias *hijras*» que posiblemente nunca desaparecerían. *(Fitrat* fue la palabra que usó para «tendencias».) No podía garantizar un éxito completo. Mulaqat Ali, dispuesto a agarrarse a un clavo ardiendo, estaba eufórico. «¿Tendencias?», dijo. «Las tendencias no representan ningún problema. Todo el mundo tiene alguna tendencia... Las tendencias siempre pueden manejarse.»

A pesar de que, tras la visita al doctor Nabi, no obtuvieran garantías de solución para lo que Mulaqat Ali consideraba el mal de Aftab, aquello sirvió de gran ayuda para el desorientado padre. Le proporcionó coordenadas para establecer su posición, para estabilizar el barco que cabeceaba peligrosamente en un océano de desconcierto y sin ningún pareado al que aferrarse. A partir de entonces, podía convertir su angustia en un problema práctico y centrar su atención y sus energías en algo que entendía bien: ¿qué hacer para reunir el dinero necesario para la intervención quirúrgica?

Redujo los gastos de la casa y confeccionó listas de amigos y familiares a los que podía pedir dinero prestado. Al mismo tiempo, se embarcó en el proyecto cultural de inculcarle masculinidad a Aftab. Le transmitió su amor por la poesía y lo apartó del canto de los *thumris* y *chaitis*. Se quedó despierto hasta tarde contándole historias sobre sus antepasados guerreros y su valor en el campo de batalla. Los relatos no lograron conmover a Aftab. Pero cuando escuchó la historia de cómo Temujin (Gengis Kan) obtuvo la mano de su hermosa esposa Borte Katun, cómo ella fue secuestrada por una tribu rival y cómo Temujin tuvo que enfrentarse, prácticamente solo, a un ejército entero para rescatarla porque la amaba con locura, lo que Aftab sintió fue que le hubiera gustado ser ella.

Mientras sus hermanas y su hermano iban al colegio, Aftab pasaba las horas en el balconcito de su casa mirando Chitli Qabar, el diminuto santuario de la cabra manchada que fue famosa en vida por sus poderes sobrenaturales, y la ajetreada calle sobre la que se encontraba, que desembocaba en Matia Mahal Chowk. Aprendió rápidamente la cadencia y el ritmo del vecindario, compuestos esencialmente de una sarta de improperios *(me voy a follar a tu madre, anda a follarte a tu hermana, la polla de tu madre),* interrumpidos cinco veces al día por la llamada a la oración desde la Jama Masjid y desde muchas otras mezquitas más pequeñas de la ciudad vieja. Mientras, día tras día, Aftab mantenía su estricta vigilancia sobre nada en particular, la sombra de Gudu Bhai, el pescadero madrugador y mordaz que aparcaba su carro lleno de reluciente pescado fresco en el centro del mercado, se alargaba (con la misma regularidad que el sol sale por el este y se pone por el oeste) para caer sobre Wasin, el *naan khatai wallah*, cuya sombra se encogía a su vez sobre Yunus, el frutero bajito y enjuto, quien, a última hora de la tarde, proyectaba su sombra ancha e inflada sobre Hasan Mian, el corpulento vendedor del mejor *biryani* de cordero de Matia Mahal, cuyas porciones servía directamente de una enorme olla de metal. Una mañana de primavera Aftab vio a una mujer alta y de caderas estrechas que llevaba los labios pintados de un rojo brillante, sandalias doradas de tacón alto y una túnica *salwar kamiz* de raso verde satinado, que estaba comprando pulseras en el puesto de Mir, el vendedor de bisutería que también trabajaba como vigilante del santuario de Chitli Qabar. Todas las noches guardaba las pulseras dentro de la tumba antes de cerrar el santuario y el puesto. (Se las había ingeniado para hacer coincidir los horarios de ambos trabajos.) Aftab jamás había visto a nadie como aquella mujer alta de labios pintados. Bajó las empinadas escaleras corriendo, salió a la calle y la siguió discretamente mientras ella compraba manitas de cabra, guayabas, horquillas para el pelo y esperaba a que le arreglasen las cintas de unas sandalias.

Aftab quería ser como ella.

La siguió calle abajo hasta la Puerta de Turkman y se quedó un largo rato mirando la puerta azul por la que había desaparecido. A ninguna mujer común y corriente se le hubiera permitido pasearse por las calles de Shahjahanabad vestida así. Las mujeres comunes y corrientes de Shahjahanabad vestían burkas o, al menos, se cubrían la cabeza y todo el cuerpo, excepto manos y pies. La mujer a la que Aftab siguió podía vestirse como se vestía y pasearse como lo hacía solo porque no era una mujer. Fuera lo que fuese, Aftab deseaba ser como ella. Deseaba ser como ella incluso mucho más de lo que había deseado ser Borte, la Katun de los mongoles. Deseaba pasearse igual que ella, resplandeciente, delante de los puestos de carne donde colgaban los cadáveres desollados de cabras enteras como enormes murallas de carne; deseaba sonreír con afectación al pasar delante del Salón de Peluquería para Hombres Nuevo Estilo de Vida, donde Ilyaas, el peluquero, le cortaba el pelo a Liaqat, el carnicero joven y delgado, y se lo abrillantaba con Brylcreem. Deseaba estirar una mano con las uñas pintadas y una muñeca cubierta de pulseras para levantar delicadamente la agalla de un pescado y comprobar si estaba fresco antes de regatear el precio. Deseaba alzar delicadamente el borde de su *salwar* al pasar por encima de un charco, apenas lo suficiente para dejar ver sus tobilleras de plata.

No eran los genitales femeninos lo único que le sobraba a Aftab.

Empezó a repartir su tiempo entre las clases de música y las guardias que montaba delante de la puerta azul de la casa situada en Gali Dakotan, donde vivía la mujer alta. Averiguó que se llamaba Bombay Silk y que había otras siete como ella: Bulbul, Razia, Hira, Baby, Nimo, Mary y Gudiya, que vivían juntas en el *haveli*[1] de la puerta azul y que tenían una *ustad*, una gurú, llamada Kulsum Bi, mayor que ellas, que era la cabeza de la casa. Se enteró de que el *haveli* se llamaba Jwabgah, la Casa de los Sueños.

Al principio echaban a Aftab de allí, ¡fuera!, ¡fuera!, porque todo el mundo, incluidas las residentes de la Jwabgah, conocían a Mulaqat Ali y no querían contrariarlo. Pero a pesar de todos los rapapolvos y castigos que pudieran aguardarle, Aftab volvía a apostarse tercamente en el mismo lugar día tras día. Dentro de su mundo, aquel era el único lugar donde sentía que el aire le hacía sitio. Como si se desplazara cada vez que él llegaba, como si se echara a un lado, igual que un compañero de colegio haciéndole sitio en un banco. Des-

1. Vivienda típica de la región de Rajastán. *(N. de la T.)*

pués de unos pocos meses, tras hacerles recados a las residentes, cargar con sus bolsas e instrumentos musicales cuando efectuaban sus rondas por la ciudad y masajearles los pies cansados al final de un día de trabajo, Aftab logró ganarse a las moradoras de la Jwabgah. Por fin, llegó el día en que le permitieron entrar. Se internó en aquella casa vulgar y destartalada como si traspasase las puertas del Paraíso.

La puerta azul daba a un patio enlosado con muros altos y una bomba de mano para extraer agua en una esquina y un granado en la otra. Había dos habitaciones situadas detrás de una ancha galería con columnas estriadas. El tejado de una de las habitaciones se había desplomado y las paredes desmoronadas formaban un montón de escombros donde vivía una familia de gatos. La habitación que seguía en pie era muy amplia y estaba en unas condiciones bastante buenas. Contra las desconchadas paredes de color verde claro se alineaban seis armarios Godrej, cuatro de madera y dos de metal. Todos estaban cubiertos con fotos de estrellas de cine: Madhubala, Wahida Rehman, Nargis, Dilip Kumar (cuyo nombre verdadero era Muhamad Yusuf Jan), Guru Dutt y la estrella local: Johnny Walker (Badruddin Jamaluddin Kazi), un humorista capaz de hacer sonreír a la persona más triste del mundo. Uno de los armarios tenía un desvaído espejo de cuerpo entero en la puerta. En otro rincón había un tocador viejo y gastado. Del alto techo colgaba una araña con desconchones en la que solo funcionaba una bombilla y un ventilador de largas aspas marrones. El ventilador tenía cualidades humanas (era reticente, de humor cambiante e impredecible). También tenía un nombre femenino, Usha. Usha ya no era joven y a menudo había que engatusarla y darle unos golpecitos con el palo de la escoba para que funcionase y se pusiera a girar como una despaciosa bailarina alrededor de una barra fija. Ustad Kulsum Bi dormía en la única cama del *haveli,* sobre la que colgaba una jaula con su periquito Birbal. Si Kulsum Bi no estaba cerca de él durante la noche, Birbal chillaba como si lo estuviesen matando. Cuando estaba despierto era capaz de soltar improperios letales que siempre iban precedidos de un *Ai Hai!* medio sarcástico, medio coqueto, que había aprendido de sus compañeras de casa. El insulto preferido de Birbal era el que más solía escucharse en la Jwabgah: *Saali Randi Hijra (hijra,* puta cabrona). Birbal se sabía todas sus variantes. Podía susurrarlo, decirlo en tono coqueto, de guasa, afectuoso o con una ira auténtica y llena de resentimiento.

Las demás moradoras dormían en la galería y por la mañana enrollaban las colchonetas y la ropa de cama formando con ellas unos enormes almohadones cilíndricos. En invierno, cuando hacía frío y había demasiada humedad en el patio, se apiñaban juntas en la habitación de Kulsum Bi. Para entrar en el aseo había que atravesar la habitación derrumbada. Se turnaban para lavarse con la bomba de agua del patio. Una escalera estrecha y empinada conducía a la cocina del primer piso. Desde la ventana de la cocina se veía la cúpula de la iglesia de la Santísima Trinidad.

Mary era la única cristiana entre las residentes de la Jwabgah. No iba a misa, pero llevaba una crucecita colgada al cuello. Gudiya y Bulbul eran hinduistas y a veces visitaban alguno de los templos en los que se les permitía entrar. El resto eran musulmanas. Iban a la Jama Masjid y a todos los *dargahs* de la ciudad en cuyas cámaras interiores podían entrar (porque, a diferencia de las mujeres biológicas, no eran consideradas impuras puesto que no menstruaban). Sin embargo, la persona más masculina de las que habitaban la Jwabgah sí menstruaba. Bismillah dormía en el piso de arriba, en la terraza de la cocina. Era una mujer de piel oscura, menuda y enjuta y con un vozarrón como la bocina de un autobús. Se había convertido al islamismo y se había mudado a la Jwabgah hacía pocos años (no había relación entre una cosa y otra), después de que su marido, un conductor de autobuses que trabajaba en Transportes Delhi, la echara de casa por no darle hijos. Por supuesto, al marido jamás se le ocurrió que él podía ser el responsable de que no tuvieran hijos. Bismillah (antes llamada Bimla) se ocupaba de la cocina y guardaba la Jwabgah de intrusos indeseables con la ferocidad implacable de un verdadero gángster de Chicago. Los muchachos jóvenes tenían terminantemente prohibida la entrada sin su expreso consentimiento. Incluso los clientes habituales, como el futuro cliente de Anyum (el Hombre Que Sabía Inglés), no podían entrar y tenían que organizar las citas por su cuenta. La compañera que compartía la terraza con Bismillah era Razia, que había perdido la cabeza y la memoria y ya no recordaba quién era ni de dónde venía. Razia no era un *hijra.* Era un hombre al que le gustaba vestirse de mujer. Sin embargo, no quería que la confundieran con una mujer, quería ser visto como un hombre que quería ser mujer. Hacía mucho que había desistido de intentar explicarle a la gente (incluso a los *hijras)* cuál era la diferencia. Razia pasaba sus días alimentando a las palomas en la azotea y desviando tercamente la conversación hacia su tema preferido: un programa secreto, aún sin aplicar *(dao-pech*, lo llamaba), que el gobierno tenía para los *hijras* y gente por el estilo y que él había descubierto. Según tal programa, vivirían todos juntos en una urbanización, recibirían una pensión del Estado y ya nunca más tendrían que ganarse la vida comportándose con lo que él describía como *badtameezi* (mala conducta). El otro tema obsesivo de Razia era el de las subvenciones públicas para los gatos callejeros. Por lo que fuera, su mente desvariada y desmemoriada viraba infaliblemente hacia los programas del gobierno.

La primera amiga de verdad que tuvo Aftab en la Jwabgah fue Nimo Gorajpuri, la más joven del grupo y la única que había terminado la enseñanza secundaria. Nimo había huido de su hogar en Gorajpur, ciudad donde su padre era un alto funcionario de la Oficina Central de Correos. Aunque Nimo aparentaba ser mucho mayor, en realidad solo tenía seis o siete años más que Aftab. Era bajita y regordeta, con el pelo grueso y rizado, unas cejas impresionantes, curvadas como un par de cimitarras, y unas pestañas increíblemente pobladas. Su rostro hubiera sido precioso si no fuese por el abundante vello facial que azulaba sus mejillas por debajo del maquillaje, incluso recién afeitada. Nimo estaba obsesionada con la moda femenina occidental y era tremendamente posesiva con su colección de revistas de moda que compraba en el bazar de los domingos donde vendían libros de segunda mano y que se montaba en la acera en Daryaganj, a cinco minutos andando de la Jwabgah. Uno de los libreros, Naushad, que compraba su surtido de revistas a los basureros que las recogían de las embajadas extranjeras en Shantipath, las apartaba para vendérselas a Nimo con un considerable descuento.

–¿Sabes por qué Dios creó a los *hijras?* –le preguntó Nimo a Aftab una tarde, mientras hojeaba un manoseado ejemplar de *Vogue* de 1967 y observaba con embeleso cada rubia que aparecía con las piernas al aire.

–No, ¿por qué?

–Fue un experimento. Decidió crear algo, una criatura viva, que fuese científicamente incapaz de ser feliz. Por eso nos hizo.

Sus palabras fueron como una bofetada para Aftab.

–¿Cómo puedes decir eso? ¡Todas sois felices aquí! ¡Esta es la Jwabgah! –dijo con un creciente pánico.

–¿Quién es feliz aquí? Todo es farsa e impostura –afirmó Nimo lacónicamente, sin siquiera levantar la mirada de la revista–. Aquí nadie es feliz. Es imposible. *Arre yaar,* piénsalo, ¿cuáles son las cosas que os hacen infelices a vosotros, a los normales? No hablo de *ti*, sino de los adultos que son como tú, ¿qué les hace infelices? La subida de los precios, el ingreso de sus hijos en un colegio, el maltrato de los maridos, los engaños de las esposas, los disturbios entre musulmanes e hindúes, la guerra entre India y Pakistán, son cosas *externas* a ellos que se solucionan con el tiempo. Pero en nuestro caso la subida de los precios, el ingreso en los colegios, los maltratos del marido y los engaños de las esposas son todas cosas que llevamos *dentro*. Llevamos *dentro* de nosotras los disturbios. Llevamos *dentro* la guerra. Llevamos *dentro* el conflicto indo-paquistaní. No se solucionarán nunca. Es imposible.

Aftab deseaba con toda su alma decirle que eso no era cierto, que estaba totalmente equivocada, porque *él* era feliz, más feliz que nunca en toda su vida. Él constituía la prueba palpable de que Nimo Gorajpuri estaba equivocada, ¿verdad que sí? Pero no dijo nada, porque eso implicaría revelar que él no era una «persona normal», algo para lo que todavía no estaba preparado.

Hasta que cumplió catorce años Aftab no comprendió lo que Nimo quería decir y, para entonces, Nimo había huido de la Jwabgah con un conductor de autobuses de los Transportes Estatales (que pronto la abandonó y volvió con su familia). El cuerpo de Aftab había empezado a declararle la guerra. Creció y se volvió alto y musculoso. Y peludo. Desesperado, intentó quitarse el vello de la cara y del cuerpo con Burnol, un ungüento abrasivo que le dejaba unas marcas oscuras en la piel. Después probó con la crema Anne French que le robaba a sus hermanas (pronto lo descubrieron porque la crema olía a cloaca). Se depilaba las tupidas cejas hasta convertirlas en unos arcos finos y asimétricos usando un par de pinzas caseras que parecían más unas tenazas. Le salió una nuez que le subía y bajaba por el cuello. Soñaba con poder arrancársela de la garganta. Y después llegó la más cruel de las traiciones, algo contra lo cual le era imposible luchar. Le cambió la voz. Su vocecilla dulce y aguda fue remplazada por un chorro de voz profundo y masculino. Su voz le repelía y le asustaba cada vez que hablaba. Se tornó callado y solo hablaba cuando no le quedaba más remedio. Dejó de cantar. Cuando escuchaba música, cualquiera que estuviese cerca y prestase atención podía oír el acompañamiento de un tarareo agudo, apenas perceptible, como el zumbido de un insecto, que parecía emerger de un agujerito hecho con un alfiler en la parte superior de su cabeza. Nadie pudo convencer a Aftab de que cantase ni una sola canción más, ni siquiera Ustad Hameed. Nunca más cantó, a no ser para parodiar con sorna las canciones de alguna película hindi en las procaces reuniones de *hijras* o cuando (en su desempeño profesional) irrumpía con los *hijras* en algún festejo de la gente normal (una boda, un nacimiento, la inauguración de una casa) bailando, cantando con sus voces ásperas y desenfrenadas, bendiciendo a los presentes y, si no se les pagaba para que se fuesen, amenazando con avergonzar a los anfitriones (exhibiendo sus partes íntimas mutiladas) y arruinar la celebración con insultos y un despliegue de obscenidades inimaginables. (A eso se refería Razia cuando decía *badtameezi* y Nimo Gorajpuri cuando afirmó: «Somos chacales que se alimentan de la felicidad de los demás, somos Carroñeras de la Felicidad.» *Khushi-Khor* fueron las palabras que usó.)

Cuando la música abandonó a Aftab, este ya no encontró ninguna razón para seguir viviendo en lo que la mayoría de la gente normal consideraba el mundo real y los *hijras* llamaban el *Duniya*, el Mundo. Una noche robó algo de dinero y las mejores ropas de su hermana y se mudó a la Jwabgah. Yahanara Begum, que no se asustaba ante nada, entró a la fuerza en la Jwabgah para llevárselo con ella. Aftab se negó a acompañarla. Al final Yahanara Begum se marchó tras arrancarle la promesa a Ustad Kulsum Bi de que, al menos los fines de semana, obligaría a Aftab a vestir ropa de chico y lo mandaría a casa. Ustad Kulsum Bi lo intentó, pero el acuerdo solo perduró unos meses.

Y así, a la edad de quince años, a menos de unos cientos de metros de donde su familia había vivido durante siglos, Aftab entró por una puerta de aspecto normal y se internó en otro universo. Durante su primera noche como habitante permanente de la Jwabgah, bailó en el patio la canción preferida de todas ellas que pertenecía a la película preferida de todas ellas: «Pyar Kiya To Darna Kya» de *Mughal-e-Azam*. La noche siguiente, en una pequeña ceremonia, le regalaron una *dupata* (un pañuelo largo y ancho) del color verde característico de la Jwabgah y le iniciaron en las normas y rituales que le convertirían en miembro de la comunidad *hijra*. Aftab se convirtió en Anyum, discípula de Ustad Kulsum Bi de la Gharana Delhi, una de las siete Gharanas *hijras* regionales del país, cada una de ellas dirigidas por una Nayak, una jefa, y todas bajo el mando de una jefa suprema.

Yahanara Begum nunca volvió a visitar a su hijo, pero durante años siguió enviando todos los días una comida caliente a la Jwabgah. El único lugar donde Yahanara Begum se encontraba con Anyum era en el *dargah* de Hazrat Shahid. Allí se sentaban juntas durante un rato. Anyum, de casi un metro ochenta de altura y con la cabeza cubierta recatadamente con una *dupata* de lentejuelas, y la diminuta Yahanara Begum, con el pelo que empezaba a encanecer bajo su burka negro. A veces se tomaban de la mano disimuladamente. Mulaqat Ali, por su parte, fue incapaz de aceptar la situación. Se le partió el corazón y jamás se recuperó. Aunque continuó concediendo entrevistas, nunca hizo mención, ni en privado ni en público, de la desgracia que aconteció a los descendientes de Gengis Kan. Optó por cortar todo lazo con su hijo. Nunca más volvió a quedar con Anyum ni a dirigirle la palabra. De vez en cuando se cruzaban por la calle e intercambiaban una rápida mirada, pero nunca se saludaban. Nunca.

Con el paso de los años, Anyum se convirtió en el *hijra* más famoso de Delhi. Los directores de cine se la disputaban, las ONG la protegían, los corresponsales extranjeros se pasaban su número de teléfono como un favor profesional, junto con el teléfono del Hospital para Pájaros, el de Phulan Devi, la ladrona que se entregó a la policía, conocida como la «Reina de los Bandidos», y la información de cómo contactar con una mujer que afirmaba ser la Begum de Oudh, que vivía en una vieja ruina en el bosque de Ridge con sus criados y sus arañas de cristal, sin cejar en su empeño de reivindicar un reino inexistente. Los periodistas animaban a Anyum a que hablase del maltrato y la crueldad que, daban por hecho, había sufrido por parte de sus padres, hermanos y vecinos, todos musulmanes ortodoxos, antes de abandonar el hogar familiar. Invariablemente, acababan decepcionados cuando ella les contaba todo el amor que había recibido por parte de su madre y su padre y que la cruel había sido *ella*. «Hay otras que tienen unas historias horribles, de esas que a vosotros os gusta escribir», les decía Anyum. «¿Por qué no habláis con *ellas*?» Pero, por supuesto, los periódicos no trabajan así. Ella era la elegida. Tenía que ser ella, aunque su historia tuviese que alterarse levemente para conformar los deseos y expectativas de los lectores.

Cuando se convirtió en residente permanente de la Jwabgah, Anyum pudo por fin vestir la ropa que tanto anhelaba: los *kurtas*[1] de gasa y lentejuelas, los pantalones plisados o *salwar Patiala*, los *shararas,*[2] *ghararas,*[3] las tobilleras de bisutería, las pulseras de vidrio y los pendientes largos. Se hizo un

1. *Kurta:* camisa o túnica suelta que llega hasta los muslos o debajo de las rodillas. Lo usan tanto hombres como mujeres. *(N. de la T.)*

2. *Sharara:* pantalón ancho con mucho vuelo que parece una falda larga, conjuntado con una túnica corta y un pañuelo o velo para la cabeza. *(N. de la T.)*

3. *Gharara:* pantalones ajustados hasta la altura de la rodilla y muy acampanados de rodilla para abajo, conjuntados con una túnica corta *(kurti)* y un pañuelo o velo *(dupata)*. *(N. de la T.)*

piercing en la nariz para lucir un elaborado adorno de piedrecitas. Se pintaba los ojos con kohl y sombra azul y los labios de un rojo brillante, que daban a su boca unas curvas marcadas y sensuales como las de la actriz Madhubala. El pelo no le crecía mucho, pero sí lo suficiente para recogérselo atrás y añadirle una trenza postiza. Tenía un rostro recio, de facciones marcadas, y una imponente nariz ganchuda como la de su padre. No era bonita como podía serlo Bombay Silk, pero era más sexy, tan misteriosa y atractiva como solo saben serlo algunas mujeres. Esa estética, combinada con su total entrega a una feminidad exagerada y escandalosa, hacía que las mujeres del barrio, incluso aquellas que no vestían burkas, pareciesen tristes y difusas. Aprendió a exagerar el contoneo de las caderas al caminar y a comunicarse con el característico palmeo con los dedos de las manos bien estirados de los *hijras,* que sonaba como un disparo y podía significar cualquier cosa: Sí, No, Quizá, *Wah! Behen ka Lauda* (La verga de tu hermana), *Bhonsadi ka* (Tú, gilipollas). Solo otro *hijra* era capaz de descifrar qué quería decir cada palmada de un modo dado en un momento dado.

Cuando Anyum cumplió dieciocho años, Kulsum Bi le organizó una fiesta en la Jwabgah. Acudieron *hijras* de toda la ciudad, algunas incluso de fuera. Anyum se puso un sari por primera vez en su vida. Era un sari «discotequero» rojo, con un *choli* o blusa sin espalda. Esa noche soñó que era una flamante novia en su noche de bodas. Se despertó angustiada y vio que el placer sexual que había sentido se había manifestado en forma masculina sobre su preciosa ropa nueva. No era la primera vez que le pasaba, pero, por lo que fuera, quizá por manchar el sari, nunca se había sentido tan humillada. Se sentó en el patio y aulló como un lobo, dándose golpes en la cabeza y entre las piernas, chillando por el dolor que se infligía. Ustad Kulsum Bi, que no era ajena a tales histrionismos, le dio un tranquilizante y se la llevó a su cuarto.

Cuando Anyum se calmó, Ustad Kulsum Bi le habló dulcemente, de un modo que nunca lo había hecho. No había ninguna razón para avergonzarse de nada, le dijo Ustad Kulsum Bi, porque los *hijras* eran personas elegidas, amadas por el Todopoderoso. Dijo que la palabra *hijra* significaba un Cuerpo habitado por un Alma Sagrada. Durante la siguiente hora Anyum aprendió que había una gran diversidad de Almas Sagradas y que el mundo de la Jwabgah era igual de complicado, si no más, que el *Duniya*, el mundo real. Las dos hindúes, Bulbul y Gudiya, se habían sometido en Bombay a la ceremonia formal de castración religiosa (extremadamente dolorosa) antes de llegar a la Jwabgah. A Bombay Silk y a Hira les hubiese gustado hacer lo mismo, pero eran musulmanas y creían que el islam prohibía alterar el género que Dios les había dado, así que se las apañaban lo mejor posible dentro de sus limitaciones. Baby, al igual que Razia, era un hombre que quería seguir siéndolo en ese aspecto, pero ser una mujer en todo lo demás. En cuanto a Ustad Kulsum Bi, ella dijo que estaba en desacuerdo con la interpretación que Bulbul y Hira hacían del islamismo. Ella y Nimo Gorajpuri (que pertenecían a generaciones diferentes) se habían sometido a una intervención quirúrgica. Dijo que ella conocía a un tal doctor Mujtar, que era un profesional fiable y discreto, y nada dado a andar cotilleando sobre sus pacientes en cada *gali* y *koocha* de la Vieja Delhi. Le dijo a Anyum que debía meditar sobre ello y decidir qué quería hacer. A Anyum le llevó tres minutos decidirlo.

El doctor Mujtar fue más esperanzador que el doctor Nabi años atrás. Dijo que podía extirparle las partes masculinas e intentar mejorar la vagina existente. También le recomendó unas pastillas que le afinarían la voz y le ayudarían a desarrollar pecho. Con descuento, insistió Kulsum Bi. Con descuento, accedió el doctor Mujtar. Kulsum Bi pagó la intervención y el tratamiento hormonal. Anyum se lo devolvería con el correr de los años, multiplicado con creces.

La intervención quirúrgica fue difícil y la recuperación lo fue aún más, pero al final resultó un alivio. Anyum sintió como si se hubiera disipado la niebla en la que había estado envuelta y, por fin, pudiese pensar con claridad. Sin embargo, la vagina intervenida por el doctor Mujtar resultó un timo. Funcionaba, pero no como él había prometido, ni siquiera después de dos cirugías correctivas. A pesar de eso, el médico no se ofreció a devolver el dinero, ni siquiera parte de él. Todo lo contrario, continuó su vida acomodada, vendiéndole a la gente desesperada partes anatómicas espurias y de ínfima calidad. Cuando murió era un hombre próspero, con dos casas en Laxmi Nagar, una para cada hijo. Su hija se casó con un acaudalado constructor de Rampur.

Aunque Anyum se convirtió en una amante muy requerida, en una experta en brindar placer, el orgasmo que había tenido vestida con su sari «discotequero» rojo fue el último de su vida. Y a pesar de que seguía experimentando esas «tendencias» sobre las que el doctor Nabi había advertido a su padre, las pastillas del doctor Mujtar lograron que su voz fuese menos profunda. Pero le quitaron resonancia, le endurecieron el timbre y le dieron una calidad áspera y peculiar que a veces hacía que sonara como dos voces enfrentadas entre sí en lugar de una sola. Era una voz que asustaba a los demás, pero que a su propietaria no la asustaba tanto como la original que le había dado Dios. Aunque tampoco le gustaba.

Anyum vivió en la Jwabgah con su cuerpo remendado y sus sueños parcialmente realizados durante más de treinta años.

Tenía cuarenta y seis cuando anunció que quería irse. Mulaqat Ali había muerto. Yahanara Begum pasaba casi todo el tiempo en la cama y vivía con Saqib y su familia en una parte de la antigua casa de Chitlu Qabar (la otra mitad la alquilaban a un joven tímido que vivía rodeado de torres de libros ingleses de segunda mano apilados en el suelo, sobre la cama y en cualquier superficie horizontal disponible). Anyum podía visitarlos de vez en cuando, pero no quedarse. La Jwabgah estaba habitada por una nueva generación de residentes y de las antiguas solo quedaban Ustad Kulsum Bi, Bombay Silk, Razia, Bismillah y Mary.

Anyum no tenía adónde ir.

Quizá por eso nadie la tomó en serio.

Los anuncios dramáticos de abandono de la casa y de inminentes suicidios eran reacciones casi rutinarias a los celos desenfrenados, a las intrigas constantes y a las lealtades cambiantes que conformaban la vida diaria de la Jwabgah. Una vez más, todas recomendaron diferentes médicos y pastillas. Las pastillas del doctor Bhagat lo curan todo, decían. Todas la toman. «Yo no soy todas», contestaba Anyum, desatando otra ola de murmuraciones (a favor y en contra) sobre los peligros que conllevaba el orgullo, pues ¿quién se creía que era?

¿Quién creía *ella* que era? Según se mirase, podría creer que no valía demasiado o que valía bastante. Tenía aspiraciones, es verdad. Aspiraciones que habían crecido hasta cerrar el círculo. Deseaba regresar al *Duniya* y vivir como una persona normal. Quería ser madre, despertarse en su propia casa, ponerle el uniforme a Zainab y mandarla al colegio con sus libros y la fiambrera del almuerzo. La cuestión radicaba, para alguien como ella, en si sus aspiraciones eran sensatas o insensatas.

Zainab era el único amor de Anyum. La había encontrado hacía tres años en una de esas tardes de viento que arrancaba los gorritos a los fieles e inclinaba hacia el mismo lado todos los globos de los vendedores de globos. La niña estaba totalmente sola y berreando, sentadita en la escalinata de la Jama Masjid, como un ratoncito desvalido, de ojos grandes y aterrados. Anyum calculó que tendría tres años. Vestía un *salwar kamiz* verde apagado y un hiyab blanco sucio. Cuando Anyum se inclinó sobre ella y le ofreció un dedo del que asirse, la niña levantó la mirada un instante, lo agarró y siguió llorando a gritos. El ratoncito del hiyab no tenía ni idea de la tormenta que aquel inocente gesto de confianza desató en el interior de la dueña del dedo que había agarrado. El hecho de que la criaturita no se inmutase al verla ni se asustase sirvió para apaciguar (al menos por un rato) lo que años atrás Nimo Gorajpuri había llamado sagazmente el conflicto indo-paquistaní. Las facciones enfrentadas dentro de Anyum se tranquilizaron. Sintió que su cuerpo era un hogar acogedor en lugar de un campo de batalla. ¿Sería eso lo que uno sentía al morir? ¿O al nacer? Anyum no lo sabía. Pero imaginaba que tal sensación de totalidad, de plenitud, tenía que pertenecer a uno de esos dos momentos. Se inclinó, levantó a la Ratita y la acunó en sus brazos, susurrándole palabras cariñosas con sus dos voces enfrentadas. Ni siquiera eso asustó ni distrajo a la niña de su desconsolado llanto. Durante un rato Anyum se limitó a permanecer allí, de pie, sonriendo embelesada, mientras la criatura que sostenía en brazos berreaba. Después se sentó en los escalones, le compró un algodón de azúcar rosa brillante e intentó calmarla parloteando despreocupadamente sobre asuntos de adultos con la esperanza de distraerla hasta que apareciese alguien responsable de la niña. La conversación se convirtió en un monólogo, puesto que la Ratita no parecía saber mucho sobre sí misma, ni siquiera su nombre, ni tampoco parecía dispuesta a hablar. Cuando terminó el algodón de azúcar (o este terminó con ella) tenía una barba rosa alrededor de la cara y los dedos pegajosos. La llorera se fue calmando, fue sustituida por sollozos y, finalmente, por el silencio. Anyum se quedó con ella en la escalera durante horas, esperando que apareciese alguien a buscarla y preguntando a la gente que pasaba si habían oído de alguien que hubiese perdido a una niña. Cuando cayó la noche y las grandes puertas de madera de la Jama Masjid se cerraron, Anyum alzó a la Ratita, la sentó sobre sus hombros y se la llevó a la Jwabgah. Allí la regañaron y le dijeron que lo que había que hacer en esos casos era informar a los responsables de la mezquita de que había encontrado a una niña perdida. Y eso fue lo que hizo a la mañana siguiente. (A regañadientes, todo hay que decirlo, arrastrando los pies, alimentando falsas esperanzas, porque a esas alturas Anyum estaba perdidamente enamorada.)

Durante la siguiente semana el hallazgo de la niña fue anunciado varias veces al día en diferentes mezquitas. Nadie se presentó a reclamar a la Ratita. Pasaron las semanas y siguió sin aparecer nadie. Y así, ante la incomparecencia de su madre, Zainab (que fue el nombre que Anyum eligió para la niña) se quedó en la Jwabgah, donde fue colmada de más amor y por más madres (y, de alguna manera, padres) que cualquier otro niño. No le llevó mucho acostumbrarse a su nueva vida, lo que revelaba que no debía de sentir mucho apego a la anterior. Anyum llegó a pensar que la niña no estaba perdida sino que había sido abandonada.

A las pocas semanas empezó a llamar «mamá» a Anyum (porque eso fue lo que Anyum había empezado a llamarse a sí misma). Las otras residentes (bajo la tutela de Anyum) se convirtieron todas en «*apa*» (que quiere decir tía en urdu) y Mary, como era cristiana, en la tía Mary. Ustad Kulsum Bi y Bismillah se convirtieron en «*badi nani*» y en «*choti nani*», abuela mayor y abuela menor. La Ratita absorbía amor igual que la arena absorbe el mar. Muy pronto se transformó en una niña descarada, con unas tendencias que, más que de Ratita, parecían de Rata pendenciera.

Mientras tanto, mamá parecía cada vez más desconcertada. La *posibilidad* de que un ser humano pudiera amar a otro tanto y tan plenamente la había pillado desprevenida. Al principio, al ser novata en ese terreno, solo era capaz de expresar sus sentimientos con torpeza y premura, como hace un niño con su primera mascota. Le compraba a Zainab una cantidad innecesaria de juguetes y de ropa (vestidos vaporosos con mangas abullonadas y zapatos fabricados en China que emitían ruiditos y tenían lucecitas intermitentes en los tacones), la bañaba, vestía y desvestía una cantidad innecesaria de veces, le untaba el cuerpo con aceite, le trenzaba y destrenzaba el pelo, se lo recogía y se lo volvía a soltar, usando cintas a juego o desparejas que guardaba enrolladas en una lata vieja. La atiborraba de comida, la llevaba de paseo por el barrio y, cuando descubrió que a Zainab le gustaban los animales, le compró un conejito (que un gato mató la primera noche que entró en la Jwabgah) y un chivo con una perilla como la de un ulema, que vivía en el patio y que, de vez en cuando y con una expresión impávida, disparaba sus brillantes bolitas de caca en todas direcciones.

La Jwabgah estaba en mejores condiciones de lo que había estado en años. Habían reconstruido la habitación derrumbada y encima habían levantado otra nueva que compartían Anyum y Mary. Anyum dormía con Zainab sobre un colchón en el suelo con su largo cuerpo encogido alrededor de la niña, protegiéndola como la muralla de una ciudad. Por la noche le cantaba para que se durmiese, tan bajito que era más un susurro que una nana. Cuando Zainab fue lo bastante mayor para entender, Anyum empezó a contarle cuentos antes de dormir. Al principio eran unos cuentos totalmente inapropiados para una niña. Se trataba más de un torpe intento de Anyum para recuperar un tiempo perdido, para fundirse en la memoria y en la conciencia de Zainab, para mostrarse sin artificio, para que la una y la otra pudieran pertenecerse plenamente. Al final terminó convirtiendo a Zainab en una especie de puerto donde descargar su cargamento de alegrías, tragedias y encrucijadas catárticas que determinaron su vida. Lejos de hacer dormir a Zainab, muchos de los cuentos le provocaban pesadillas o la mantenían despierta durante horas, llena de pavor y desasosiego. A veces Anyum lloraba al contarle las historias. Zainab empezó a temer el momento de ir a la cama y, una vez acostada, cerraba los ojos apretándolos con fuerza y haciéndose la dormida para no tener que escuchar ningún cuento. Pero, con el tiempo (y gracias a la aportación de algunas de las *apas* más jóvenes), Anyum modificó su línea editorial. Los cuentos resultaron más acordes con el mundo infantil, tanto que Zainab empezó a desear que llegara el ritual de la noche.

El Cuento del Paso Elevado era el que más le gustaba de todos. Narraba cómo Anyum y sus amigas volvían andando a casa a altas horas de la noche desde Defence Colony, en Delhi Sur, hasta nada menos que la Puerta de Turkman. Eran cinco o seis amigas, todas vestidas con sus mejores galas, despampanantes tras una velada de juerga en la mansión de un rico Seth en el Bloque-D. Después de la fiesta decidieron andar un rato para tomar el aire. En aquella época todavía se podía disfrutar del aire fresco de la ciudad, le explicaba Anyum a Zainab. Cuando estaban a medio camino sobre el paso elevado de Defence Colony (el único que había en la ciudad por aquel entonces), empezó a llover. ¿Y qué puedes hacer si empieza a llover y estás en mitad de un paso elevado?

–Tienes que seguir andando –contestaba Zainab con tono adulto y sensato.

–Exactamente. Así que seguimos andando –decía Anyum–. ¿Y qué pasó después?

–¡Te entraron ganas de hacer pis!

–¡Me entraron ganas de hacer pis!

–¡Pero no podías parar!

–No podía parar.

–¡Tenías que seguir andando!

–Tenía que seguir andando.

–¡Y te hiciste pis en la *ghagra!* –gritaba Zainab, porque estaba en la edad en la que todo lo relacionado con caca, pis y pedos marcaba el momento cumbre, si es que no era el *motivo*, de cualquier cuento.

–Eso es, y fue la mejor sensación del mundo –decía Anyum–, estar empapada bajo la lluvia en aquel paso elevado enorme y vacío, pasando junto a un gigantesco anuncio de una mujer mojada secándose con una toalla marca Bombay Dyeing.

–¡Y la toalla era enorme como una alfombra!

–Enorme como una alfombra; sí, mi niña.

–Y entonces le pediste a la mujer que te prestara la toalla para secarte.

–¿Y qué me dijo la mujer?

–Te dijo: *Nahin! Nahin! Nahin!*

–Me dijo: *Nahin! Nahin! Nahin!* Así que seguimos empapadas y continuamos andando...

–¡Con el pis *garam-garam* (caliente) cayéndote por las piernas *thanda-thanda* (frías)!

A esas alturas del cuento, Zainab siempre se quedaba dormida con una sonrisa en los labios. Cualquier indicio de adversidad o desdicha tenía que ser eliminado de las historias de Anyum. Zainab adoraba el momento en el que Anyum contaba cómo se transformó en una sirena joven y sexy que llevaba una vida esplendorosa de música y baile, ropas espléndidas, uñas pintadas y multitud de admiradores.

Y así, de esa forma, para contentar a Zainab, Anyum empezó a reescribir su vida, transformándola en una existencia más sencilla y más feliz. A su vez, la reescritura de la nueva versión la convirtió en una persona más sencilla y más feliz.

Del Cuento del Paso Elevado, por ejemplo, había suprimido que el incidente tuvo lugar en 1976, en el apogeo del estado de excepción declarado por Indira Gandhi que duró veintiún meses. Su hijo menor, el malcriado Sanjay Gandhi, era el líder de las Juventudes del Congreso (el ala joven del partido en el gobierno) y hacía y deshacía a su antojo en el país como si este fuese un juguete propio. Se suspendieron los derechos civiles, se censuró la prensa y, con la excusa de un mayor control de la natalidad, miles de hombres (musulmanes en su mayoría) fueron detenidos en campamentos y esterilizados a la fuerza. Una nueva ley (la Ley para el Mantenimiento de la Seguridad Interna) permitía al gobierno arrestar a cualquiera que se le antojase. Las cárceles estaban a rebosar y Sanjay Gandhi había lanzado contra la población a su pandilla de secuaces para que llevasen a cabo sus órdenes.

La noche del Cuento del Paso Elevado, hubo una redada policial en la fiesta (una boda) a la que Anyum y sus colegas habían acudido. Detuvieron al anfitrión y a tres invitados y se los llevaron en los furgones de la policía. Nadie sabía por qué. Arif, el conductor de la furgoneta que había llevado a Anyum y las demás hasta el lugar de la fiesta, intentó meter a sus pasajeras a toda prisa en su vehículo y huir de allí. Su atrevimiento le costó que le destrozaran los nudillos de la mano izquierda y la rótula de la rodilla derecha. La policía sacó a rastras a las pasajeras de la furgoneta, una Matador, les dieron patadas en el trasero como si fuesen payasos de circo y les ordenaron largarse de allí, que se fueran corriendo a sus casas si no querían ser detenidas por prostitución y exhibicionismo obsceno. Echaron a correr aterrorizadas en la oscuridad y bajo una lluvia torrencial como almas que lleva el diablo, con el maquillaje resbalando por sus mejillas mucho más rápido de lo que corrían sus piernas. Las vestimentas transparentes estaban totalmente empapadas, limitando sus movimientos y obligándolas a avanzar más despacio de lo que hubiesen querido. Lo cierto es que aquello era una parte habitual de las humillaciones que sufrían los *hijras,* nada fuera de lo normal y nada comparado con las tribulaciones que otros padecieron durante aquellos terribles meses.

No era nada, pero aun así era significativo.

A pesar de las correcciones introducidas por Anyum, el Cuento del Paso Elevado retuvo algunos elementos verdaderos. Era cierto, por ejemplo, que esa noche llovía. Y era cierto que Anyum se hizo pis encima mientras corría. Era cierto que había una valla publicitaria de las toallas Bombay Dyeing en el paso elevado de Defence Colony. Y era cierto que la mujer del anuncio se negó en redondo a compartir su toalla.

Un año antes de que Zainab tuviera la edad suficiente para ir al colegio, mamá empezó a prepararse para la ocasión. Fue de visita a su antiguo hogar y, con el permiso de su hermano Saqib, se llevó a la Jwabgah la colección de libros de Mulaqat Ali. A menudo se la veía sentada con las piernas cruzadas delante de un libro abierto (que no era el Corán), moviendo los labios al tiempo que deslizaba un dedo por la página o inclinándose hacia delante y hacia atrás con los ojos cerrados, pensando en lo que acababa de leer o quizá drenando la ciénaga de su memoria en busca de algo que alguna vez supo.

Cuando Zainab cumplió cinco años, Anyum la llevó a tomar clases de canto con Ustad Hameed. Desde el principio quedó bien claro que la música no era su vocación. No paraba de enredar durante toda la clase con aire infeliz, desafinando nota tras nota. Paciente y bondadoso, Ustad Hameed movía la cabeza de un lado a otro como si le molestara una mosca y llenaba las mejillas con té tibio mientras repetía las mismas teclas del armonio, lo cual significaba que quería que su pupila volviese a intentarlo. En el caso extraordinario de que Zainab consiguiera acercarse, aunque fuese solo un poco, a la nota, Ustad Hameed asentía feliz con la cabeza y exclamaba «¡Ese es mi chico!», frase que había aprendido de la serie de *Tom & Jerry* que pasaban por el canal de dibujos animados Cartoon Network, que le encantaba y solía ver con sus nietos (alumnos de un colegio inglés). Era su expresión máxima de elogio, daba igual que el estudiante fuese niño o niña. Si se lo decía a Zainab no era porque lo mereciese, sino por consideración hacia Anyum y por lo bien que ella (o él) cantaba cuando era Aftab. Anyum asistía a todas las clases. Reapareció aquel zumbido agudo del insecto que parecía surgir de un agujerito en la parte superior de la cabeza de Anyum, esta vez para actuar como un discreto guardián encargado de disciplinar con su tarareo la incontrolable voz de Zainab y mantenerla a tono. Fue imposible. Las Ratitas no cantan.

Los animales resultaron ser la verdadera pasión de Zainab. Era el terror de las calles de la ciudad vieja. Quería liberar a todas las gallinas blancas medio muertas, medio desplumadas, hacinadas en las sucias jaulas que se apilaban junto a la puerta de las carnicerías. Quería conversar con todos los gatos que se le cruzaban por el camino y llevarse a casa todos los cachorros de perros callejeros que encontraba revolcándose entre los menudillos y la sangre en las zanjas abiertas de las atarjeas. No hacía caso cuando se le decía que los perros eran *najis* (impuros) para los musulmanes y que no debía tocarlos. No se asustaba ante las ratas grandes y peludas que corrían por las calles por las que solía subir y bajar todos los días y parecía no acostumbrarse a ver los montones de patas de gallina o de pezuñas de cabra; ni las pirámides de cabezas de cabra con sus ojos azules, ciegos y fijos; ni los sesos de cabra blancos y perlados que temblaban como gelatina en grandes cuencos de metal.

Además del chivo que la niña tenía como mascota, y que gracias a ella había sobrevivido a la cifra récord de tres Bakr-Eids sin ser sacrificado, Anyum le regaló un precioso gallo, que respondió al abrazo de bienvenida de su nueva dueña dándole un despiadado picotazo. Zainab lloró a gritos, más de congoja que de dolor. Quedó escarmentada por el picotazo, pero su amor por el gallo continuó incólume. Siempre que la embargaba su amor por el gallo, Zainab abrazaba las piernas de Anyum y llenaba las rodillas de su mamá de sonoros besos, girando la cabeza entre beso y beso para lanzarle al gallo unas miradas desbordantes de anhelo y amor, para que no quedase ninguna duda de cuál era el objeto de su afecto y a quién iban dirigidos realmente los besos. En cierto modo, el cacao mental que tenía Anyum respecto a Zainab quedaba reflejado en el cacao mental que Zainab demostraba respecto a los animales. Sin embargo, tanta ternura hacia aquellas criaturas vivas no le impedía desatar su voracidad a la hora de comer carne. Por lo menos dos veces al año Anyum la llevaba al zoológico que había dentro de Purana Qila, el Fuerte Viejo, a ver a los rinocerontes, los hipopótamos y a sus animales preferidos, las crías de los gibones de Borneo.

Pocos meses después de que la admitieran en el KGB (Kindergarten, Sector B) del Centro Preescolar Tiernos Capullitos de Darayaganj (Saqib y su mujer la matricularon como sus padres oficiales), la robusta Ratita cayó enferma. No era nada grave pero sí persistente, y eso la debilitó, pues cada enfermedad que contraía la hacía más vulnerable frente a la siguiente. La malaria sobrevino a la gripe, consecuencia de dos brotes de fiebre viral diferentes, uno leve y el segundo, preocupante. Anyum se afanaba de forma ineficaz en cuidar a la niña y hacía caso omiso a las demás residentes que se quejaban de que abandonase sus obligaciones en la Jwabgah (que a esas alturas eran sobre todo administrativas y de gestión) para dedicarse a cuidar a la Ratita noche y día con una furtiva y creciente paranoia. Anyum estaba convencida de que algún envidioso de su buena suerte había lanzado un maleficio contra Zainab. Su sospecha apuntaba insistentemente a Saida, un miembro relativamente nuevo de la Jwabgah. Saida era mucho más joven que Anyum y la segunda en importancia en la escala de afectos de Zainab. Era licenciada y sabía inglés. Y más importante aún, hablaba el lenguaje de los tiempos y usaba términos como *cisgénero, FaM*, *MaF,* y en una entrevista se refirió a sí misma como una «persona trans». Anyum, por su lado, se burlaba de ella llamándola «trans-ferida» mientras se empeñaba en referirse a sí misma como un *hijra.*

Al igual que muchas de las chicas de las generaciones jóvenes, Saida pasaba con soltura de la *salwar kamiz* tradicional a la ropa occidental: vaqueros, faldas, blusas anudadas en la nuca que dejaban a la vista su preciosa espalda larga y musculada. Carecía del sabor local y del encanto del viejo mundo, pero lo suplía con creces con su entendimiento de la modernidad, su conocimiento de las leyes y su compromiso con los Grupos por los Derechos de Género (incluso había intervenido en dos congresos). Todo aquello la colocaba en una liga distinta a la de Anyum. Además, Saida también la había desplazado del Primer Puesto en los medios de comunicación. A los periódicos extranjeros les interesaban las generaciones jóvenes y habían dejado totalmente de lado a los personajes exóticos de años anteriores. Daban una imagen que no encajaba con la Nueva India (una potencia nuclear y un destino emergente para las finanzas internacionales). Ustad Kulsum Bi, astuta zorra vieja, estaba atenta al cambio de los vientos y vio acumularse los beneficios para la Jwabgah. Por eso, y aunque careciese de antigüedad, Saida era la competidora directa de Anyum para ocupar el puesto de Ustad en la Jwabgah cuando la Ustad Kulsum Bi decidiera dimitir, algo que, al igual que la Reina de Inglaterra, no parecía tener prisa en hacer.

Ustad Kulsum Bi seguía siendo la máxima autoridad a la hora de tomar decisiones dentro de la Jwabgah, pero no se implicaba activamente en los asuntos del día a día. Por las mañanas la artritis le causaba grandes molestias, así que la ayudaban a salir al patio a tumbarse en su *charpai* para tomar el sol junto con varios botes de encurtidos de lima y de mango, rodeada de harina de trigo espolvoreada sobre algunos periódicos para espantar a los gorgojos. Cuando el sol caía con fuerza, la volvían a meter en la casa, donde le daban masajes en los pies y le alisaban las arrugas con aceite de mostaza. Para entonces, Ustad Kulsum Bi ya usaba ropa de hombre, un *kurta* amarillo largo (amarillo porque era discípula de Hazrat Nizamuddin Auliya) y un sarong a cuadros. Se recogía el pelo blanco y fino, que apenas le cubría el cráneo, en un moño sujeto en la nuca. Algunos días su viejo amigo Haji Mian, que vendía cigarrillos y *paan*[1] calle abajo, iba a visitarla con la cinta de su película favorita: *Mughal-e-Azam*. Ambos se sabían todas las canciones y todos los diálogos de memoria. Así que cantaban y hablaban al unísono con la cinta. Estaban convencidos de que nadie volvería a escribir así en urdu y que ningún actor alcanzaría el nivel de dicción y declamación de Dilip Kumar. A veces Ustad Kulsum Bi representaba simultáneamente los papeles del emperador Akbar y el de su hijo, el príncipe Salim, el protagonista de la película, mientras que Haji Mian hacía de Anarkali (Madhubala), la esclava a quien el príncipe Salim amaba. A veces intercambiaban los papeles. Con aquella actuación conjunta lo que estaba haciendo, más que nada, era velar por una gloria pasada y un lenguaje que agonizaba.

Una tarde Anyum estaba en el piso de arriba, poniendo compresas frías en la frente de la Ratita cuando oyó un revuelo en el patio (un vocerío, pasos corriendo de un lado al otro, gente gritando). Lo primero que pensó fue que se estaba incendiando algo. Pasaba a menudo: la intrincada maraña de cables eléctricos del tendido aéreo que cruzaba las calles de un lado a otro tenía la costumbre de arder de forma espontá-

1. El *paan* es un preparado estimulante, psicoactivo, de hojas de betel. *(N. de la T.)*

nea. Cogió a Zainab en brazos y corrió escaleras abajo. Todo el mundo estaba reunido frente al televisor en la habitación de Ustad Kulsum Bi, con el reflejo de la pantalla relampagueando sobre sus rostros. Un avión se había estrellado contra un edificio muy alto. Todavía se veía la mitad del aparato encajado en él, colgado en mitad del cielo como un frágil juguete roto. Poco después, un segundo avión se estrelló contra un segundo edificio, convirtiéndose en una bola de fuego. Las habitantes de la Jwabgah, siempre tan parlanchinas, miraban la pantalla en total silencio mientras los edificios altísimos se desmoronaban como pilares de arena. Todo se llenó de humo y de polvo blanco. Hasta el polvo parecía diferente, limpio y foráneo. Personas diminutas saltaban de los edificios altísimos y caían flotando como partículas de ceniza.

Los locutores de la televisión dijeron que no era una película. Que estaba sucediendo de verdad. En Estados Unidos. En una ciudad llamada Nueva York.

Por fin, una sesuda pregunta rompió el silencio más largo en la historia de la Jwabgah.

–¿Allí hablan urdu? –quería saber Bismillah.

Nadie contestó.

La conmoción que se había apoderado de la habitación también afectó a Zainab, despertándola de su ensueño febril para volver a sumirla en otro de inmediato. No estaba acostumbrada a las repeticiones televisivas, por eso la pequeña contó diez aviones estrellándose contra diez edificios.

–Ya van diez –anunció seriamente, en su inglés recientemente aprendido en el colegio Tiernos Capullitos, tras lo cual descansó otra vez su mejilla regordeta y febril en el acogedor hueco junto al cuello de Anyum.

El maleficio que habían lanzado contra Zainab se había extendido al mundo entero. Aquel era un *sifli jaadu* poderoso. Anyum miró a Saida de reojo y con desconfianza para comprobar si festejaba abiertamente su éxito o, por el contrario, fingía ser inocente. La muy zorra simulaba estar tan impactada como las demás.

Cuando llegó diciembre, la Vieja Delhi estaba inundada de familias afganas que huían de los aviones de guerra que zumbaban en sus cielos como mosquitos fuera de temporada y de las bombas que caían como una lluvia de acero. Por supuesto que los grandes políticos (que en la zona antigua de Delhi incluía a todos los tenderos y a los ulemas) tenían sus propias teorías. El resto de los habitantes de la ciudad no entendía qué tenía que ver toda esa pobre gente con aquellos edificios altísimos de Estados Unidos. ¿Qué peligro podían significar para nadie? Solo Anyum sabía que el Gran Cerebro responsable de aquel holocausto no era Osama bin Laden, el terrorista, ni George Bush, el presidente de los Estados Unidos de América, sino una fuerza mucho más poderosa y mucho más secreta: Saida (cuyo verdadero nombre era Gul Mohamed), domiciliada en la Jwabgah, Gali Dakotan, Delhi 110006, India.

Para poder entender la política del *Duniya* en el que le había tocado crecer a la Ratita, así como para neutralizar o, al menos, anticiparse al *sifli jaadu* de la culta Saida, mamá empezó a leer los periódicos atentamente y a ver las noticias de la televisión (siempre y cuando las demás la dejaran cambiar de canal si estaban viendo un culebrón).

Los aviones que se estrellaron contra los altos edificios de Estados Unidos también fueron una bendición para muchos en la India. El primer ministro-poeta del país y muchos de sus principales ministros eran miembros de una antigua organización que creía que la India era esencialmente una nación hindú y que, al igual que Pakistán se había declarado república islámica, la India debería declararse república hinduista. Algunos de sus seguidores e ideólogos admiraban abiertamente a Hitler y establecían una comparación entre los musulmanes de la India y los judíos de Alemania. Entonces, de pronto, al crecer la hostilidad contra los musulmanes, la organización creyó que todo el mundo estaba de su lado. El primer ministro-poeta hizo un discurso gangoso y elocuente, excepto por las largas y exasperantes pausas cada vez que perdía el hilo de la perorata, cosa bastante frecuente. Era un hombre mayor, pero al hablar movía la cabeza de un lado al otro como un joven, como las estrellas de cine hindi de la década de 1960. «El *mussalman* no gusta del que es diferente», dijo de forma poética, e hizo una pausa larga, incluso para sus propios parámetros. «Mediante el terror quiere imponer su fe a la gente.» Acababa de crear un pareado sobre la marcha y estaba encantado consigo mismo. Cada vez que decía *musulmán* o *mussalman* lo hacía gangueando como un niño pequeño. En la nueva administración se le consideraba un moderado. Advertía de que lo sucedido en Estados Unidos podía fácilmente suceder en India y que había llegado el momento de que el gobierno aprobase una nueva ley antiterrorista como medida de seguridad.

Todos los días, Anyum, novata en el mundo de las noticias, seguía las informaciones de los telediarios sobre explosiones de bombas y ataques terroristas que, de repente, proliferaron como la malaria. Los periódicos urdus publicaban historias de jóvenes musulmanes muertos durante lo que denominaban «encuentros» con la policía o al ser sorprendidos con las manos en la masa mientras planeaban un atentado terrorista, tras lo cual eran detenidos de inmediato. Se aprobó una nueva ley que permitía retener en la cárcel a los sospechosos durante meses sin ser juzgados. En un abrir y cerrar de ojos las cárceles se llenaron de jóvenes musulmanes. Anyum daba gracias al Todopoderoso de que Zainab fuese una niña. Era mucho más seguro.

Ya entrado el invierno, la Ratita empezó a tener una tos de pecho muy fuerte. Anyum le daba cucharaditas de leche tibia con cúrcuma y se quedaba despierta por las noches oyendo su respiración sibilante y asmática, sintiéndose totalmente impotente. Visitó el *dargah* de Hazrat Nizamuddin Auliya y habló de la enfermedad de Zainab con uno de los *jadims*[1] menos ambiciosos, al que conocía muy bien, y le preguntó cómo podría neutralizar el *sifli jaadu* de Saida. Anyum le explicó que la situación estaba fuera de control y que a esas alturas estaba en juego mucho más que la salud de una niña, y siendo ella la única que sabía dónde radicaba el problema, sentía que tenía una gran responsabilidad. Estaba dispuesta a ir donde tuviese que ir y a hacer lo que tuviera que hacer. Estaba dispuesta a hacerlo a cualquier precio, dijo, incluso a pagarlo con la horca. Tenía que pararle los pies a Saida. Necesitaba la bendición de los *jadims*. Hablaba de un modo cada vez más histriónico y pasional atrayendo las miradas de la gente, así que el *jadim* tuvo que tranquilizarla. Le preguntó a Anyum si había visitado el *dargah* de Hazrat Gharib Nawaz en Ajmer después de que Zainab apareciese en su vida. Cuando Anyum le dijo que, por una u otra razón, no había podido hacerlo, él le respondió que ahí radicaba el problema y no en el *sifli jaadu* de nadie. Fue bastante severo con ella por creer en brujerías y vudús cuando tenía a Hazrat Gharib Nawaz, que estaba allí para protegerla. Sus palabras no solo convencieron por completo a Anyum sino que reconoció que no haber ido a visitar Ajmer Sharif durante tres años había sido un grave error.

Hasta finales de febrero Zainab no se recuperó lo sufi-

1. *Jadim* o *khadim:* literalmente «sirviente», que sirve a un hombre santo o a un santo ocupándose de los fieles que acuden en busca de ayuda. *(N. de la T.)*

ciente como para que Anyum considerase que podía dejarla sola unos días. Zakir Mian, propietario y director ejecutivo de una floristería de la cadena A-1 Flower aceptó viajar con Anyum. Zakir Mian había sido amigo de Mulaqat Ali. A esas alturas tenía setenta años y ya era demasiado viejo para darle vergüenza que le vieran viajando con un *hijra*. Su tienda A-1 Flower era básicamente una plataforma de un metro cuadrado de cemento que se alzaba hasta la altura de la cadera, ubicada bajo el balcón de la casa de los padres de Anyum, en la esquina donde Chitli Qabar desemboca en Matia Mahal Chowk. Zakir Mian se la había alquilado a Mulaqat Ali (y ahora se la alquilaba a Saqib) y había dirigido A-1 Flower desde allí durante más de cincuenta años. Pasaba todo el día sentado sobre un pedazo de arpillera haciendo guirnaldas de rosas rojas y otras muy distintas que confeccionaba con pagarés de papel que estaban nuevos pero fuera de circulación. Los doblaba una y otra vez, convirtiéndolos en pequeños abanicos o en pajaritas de papel para el disfrute de los novios el día de su *nikah*. Su principal desafío era, y siempre fue, mantener las rosas frescas y húmedas y los pagarés crujientes y secos dentro del pequeño espacio de su tienda. Zakir Mian dijo que tenía que ir a Ajmer y después a Ahmedabad en Guyarat, donde tenía algún negocio con la familia de su mujer. Anyum prefería viajar con él hasta Ahmedabad en lugar de volver sola desde Ajmer y arriesgarse a que la acosaran y humillaran (tanto por verla como por *no* verla). Zakir Mian, por su lado, tenía una salud frágil y estaba encantado de tener a alguien que le ayudase con el equipaje. Propuso que en Ahmedabad fuesen a visitar el santuario de Wali Dajani, el poeta urdu del siglo XVII, conocido como el Poeta del Amor y admirado por Mulaqat Ali, para obtener también su bendición. Sellaron sus planes de viaje recitando entre risas un pareado del poeta, que era uno de los preferidos de Mulaqat Ali:

Jisey ishq ka tiir kaari lage
Usey zindagi kyuun na bhari lage

Aquel a quien Cupido fulmina con la flecha del amor
verá su vida lastrada siempre por el tormento.

Días más tarde partieron en tren. Pasaron dos días en Ajmer Sharif. Anyum se abrió paso entre un gentío de devotos y compró un chador verde y dorado por mil rupias como ofrenda para Hazrat Gharib Nawaz en nombre de Zainab. Esos dos días llamó a la Jwabgah desde un teléfono público. El tercer día, ansiosa por saber cómo estaba Zainab, volvió a llamar desde el andén de la estación de ferrocarril de Ajmer, justo antes de subir al Garib Nawaz Express hacia Ahmedabad. A partir de ahí ya no se supo nada más de ella ni de Zakir Mian. El hijo de este llamó a la casa de la familia de la madre en Ahmedabad. El teléfono estaba cortado.

Aunque no tenían noticias de Anyum, las que llegaban de Guyarat eran horribles. Unos «descreídos», según los calificaron al principio los periódicos, habían prendido fuego a un vagón de tren. Sesenta peregrinos hinduistas murieron quemados vivos. Regresaban de un viaje a Ayodhya adonde habían llevado ladrillos ceremoniales para colocar en los cimientos de un gran templo que querían levantar en el lugar donde antes existió una antigua mezquita. La mezquita, la Babri Masjid, había sido derribada diez años antes por una turba enardecida. Un ministro del gobierno (que por entonces estaba en la oposición y había presenciado cómo la turba enardecida destrozaba la mezquita) declaró que, sin lugar a dudas, el incendio del tren parecía obra de terroristas paquistaníes. La policía detuvo a cientos de musulmanes (todos colaboracionistas paquistaníes, según ellos) en los aledaños de la estación amparados por la nueva ley antiterrorista y los mandó a prisión. El ministro principal de Guyarat, miembro leal de la organización (al igual que el ministro del Interior y el primer ministro), se presentaba por entonces a la reelección. Apareció en la televisión vestido con un *kurta* color azafrán, con un lunar bermellón pintado en la frente, y ordenó con mirada fría e inexpresiva que los cuerpos calcinados de los peregrinos hinduistas fuesen trasladados a Ahmedabad, la capital del estado, donde serían expuestos para que la gente pudiese presentarles sus respetos. Un «portavoz extraoficial» anunció extraoficialmente que cualquier acción tendría como respuesta una reacción igual y en sentido contrario. No atribuyó la cita a Newton, por supuesto, porque en el clima predominante la postura oficial autorizada era que los hindúes de la antigüedad habían inventado todas las ciencias.

La «reacción», si puede denominarse así, no fue ni igual ni en sentido contrario. La matanza se extendió durante semanas y no se limitó solo a las ciudades. Las multitudes iban armadas con espadas y tridentes y llevaban cintas de color azafrán atadas en la cabeza. Tenían listas catastrales de las casas, negocios y tiendas pertenecientes a los musulmanes. Tenían abundantes reservas de bombonas de gas (eso explicaba la escasez de gas de las semanas anteriores). Los heridos que llevaban a los hospitales también sufrían los ataques de la turba. La policía no registró ningún caso de asesinato. Dijeron, con toda razón, que primero tenían que ver los cadáveres. El problema radicaba en que la policía solía ser parte de la turba y, cuando la turba finalizaba su actuación, los cadáveres ni siquiera parecían cadáveres.

Nadie se opuso cuando Saida (que quería a Anyum y permanecía totalmente ajena a las sospechas que esta abrigaba respecto a ella) propuso dejar de ver los culebrones, cambiar a un canal de noticias y dejarlo puesto todo el tiempo por si, por pura casualidad, pudieran descubrir alguna clave de lo que les había ocurrido a Anyum y a Zakir Mian. Cuando los entusiastas presentadores de los telediarios anunciaban una conexión en directo con los campos de refugiados donde en esos momentos vivían decenas de miles de musulmanes de Guyarat, las habitantes de la Jwabgah quitaban el sonido y se concentraban en las personas que aparecían al fondo de la imagen, con la esperanza de ver a Anyum y a Zakir Mian haciendo cola para recibir comida o mantas o descubrirlos agazapados dentro de una tienda de campaña. De paso, se enteraron de que el santuario de Wali Dajani había sido arrasado y de que encima habían construido una carretera asfaltada para borrar toda señal de su existencia. (Ni la policía ni las turbas ni el ministro principal pudieron hacer nada para detener a la gente que seguía depositando flores en mitad de la nueva carretera donde antes estaba el santuario. Cuando las flores quedaban hechas papilla, aplastadas bajo las ruedas de los veloces coches, volvían a aparecer flores frescas. ¿Y qué podía hacerse para evitar la asociación entre la poesía y las flores aplastadas?) Saida llamó a todos los periodistas y miembros de ONG que conocía y les suplicó que la ayudasen. Nadie supo decirle nada. Pasaron semanas sin recibir noticias. Zainab se recuperó de sus dolencias y regresó al colegio, pero cuando volvía a casa lo hacía quejumbrosa y no se separaba de Saida ni a sol ni a sombra.

Dos meses después, cuando los asesinatos se hicieron más esporádicos y empezaron a disminuir en número, el hijo mayor de Zakir Mian viajó por tercera vez a Ahmedabad en busca de su padre. Como precaución se afeitó la barba y se puso en la muñeca unos hilos rojos del ritual de la puyá con la esperanza de pasar por hinduista. No encontró a su padre, pero se enteró de lo que le había pasado. Sus averiguaciones le condujeron hasta un pequeño campo de refugiados, dentro de una mezquita a las afueras de la ciudad, donde localizó a Anyum en el sector masculino y la trajo de vuelta a la Jwabgah.

Le habían cortado el pelo de tal forma que parecía que llevase un casco con orejeras. Iba vestida como un funcionario joven, con unos pantalones de felpa marrón oscuro y una sahariana a cuadros de manga corta. Había perdido mucho peso.

Zainab, que al principio se asustó un poco del aspecto masculino de Anyum, acabó por superar su miedo y arrojarse a sus brazos chillando de alegría. Anyum la abrazó con fuerza, pero se mostró impasible ante las lágrimas, preguntas y abrazos de bienvenida de las demás, como si su recibimiento fuera una ordalía por la que no le quedase más remedio que pasar. Su frialdad hirió e intimidó un poco a las habitantes de la Jwabgah, pero se mostraron inusualmente correctas al expresar su empatía y preocupación.

En cuanto pudo, Anyum subió a su habitación. Volvió a aparecer unas horas después vestida con su ropa habitual, los labios pintados, maquillaje y algunos broches bonitos en el pelo. Pronto quedó claro que no quería hablar de lo que le había pasado. No contestó ninguna pregunta sobre Zakir Mian. «Fue la voluntad de Dios», fue lo único que dijo.

Durante la ausencia de Anyum, Zainab había dormido en el piso de abajo con Saida. Cuando Anyum regresó, la niña volvió a dormir en el piso de arriba, pero Anyum se dio cuenta de que había empezado a llamar «mamá» también a Saida.

–Si ella es tu mamá, entonces, ¿quién soy yo? –le preguntó Anyum a Zainab pocos días después–. Nadie tiene dos mamás.

–Mamá *badi* –contestó Zainab. Mamá grande.

Ustad Kulsum Bi había ordenado que dejasen a Anyum hacer lo que quisiera durante el tiempo que quisiera.

Lo que Anyum quería era que la dejasen en paz.

No hablaba, su silencio era desconcertante, y pasaba la mayor parte del tiempo entre sus libros. En el transcurso de una semana le enseñó a Zainab a cantar algo que nadie de la Jwabgah entendía. Anyum dijo que era un cántico sánscrito, el mantra Gayatri. Lo había aprendido en el campamento de Guyarat. Allí la gente decía que era bueno saberlo para poder recitarlo si te veías atrapado en medio de una turba y hacerles creer que eras hinduista. Aunque ni Zainab ni Anyum tenían la más mínima idea de lo que quería decir, la niña lo aprendió rápidamente y lo canturreaba alegremente al menos veinte veces al día, mientras se vestía para ir al colegio, mientras metía los libros en la mochila, mientras daba de comer al chivo:

Om bhur bhuvah svaha
tat savitur varenyam
bhargo devasya dhimahi
dhiyo yo nah pracodayat.

Una mañana Anyum salió de la casa con Zainab para volver más tarde con una Ratita totalmente distinta. Había hecho que le cortaran el pelo muy corto y la había vestido con ropa de chico; un traje infantil pastún con chaqueta bordada y *jootis* con las puntas curvadas hacia arriba como góndolas.

–Así estará más segura –fue todo lo que dijo Anyum a modo de explicación–. Cualquier día lo que pasó en Guyarat puede pasar en Delhi. Ahora su nombre es Mahdi.

El llanto de Zainab se oía a lo largo de toda la calle, desde las jaulas con las gallinas a las zanjas de las atarjeas donde se revolcaban los perritos callejeros.

Se convocó una reunión de emergencia. Tendría lugar durante las dos horas en las que solían cortar la luz a diario, así nadie se quejaría de perderse ninguna serie de la televisión. Mandaron a Zainab a pasar la tarde con los nietos de Hasan Mian. Su gallo se encontraba dormitando en su rincón habitual, en el estante junto al televisor. Ustad Kulsum Bi se dirigió a las asistentes a la reunión desde la cama, recostada en una *razai*, una colcha previamente enrollada y colocada detrás de su espalda en posición vertical, a modo de enorme almohadón. Todas las demás se sentaron en el suelo. Anyum permaneció medio oculta junto al umbral de la puerta. Bajo la luz azulada y sibilante de la lámpara Petromax, la cara de Kulsum Bi parecía el lecho seco de un río, y su pelo, cada vez más escaso, el menguante glaciar del que una vez surgiera ese río. Para la ocasión se había puesto la dentadura postiza nueva, aunque incómoda. Hablaba con autoridad y mucho teatro. Su discurso parecía dirigido a las iniciadas que acababan de ingresar en la Jwabgah, pero el tono iba dirigido a Anyum.

–Esta casa, este hogar, posee una historia ininterrumpida tan antigua como esta vieja ciudad –dijo–. Estas paredes desconchadas, este tejado con goteras, este patio bañado por el sol, todo fue precioso en el pasado. Los suelos estaban cubiertos de alfombras traídas directamente de Persia, los techos estaban decorados con espejos. Cuando Shahenshah Sha Jahan construyó el Fuerte Rojo y la Jama Masjid, cuando construyó esta ciudad amurallada, también mandó construir nuestro pequeño *haveli*. Para nosotras. Recordadlo siempre: nosotras no somos unos *hijras* cualesquiera que viven en cualquier lugar. Somos los *hijras* de Shahjahanabad. Nuestros gobernantes tenían tal confianza en nosotras que dejaban a sus madres y esposas a nuestro cuidado. En el pasado deambulábamos libremente por las dependencias de las mujeres, el harén del Fuerte Rojo. Ahora todos se han marchado, aquellos emperadores poderosos y sus reinas. Pero *nosotras* seguimos aquí. Pensad en eso y preguntaos por qué.

El Fuerte Rojo siempre ocupó un lugar importante en el relato que Ustad Kulsum Bi hacía de la historia de la Jwabgah. En los viejos tiempos, cuando podía valerse por sí misma, uno de los rituales de iniciación obligatorios para las recién llegadas era ir hasta el Fuerte Rojo a ver el espectáculo de luz y sonido. Iban en grupo, vestidas con sus mejores galas, con flores en el pelo, tomadas de la mano, arriesgando la vida y las piernas al internarse en el tráfico de Chadni Chowk (un caos de coches, autobuses, rickshaws y carruajes *tangas* tirados por caballos, todos ellos conducidos por gente que, no se sabe cómo, se las arreglaba para ser imprudente incluso a una velocidad increíblemente lenta).

El fuerte era una gigantesca meseta de piedra arenisca que se alzaba sobre la ciudad vieja, una parte tan inmensa del perfil urbano que sus habitantes habían dejado de verlo. De no ser por la insistencia de Ustad Kulsum Bi, quizá nadie de la Jwabgah habría reunido el suficiente valor para entrar allí, ni siquiera Anyum, que había nacido y crecido a su sombra. Una vez que cruzaban el foso (lleno de basura y de mosquitos) y se internaban por la enorme puerta, la ciudad dejaba de existir. Unos monos de ojos pequeños y enloquecidos se paseaban de un lado al otro de las imponentes murallas de piedra arenisca, construidas a una escala y con una elegancia inconcebibles para la mente moderna. Dentro del fuerte te encontrabas un mundo diferente, un tiempo diferente, un aire diferente (que olía claramente a marihuana) y un cielo diferente. No era una franja estrecha, limitada por el ancho de la calle y apenas visible entre la maraña de cables eléctricos, sino un cielo ilimitado, surcado de cometas que revoloteaban, altas y silentes, flotando en las corrientes térmicas.

El espectáculo de luz y sonido era una antigua versión aprobada por el gobierno (el nuevo gobierno todavía no le había puesto la mano encima) de la historia del Fuerte Rojo y de los emperadores que habían gobernado desde allí durante más de doscientos años. Desde Sha Jahan, que fue quien lo construyó, hasta Bahadur Sha Zafar, el último mogol, que fue enviado al exilio por los británicos tras el levantamiento fallido de 1857. Era la única historia oficial que conocía Ustad Kulsum Bi, aunque es posible que su interpretación fuese mucho menos ortodoxa que la propuesta por sus autores. Durante la visita, Ustad Kulsum Bi y su grupito se sentaban con el resto del público, en su mayoría turistas y colegiales, en las hileras de bancos de madera bajo los cuales vivían densas nubes de mosquitos. Para evitar que les picasen, el público tenía que adoptar una postura de indiferencia forzada y mover las piernas todo el rato durante el relato de las coronaciones, las guerras, las masacres, las victorias y las derrotas.

El interés de Ustad Kulsum Bi se centraba exclusivamente en la mitad del siglo XVIII, en el reinado del emperador Mohamed Sha Rangila, amante legendario del placer, de la música y la pintura; el mogol más alegre de todos. Ustad Kulsum Bi instaba a sus acólitas a que prestaran especial atención al año 1739. La puesta en escena de ese periodo comenzaba con un estruendo de cascos de caballos que surgía por detrás del público y avanzaba atravesando el recinto fortificado. Al principio el tronar era muy débil y después se hacía másfuerteMásFuerteMÁSFUERTE. Era la caballería de Nadir Sha que venía desde Persia, galopando a través de Gazni, Kabul, Kandahar, Peshawar, Sind y Lahore, saqueando ciudad tras ciudad en su estrepitoso avance hacia Delhi. Los generales de Mohamed Sha le advertían del cataclismo que se avecinaba, pero él, imperturbable, ordenaba que tocaran música. En ese momento del espectáculo, las luces del Diwan-i-Khas, la Sala de Audiencias Especiales, se llenaban de colores. Violeta, rojo, verde. El harén se iluminaba con luz rosa (por supuesto) y se colmaba de risas femeninas, del frufrú de sedas, del chan chan chan de las tobilleras. Entonces, de repente, en medio de esos sonidos femeninos, alegres y delicados, se oía con total claridad la risa inconfundible, profunda, áspera y coqueta de un eunuco de la corte.

–*¡Ahí!* –decía Ustad Kulsum Bi, como un lepidopterólogo jubiloso que acabara de atrapar una rara mariposa nocturna–. ¿Lo habéis oído? Ahí estamos *nosotras*. Ahí está nuestro antepasado, nuestra historia, nuestra leyenda. Nunca fuimos plebeyas, ¿lo veis?, formábamos parte del personal del palacio real.

El momento duraba un suspiro. Pero no importaba. Lo que importaba era que *existía*. Formar parte de la historia, aunque no fuera más que a través de una risa, estaba a años luz de no figurar para nada en ella, de ser borrada de ella. Después de todo, una risa podía convertirse en el punto de apoyo donde afirmar el pie en el escarpado muro del futuro.

Ustad Kulsum Bi se ponía furiosa si alguna se perdía la risa después de todo el trabajo que se había tomado en avisarlas. Se ponía tan furiosa que, de hecho, para evitar que aquello pudiera acabar en un espectáculo público, las mayores aconsejaban a las más nuevas que simulasen haber oído la risa aunque no fuese así.

Una vez Gudiya intentó decirle que los *hijras* eran figuras respetadas dentro de la mitología hinduista. Contó la historia de Rama, su esposa Sita y su hermano pequeño Laxman, según la cual cuando fueron expulsados de su reino durante catorce años, sus vasallos, que amaban a su rey, lo siguieron al destierro, jurando acompañarlo dondequiera que fuese. Cuando llegaron a las afueras de Ayodhya, donde comenzaba el bosque, Rama se volvió hacia su pueblo y dijo: «Quiero que todos vosotros, hombres y mujeres, volváis a vuestras casas y esperéis allí hasta que yo regrese.» Incapaces de desobedecer a su rey, hombres y mujeres volvieron a sus hogares. Solo los *hijras* esperaron fielmente a su rey al borde del bosque durante los catorce años siguientes porque él había olvidado mencionarlos.

–¿Así que se nos recuerda como las olvidadas? –dijo Ustad Kulsum Bi–. ¡Ya! ¡Ya!

Anyum recordaba nítidamente su primera visita al Fuerte Rojo por razones personales. Era su primera salida tras la intervención quirúrgica del doctor Mujtar. Mientras hacían cola para sacar las entradas casi todas miraban boquiabiertas a los turistas extranjeros que hacían cola por separado y pagaban unas entradas más caras. A su vez, los turistas extranjeros miraban boquiabiertos a los *hijras*, a Anyum en particular. Un joven, un hippie de mirada penetrante y barba fina estilo Jesucristo, la miraba con arrobo. Ella también le miraba. En su fantasía, lo transformó en Hazrat Sarmad Shahid. Se lo imaginó desnudo, menudo y delgado como dicen que era, erguido con gesto orgulloso delante de los malévolos jueces cadíes de largas barbas, sin siquiera pestañear cuando le sentenciaron a muerte. Se sobresaltó un poco cuando el turista se le acercó.

–Eres mucho bonita –le dijo–. ¿Foto? ¿Puedo?

Era la primera vez en su vida que querían sacarle una foto. Halagada, se colocó la trenza con un lazo rojo por encima del hombro con coquetería y miró a Ustad Kulsum Bi pidiéndole permiso. Le fue concedido. Así posó para la foto, recostándose torpemente contra la muralla de piedra arenisca, con los hombros echados hacia atrás y la barbilla levantada, descarada y tímida al mismo tiempo.

–Grasiass –dijo el joven–. Mucho grasiass.

Aunque nunca la vio, esa foto marcó el principio de algo. ¿Dónde estaría ahora? Solo Dios lo sabía.

Anyum salió de su ensoñación y volvió a prestar atención a la reunión que estaba teniendo lugar en la habitación de Ustad Kulsum Bi.

Fue la decadencia e indisciplina de nuestros gobernantes lo que provocó la ruina del imperio mogol, estaba diciendo Ustad Kulsum Bi. Los príncipes de jolgorio con las esclavas, los emperadores correteando desnudos, viviendo una vida de opulencia mientras su pueblo se moría de hambre. ¿Cómo iba a sobrevivir un imperio así? ¿Por qué *tendría* que sobrevivir? (Nadie que la hubiese visto representar el papel de príncipe Salim en *Mughal-e-Azam* hubiera sospechado que le tenía tan poca simpatía. Ni nadie hubiese pensado que, a pesar de sentirse orgullosa por la antigüedad de la Jwabgah y por su proximidad a la realeza, abrigase una furia socialista frente al despilfarro de los gobernantes mogoles y a la penuria de su pueblo.) A continuación expuso las razones para llevar una vida de sólidos principios y disciplina férrea, las dos cosas que, según ella, eran el sello de la Jwabgah, su fuerza y la razón de su supervivencia durante tantos años, mientras otras cosas más impresionantes y poderosas habían desaparecido.

La gente normal y corriente del *Duniya*, del mundo real, ¿qué sabían ellos lo que significaba vivir la vida de un *hijra?* ¿Qué sabían de las reglas, la disciplina y los sacrificios? ¿Quién sabía, hoy en día, que hubo épocas en las que todas, incluso ella, Ustad Kulsum Bi, se vieron obligadas a mendigar en los semáforos y que a partir de ahí se habían ido recuperando poco a poco, humillación tras humillación? Ustad Kulsum Bi dijo que la Jwabgah se llamaba así porque era el lugar al que llegaba la gente especial, la gente bendita, con sueños que no podían hacer realidad en el *Duniya*. En la Jwabgah se liberaba a las Almas Sagradas atrapadas en cuerpos equivocados. (No se mencionó la cuestión de qué sucedería en el caso de que el Alma Sagrada fuese un hombre atrapado en un cuerpo de mujer.)

Sin embargo, dijo Ustad Kulsum Bi, *sin embargo* (y la pausa que hizo a continuación fue de tal calibre que era digna del gangoso primer ministro-poeta), el decreto principal de la Jwabgah era el *manzoori*. Consentimiento. La gente del *Duniya* difundía rumores malvados diciendo que los *hijras* secuestraban a niños pequeños y los castraban. Ella no sabía ni podía decir si esas cosas pasaban o no en otros lugares, pero en la Jwabgah, y con el Todopoderoso como testigo, nunca pasó nada sin un previo *manzoori*.

Entonces planteó el tema concreto que le ocupaba. El Todopoderoso nos ha devuelto a Anyum, dijo. Anyum no quiere decirnos qué le sucedió a ella y a Zakir Mian en Guyarat y nosotras no podemos obligarla a que lo haga. Lo único que podemos hacer es conjeturar. Y solidarizarnos con ella. Pero no debemos permitir que esa solidaridad comprometa nuestros principios. Obligar a una niña pequeña a vivir como un chico en contra de sus deseos, aunque sea por su propia seguridad, es encarcelarla, no es liberarla. No puede admitirse que algo así suceda en nuestra Jwabgah. No puede admitirse en absoluto.

–Es *mi* hija –dijo Anyum–, seré *yo* quien lo decida. Puedo abandonar este lugar y marcharme con ella si quiero.

Lejos de escandalizarse por esta declaración, las demás sintieron un gran alivio al constatar que la dramática reinona de toda la vida seguía vivita y coleando dentro de Anyum. No tenían por qué preocuparse, puesto que Anyum no tenía ningún lugar adonde ir.

–Tú puedes hacer lo que te plazca, pero la niña se quedará aquí –replicó Ustad Kulsum Bi.

–Has estado todo el tiempo hablando del *manzoori*, ¿y resulta que ahora vas a decidir *tú* en su nombre? –dijo Anyum–. Se lo preguntaremos a ella. Zainab querrá venir conmigo.

Hablarle a Ustad Kulsum Bi de esa manera era inaceptable. Aunque lo hiciese alguien que había sobrevivido a una masacre. Todas esperaron la reacción.

Ustad Kulsum Bi cerró los ojos y pidió que le quitaran

la *razai* que le habían colocado a modo de almohadón detrás de la espalda. Sintiéndose agotada de repente, se tumbó de cara a la pared, apoyó la cabeza en el hueco de su brazo y encogió el cuerpo formando un ovillo. Con los ojos cerrados y una voz que parecía venir de muy lejos, ordenó a Anyum que fuese a ver al doctor Bhagat y que se asegurase bien de tomar la medicación que él le prescribiese.

Se acabó la reunión. Las habitantes del Jwabgah se dispersaron. Se llevaron de la habitación la lámpara Petromax siseando como un gato enojado.

Anyum no había dicho aquello en serio pero, una vez verbalizada, la idea de marcharse se apoderó de ella y la envolvió como una pitón.

Se negó a ir a ver al doctor Bhagat, así que fue una pequeña delegación en su nombre encabezada por Saida. El doctor Bhagat era un hombre menudo con un bigote recortado al estilo militar, que atufaba a polvos de talco Dreamflower de Pond's. Era de movimientos rápidos y nerviosos, como un pájaro, e interrumpía constantemente a sus pacientes y a sí mismo aspirando por la nariz de forma seca y frenética, al tiempo que hacía un estacato sobre el escritorio con tres golpecitos de su bolígrafo. Tenía los brazos cubiertos de un vello negro y espeso, pero en la cabeza no tenía casi pelo. Se había afeitado el vello alrededor de la muñeca izquierda donde usaba una muñequera de tenista de felpa y, encima de esta, un pesado reloj de oro, para tener una visión clara y despejada de la hora. Aquella mañana iba vestido como siempre: con una impecable sahariana blanca, pantalones de felpa a juego y sandalias blancas brillantes. Del respaldo de su silla colgaba una toalla blanca limpia. La clínica estaba en un vecindario inmundo, pero él era un hombre muy limpio. Y también bueno.

La delegación entró en tropel. Algunas se sentaron en las pocas sillas disponibles y otras en los reposabrazos. El doctor Bhagat estaba acostumbrado a ver a sus pacientes de la Jwabgah de dos en dos y de tres en tres (nunca iban solas). Pero aquella mañana se quedó sorprendido ante la multitud que invadió su consulta.

–¿Cuál de vosotras es la paciente?

–Ninguna de nosotras, doctor sahib.

Saida, como portavoz, describió lo mejor que pudo (con aclaraciones y explicaciones esporádicas por parte de las demás) las alteraciones en el comportamiento de Anyum: su actitud pensativa, grosera, su inclinación a la *lectura* y, lo más grave de todo, su insubordinación. Le contó al médico la enfermedad de Zainab y la angustia de Anyum. (Por supuesto que ella no tenía forma de conocer la teoría de Anyum sobre el *sifli jaadu* y su implicación en ella.) La delegación había decidido, tras una minuciosa deliberación, no mencionar el asunto de Guyarat porque:

(a) no sabían qué le había sucedido allí a Anyum, si es que le había sucedido algo. Y

(b) porque el doctor Bhagat tenía sobre su escritorio una estatuilla bastante grande de plata (quizá solo estuviese bañada en plata) de Ganesh y siempre había una varilla de incienso encendida cuyo humo se le enroscaba en la trompa.

Cierto es que no se podía sacar ninguna conclusión concreta de este último hecho, pero hacía que se sintieran inseguras respecto a lo que el médico pudiese opinar de lo sucedido en Guyarat. Así que decidieron ser precavidas.

El doctor Bhagat (quien, como otros millones de hindúes, estaba realmente horrorizado por lo sucedido en Guyarat) las escuchó con atención, aspirando bruscamente por la nariz y dando golpecitos con el bolígrafo en el escritorio, mirándolas con sus ojos pequeños y brillantes, magnificados por los gruesos cristales de sus gafas de montura dorada.

Frunció el ceño y meditó durante un minuto sobre lo que acababa de oír y después preguntó si el deseo de Anyum de abandonar la Jwabgah era lo que la había conducido a la lectura o era la lectura lo que la había despertado su deseo de abandonar la Jwabgah. La delegación estaba dividida al respecto. Una de las delegadas más jóvenes, Meher, dijo que Anyum le había comentado que quería volver al *Duniya* y ayudar a los pobres. Aquello provocó una oleada de risas. El doctor Bhagat, sin sonreír, les preguntó qué les hacía tanta gracia.

–*Arre*, doctor sahib, ¿qué pobre va a querer que *nosotras* le ayudemos? –contestó Meher, y todas rieron ante la idea de intimidar a los pobres con sus ofertas de ayuda.

El doctor Bhagat escribió en su libreta de recetas con letra diminuta y clara: *Paciente que manifestaba con anterioridad una naturaleza alegre, extrovertida y obediente presenta en la actualidad una personalidad desagradable y desobediente.*

Les dijo que no se preocuparan y les extendió una receta. Las pastillas (las mismas que le recetaba a todo el mundo) la ayudarían a tranquilizarse y le proporcionarían unas cuantas noches de sueño profundo, tras lo cual necesitaba verla personalmente.

Anyum se negó en redondo a tomar las pastillas.

Con el paso de los días, su silencio se convirtió en algo más, en algo intranquilo y crispado. Algo que le corría por las venas como una sublevación insidiosa, una insurrección desquiciada contra una vida de felicidad espuria a la que sentía haber sido condenada.

Añadió la receta del doctor Bhagat a las cosas que había apilado en el patio, cosas que en el pasado había atesorado, y prendió una cerilla. Entre los objetos incinerados estaban:

Los documentales (sobre ella).

Dos álbumes grandes de fotografías satinadas (de ella).

Siete reportajes fotográficos en revistas extranjeras (sobre ella).

Un álbum de recortes de prensa extranjeros en más de trece idiomas, incluidos *The New York Times*, *The Times* de Londres, *The Guardian*, *The Boston Globe*, *The Globe and Mail*, *Le Monde*, *Corriere della Sera*, *La Stampa* y *Die Zeit* (sobre ella).

El humo provocado por la hoguera invadió el patio e hizo toser a todo el mundo, incluido el chivo. Cuando la ceniza se enfrió, se embadurnó con ella la cara y el pelo. Esa misma noche Zainab cogió su ropa, sus zapatos, su mochila del colegio y su plumier con forma de cohete espacial y los llevó al armario de Saida. Se negó a seguir durmiendo con Anyum.

–Mamá nunca está contenta –fue la razón concisa y despiadada que dio.

Con el corazón roto, Anyum vació su armario Godrej y metió sus mejores ropas (sus *ghararas* de raso y sus saris de lentejuelas, sus *jhumkas,*[1] sus pulseras de cristal y sus tobilleras de bisutería) en baúles de metal. Se confeccionó ella misma dos trajes de pastún, uno color gris paloma y otro marrón barro, compró un anorak de segunda mano y un par de zapatos de hombre que se puso sin calcetines. Llegó una furgoneta Tempo toda abollada y cargó el armario y los baúles de metal. Se marchó sin decir adónde iba.

Incluso entonces, nadie la tomó en serio. Estaban seguras de que volvería.

A apenas veinte minutos de trayecto en la furgoneta Tempo desde la Jwabgah, Anyum volvió a entrar en otro mundo.

1. *Jhumkas*: pendientes largos muy elaborados. *(N. de la T.)*

Era un cementerio discreto, descuidado, no demasiado grande y usado de tarde en tarde. El lado norte lindaba con un hospital público y un depósito de cadáveres gubernamental donde se almacenaban los cuerpos que nadie reclamaba y los de los vagabundos de la ciudad hasta que la policía decidiera cómo deshacerse de ellos. A la mayor parte los trasladaban al crematorio de la ciudad. Si se les identificaba claramente como musulmanes los enterraban en tumbas sin nombre que desaparecían con el tiempo y contribuían al enriquecimiento del suelo y a la frondosidad inusual de los árboles centenarios.

Las tumbas bien construidas no llegaban a doscientas. Varias generaciones de la familia de Anyum estaban enterradas allí: Mulaqat Ali, así como el padre, la madre, el abuelo y la abuela de Mulaqat Ali. La hermana mayor de Mulaqat Ali, Begum Zinat Kauser (tía de Anyum) estaba enterrada junto a él. La tía de Anyum se había mudado a Lahore tras la Partición. Después de vivir allí diez años, dejó a su marido y a sus hijos y volvió a Delhi porque dijo que era incapaz de vivir en otro lado que no fuese cerca de la mezquita Jama Masjid de Delhi. (Por alguna razón, la mezquita Badshahi de Lahore no servía como sustituta.) Después de sobrevivir a tres intentos de deportarla por parte de la policía por creerla una espía paquistaní, Begum Zinat Kauser se instaló en Shahjahanabad, en una habitación diminuta con cocina y vistas a su adorada mezquita. La compartía con una viuda más o menos de su edad. Se ganaba la vida preparando *korma* de cordero para un restaurante de la ciudad vieja frecuentado por grupos de turistas deseosos de saborear platos típicos. Se pasó treinta años revolviendo a diario la misma olla y oliendo a *korma* igual que otras mujeres olían a *ittar* y a perfume. Incluso cuando abandonó la vida, fue enterrada en su tumba oliendo como una comida de la Vieja Delhi. Junto a Begum Zinat Kauser yacían los restos de Bibi Ayesha, la hermana mayor de Anyum que había muerto de tuberculosis. Un poco más lejos estaba la tumba de Ahlam Baji, la comadrona que asistió al parto de Anyum. Los años previos a su muerte, Ahlam Baji perdió las facultades mentales y se puso obesa. Vagaba con aire regio por las calles de la ciudad vieja, como una reina mugrienta, con el pelo enmarañado envuelto en una toalla sucia, como si acabase de emerger de un baño de leche de burra. Llevaba siempre consigo un saco andrajoso de fertilizante Kisan Urea que llenaba con botellas vacías de agua mineral, cometas rotas, carteles y pancartas cuidadosamente doblados que encontraba tirados después de los multitudinarios mítines políticos que tenían lugar en el cercano recinto del Ramlila. En sus peores días Ahlam Baji abordaba en la calle a las personas que había ayudado a traer al mundo, muchos de ellos hombres y mujeres ya adultos y con hijos, para insultarlos con las peores groserías y maldecir el día en que nacieron. Sus insultos nunca llegaban a ofender a nadie; la gente solía reaccionar con la típica sonrisa, amplia e incómoda, de los que son llamados a subir al escenario para hacer de conejillos de Indias en un espectáculo de magia. A Ahlam Baji siempre le ofrecían comida y alojamiento. La comida la aceptaba (rencorosamente) como si le estuviese haciendo un gran favor a la persona que se la brindaba, pero rechazaba las ofertas de alojamiento. Insistía en permanecer al aire libre, incluso en los veranos más tórridos y los inviernos más crudos. La encontraron muerta una mañana, sentada muy rígida delante de la Papelería y Fotocopias Alif Zed, abrazada a su saco de Kisan Urea. Yahanara Begum insistió en que fuera enterrada en el cementerio familiar. Se ocupó de que lavaran y amortajaran su cuerpo y de que un imán dijese un responso. Después de todo, Ahlam Baji había traído al mundo a sus cinco hijos.

Junto a la tumba de Ahlam Baji estaba la de una mujer en cuya lápida se leía (en inglés): Begum Renata Mumtaz

Madam. Begum Renata era una bailarina de la danza del vientre de Rumanía que creció en Bucarest soñando con la India y sus diferentes danzas clásicas. Cuando tenía solo diecinueve años cruzó el continente haciendo autostop hasta llegar a Delhi, donde conoció a un gurú de la danza *kathak* que la explotó sexualmente y le enseñó muy poca danza. Para llegar a final de mes, empezó a hacer números de cabaret en el Rosebud Rest-O-Bar que estaba en la rosaleda (a la que los lugareños llamaban el Jardín Sin Rosas), en las ruinas de la Feroz Shah Kotla, la quinta de las siete antiguas ciudades de Delhi. El nombre artístico de Renata era Mumtaz. Murió joven, después de un amor frustrado con un estafador profesional que se esfumó con todos sus ahorros. Ella siguió añorándolo a pesar de saber que la había estafado. Se desquició, intentó hacer hechizos y convocar a los espíritus. Empezó a caer en trances prolongados durante los cuales la piel se le llenaba de forúnculos y la voz se le tornaba grave y áspera como la de un hombre. Las circunstancias de su muerte eran oscuras, aunque todo el mundo dio por sentado que se había suicidado. Fue Roshan Lal, el taciturno camarero del Rosebud Rest-O-Bar, moralista malhumorado y azote de todas las bailarinas (y blanco de las bromas femeninas), quien se sorprendió a sí mismo organizando el funeral de Renata y llevando flores a su tumba. Le llevó flores una vez, después otra y, sin darse cuenta, empezó a hacerlo todos los martes (su día libre). Fue él quien se ocupó de encargar una lápida con su nombre y de su «mantenimiento», como solía decir. Fue él quien añadió póstumamente los títulos de cortesía a su(s) nombre(s) en la lápida: uno antepuesto, «Begum», tratamiento de alto rango para una mujer musulmana, y el otro pospuesto, el de «Madam». Habían pasado diecisiete años desde la muerte de Renata Mumtaz. Roshan Lal tenía unas piernas delgadas surcadas de abultadas venas varicosas y se había quedado sordo de un oído, pero seguía yendo al cementerio en su destartalada y chirriante bicicleta negra, para llevarle flores frescas: gazanias, rosas de saldo y, cuando andaba corto de dinero, ramitos de jazmines que los niños vendían en los semáforos.

Aparte de las tumbas principales, había algunas cuya procedencia era dudosa. Por ejemplo, aquella en la que simplemente ponía «Badshah». Algunos insistían en que Badshah fue un príncipe mogol menor al que ahorcaron los británicos después de la rebelión de 1857, otros creían que había sido un poeta sufí de Afganistán. En otra tumba solo se leía el nombre de «Islahi». Algunos decían que había sido un general del ejército del emperador Sha Alam II, otros estaban convencidos de que era un chulo local que había muerto apuñalado en la década de 1960 por una prostituta a la que había engañado. Como siempre, cada uno creía lo que quería creer.

En su primera noche en el cementerio, después de una breve exploración del terreno, Anyum colocó su armario Godrej y sus pocas pertenencias cerca de la tumba de Mulaqat Ali y extendió su alfombra y su ropa de cama entre las tumbas de Ahlam Baji y de Begum Renata Mumtaz Madam. Esa noche no durmió, cosa que no era de extrañar. No porque alguien del cementerio la molestara; ningún genio se presentó para conocerla ni se le apareció ningún fantasma. Los heroinómanos que se reunían en el lado norte del cementerio (unas sombras apenas más oscuras que la noche), apiñados sobre los montículos de desechos del hospital en medio de un mar de vendas viejas y jeringuillas usadas, no se percataron en absoluto de su presencia. En el lado sur se agrupaban los sin techo, sentados alrededor de fogatas donde calentaban sus escasos y ahumados alimentos. A una distancia prudencial, se apostaban los perros callejeros, más saludables que los seres humanos, esperando educadamente a que les cayera alguna sobra.

Normalmente aquel entorno hubiera supuesto un peligro para Anyum. Pero estaba protegida por su propia desolación, que, libre al fin de las convenciones sociales, se alzó a su alrededor en toda su majestuosidad: una fortaleza con murallas, torres, recónditas mazmorras y muros que bullían como una turba incontrolada. Anyum cruzaba corriendo las doradas cámaras como una fugitiva huyendo de sí misma. Intentaba escapar sin éxito de la muchedumbre de hombres vestidos con túnicas de color azafrán y sonrisas de azafrán que la perseguían con niños ensartados en sus tridentes de azafrán. Intentaba cerrar la puerta por la que veía a Zakir Mian tirado en mitad de la calle, doblado sobre sí mismo, como uno de sus pajaritos de papel de pagaré. Pero él la seguía, doblado por la mitad, a través de las puertas cerradas, en su alfombra voladora. Intentaba olvidar la forma en que Zakir Mian la miró justo antes de que la luz se apagase de sus ojos. Pero él no la dejaba.

Intentó decirle que ella había luchado con todas sus fuerzas cuando intentaron apartarla de su cuerpo sin vida.

Pero ella sabía muy bien que no fue así.

Intentó des-conocer lo que les habían hecho a todos los demás, cómo habían doblado a los hombres y desdoblado a las mujeres. Y cómo, después, los habían despedazado, miembro a miembro, y los habían quemado.

Pero Anyum sabía de sobra que lo sabía.

Ellos.

Ellos, ¿quiénes?

El Ejército de Newton, desplegado para aplicar una Reacción Igual y en Sentido Contrario. Treinta mil periquitos azafranados con garras de acero y picos ensangrentados, todos graznando al unísono.

Mussalman ka ek hi sthan! Qabristan ya Pakistan!

¡Todos los musulmanes a un solo lugar! ¡Al cementerio o a Pakistán!

Anyum se tumbó encima del cuerpo sin vida de Zakir

Mian y se hizo la muerta. El cadáver falso de una mujer falsa. Pero los periquitos, a pesar de ser (o fingir ser) vegetarianos puros (requisito básico para ser reclutado), olfatearon el aire con el celo y la profesionalidad de un sabueso. Y, por supuesto, la descubrieron. Treinta mil voces chillaron a la vez como un remedo de Birbal, el periquito de Ustad Kulsum Bi:

Ai Hai! Saali Randi Hijra! Hijra Puta Cabrona. *Hijra* Puta Musulmana Cabrona.

Surgió otra voz, aguda y temerosa, otro pájaro:

Nahi yaar, mat maro, Hijron ka maarna apshagun hota hai.

No la mates, hermano, matar a un *hijra* trae mala suerte.

¡Mala suerte!

Nada asustaba más a aquellos asesinos que la posibilidad de tener mala suerte. Después de todo, los dedos de aquellas manos que empuñaban espadas cortantes y dagas punzantes estaban tachonados de piedras de la suerte engastadas en gruesos anillos de oro para alejar el mal agüero. También para apartar el mal agüero las muñecas que blandían barras de hierro para aporrear a la gente hasta la muerte estaban adornadas con hilos rojos del ritual de la puyá, anudados tiernamente por madres llenas de amor. Habiendo tomado tantas precauciones, ¿qué sentido tenía atraer la mala suerte voluntariamente?

Entonces pararon en seco y la obligaron a gritar sus consignas.

Bharat Mata Ki Jai! Vande Mataram!

Ella las gritó. Llorando, temblando, sufriendo una humillación que superaba hasta sus peores pesadillas.

¡Victoria para la Madre India! ¡Salve la Madre!

La dejaron con vida. No la mataron. No la hirieron. No la doblaron ni la desdoblaron. Solo a ella. Para que les trajera buena suerte a *ellos*.

La suerte de los carniceros.

Anyum no servía más que para eso. Y cuanto más viviera, más buena suerte les traería.

Intentó des-conocer ese pequeño detalle mientras corría por su fortaleza particular. Pero no podía. Sabía de sobra que lo sabía de sobra que lo sabía de sobra.

El ministro principal de mirada fría y lunar bermellón pintado en la frente volvería a ganar las elecciones. Incluso cuando el gobierno del primer ministro-poeta se desmembró por el centro, él ganó elección tras elección en Guyarat. Alguna gente lo creía responsable de los asesinatos en masa, pero sus votantes le llamaban *Guyarat ka Lalla*. El Amado de Guyarat.

Anyum llevaba meses viviendo en el cementerio. Un espectro primitivo y atormentado que superaba en su acecho a todos los genios y espíritus que allí residían y acorralaba de tal forma a las familias afligidas que acudían a enterrar a sus muertos con un desconsuelo tan salvaje y desmesurado que ensombrecía el de los dolientes. Dejó de arreglarse, dejó de teñirse el pelo. Le asomaron canas de un blanco sucio en las raíces, pero, al seguir creciendo, el pelo volvió a ser negro azabache, dándole un aspecto, en fin..., *rayado*. El vello facial, que era lo que más le horrorizaba en el mundo, empezó a cubrirle el mentón y las mejillas como una leve escarcha (afortunadamente, haberse inyectado hormonas baratas durante toda su vida evitó que se convirtiese en una barba en toda regla). Uno de los dientes delanteros, teñidos de rojo oscuro por el *paan* que masticaba, se le aflojó hasta quedar casi colgando de la encía. Cuando Anyum hablaba o sonreía (cosas que rara vez hacía), el diente se movía arriba y abajo de un modo aterrador, como la tecla de un armonio con vida propia. El terror que causaba tenía sus ventajas, puesto que asustaba a la gente y mantenía a raya a los niños desagradables que se divertían lanzándole piedras e insultos.

El señor D. D. Gupta, un antiguo cliente de Anyum cuyo afecto por ella hacía tiempo que había trascendido todo deseo mundano, logró localizarla y la visitaba en el cementerio. El señor Gupta era un constructor de Karol Bagh que compraba y suministraba material de construcción: acero, cemento, piedra, ladrillos. Aprovechó para desviar algunos ladrillos y unas pocas placas de uralita de la obra de un cliente adinerado y ayudó a Anyum a construir una caseta pequeña y precaria. No era nada elaborada, apenas un trastero donde Anyum podía guardar sus cosas bajo llave en caso necesario. El señor Gupta la visitaba de vez en cuando para comprobar que sus necesidades básicas estaban cubiertas y que no se había infligido ningún daño. Cuando se trasladó a Bagdad después de la invasión norteamericana de Irak (para aprovechar la creciente demanda de muros defensivos de hormigón) encargó a su esposa que, al menos tres veces por semana, enviara comida caliente a Anyum con el chófer. La señora Gupta, que se consideraba a sí misma una *gopi*, una devota de Krishna, se encontraba ya, según su quiromántico, viviendo en el séptimo y último ciclo de su reencarnación. Eso le permitía hacer lo que quisiera sin preocuparse de tener que pagar por sus pecados en su siguiente vida. Tenía sus propias relaciones amorosas, pero afirmaba que, al alcanzar el clímax sexual, lo único que ella veía era el rostro de Krishna. Quería mucho a su marido, pero sintió un gran alivio cuando este retiró del menú el plato de sus apetitos físicos maritales, por eso estaba más que feliz de hacerle ese pequeño favor.

Antes de marcharse, el señor Gupta le compró a Anyum un teléfono móvil barato y le enseñó cómo contestar a las llamadas (las llamadas entrantes eran gratis) y cómo enviarle lo que él describía como una «llamada perdida» si necesitaba hablar con él. Anyum perdió el móvil la primera semana de tenerlo, y cuando el señor Gupta la llamaba desde Bagdad, contestaba un borracho que se echaba a llorar y pedía que le pusiesen con su madre.

Además de ese acto de bondad, Anyum recibía a otros visitantes. Saida llevó a Zainab, que se comportó con aparente frialdad, aunque en realidad estaba traumatizada por la situación. (Cuando Saida se dio cuenta de que aquellas visitas causaban demasiado dolor tanto a Anyum como a Zainab, dejó de llevar a la niña.) El hermano de Anyum, Saqib, iba a verla una vez por semana. La mismísima Ustad Kulsum Bi iba a visitarla en rickshaw acompañada de su amigo Haji Mian y, a veces, también de Bismillah. Además se encargó de que Anyum recibiera una pequeña pensión de la Jwabgah, que le era entregada en efectivo dentro de un sobre a principios de cada mes.

El visitante más asiduo de todos era Ustad Hameed. Iba a diario, excepto los miércoles y domingos, unas veces al amanecer y otras veces al anochecer. Se sentaba sobre cualquier tumba con el armonio de Anyum y empezaba a tocar la pegadiza música clásica indostánica, Raag Lalit por las mañanas, Raag Shuddh Kalyan al atardecer: *Tum bin kaun khabar mori lait...* ¿Quién sino tú preguntará por mí? Ustad Hameed hacía caso omiso de las groseras peticiones que le vociferaba un público compuesto por vagabundos y mendigos agolpados al otro lado de los límites invisibles que demarcaban, por consenso, el territorio de Anyum. A gritos le pedían que tocara la última canción de moda de Bollywood o algún *qawwali* de gran popularidad (en nueve de cada diez ocasiones pedían *Dum-a-Dum Mast Qalandar)*. A veces, las trágicas sombras apostadas en el borde del cementerio se ponían de pie en medio de las ensoñaciones y el aturdimiento provocados por el alcohol o la heroína y danzaban pausadamente siguiendo su propio ritmo. Mientras moría (o nacía) la luz y la suave voz de Ustad Hameed se extendía por aquel arruinado paisaje y sus arruinados habitantes, Anyum permanecía sentada con las piernas cruzadas sobre la tumba de la Begum Renata Mumtaz Madam, dándole la espalda a Ustad Hameed. No le hablaba ni le miraba. A él no le importaba. Notaba por la rigidez de la espalda de Anyum que ella estaba escuchando. Ustad Hameed la había visto pasar por muchas cosas y estaba convencido de que también superaría esta etapa y de que él o, si no, la música sería testigo de ello.

Pero no había forma, ni con amabilidad ni con crueldad, de convencer a Anyum para que regresase a la Jwabgah. Tuvieron que pasar varios años para que la marea del dolor y del miedo empezara a descender. Las visitas diarias del imán Ziauddin, sus pequeñas (aunque a veces intensas) discusiones y su insistencia para que Anyum le leyera el periódico todas las mañanas ayudaron a traerla de vuelta al *Duniya*. Poco a poco, la Fortaleza de la Desolación fue reduciéndose hasta convertirse en una vivienda de proporciones manejables. Se convirtió en un hogar, en un lugar donde moraba un dolor predecible y acogedor, horrible pero fiable. Los hombres vestidos de azafrán enfundaron las espadas, bajaron los tridentes y regresaron mansamente a su vida laboral, a acudir a la llamada de los timbres, a obedecer órdenes, a pegar a sus mujeres y a esperar a que llegara el momento oportuno para su siguiente incursión sangrienta. Los periquitos azafranados encogieron las garras, recuperaron el color verde y se camuflaron entre las ramas de las higueras sagradas de las que habían desaparecido los buitres dorsiblancos y los gorriones. Los hombres doblados y las mujeres desdobladas la visitaban con menos frecuencia. Solo Zakir Mian, doblado sobre sí mismo, se negaba a irse. Pero llegó un momento en que, en lugar de seguir a Anyum dondequiera que fuese, se mudó a vivir con ella, convirtiéndose en un compañero constante y poco exigente.

Anyum empezó a arreglarse de nuevo. Se tiñó el pelo con jena, de un color naranja encendido. Se afeitó el vello facial, hizo que le extrajeran el diente flojo y lo remplazasen por uno postizo. El diente nuevo era de un blanco níveo y brillaba como un colmillo en medio de los demás dientes rotos y teñidos de rojo de su boca. En conjunto, apenas era un poco menos inquietante que su estética anterior. Continuó usando trajes pastunes, pero encargó otros nuevos de colores más suaves, azul claro y rosa pálido, que combinaba con sus antiguas *dupatas* estampadas o de lentejuelas. Engordó un poco y tenía un aspecto cómodo y atractivo con su nueva ropa.

Pero Anyum nunca olvidó que ella no era más que la Suerte de los Carniceros. Durante el resto de su vida, aunque pudiera parecer lo contrario, su relación con el Resto-de-su-Vida continuaría siendo precaria e insensata.

A medida que la Fortaleza de la Desolación menguaba, la caseta de Anyum iba agrandándose. Primero se convirtió en una choza donde cabía una cama y después en una casita con una pequeña cocina. Para no atraer demasiado la atención, Anyum dejó las paredes exteriores con un acabado tosco y sin pintar. Enlució las paredes interiores, las pintó de un insólito color fucsia. Puso un tejado de lajas de piedra soportado sobre vigas de hierro, lo que le proporcionó una terraza donde colocar una silla de plástico y sentarse en invierno a secarse el pelo y a que el sol le diera en las pantorrillas ásperas y agrietadas mientras contemplaba el dominio de los muertos. Para las puertas y ventanas eligió un color verde pistacho apagado. La Ratita, que ya era casi una adolescente, empezó a visitarla de nuevo. Siempre iba con Saida y nunca se quedaba a dormir. Anyum no preguntaba ni insistía ni dejaba ver lo que sentía. Pero el dolor de aquella herida nunca hallaba calma. En ese aspecto su corazón, simplemente, no se avenía a sanar.

Cada pocos meses las autoridades municipales dejaban un aviso en la puerta de Anyum comunicándole que estaba estrictamente prohibido ocupar una parte del cementerio para instalarse o vivir allí y que cualquier construcción no autorizada sería derribada en el plazo de una semana. Anyum les decía que ella no estaba viviendo en el cementerio sino que estaba muriendo en él y para eso no necesitaba ningún permiso de la municipalidad porque tenía autorización del mismísimo Todopoderoso.

Ninguno de los funcionarios municipales que la visitaban fue lo bastante hombre como para llevar adelante el asunto y correr el riesgo de verse ridiculizado por las habilidades legendarias de Anyum. Como todos los demás, también los funcionarios tenían miedo a las maldiciones de un *hijra*. Así que optaron por la vía de la contemporización y la extorsión de poca monta. Acordaron una suma de dinero nada desdeñable que debía entregárseles junto con una comida no vegetariana en las festividades de Diwali y de Eid. También quedó claro que, si se ampliaba la vivienda, la suma de dinero se ampliaría proporcionalmente.

Con el tiempo, Anyum empezó a construir habitaciones alrededor de los sepulcros de sus parientes. Cada habitación tenía una tumba (o dos) y una cama. O dos. Construyó un cuarto de baño separado y un retrete con su propia fosa séptica. El agua la sacaba de la fuente pública. El imán Ziauddin, a quien su hijo y nuera trataban mal, pronto se convirtió en un huésped permanente. Rara vez iba ya por su casa. Anyum empezó a alquilar un par de habitaciones a viajeros indigentes (la publicidad se hacía estrictamente de boca en boca). No había muchos interesados porque, por supuesto, la ubicación y el paisaje, por no hablar de la casera misma, no eran del gusto de todo el mundo. También hay que decir que no todos los interesados eran del gusto de la casera. Anyum era caprichosa e irracional a la hora de admitir o rechazar a un inquilino, y cuando lo rechazaba, unas veces lo hacía con una grosería injustificada y totalmente arbitraria que rayaba en el insulto *(¿A ti quién te ha enviado aquí? Vete a tomar por culo)* y otras veces con un rugido salvaje, casi sobrenatural.

La considerable ventaja de la pensión del cementerio era que no sufría cortes de luz, a diferencia de todos los demás barrios de la ciudad, incluidos los más exclusivos. Ni siquiera en verano. Eso se debía a que Anyum robaba la electricidad del depósito de cadáveres, donde la refrigeración tenía que funcionar de forma obligatoria e ininterrumpida las veinticuatro horas del día. (Los pobres de la ciudad que yacían allí con aquel espléndido aire acondicionado jamás disfrutaron nada parecido en vida.) Anyum le puso de nombre a su pensión Jannat. Paraíso. Tenía la televisión encendida noche y día. Decía que el ruido la ayudaba a mantener el equilibrio mental. Veía las noticias diligentemente y se convirtió en una aguda analista política. También veía telenovelas hindis y canales de películas inglesas. Le gustaban en particular las de vampiros de serie B y solía verlas una y otra vez. Por supuesto que no entendía bien los diálogos, pero entendía bastante bien a los vampiros.

Poco a poco, la Pensión Jannat se convirtió en un centro de reunión de los *hijras* que, por una u otra razón, se habían marchado o habían sido expulsados de la férrea red de las Gharanas *hijras*. Al extenderse la noticia de la nueva pensión en el cementerio, empezaron a reaparecer amigos del pasado y entre ellos, increíblemente, Nimo Gorajpuri. Cuando volvieron a verse, Anyum y ella se abrazaron y lloraron como dos novias desventuradas reunidas tras una larga separación. Nimo se convirtió en una visitante asidua y solía quedarse con Anyum dos y tres días seguidos. Se había convertido en una persona espléndida, de buena presencia, enjoyada, perfumada e impecablemente arreglada. Iba al cementerio en su propio coche, un pequeño Maruti 800 blanco, que conducía durante dos horas desde Mewat hasta Delhi. En Mewat era dueña de dos apartamentos y una pequeña granja. Era una magnate del comercio de cabras, especialmente de cabras exóticas, que vendía por grandes sumas a musulmanes adinerados de Delhi y Bombay para sacrificarlas en Bakr-Eid. Nimo se reía mientras le contaba a su vieja amiga los trucos del oficio y le describía las técnicas espurias para engordar cabras de la noche a la mañana, así como el manejo de los precios del mercado durante los días previos a la festividad del Eid. Decía que a partir del siguiente año tendría una página web y vendería cabras por internet. Anyum y ella quedaron en que, para recordar viejos tiempos, festejarían juntas el siguiente Bakr-Eid en el cementerio y sacrificarían el mejor espécimen del rebaño de Nimo. Esta le enseñó a Anyum fotos de sus cabras en su fastuoso teléfono móvil. Estaba tan obsesionada con las cabras como en el pasado lo estuvo con las revistas de moda occidentales. Le enseñó a Anyum cómo diferenciar una cabra Jamnapari de una Barbari y una Etawa de una Sojat. Después le enseñó un vídeo en su móvil de un gallo que parecía decir «¡Ah Alá!» cada vez que batía las alas. Anyum estaba sorprendida. *¡Hasta un simple gallo lo sabía!* A partir de ese día su fe se hizo más profunda.

Fiel a su palabra, Nimo Gorajpuri le regaló a Anyum un carnero joven negro con unos cuernos bíblicos en espiral igual, según Nimo, que el que Hazrat Abraham había sacrificado en la montaña en lugar de su unigénito Ismael (solo que el de él era blanco). Anyum instaló al carnero en una habitación para él solo (con una tumba para él solo) y lo crió con todo cariño. Intentó amarlo tanto como Abraham había amado a Ismael. Después de todo, el amor es el elemento que marca la diferencia entre el sacrificio de un animal o que muera en un matadero común y corriente. Anyum le tejió un collar dorado y le puso campanillas en las patas. El carnero también se encariñó con ella y la seguía a todos lados. (Anyum tenía la precaución de quitarle las campanillas de las patas y esconderlo cada vez que Zainab iba de visita, porque sabía muy bien cómo podía acabar todo aquello.) Aquel año, poco antes de la festividad de Eid, la ciudad vieja bullía de camellos añosos con tatuajes desvaídos, búfalos gordos y lustrosos y cabras grandes como potrillos, esperando a ser sacrificados. El carnero de Anyum había crecido hasta alcanzar el metro veinte y estaba en su punto, pura carne magra, músculo y ojos amarillos levemente rasgados. La gente iba al cementerio solo para admirarlo.

Anyum contrató a Imran Qureishi, famoso entre la generación de carniceros jóvenes, para llevar a cabo el sacrificio. Imran Qureishi dijo que tenía muchos compromisos anteriores y que no podría acudir hasta última hora de la tarde. Cuando llegó el día de Bakr-Eid, Anyum se dio cuenta de que, a menos que fuera a la ciudad y trajese al joven carnicero ella misma, otros se colarían y le arrebatarían su turno. Se vistió de hombre, con un traje pastún limpio y bien planchado, y pasó toda la mañana siguiendo a Imran de casa en casa, de esquina en esquina, mientras realizaba su trabajo. Su última cita era con un político, exmiembro de la Asamblea Legislativa, que había perdido las últimas elecciones por una diferencia de votos ridícula. Para minimizar su derrota y demostrar a su electorado que ya se estaba preparando para las próximas elecciones, había decidido montar una opulenta exhibición de piedad. Arrastraron a una búfala de agua, gorda y de buen aspecto, de piel lustrosa y aceitada, por las estrechas calles, apenas más anchas que el animal, hasta llegar a un cruce donde había un poco de espacio para maniobrar. La colocaron en diagonal, atada a una farola y con las patas delanteras amarradas, en aquella encrucijada donde casi no cabía. La gente alborotada se agolpó, vestida con sus mejores galas, en puertas, ventanas, balcones y terrazas para ver cómo Imran llevaba a cabo el sacrificio. Llegó abriéndose paso entre la multitud, delgado, en silencio, con actitud modesta. Cuando el murmullo del gentío empezó a crecer, la piel de la búfala tembló y el animal puso los ojos en blanco. Comenzó a mover hacia delante y hacia atrás su enorme cabeza, coronada por unos cuernos curvados hacia el lomo conformando un arco parabólico, como si hubiera entrado en trance en medio de un concierto. Con una hábil llave de judo, Imran y su ayudante tumbaron a la búfala de lado. En un abrir y cerrar de ojos, le cortó la yugular y de un salto se quitó de en medio para no ser alcanzado por el chorro de sangre que salió disparado en vertical como un surtidor y cuyo ritmo de bombeo reflejaba los agonizantes latidos de la búfala. La sangre roció las persianas bajadas de las tiendas y los rostros sonrientes de los políticos que aparecían en los deteriorados carteles pegados en los muros. El reguero rojo corrió calle abajo, junto a los vehículos aparcados: motocicletas, motos, rickshaws y bicicletas. Las niñas con zapatillas bordadas con pedrería chillaron y se apartaron del curso de la sangre. Los niños fingieron no darle importancia y los más traviesos mojaron ligeramente la suela del zapato en los charcos rojos y estamparon admirados una huella de sangre en la calzada. La búfala tardó un buen rato en desangrarse hasta morir. Entonces, Imran la abrió en canal, le extrajo los órganos y los colocó sobre la calle: el corazón, el bazo, el estómago, el hígado, las entrañas. Como la calle hacía bajada, los órganos empezaron a deslizarse como unos extraños barcos sobre un río de sangre. El ayudante de Imran los rescató y los colocó sobre una superficie horizontal. Su equipo de subalternos se hizo cargo del desuello y desmembramiento del animal. El carnicero superestrella limpió su cuchilla con un trapo, paseó la vista por la multitud, se encontró con la mirada de Anyum y asintió imperceptiblemente con la cabeza. Se deslizó entre el gentío y se alejó. Anyum lo alcanzó en la siguiente esquina. Las calles bullían de actividad. Por todos lados recogían cuernos, pieles, cráneos, sesos y menudillos de cabra, para separarlos y amontonarlos. Se extraían los excrementos de los intestinos para luego limpiarlos concienzudamente y hervirlos para hacer jabón y pegamento. Los gatos se escapaban con un delicioso botín. Nada se desperdiciaba.

Imran y Anyum fueron andando hasta la Puerta de Turkman donde tomaron un rickshaw para ir al cementerio.

Anyum, en aquel momento el Hombre de la Casa, sostuvo un cuchillo sobre su precioso carnero y elevó una plegaria. Imran le cercenó la yugular y sostuvo al carnero para que no se moviera mientras temblaba y la sangre se le escapaba del cuerpo. Veinte minutos después, el carnero estaba desollado, cortado en piezas manejables e Imran se marchó. Anyum hizo pequeños paquetes con la carne del cordero para repartir el sacrificio según está escrito: un tercio para la familia, un tercio para los conocidos y seres queridos y un tercio para los pobres. A Roshan Lal, que había llegado esa mañana para felicitarla por el Eid, le dio un paquete envuelto en plástico que contenía la lengua y parte de un muslo. Guardó los mejores trozos para Zainab, que acababa de cumplir doce años, y para Ustad Hameed.

Esa noche los borrachos y drogadictos cenaron bien. Anyum, Nimo Gorajpuri y el imán Ziauddin se sentaron en la terraza y se dieron un festín con el cordero preparado de tres formas diferentes y montones de arroz *biryani*. Nimo le llevó de regalo a Anyum un teléfono móvil en el que había copiado el vídeo del gallo. Anyum la abrazó y le dijo que aquel regalo hacía que se sintiese como si tuviera línea directa con Dios. Volvieron a mirar el vídeo del gallo varias veces. Se lo describieron minuciosamente al imán Ziauddin, que las escuchó con sus ojos pero no se mostró tan entusiasta como ellas respecto a su valor probatorio. Después, Anyum se guardó su teléfono móvil nuevo entre los pechos. Dijo que ese móvil no lo iba a perder. En pocas semanas D. D. Gupta, gracias a los buenos oficios de su chófer, que seguía llevándole recados suyos a Anyum, se enteró del nuevo número de teléfono y volvió a ponerse en contacto con ella desde Irak, donde había decidido quedarse a vivir.

A la mañana siguiente del Bakr-Eid, la Pensión Jannat recibió a su segundo huésped permanente, un joven que se hacía llamar Sadam Husain. Anyum le conocía poco y le quería mucho, así que le ofreció una habitación a un precio tirado, mucho menos de lo que le hubiese costado alquilar una en la ciudad vieja.

Anyum había conocido a Sadam cuando él trabajaba en el depósito de cadáveres. Era uno de los diez jóvenes que se encargaban de manipular los cuerpos. Los médicos hindúes responsables de llevar a cabo las autopsias se consideraban a sí mismos de la casta superior y no tocaban a los muertos por miedo a contaminarse. Los hombres que realmente manejaban los cadáveres y realizaban las autopsias eran contratados como limpiadores y pertenecían a una casta de barrenderos y curtidores a los que llamaban *chamares*. Los médicos, como casi todos los hindúes, los despreciaban y los consideraban intocables. Los médicos se mantenían a cierta distancia, cubriéndose el rostro con un pañuelo mientras les indicaban a gritos dónde hacer las incisiones y qué hacer con las vísceras y los órganos. Sadam era el único musulmán entre los limpiadores que trabajaban en el depósito. Al igual que ellos, también él se había convertido en una especie de aprendiz de cirujano.

Sadam era de sonrisa fácil y tenía unas pestañas que parecían trabajadas en un gimnasio. Siempre saludaba a Anyum con afecto y de vez en cuando le hacía pequeños recados. Iba a comprarle huevos y cigarrillos (Anyum no confiaba a nadie la compra de verduras frescas) o iba a buscarle un cubo de agua a la fuente los días que a ella le dolía la espalda. A veces, cuando no había mucho trabajo en el depósito de cadáveres (normalmente entre septiembre y noviembre, pues entonces la gente de la calle no moría como moscas por el calor, por el frío o por el dengue), Sadam iba a visitar a Anyum, ella le invitaba a una taza de té y compartían un cigarrillo. Un día desapareció sin previo aviso. Cuando Anyum preguntó por él, sus compañeros le dijeron que había tenido un altercado con uno de los médicos y lo habían despedido. Cuando volvió a aparecer aquella mañana después del Eid, había pasado un año entero y estaba un poco flaco y maltrecho e iba acompañado de una yegua blanca, igual de flaca y maltrecha que él, cuyo nombre dijo que era Payal. Iba vestido a la moda, con vaqueros y una camiseta que decía: *¿En tu casa o en la mía?* Llevaba gafas de sol que no se quitó ni siquiera dentro de la casa. Sonrió cuando Anyum le tomó el pelo, pero le dijo que aquello no tenía nada que ver con la moda. Entonces le contó la extraña historia de cómo un árbol le había quemado los ojos.

Sadam dijo que, después de que lo despidieran del depósito de cadáveres, había ido de trabajo en trabajo. Trabajó de ayudante en una tienda, de cobrador de autobús, vendiendo periódicos en la estación de trenes de Nueva Delhi y, al final, ya desesperado, de peón de albañil en una obra. Se hizo amigo de uno de los guardias de seguridad de la obra y este lo llevó a conocer a su jefa, Sangita Madam, con la esperanza de que le diese un empleo. Sangita Madam era una viuda regordeta y alegre que, a pesar de su personalidad jovial y su amor por las canciones de Bollywood, era una contratista de mano de obra despiadada, cuya empresa de seguridad Sanos y Salvos, Guardias de Seguridad (SSGS) contaba con una plantilla de quinientos guardias. Su oficina se encontraba en el sótano de una fábrica de botellas, en el flamante cinturón industrial surgido en las afueras de Delhi. Los hombres que trabajaban para ella hacían una jornada de doce horas, seis días a la semana. Sangita Madam se quedaba con una comisión del sesenta por ciento de sus salarios, así que los trabajadores apenas percibían lo suficiente para comprar comida y pagar un techo bajo el que dormir. Aun así, acudían a ella a miles: soldados licenciados, obreros desempleados, montones de aldeanos recién llegados en tren a la ciudad, hombres cultos, hombres incultos, hombres bien alimentados, hombres hambrientos.

–Había muchas empresas de seguridad y las oficinas estaban una junto a la otra –le contó Sadam a Anyum–. Menudo espectáculo ofrecíamos el primero de cada mes cuando íbamos a cobrar... Éramos miles de personas... Daba la impresión de que en esta ciudad solo había tres clases de personas: guardias de seguridad, gente que necesitaba guardias de seguridad y ladrones.

Sangita Madam era de las que mejor pagaban. Por eso era exigente en la selección de sus empleados. Contrataba a los que le parecían menos subalimentados y les entrenaba durante medio día. Básicamente, les enseñaba a quedarse firmes, a saludar, a decir «Sí, señor», «No, señor», «Buenos días, señor» y «Buenas noches, señor». Los equipaba con una gorra, una corbata con el nudo ya hecho que se ajustaba con un elástico y dos uniformes con las letras SSGS bordadas en las hombreras. (Tenían que dejar un depósito de dinero mayor que el valor de los uniformes, por si desaparecían sin devolverlos.) Sangita Madam desplegaba su pequeño ejército por toda la ciudad. Vigilaban casas, colegios, granjas, bancos, cajeros automáticos, tiendas, centros comerciales, cines, urbanizaciones cerradas, hoteles, restaurantes, embajadas y legaciones diplomáticas de los países más pobres. Sadam le dijo a Sangita Madam que su nombre era Dayachand (porque cualquier idiota sabía que en el clima reinante un guardia con nombre musulmán sería considerado una contradicción). Siendo un hombre de buena presencia, culto y saludable, obtuvo el empleo fácilmente. «Te estaré observando», le dijo Sangita Madam su primer día de trabajo, mirándolo de arriba abajo con admiración. «Si demuestras ser un buen trabajador, dentro de tres meses te nombraré supervisor.» Lo incluyó en un equipo de doce hombres que vigilaban el Museo Nacional de Arte Moderno, donde tenía lugar la exposición de uno de los artistas contemporáneos más famosos de la India, un hombre de una pequeña ciudad que había adquirido fama mundial. El museo había subcontratado la vigilancia de la exposición a Sanos y Salvos.

Las obras, artefactos de uso cotidiano hechos con acero inoxidable (cisternas de acero, motocicletas de acero, balanzas de acero con frutas de acero en un platillo y pesos de acero en el otro, armarios de acero llenos de ropa de acero, una mesa de acero con platos de acero y comida de acero, un taxi de acero con equipaje de acero en el portaequipaje de acero), de una verosimilitud extraordinaria, estaban magníficamente iluminadas y expuestas en las diferentes salas del museo. Cada sala estaba vigilada por dos guardias de la empresa Sanos y Salvos. Sadam dijo que hasta la más barata de las obras expuestas costaba lo mismo que un apartamento de dos dormitorios de protección oficial. Según sus cálculos, el valor total de todas las obras equivaldría a la de una urbanización entera. El principal patrocinador de la exposición era *Art First*, una revista de vanguardia que pertenecía a uno de los principales magnates del acero.

A Sadam (Dayachand) le confiaron en exclusiva la vigilancia de la obra emblemática de la muestra: un árbol baniano de acero inoxidable exquisitamente hecho a mitad de escala, pero absolutamente idéntico a uno real, con raíces aéreas de acero inoxidable que colgaban de las ramas y formaban un bosquecillo de acero inoxidable. El árbol llegó embalado en una caja de madera gigantesca que enviaron desde una galería de arte de Nueva York. Sadam presenció cómo lo desembalaban, lo colocaban en el jardín del Museo Nacional y lo fijaban al suelo con tornillos. De las ramas también colgaban cubos de acero inoxidable, fiambreras de acero inoxidable y ollas y sartenes de acero inoxidable. (Parecía como si unos obreros de acero inoxidable hubiesen colgado sus almuerzos de acero inoxidable mientras araban los campos de acero inoxidable y sembraban semillas de acero inoxidable.)

–Esa parte no la he entendido bien –le dijo Sadam a Anyum.

–¿Y el resto sí lo has entendido? –le preguntó Anyum, riendo.

El artista, que vivía en Berlín, había mandado instrucciones estrictas de que no se colocara ningún tipo de valla ni cordón de protección alrededor del árbol. Lo que le interesaba era que el público entrara en contacto con su obra sin que ninguna barrera se interpusiera entre ellos. Podían tocarla y caminar por el bosquecillo de raíces si así lo deseaban. Sadam dijo que muchos lo hacían, menos cuando el sol estaba alto y el acero se calentaba tanto que no podías tocarlo. El trabajo de Sadam consistía en vigilar que nadie garabatease su nombre en el árbol de acero ni hiciese ningún estropicio. También era su responsabilidad mantener el árbol limpio y asegurarse de borrar las marcas de dedos dejadas por los cientos de manos que lo tocaban. Para tal tarea se le facilitó una escalera especialmente diseñada para ello, aceite de bebé Johnson's y trapos de tela de saris viejos y suaves. Parecía un método inverosímil pero, de hecho, funcionaba muy bien. Limpiar el árbol no le había supuesto ningún problema, dijo Sadam. El problema era vigilarlo cuando el sol le daba de lleno y se reflejaba en él. Era como si te pidiesen que no apartases la vista del sol. Después de los primeros dos días, Sadam le pidió permiso a Sangita Madam para usar gafas de sol. Ella rechazó su demanda diciendo que daría una impresión impropia y que la dirección del museo podría tomarlo como una ofensa. Así que Sadam desarrolló una técnica que consistía en mirar el árbol durante dos minutos y después mirar hacia otro lado. Aun así, pasadas siete semanas, cuando volvieron a embalar el árbol para enviarlo a la siguiente exposición del artista en Ámsterdam, Sadam tenía los ojos quemados. Le escocían y le lloraban continuamente. Le resultaba imposible mantenerlos abiertos a la luz del día, a menos que llevara gafas de sol. Lo despidieron de Sanos y Salvos porque nadie querría contratar a un vulgar guardia de seguridad que iba vestido como si fuese el guardaespaldas de una estrella de cine. Sangita Madam le dijo que se había llevado una gran decepción con él y que la había defraudado por completo. Él reaccionó soltándole todo tipo de insultos. Lo echaron a empujones de la oficina.

Anyum se rió a carcajada limpia cuando Sadam le dijo los insultos que había empleado y le asignó la habitación que había construido alrededor de la tumba de su hermana Bibi Ayesha.

Sadam montó un establo provisional para Payal, contiguo al cuarto de baño. La yegua permaneció allí de pie toda la noche, resoplando y relinchando. Una yegua pálida en el cementerio. Durante el día se convertía en la socia comercial de Sadam. Los dos recorrían los hospitales más grandes de la ciudad. Allí Sadam se apostaba delante de la puerta de entrada y se afanaba con uno de los cascos de la yegua, dándole golpecitos con aire preocupado con un martillo pequeño, simulando estar colocando una herradura nueva. Payal cooperaba con el engaño. Cuando los angustiados parientes de algún paciente gravemente enfermo se acercaban a él a pedirle la herradura vieja para que les trajese buena suerte, Sadam aceptaba deshacerse de ella a regañadientes. Por un precio. También llevaba con él un surtido de medicamentos (los antibióticos más recetados, crocetina, jarabe para la tos y una variedad de remedios de hierbas) que vendía a la gente que acudía en masa a los grandes hospitales públicos desde las aldeas cercanas a Delhi. Muchos acampaban en los jardines del hospital o en las calles colindantes porque eran demasiado pobres para pagar un alojamiento en la ciudad. Cuando llegaba la noche Sadam volvía a casa montando a Payal como un príncipe. En su habitación tenía un saco de herraduras. Le regaló una a Anyum y ella la colgó en la pared de su casa junto a su tirachinas. Sadam también tenía otros intereses comerciales. Vendía pienso para palomas en determinados puntos de la ciudad donde los conductores se detenían a alimentar a las criaturas de Dios para obtener así bendiciones inmediatas. Los días que no iba a los hospitales, Sadam se apostaba allí con paquetitos de grano y calderilla para el cambio. Muchas veces, después de que el conductor se alejara, y para gran disgusto de las palomas, Sadam recogía el grano y volvía a meterlo en el paquete para el próximo cliente. Todo aquello (aprovecharse de las palomas y explotar a los parientes de los enfermos) constituía una tarea agotadora, especialmente en verano, y los ingresos no eran fijos. Pero no tenía que trabajar para ningún jefe, y eso era lo más importante.

Poco después de que Sadam se mudara al cementerio, Anyum y él, acompañados por el imán Ziauddin, pusieron en marcha otra iniciativa. Empezó por casualidad y acabó desarrollándose sola. Una tarde, Anwar Bhai, que dirigía un burdel cercano en G. B. Road, la calle de las putas, apareció por el cementerio con el cuerpo sin vida de Rubina, una de sus chicas, a la que le había reventado el apéndice y había muerto súbitamente. Anwar Bhai llegó acompañado de ocho mujeres vestidas con burkas y un niño de tres años, el hijo que Anwar Bhai tuvo con una de ellas. Estaban todos afligidos y angustiados, no solo por la muerte de Rubina, sino también porque el hospital les había devuelto el cuerpo sin los ojos. Les dijeron que se los habían comido las ratas en el depósito de cadáveres. Pero Anwar Bhai y las compañeras de Rubina creían que se los había robado alguien que sabía que era muy improbable que un puñado de prostitutas y su chulo denunciaran el caso a la policía. Por si fuera poco, debido a la dirección que figuraba en el certificado de defunción (G. B. Road), a Anwar Bhai le era imposible acceder a unos baños donde lavar el cuerpo sin vida de Rubina, conseguir un cementerio donde enterrarla ni tampoco un imán que rezara unas plegarias.

Sadam les dijo que habían acudido al lugar indicado. Les invitó a sentarse y les sirvió algo fresco de beber mientras creaba un tenderete cerrado detrás de la pensión con algunas *dupatas* viejas de Anyum, atándolas a cuatro postes de bambú. Dentro del tenderete colocó una tabla de contrachapado apoyada sobre unos pocos ladrillos, la cubrió con un plástico y pidió a las mujeres que colocaran allí el cuerpo de Rubina. Él y Anwar Bhai llenaron unos cubos con agua de la fuente, cogieron un par de botes vacíos de pintura y lo llevaron todo a la sala de baño improvisada. El cuerpo de Rubina ya estaba rígido, por lo que tuvieron que cortarle las vestiduras. (Sadam les proporcionó una cuchilla de afeitar.) Con cariño, aleteando sobre el cuerpo de Rubina como una bandada de cuervos, las mujeres la bañaron, enjabonaron su cuello, orejas y pies. Con igual cariño vigilaron atentas que ninguna de las demás cayera en la tentación de deslizar en su bolsillo una pulsera, un anillo o el precioso colgante de Rubina y escabullirse con el botín. (Se debían entregar todas las joyas, tanto las falsas como las auténticas, a Anwar Bhai.) Mehrunisa estaba preocupada por que el agua pudiera estar demasiado fría. Suleja afirmaba que Rubina había abierto los párpados y los había vuelto a cerrar (y que de las cuencas donde una vez estuvieron sus ojos brotaron rayos de luz divina). Zinat fue a comprar una mortaja. Mientras preparaban a Rubina para su viaje final, el hijito de Anwar Bhai, con vaqueros y un gorrito de oración, desfilaba de un lado a otro marcando el paso de la oca como si fuera la guardia del Kremlin, con el solo fin de alardear de sus nuevos zapatos Crocs de color malva (de imitación) decorados con flores. Se zampó ruidosamente un buen puñado de palitos de queso crocantes Kurkure del paquete que Anyum le había dado y, de vez en cuando, intentaba espiar dentro del tenderete para ver qué hacían su madre y sus tías (a las que en su corta vida nunca había visto con burkas).

Cuando terminaron de bañar, secar, perfumar y amortajar el cuerpo, Sadam ya había cavado una tumba lo bastante profunda con ayuda de dos drogadictos. El imán Ziauddin rezó las plegarias oportunas y enterraron el cuerpo de Rubina. Anwar Bhai, aliviado y agradecido, quiso darle quinientas rupias a Anyum, insistiéndole en que las aceptase. Anyum se negó. Sadam también se negó. Pero él no era de los que dejan pasar una oportunidad de hacer negocio.

En una semana la Pensión Jannat empezó a funcionar como funeraria. Se construyó una sala de baños en regla con un tejado de uralita y una plataforma de cemento sobre la que depositar los cuerpos. Contaba con un suministro constante de lápidas, mortajas, arcilla perfumada Multani (que la mayoría de la gente prefería en lugar del jabón) y cubos de agua. Además tenían un imán interno que atendía día y noche. Las normas de aceptación de los difuntos (igual que las de los vivos en la pensión) eran un tanto esotéricas: se les recibía con cálidas sonrisas de bienvenida o se les rechazaba con rugidos irracionales, dependiendo de quién sabe qué. El único criterio claro era que la Funeraria Jannat solo enterraba a aquellos que habían sido rechazados por los cementerios y los imanes del *Duniya*. A veces pasaban días y días sin ningún funeral y a veces había superabundancia. La marca récord que alcanzaron fue la de cinco funerales en un solo día. A veces hasta la misma policía (cuyas normas eran tan irracionales como las de Anyum) les traía un difunto.

Cuando Ustad Kulsum Bi murió (falleció mientras dormía), fue sepultada con gran pompa en el Hijron Ka Khanqah de Mehrauli. Pero Bombay Silk fue enterrada en el cementerio de Anyum. Igual que muchos otros *hijras* de la ciudad de Delhi.

(De ese modo, el imán Ziauddin por fin obtuvo la respuesta a la pregunta que había formulado tanto tiempo atrás: «Dime, cuando muere la gente como tú, ¿dónde os entierran? ¿Quién lava vuestros cuerpos? ¿Quién eleva las plegarias?»)

Poco a poco, la Pensión y Funeraria Jannat pasó a formar parte del paisaje de tal forma que ya nadie cuestionaba su origen ni su derecho a existir. Existía. Y ya está. Cuando Yahanara Begum murió a la edad de ochenta y siete años, el imán Ziauddin fue quien elevó las plegarias. Fue enterrada junto a Mulaqat Ali. Cuando murió Bismillah, también fue enterrada en el cementerio de Anyum. Igual que el chivo de Zainab, que bien podría haber entrado en el *Libro Guinness de los Récords* por haber logrado una proeza sin precedentes (para un chivo): morir de causas naturales (un cólico), tras sobrevivir a un número récord de dieciséis Bakr-Eids en Shahjahanabad. Claro que el mérito no fue suyo sino de su pequeña y temible dueña. Obviamente, en el *Libro Guinness* no existía esa categoría.

Aunque Anyum y Sadam compartían el mismo hogar (y cementerio) rara vez pasaban tiempo juntos. A Anyum le encantaba holgazanear, en cambio a Sadam, ocupado con sus diversas empresas (había vendido su negocio de alimentar a las palomas por ser el menos lucrativo), no le sobraba el tiempo y odiaba la televisión. Una rara mañana de obligado descanso, Anyum y él estaban sentados en un viejo asiento rojo de taxi que usaban como sofá, mientras bebían té y veían la televisión. Era el 15 de agosto, Día de la Independencia. El tímido primer ministro que había sucedido al gangoso primer ministro-poeta (el partido al que pertenecía no creía que India fuese una nación hindú) se dirigía al país desde las murallas del Fuerte Rojo. Era uno de esos días en los que la insularidad de la ciudad amurallada había sido invadida por el resto de Delhi. Masas de gente organizadas por el partido gobernante llenaban el recinto del Ramlila. Cinco mil escolares vestidos con los colores de la bandera nacional llevaron a cabo un ejercicio en el que formaron una flor gigante. Los personajes de poca monta dedicados al tráfico de influencias y los mandamenos que querían salir en televisión se sentaron en las primeras filas para poder sacar provecho de su proximidad al poder y transformarla en acuerdos comerciales. Años antes, cuando el voto popular expulsó del gobierno al gangoso primer ministro-poeta y a su pandilla de fanáticos intolerantes, Anyum lo había festejado y se había convertido en una admiradora (casi una ferviente adoradora) del economista que lo había sucedido en el poder, un sij tímido, tocado con un turbante azul. El hecho de que tuviera el mismo carisma político que un conejo asustado no hizo más que aumentar la adoración que Anyum sentía por él. Aunque más tarde llegó a la conclusión de que era cierto lo que la gente decía: que el primer ministro no era más que un títere y que era otro quien manejaba los hilos. Su ineficacia no hizo más que acrecentar las oscuras fuerzas que habían comenzado a acumularse como nubarrones en el horizonte y a extenderse por las calles una vez más. Guyarat ka Lalla seguía siendo el ministro principal de Guyarat. Se había vuelto arrogante y fanfarrón y hablaba cada vez más de la necesidad de vengar tantos siglos de gobierno musulmán. En todos sus discursos públicos siempre hallaba la forma de mencionar el contorno de su tórax (ciento cuarenta y dos centímetros). Por alguna extraña razón parecía que eso impresionaba *muchísimo* a la gente. Corría el rumor de que se estaba preparando para su «Marcha sobre Delhi». Respecto a Guyarat ka Lalla, Sadam y Anyum estaban en perfecta sintonía.

Anyum observó al Conejo Asustado (que apenas tenía tórax) tras las pantallas a prueba de balas y con el Fuerte Rojo alzándose detrás de él, soltando plúmbeas estadísticas sobre importaciones y exportaciones a una multitud inquieta que no tenía ni idea de lo que estaba diciendo. Hablaba como una marioneta. Solo movía la mandíbula inferior. Nada más. Tenía unas pobladas cejas blancas que parecían pegadas a sus gafas en lugar de a la cara. La expresión de su rostro era inmutable. Cuando acabó el discurso, levantó la mano en un gesto de saludo poco convincente y se despidió con un agudo y aflautado *Jai Hind!* (¡Viva India!). Un soldado que medía más de dos metros y tenía un bigote hirsuto y tan amplio como la envergadura de una cría de albatros desenvainó la espada y saludó con un grito al pequeño primer ministro, quien pareció estremecerse del susto. Se retiró del estrado moviendo únicamente las piernas, manteniendo el resto del cuerpo rígido. Anyum apagó la televisión enfadada.

–Subamos a la azotea –dijo Sadam de inmediato, presintiendo que se avecinaba uno de esos arrebatos de Anyum que solían traer problemas a todo el que se encontrase dentro de un radio de medio kilómetro.

Sadam se adelantó y sacó a la terraza una alfombra vieja y algunos almohadones grandes con unas fundas floreadas que olían a aceite rancio para el pelo. Empezaba a levantarse una leve brisa y los entusiastas de las cometas ya estaban aprovechando la oportunidad que les brindaba el Día de la Independencia. También había algunos haciendo volar sus cometas en el cementerio y no lo hacían del todo mal. Anyum apareció en la azotea con té caliente recién hecho y un radio transistor. Sadam y ella se tumbaron y alzaron la vista (Sadam con sus gafas de sol) al sucio cielo salpicado de brillantes cometas de papel. Tumbado junto a ellos, como si también él hubiese decidido tomarse el día libre después de una ardua semana de trabajo, estaba Biroo (a veces llamado Roobi), un perro que Sadam había encontrado desorientado, deambulando por la acera de una calle con mucho tráfico en un estado de gran agitación y con un barullo de tubos transparentes colgándole del cuerpo. Biroo era un beagle de la empresa farmacéutica Ranbaxy que o bien había logrado escapar, o bien había sobrevivido a los experimentos del laboratorio. Tenía un aspecto muy cansado y desvaído, como un dibujo que alguien hubiera intentado borrar. Los típicos colores de su raza, el blanco, negro y castaño, normalmente intensos, en su caso estaban apagados por una pátina grisácea y ahumada, que quizá no tuviera ninguna relación con las pruebas de laboratorio a las que había sido sometido. Cuando Biroo llegó a la Pensión Jannat sufría ataques epilépticos con cierta frecuencia, así como episodios de estornudos inversos, con ruidosas inhalaciones que lo dejaban agotado. El carácter que afloró en él tras recuperarse de la fatiga extrema de esos ataques era imprevisible (a veces amistoso, a veces cachondo, a veces somnoliento, a veces gruñón o perezoso), tan irracional y caprichoso como el de su dueña adoptiva. Con el paso del tiempo los ataques disminuyeron y Biroo se convirtió en un avatar, más o menos estable, de Perro Perezoso. Los estornudos inversos continuaron.

Anyum vertió un poco de té en un platillo, sopló para enfriarlo y lo puso delante del perro. Biroo lo bebió con ruidosos lengüetazos. Comía todo lo que Anyum comía, bebía todo lo que ella bebía: *biryani, korma, samosas, halva, falooda, phirni, zamzam*, mangos en verano, naranjas en invierno. Era malísimo para su cuerpo, pero excelente para su espíritu.

Al rato, la brisa se hizo más fuerte y las cometas remontaron el vuelo, pero pronto hizo acto de presencia la consabida llovizna del Día de la Independencia. Anyum la maldijo como si fuese una visitante indeseada: *Ai Hai!* ¡Puta lluvia, cabrona! Sadam se rió, pero ninguno de los dos se movió, esperando a ver si iba a más o a menos. Fue a menos y pronto cesó. Anyum empezó a acariciar distraídamente a Biroo, quitándole la fina película de gotitas de lluvia que lo cubría. Haberse quedado bajo la lluvia, mojándose, hizo que Anyum recordase a Zainab y sonriera para sus adentros. Cosa rara en ella, empezó a contarle a Sadam el Cuento del Paso Elevado (la versión corregida) y cuánto le gustaba a la Ratita cuando era pequeña. Siguió hablando alegremente de las travesuras de Zainab, de su amor por los animales y de su rapidez para aprender a hablar inglés en el colegio. De repente, cuando se encontraba en el momento más animado de sus reminiscencias, se le quebró (quebraron) la(s) voz (voces) y los ojos se le llenaron de lágrimas.

–Yo nací para ser madre –dijo, llorando–. Ya lo verás. Un día Alá me dará un hijo. De eso estoy segura.

–¿Cómo va a ser eso posible? –dijo Sadam, con toda razón, sin darse cuenta de que pisaba terreno peligroso–. *Haqeeqat bhi koi cheez hoti hai.* –Mal que nos pese, existe algo que se llama realidad.

–¿Y por qué no? ¿Por qué demonios no? –Anyum se incorporó, se sentó muy erguida y le miró a los ojos.

–Lo único que digo es que... si somos realistas...

–Si tú puedes ser Sadam Husain, yo puedo ser madre. –Anyum no lo dijo con mal tono, lo dijo sonriendo, con coquetería, inspirando el aire a través de su colmillo blanco y de sus dientes teñidos de rojo. Pero, sin duda, había frialdad en su coquetería.

Sadam, alerta pero no preocupado, le sostuvo la mirada, preguntándose qué era lo que ella sabía.

–Una vez que has iniciado la caída como nos sucede a todos nosotros, incluido nuestro Biroo –dijo Anyum–, nunca dejas de caer. Mientras caes te agarras a otras personas que también están cayendo. Cuanto antes lo entiendas, mejor. Este lugar donde vivimos, donde hemos construido nuestro hogar, es el lugar de los caídos, de los fracasados. Aquí no hay ninguna *haqeeqat*. *Arre*, ni siquiera *nosotros* somos reales. No existimos de verdad.

Sadam no dijo nada. Poco a poco había llegado a querer a Anyum más que a nadie en el mundo. Le gustaba cómo hablaba, las palabras que usaba, cómo movía la boca, cómo sus labios rojos teñidos de *paan* se movían encima de sus dientes cariados. Le gustaba aquel ridículo diente blanco y su forma de recitar poemas enteros en urdu, aunque él no entendiera la mayoría (o todos ellos). Sadam no sabía nada de poesía y muy poco urdu. Pero sabía otras cosas. Sabía cuál era la forma más rápida de desollar una vaca o un búfalo sin estropear la piel del animal. Sabía cómo curtir las pieles con sal húmeda y un baño con lima y tanino hasta transformarlas en cuero. Sabía tantear la acidez del adobe con solo llevarse unas gotas a los labios, sabía cómo zurrar las pieles y quitarles el pelo y la grasa, cómo lavarlas, teñirlas, lustrarlas, lubricarlas y encerarlas hasta dejarlas brillantes. También sabía que un cuerpo humano normal contiene entre seis y siete litros de sangre. La había visto brotar y derramarse muy despacio hasta cubrir la calzada delante de la comisaría de Dulina, justo a la salida de la autopista que va de Delhi a Gurgaon. Curiosamente, lo que recordaba más claramente de aquel drama era la larga fila de coches caros y los insectos revoloteando frente a los haces de luz de sus faros delanteros. Y el hecho de que nadie se bajara a ayudar.

Sabía que no le había llevado un objetivo concreto al Lugar de los Caídos, tampoco la casualidad. Fue la marea.

–¿A quién intentas engañar? –le preguntó Anyum.

–Solo a Dios. –Sadam sonrió–. A ti, no.

–Recita la Kalima... –le ordenó Anyum con tono autoritario, como si fuera el mismísimo emperador Aurangzeb.

–*La ilaha...* –dijo Sadam. Y entonces, como Hazrat Sarmaid, se detuvo–. No sé cómo sigue. Todavía la estoy estudiando.

–Eres un *chamar*, como todos los demás chicos con los que trabajabas en el depósito de cadáveres. No le mentiste a la puta de Sangita Madam *Haramzaadi* respecto a tu nombre, me mentiste a *mí* y no sé por qué, porque a mí no me importa lo que seas..., musulmán, hindú, hombre, mujer, de una casta o de otra o el culo de un camello. Pero ¿por qué has elegido llamarte Sadam Husain? Era un hijo de puta, ¿lo sabes?

Anyum usó la palabra *chamar* en lugar de *dalit*, que era un término más moderno y aceptado por aquellos que los hindúes consideraban «intocables», por lo mismo que se negaba a referirse a ella misma con otra palabra que no fuera *hijra*. Anyum no tenía ningún problema con los *hijras* ni con los *chamares*.

Se quedaron tumbados en silencio, uno junto al otro, durante un rato. Entonces Sadam decidió confiar en Anyum y contarle la historia que no le había contado jamás a nadie, una historia sobre unos periquitos azafranados y una vaca muerta. La suya también era una historia relacionada con la suerte, tal vez no con la suerte de los carniceros, pero algo similar.

Sadam le dijo a Anyum que tenía razón. Le había mentido a ella y le había dicho la verdad a la puta de Sangita Madam *Haramzaadi*. Sadam Husain era un nombre falso; su nombre verdadero era Dayachand. Había nacido en una familia de intocables (eran desolladores) en una aldea llamada Badshahpur, en el estado de Haryana, a solo dos horas en autobús de Delhi.

Un día les llamaron por teléfono y él y su padre, junto con otros tres hombres, alquilaron una furgoneta Tempo y fueron a una aldea cercana a recoger la piel de una vaca que había muerto en una granja.

–Eso era lo que hacía mi gente –dijo Sadam–. Cuando alguna vaca moría, los granjeros de las castas superiores nos llamaban para que recogiéramos la piel, puesto que si ellos la tocaban se contaminarían.

–Sí, sí, ya lo sé –dijo Anyum con un sospechoso tono de admiración–. Algunos son muy limpios e impecables. No comen cebolla ni ajo ni carne...

Sadam hizo caso omiso de la interrupción.

–Así que íbamos, recogíamos los animales muertos, los desollábamos y curtíamos las pieles... Te hablo del año 2002. Yo todavía iba a la escuela. Tú sabes muy bien cómo eran las cosas entonces..., lo que pasaba. Lo tuyo pasó en febrero, lo mío en noviembre. Era el día de Dussehra. De camino a recoger la vaca muerta, pasamos por delante de un recinto del Ramlila donde habían construido unas efigies gigantes de los demonios... Rávana, Meghnad y Kumbhakarna, tan altas como edificios de tres pisos y listas para ser quemadas por la noche.

Ningún musulmán de la Vieja Delhi necesitaba que le diesen lecciones sobre el festival hindú de Dussehra. Tenía lugar todos los años en el recinto del Ramlila, justo al otro lado de la Puerta de Turkman. Cada año las efigies de Rávana, el rey de Lanka, representado como un demonio de diez cabezas, de su hermano Kumbhakarna y de su hijo Meghnad se hacían más grandes y se rellenaban con un número cada vez mayor de petardos. Cada año el Ramlila, la historia de cómo Rama, rey de Ayodhya, venció a Rávana en la batalla de Lanka, que los hindúes consideran la historia del triunfo del Bien sobre el Mal, se representaba con mayor agresividad y un patrocinio cada vez más generoso. Un puñado de osados eruditos había empezado a sugerir que el Ramlila era una historia real convertida en mitología y que los demonios malignos eran, en realidad, dravídicos de piel oscura (caciques indígenas) y los dioses hindúes que los derrotaron (y los convirtieron en intocables y en castas inferiores que pasarían su vida al servicio de los nuevos gobernantes) eran los invasores arios. Hacían referencia a los rituales indígenas en los que la gente adoraba a distintas deidades, incluido Rávana, que el hinduismo consideraba demonios. Sin embargo, con la llegada de los nuevos tiempos no había que ser un erudito para saber, aunque no se pudiera decir abiertamente, que tras el ascenso imparable del Reich de los Periquitos, más allá de lo que las escrituras quisieran decir o no, en el lenguaje de los periquitos azafranados los demonios malignos no solo eran los indígenas sino todo aquel que no fuese hindú. Incluidos, por supuesto, los ciudadanos de Shahjahanabad.

Cuando se quemaban las gigantescas efigies, el ruido de los petardos conmovía las estrechas calles de la ciudad vieja. Y pocos eran quienes dudaban del significado de todo aquello.

Cada año, la mañana después de que el Bien venciera al Mal, Ahlam Baji, la comadrona convertida en la reina vagabunda con el pelo sucio, iba al recinto del Ramlila, revolvía la basura y regresaba con arcos y flechas, a veces con un mostacho con las puntas enroscadas hacia arriba, un ojo gigante, un brazo o una espada que sobresalía de su saco de fertilizante.

Por eso, cuando Sadam hablaba de Dussehra, Anyum entendía las amplias implicaciones que suponía.

–Dimos con la vaca muerta sin problemas –continuó Sadam–, siempre es fácil, solo tienes que dominar el arte de dirigirte directamente al hedor. Cargamos el cadáver en la furgoneta Tempo y arrancamos rumbo a casa. En el camino paramos en la comisaría de Dulina para pagarle su parte al agente de policía (que se llamaba Sehrawat). Era una suma previamente acordada, una tarifa fija por vaca. Pero aquel día nos pidió más dinero. No solo más, sino el *triple* de lo acostumbrado. Lo que quería decir que íbamos a perder dinero por desollar aquella vaca. Conocíamos muy bien al tal Sehrawat. No sé qué le pasó aquel día (quizá quería comprar alcohol para celebrar Dussehra o quizá tenía que pagar alguna deuda, no lo sé). Quizá solo intentaba sacar provecho del clima político del momento. Mi padre y sus amigos le suplicaron que rebajara la suma, pero no se avenía a razones. Se puso furioso cuando le dijeron que ni siquiera llevaban tanto dinero encima. Los detuvo por «matar una vaca» y los encerró en una celda. Yo me había quedado fuera. Mi padre no parecía preocupado cuando entró en la comisaría, así que yo tampoco me preocupé. Esperé, dando por hecho que estaban negociando el precio y que pronto llegarían a un acuerdo. Pasaron dos horas. Por delante de la comisaría pasaron cientos de personas camino del festival de fuegos artificiales. Algunos iban disfrazados de dioses, de Rama, Laxman y Hanuman (niños con arcos y flechas, algunos con colas de mono y las caras pintadas de rojo, otros disfrazados de demonios, con las caras pintadas de negro), todos se dirigían a participar en el Ramlila. Cuando pasaban junto a nuestra furgoneta, se tapaban la nariz debido al hedor. Al atardecer oí explotar los petardos de las efigies y los gritos de la gente que presenciaba el espectáculo. Me dio rabia haberme perdido la diversión. Poco después la gente empezó a volver a sus casas. Mi padre y sus amigos seguían sin aparecer. Y entonces, no sé cómo (quizá la policía hizo correr el rumor o hicieron algunas llamadas telefónicas), pero lo cierto es que empezó a reunirse una multitud delante de la comisaría gritando que les entregasen a los «asesinos de vacas». La vaca muerta que estaba en la Tempo, apestando toda la calle, era prueba suficiente para ellos. La gente empezó a bloquear el tráfico. Yo no sabía qué hacer, dónde esconderme, así que me mezclé con la multitud. Algunos empezaron a gritar *Jai Shri Ram!* y *Vande Mataram!* Cada vez se fueron sumando más personas y aquello se convirtió en un delirio. Algunos hombres entraron en la comisaría y sacaron a mi padre y a sus tres amigos. Empezaron a pegarles, al principio dándoles puñetazos y puntapiés. Pero después apareció alguien con una barra de hierro, otro con el gato de un coche. Yo no veía lo que pasaba, pero cuando asestaron los primeros golpes oí cómo gritaban... –Sadam se volvió hacia Anyum–. Nunca he oído un grito así..., extraño, agudo, no era humano. Pero enseguida los gritos fueron ahogados por el clamor del gentío. No hace falta que te lo explique. Tú lo sabes bien... –Sadam bajó la voz hasta convertirla en un susurro–. Todo el mundo miraba. Nadie los detuvo.

Luego contó que, una vez que el gentío acabó con el asunto, los coches encendieron los faros, arrancaron y se marcharon todos a la vez como un convoy del ejército. Que las ruedas pasaban por encima de los charcos de sangre de su padre y salpicaban como si fuese agua de lluvia. Que la carretera parecía una calle de la ciudad vieja en el día de Bakr-Eid.

–Yo estaba entre el gentío que había matado a mi padre –dijo Sadam.

La fortaleza desolada de Anyum, con sus muros temblorosos y sus mazmorras secretas, amenazaba con volver a alzarse a su alrededor. Sadam y ella casi podían oír los latidos del corazón del otro. Anyum no fue capaz de decir nada, ni siquiera de balbucear una palabra de pésame. Pero Sadam sabía que ella lo estaba escuchando. Pasó un rato antes de que volviese a hablar.

–Mi madre, que ya estaba enferma, murió pocos meses después. Yo quedé al cuidado de mi tío y de mi abuela. Un día me escapé de la escuela, le robé algo de dinero a mi tío y me vine a Delhi. Llegué a Delhi con lo puesto y poquísimo dinero. Solo tenía una ambición: quería matar al hijo de puta de Sehrawat. Un día lo haré. Dormí en las calles, trabajé lavando camiones, incluso como obrero en las cloacas de la ciudad durante algunos meses. Y entonces mi amigo Niray, que es de mi aldea y trabaja en el ayuntamiento, tú lo conociste...

–Sí –dijo Anyum–, un chico alto y guapo...

–Sí, ese. Intentó trabajar de modelo, pero no pudo..., incluso para eso tienes que pagar a un chulo. Ahora conduce un camión del ayuntamiento... Da igual, lo cierto es que Niray me ayudó a conseguir un empleo aquí, en el depósito de cadáveres, donde tú y yo nos conocimos... Pocos años después de llegar a Delhi, pasé por delante de un escaparate con televisores y en uno estaban pasando las noticias de la noche. Esa fue la primera vez que vi el vídeo de la ejecución de Sadam Husein. Yo no sabía nada de él, pero me quedé tan impresionado por el valor y la dignidad de aquel hombre ante la muerte que cuando me compré mi primer teléfono móvil le pedí al de la tienda que buscara el vídeo y me lo bajara al teléfono. Lo miré una y otra vez. Quería ser como él. Decidí convertirme en musulmán y ponerme su nombre. Sentía que eso me daría el valor para hacer lo que tenía que hacer y afrontar las consecuencias, igual que él.

–Sadam Husein era un hijo de puta –dijo Anyum–. Asesinó a muchísima gente.

–Quizá. Pero era valiente... Ves..., mira esto.

Sadam sacó su carísimo móvil nuevo de pantalla grande y buscó un vídeo. Ahuecó la mano sobre la pantalla para hacerle sombra. Eran unas imágenes sacadas de la televisión precedidas por un anuncio de Vaselina, Crema de Hidratación Intensa, en el que se veía a una chica muy guapa embadurnándose codos y pantorrillas y mostrándose extremadamente contenta con los resultados. A continuación salía un anuncio de la Oficina de Turismo de Jammu y Cachemira (paisajes nevados y gente feliz, con ropa de abrigo, sentada en trineos). La voz en off decía: «Jammu y Cachemira. Tan blancas. Tan bonitas. Tan apasionantes.» Después, el presentador de televisión dijo algo en inglés y apareció Sadam Husein, el expresidente de Irak, elegante, con una barba jaspeada, camisa blanca y un abrigo largo negro. Descollaba sobre los demás hombres que le rodeaban con las cabezas cubiertas con capuchas de verdugo negras y picudas, cuchicheando entre sí y mirándole a través de las rendijas de las capuchas. Tenía las manos atadas a la espalda. Se mantuvo firme y erguido mientras uno de los hombres le ataba un pañuelo negro alrededor del cuello y gesticulaba dando a entender que eso evitaría que la soga de la horca le abrasase la piel. Una vez anudado el pañuelo, Sadam Husein adquirió un aspecto aún más elegante. Rodeado de los encapuchados y de sus parloteos, se dirigió al cadalso. Le pasaron la soga por la cabeza y le ajustaron el nudo al cuello. Sadam Husein dijo sus plegarias. La última expresión de su rostro antes de que abrieran la trampilla era de absoluto desdén por sus verdugos.

–Yo quiero ser ese tipo de hijo de puta –dijo Sadam–. Quiero hacer lo que tengo que hacer y después, si tengo que pagar por ello, quiero pagarlo así.

–Tengo un amigo, Guptaji, que vive en Irak –dijo Anyum, que parecía más impresionada por el smartphone que por el vídeo de la ejecución–. Me manda fotos desde allí. –Sacó su teléfono móvil y le enseñó a Sadam las fotos que D. D. Gupta le enviaba regularmente: Guptaji en su apartamento en Bagdad, Guptaji y su amante iraquí en un pícnic y una serie de fotos de muros defensivos de hormigón que

Guptaji había construido por todo Irak para el ejército norteamericano. Algunos muros eran nuevos, otros parecían picados de viruela de tantos agujeros de balas como tenían y otros estaban cubiertos de grafitis. En uno de los muros alguien había pintado la famosa frase de un general norteamericano: *Sé profesional, sé educado, pero ten un plan para matar a todo aquel con quien te encuentres.*

Anyum no sabía inglés. Sadam, si se concentraba, podía leerlo y entenderlo. En aquella ocasión no pudo.

Anyum acabó su té y se tumbó boca arriba con los antebrazos cruzados sobre los ojos. Parecía haberse dormido, pero no. Estaba preocupada.

–Y, por si no lo sabías –dijo Anyum después de un rato, como si retomase una conversación, que de hecho es lo que estaba haciendo, aunque era una conversación que mantenía consigo misma en su cabeza–, déjame decirte que también hay musulmanes hijos de puta, como todos los demás. Pero supongo que un asesino más o menos no va a dañar la reputación de nuestro *badnaam qoum*, porque nuestro nombre ya tiene bastante mala fama. Aun así, tómate tu tiempo, no te precipites.

–No lo haré. Pero Sehrawat debe morir.

Sadam se quitó las gafas y cerró los ojos, arrugando el entrecejo por la luz. Puso la canción de una antigua película hindi que tenía en el teléfono móvil y empezó a cantar al mismo tiempo, desafinando, pero lleno de entusiasmo. Biroo terminó de sorber ruidosamente el té frío que quedaba en el platillo y se alejó al trote con algunas hojitas de té pegadas en el hocico.

Cuando empezó a hacer demasiado calor entraron en la casa donde continuaron flotando alrededor de sus vidas como un par de astronautas, desafiando la gravedad, solo limitados por las paredes exteriores de su nave espacial de color fucsia, con las puertas color pistacho.

No es que no tuvieran planes.

Anyum estaba esperando morir.

Sadam estaba esperando matar.

Y a kilómetros de allí, en un bosque turbulento, un bebé esperaba para nacer...

¿En qué idioma cae la lluvia sobre ciudades dolorosas?

PABLO NERUDA

3. LA NATIVIDAD

Eran tiempos de paz. O eso decían.

Un viento cálido había barrido las calles de la ciudad durante toda la mañana, empujando nubes de basura, tapones de botellas de refrescos y colillas contra los parabrisas de los coches y los ojos de los ciclistas. Cuando el viento cesó, el sol, todavía alto en el cielo, comenzó a quemar de nuevo a través de la bruma y el calor alzó su destello trémulo por las calles como si fuera el vientre oscilante de una bailarina. La gente esperó el aguacero que siempre seguía a la tormenta de arena y polvo, pero nunca llegó. El fuego arrasó un poblado de chabolas que se apiñaban en la ribera del río, devorando dos mil en un instante.

Sin embargo, de las casias seguían brotando sus desafiantes flores amarillas. Cada verano ardiente, se erguían y susurraban al cielo caliente y pardo: *Que te den por saco*.

Ella apareció casi de repente, un poco después de la medianoche. No hubo ángeles que cantaran ni hombres sabios que portaran presentes. Pero un millón de estrellas se levantaron por el este para anunciar su llegada. Segundos antes no estaba, y en un abrir y cerrar de ojos allí estaba, sobre el suelo de cemento, en una cuna de basura, papel de plata de las cajetillas de tabaco, algunas bolsas de plástico y paquetes vacíos de patatas Uncle Chipps. Yacía desnuda en un círculo de luz, bajo una farola, rodeada por una nube de mosquitos atraídos por el brillo del neón. Su piel era negra azulada, lustrosa como la de una cría de foca. Estaba totalmente despierta, pero permanecía en completo silencio, algo inusual en alguien tan pequeño. Quizá ya hubiera aprendido en aquellos cortos meses de vida que las lágrimas, que *sus* lágrimas, eran inútiles.

Un caballo blanco y escuálido atado a una barandilla, un pequeño perro sarnoso, una lagartija de piel ceniza, dos ardillas rayadas que deberían estar durmiendo y una araña con una henchida bolsa de huevos la observaban desde sus escondrijos. Aparte de eso, parecía estar completamente sola.

A su alrededor la ciudad se desparramaba kilómetro tras kilómetro. Incluso a esas horas, la hechicera milenaria sesteaba, pero no dormía. Sobre su cabeza de Medusa serpenteaban pasos elevados grises, cruzándose y separándose bajo una calima de salitre amarillento. Los cuerpos de la gente sin techo dormían alineados sobre las calles empinadas y estrechas, cabezas contra pies, cabezas contra pies, cabezas contra pies, perdiéndose en la lejanía. Entre los pliegues de su piel fláccida y remendada se ocultaban viejos arcanos. Cada arruga era una calle, cada calle un carnaval. Cada articulación artrósica era un anfiteatro donde se habían representado durante siglos historias de amor y locura, de estupidez, de gozo y de inenarrable crueldad. Pero aquel iba a ser el amanecer de su resurrección. Sus nuevos amos deseaban ocultar sus abultadas venas varicosas bajo medias de redecilla importadas, constreñir sus ajadas tetas con sujetadores acolchados y calzar sus pies doloridos con zapatos de punta y tacón alto. Deseaban que contoneara sus viejas caderas rígidas y forzara hacia arriba las comisuras de sus labios para dibujar una sonrisa congelada y vacía. Aquel fue el verano en que la abuela se convirtió en una puta.

Pasó a convertirse en la supercapital de la nueva superpotencia favorita del mundo. *¡India! ¡India!* La cantinela había ido subiendo de tono en los programas de televisión, en los vídeos musicales, en las revistas y en los periódicos extranjeros, en las reuniones de negocios y las ferias de armamento, en los cónclaves económicos y en las cumbres medioambientales, en las ferias del libro y en los concursos de belleza. *¡India! ¡India! ¡India!*

Por toda la ciudad había vallas publicitarias patrocinadas, a partes iguales, por un periódico en inglés y la más reciente crema blanqueadora de la piel (que se vendía por toneladas) anunciando: *¡Ha llegado nuestro momento!* Kmart estaba por llegar. Walmart y Starbucks estaban por llegar y, en el anuncio de la televisión de British Airways, Personas de Todo el Mundo (blancos, negros, mulatos, amarillos) cantaban al unísono el mantra Gayatri:

Om bhur bhuvah svaha
tat savitur varenyam
bhargo devasya dhimahi
dhiyo yo nah pracodayat

Oh, Dios, tú que eres el dador de vida,
tú que quitas el dolor y la tristeza,
tú que brindas felicidad,
oh, Creador del Universo,
concédenos tu luz suprema, destructora del pecado,
guía nuestro intelecto por tu recto camino.

(Y que todos vuelen con British Airways.)

Cuando terminaban de cantar, Personas de Todo el Mundo hacían una profunda reverencia y saludaban uniendo sus manos. *Namasté*, decían con sus acentos exóticos y sonreían como los porteros de los hoteles de cinco estrellas que reciben a los huéspedes ataviados con turbantes y mostachos de maharajá. Y con eso, o al menos así sucedía en el anuncio, se le daba un vuelco a la historia. (¿Quién hacía ahora las reverencias? ¿Quién sonreía ahora? ¿Quién pedía ahora? ¿Y a quién se hacían las peticiones?) Mientras dormían, los ciudadanos elegidos de la India le devolvían la sonrisa. *¡India! ¡India!*, canturreaban en sus sueños, como el gentío en los partidos de críquet. El tambor mayor marcaba el ritmo... *¡India! ¡India!* El mundo se ponía en pie y jaleaba a gritos su aprobación. Rascacielos y altos hornos brotaron donde hubo bosques, se embotellaron los ríos y se vendieron en los supermercados, se enlató la pesca, se horadaron las montañas y sus metales fueron convertidos en relucientes misiles. Presas gigantescas generaban luz para iluminar las ciudades como si fueran árboles de Navidad. Todo el mundo era feliz.

Lejos de las luces y los anuncios, las aldeas se despoblaban. Las ciudades, también. Millones de personas se vieron desplazadas, pero nadie sabía hacia dónde.

–La gente que no pueda sufragarse la vida en la ciudad no debería venir aquí –dijo un magistrado del Tribunal Supremo, y ordenó la expulsión inmediata de los pobres de la ciudad.

–Antes de 1870, cuando se demolieron los suburbios, París ocupaba una superficie restringida –dijo el vicegobernador de la ciudad, mientras se recolocaba de izquierda a derecha el último mechón de pelo que le quedaba en la cabeza. (Por las tardes, cuando se bañaba en las aguas cloradas de la piscina del Club Chelmsford, el mechón flotaba a su vera)–. Y fijaos en lo que es ahora París.

Así pues, se expulsó a la gente sobrante.

Además de los habituales batallones de la policía, se desplegaron en los barrios más pobres varias compañías de la

Fuerza de Intervención Rápida, con sus extraños uniformes de camuflaje azul celeste (quizá eran así para desconcertar a los pájaros).

En los suburbios y en los barrios de chabolas, en las colonias de reasentamiento y en otros asentamientos «no autorizados» la gente contraatacó. Cavaron zanjas en las carreteras que llevaban a sus casas y las bloquearon con piedras y escombros. Jóvenes, viejos, niños, madres y abuelas armados con palos y piedras patrullaban las entradas de los asentamientos. A lo ancho de una de esas carreteras, donde la policía y los buldóceres se habían dispuesto para el asalto final, una pintada garabateada con tiza decía: *Sarkar ki Maa ki Choot.* El coño de la madre que parió al gobierno.

–¿Adónde iremos? –se preguntaban las personas sobrantes–. Podrán matarnos, pero no nos moverán –decían.

Eran demasiados para matarlos a todos de una vez.

En su lugar, sus casas, sus puertas y ventanas, sus precarios tejados, sus ollas y sartenes, sus platos, sus cucharas, sus certificados de estudios primarios, sus cartillas de racionamiento, sus certificados de matrimonio, los colegios de sus hijos, el trabajo de toda una vida, la expresión de sus miradas, fueron aplastados por los buldóceres amarillos importados de Australia (a los que llamaban Brujas de las Zanjas). Eran máquinas que estaban a la última. Podían demoler la historia y arrumbarla como escombros.

Fue así como, durante el verano de su renovación, la abuela llegó a las últimas.

«Últimas Noticias», era como lo titulaban los distintos canales de televisión en desatada competencia. Nadie se dio cuenta de la ironía. Se limitaron a dar rienda suelta a sus reporteros inexpertos, aunque siempre bien parecidos, que se desparramaron por toda la ciudad como una plaga, haciendo preguntas urgentes y vacías; preguntaban a los pobres cómo se sentían siendo pobres, a los hambrientos cómo se sentían teniendo hambre y a los sin techo cómo se sentían al carecer de hogar. *«Bhai sahib, yeh bataaiye, aap ko kaisa lag raha hai...»* Dime, hermano, ¿qué se siente siendo...? Los canales de televisión nunca carecían de patrocinadores para transmitir en directo una desgracia. Porque las desgracias nunca acababan.

Los expertos ofrecían sus expertas opiniones a cambio de unos honorarios: *Alguien* tiene que pagar el precio del progreso, decían expertamente.

Se prohibió la mendicidad. Miles de mendigos fueron encerrados tras empalizadas antes de ser agrupados y enviados fuera de la ciudad. Quienes los habían explotado hasta entonces tuvieron que pagar un buen dinero para que los devolvieran a la urbe.

El padre Juan de los Desamparados envió una carta en la que decía que, según había informado la policía, casi tres mil cadáveres (humanos) sin identificar habían aparecido el año anterior en las calles de la ciudad. Nadie acusó recibo.

Pero las tiendas de alimentación rebosaban de comida. Las librerías rebosaban de libros. Las zapaterías rebosaban de zapatos. Y la gente (los que contaban como gente) se decía: «Ya no hace falta salir al extranjero para comprar nada. Tenemos un sinfín de cosas importadas a nuestra disposición. Fíjate, *yaar*, amigo, al igual que Bombay es nuestro Nueva York, Delhi es nuestro Washington, y Cachemira nuestra Suiza. Lo cierto es que todo esto es *saala,* fantáaastico.»

El tráfico asfixiaba las calles a diario. La nueva casta de desposeídos que vivían entre las grietas y las fisuras de la ciudad emergían y pululaban entre los coches climatizados, de líneas esbeltas, vendiendo trapos para el polvo, cargadores para teléfonos móviles, maquetas de aviones Jumbo, revistas de negocios, libros de dirección de empresas pirateados *(Cómo ganar tu primer millón, Lo que la joven India realmente desea),* guías gourmet, revistas de diseño de interiores con fotos en color de casas de campo en la Provenza y manuales de autoayuda *(Eres responsable de tu propia felicidad...* o *Cómo ser tu mejor amigo...).* El Día de la Independencia vendían ametralladoras de juguete y pequeñas banderas nacionales con peana en la que estaba pegado el rótulo *Mera Bharat Mahan*, Mi India es Grande. Los pasajeros de los coches miraban a través de las ventanillas y lo único que veían era el apartamento que pensaban comprar, el jacuzzi que acababan de instalar y la tinta aún fresca del contrato increíblemente ventajoso que acababan de firmar con la administración pública. Las clases de meditación les proporcionaban la calma y la práctica del yoga, la iluminación.

En las afueras industriales de la ciudad, en extensiones kilométricas de brillantes pantanos compactados con basura y coloridas bolsas de plástico, se encontraban los expulsados que habían sido «reasentados». Allí el aire era nocivo y el agua venenosa. Nubes de mosquitos sobrevolaban las charcas verdes y espesas. Las madres sobrantes, apostadas como gorriones sobre los escombros de lo que fueron sus casas, cantaban nanas a sus hijos, también sobrantes.

Sooti rahu baua, bhakol abaiya
naani gaam se angaa, siyait abaiya
maama sange maami, nachait abaiya
kara sange chara, labait abaiya

Duerme, cariño, duerme, antes de que el diablo llegue;
de que la nueva blusa del pueblo de tu abuela llegue,
de que tu tío y tu tía danzando lleguen,
y tus tobilleras y brazaletes con ellos lleguen

Los niños sobrantes dormían soñando con buldóceres amarillos.

Por encima de la nube de contaminación y del murmullo mecánico de la ciudad, la noche se extendía inmensa y bella. El firmamento era un bosque de estrellas. Los aviones lo cruzaban como lentos cometas que arrastraban tras ellos su gemido. Algunos daban vueltas, sobrevolando la contaminación que oscurecía el Aeropuerto Internacional Indira Gandhi, esperando su turno para aterrizar.

Abajo, en la calle, al borde de Jantar Mantar, el viejo observatorio donde nuestra criatura hizo su aparición, había bastante ajetreo, incluso a esa hora de la mañana. Comunistas, sediciosos, secesionistas, revolucionarios, soñadores, indolentes, mentecatos, chiflados, toda suerte de gente para todo y también sabios que no podían permitirse hacer regalos a los recién nacidos pululaban por doquier. Durante los diez días anteriores todos habían sido expulsados de lo que una vez había sido *su* territorio (el único lugar de la ciudad donde se les permitía reunirse), expulsados para dar paso al más reciente espectáculo de la urbe. Más de veinte equipos de televisión, con sus cámaras colgando de grúas amarillas, cubrían durante las veinticuatro horas del día la información de la nueva y rutilante estrella, un viejo gordito seguidor de Gandhi, un antiguo soldado convertido en asistente social de una aldea, que se había declarado en huelga de hambre hasta la muerte para conseguir el sueño de una India sin corrupción. Estaba tumbado boca arriba, con el aspecto de un santo enfermo, delante de un fondo que representaba a la Madre India, una diosa con múltiples brazos, cuyo cuerpo se asemejaba al mapa del país. (De la que fuera la India unida bajo el dominio británico que, por supuesto, incluía a Pakistán y a Bangladesh.) Cada suspiro, cada orden que susurraba a quienes le rodeaban eran retransmitidos en directo a través de la noche.

El viejo tramaba algo. El verano de la resurrección de la ciudad también había sido el verano de los escándalos (los escándalos del carbón, los escándalos del acero, los escándalos inmobiliarios, los escándalos de los seguros, los escándalos de los sellos, los escándalos de los operadores telefónicos, los escándalos de la venta de tierras, los escándalos de las presas de los pantanos, los escándalos de los regadíos, los escándalos de las armas y municiones, los escándalos de las gasolineras, los escándalos de las vacunas contra la polio, los escándalos de las facturas de la luz, los escándalos de los libros de texto, los escándalos de los hombres de dios, los escándalos de las ayudas a la sequía, los escándalos de las matrículas de los coches, los escándalos de las listas de votantes, los escándalos de las cédulas de identidad) en los que los políticos, los hombres de negocios, los hombres de negocios-políticos y los políticos-hombres de negocios se habían quedado con cantidades inimaginables de dinero público.

Como un buen geólogo, el viejo había dado con una veta de oro, un yacimiento de indignación pública, y para su sorpresa se había convertido de la noche a la mañana en un personaje de culto. Su sueño de crear una sociedad libre de corrupción era como la promesa de una pradera feliz donde todos, incluidos los más corruptos, podrían pacer por un rato. Gentes que normalmente no tenían nada que ver entre sí (las del ala izquierda, las del ala derecha, las que no tenían alas) se acercaban a él como un rebaño. Su aparición súbita, llegado de no se sabe dónde, motivó y dotó de un propósito a una nueva generación de jóvenes impacientes quienes, hasta ese momento, carecían de historia y eran vírgenes en la política. Llegaban vestidos con vaqueros y camisetas, con guitarras y canciones contra la corrupción que habían compuesto ellos mismos. Traían sus propias pancartas y carteles donde exhibían eslóganes como *¡Basta ya!* y *¡Acabemos con la corrupción ya!* Un grupo de profesionales jóvenes (abogados, contables y programadores informáticos) formaron un comité para controlar la situación. Recaudaron dinero, montaron una enorme carpa, distribuyeron material propagandístico (retratos de la Madre India, un buen número de banderitas nacionales, gorras con el rostro de Gandhi, banderolas, etcétera) y organizaron una campaña de medios de comunicación acorde con la era digital. La retórica rústica y los aforismos banales del viejo se hicieron virales en Twitter e inundaron Facebook. Las cámaras de televisión nunca se cansaban de enfocarlo. Burócratas jubilados, agentes de policía y militares se unieron a él. El gentío era enorme.

El estrellato instantáneo llenó al viejo de emoción. Le volvió extrovertido y algo agresivo. Comenzó a darse cuenta de que, si se limitaba a referirse a la corrupción, su discurso se volvía farragoso, lo que limitaba su atractivo. Pensó que lo menos que podía hacer era compartir con sus seguidores algo de su propia esencia, su verdadero ser y su innata y bucólica sabiduría. Entonces comenzó el circo. Anunció que iba a encabezar la Segunda Lucha por la Libertad de la India. Pronunció emotivos discursos con su vieja voz atiplada que, a pesar de sonar como si se frotaran dos globos entre sí, parecía llegar al alma de la nación. Como un mago en una fiesta de cumpleaños infantil, realizaba trucos y sacaba regalos de la nada. Tenía algo para cada cual. Los hindúes más chovinistas se quedaron electrizados (ya estaban bastante entusiasmados con el mapa de la Madre India) cuando les arengó con el viejo grito de guerra: *Vande Mataram!* ¡Saludo a la Madre! Cuando los musulmanes empezaron a incomodarse, el comité organizó la visita de un actor de cine musulmán de Bombay, que se sentó al lado del viejo durante más de una hora tocado con un gorrito de oración musulmán (algo que casi nunca hacía) para resaltar el mensaje de Unidad en la Diversidad. Para los tradicionalistas el viejo citaba a Gandhi. Les decía que el sistema de castas era la salvación de la India. «Cada casta debe realizar el trabajo para el que ha nacido, pero todo trabajo debe ser respetado.» Cuando los *dalits,* o intocables, protestaron con furia, los organizadores vistieron a la hija pequeña de un basurero con un traje nuevo y la sentaron junto al viejo con una botella de agua que ella le daba de vez en cuando para que bebiera. Para los moralistas militantes, el eslogan del viejo era: *¡Hay que cortar las manos de los ladrones! ¡Hay que ahorcar a los terroristas!* Y a los nacionalistas de toda laya y condición les bramaba: «*Doodh maangogey to kheer dengey! Kashmir maangogey to chiir dengey!*» ¡Si queréis leche, os daremos nata! ¡Si queréis Cachemira, os abriremos en canal!

Durante las entrevistas que le hacían, el viejo sonreía como un bebé que muestra las encías en un anuncio de cereales infantiles y describía la felicidad de su vida célibe y simple viviendo en su habitáculo adosado al templo de su aldea. Explicaba cómo la práctica gandhiana del *rati sadhana*, la retención de semen, le había ayudado a mantener las fuerzas durante el ayuno. Para demostrarlo, al tercer día de la vigilia se levantó del lecho, echó unas carreritas alrededor del estrado enfundado en su *kurta* y en su *dhoti*[1] blancos y estiró sus bíceps fláccidos. La gente reía y lloraba y le acercaban a sus hijos para que los bendijera.

La audiencia de televisión se disparó. La publicidad entró en escena. Nadie había visto una locura similar, por lo menos desde hacía veinte años, cuando, durante el Día del Milagro Concurrente, se informó de que los ídolos de Ganesh diseminados por templos alrededor del mundo habían empezado a beber leche simultáneamente.

Para entonces, el viejo estaba en su noveno día de ayuno y, a pesar del almacén de semen que atesoraba, se le veía no-

1. *Dhoti:* prenda que se hace envolviendo una tela en el cuerpo a modo de pantalón. De color blanco o crema, la tela se enrolla alrededor de la cintura, pasándola luego entre las piernas y fijándola finalmente en la cintura. *(N. de la T.)*

tablemente débil. Los rumores sobre sus altos niveles de creatinina y el deterioro de sus riñones se difundieron por la ciudad durante la tarde. Numerosas lumbreras se situaron al lado del lecho del viejo y hasta se hicieron fotografiar con él mientras le tomaban de la mano y, a pesar de que nadie pensaba que la cosa llegaría a tanto, le encarecían que no se dejara morir. Algunos industriales implicados en varios escándalos donaron dinero a su Movimiento y alabaron su incansable compromiso con el pacifismo. (Su discurso a favor de la mutilación, de la horca y del destripamiento se tomó como una precaución razonable.)

Entre los seguidores del viejo había algunos relativamente acomodados que, teniendo colmadas sus necesidades materiales, nunca habían experimentado el subidón de adrenalina ni el sabor de la justa indignación que conllevaba participar en una protesta masiva a la que acudieron en sus coches o motocicletas agitando banderas nacionales y entonando canciones patrióticas. El gobierno del Conejo Asustado, antaño mesías del milagro económico indio, se quedó paralizado.

En el lejano Guyarat, Guyarat ka Lalla interpretó la llegada del anciano-bebé como una señal de los dioses. Con el certero instinto de un predador, decidió adelantar su Marcha sobre Delhi, y para el quinto día del ayuno del viejo ya estaba (metafóricamente hablando) acampado a las puertas de la ciudad. Su ejército de aguerridos esbirros inundaba Jantar Mantar. El viejo estaba abrumado con las manifestaciones de apoyo con las que le jaleaban. Sus banderas eran más grandes y sus canciones más sonoras que las de cualquier otro. Montaron puestos y repartieron comida gratis a los pobres. (Sus arcas se desbordaban con los donativos millonarios de los Hombres de Dios que apoyaban a Lalla.) Obedecían las instrucciones estrictas de no usar sus característicos pañuelos de color azafrán en la cabeza ni portar banderas azafranadas ni siquiera mencionar de pasada y por su nombre al Amado de Guyarat. El despliegue funcionó. A los pocos días ya habían dado un golpe palaciego. Los jóvenes profesionales que tanto habían trabajado para hacer famoso al viejo fueron depuestos antes de que ni ellos ni él mismo entendieran lo que había sucedido. La Pradera Feliz fue segada. Y nadie se dio cuenta. El Conejo Asustado era ya carne muerta. Muy pronto el Amado entraría cabalgando en Delhi. Sus seguidores, llevando máscaras de papel con su retrato, lo portarían a hombros entonando su nombre: *Lalla! Lalla! Lalla!*, hasta sentarlo en el trono. Dondequiera que él mirase solo veía su propio rostro. El nuevo emperador del Indostán. Él era un océano. Él era el infinito. Él era la misma humanidad. Pero para eso faltaba todavía un año.

En aquel momento, en Jantar Mantar, sus tropas de asalto gritaban contra la corrupción gubernamental. *(Murdabad! Murdabad!* ¡Abajo! ¡Abajo! ¡Abajo! ¡Abajo!) Por la noche regresaban corriendo a sus casas para verse por la televisión. Hasta que volvieran a la mañana siguiente, el viejo y su pequeño «grupo íntimo» de seguidores se quedarían un tanto desolados bajo la enorme carpa blanca e hinchada que podía albergar a miles de personas.

Justo al lado de la carpa de los manifestantes contra la corrupción, en un espacio claramente demarcado bajo las amplias ramas de un viejo tamarindo, otra conocida activista gandhiana había iniciado su propio ayuno hasta la muerte en nombre de miles de granjeros y tribus indígenas de cuyas tierras se había apropiado el gobierno para entregarlas a una compañía petroquímica que explotaría una mina de carbón y una planta de energía térmica en Bengala. Aquella iba a ser la decimonovena huelga de hambre indefinida de su carrera. A pesar de ser una mujer bien parecida, peinada con una trenza espectacularmente larga, no era tan querida por las cámaras de televisión como el viejo. La razón no era un misterio. La compañía petroquímica era dueña de la mayoría de los canales de televisión y hacía una inversión importante en publicidad en los que no poseía. Como consecuencia, aparecieron en los estudios de televisión diversos comentaristas airados que atacaban a la activista, insinuando que estaba apoyada por una «potencia extranjera». La realidad era que un buen número de esos comentaristas, y también los periodistas, estaban en nómina de la compañía y arrimaban el ascua a la sardina de su empleador. Pero en la calle la gente la adoraba. Campesinos canosos ahuyentaban con abanicos los mosquitos de su cara. Recias campesinas le daban masajes en los pies y la miraban arrobadas. Activistas primerizos, vestidos con amplias prendas hippies, algunos de ellos jóvenes que estudiaban en Europa y Estados Unidos, le escribían unos enrevesados comunicados de prensa en sus ordenadores portátiles. Varios intelectuales y ciudadanos concienciados se sentaban en cuclillas en la calle aleccionando sobre sus derechos a los campesinos que llevaban años luchando por esos mismos derechos. Estudiantes de doctorados procedentes de universidades extranjeras, cuyo objeto de estudio eran los movimientos sociales (un trabajo con una grandísima demanda), llevaban a cabo largas entrevistas con granjeros, aliviados por que los sujetos de sus trabajos de campo hubiesen venido a la ciudad, evitándoles así viajar a la campiña donde no había cuartos de baño y era difícil encontrar agua filtrada.

Una docena de hombres fornidos vestidos con ropa de civil, pero ostentando un corte de pelo incivil (con la nuca y los laterales de la cabeza rapados) y unos calcetines y botas también inciviles (calcetines caqui y botas marrones) se mezclaron entre el público para espiar ostensiblemente sus conversaciones. Algunos fingían ser periodistas y grababan lo que se decía con pequeñas cámaras. Sobre todo, dedicaban especial atención a los extranjeros jóvenes (muchos de los cuales pronto verían revocados sus visados).

Los focos de las televisiones calentaban aún más el aire caldeado. Polillas suicidas se lanzaban contra los proyectores inundando la noche con el olor a insecto achicharrado. Fuera del círculo de luz, quince lisiados, huraños y cansados después de un caluroso y largo día de mendicidad, pululaban en la oscuridad y apoyaban sus espaldas contracturadas y sus miembros inútiles contra los rickshaws adaptados para pedalear con las manos que el gobierno les había proporcionado. Los granjeros desplazados de sus tierras, junto con su famosa líder, habían desplazado, a su vez, a los lisiados de la zona pavimentada más fresca y sombreada donde habitualmente pasaban el día. Por lo tanto, sus simpatías parecían decantarse hacia el lado de la industria petroquímica. Su deseo era que la agitación creada por los granjeros llegara a su fin cuanto antes para poder recuperar su sitio.

A cierta distancia, un hombre desnudo, aunque con el cuerpo cubierto con rodajas de lima pegadas con superpegamento, sorbía ruidosamente el espeso zumo de mango directamente de un envase de cartón. Se negaba a decir por qué llevaba pegadas las limas o por qué bebía zumo de mango a pesar de que parecía estar promocionando los cítricos y se volvía agresivo si alguien insistía en la pregunta. Otro tipo que iba por libre y que se autoproclamaba «artista de la performance» vagaba sin rumbo entre la gente, vestido con traje, corbata y un bombín inglés. Desde lejos parecía que su traje llevaba impresos multitud de pinchos morunos, pero de cerca eran en realidad cagarrutas en toda regla. La rosa roja marchita que llevaba en la solapa se había puesto negra. Del bolsillo de su pechera sobresalía un pañuelo blanco en forma de triángulo. Cuando le preguntaban cuál era el mensaje que quería transmitir, en bienvenido contraste con la grosería del Hombre Lima, contestaba pacientemente que su cuerpo era su instrumento y que deseaba que el llamado mundo «civilizado» perdiera su aversión a la mierda y aceptara el hecho de que una cagarruta no era más que un alimento procesado. Y viceversa. También decía que deseaba sacar el Arte de los Museos para acercarlo al «Pueblo».

Cerca del Hombre Lima (que no les prestaba ninguna atención) estaban sentados Anyum, Sadam Husain y Ustad Hameed. Con ellos estaba Ishrat, una joven y espectacular *hijra* llegada de Indore, que se hospedaba en la Pensión Jannat. Había sido Anyum, por supuesto, quien, con su inveterado deseo de «ayudar a los pobres», sugirió a los demás que se acercaran a Jantar Mantar para ver con sus propios ojos de qué se trataba esa «Segunda Lucha por la Libertad» de la que tanto hablaban las cadenas de televisión. Sadam era pesimista: «No hace falta venir hasta aquí para eso. Yo os puedo decir de qué se trata: esta es la jodida madre de todos los escándalos.» Pero Anyum estaba decidida y Sadam, por supuesto, no la dejaría ir sola. De modo que formaron un pequeño grupo, Anyum, Sadam (con sus eternas gafas de sol) y Nimo Gorajpuri. Ustad Hameed, que había llegado para visitar a Anyum, acabó siendo forzado a formar parte de la expedición como lo fue la joven Ishrat. Decidieron acercarse por la noche, cuando habría menos gente. Anyum se había vestido con discreción, con el más aburrido traje pastún que tenía, aunque no pudo resistir la tentación de colocarse un broche de pelo, una *dupata* y un toque de lápiz labial. Ishrat iba vestida como si fuera el día de su boda, con una *kurta* color rosa con lentejuelas y pantalones *salwar patiala* verdes. Haciendo caso omiso a las recomendaciones, se pintó los labios de rosa intenso y se adornó con tantas joyas que podía iluminar la noche. Nimo llevó a Anyum, a Ishrat y a Ustad Hameed en su coche. Sadam quedó en encontrarse con el grupo en la misma plaza. Cabalgó a lomos de Payal hasta Jantar Mantar y ató la yegua a una barandilla a cierta distancia (le prometió dos barritas de chocolate y diez rupias a un avispado niño limpiabotas para que estuviera pendiente de ella). Sadam se dio cuenta de que Nimo Gorajpuri estaba inquieta e intentó entretenerla con vídeos de animales que tenía grabados en el teléfono móvil; algunos los había grabado él mismo, los que mostraban perros y gatos callejeros, así como las vacas con las que se cruzaba en sus paseos diarios por la ciudad; otros los había recibido de sus amigos por WhatsApp. *Mira, este se llama Chaddha Sahib. Nunca ladra. Todos los días a las cuatro de la tarde viene al parque para jugar con su novia. A esta vaca le gustan los tomates. Yo le llevo algunos todos los días. Este otro tiene un problema de sarna grave. ¿Has visto este león sobre dos patas lamiendo a la mujer...? Sí, es una mujer. Solo te das cuenta cuando se vuelve...* Como ninguno de los vídeos mostraba cabras ni moda femenina occidental, no ayudaron a aliviar el aburrimiento de Nimo Gorajpuri y pronto se excusó y se fue. Sin embargo, Anyum estaba fascinada por el bullicio, por las pancartas y por las conversaciones que oía a un lado y a otro. Animó al resto del grupo a quedarse para «poder aprender algo». Al igual que los demás, se apiñaron y sentaron en la calzada para formar un pequeño grupo. Allí establecieron su cuartel general. Anyum mandó a su enviado (Su Excelencia, el Plenipotenciario Sadam Husain) para que fuera de grupo en grupo y obtuviera información sobre sus procedencias, sus protestas y las demandas que planteaban. Sadam se dirigió diligentemente a cada puesto como un comprador en un mercado de quincalla política y, de vez en cuando, regresaba para informar a Anyum de los datos obtenidos. Ella estaba sentada en el suelo con las piernas cruzadas y le escuchaba atentamente, inclinándose hacia delante, asintiendo y esbozando una media sonrisa, aunque nunca miraba a Sadam, pues mientras este le hablaba, Anyum fijaba sus ojos brillantes en cada uno de los grupos a los que su enviado se iba refiriendo. A Ustad

Hameed la información que traía Sadam no le interesaba ni por asomo, pero aquella expedición suponía para él un cambio bienvenido en su rutina diaria, de modo que estaba contento por participar en ella. Canturreaba para sus adentros mientras miraba a su alrededor con aire ausente. Ishrat, vestida inadecuadamente y envanecida absurdamente, pasaba el tiempo tomándose selfies desde diferentes ángulos y con fondos distintos. Aunque nadie le prestaba atención (no había comparación entre el anciano-bebé y ella), tenía buen cuidado de no alejarse demasiado del campamento base. Hubo un momento en que a ella y a Ustad Hameed les dio un ataque de risa como si fueran colegiales. Cuando Anyum les preguntó qué les hacía tanta gracia, Ustad Hameed contestó que sus nietos le habían enseñado a la abuela que debía llamar al abuelo (a él mismo) «maldito cabrón con pintas», porque era un apelativo cariñoso en otro idioma.

–Mi mujer no tenía ni idea de lo que significaba y ponía una expresión tan tierna cuando me lo decía... –explicaba Ustad Hameed entre risas–. ¡Maldito cabrón con pintas! Así es como me llama mi *begum*...

–¿Y eso qué quiere decir? –preguntó Anyum. (Sabía lo que significaba «maldito», pero no «cabrón».) Antes de que Ustad Hameed se lo explicara (aunque él tampoco estaba tan seguro, pues solo sabía que no era nada bueno), les interrumpió un joven con barba y pelo largo que vestía ropa suelta y gastada y una chica, también vestida con ropa gastada, cuyo cabello suelto y salvaje era digno de ver. Por lo visto estaban rodando un documental sobre Protesta y Resistencia y como denominador común debían conseguir que los manifestantes dijeran a cámara «Otro Mundo es Posible» en el idioma que hablaran. Por ejemplo, si su lengua era hindi o urdu, podían decir *Doosri duniya mumkin hai...* Mientras hablaban, colocaron la cámara enfocando a Anyum y le indicaron que mirara siempre a la lente al hablar. Pero no tenían ni idea de lo que significaba *Duniya* en el vocabulario de Anyum. Por su parte, ella, que no acababa de entender de qué iba la cosa, dijo a cámara: *Hum doosri Duniya se aaye hain.* Y les explicó, solícita, qué quería decir: «Nosotros venimos precisamente de allí..., de ese otro mundo.»

Los jóvenes cineastas, que todavía tenían una larga noche por delante, intercambiaron miradas y decidieron marcharse antes de tener que volver a explicar lo que pretendían, pues eso les llevaría demasiado tiempo. Dieron las gracias a Anyum y cruzaron la calle hacia otros grupos de gente, cada uno con su propio toldo.

En el primero había siete hombres con las cabezas rapadas que vestían *dhotis* blancos. Habían decidido hacer voto de silencio hasta que la India declarase el hindi idioma nacional (lengua materna oficial) para ponerla por encima de las otras veintidós lenguas oficiales y los cientos de dialectos no oficiales. Tres de los rapados estaban durmiendo y los otros cuatro se habían quitado las mascarillas sanitarias que llevaban (símbolo de su «voto de silencio») para beber su té de la noche. Como no podían hablar, los cineastas les entregaron un cartel que rezaba *Otro Mundo es Posible* para que lo mostraran a cámara. Ambos se aseguraron de que el otro cartel, el que exigía hacer del hindi el idioma oficial, no apareciera en el encuadre, porque consideraron que tal exigencia era un tanto reaccionaria. Aun así, a los cineastas les pareció que no podían perder la oportunidad de obtener la imagen de siete tipos calvos con mascarillas para dar colorido visual al documental.

Cerca de los rapados y ocupando buena parte de la calzada se encontraban cincuenta representantes de los miles de personas de Bhopal afectadas por el escape de gas de la Union Carbide en 1984. Llevaban allí dos semanas. Siete de ellos estaban en huelga de hambre indefinida y su condición física se iba deteriorando por momentos. Llegaron a Delhi caminando desde Bhopal, cientos de kilómetros bajo el implacable sol veraniego, para exigir una compensación, agua potable y atención médica para ellos y para las futuras generaciones de bebés deformes que nacerían después de la fuga de gas. El Conejo Asustado se había negado a recibir a los bhopalíes. Las cadenas de televisión no tenían el más mínimo interés en ellos; su lucha era demasiado vieja para volver a ser noticia. En la barandilla, colgadas como carteles macabros, había fotografías de bebés deformes, de fetos abortados dentro de frascos de formaldehído y de los miles de víctimas, muertos, lisiados y ciegos que había dejado la tragedia. En un pequeño monitor de televisión (se las habían arreglado para conectarse a la electricidad de una iglesia cercana) pasaban en bucle unas imágenes granuladas de la llegada al aeropuerto de Delhi del consejero delegado de Union Carbide, Warren Anderson, un americano joven y desinhibido, días después del desastre: «Acabo de llegar», decía a los periodistas que se amontonaban y empujaban a su alrededor. «Todavía no conozco los detalles. Así que ¿qué quieren que les diga?» A continuación, mirando directo a cámara, saludaba: «¡Hola, mamá!»

Una y otra vez, durante toda la noche, siguió diciendo: «¡Hola, mamá! ¡Hola, mamá! ¡Hola, mamá! ¡Hola, mamá! ¡Hola, mamá!...»

Una vieja pancarta, descolorida por décadas de trasiego, decía: *Warren Anderson es un criminal de guerra.* Otra más reciente decía: *Warren Anderson ha matado a más gente que Osama bin Laden.*

Al lado de los bhopalíes estaban los de la Asociación Delhi Kabaadi-wallahs (recicladores de basura) y los del Sindicato de Trabajadores del Saneamiento Público, que protestaban contra la privatización de la recogida de basura y del alcantarillado de la ciudad. La compañía que había conseguido la concesión era la misma que obtuvo la tierra de los campesinos para construir su central térmica. En aquel momento ya controlaban la distribución de agua y electricidad de la ciudad. A partir de entonces también serían dueños de la mierda y la basura de la ciudad.

Pegado al grupo de los recicladores de basura y los poceros estaba el elemento más lujoso de la calle, un reluciente baño público con espejos en las paredes y suelo de granito pulido. El baño estaba iluminado noche y día y usarlo costaba una rupia para mear, dos para cagar y tres para ducharse. No había mucha gente en la calle que pudiera permitirse tales tarifas. Muchos meaban fuera, contra la pared del baño. Por eso, y aunque su interior estaba inmaculado, el exterior despedía el punzante olor acre de la orina estancada. Tal cosa no preocupaba a sus dueños, ya que los ingresos de aquel baño procedían de otra fuente. Una de las paredes servía de cartel publicitario, que se renovaba cada semana.

Esa semana le tocaba el turno al último coche de lujo de Honda. El anuncio contaba con su propia custodia personal. Gulabiya Vechania vivía bajo una pequeña lona de plástico azul, justo al lado del cartel publicitario. Aquel lugar representaba para él un ascenso con respecto a sus comienzos. Cuando llegó por primera vez a la ciudad, Gulabiya estuvo viviendo varias semanas en un árbol, debido al puro y abyecto miedo que tenía, además de por necesidad. Pero ahora ya tenía un trabajo y un aparente cobijo. El nombre de la empresa de seguridad para la que trabajaba estaba bordado en las hombreras de su camisa azul llena de manchas: TSGS Seguridad. (La competencia de la empresa SSGS de la puta de Sangita Madam *Haramzaadi.)* Su trabajo consistía en evitar el vandalismo, y en concreto en desbaratar los repetidos intentos de algunos descreídos que pretendían mear directamente sobre el anuncio. Trabajaba siete días a la semana, doce horas al día. Esa noche Gulabiya estaba borracho y durmiendo la mona cuando alguien pintó con espray *Inqilab Zindabad!*

(¡Viva la Revolución!) sobre el Honda City plateado. Bajo la pintada otro había escrito un poema:

Chheen li tumne garib ki rozi roti
aur laga diye hain fees karne pe tatti

Te has apropiado del pan de cada día de los pobres
y a cambio has puesto precio a su mierda.

Gulabiya perdería su trabajo a la mañana siguiente. Miles como él harían cola con la esperanza de ocupar su puesto. (Quizá uno de ellos fuera el poeta callejero.) Pero de momento Gulabiya dormía profundamente. En sus sueños tenía suficiente dinero para alimentarse y enviar un poco a su familia en el pueblo. En sus sueños, su pueblo todavía existía. No estaba sumergido bajo las aguas de un pantano. No había peces nadando a través de las ventanas de su casa. Los cocodrilos no surcaban el agua entre las ramas más altas de las ceibas sumergidas. Los turistas no navegaban sobre sus campos en botes que dejaban en el aire nubes irisadas de gasoil. En sus sueños su hermano Luariya no trabajaba de guía turístico en la zona alabando los milagros producidos por la presa. Su madre no trabajaba como limpiadora en la casa de uno de los ingenieros de la presa construida sobre el terreno que una vez fue suyo. No necesitaba robar mangos de sus propios árboles. No vivía en una de las colonias de reasentamiento, en una chabola con las paredes de chapa y un techo de chapa que se calentaba tanto que podías freír cebollas sobre él. En sus sueños Gulabiya veía su río fluir aún con vida. Los niños desnudos todavía se sentaban sobre las rocas tocando la flauta, zambulléndose en el agua y nadando entre los búfalos cuando el sol pegaba con fuerza. Había leopardos, ciervos y osos perezosos en el bosque de Salas que tapizaba las colinas alrededor del pueblo, donde, llegadas las festividades, su gente se reunía con sus tambores para beber y bailar durante días.

Lo único que le quedaba de su anterior vida eran los recuerdos, su flauta y sus pendientes (que le habían prohibido usar durante las horas de trabajo).

A diferencia del irresponsable Gulabiya Vechania, que no había cumplido con su deber de proteger el Honda City plateado, Janak Lal Sharma, el «encargado» del baño, estaba muy despierto y trabajando duro. Su manoseado cuaderno de trabajo estaba al día. Los billetes que llevaba en la cartera estaban ordenados según su valor y además tenía un bolsillo separado para las monedas. Para complementar su salario, permitía a los activistas, a los periodistas y a los cámaras que recargaran sus móviles, sus portátiles y las baterías de las cámaras en el enchufe del baño por el precio de seis duchas y una cagada (es decir, veinte rupias). A veces dejaba que alguien cagara por el precio de una meada y no lo reflejaba en su libro. Al principio tenía un poco de cuidado con los activistas anticorrupción. (No resultaban difíciles de identificar pues eran menos pobres y más agresivos que el resto. Iban bien vestidos, con sus vaqueros y camisetas, y la mayoría estaban tocados con el gorrillo gandhiano blanco en el que llevaban impreso el rostro del anciano-bebé, con su sonrisa de anuncio de cereales.) Janak Lal Sharma se encargaba de cobrarles la tarifa indicada y anotar en su libro cuidadosa y correctamente la naturaleza de cada ablución. Pero alguno de ellos, en especial los que llegaron en la segunda oleada, se mostraron bastante más agresivos que los primeros, quejándose de que les cobraban más que a los otros. Al poco tiempo, ellos también pasaron por el aro, y aquí paz y después gloria. Con los ingresos adicionales, subcontrató la limpieza del baño, una labor impensable para un hombre de su casta y condición (era un brahmán). De eso se hizo cargo un tal Suresh Balmiki quien, como su nombre claramente indicaba, pertenecía a lo que la mayoría de los hindúes consideraba abiertamente (y el gobierno, ocultamente) la casta de los limpiadores de mierda. Gracias al creciente descontento que se vivía en el país, al interminable caudal de manifestantes que acudía a la plaza y a toda la cobertura televisiva, Janak Lal ya había ganado lo suficiente para dar la entrada para un piso de protección oficial, incluso descontando lo que pagaba a Suresh Balmiki.

En el lado opuesto al baño, junto al espacio ocupado por los cámaras de televisión (aunque a bastante distancia ideológica), estaba lo que la gente de la plaza llamaba la Frontera: los Nacionalistas Manipuri, que exigían que se derogase la Ley de Poderes Especiales de las Fuerzas Armadas, que habilitaba legalmente al ejército indio a asesinar personas por considerarlas «sospechosas»; los refugiados tibetanos, que se manifestaban a favor de un Tíbet libre; y, lo más raro y peligroso para ellas, allí estaban también las Madres de los Desaparecidos, cuyos hijos, miles de ellos, habían desaparecido en la guerra de liberación de Cachemira. (Resultaba un tanto tétrico que, como sonido de fondo, se escuchara: «¡Hola, mamá! ¡Hola, mamá! ¡Hola, mamá!» Aunque las Madres de los Desaparecidos parecían indiferentes al hecho, puesto que ellas se consideraban *moj* –«madre» en cachemir– y no «mamá».)

Era la primera vez que la Asociación de Madres de los Desaparecidos viajaba a la Gran Capital. No todas eran madres, pues habían ido también esposas, hermanas y algún que otro hijo de los desaparecidos. Cada una llevaba un retrato del hijo, hermano o esposo perdido y su pancarta rezaba:

> *La historia de Cachemira*
> MUERTOS = 68.000
> DESAPARECIDOS = 10.000
> ¿Es esto Democracia o *Demoniocracia?*

Ninguna cámara de televisión enfocaba, ni por asomo, la pancarta. La mayoría de los que estaban dedicados a la Segunda Lucha por la Libertad de la India no sentía más que indignación ante la idea de una Cachemira libre y ante la osadía de las mujeres cachemiras.

Algunas madres, al igual que algunas víctimas del escape de gas de Bhopal, estaban ya bastante hastiadas después de contar su historia en reuniones interminables en los supermercados del dolor, junto a las víctimas de otras guerras de otros países. Habían llorado abundantemente en público y no habían conseguido nada. El horror que seguían sufriendo les había dotado de un duro y amargo caparazón.

El viaje a Delhi había supuesto una experiencia desdichada para la asociación. Las mujeres habían soportado interrupciones y amenazas durante la conferencia de prensa que dieron por la tarde al borde de la carretera y la policía tuvo que intervenir para establecer un cordón de seguridad alrededor de ellas. «¡Los terroristas musulmanes no merecen tener derechos humanos!», gritaban los esbirros encubiertos de Guyarat ka Lalla. «¡Somos testigos de vuestro genocidio! ¡Nos hemos enfrentado a vuestra limpieza étnica! ¡Nuestra gente lleva viviendo veinte años en campos de refugiados!» Varios jóvenes escupían las fotografías de los muertos y desaparecidos cachemires. El «genocidio» y la «limpieza étnica» a los que se referían era el éxodo masivo de los *pandits* del Valle de Cachemira cuando la lucha por la liberación había pasado a ser una guerra abierta en los años noventa y algunos militantes musulmanes se habían cebado con la escasa población hindú. Cientos de ellos fueron asesinados de forma macabra, y cuando el gobierno reconoció que no podía garantizar su seguridad, casi la totalidad de los hindúes de Cachemira, unas doscientas mil personas, huyeron del Valle y se instalaron en campos de refugiados en las llanuras de Jammu, donde muchos de ellos seguían viviendo. Algunos de los esbirros de Lalla que merodeaban por allí eran hindúes cachemires que habían perdido sus casas, sus familias y todo lo que habían conocido.

Quizá más doloroso para las madres que los Escupidores fue escuchar la conversación de tres chicas universitarias que pasaron por allí esa mañana, delgadas como lapiceros, tan bellas y bien arregladas, camino de las tiendas de Connaught Place. «¡Ay, mira! ¡Cachemira! ¡Qué *divertiiido!* Parece que ya ha recobrado la normalidad, que ahora es segura para los turistas. ¿Vamos? Dicen que es alucinante.»

Las madres de la Asociación habían decidido pasar allí la noche, fuera como fuera, para nunca más volver a Delhi. Para ellas dormir en la calle era una experiencia nueva. En sus pueblos todas vivían en casas bonitas, con sus huertos de hierbas y especias. Esa noche cenaron frugalmente (también una experiencia nueva), enrollaron su pancarta e intentaron dormir a la espera del amanecer, ansiando comenzar el viaje de regreso a su hermoso valle destrozado por la guerra.

Fue allí, junto a las Madres de los Desaparecidos, donde nuestro silencioso bebé apareció. Al principio las Madres no se percataron de su presencia porque su color era el de la noche. La luz de una farola recortaba nítidamente la silueta de una sombra que destacaba en la penumbra. Las Madres habían aprendido a ver en la oscuridad después de vivir veinte años bajo represalias, redadas y registros de barrios enteros y golpes en la puerta a medianoche (Operación Tigre, Operación Destrucción de la Serpiente, Operación Detener y Matar). Pero tratándose de bebés, a lo único que estaban acostumbradas era a los que se asemejaban a flores de almendros y tenían las mejillas rosadas como manzanas. Las Madres de los Desaparecidos no sabían qué hacer con un bebé que había Aparecido.

Sobre todo si era *negro*
Kruhun kaal
Sobre todo si era una *niña* negra
Kruhun kaal hish
Sobre todo si, además, estaba envuelta en basura
Shikas ladh

El murmullo pasó de una persona a otra por toda la calle como si fuera un paquete. La pregunta fue creciendo hasta convertirse en un clamor: *«Bhai baccha kiska hai?»* ¿De quién es este bebé?

Silencio.

Entonces alguien dijo que esa tarde había visto a la madre vomitando en el parque. Otro dijo: «Ah, no, esa no era la madre.»

Alguien dijo que era una mendiga. Otro dijo que era la víctima de una violación (palabra que existe en todos los idiomas).

Alguien dijo que la mujer había venido con el grupo que esa mañana recogía firmas para una campaña de liberación de los presos políticos. Se rumoreaba que pertenecía a una organización que servía de fachada al Partido Maoísta, declarado ilegal, y que combatía una lucha de guerrillas en los bosques de la India Central. Algún otro dijo: «Ah, no, esa no era la madre. Esa mujer estaba sola. Ha estado varios días dando vueltas por aquí.»

Alguien dijo que era la antigua amante de un político que la había abandonado cuando se quedó embarazada.

Todo el mundo estuvo de acuerdo en que los políticos eran unos bastardos, pero eso no resolvía el problema:

¿Qué hacer con el bebé?

Quizá porque se dio cuenta de que se había convertido en el centro de atención o quizá porque se asustó, el caso es que el bebé silencioso rompió a llorar. Una mujer tomó a la niñita en brazos. (Luego la gente diría que era alta, que era baja, que era negra, que era blanca, que era guapa, que no lo era, que era vieja, que era joven, que era una extraña, que era una habitual de Jantar Mantar.) Entremetida bajo un grueso cordel negro atado alrededor de la cintura de la nenita había una tira de papel, doblada en muchos pliegues hasta formar un cuadradito cerrado con cinta adhesiva. La mujer (que era guapa, que no lo era, que era alta, que era baja) lo desdobló y se lo entregó a alguien para que lo leyera. El mensaje estaba escrito en inglés y no dejaba lugar a dudas: *No puedo hacerme cargo de la niña, por eso la dejo aquí.*

Al cabo de un rato y tras deliberar entre murmullos, la gente decidió muy a su pesar, con tristeza y a regañadientes, que el bebé era asunto de la policía.

Antes de que Sadam pudiera detenerla, Anyum se puso en pie y se dirigió deprisa hacia lo que parecía ser un espontáneo Comité para el Bienestar del Bebé. Como le sacaba una cabeza a la mayoría de la gente no fue difícil seguirla. Mientras se abría paso entre la multitud, las campanillas de sus tobilleras, invisibles bajo su amplio *salwar,* tintineaban chan chan chan. Sadam sintió un terror súbito. Cada chan chan le sonaba como un disparo. La luz azulada de las farolas se reflejaba tenuemente en la incipiente barba blanca sobre la piel picada y oscura de Anyum, que brillaba con el sudor. El arete que le perforaba la nariz relucía sobre el magnífico apéndice cuya curva descendía como el pico de un ave de rapiña. Algo se había desatado en ella, algo desmedido, pero meridianamente claro: quizá la asunción de un destino.

–¿La policía? ¿La vamos a entregar a la *policía?* –dijo Anyum con sus dos voces, diferenciadas pero unidas, una áspera y otra profunda, ambas distintas. Su colmillo blanco brillaba entre los dientes rotos, teñidos de rojo por el *paan* de hojas de betel que masticaba.

El «vamos» que acababa de pronunciar Anyum implicaba una acción solidaria, un abrazo. Como era de esperar, sus palabras fueron recibidas con un primer insulto.

Un listo entre la multitud dijo:

–¿Por qué? ¿Qué vas a hacer *tú* con ella? No puedes transformarla en alguien como tú, ¿verdad? La tecnología moderna ha hecho grandes progresos, pero no ha llegado tan lejos... –Se refería a la creencia, bastante extendida, de que los *hijras* raptaban bebés del sexo masculino para castrarlos después. La broma del tipo levantó un murmullo de risas contenidas.

Anyum no se echó atrás ante la vulgaridad del comentario. Habló con una intensidad tan clara y urgente como el hambre.

–Ella es un regalo de Dios. Entregádmela. Yo puedo darle el amor que necesita. La policía se limitará a dejarla en un orfanato del gobierno. Y allí morirá.

Hay veces que, cuando alguien se expresa sin ambages, puede desarmar a una masa confusa. En aquella ocasión Anyum lo consiguió. Los que comprendían lo que ella decía, estaban un poco intimidados por el urdu tan refinado que utilizaba. No se correspondía con la clase social a la que suponían que pertenecía.

–Su madre ha debido de dejarla aquí pensando, como yo, que este lugar es hoy el *Karbala,* el lugar donde se lucha la batalla por la justicia, donde se lucha la batalla del bien contra el mal. Debe de haber pensado: «Esta es gente luchadora, la mejor del mundo, alguno de ellos cuidará a mi bebé porque yo no puedo.» ¿Y vosotros queréis llamar a la *policía?*

A pesar de estar enfadada, medir más de un metro ochenta y tener unas espaldas anchas y poderosas, su manera de hablar estaba imbuida de la coquetería exagerada y el revoleo de manos de una cortesana de Lucknow de los años treinta.

Sadam Husain se preparó para la escaramuza que veía venir. Ishrat y Ustad Hameed se arrimaron a él para hacer lo que pudieran.

–¿Quién ha dado permiso a estos *hijras* para sentarse aquí? ¿A quién vienen a apoyar?

El señor Aggarwal, un hombre delgado, de mediana edad, con un bigote recortado, vestido con una sahariana, unos pantalones de felpa y su gorrillo gandhiano con la inscripción *Yo estoy contra la corrupción, ¿y tú?*, tenía el aspecto severo y autoritario del burócrata que, hasta hacía poco, había sido. Había pasado la mayor parte de su vida laboral en el Ministerio de Hacienda hasta que un día, sin venir a cuento, asqueado por la podredumbre del sistema de la que era testigo privilegiado, dimitió de su cargo gubernamental para dedicarse a «servir a la nación». Durante varios años anduvo de acá para allá acercándose a organizaciones que realizaban buenas obras y servicios sociales, pero desde que ejercía como mano derecha del viejo gandhiano rechoncho había trascendido a la escena pública y su retrato aparecía en la prensa a diario. Muchos creían (acertadamente) que en realidad era él quien tenía el poder y que el viejo no era más que una mascota carismática, un sosias que se ajustaba al perfil requerido, pero que empezaba a excederse en sus funciones. Los teóricos de la conspiración que se amontonan en los márgenes de todo movimiento político susurraban entre ellos que alguien había animado a propósito al viejo para salir a la palestra y acomodarse en su rincón, con la esperanza de que la desmesura de su orgullo le impidiera salir de él. Si el viejo se moría de hambre en público, delante de las cámaras de televisión, decía el rumor, el Movimiento tendría su mártir y eso significaría el mejor pistoletazo de salida para el señor Aggarwal. El rumor era falso y cruel. El señor Aggarwal *era* el hombre que estaba detrás del Movimiento, pero incluso él se había visto superado por el entusiasmo que provocaba el viejo gandhiano y se limitaba a capear el temporal, lejos de planear un complot para conseguir el suicidio del viejo. A pocos meses vista se desharía de su mascota y se lanzaría a la carrera para convertirse en un político de primera línea (en alguien que atesoraba muchos de los vicios que antes había denunciado) y en un formidable oponente de Guyarat ka Lalla.

Como político emergente, la singular ventaja del señor Aggarwal era su aspecto nada singular. Era como mucha gente. Todo en él (su manera de vestir, su manera de hablar, su manera de pensar) era correcto y atildado, cuidado y esmerado. Tenía una voz aguda y una manera de expresarse bastante común, excepto cuando se ponía delante del micrófono. Entonces se transformaba en un furioso e incontrolable tornado de atronadora intolerancia. Al entrometerse en el asunto del bebé pretendía evitar otro escupitajo público (como el que lanzó la Brigada de Escupidores a las madres cachemires) que pudiera distraer la atención de los medios de comunicación sobre lo que él consideraba los Asuntos que Verdaderamente Importaban.

–Esta es nuestra Segunda Lucha por la Libertad. Nuestro país está al borde de una Revolución –dijo estentóreamente ante un público cada vez mayor–. Miles de personas se han reunido hoy aquí porque los políticos corruptos han hecho insoportables nuestras vidas. Si resolvemos el problema de la corrupción podremos llevar a nuestro país hasta nuevas alturas, a la cima del mundo. Este es un espacio para hacer política seria, no una pista de circo. –Se dirigía a Anyum, pero sin mirarla–. ¿Tienes permiso de la policía para estar aquí? Todo el mundo necesita el permiso de la policía para estar aquí. –Anyum se acercó a él como una torre. La negativa del señor Aggarwal a mirarla a los ojos significaba que debía hacerlo directamente a sus pechos.

El hombre había evaluado rematadamente mal la temperatura y la naturaleza de la situación. El gentío allí reunido no estaba totalmente de su parte. Muchos estaban resentidos por el modo en que su «Lucha de Liberación» había acaparado la atención de los medios en detrimento de los demás. Por su parte, Anyum no estaba pendiente de la gente. No le importaba dónde depositaran sus simpatías. Algo se había encendido en su interior y la había llenado de un firme coraje.

–¿Permiso de la policía? –Nunca se pronunciaron palabras con tanto desprecio–. Esta es una *criatura*, no una ocupación ilegal de una propiedad de tu padre. Acude *tú* a la policía, sahib. Nosotros tomaremos un atajo y acudiremos directamente al Todopoderoso.

Sadam tuvo el tiempo justo para elevar una breve plegaria de agradecimiento por que Anyum hubiese utilizado el término genérico *Khuda* por Todopoderoso y no *Allah mian* antes de que se estableciera el frente de batalla.

Los adversarios se aproximaron.

Anyum y el Contable.

Menudo enfrentamiento.

Resultaba irónico que esa noche ambos estuvieran en la calle para escapar de su pasado y de todo lo que, hasta entonces, había limitado sus vidas. Y sin embargo, a fin de armarse para la batalla, retrocedieron hasta situarse en el terreno del que pretendían escapar, el que conocían bien, el terreno al que realmente *pertenecían*.

Él, un revolucionario atrapado en la mente de un contable. Ella, una mujer atrapada en el cuerpo de un hombre. Él, furioso contra un mundo en el que la contabilidad no cuadraba. Ella, furiosa con sus glándulas, sus órganos, su piel, la textura de su cabello, la anchura de sus hombros, el timbre de su voz. Él, luchando para encontrar el modo de imponer la integridad fiscal en un sistema en decadencia. Ella, buscando atrapar las estrellas del firmamento para molerlas y fabricar una poción que le proporcionara los pechos y las caderas adecuadas y una melena larga y espesa que se bamboleara de lado a lado al caminar y, sí, lo que más ansiaba, lo que constituía el mayor insulto que había en el vasto catálogo de invectivas de Delhi, el insulto de los insultos, *Maa ki Choot*, el coño de tu madre. Él, que había dedicado su vida a descubrir evasores fiscales, prevaricaciones y cohechos. Ella, que había vivido durante años como un árbol en un viejo cementerio, donde, en las mañanas perezosas y en las noches profundas, los espíritus de los viejos poetas a los que tanto amaba, Ghalib, Mir y Zauq, acudían para recitar sus versos, beber, discutir y jugar. Él, que rellenaba formularios y marcaba recuadros. Ella, que nunca sabía qué recuadro señalar, en qué cola colocarse, qué baño público elegir (¿Reyes o Reinas? ¿Damas o Caballeros? ¿Señoras o Señores?). Él, que creía tener siempre razón. Ella, que sabía que estaba equivocada, siempre equivocada. Él, menguado por sus certezas. Ella, crecida por su ambigüedad. Él, que quería el imperio de la ley. Ella, que quería un hijo.

Se formó un círculo alrededor de los contendientes; gente airada, ansiosa, evaluando a los adversarios, tomando partido. ¿Qué importaba? ¿Qué afectado contable gandhiano podía enfrentarse con éxito en un mano a mano con una vieja *hijra* de la Vieja Delhi?

Anyum inclinó la cabeza para ponerla a la altura del rostro del señor Aggarwal, aproximándola hasta casi besarlo.

–*Ai Hai!* ¿Por qué estás tan enfadado, *jaan?* ¿Por qué no me miras a los ojos?

Sadam Husain cerró los puños. Ishrat le sujetó. Respiró hondo y se adentró en el campo de batalla para intervenir de la forma en que solo los *hijras* sabían y a la que solían recurrir para protegerse entre ellos: declarar la guerra y firmar la paz al mismo tiempo. Su vestimenta, que horas antes había parecido absurda, no podía haber sido más apropiada en aquel momento. Dio unas palmas con los dedos extendidos como hacen los *hijras* y empezó a bailar, contoneando las caderas en una danza obscena, revoleando el *chunni* con una desvergonzada y agresiva sexualidad a fin de humillar al señor Aggarwal, que en su vida se había visto en medio de una pelea callejera. Las axilas de su camisa blanca comenzaron a humedecerse con el sudor.

Ishrat entonó una canción que sabía que todo el mundo conocía. Era de una película titulada *Umrao Jaan*, inmortalizada por la bella actriz Rekha.

Dil cheez kya hai, aap meri jaan lijiye
¿Por qué tan solo mi corazón? Llévate mi vida entera

Alguien intentó apartar a Ishrat de allí. Ella fue girando hasta el medio de la calle ancha y vacía, disfrutando de sus piruetas sobre un paso de cebra bajo la luz de las farolas. Al otro lado de la calle, alguien empezó a seguir el ritmo con una pandereta. La gente se unió al canto. Ella tenía razón, todo el mundo conocía la canción.

Bas ek baar mera kaha maan lijiye
Pero, amor mío, concédeme esta vez mi deseo

La canción de la cortesana o, por lo menos, aquel verso en concreto, podría haber sido ese día el himno de casi todo el mundo en Jantar Mantar. Todos los allí presentes lo estaban porque creían que a alguien le importaba, que alguien les estaba escuchando, que alguien les concedería una audiencia.

Se desató la pelea. Quizá alguien dijo alguna grosería. Quizá Sadam Husain le contestó con un puñetazo. No está claro lo que sucedió.

Los policías de servicio en la calle despertaron de su letargo y golpearon con sus porras a cualquiera que estuviera a su alcance. Acudieron varios jeeps de la policía *(Contigo, Por ti, Siempre)* con sus pilotos luminosos destellando y de ellos bajaron las fuerzas especiales de la Policía de Delhi: *maader chod behen chod maa ki choot behen ka lauda.*[1]

Las cámaras de televisión se arremolinaron. La activista que llevaba diecinueve días de ayuno vio su oportunidad. Se dirigió al gentío frente a las cámaras con el puño en alto, su seña de identidad, y con certera astucia política se apropió para los suyos de la carga a porrazos de la policía.

Lathi goli khaayenge!
¡Soportaremos las balas y las porras!

Y su gente replicó:

Andolan chalaayenge!
¡Nuestra lucha continúa!

La policía no tardó en restablecer el orden. Entre los detenidos, dentro del furgón de la policía, se encontraban el señor Aggarwal, Anyum, un temeroso Ustad Hameed y el artista de la performance con su traje escatológico. (El Hombre Lima se había esfumado.) A la mañana siguiente dejaron a todos libres sin cargos.

Para cuando recordaron cómo había empezado todo, el bebé había desaparecido.

1. Follamadres, follahermanas, la polla de tu hermana.

4. EL DOCTOR AZAD BHARTIYA

La última persona que vio al bebé fue el doctor Azad Bhartiya, quien, según sus propios cálculos, iniciaba su undécimo año, tercer mes y decimoséptimo día de su huelga de hambre. El doctor Bhartiya estaba tan delgado que parecía casi bidimensional. Tenía las sienes hundidas y la piel, oscura y requemada por el sol, se le pegaba a los huesos del rostro, al prominente cartílago del largo cuello y a las clavículas. Desde la sombra profunda de las cuencas, sus ojos enfebrecidos observaban inquisitivos el mundo. Tenía uno de los brazos enyesado con una escayola blanca y sucia que le llegaba desde el hombro a la muñeca, sujeta por una venda al cuello. La manga vacía de su mugrienta camisa a rayas ondeaba a su costado como la desolada bandera de un país derrotado. Estaba sentado detrás de un viejo cartel sobre el que había pegado una lámina de plástico desvaída y arañada en la que podía leerse:

Mi nombre completo:

Doctor Azad Bhartiya. (Traducción: El Indio Libre)

Mi dirección particular:

Doctor Azad Bhartiya
Cerca de la estación de ferrocarril de Lucky Sarai,
Lucky Sarai Basti
Kokar
Bihar

Mi dirección actual:

Doctor Azad Bhartiya
Jantar Mantar
Nueva Delhi

Mis cualificaciones: Maestría en Hindi, maestría en Urdu (primero de la clase), licenciatura en Historia, diplomatura en Magisterio, curso elemental básico de Punyabí, maestría en Punyabí (presentado pero suspendido), doctorado (pendiente) por la Universidad de Delhi (religiones comparadas y estudios budistas), conferenciante en el Inter College, Ghaziabad, investigador asociado en la Universidad de Jawaharlal Nehru de Nueva Delhi, miembro fundador de *Vishwa Samajwadi Sthapana* (Foro Mundial de los Pueblos) y del Partido Socialdemócrata Indio (en contra de la subida de precios).

Estoy ayunando por los siguientes motivos: estoy en contra del imperio capitalista, además de contra el capitalismo de los Estados Unidos, del terrorismo de Estado de la India y los Estados Unidos / de cualquier tipo de armas nucleares y crímenes, además del malvado sistema educativo / de la corrupción / la violencia / la degradación medioambiental y demás maldades. También estoy en contra del desempleo. Además estoy ayunando por la completa erradicación de la clase burguesa. Todos los días me acuerdo de los pobres del mundo, trabajadores / campesinos / tribus / *dalits* / mujeres y hombres abandonados / incluidos los niños y los discapacitados.

La bolsa de plástico amarilla del Jaycees Sari Palace que había junto a él estaba llena de papeles escritos a mano y a máquina, en inglés y en hindi, y se mantenía erecta como si fuera un enanito amarillo. Había varias copias de un documento (un comunicado de prensa o algún tipo de transcripción) extendidas por el pavimento y sujetas con piedras por encima. El doctor Azad Bhartiya las vendía al público al precio de costo y con descuento a los estudiantes:

«MIS NOTICIAS Y OPINIONES» (ACTUALIZADAS)

Mi nombre original, el que me dieron mis padres, es Inder Y. Kumar. doctor Azad Bhartiya es el nombre que yo me he dado. Lo registré ante un tribunal el 13 de octubre de 1997 junto con su traducción, esto es: Indio Liberado/Libre. Adjunto el certificado. No es el original; es una copia compulsada por un magistrado de sala de Patiala.

Si usted acepta que yo lleve tal nombre está entonces en su derecho de pensar que este no es lugar para un Azad Bhartiya, aquí en esta prisión pública situada en la vía pública (vea usted, tiene incluso barrotes). Podría usted pensar que el verdadero Azad Bhartiya debería ser una persona moderna, que viviera en una casa moderna, con su coche y su ordenador, o quizá en aquel edificio alto de allí, ese hotel de cinco estrellas. Ese que se llama Hotel Meridian. Si se fija usted en el piso doce, podrá ver la habitación con baño, aire acondicionado y desayuno incluido, donde se alojaron los cinco perros del presidente de los Estados Unidos cuando vino a la India. De hecho, no podemos llamarlos perros porque son miembros del ejército norteamericano con el rango de cabo. ¿Sabía usted eso? Algunos dicen que esos perros pueden olfatear bombas escondidas y que saben comer a la mesa con cuchillo y tenedor. Dicen que el gerente del hotel debe saludarlos cuando salen del ascensor. No sé si esta información es verdadera o falsa, no he podido verificarla. Habrá oído usted decir que los perros fueron a visitar el monumento en memoria de Gandhi en Rajghat. Eso sí está confirmado, salió en los periódicos. Pero a mí no me importa. Yo no admiro a Gandhi. Era un reaccionario. Debería estar contento por la visita de los perros. Son mejores que todos esos asesinos mundiales que depositan regularmente coronas de flores en su monumento.

Pero ¿por qué está aquí este doctor Azad Bhartiya, en mitad de la calle, mientras los perros norteamericanos están en un hotel de cinco estrellas? Esta debería ser la pregunta principal que le viniera a la mente.

La respuesta es que estoy aquí porque soy un revolucionario. He estado en huelga de hambre durante más de once años. Este es mi duodécimo año. ¿Cómo puede un hombre sobrevivir doce años en huelga de hambre? La respuesta es que he desarrollado una técnica científica de ayuno. Cada 48 o 58 horas tomo una colación (ligera, vegetariana). Eso es más que suficiente para mí. Usted puede preguntarse cómo un Azad Bhartiya sin trabajo y sin salario se las arregla para comer algo cada 48 o 58 horas. Déjeme decirle que aquí, en medio de la calle, no pasa un día sin que alguien que nada tiene se ofrezca a compartirlo conmigo. Si yo quisiera y sin moverme de este sitio, podría convertirme en un hombre gordo como el maharajá de Mysore. Eso sería fácil, vive Dios. Pero mi peso está en los cuarenta y dos kilos. Como solo para vivir y vivo solo para luchar.

Pongo mi mejor voluntad en decir la verdad, por eso debo aclarar que lo de Doctor encabezando mi nombre está todavía pendiente, como mi doctorado. Uso el título anticipadamente a fin de que la gente me escuche y crea lo que le digo. No lo haría, pues técnicamente es algo deshonesto, si la situación política de nuestro país no requiriese soluciones urgentes. Pero a veces, y en política, uno se ve obligado a cortar el fuego con el fuego.

He estado sentado en Jantar Mantar durante once años. Solo abandono alguna vez este lugar para asistir a seminarios o reuniones sobre asuntos de mi interés en el Constitution Club o en la Fundación Gandhi para la Paz. Salvo en dichos casos, permanezco siempre aquí. Toda esta gente viene desde el último rincón de la India con sus sueños y peticiones. No hay nadie que les escuche. Nadie escucha. La policía les golpea. El gobierno les ignora. Esta pobre gente no puede quedarse aquí, puesto que la mayoría vienen de aldeas y suburbios y tienen que ganarse la vida. Deben volver a sus tierras o a la de sus terratenientes, volver a sus prestamistas, a sus vacas y búfalos que salen más caros que un ser humano, o a sus chabolas. Pero yo permanezco aquí en su nombre. Ayuno por su progreso en la vida, por que se acepten sus peticiones, para que sus sueños se hagan realidad, con la esperanza de que algún día tendrán su propio gobierno.

¿A qué casta pertenezco? ¿Es esa su pregunta? Con una agenda política tan cargada como la mía, ¿cuál debe ser mi casta? ¿De qué casta eran Jesús y Buda Gautama? ¿De qué casta era Marx? ¿De qué casta era el profeta Mahoma? Solo los hindúes tienen castas, una desigualdad que recogen sus escrituras. Yo soy cualquier cosa menos hindú. Como un Azar Bhartiya, puedo decirles sin ambages que he renunciado a la fe de la mayoría de la gente de este país por esa razón. Pero aunque fuera presidente de los Estados Unidos, un brahmán de primera clase, seguiría aquí en huelga de hambre por los pobres. No quiero dólares. El capitalismo es como miel envenenada. La gente acude a él como un enjambre de abejas. Yo, no. Por esa razón, me están vigilando las veinticuatro horas del día. El gobierno norteamericano me tiene bajo vigilancia electrónica remota las veinticuatro horas. Mire detrás de usted. ¿Ve esa lucecita roja que parpadea? Es la luz de la batería de una cámara. También han instalado otra cámara sobre ese semáforo. El lugar desde el que controlan las cámaras está en el Hotel Meridian, en la habitación de los perros. Los perros siguen ahí. Nunca regresaron a Norteamérica. Les ampliaron los visados indefinidamente. Como los presidentes de los Estados Unidos vienen tan a menudo a la India, han dejado a los perros estacionados permanentemente en el hotel. Por la noche, cuando encienden las luces, se sientan en el alféizar de la ventana. Yo veo sus sombras, sus siluetas. Mi vista de lejos es muy buena y cada vez va a mejor. Cada día que pasa puedo ver más y más lejos. Bush, Hitler, Stalin, Mao y Ceausescu pertenecen a un club de líderes que tiene un centenar de miembros que conspiran para acabar con los buenos gobiernos que hay en el mundo. Todos los presidentes norteamericanos son miembros de ese club, incluido el actual.

La semana pasada me atropelló un coche blanco, un Maruti Zen, matrícula DL 2CP 4362, que pertenece a una cadena de televisión fundada con capital norteamericano. Se fue a estrellar contra esa barandilla de hierro y luego vino hacia mí. Puede usted ver que parte de la barandilla está rota. Yo estaba durmiendo, pero alerta, y me tuve que apartar rodando sobre mí mismo como un comando y así logré escapar a ese atentado contra mi vida con solo un brazo roto. Ahora lo tengo en reparación. El resto de mí se salvó. El conductor intentó escapar, pero la gente lo detuvo y le obligaron a que me llevara al hospital Ram Manohar Lohia. Dos personas se sentaron junto a él en el coche y le fueron dando bofetadas durante todo el trayecto hasta el hospital. Los médicos del gobierno me trataron muy bien. Cuando volví aquí a la mañana siguiente, todos los revolucionarios que estuvieron presentes aquella noche me compraron *samosas* y un vaso de *lassi* dulce. Todos firmaron o dejaron su huella dactilar en mi escayola. Mire estas huellas, son de gente de la tribu santal de Hazaribagh, desplazados de sus hogares por la compañía minera de East Parej; estas son de víctimas del escape de gas de Union Carbide que llegaron andando desde Bhopal. Les llevó tres semanas hacerlo. La compañía responsable de la fuga de gas tiene un nombre nuevo, Dow Chemicals. Pero la pobre gente a la que la compañía destruyó ¿podrá comprarse unos pulmones nuevos o unos ojos nuevos? Tienen que arreglárselas con sus viejos órganos envenenados desde hace décadas. A nadie le importa. Los perros siguen en la ventana del Hotel Meridian observando cómo nos morimos. Esta es la firma de Devi Singh Suryavanshi. Él es un no alineado, como yo. También ha dejado su número de teléfono. Se enfrenta a la corrupción de los políticos y a su manera de engañar a la población. No sé qué más exigencias tiene; puede usted llamarlo por teléfono y preguntárselo directamente. Se ha ido a visitar a su hija en Nashik, pero la semana que viene estará de vuelta. Tiene ochenta y siete años, pero para él la nación es lo primero. Aquí puede usted ver la firma de los del sindicato de rickshaws Rashtravadi Janata Tipahiya Chalak Sangh. Esta huella de pulgar pertenece a Phoolbatti, que es de Betul, en Madhya Pradesh. Es una mujer estupenda. Trabajaba en el campo como jornalera cuando le cayó encima un poste telefónico de la BSNL (Bharat Sanchar Nigam Limited). Le tuvieron que amputar la pierna izquierda. Los de Nigam le dieron dinero para la operación, cincuenta mil rupias, pero ¿cómo va a poder trabajar ahora con una sola pierna? Siendo viuda, ¿de qué va a comer? ¿Quién la alimentará? Su hijo no quiere hacerse cargo de ella y por eso la ha mandado aquí para que haga una *satyagraha* y consiga que le den un trabajo sedentario. Lleva aquí tres meses. Nadie viene a verla. Nadie vendrá. Aquí morirá.

¿Ve usted esta firma en inglés? Es de S. Tilottama. Es una dama que va y viene. La conozco desde hace años. A veces viene a pasar el día. Otras, llega a última hora de la noche o a primera de la mañana. Siempre está sola. No tiene una agenda fija. Tiene una letra muy bonita y es una mujer muy bonita.

Estas son de las víctimas del terremoto de Latur. Les concedieron unas indemnizaciones que acabaron siendo malversadas por inspectores corruptos y administradores regionales. En lugar de treinta millones de rupias las víctimas solo recibieron trescientas mil, el tres por ciento. El resto se lo comieron por el camino las sabandijas. Esta gente lleva aquí desde 1999. ¿Puede usted leer hindi? Mire, han escrito: «*Bharat mein gadhey, giddh aur sooar raj kartein hain.*» Significa: La India está regida por asnos, buitres y cerdos.

Esta es la segunda tentativa de asesinato que he sufrido. El año pasado, el 8 de abril, un Honda City matrícula DL 8C X 4850 se lanzó contra mí. El mismo modelo de coche que puede usted ver en el anuncio de ese baño, excepto que era de color marrón y no plateado. Lo conducía un agente norteamericano. El incidente fue publicado en la sección ciudadana del *Hindustan Times* el 17 de julio. Me partieron la pierna derecha por tres sitios. Hoy todavía me cuesta andar. Voy cojeando. La gente me gasta bromas y dice que debo casarme con Phoolbatti y así tendremos entre los dos una pierna derecha y una izquierda sanas. Yo me río con ellos, aunque no tenga maldita la gracia, pero a veces es importante reírse. Yo estoy en contra de la institución del matrimonio. Fue un invento para someter a las mujeres. Yo estuve casado una vez. Mi mujer me abandonó por mi hermano. Ahora ambos llaman hijo a mi hijo. El chico me llama tío. Nunca los veo. Cuando se fueron juntos, yo me vine aquí.

A veces cruzo la calle y me voy a seguir el ayuno con los bhopalíes. Aunque ahí hace mucho más calor.

¿Sabe usted lo que es Jantar Mantar? En el pasado aquí hubo un reloj de sol. Lo construyó en 1724 un maharajá cuyo nombre no recuerdo. Los extranjeros todavía vienen con las visitas guiadas a ver el lugar. Pasan por nuestro lado sin vernos, a nosotros, que estamos a pie de calle luchando por un mundo mejor en este Zoológico Democrático. Los extranjeros solo ven lo que quieren ver. Antes eran los ascetas y los encantadores de serpientes, ahora quieren ver las cosas que tienen las superpotencias, el Bazar del Raj. Estamos como animales enjaulados y el gobierno nos alimenta con inútiles migajas de esperanza a través de los barrotes de esta barandilla. No lo suficiente para vivir, pero sí lo suficiente para no morir. También nos envían a sus periodistas. Les contamos nuestras cuitas y eso alivia por un rato nuestra carga. De ese modo nos controlan. En el resto de la ciudad se aplica la sección 144 del Código Procesal Penal.

¿Ha visto ese cuarto de baño nuevo que han instalado? Dicen que es para nosotros. Hombres y mujeres separados. Tenemos que pagar para entrar. Cuando nos vemos reflejados en esos grandes espejos, sentimos miedo.

DECLARACIÓN

Por la presente declaro que toda la información arriba mencionada responde a la verdad según mi leal saber y entender y que en ella no se ha omitido dato alguno.

Desde su privilegiada posición en la calzada, el doctor Azad Bhartiya había observado que, lejos de estar solo, el bebé desaparecido estaba acompañado aquella noche por tres madres, las tres unidas por hilos de luz.

La policía sabía que él sabía todo lo que pasaba en Jantar Mantar y se le acercó para interrogarle. Le dieron algunas bofetadas (nada serio, solo por rutina). Pero él se limitó a decir:

Mar gayee bulbul qafas mein
keh gayee sayyaad se
apni sunehri gaand mein
tu thoons le fasl-e-bahaar

Murió en su jaula el bulbul,
y a su captor estas palabras dejó:
recoge, por favor, la cosecha en primavera
y métetela hasta el fondo por tu dorado culo.

Los policías le dieron de patadas (solo por rutina) y le confiscaron todas las copias de sus *Noticias y Opiniones* así como su bolsa del Jaycees Sari Palace con todos sus papeles dentro.

Una vez que se marcharon, el doctor Azad Bhartiya no perdió el tiempo. Se puso manos a la obra de inmediato y comenzó su laborioso proceso de documentación desde cero.

A pesar de no haber ningún sospechoso (los investigadores se fijarían pasado ya un tiempo en el nombre y la dirección de S. Tilottama, editora de las *Noticias y Opiniones* del doctor Azad Bhartiya), la policía abrió el caso bajo la sección 361 (secuestrar a un menor bajo custodia legal), la sección 362 (secuestrar, obligar, forzar o inducir a una persona a abandonar un lugar), la sección 365 (detención ilegal), la sección 366A (delito cometido contra una menor de dieciocho años), la sección 367 (secuestro con el fin de producir un daño grave, someter a esclavitud u obligar a la persona secuestrada a realizar actos de lujuria contra natura), la sección 369 (secuestrar a un menor de diez años para robarle).

Todos aquellos delitos debían ser presentados ante un juez, estaban sujetos a fianza y debían ser juzgados por los magistrados de la Audiencia. Se penaban hasta con siete años de cárcel.

En lo que iba de año, y solo estaban en mayo, se habían registrado en la ciudad mil ciento cuarenta y seis casos similares.

5. UNA PERSECUCIÓN LENTA PERO SEGURA

Los cascos de un caballo resonaron por la calle vacía.

Payal, la enjuta yegua, cabalgaba por una zona de la ciudad donde no debería estar.

Sobre su lomo, dos personas montaban a horcajadas sobre una silla tapizada de tela roja con colgantes dorados: Sadam Husain e Ishrat-la-Bella. En una zona de la ciudad donde no deberían estar. No había señales que lo indicaran, porque todas eran señales que cualquier tonto podía entender: el silencio, la anchura de las calles, la altura de los árboles, las aceras vacías, los setos podados, las casas blancas bajas donde vivían los dirigentes. Incluso las luces amarillas que inundaban las calles desde las altas farolas parecían columnas de oro líquido capaces de convertirse en dinero contante y sonante.

Sadam Husain se puso las gafas de sol. Ishrat dijo que le parecía una tontería ponérselas durante la noche.

–¿A esto le llamas noche? –le preguntó Sadam, y dijo que no se ponía las gafas por coquetería sino porque el brillo de las luces le lastimaba la vista y que luego le contaría la historia de sus ojos.

Payal agachó las orejas y el cuerpo se le estremeció, aunque no tuviera posada ninguna mosca encima. La yegua parecía consciente de la transgresión, pero aquella parte de la ciudad le gustaba. Había aire para respirar. Si la hubieran dejado, habría galopado. Pero no se lo permitían.

Los jinetes y ella estaban embarcados en una persecución lenta pero segura. Su misión era seguir a un rickshaw con motor y a sus pasajeros.

Mantuvieron las distancias mientras el vehículo gimoteaba como un niño perdido alrededor de las vastas rotondas decoradas con esculturas, fuentes y arriates de flores y por las avenidas que surgían de ellas, cada una poblada con diferentes clases de árboles: tamarindos, jambolanes, margosas, ficus benjaminas, arjunas.

–Mira, tienen jardines para los coches –dijo Ishrat mientras circulaban por una rotonda.

Sadam se rió, encantado, en mitad de la noche.

–Tienen coches para los perros y jardines para los coches –contestó.

Una caravana de Mercedes negros con ventanillas blindadas y tintadas surgió de la nada y les adelantó cortando el aire caliente como una serpiente.

Pasado Garden City, perseguidos y perseguidores se acercaron a un paso elevado lleno de baches (baches para los coches, pero no para los caballos). La hilera de luces que lo recorría por el medio parecía una fila de alas desplegadas de querubines colgados de altos mástiles. El rickshaw resoplaba colina arriba. Luego, inició la cuesta abajo y desapareció de la vista. Para no perderlos, Payal rompió en un suave y alegre trote. Un esbelto unicornio pasando revista a una brigada de querubines.

Más allá del paso elevado la ciudad se extendía menos segura de sí misma.

La lenta persecución enfiló en zigzag una calle y pasó delante de dos hospitales tan rebosantes de enfermedad que los pacientes y sus familiares estaban esparcidos fuera del edificio y acampados en la calle. Algunos dormían en catres o sillas de ruedas. Otros iban vestidos con batas de hospital y estaban cubiertos con vendas, varios arrastraban un mástil con el gotero. Unos niños, calvos por la quimioterapia, llevaban máscaras sanitarias y se abrazaban a unos padres de mirada vacía. La gente abarrotaba los mostradores de las farmacias 24 horas para jugar a la Ruleta India. (Tenían un poco más de la mitad de posibilidades de que los medicamentos que compraban fueran legítimos y no falsificados.) Las familias cocinaban en la calle, cortaban cebollas, pelaban patatas terrosas y polvorientas y usaban unos pequeños hornillos de queroseno. Lavaban la ropa y la tendían sobre las barandillas que rodeaban los árboles. (Por razones profesionales, Sadam Husein tomó buena nota de todo.) Un grupo de aldeanos macilentos, de piernas como palillos y cubiertos con *dhotis* se sentaban en cuclillas formando un círculo. En el centro, encogida como un pájaro herido, había una anciana marchita vestida con un sari estampado y unas enormes gafas oscuras rellenas con algodones por los lados. De la boca le colgaba un termómetro como si fuera un cigarrillo. La gente no prestaba la menor atención a la yegua blanca ni a sus jinetes mientras pasaban por delante a medio galope.

Otro paso elevado.

Esta vez, los implicados en aquella persecución lenta pero segura pasaron por debajo. La calzada estaba atestada de cuerpos dormidos. Un hombre calvo desnudo con un pegote de talco púrpura sobre el cráneo y una barba gris, larga y poblada, tocaba rítmicamente un tambor imaginario mientras inclinaba la cabeza de un lado al otro como hacía Ustad Zakir Husain.

–*Dha Dha Dhim Ti-ra-ki-ta Dhim!* –le gritó Ishrat al pasar. El hombre sonrió y le obsequió con un redoble floreado con su percusión.

Un mercado cerrado, un puesto de *parathas* de huevo

abierto a medianoche. Un templo sij. Otro mercado. Una fila de talleres mecánicos. Los hombres y los perros que dormían fuera estaban cubiertos de grasa de motor.

El rickshaw se desvió para entrar en un área residencial. Una vez dentro, izquierdaderechaizquierdaderecha. Un callejón de servicio. Materiales de construcción apilados a ambos lados. Todas las casas tenían tres y cuatro pisos de altura.

El rickshaw se detuvo delante de una verja de hierro pintada de color lavanda desvaído. Payal se detuvo entre las sombras, a varias casas de distancia. Un espectro que resoplaba. Una pálida yegua fantasma. El hilo dorado de la silla de montar brillaba en la noche.

Una mujer bajó del rickshaw, pagó y entró en la casa. Después de que el vehículo se fuera, Sadam Husain e Ishrat-la-Bella se acercaron a la verja color lavanda. Frente a la verja dos toros negros tumbados bamboleaban sus chepas.

Una luz se encendió en una ventana del segundo piso.

–Apunta el número de la casa –dijo Ishrat. Sadam contestó que no hacía falta porque nunca olvidaba los sitios donde había estado. Podría volver a encontrarlo dormido.

–¡Uy! ¡Menudo hombre! –exclamó Ishrat dándole un caderazo.

Él le apretó un pecho. Ella le dio un manotazo.

–Quieto. Me han costado mucho dinero. Todavía estoy pagando los plazos.

La mujer, cuya silueta enmarcaba el rectángulo de luz del segundo piso, miró hacia abajo y vio a dos personas montadas sobre una yegua blanca. Ellos levantaron la mirada y la vieron.

Como acusando recibo de aquel cruce de miradas, la mujer (que era guapa, que no lo era, que era alta, que era baja) inclinó la cabeza y besó los bienes robados que sostenía en sus brazos. Saludó con la mano y ellos respondieron al saludo. Por supuesto que ella los reconoció como miembros del grupo que estaba en la barahúnda de Jantar Mantar. Sadam desmontó y levantó una mano en la que sostenía una pequeña cartulina blanca, su tarjeta de visita con la dirección de la Pensión y Funeraria Jannat. La dejó dentro del buzón de latón que tenía escrito: *S. Tilottama. Segundo Piso.*

El bebé había estado inquieto durante todo el camino, pero al final se durmió. Unos pequeños latidos y un moflete de terciopelo negro apoyado contra un hombro huesudo. La mujer lo acunó mientras miraba alejarse la yegua y sus dos jinetes.

No recordaba la última vez que había sido tan feliz. No era porque el bebé fuera suyo, sino porque no lo era.

6. ALGUNAS CONSIDERACIONES PARA MÁS ADELANTE

Cuando la Foquita creciese, cuando (por ejemplo) se apiñase junto al carrito de los helados una tarde tórrida, una niña más entre las muchas escolares que clamasen por un polo de naranja, ¿sentiría el repentino perfume embriagador del *mahua*[1] maduro que inundaba el bosque el día que ella nació? ¿Recordaría su cuerpo la sensación de las hojas secas en el suelo del bosque o el calor del cañón de la pistola de su madre apuntando contra su sien con el seguro quitado?

¿O su pasado habría quedado borrado para siempre?

1. *Madhuca longifolia,* árbol conocido como mahua o «árbol de la manteca», es un árbol abundante en los bosques de varios estados de la India. *(N. de la T.)*

La muerte, escuálido burócrata, llega volando desde las llanuras.

AGHA SHAHID ALI

7. EL CASERO

Hace frío. Es uno de esos días oscuros y fríos de invierno. La ciudad sigue aturdida por las bombas que hace dos días explotaron simultáneamente en una parada de autobús, en una cafetería y en el aparcamiento subterráneo de un pequeño centro comercial y mataron a cinco personas y dejaron a muchas más gravemente heridas. Nuestros presentadores de las noticias televisivas tardarán en recuperarse de la impresión un poco más que el ciudadano común. En cuanto a mí, las explosiones me provocan todo tipo de emociones pero, lo que se dice impresionar, ya no me impresiona nada.

Estoy en este *barsati*, un pequeño apartamento en la azotea de un segundo piso. Los árboles de margosa se han despojado de sus hojas, los periquitos parecen haber emigrado a un lugar más cálido (¿o más seguro?). La niebla se recuesta contra el cristal de las ventanas. Un grupito de palomas se apiña en el *chhajja*, el voladizo del tejado, cubierto de excrementos. Aunque es mediodía, casi la hora del almuerzo, he tenido que encender las luces. Noto que mi experimento de poner suelo de cemento rojo ha sido un fracaso. Yo quería un suelo con un brillo suave y profundo como los que hay en esas casas viejas y elegantes del sur. Pero aquí, con el paso de los años, el calor estival ha comido el color del cemento y el frío del invierno ha hecho que se contrajese y resquebrajase formando finas grietas. El apartamento está polvoriento y descuidado. Hay algo en la quietud de este lugar abandonado a toda prisa que lo asemeja al fotograma congelado de una película. Es como si contuviese la geometría del movimiento, la forma de todo lo que ha sucedido y de todo lo que sucederá. La ausencia de la persona que vivió aquí es tan real, tan palpable, que es casi una presencia.

El ruido de la calle apenas se oye. Las aspas inmóviles de los ventiladores de techo están ribeteadas de mugre, todo un himno al famoso aire sucio de Delhi. Afortunadamente para mis pulmones, solo estoy de paso. O, al menos, eso espero. Me han mandado a descansar en casa. Aunque yo me siento bien, cuando me miro en el espejo me doy cuenta de que tengo la piel opaca y de que el pelo se me ha caído de forma notoria. El cuero cabelludo me brilla (sí, brilla) a través del poco pelo que me queda. Ya casi no tengo cejas. Me dicen que son síntomas de ansiedad. Reconozco que la bebida es un problema. He puesto a prueba la paciencia tanto de mi mujer como de mi jefe hasta límites inaceptables y estoy decidido a redimirme. Me he inscrito en un centro de rehabilitación donde me internaré durante seis semanas sin teléfono, sin internet y sin contacto alguno con el mundo. Se supone que debo ingresar hoy, pero iré el lunes.

Estoy deseando volver a Kabul, la ciudad donde es probable que muera de un modo vulgar y poco heroico, quizá mientras le entrego alguna carpeta a mi embajador. BUM. Muerto. Casi acaban con nosotros en dos ocasiones; en ambas nos acompañó la suerte. Tras el segundo ataque recibimos un anónimo en pastún (lengua que leo y hablo): *Nun zamong bad qismati wa. Kho yaad lara che mong sirf yaw waar pa qismat gatta kawo. Ta ba da hamesha dapara khush qismata ve*, que quiere decir (más o menos) lo siguiente: Hoy no tuvimos suerte. Pero recordad que nosotros solo necesitamos tener suerte una vez. Vosotros tendréis que tener suerte siempre.

Algo me resultó familiar en esas palabras. Googleé la frase. (Ahora es un verbo nuevo, ¿no?) Era una traducción literal de lo que dijo el IRA después de que Margaret Thatcher escapase al atentado con bomba en el Grand Hotel de Brighton en 1984. Supongo que este lenguaje universal del terrorismo es otra consecuencia de la globalización.

El día a día en Kabul es una guerra de nervios y yo me he vuelto un adicto.

Mientras esperaba a que me dieran el alta, decidí visitar a mis inquilinos y ver cómo estaba la casa (la compré hace quince años y le hice algunas reformas). Al menos eso es lo que me dije a mí mismo. Cuando llegué, yo mismo me sorprendí evitando entrar por la puerta principal y yendo hasta el final de la calle para dar la vuelta y entrar por la verja trasera, la que da al callejón de servicio que pasa por detrás de la fila de casas adosadas.

Antes era un callejón bonito y tranquilo. Ahora es como entrar en una obra. El escaso espacio que no está ocupado por los coches, está invadido de materiales de construcción (barras de acero, losas de piedra y montículos de arena). Dos bocas de alcantarilla abiertas despiden una peste que no hace honor al creciente precio del suelo en esa zona. La mayoría de las casas antiguas han sido demolidas y sustituidas por apartamentos de lujo. Algunos están construidos sobre pilares, dejando abierta la planta baja para aparcamiento, una buena idea para esta ciudad superpoblada de coches. Sin embargo, todo ello me produce una suerte de tristeza. No sé por qué. Quizá sea la nostalgia de una época pasada y más tranquila.

Un pelotón de niños mugrientos, algunos de ellos con

otros más pequeños a cuestas, se divierten llamando a los timbres de las casas y huyendo a todo correr, muertos de risa. Sus padres, macilentos, acarrean cemento y ladrillos de acá para allá en las profundas zanjas abiertas para construir nuevos cimientos y no habrían resultado fuera de lugar en el Antiguo Egipto cargando piedras para la pirámide de algún faraón. Un burrito de mirada tierna pasa junto a mí con las alforjas llenas de ladrillos. Desde aquí apenas se oye el comunicado en inglés y hindi que transmiten por los altavoces desde el puesto de policía que está en el mercado: «Se ruega que, en caso de ver cualquier bolsa sin identificar o persona sospechosa, lo comuniquen en el puesto de policía más cercano...»

Desde la última vez que estuve aquí, hace unos meses, hay muchos más coches aparcados en el callejón trasero, coches más grandes y más lujosos. El nuevo chófer de mi vecina, la señora Mehra, se ha envuelto la cabeza con una bufanda marrón, dejando solo una rendija para los ojos y, manguera en mano, está lavando un flamante Toyota Corolla de color crema como si se tratase de un búfalo. Tiene pintado en el capó un OM pequeñito en color azafrán. Apenas un año atrás, la señora Mehra tiraba la basura a la calle directamente desde su balcón del primer piso. Me pregunto si tener un Toyota habrá mejorado su noción de la higiene comunitaria.

Observo que han arreglado la mayoría de los apartamentos del segundo y tercer piso, que los han acristalado.

No veo por ningún lado los toros negros que vivían cerca de la farola de hormigón, frente a la verja trasera de mi casa, a los que la señora Mehra y su cohorte de adoradores de vacas alimentaban y mimaban. Quizá se hayan ido a corretear por ahí.

Dos jovencitas con elegantes abrigos y sonoros tacones altos pasan a mi lado, fumando las dos. Tienen aspecto de putas rusas o ucranianas, de esas que puedes contratar por teléfono para una fiesta en una casa de campo. Había algunas en la despedida de soltero de mi amigo Bobby Singh, en Mehrauli, la semana pasada. Una de ellas, que circulaba entre la gente con una bandeja de tacos, hacía las veces de salsa, puesto que llevaba las tetas totalmente embadurnadas de hummus y más o menos al aire. A mí me pareció un poco excesivo, pero los demás invitados estaban encantados. Daba la impresión de que la chica también lo estaba, aunque puede que eso fuera parte de las exigencias de su trabajo. Difícil de saber.

Unos criados vestidos con ropa cara de segunda mano (que antes pertenecía a sus patrones) deambulan paseados por unos perros mejor arreglados aún que ellos (labradores, pastores alemanes, dóberman, beagles, perros salchicha, cocker spaniels), con jerséis de lana en los que se leen cosas como *Superman* o *¡Guau!* Incluso algunos chuchos callejeros llevan abrigo y evidencian trazas de un cierto pedigrí. Es el efecto de desborde, la teoría de que lo que rebosa por arriba, al caer, les llega a los de abajo. ¡Ja! ¡Ja!

Dos hombres, uno blanco y el otro indio, pasean de la mano. Su regordete labrador negro lleva un jersey rojo y azul en el que se lee *N.º 7 Manchester United*. Como un afable asceta que reparte bendiciones a diestro y siniestro, el perro suelta un chorrito de pis en cada rueda de los coches junto a los que pasa con sus andares bamboleantes.

La verja de metal de la Escuela Primaria Municipal, colindante con el parque de ciervos, es nueva. Le han pintado un cartel espantoso que muestra a un bebé feliz en los brazos de una madre feliz al que una enfermera feliz, con bata blanca y medias blancas, le está poniendo una vacuna contra la polio. La jeringuilla es casi del tamaño de un bate de críquet. Desde las aulas me llegan las voces infantiles gritando *Beebee ovejita negra* y luego, casi chillando, al decir *¡Lana!* y *¡Llena!*

Comparado con Kabul o con cualquier lugar de Afganistán o Pakistán o, si me apuran, con cualquier otro país de nuestro entorno (Sri Lanka, Bangladesh, Birmania, Irán, Irak, Siria, ¡Dios santo!), este pequeño callejón, con su monotonía cotidiana, su vulgaridad, sus desafortunadas pero tolerables iniquidades, sus burros y sus pequeñas crueldades, es como un rinconcito del paraíso. Las tiendas del mercado venden comida, flores, ropa y teléfonos móviles en lugar de granadas y ametralladoras. Los niños juegan a llamar a los timbres y no a ser terroristas suicidas. Tenemos nuestros problemas, nuestros momentos terribles, sí, pero no constituyen más que aberraciones.

Me dan rabia los intelectuales quejumbrosos y los disidentes profesionales que critican constantemente a este gran país. Sinceramente, solo pueden hacerlo porque les dejan hacerlo. Y les dejan hacerlo porque, a pesar de todas nuestras imperfecciones, somos una auténtica democracia. No soy tan imprudente como para decir esto a menudo en público, pero lo cierto es que me siento muy orgulloso de ser funcionario del gobierno de la India.

La verja trasera estaba abierta, como supuse. (Los inquilinos de la planta baja la han pintado de color lavanda.) Me dirigí directo a la escalera y subí al segundo piso. La puerta estaba cerrada con llave. Mi decepción fue de tal magnitud que me quedé desconcertado. El rellano parecía desierto. Un montón de cartas y periódicos viejos estaban apilados contra la puerta. Vi que había huellas de perro sobre el polvo.

Cuando bajaba la escalera la guapa y rolliza esposa de mi inquilino de la planta baja, que dirige una especie de productora de vídeos, salió por la puerta de la cocina y me abordó. Me invitó a tomar una taza de té en su casa (que antes era la mía, cuando mi mujer y yo estábamos destinados en Delhi).

–Me llamo Ankita –me dijo por encima del hombro y me condujo al interior de la casa. Su cabello largo, alisado con productos químicos y con mechas rubias, estaba húmedo y desprendía un penetrante olor a champú. Llevaba un solitario de pendiente en cada oreja y un jersey blanco de lana rizada. Los bolsillos traseros de sus vaqueros ajustados (mis hijas dicen que se llaman *jeggings)* abarcaban su generoso trasero y estaban bordados con coloridos dragones chinos de lengua bífida. A mi madre, sin duda, le habría gustado su enjundia, aunque no su vestimenta. *«Dekhte besh Regordeta»,* habría dicho. Mi pobre madre pasó toda su vida de casada en Delhi, soñando con su infancia en Calcuta.

La palabra se me pegó como un molesto zumbido dentro de la cabeza. Regordetaregordetaregordeta.

Tres de las cuatro paredes de la habitación estaban pintadas de color rojo sandía. Todos los muebles, incluida la mesa del comedor, eran de color verde jaspeado («decapado», creo que es la palabra exacta) como la piel de una fruta. Los marcos de puertas y ventanas eran negros (las pepitas de la sandía, supongo). Me arrepentí de haberles dado carta blanca en la decoración interior. Ankita y yo nos sentamos frente a frente, a ambos extremos del sofá (mi antiguo sofá, retapizado). En determinado momento los dos tuvimos que llevarnos las manos a las rodillas y levantar los pies del suelo para que su criada, que se arrastraba en cuclillas como un pato, fregara el suelo debajo de nosotros con algo que tenía un olor fuerte, como a cidronela. ¿Era tan difícil para Regordeta dejar la limpieza de ese trozo de suelo para más tarde? ¿Cuándo aprenderá nuestra gente el mínimo sentido de la etiqueta?

La criada era obviamente una gond o una santal de Jharkhand o Chhattisgath, o quizá perteneciese a las tribus aborígenes de Orissa. Era una niña de unos catorce o quince años. Desde donde yo estaba sentado pude ver que, debajo del cuello de su *kurta,* colgaba un diminuto crucifijo de plata entre sus diminutos pechos. Mi padre, que sentía una hostilidad instintiva contra los misioneros cristianos y su rebaño, hubiera llamado a la joven Aleluya. A pesar de ser un hombre muy sofisticado, tenía un lado descortés bastante marcado.

Entronizada en su sandía gigante y radiante bajo su halo de cabello teñido, Regordeta me susurró un relato incoherente de lo sucedido en el piso de arriba. «Creo que no es una persona normal», me repitió más de una vez. A decir verdad, quizá sí resultaba coherente lo que me decía y yo solo estaba molesto por tener que escucharla. Habló de un bebé y de la policía («Me quedé *estruprefacta* cuando la policía llamó a la puerta») y dijo que aquello traería mala fama a los de la casa y al barrio entero. Todo sonaba malintencionado e inverosímil. Le di las gracias y me marché con el regalo que insistió en darme, un DVD con el último documental que había hecho su marido sobre el lago Dal en Cachemira para el Ministerio de Turismo.

Una o dos horas después aquí estoy. He tenido que traer a un cerrajero del mercado para que me haga una llave. En otras palabras, he tenido que allanar el apartamento. Parece que mi inquilina del segundo piso tuvo que marcharse. Si debo creer a Regordeta, es posible que «marcharse» sea una especie de eufemismo. Aunque, entonces, «inquilina» también lo será. No, no éramos amantes. En ningún momento dejó traslucir la posibilidad de que estuviera dispuesta a una relación de ese tipo. Si lo hubiera hecho, no me conozco tanto como para saber cómo habrían acabado las cosas. Porque desde que la conocí, hace muchos años, cuando estábamos en la universidad, he construido mi vida alrededor de ella. Tal vez no alrededor de *ella,* pero sí alrededor del recuerdo de mi amor por ella. Ella no lo sabe. Nadie lo sabe, excepto, quizá, Naga, Musa y yo, los hombres que la hemos amado.

Uso la palabra «amor» muy a la ligera y solo porque mi

vocabulario es insuficiente para describir la naturaleza precisa de ese laberinto, ese bosque de sentimientos que nos conectaban a los tres con ella y, al cabo del tiempo, acabaron conectándonos a unos con otros.

La primera vez que la vi fue hace casi treinta años, en 1984 (¿quién en Delhi puede olvidar 1984?), en los ensayos de una obra universitaria en la que yo actuaba y que se llamaba *Norman, ¿eres tú?* Desgraciadamente, después de ensayar durante dos meses, nunca llegamos a estrenarla. Una semana antes del estreno la señora G (Indira Gandhi) fue asesinada por sus guardaespaldas sijs.

Los días posteriores al asesinato, las turbas encabezadas por sus partidarios y secuaces masacraron a miles de sijs en Delhi. Casas, tiendas, paradas de taxi en las que trabajaban conductores sijs, barrios enteros donde vivían los sijs fueron reducidos a cenizas. Las columnas de humo negro ascendían al cielo desde los incendios que se extendían por toda la ciudad. Un día bonito y luminoso vi desde la ventanilla de un autobús cómo linchaban a un viejo caballero sij. Le quitaron el turbante, le arrancaron la barba y le rodearon el cuello con un neumático ardiendo, al estilo sudafricano, mientras la turba lo rodeaba, chillando y alentando a los ejecutores. Volví corriendo a casa a la espera de recibir el impacto por lo que acababa de presenciar. Increíblemente, ese impacto nunca llegó. El único impacto que experimenté fue el de mi propia ecuanimidad. Estaba asqueado con la estupidez, la futilidad de todo lo que ocurría, pero, por lo que fuera, no estaba conmovido. Pudiera ser que mi familiaridad con la historia sangrienta de la ciudad en la que había crecido tuviera algo que ver. Era como si ese Espectro, de cuya presencia somos intensa y constantemente conscientes en la India, hubiera emergido de repente, vociferando desde las profundidades, y se hubiese comportado exactamente como esperábamos que hiciera. Una vez saciado su apetito, volvió a ocultarse en su guarida subterránea y a quedar enterrado bajo la normalidad. Los desquiciados asesinos escondieron sus colmillos y regresaron a sus tareas cotidianas (como funcionarios, sastres, fontaneros, carpinteros, tenderos) y la vida volvió a ser la de antes. La normalidad en nuestra parte del mundo es un poco como un huevo duro: su inocua apariencia esconde en su centro una yema de violencia atroz. Nuestra ansiedad constante frente a esa violencia, nuestro recuerdo de lo que ha provocado en el pasado y nuestro temor de lo que pueda llegar a provocar en el futuro establecen las reglas para que personas tan complejas y diversas como nosotros continuemos coexistiendo, continuemos viviendo juntas, tolerándonos y, de vez en cuando, asesinándonos. Mientras el centro se mantenga, mientras la yema no se deslice, estaremos bien. En momentos de crisis resulta de gran ayuda adoptar una perspectiva a largo plazo.

Decidimos posponer un mes el estreno de la obra con la esperanza de que, para entonces, las cosas se hubiesen tranquilizado. Pero, a principios de diciembre, volvió a golpear la tragedia y esa vez fue mucho peor. En la planta agroquímica de Union Carbide, en Bhopal, se produjo una fuga de gas mortal que acabó con la vida de miles de personas. Los periódicos se llenaron de historias de gente que intentaba escapar de la nube tóxica que los perseguía, los ojos y los pulmones ardiéndoles. Había algo casi bíblico en la naturaleza y la dimensión de aquel horror. Las revistas publicaban fotos de los muertos, los enfermos, los moribundos, los mutilados y los que habían quedado ciegos de por vida, con sus ojos invidentes vueltos hacia las cámaras. Finalmente, decidimos que los dioses no estaban de nuestra parte y que representar *Norman* resultaría inapropiado para los tiempos que corrían, así que metimos la obra en un cajón. Si me perdonan por hacer una observación un tanto prosaica, diría que, quizá, la vida solo sea eso o termine siéndolo la mayor parte de las veces: un ensayo para una representación que nunca llega a materializarse. Sin embargo, en el caso de *Norman*, no nos hizo falta representarla para cambiar el curso de nuestras vidas. Los ensayos resultaron ser más que suficientes.

David Quartermaine, el director de la obra, era un joven inglés, originario de Leeds, que se había mudado a Delhi. Era un hombre delgado, atlético y, si se me permite decirlo, devastadoramente bello. Tenía una melena rubia que le llegaba a los hombros y unos ojos de color azul zafiro que no parecían de este mundo, como los de Peter O'Toole. Estaba casi todo el tiempo colocado y era abiertamente homosexual, aunque nunca hablase de ello en sus conversaciones. Por las habitaciones forradas de libros de su apartamento de Defence Colony desfilaban innumerables adolescentes de piel morena. Se tumbaban en su cama o se hacían un ovillo en su mecedora, hojeando revistas que claramente no sabían leer (David tenía una marcada preferencia por los proletarios). Nosotros jamás habíamos visto nada ni lo más remotamente parecido. El día que nos reunimos en su apartamento de dos dormitorios para la primera lectura del guión, su eficiente y silenciosa criada acababa de dar a luz a su tercer hijo en el segundo cuarto de baño del apartamento. No salíamos de nuestro asombro con David Quartermaine. Su descarada sexualidad, su colección de libros, su malhumor, sus refunfuños y sus silencios repentinos y enigmáticos nos parecían los requisitos fundamentales de un verdadero artista. Algunos intentábamos imitar su comportamiento durante nuestro tiempo libre, fantaseando con que nos preparábamos para una vida dedicada al teatro. A mi compañero de clase, Naga (Nagaraj Hariharan), le habían dado el papel de Norman. Yo hacía el papel de su amante, Garson Hobart. (Durante los primeros ensayos sobreactuábamos bastante. Supongo que era una forma inmadura y estúpida de demostrar que no éramos realmente homosexuales.) Los dos estábamos acabando la licenciatura en Historia en la Universidad de Delhi. Los padres de Naga y los míos eran amigos (su padre trabajaba en el Servicio Diplomático y el mío era cardiólogo), así que Naga y yo fuimos juntos al colegio y a la universidad. Como suele suceder en esos casos, jamás llegamos a ser amigos íntimos. No nos caíamos mal, pero nuestra relación siempre fue algo más que conflictiva.

Tilo era estudiante de tercero de arquitectura y trabajaba en la escenografía y diseño de luces. Se presentó como Tilottama. Nada más verla una parte de mí salió de mi cuerpo y se abrazó al suyo. Y allí sigue.

Ojalá supiera qué había en ella que me desarmó por completo e hizo que me comportase como alguien que no soy: atento, demasiado ansioso. Tilo no se parecía a ninguna de las chicas pálidas y acicaladas que conocía del colegio. Los franceses dirían que tenía una piel *café au lait* (con muy poca *lait),* algo que, para la mayoría de los indios, la descalificaba desde un principio para considerarla bonita. Me resulta difícil describir a una persona que he tenido grabada dentro de mí, en mi alma, como una especie de sello o de marca durante tantos años. Para mí Tilo forma parte de mi cuerpo, como un brazo o un pie. Pero lo intentaré, aunque sea a grandes rasgos. Tenía un rostro pequeño, de facciones delicadas, y una nariz recta y ligeramente respingona que se ensanchaba un poco en las fosas nasales. Tenía una cabellera larga y abundante que no era ni lisa ni rizada, pero sí enmarañada y despeinada. No me resultaba difícil imaginar a unos pajaritos anidando en ella. Podrían haberla contratado para hacer el papel del Antes en un anuncio de champú donde se muestran las bondades del Después de usarlo. Llevaba el pelo peinado en una sola trenza que le caía por la espalda y a veces lo recogía a la altura de la nuca en un nudo desaliñado que aseguraba atravesándolo con un lápiz amarillo. No se maquillaba ni hacía nada (nada de esas cosas deliciosas que se hacen las chicas en el pelo, en los ojos o en la boca) para mejorar su aspecto. No era alta pero sí esbelta, y tenía un porte, una forma de estar de pie muy erguida, apoyando el peso del cuerpo en la parte delantera de los pies, que era casi masculina y, sin embargo, no lo era. La primera vez que la vi, llevaba unos pantalones anchos de algodón blanco y una enorme camisa de hombre estampada, espantosa (de una fealdad casi deliberada), que no parecía suya. (Estaba equivocado al respecto: semanas más tarde, cuando ya nos conocíamos mejor, nos dijo que la camisa, por supuesto, era suya. La había comprado por una rupia en un mercadillo de ropa de segunda mano junto a la Jama Masjid. Naga, como era típico en él, le dijo que sabía de buena fuente que la ropa que se vendía allí procedía de los muertos en accidentes ferroviarios. Tilo le contestó que no le importaba mientras no tuviesen manchas de sangre.) Las únicas joyas que usaba eran un anillo de plata ancho en su largo dedo medio, siempre manchado de tinta, y otro anillo de plata en uno de los dedos del pie. Fumaba cigarrillos indios, *bidis*, marca Ganesh, que guardaba en una cajetilla de Dunhill color escarlata. Se quedaba impávida ante las expresiones de decepción en los rostros de quienes habían intentado mangonearle un cigarrillo con filtro importado para acabar recibiendo un *bidi* barato que les daba vergüenza no fumar, sobre todo cuando ella se ofrecía a encendérselos. Presencié aquella escena muchas veces, pero Tilo se mantenía siempre seria. No sonreía ni intercambiaba una mirada divertida con un amigo, así que jamás llegué a saber si lo hacía para burlarse o si simplemente era su forma de hacer las cosas. La total ausencia de un deseo de agradar o de facilitarles la vida a los demás podría haberse interpretado como una señal de arrogancia en una persona menos vulnerable. En su caso daba la impresión de ser producto de una soledad casi temeraria. Detrás de sus gafas sosas y pasadas de moda, sus ojos rasgados y felinos expresaban la despreocupada reserva de un pirómano. Daba la impresión de haberse soltado la correa y estar dando un paseo con total libertad mientras que a los demás nos sacaban a pasear atados como mascotas. Como si, desde cierta distancia y un poco distraída, nos observase avanzar con pasitos amanerados, agradecidos a nuestros amos y felices de perpetuar nuestro cautiverio.

Intenté averiguar algo más sobre ella, pero no soltaba prenda. Cuando le pregunté cuál era su apellido, dijo que se llamaba S. Tilottama. Cuando le pregunté qué quería decir la S, dijo «la S es una S». Evitaba mis preguntas indirectas sobre dónde estaba su casa o a qué se dedicaba su padre. Por aquel entonces no hablaba casi hindi. Así que deduje que era del sur de la India. Curiosamente hablaba un inglés sin ningún acento, excepto que pronunciaba la Z como una S. Así que deduje que era de Kerala.

Resultó que en eso acerté. En cuanto al resto, me di cuenta de que no estaba siendo evasiva sino que realmente no tenía respuestas para las preguntas típicas de los jóvenes universitarios. ¿De dónde eres? ¿A qué se dedica tu padre? Etcétera, etcétera. De las frases entresacadas de diferentes conversaciones deduje que su madre vivía sola porque su marido la había abandonado o que ella lo había dejado a él o que él había muerto (todo era un misterio). Nadie parecía capaz de *identificarla*. Corría el rumor de que era adoptada. Y corría otro rumor de que no lo era. Después me enteré (por un compañero del primer año de universidad, un tipo llamado Mammen P. Mammen, muy dado a chismes y cuentos y que era de la misma ciudad de Tilo) de que ambas cosas eran ciertas. Su madre era su verdadera madre, aunque al principio la había abandonado y después la había adoptado. Había habido un escándalo, una historia de amor en un pueblo. La familia se había deshecho del hombre, que pertenecía a una casta «intocable» (un *paraya,* susurró Mammen

P. Mammen, como si pudiera contaminarse si lo decía en voz alta), como se deshacen tradicionalmente de este tipo de inconvenientes las castas superiores en la India (en este caso cristianos sirios de Kerala). A la madre de Tilo la enviaron lejos hasta que dio a luz y al bebé lo llevaron a un orfanato cristiano. Pocos meses después la madre fue al orfanato y adoptó a su propia hija. Su familia la repudió. La madre nunca se casó. Para ganarse la vida abrió una pequeña guardería infantil que, con los años, llegó a convertirse en un prestigioso instituto de enseñanza secundaria. Nunca admitió públicamente que ella era su verdadera madre, lo cual resultaba comprensible. Eso era todo lo que llegué a saber.

Tilottama nunca iba a casa de su madre durante las vacaciones. Jamás dijo la razón. Ningún pariente la visitaba en Delhi. Se pagaba los estudios trabajando como delineante para varios arquitectos después de las clases y durante los fines de semana y las vacaciones. No vivía en la residencia de estudiantes, decía que no podía permitírselo. Vivía en una choza en un suburbio cercano que se extendía a lo largo de los muros exteriores de una antigua ruina. A ninguno nos invitó a visitarla.

Durante los ensayos de *Norman*, a Naga lo llamaba Naga, pero a mí, no sé por qué, siempre me llamó Garson Hobart. Así que allí estábamos, Naga y yo, estudiantes de Historia, cortejando a una chica que parecía carecer de pasado, familia, comunidad, pueblo e incluso hogar. De hecho, Naga no la cortejaba realmente. En aquella época, él estaba sobre todo fascinado consigo mismo. Solo reparó en Tilo porque ella no le hacía ningún caso. Entonces, como quien enciende los faros de un coche, encendió el mecanismo de sus (considerables) encantos. Naga no estaba acostumbrado a la indiferencia.

Nunca supe realmente cuál era la relación entre Musa (Musa Yeswi) y Tilo. No hablaban entre sí en presencia de los demás, no eran expresivos. A veces parecían más hermanos que amantes. Eran compañeros de clase en la Escuela de Arquitectura. Los dos eran unos consumados artistas. Yo había visto algunas obras suyas: retratos al carboncillo y al pastel de Tilo, acuarelas de Musa de las ruinas de la vieja Delhi, Tughlakabad, Feroz Shah Kotla y Purana Qila y dibujos a lápiz de caballos, a veces solo partes del animal: una cabeza, un ojo, unas crines al viento, unos cascos galopando. En una ocasión le pregunté a Musa si los dibujos eran copias de fotografías o de ilustraciones de libros o si tenía caballos en Cachemira. Él me contestó que soñaba con caballos. Aquello me pareció inquietante. No pretendo ser un entendido en arte, pero, según mi opinión de profano, aquellos dibujos, tanto los de Musa como los de Tilo, eran diferentes y deslumbrantes. Recuerdo que los dos tenían una letra parecida, esa caligrafía angulosa e informal que solía enseñarse en las escuelas de arquitectura antes de que todo fuese informatizado.

No puedo afirmar que conociese bien a Musa. Era un joven callado, con una forma de vestir conservadora. Puede que su carácter reservado se debiera a que no dominaba el inglés y que lo hablaba con un fuerte acento cachemir. Cuando estaba en grupo nunca llamaba la atención, algo que me parecía una virtud, puesto que era sorprendentemente guapo, con esa belleza típica de muchos jóvenes cachemires. Aunque no era alto, tenía una espalda ancha y un cuerpo musculoso y compacto. Tenía el pelo negro azabache y lo llevaba muy corto. Sus ojos eran de un color castaño verdoso oscuro. Siempre iba perfectamente afeitado y tenía un cutis pálido y terso, totalmente opuesto al de Tilo. De Musa recuerdo dos cosas con nitidez: que tenía uno de los dientes delanteros roto (lo que le daba un aspecto ridículamente joven cuando sonreía, cosa rara en él) y unas manos de campesino, grandes, fuertes y con dedos gruesos que no parecían las de un artista.

Musa destilaba dulzura y serenidad y eso me gustaba, aunque probablemente fueron esas mismas cualidades las que más adelante convergieron en algo terrible. Estoy seguro de que él sabía lo que yo sentía por Tilo, sin embargo nunca mostró signos de sentirse amenazado ni tampoco triunfante. Aquello le otorgó ante mis ojos una tremenda dignidad. Creo que su relación con Naga era menos ecuánime y quizá eso tuviese más que ver con Naga que con Musa. Naga mostraba una peculiar inseguridad y cierta torpeza cuando estaba cerca de Musa.

El contraste entre los dos era notorio. Si Musa era (o al menos daba la impresión de ser) sólido, formal, como una roca, Naga era despreocupado y voluble. Era imposible relajarse en su compañía. No podía estar en una habitación sin acaparar la atención. Era todo un espectáculo, bullicioso, ingenioso, un poco peleón, divertido y totalmente despiadado con quienes elegía para ridiculizar en público. Era guapo, delgado y juvenil, jugaba muy bien al críquet (un lanzador diestro), tenía el pelo lacio y llevaba gafas, el perfecto deportista templado e intelectual. Pero más que su aspecto, lo que parecía encantar a las chicas era su lado pícaro. Revoloteaban a su alrededor embobadas, embebidas en cada una de sus palabras, riéndole todos los chistes incluso cuando no tenían gracia. Era difícil llevar la cuenta de sus novias. Tenía esa capacidad camaleónica típica de los buenos actores, la capacidad de alterar su aspecto físico, no de una forma superficial sino radical, dependiendo de lo que hubiese decidido ser en un determinado momento de su vida. Cuando éramos jóvenes resultaba muy entretenido y divertido. Todo el mundo estaba pendiente de la siguiente transformación con la que nos sorprendería Naga. Pero, cuando nos hicimos adultos, sus cambios empezaron a parecernos vacíos y aburridos.

Cuando acabaron la carrera Musa y Tilo parecieron tomar caminos separados. Él regresó a Cachemira. Ella entró a trabajar como arquitecta junior en un estudio de arquitectura. Tilo me dijo que su tarea principal en el estudio era cargar con las culpas por los errores de otros. Con su escaso salario (le pagaban por horas) consiguió salir de los suburbios y alquilar una habitación destartalada cerca del santuario de Hazrat Nizamuddin Auliya. Fui a visitarla allí alguna vez.

Durante mi última visita nos sentamos junto a la tumba de Mirza Ghalib, sobre una alfombra de colillas de *bidis* y cigarrillos, rodeados por la espectacular caterva de lisiados, leprosos, vagabundos y fanáticos que siempre se acumulan alrededor de los lugares santos en la India y bebimos un té fuerte y asqueroso.

–Así es como honramos la memoria de nuestro más grande poeta –recuerdo que dije con cierta pretenciosidad. En aquel momento yo no conocía nada de la poesía de Ghalib. (Ahora sí. Debo hacerlo por razones profesionales. Porque nada ablanda más el corazón de un musulmán del subcontinente que unos pocos y selectos versos en urdu.)

–Quizá él es más feliz así –dijo ella.

Después recorrimos los senderos repletos de mendigos que conducían al santuario para oír el *qawwali* del jueves por la noche. No fueron los mejores cánticos religiosos que he oído, pero los turistas extranjeros los escuchaban con los ojos cerrados, meciendo el cuerpo, extasiados.

Cuando acabó el último cántico y los músicos guardaron sus maltrechos instrumentos, bajamos por la calle oscura que bordea el barrio a lo largo de una atarjea abierta para las aguas pluviales que olía como una alcantarilla y subimos la escalera estrecha y empinada que llevaba a su habitación. Su terraza polvorienta estaba atestada de muebles viejos (probablemente de su casero), con la madera blanquecina de tan descoloridos que estaban por el sol. Un gato macho de pelaje rojizo, más que maullar, aullaba su desesperación sexual por la gata que se había atrincherado dentro de una silla de mimbre cuyo asiento se había roto. Quizá aquel gato se me quedó grabado en la memoria porque me recordaba a mí mismo.

El cuarto era diminuto, más un cuarto trastero que una habitación. Estaba vacío, excepto por un catre de soga trenzada, una *matka* de cerámica para el agua y un armario de cartón con ropa y unos pocos libros. Un hornillo eléctrico colocado sobre un viejo parabrisas de jeep sostenido por varios ladrillos hacía de cocina. Una de las paredes estaba totalmente cubierta por un meritorio dibujo al pastel de un gallo azul púrpura, tornasolado y gigantesco, que nos observaba con un ojo amarillo de mirada severa. Era como si, a falta de unos padres de verdad, Tilo hubiese pintado un progenitor que no le quitase el ojo de encima.

Me sentí aliviado cuando salimos a la terraza y pude escapar de la irascible mirada del gallo. Fumamos un poco de hachís, nos picaron los mosquitos y nos reímos mucho por nada en particular. Tilo se sentó con las piernas cruzadas sobre el pretil observando la oscuridad. Salió una luna moteada, de una belleza sobrenatural totalmente reñida con la pestilencia terrenal que nos llegaba de la atarjea que estaba al otro lado de la calle. De repente, de la calle de abajo salió disparada una piedra en nuestra dirección que no le dio a Tilo por los pelos. Tilo bajó del pretil de un salto, pero no parecía demasiado molesta.

–Es la gente que sale del cine. Debe de haber terminado el último pase.

Miré hacia abajo, podía oír las risas burlonas, pero no veía a nadie en aquella oscuridad. Debo reconocer que estaba un poco amilanado. Le pregunté (una pregunta estúpida) qué precauciones tomaba para asegurarse de que no le pasara nada. Contestó que se limitaba a no desmentir los rumores que corrían sobre ella en el barrio de que era la amiga de un traficante famoso. Así la gente daba por hecho que gozaba de protección.

Decidí echarle cara y le pregunté acerca de Musa, dónde estaba, si seguían juntos, si pensaban casarse.

–Yo no me voy a casar con nadie –dijo.

Cuando le pregunté por qué, contestó que quería ser libre de morirse irresponsablemente, sin avisar a nadie y sin dar razón alguna.

Aquella noche, de vuelta en casa, me dormí pensando en el abismo que separaba mi vida de la de Tilo. Yo seguía viviendo en la casa donde había nacido. Mis padres dormían en la habitación de al lado. Podía oír el zumbido familiar de nuestra ruidosa nevera. Todos los objetos –las alfombras, los armarios, los sofás del salón, los cuadros de Jamini Roy, las primeras ediciones de los libros de Tagore en bengalí y en inglés, la colección de libros de alpinismo de mi padre (que leía por afición y no porque practicase la escalada), los álbumes de fotos de la familia, los baúles donde guardábamos la ropa de invierno, la cama donde yo dormía desde que era pequeño– eran como centinelas que habían velado por mí durante muchos años. Es cierto que tenía toda la vida adulta por delante, pero los cimientos sobre los que construiría esa vida parecían inmutables, inexpugnables. Tilo, por el contrario, era como un barquito de papel en un mar embravecido. Estaba completamente sola. En nuestro país, incluso los pobres, a pesar de estar embrutecidos, tienen familia. ¿Cómo iba a sobrevivir Tilo? ¿Cuánto aguantaría antes de que se hundiera su barco?

Cuando entré en la Oficina de Inteligencia para realizar mi periodo de entrenamiento, perdí el contacto con ella.

La siguiente vez que la vi fue en su boda.

No sé qué fue lo que volvió a reunir a Tilo y a Musa tantos años después o cómo ambos llegaron a vivir juntos en aquella casa-barco en Srinagar.

Por lo poco que sabía de él, nunca entendí cómo se dejó arrastrar por aquella tormenta de vanidad torpe y descabellada (la absurda idea de que Cachemira pudiera alcanzar la «libertad») al igual que toda una generación de jóvenes cachemires. Es verdad que Musa sufrió esa clase de tragedia por la que nadie debería pasar, pero en aquel entonces Cachemira era zona de guerra. Yo puedo llevarme la mano al corazón y jurar que, fuera cual fuese la provocación, nunca se me pasaría por la mente hacer lo que él hizo.

Pero ni él era yo ni yo era él. Musa hizo lo que hizo. Y pagó por ello. Cada uno cosecha lo que siembra.

Pocas semanas después de la muerte de Musa, Tilo se casó con Naga.

En cuanto a mí, el menos notable del grupo, la amaba sin vanidad. Y sin esperanzas. Sin esperanzas porque sabía que, incluso si por alguna remota razón Tilo hubiese correspondido a mis sentimientos, mis padres, mis padres brahmanes, nunca la hubieran aceptado en la familia (una chica sin pasado, sin casta). Si yo me hubiera obcecado, se habría desatado un conflicto de unas dimensiones que, simplemente, yo no habría sido capaz de soportar. Hasta en la más común de las vidas se nos exige que elijamos nuestras batallas y esa no era la mía.

Hoy, después de tantos años, mis padres han muerto. Y yo soy lo que se llama «un hombre de familia». Mi mujer y yo nos toleramos y adoramos a nuestras hijas. Chitra (Chittaroopa), mi esposa (sí, mi esposa brahmán), es diplomática y está destinada en Praga. Nuestras hijas, Rabia y Ania, tienen diecisiete y quince años. Viven con su madre y van al Liceo

Francés. Rabia quiere estudiar literatura inglesa y la pequeña Ania se inclina por el derecho internacional humanitario. Me parece una opción insólita para una chica tan joven y al principio estaba un poco preocupado por ello. Me preguntaba si no sería una sutil manifestación de rebeldía juvenil contra su padre. Pero no parece ser el caso. En estos últimos diez años el ámbito de los derechos humanos ha dado lugar a una profesión perfectamente respetable y hasta lucrativa. Por mi parte, yo no he hecho más que animarla. De todos modos, todavía faltan unos años para que tome la decisión. Veremos qué pasa. Mis dos hijas son buenas estudiantes. A Chitra y a mí nos han prometido un puesto juntos pronto, esperamos que en el país donde nuestras hijas vayan a la universidad.

Nunca imaginé que yo pudiera hacer nada que molestara o hiriese a mi familia bajo ningún concepto. Pero cuando Tilo volvió a aparecer en mi vida, esos lazos legales, esos nobles principios morales, se atrofiaron e incluso me parecieron un poco absurdos. Tanta ansiedad por mi parte resultó irrelevante, puesto que Tilo ni siquiera pareció notar mi dilema ni mi malestar.

Me dije para mis adentros que alquilarle a Tilo aquellas habitaciones que necesitaba era un modo de reparar mis pecados con tacto y discreción. Digo «pecados» porque siempre sentí que le había fallado de una forma vaga y, sin embargo, fundamental. Ella no parecía verlo así en absoluto, aunque es cierto que Tilo era una persona distinta.

La he visto muy pocas veces desde que se casó con Naga. Tengo el recuerdo de su boda grabado a fuego en la memoria y no por razones que pudieran considerarse evidentes: un corazón roto, un amor frustrado. De hecho, eso era lo de menos. En aquel momento yo era bastante feliz. Llevaba menos de dos años casado y entre mi mujer y yo todavía había algo parecido al afecto, si no al amor. Todavía no se había instalado en nuestro matrimonio la fragilidad que marca y socava mi relación actual con Chitra.

Cuando Tilo y Naga se casaron, él ya había pasado por todas las transiciones que le llevarían desde la etapa de estudiante irreverente e iconoclasta a la de intelectual de la izquierda radical incapaz de encontrar empleo, después a la de apasionado partidario de la causa palestina (su héroe en aquel momento era George Habash), para acabar convirtiéndose en un periodista que escribía en los grandes medios de prensa. Al igual que muchos extremistas vocingleros, transitó por todo el espectro de ideas políticas radicales. Lo único que mantuvo inalterable fue su nivel de decibelios. Ahora Naga tiene un controlador (aunque él no lo considere del todo así) en el Servicio de Inteligencia. Con un puesto directivo en su periódico, es una persona valiosa para nosotros.

Su viaje al lado oscuro, si se quiere llamar así (yo no lo haría), se inició con el típico *quid pro quo.* Lo suyo era el Punyab. Para entonces la insurgencia había sido más o menos sofocada. Pero Naga dedicaba todo su tiempo a sacar a la luz viejas historias, proporcionando argumentos para que se desarrollaran aquellas parodias absurdas llamadas «tribunales del pueblo», que dieron lugar a unos «pliegos de cargos del pueblo», aún más absurdos, contra la policía y los paramilitares. No puede juzgarse bajo los mismos parámetros a un gobierno que estaba en guerra contra una insurgencia implacable y a un gobierno que funciona en unas condiciones pacíficas y normales. ¿Pero quién le hacía entender eso a un periodista militante que escribía sus artículos con el permanente sonido de los aplausos en sus oídos? Un día, Naga se tomó unas vacaciones poco acordes con su habitual radicalismo sobreactuado y se fue a Goa y, típico de él, se enamoró perdidamente de una joven hippie australiana y en un impulso se casó con ella. Creo que se llamaba Lindy. (¿O era

Charlotte? No estoy seguro. Bueno, no importa. La llamaré Lindy.) No llevaban ni un año casados y Lindy fue detenida en Goa por tráfico de heroína. Se enfrentaba a varios años de cárcel. Naga estaba fuera de sí. Su padre era un hombre muy influyente y podría haberle ayudado sin ningún problema, pero Naga (que nació cuando su padre era ya muy mayor) siempre había tenido una relación conflictiva con él y no quería que se enterase. Así que me llamó y yo moví algunos contactos. El director general de la Policía de Punyab habló con su homólogo en Goa. Logramos sacar a Lindy de la cárcel y que quedase libre sin cargos. Nada más salir, Lindy tomó el primer avión a casa, en Perth. Pocos meses después, Naga y ella estaban legalmente divorciados. Naga continuó con su trabajo en Punyab y, no hace falta decirlo, quedó bastante escarmentado.

Cuando necesitábamos la ayuda de un periodista en algún asunto menor, algún asunto en el que los activistas de los derechos humanos estuvieran armando jaleo aunque, como siempre, manejaran datos que no eran totalmente exactos, yo llamaba a Naga. Él echaba una mano. Así sucedió varias veces. Y así comenzó nuestra colaboración.

Poco a poco Naga empezó a disfrutar de la ventaja que tenía sobre sus colegas debido a los informes que le proporcionábamos nosotros. No dejaba de ser una ironía del destino, otro tipo de tráfico de drogas. Esta vez los traficantes éramos nosotros. Naga era nuestro adicto. En pocos años se convirtió en un reportero estrella y en un analista en asuntos de seguridad muy solicitado en el firmamento de los medios de prensa. Cuando su relación con la Oficina de Inteligencia auguraba algo más que una unión temporal (un matrimonio y no meramente la aventura de una noche), consideré prudente hacerme a un lado. Un colega mío, R. C. Sharma (Ram Chandra Sharma) me sustituyó. R. C. y Naga se llevaron muy bien. Los dos tenían el mismo humor sarcástico y les encantaba el rock and roll y el blues. Lo que sí diré a favor de Naga es que nunca hubo ni una rupia de por medio. En eso siempre fue, y continúa siendo, de una honradez acendrada. Dado que su idea de la integridad profesional le exige vivir según sus principios, para continuar siendo íntegro, cambió sus principios y ahora tiene una fe ciega en nosotros, incluso más de la que nosotros tenemos en nosotros mismos. Qué ironía para el colegial cuya pulla favorita era llamarme «Lacayo del Imperialismo» a una edad en la que la mayoría de nosotros todavía leíamos las tiras humorísticas de *Archie*.

No sé bien dónde ni de quién aprendió Naga el feroz lenguaje de la Izquierda. Quizá de algún pariente comunista. Quienquiera que fuese, resultó un buen maestro y Naga desplegó lo aprendido de forma espectacular. Fue de conquista en conquista. Recuerdo que una vez me tocó enfrentarme a él en un debate del colegio. Debíamos de tener trece o catorce años. El tema era «¿Dios existe?». A mí me tocó hablar a favor y a Naga en contra del enunciado. Yo hablé primero. Después Naga soltó su encendido discurso, su cuerpo delgaducho tenso como una tralla, su voz temblando de indignación. Nuestros compañeros de clase estaban fascinados y, diligentemente, tomaban apuntes de su flagrante blasfemia: «La falsedad de nuestros trescientos treinta millones de ídolos mudos, las divinidades egoístas que llamamos Rama y Krishna no van a salvarnos del hambre, de las enfermedades ni de la pobreza. Nuestra estúpida fe en esas apariciones con cabeza de elefante o de mono no va a alimentar a nuestras masas hambrientas...» No tuve nada que hacer. El discurso de Naga hizo que el mío sonara como si lo hubiese escrito una tía solterona, vieja y beata. Curiosamente, aunque tengo un recuerdo claro y doloroso de mi sensación de absoluta incompetencia, no recuerdo nada de lo que dije. Durante meses después de aquel debate, yo me ponía en secreto delante del espejo y declamaba el sacrilegio de Naga: «Nuestra estúpida fe en apariciones con cabeza de elefante o de mono no va a alimentar a los millones de hambrientos...», salpicando con gotitas de saliva mi propio reflejo como si fuese una llovizna.

Pocos años después, en un acto cultural anual del colegio, asistimos a otro hito de las cualidades interpretativas de Naga. Recién llegado de un viaje que hizo durante el verano a Bastar con dos amigos, acampando en el bosque y recorriendo aldeas habitadas por tribus primitivas, Naga subió al escenario del colegio muy despacio, descalzo, desnudo, cubierto solo por un taparrabos y un arco y un carcaj con flechas colgados al hombro. Ya en escena, empezó a montar su número masticando una tostada que crujía ruidosamente y que, según aseguró, estaba llena de termitas. Así consiguió provocar coquetas muecas de disgusto entre las chicas del público, la mayoría de las cuales deseaba casarse con él. Después de engullir el último trozo de tostada, se dirigió al micrófono y tarareó la música de fondo de «Sympathy for the Devil», de los Rolling Stones, mientras rasgueaba una guitarra imaginaria. Era un buen cantante, incluso podría decirse que excelente, pero a mí todo aquello me pareció desagradable y una profunda falta de respeto hacia los indígenas y hacia Mick Jagger, a quien, a esas alturas de mi vida, yo consideraba un dios. (Ojalá se me hubiese ocurrido eso en mi discurso a favor de Dios en el debate del colegio.) De hecho, me vi en la obligación de decírselo a la cara. Naga se rió e insistió en que su actuación era un tributo a ambos.

Hoy en día, cuando la marea de color azafrán del nacionalismo hindú crece imparable en nuestro país como en el pasado lo hiciera la esvástica en otro país, el discurso escolar de Naga sobre «la fe estúpida» le hubiera valido la expulsión, si no por parte de las autoridades del colegio, sin duda tras alguna campaña de los padres de alumnos. De hecho, con el clima hoy reinante, le saldría barato si solo le expulsaran. Por mucho menos están linchando a la gente. Hasta mis colegas de la Oficina de Inteligencia parecen incapaces de diferenciar entre la fe religiosa y el patriotismo. Parecen desear una suerte de Pakistán hinduista. La mayoría son conservadores, brahmanes encubiertos que llevan sus hilos sagrados ocultos bajo sus saharianas y sus coletas sagradas colgando por dentro de sus cráneos vegetarianos. A mí solo me toleran porque soy un «nacido dos veces» (de hecho pertenezco a la casta baidya, pero nos consideramos brahmanes). Aun así, me guardo mis opiniones para mí mismo. Naga, por el contrario, se introdujo en la nueva administración reptando con suavidad. Su antigua irreverencia se esfumó sin dejar rastro. En su actual reencarnación viste blazers y fuma puros. Hace años que no nos vemos en persona, aunque yo sí lo he visto participando en alguno de esos exaltados programas de televisión en su papel de experto en seguridad nacional. Ni siquiera parece darse cuenta de que no es más que el muñeco genial de un ventrílocuo. A veces me da pena verlo tan domesticado. Naga experimenta constantemente con su barba y bigote. Unas veces se deja perilla; otras, un bigote encerado y retorcido a lo Dalí; otras, una barba de tres días como si fuera un diseñador de vanguardia, y otras aparece totalmente afeitado. Parece que no logra decidirse por una «estética» determinada. Ese es el talón de Aquiles de su atuendo de dogmático sabelotodo. Eso es lo que le delata. O, al menos, es como yo lo veo.

Por desgracia, últimamente ha empezado a írsele la mano y su intemperancia se está convirtiendo en un problema. La Oficina de Inteligencia ha tenido que intervenir (discretamente, por supuesto) un par de veces en dos años, intercediendo ante los propietarios del periódico donde trabaja para resolver sus enfrentamientos con el redactor jefe que acabaron con impulsivas renuncias. La última vez logramos dar un golpe de mano y hacer que lo readmitieran con aumento de sueldo incluido.

Si no fuera suficiente haber estado juntos en la guardería, en el colegio y en la universidad, y representar a una pareja de amantes homosexuales en una obra de teatro, en la época en que yo estaba destinado en Srinagar como director de zona de la OI (Oficina de Inteligencia) Naga era el corresponsal de su periódico en Cachemira. No vivía en Cachemira, pero pasaba allí la mayor parte del mes. Tenía una habitación permanente en el Hotel Ahdoos, donde se alojaban casi todos los periodistas. Para entonces su relación con la OI estaba asentada, aunque no era tan evidente como hoy en día. A nosotros nos convenía más de esa forma. Para sus lectores (y posiblemente hasta para él mismo) seguía siendo el periodista intrépido que sacaba a la luz los llamados «crímenes» del Estado indio.

Sería pasada la medianoche cuando llamaron a través de la línea telefónica de emergencia del gobernador a la Hostería del Bosque en el Parque Nacional de Dachigam, situada a unos veinte kilómetros de Srinagar. Yo estaba allí como parte del séquito de Su Excelencia. (Para entonces ya había estallado el conflicto. El gobierno civil había sido destituido; era 1996, el sexto año de los poderes especiales del gobernador.)

A Su Excelencia, un antiguo jefe del ejército indio, le gustaba alejarse siempre que podía del baño de sangre que tenía lugar en la ciudad. Pasaba los fines de semana en Dachigam, paseando con su familia y amigos por la orilla de un caudaloso arroyo de montaña mientras los niños del grupo, cada uno escoltado por un guardaespaldas alerta y fuertemente armado, acribillaban a guerrilleros imaginarios (que gritaban *Allah-hu-Akbar!*, Alá es grande, antes de morir) y perseguían marmotas de largas colas hasta sus guaridas. Por lo general hacían un pícnic a la hora de almorzar, pero siempre cenaban en la hostería cuando llegaban de la excursión (arroz y curry de trucha de una piscifactoría cercana). Los estanques del criadero estaban tan atestados de peces que podías sumergir la mano (si eras capaz de soportar la temperatura casi helada) y sacar tú mismo una trepidante trucha arcoíris.

Era otoño. El bosque era de una belleza que quitaba el aliento, esa belleza que solo encuentras en los bosques del Himalaya. Los sicomoros habían empezado a cambiar de color. Las praderas eran de un dorado cobrizo. Si tenías suerte podías llegar a ver un oso negro, un leopardo o uno de los famosos ciervos de Dachigam, el hangul. (Naga solía llamar al famoso y cachondo exministro principal de Cachemira el *«well-hung ghoul»*, el morboso bien ahorcado, haciendo un juego de palabras con el nombre del famoso ciervo. Reconozco que era un buen retruécano aunque, por supuesto, la mayoría no lo captaba.) Yo me había convertido en una suerte de ornitólogo (una pasión que aún conservo) y podía diferenciar a un buitre leonado de un quebrantahuesos y podía identificar al charlatán barrado, al camachuelo anaranjado, al mosquitero de Tytler y al papamoscas de Cachemira, entonces una especie amenazada que a estas alturas estará seguramente extinguida. El problema de pasar unos días en Dachigam era que tenía el efecto de desestabilizar tu voluntad. Ponía en evidencia la futilidad de todo. Hacía que sintiera que Cachemira pertenecía en realidad a aquellas criaturas. Que ninguno de los que luchábamos por aquel territorio (cachemires, indios, paquistaníes, chinos –que también ocupaban parte de él, Aksai Chin, perteneciente en el pasado al antiguo reino de Jammu y Cachemira– o, ya que estamos, pahadis, gujjares, dogras, pastunes, shin, ladakhis, baltis, gilgitis, purikis, wakhis, yashkun, tibetanos, mongoles, tártaros, mon y khowars), ninguno de nosotros, ni santos ni soldados, teníamos el derecho de reclamar como propia la belleza paradisiaca de aquel lugar. Una vez le comenté esto como de pasada a Imran, un joven agente de policía cachemir que había realizado alguna eficaz misión secreta para nosotros. Me respondió lo siguiente: «Es un gran pensamiento, señor. Profeso el mismo amor por los animales que usted. Incluso en mis viajes por la India he llegado a sentir lo mismo: que la India no pertenece a los punyabíes, a los biharís, a los guyaratis, a los madrasis, a los musulmanes, a los sijs, a los hindúes ni a los cristianos, sino a esas hermosas criaturas, a los pavos reales, a los elefantes, a los tigres, a los osos...»

Lo dijo con un tono muy educado, incluso servil, pero entendí el mensaje. Era increíble, no podías (y aún sigues sin poder) confiar ni siquiera en aquellos que das por hecho que están de tu lado. Ni en la maldita *policía*.

Ya había nevado en la alta montaña, pero los pasos fronterizos todavía eran transitables y pequeñas partidas de guerrilleros (crédulos jovencitos cachemires y sanguinarios paquistaníes, afganos e incluso sudaneses) pertenecientes a alguno de los cerca de treinta grupos terroristas que aún quedaban (de los casi cien que hubo) todavía emprendían el peligroso viaje a través de la Línea de Control, muriendo como moscas durante el trayecto. Muriendo. Quizá esa no sea una descripción adecuada. ¿Cómo decía aquella magnífica frase de *Apocalipse Now*? «Matar sin contemplaciones.» Las órdenes de nuestros soldados en la Línea de Control eran, más o menos, disparar y luego preguntar.

¿Qué otras órdenes podrían haber recibido? ¿«Llamen a sus madres»?

Los guerrilleros que conseguían pasar, rara vez sobrevivían en el Valle más de dos o tres años. Si las fuerzas de seguridad no los capturaban o mataban, se asesinaban entre ellos. Nosotros los guiábamos por ese camino, aunque tampoco necesitaban nuestra ayuda y siguen sin necesitarla. Los Creyentes vienen con sus armas, sus rosarios de oración y su propio Manual de Autodestrucción.

Ayer un amigo paquistaní me reenvió lo siguiente (es un mensaje que ha llegado a muchos teléfonos móviles, así que quizá ya lo hayáis visto):

> Iba a cruzar un puente y vi a un hombre a punto de saltar.
>
> –¡No lo hagas! –le dije.
>
> –Nadie me ama –me contestó.
>
> –Dios te ama. ¿Crees en Dios?
>
> –Sí –dijo.
>
> –¿Eres musulmán o no musulmán? –pregunté.
>
> –Musulmán –dijo.
>
> –¿Chií o sunita? –pregunté.
>
> –Sunita –contestó.
>
> –¡Yo también! ¿Deobandi o barelvi? –pregunté.
>
> –Barelvi –dijo.
>
> –¡Yo también! ¿Tanzeehi o tafkeeri?
>
> –Tanzeehi –contestó.
>
> –¡Yo también! ¿Tanzeehi azmati o tanzeehi farhati?
>
> –Tanzeehi farhati –dijo.
>
> –¡Yo también! ¿Tanzeehi Farhati Jamia ul Uloom Ajmer o Tanzeehi Farhati Jamia ul Noor Mewat? –pregunté.
>
> –Tanzeehi Farhati Jamia ul Noor Mewat –contestó.
>
> –¡Muere, *kafir,* infiel! –le dije, y lo empujé al vacío.

Afortunadamente, a algunos todavía les queda sentido del humor.

La idiotez congénita, esa idea de la yihad, se ha filtrado en Cachemira desde Pakistán y Afganistán. Hoy, veinticinco años después, tenemos ocho o nueve versiones del «verdadero» islam enfrentándose en Cachemira, algo que, según creo, nos beneficia. Cada uno tiene su propia cuadra de mulás y ulemas. En realidad, a algunos de los más radicales (los que predican contra la idea de un nacionalismo cachemir y a favor dc la gran Umma Islámica) los tenemos en nómina. A uno de ellos lo hizo volar por los aires una bicicleta bomba delante de su mezquita. No será difícil de reemplazar. Lo único que evita que Cachemira se autodestruya igual que Pakistán y Afganistán es su viejo capitalismo pequeño burgués. A pesar de toda su religiosidad, los cachemires son grandes hombres de negocios. Y al final todos los hombres de negocios acaban, de una manera u otra, participando en el statu quo o en lo que nosotros llamamos el «Proceso de Paz», que por cierto es una oportunidad comercial totalmente diferente a la de la paz en sí misma.

Los hombres que venían eran jóvenes, muchos adolescentes o de veinte y pocos años. Se suicidó prácticamente una generación entera. Hacia 1996 los cruces por la frontera se habían reducido a un mero goteo de personas. Pero no habíamos logrado detener el tráfico por completo. Estábamos investigando una información preocupante que nos había llegado y que apuntaba a que algunos de nuestros soldados de los puestos limítrofes cobraban por mirar discretamente hacia otro lado durante determinado tiempo, facilitando zonas de «paso seguro» para que los pastores gujjares, que conocían aquellas montañas como la palma de su mano, guiaran a los guerrilleros a través de la frontera. El Paso Seguro era solo una de las posibilidades que se ofrecían en el mercado. También había gasoil, alcohol, balas, granadas, víveres del ejército, alambre de púas y madera. Estaban desapareciendo bosques enteros. Había aserraderos dentro de los campamentos del ejército. Los obreros y carpinteros cachemires fueron obligados a alistarse. Los camiones de los convoyes del ejército que transportaban todos los días suministros desde Jammu a Cachemira regresaban cargados de muebles de nogal tallados. Nuestro ejército no sería el mejor equipado, pero sin duda era el mejor amueblado, si se me permite acuñar la expresión. Pero ¿quién iba a interferir con un ejército victorioso?

En comparación, las montañas próximas a Dachigam estaban más tranquilas. Aun así, además de los piquetes paramilitares allí estacionados permanentemente, cada vez que Su Excelencia iba de visita, el día anterior se enviaba a las patrullas de control de zona para proteger las colinas que dominaban la ruta por la que pasaba su convoy blindado y a los vehículos blindados a prueba de minas para comprobar que no hubiese minas terrestres en la carretera. El parque estaba siempre cerrado para los ciudadanos. Para proteger la hostería, se apostaban más de cien hombres en la azotea, en torres de vigilancia distribuidas por la propiedad y en círculos concéntricos a un kilómetro de distancia dentro del bosque. Muy pocos en la India se imaginarían hasta qué extremos debíamos llegar para que nuestro jefe pudiese conseguir un poco de pescado fresco en Cachemira.

Aquella noche me quedé levantado hasta tarde terminando el parte diario para la sesión informativa matinal de Su Excelencia. Tenía puesto muy bajo el volumen de mi vieja radio Sony. Rasoolan Bai estaba cantando una *chaiti: «Yahin thaiyan motiya hiraee gaeli Rama.»* Puede que Kesar Bai fuera la cantante indostana más consumada, pero Rasoolan era, sin duda, la más sensual. Tenía una voz profunda, áspera, masculina, muy diferente a la voz aguda, virginal y adolescente que se ha apoderado de nuestra imaginación colectiva por culpa de las bandas sonoras de las películas de Bollywood. (Mi padre era un experto en música clásica indostánica y opinaba que Rasoolan era irreverente. Esa fue una de nuestras muchas diferencias que quedaron sin resolver.) Podía imaginarme el collar de perlas sobre el que ella cantaba y cómo se rompía en la urgencia del encuentro amoroso, con la voz profunda de Rasoolan siguiendo lánguidamente las perlas mientras caían y se esparcían rodando por el suelo de la habitación. (Ay, sí: hubo una época en la que una cortcsana musulmana podía invocar dc forma tan sugcstiva a una deidad hindú.)

Aquella mañana hubo serios incidentes en la ciudad. El gobierno había anunciado que en pocos meses convocaría elecciones. Serían las primeras en casi nueve años. Los rebeldes habían anunciado que las boicotearían. En aquel momento estaba claro que la gente no iba a salir de sus casas a votar si no organizábamos alguna campaña importante de propaganda que los persuadiera (a diferencia de hoy en día, que es imposible controlar las inmensas colas que se forman delante de los colegios electorales). La prensa «libre» estaría allí con toda su gloriosa estupidez, así que debíamos tener cuidado. Nuestro as en la manga sería la Ijwan-al-Muslimin, la Hermandad Musulmana, nuestra fuerza contrainsurgente, unos militantes oportunistas que se habían entregado en grupo, con armas y bagajes. Poco a poco pasaron a engrosar sus tropas otros individuos aislados que empezaron a rendirse en tropel (a «cilindrar», como decían los cachemires). Nosotros los habíamos reagrupado, rearmado y devuelto al combate. Los Ijwan eran hombres duros, la mayoría extorsionistas y delincuentes de poca monta que se habían incorporado a la guerrilla cuando vieron que podían sacar tajada en el empeño y fueron los primeros en «cilindrar» cuando las cosas se pusieron difíciles. Tenían un acceso a las fuentes de inteligencia local con las que nosotros no podíamos ni siquiera soñar y, una vez que cambiaron de chaqueta, tenían la ventaja de su procedencia ambigua, lo que les permitía llevar a cabo operaciones al margen de nuestras fuerzas regulares. Al principio representaron un activo inestimable, pero con el tiempo se volvieron cada vez más difíciles de controlar. El más temible de todos, el Príncipe de las Tinieblas en persona, era un hombre conocido en los alrededores como Papa, que en el pasado no había sido más que vigilante de una fábrica. En su carrera de Ijwan había matado a docenas de personas. (Creo que actualmente el número asciende a ciento tres.) Al principio el terror que despertaba inclinó la balanza a nuestro favor, pero hacia 1996 ya no nos resultaba tan útil y estábamos sopesando ponerle freno. (Ahora está en prisión.) En marzo de aquel año, sin recibir instrucciones nuestras, Papa había liquidado al famoso director de un periódico en urdu, debería decir de un irresponsable periódico en urdu. (Aquellos periódicos irresponsables que adoptaron una virulenta postura anti-India, que exageraban las cifras de muertos y manipulaban los hechos también podían llegar a ser útiles porque minaban la credibilidad de los medios de prensa locales en general y nos lo ponían más fácil para cortarlos a todos por el mismo rasero. Para ser sincero, os diré que nosotros incluso fundamos algunos de ellos.) En mayo Papa se atrevió a vallar el cementerio de un pueblo en Pulwama afirmando que era propiedad de sus antepasados. Después mató a un maestro muy querido de un pueblo fronterizo y arrojó el cadáver en la tierra de nadie que estaba minada. No se pudo recuperar el cuerpo, no hubo rezos funerarios y sus alumnos tuvieron que ver cómo el cadáver del maestro era pasto de los milanos y los buitres.

Envalentonados por las hazañas de Papa, otros Ijwan habían empezado a seguir su ejemplo.

Aquella mañana un grupo de ellos había parado a una pareja de ancianos cachemires en un control de seguridad en el centro de Srinagar. Cuando el hombre se negó a entregarles su cartera, lo secuestraron. Un grupo de personas les persiguieron todo el trayecto hasta el campamento que los Ijwan compartían con la Fuerza de Seguridad Fronteriza. Justo antes de entrar en el campamento, arrojaron al hombre del coche. Una vez dentro, a los Ijwan, ¿cómo diría?, se les fue la olla por completo. Lanzaron una granada por encima de la valla y después dispararon a la multitud con una metralleta. Un niño murió y cerca de una docena de personas resultaron heridas, la mitad de gravedad. A continuación los Ijwan fueron a la comisaría, amenazaron a los agentes e impidieron que pusieran una denuncia. Por la tarde tendieron una emboscada al cortejo fúnebre del niño y huyeron con el féretro. Al desaparecer el cuerpo no se les podía acusar de asesinato. Al final de la tarde las protestas de la gente se tornaron violentas. La turba incendió tres comisarías. Las fuerzas de seguridad abrieron fuego contra la multitud y mataron a catorce personas más. Se declaró el toque de queda en todas las grandes ciudades: Sopore, Baramulla y, por supuesto, Srinagar.

Cuando sonó el teléfono y oí que contestaba el ayudante de campo de Su Excelencia, di por sentado que el problema se nos había ido de las manos y que llamaban para pedir nuevas órdenes. Resultó que ese no era el caso.

La persona que llamaba dijo que lo hacía desde el Centro Conjunto de Interrogatorios, el JIC, instalado en el Cine Shiraz.

No es lo que parece. No habíamos cerrado un cine que estaba en funcionamiento para convertirlo en un centro de interrogatorios. El Cine Shiraz estaba cerrado desde que, años atrás, una organización llamada los Tigres de Alá había ordenado el cierre de todos los cines, bares y tiendas que vendieran alcohol por ir en contra del islam y por ser «vehículos de la agresión cultural de la India». La proclama estaba firmada por un tal mariscal del aire Noor Khan. Los Tigres empapelaron la ciudad con carteles amenazadores y pusieron bombas en diferentes bares. Cuando por fin se capturó al mariscal, resultó que era un campesino casi analfabeto de una aldea remota en las montañas que probablemente no había visto un avión en su vida. Entonces yo era un miembro subalterno de un equipo de interrogadores (fue antes de que me destinasen a Srinagar) y tuve que visitarle a él y a muchos otros antiguos guerrilleros que estaban en la cárcel con la esperanza de atraerlos a nuestro bando. Noor Khan contestaba a nuestras preguntas con eslóganes que gritaba como si estuviera en un mitin: *Jis Kashmir ko khoon se seencha, woh Kashmir hamara hai!* ¡La Cachemira que hemos regado con nuestra sangre, esa es nuestra Cachemira! O lanzaba el grito de guerra de los Tigres de Alá: *La Sharakeya wa La Garabeya, Islamia, Islamia!*, que, más o menos, significa: ¡Ni Oriente ni Occidente, el islam siempre presente!

El mariscal era un hombre valiente y yo casi envidiaba su fervor, su sinceridad y su simpleza. Permaneció impenitente, incluso después de una temporada en el centro de detención de Cargo. Ahora está libre, después de cumplir una larga condena. Pero, aún hoy, no le quitamos el ojo de encima, ni a él ni a otros como él. Parece que no se ha vuelto a meter en problemas. Se gana la vida míseramente vendiendo timbres en la puerta de un tribunal de distrito en Srinagar. Me han dicho que no está en sus cabales, aunque eso es algo que no puedo confirmar. Cargo puede llegar a ser un lugar muy duro.

El ayudante de campo que contestó el teléfono me informó de que llamaba un tal comandante Amrik Singh y que había pedido hablar conmigo, dando no solo mi cargo sino, cosa rara, también mi nombre: Biplab Dasgupta, subdirector de zona, India Bravo (alfabeto radiofónico en Cachemira para designar a la Oficina de Inteligencia por sus siglas en inglés, IB, *Intelligence Bureau)*.

Yo conocía al tipo, no personalmente (nunca lo había visto), pero sí por su reputación. Amrik Singh era conocido como «la Nutria» por su extraordinaria habilidad para localizar y atrapar a sus presas, o sea, a los rebeldes, ocultos en un mar de gente. (Por cierto, ahora es famoso. Póstumamente. Se suicidó. Mató a su mujer y a sus tres hijos pequeños y después se pegó un tiro en la cabeza. No puedo decir que lo sienta. Pero me dan pena su mujer y sus hijos.) El comandante Amrik Singh era una manzana podrida. Más que podrida, hedionda, y en el momento de aquella llamada telefónica a medianoche se encontraba en medio de una tormenta bastante podrida también. Un par de meses después de llegar yo a Srinagar en enero de 1995, Amrik Singh había detenido en un puesto de control, probablemente cumpliendo órdenes, a Jalib Qadri, un conocido abogado y activista de los derechos humanos. Qadri era un incordio, un tipo brusco y presuntuoso que no sabía más que fastidiar. La noche en que fue arrestado, tenía que viajar a Delhi, desde donde volaría a Oslo para declarar ante un congreso internacional de derechos humanos. La detención solo tenía como objetivo evitar que se celebrara aquel estúpido circo. Amrik Singh arrestó a Qadri a la vista de todos y en presencia de su mujer, pero la detención no se registró formalmente, algo que tampoco era inusual. Hubo fuertes protestas por el «secuestro» de Qadri, mucho más fuertes de lo esperado, por eso a los pocos días nos pareció prudente dejarlo en libertad. Pero había desaparecido y no lo encontrábamos por ningún lado. Se montó un gran revuelo y protestas en las calles. Nombramos un comité de búsqueda e intentamos calmar los nervios. Unos días después apareció su cadáver metido en un saco y flotando río abajo por el Jhelum. Estaba en un estado deplorable: tenía el cráneo aplastado, le habían arrancado los ojos, etcétera. Incluso para los criterios cachemires, aquello resultaba excesivo. Por supuesto, la indignación colectiva estalló hasta niveles sin precedentes, así que se permitió que la policía local abriera un expediente. Se nombró un comité de alto nivel para investigar el caso. De hecho, se presentaron testigos que presenciaron el secuestro, gente que vio a Qadri custodiado por Amrik Singh en un campamento del ejército, gente que presenció el altercado entre ambos que enfureció a Amrik Singh, y todos estaban dispuestos a presentar declaraciones por escrito, lo cual era raro. Incluso los cómplices de Amrik Singh en el crimen, la mayoría Ijwan, estaban dispuestos a declarar en su contra. Pero entonces, uno a uno, empezaron a aparecer sus cadáveres. En mitad del campo, al borde de una carretera... Los mató a todos. El ejército y la administración tenían por lo menos que fingir que hacían algo al respecto, aunque en realidad no podían ir contra él. Sabía demasiado y había dejado bien claro que, si él caía, iba a arrastrar con él a todos los que pudiese. Estaba acorralado y era peligroso. Se decidió que lo mejor era sacarlo del país y buscarle asilo en algún lado. Y eso fue lo que pasó al final. Pero no podía hacerse de inmediato. No mientras fuese el centro de la atención pública. Había que esperar un tiempo a que el asunto se enfriase. Como primera medida, se le apartó de las operaciones de campo y se le asignó un trabajo de oficina. En el Centro Conjunto de Interrogatorios, el JIC, en el antiguo Cine Shiraz. Lejos de los problemas. O al menos eso creíamos.

Así que ese era el hombre que me llamaba por teléfono. No diré que me muriese de ganas de hablar con él. A un apestado como ese es mejor mantenerlo en cuarentena.

Cuando contesté el teléfono, Amrik Singh sonaba nervioso. Hablaba tan rápido que tardé un rato en darme cuenta de que estaba hablando en inglés y no en punyabí. Dijo que había capturado a un terrorista de categoría A, un tal comandante Gulrez, un temido jefe del grupo Hizbul Muyahidín, tras una redada masiva y el registro de una casa-barco.

Típico de Cachemira: los separatistas hablaban soltando eslóganes y nuestros hombres hablaban soltando comunicados de prensa; las redadas eran siempre «masivas», todos los que capturaban eran «temidos», rara vez estaban por debajo de la «categoría A», y todo lo incautado era siempre «bélico». No era de sorprender, puesto que cada uno de esos adjetivos tenía su correspondiente incentivo: una recompensa económica, una mención de honor en la hoja de servicios, una medalla al valor o un ascenso. Como os imaginaréis, aquella información no me entusiasmó demasiado.

Dijo que habían matado al terrorista cuando intentó escapar. Eso tampoco me sorprendió. Sucedía muchas veces al día, fuese un buen día o un mal día, dependiendo de cada punto de vista. Entonces, ¿por qué me llamaba en mitad de la noche por algo tan rutinario? ¿Y qué tenía que ver tanto entusiasmo conmigo o con mi departamento?

Dijo que había capturado a una «dama» junto al comandante Gulrez. Que no era cachemira.

Eso sí que era inusual. Muy raro, de hecho.

Le habían entregado a la «dama» a la subcomandante de la policía Pinky para que la interrogase.

Todos conocíamos a la subinspectora de policía Pinky Sodhi, una mujer de piel de melocotón y una larga trenza negra que llevaba enrollada debajo de la gorra. Su hermano gemelo, Balbir Singh Sodhi, fue un inspector de policía al que asesinaron en Sopore unos guerrilleros una mañana que había salido a correr, como tenía por costumbre. (Una tontería por parte de un agente superior de la policía, incluso para uno que se preciaba de ser, o que se engañaba pensando que era, «querido» por la gente de la zona.) La subinspectora Pinky tenía un puesto en la Fuerza de Reserva Policial que le fue asignado por compasión, como compensación a la familia por la muerte del hermano. Nadie la había visto sin su uniforme. A pesar de su belleza despampanante, era una interrogadora despiadada que solía excederse en sus atribuciones, al parecer para exorcizar sus propios demonios. La subinspectora Pinky no jugaba en la misma liga que Amrik Singh, pero, aun así, ya podían andarse con ojo los cachemires que cayesen en sus manos. Y los que no caían en sus manos estaban ocupados escribiéndole poemas de amor e, incluso, proponiéndole matrimonio. Así de fatal era el encanto de la subinspectora Pinky.

Me comunicaron que la «dama» que habían detenido se había negado a dar su nombre. Supuse que, como la «dama» no era cachemira, la subinspectora Pinky se habría contenido y no se habría empleado a fondo. Si lo hubiese hecho, no habría habido dama ni caballero que no acabase cantando. De cualquier forma, ya me estaba impacientando. Todavía no entendía qué tenía que ver todo aquello conmigo.

Por fin, Amrik Singh fue al grano: durante el interrogatorio salió a relucir *mi* nombre. La mujer pidió que me transmitiesen un mensaje. Amrik Singh me dijo que él no entendía el mensaje, pero que la mujer le había dicho que yo lo entendería. Me lo leyó, más bien me lo deletreó por teléfono:

G-A-R-S-O-N H-O-B-A-R-T

Todavía sonaba en mi cabeza la voz de Rasoolan buscando sus perlas dispersas por el suelo: *Kahan mein dhoondhoon re? Dhoondhat dhoondhat paura gaeli Ram...*

Garson Hobart debía de sonar como una contraseña para desatar un golpe terrorista o confirmar la recepción de una entrega de armamento. La bestia demente al otro lado del teléfono esperaba que yo le diese alguna explicación. Yo ni siquiera sabía por dónde empezar.

¿El comandante Gulrez tendría algo que ver con Musa? *¿Era* Musa? Yo había intentado contactar con él varias veces desde que me trasladé a Srinagar. Quería presentarle mis condolencias por lo que le había sucedido a su familia. Nunca pude hacerlo y eso, en aquella época, solo podía significar una cosa. Estaba en la clandestinidad.

¿Con quién más podría haber estado Tilo? ¿Habían matado a Musa delante de ella? Dios mío.

Lo más secamente posible, le dije a Amrik Singh que volvería a llamarlo.

Mi primera reacción fue mantenerme lo más alejado posible de la mujer que amaba. ¿Eso quiere decir que soy un cobarde? Si es así, al menos soy un cobarde sincero.

Además, lo desease o no, me era imposible ir a su encuentro. Me hallaba en mitad de la selva y en mitad de la noche. Desplazarme hubiera requerido sirenas, alarmas, al menos cuatro jeeps y un vehículo blindado. Y también que me acompañasen al menos dieciséis hombres. Ese era el protocolo mínimo. Un circo así no hubiese ayudado a Tilo. Ni a mí. Y habría comprometido la seguridad de Su Excelencia hasta extremos que podrían tener consecuencias imprevisibles. Podría haber sido una trampa para alejarme de allí. Después de todo, Musa sabía lo de Garson Hobart. Era un razonamiento paranoico, pero en aquella época no había mucha distancia entre la precaución y la paranoia.

No tenía muchas opciones. Marqué el teléfono del Hotel Ahdoos y pedí que me pusieran con Naga. Por suerte, estaba allí. Se ofreció a ir al antiguo Cine Shiraz de inmediato. Cuanto más preocupado y servicial sonaba, más me irritaba yo. Podía notar en el tono de su voz cómo iba creciéndose en el papel que acababa de ofrecerle, cómo se aferraba con ambas manos a aquella oportunidad de hacer lo que más le gustaba: fanfarronear. Su afán me tranquilizaba y me enfurecía al mismo tiempo.

Llamé a Amrik Singh y le dije que iría a verle un periodista llamado Nagaraj Hariharan. Nuestro hombre. Le dejé claro que, si no tenían cargos contra la mujer, debían soltarla de inmediato y entregársela a él.

Pocas horas después Naga me llamó para decirme que Tilo estaba en la habitación contigua a la suya en el Hotel Ahdoos. Le aconsejé que la metiera en el primer vuelo a Delhi que había por la mañana.

–No se trata de un flete, Das-Goose –me respondió–. Tilo me ha dicho que va a ir al funeral de ese tal comandante Gulrez, quienquiera que sea.

Das-Goose. No había vuelto a llamarme así desde la universidad. Durante su época de estudiante ultra radical solía llamarme de forma burlona (y, por alguna razón, siempre poniendo acento alemán) «Biplab Das-Goose-*da*», su versión de Biplab Dasgupta, el Revolucionario Hermano Ganso.

Nunca perdoné a mis padres que me pusieran Biplab de nombre, en honor de mi abuelo paterno. Los tiempos habían cambiado. Cuando yo nací, los británicos ya se habían ido, éramos un país libre. ¿Cómo pudieron llamar a un bebé «Revolución»? ¿Cómo puede ir uno por la vida con un nombre así? En determinado momento me planteé cambiarme legalmente el nombre por otro un poco más pacífico, como Siddhartha o Gautam o algo así. Pero renuncié a la idea porque, con amigos como Naga, seguiría arrastrando la historia del cambio como si fuera una lata atada a la cola de un perro. Así que allí estaba yo –aquí estoy yo–, un Biplab, en el lugar más recóndito del corazón secreto de esa institución que se autodenomina gobierno de la India.

–¿Era Musa? –le pregunté a Naga

–Tilo no quiere hablar de eso. Pero ¿quién más podía ser?

El lunes por la mañana el recuento de los muertos del fin de semana elevó la cifra a diecinueve: los catorce manifestantes que mató la policía al abrir fuego contra ellos, el niño al que habían asesinado los Ijwan, Musa o el comandante Gulrez o como se hiciese llamar, y tres guerrilleros muertos durante un enfrentamiento en Ganderbal. Cientos de miles de personas se habían reunido para acompañar a esos diecinueve ataúdes (uno de ellos vacío, porque habían robado el cuerpo del niño), cargándolos sobre sus espaldas hasta el Cementerio de los Mártires.

La oficina del gobernador nos llamó para informarnos de que no era aconsejable que regresásemos a la ciudad hasta el día siguiente. Por la tarde me llamó mi secretaria:

–Señor, *sun lijiye*, por favor escuche, señor...

Sentado en la galería de la Hostería del Bosque de Dachigam, por encima del canto de los pájaros y de los grillos, oí resonar por el teléfono el estruendo de cien mil voces o más que gritaban al unísono libertad: *Azadi! Azadi! Azadi!* Una y otra vez. Incluso a distancia resultaba intimidante. Muy diferente a escuchar al mariscal del aire vociferando eslóganes en su celda. Era como si la ciudad respirase por un solo par de pulmones, hinchándose y lanzando por una sola garganta ese grito clamoroso y urgente. A esas alturas yo ya había visto suficientes manifestaciones y había oído gritar más que suficientes consignas en otras partes del país. Aquel griterío cachemir era diferente. Era más que una exigencia política. Era un himno, un canto, una oración. Lo irónico era –es– que si pones a cuatro cachemires juntos en una habitación y les pides que concreten qué quieren decir exactamente con «*Azadi*» y cuáles serían sus contornos geográficos e ideológicos, es probable que acabasen degollándose entre ellos. Sin embargo, sería erróneo calificarlo de confusión. Su problema no es la confusión. Es más una terrible claridad que va más allá del lenguaje de la geopolítica moderna. Todos los protagonistas de todas las partes del conflicto, especialmente nosotros, hemos explotado despiadadamente esa fractura. Conducía a una guerra perfecta, una guerra que no podía ganarse ni perderse, una guerra sin fin.

El cántico que oí esa mañana a través del teléfono era

denso, destilaba pasión, y era tan ciego y fútil como suele ser la pasión. En aquellas ocasiones (afortunadamente breves) en que se desbocaba, tenía el poder de atravesar el edificio de la historia y de la geografía, de la razón y de la política. Tenía el poder de hacer que hasta el más curtido de nosotros se preguntara, aunque solo fuese por un instante, qué diablos estábamos haciendo en Cachemira, gobernando a un pueblo que nos odiaba de forma tan visceral.

Los llamados «funerales de los mártires» siempre ponían los nervios a prueba. La policía y las fuerzas de seguridad tenían órdenes de permanecer alertas, pero fuera de la vista. No solo porque en tales ocasiones la situación era de una enorme tensión y cualquier enfrentamiento podía conducir inevitablemente a una masacre, algo que habíamos aprendido tras duras experiencias, sino también porque permitir que la población se desahogase y gritase sus consignas de vez en cuando ayudaba a evitar que la ira se acumulase y acabase conformando una montaña de odio imposible de superar. Hasta el momento, en este largo conflicto que dura ya más de un cuarto de siglo en Cachemira, ha dado resultado. Los cachemires lloraban a sus muertos, se lamentaban, gritaban sus consignas, pero al final siempre volvían a sus casas. Poco a poco, con los años, cuando aquello se convirtió en una costumbre, en un ciclo asumido y predecible, la población comenzó a desconfiar de sí misma, a perderse el respeto por su súbito fervor seguido por la inmediata capitulación. Para nosotros, resultó un beneficio con el que no contábamos.

De todas formas, permitir que medio millón de personas, a veces un millón, tomaran las calles ante *cualquier* acontecimiento, más aún en medio de una insurrección, es una apuesta muy arriesgada.

A la mañana siguiente, una vez restablecida la seguridad en las calles, regresamos a la ciudad. Me dirigí directamente al Ahdoos donde me enteré de que Tilo y Naga habían dejado el hotel. Naga no volvió a Srinagar durante un tiempo. Me dijeron que estaba de permiso.

Semanas después, recibí la invitación a su boda. Fui, por supuesto, ¿cómo no iba a hacerlo? Me sentía responsable por aquella parodia. Por haber empujado a Tilo a los brazos de un hombre que yo estaba convencido de que había sido todo menos sincero con ella. No creía que ella estuviese al tanto de la relación entre su futuro marido y el Servicio de Inteligencia. Tilo debió de pensar que se casaba con un periodista militante, comprometido con la justicia, azote de un gobierno que había asesinado al hombre que amaba. Me sentía furioso ante aquel engaño, pero por supuesto no iba a ser yo quien la sacara del error.

La recepción fue a la luz de la luna en los jardines de la enorme casa blanca art déco de los padres de Naga, situada en el Enclave Diplomático. Fue una fiesta pequeña y exquisita, muy diferente a la espectacularidad pomposa y chabacana que está tan de moda en estos días. Había flores blancas por todas partes –lirios, rosas, ramos de jazmines en cascada– dispuestas en arreglos con mucho gusto por la madre y la hermana mayor de Naga, ninguna de las cuales parecía, ni se esforzaba por parecer, feliz. La entrada de coches y los parterres estaban bordeados de lámparas de cerámica. De los árboles colgaban farolillos japoneses. Las ramas estaban entremezcladas con bombillas de colores. Criados salidos del viejo mundo, con libreas de botones dorados, fajas rojas y doradas y turbantes blancos almidonados iban de un lado al otro con bandejas de comida y bebidas. Un pelotón de perros de largas melenas que olían a perfume y humo de cigarrillo corrían enloquecidos entre los invitados, como un pequeño ejército motorizado de lampazos ladradores.

Sobre una plataforma cubierta con telas blancas, una

banda de músicos venidos de Barmer, ataviados con *kurtas, dhotis* blancos y turbantes estampados, nos transportaban al desierto de Rajastán. Me resultó raro encontrar a músicos folclóricos musulmanes en una boda así. Pero mi amigo Naga era ecléctico y los había descubierto durante un viaje por el desierto. Eran unos magníficos artistas. Su música sencilla y evocadora abría los cielos de la ciudad y sacudía el polvo de las estrellas. El más extraordinario de todos, Bhungar Khan, interpretó una canción sobre la llegada del monzón. Su voz áspera pero muy aguda, casi femenina, transformó una canción en la que el árido desierto expresa su desesperada necesidad de lluvia en un canto en el que una mujer añora el regreso de su amado. Mi recuerdo de la boda de Tilo ha quedado ligado para siempre a esa canción.

Habían pasado más de diez años desde la última vez que había visto a Tilo y había compartido con ella aquel porro en su terraza. Estaba más delgada de como la recordaba. Las clavículas le sobresalían bajo el cuello. Su sari de gasa era del color del crepúsculo. Llevaba la cabeza cubierta, pero a través de la fina tela se adivinaban las suaves líneas de su cráneo. Estaba calva o casi. El cabello que comenzaba a salir parecía apenas una pelusilla de terciopelo. Lo primero que pensé es que había estado enferma y se estaba recuperando de un tratamiento con quimioterapia o de cualquier otra dolencia que provocase la caída del pelo. Pero sus pobladas cejas y sus tupidas pestañas hicieron que descartara esa posibilidad. Sin duda no tenía aspecto de estar enferma ni indispuesta. Llevaba la cara descubierta y sin maquillar, nada de kohl ni *bindi,* ni jena en las manos ni en los pies. Parecía una novia suplente, que ocupaba aquel puesto temporalmente mientras la novia de verdad acababa de vestirse. Creo que «desolada» es la palabra que mejor describía su aspecto. Daba la impresión de estar hundida en una soledad total e inalcanzable, incluso en su propia boda. Su aire despreocupado había desaparecido.

Cuando me acerqué a ella, me clavó la mirada, pero sentí como si fuera otra persona quien me miraba a través de sus ojos. Esperaba ver la ira reflejada en ellos, pero lo que encontré fue una expresión vacía. Puede que sea mi imaginación, pero me pareció que un temblor le recorrió el cuerpo mientras me sostenía la mirada. Por enésima vez me fijé en lo bonita que era su boca. Estaba fascinado por el movimiento de sus labios. Casi podía notar el esfuerzo que le costaba formar las palabras y encontrar una voz para expresarlas:

–Es solo un corte de pelo.

El corte de pelo, el afeitado, debió de ser idea de la subinspectora Pinky Sodhi. La terapia de una agente de policía contra lo que consideraba una traición: acostarse con el enemigo, con los asesinos de su hermano. A Pinky Sodhi le gustaban las cosas claras.

Nunca había visto a Naga tan desconcertado, tan ansioso. No soltó la mano de Tilo en toda la noche. El fantasma de Musa se interponía entre ellos. Casi podía verlo: bajo, compacto, con aquella sonrisa suya que dejaba ver el diente roto y aquella tranquilidad tan característica en él. Era como si estuvieran casándose los tres.

Es probable que eso fuera lo que pasó al final.

La madre de Naga se hallaba en el centro de un grupo de elegantes damas cuyos perfumes podía oler desde la otra punta del jardín. La tía Mira descendía de una familia real, de uno de los principados menores de Madhya Pradesh. Quedó viuda siendo adolescente, pues a su principesco marido le detectaron un tumor de pulmón muy agresivo y murió a los tres meses de casarse. Sin saber qué hacer con ella, sus padres la mandaron a una escuela privada para señoritas de la alta sociedad en Inglaterra, y en una fiesta en Londres conoció al padre de Naga. No podía haber mejor oportunidad para una reina sin reino que ser la esposa de un diplomático elegante y cortés. Se convirtió en una anfitriona perfecta, una maharaní india moderna con un engolado acento británico, aprendido de una institutriz durante su infancia y perfeccionado en la escuela de señoritas. Vestía saris de gasa y perlas y siempre llevaba la cabeza cubierta con un *pallu,* como debe hacer una dama de la realeza de Rajput. Estaba intentando poner al mal tiempo buena cara frente al trauma que le había causado el horrible color de la piel de su nuera. La madre de Naga era del color del alabastro. Su marido, aunque tamil, era brahmán y apenas un poquito más oscuro que ella. Cuando pasé cerca oí que su nieta pequeña, la hija de su hija, le preguntaba:

–*Nani,* ¿Tilo es negra?

–Claro que no, querida, no seas tonta. Y otra cosa, querida, ya no utilizamos la palabra «negra». Es una palabra fea. Se dice «de color».

–De color.

–Buena chica.

La tía Mira, mortificada, se volvió hacia sus amigas con una valiente sonrisa y dijo del nuevo miembro de la familia:

–Pero tiene un cuello precioso, ¿no os parece?

Todas las amigas asintieron con entusiasmo.

–Pero, *nani,* parece una criada.

La pequeña recibió una reprimenda y la mandaron a hacer algún recado imaginario.

Los otros invitados, antiguos compañeros de la universidad de Naga, acólitos más que amigos, ninguno de los cuales conocía a Tilo con anterioridad, formaban un corrillo en el jardín, cotilleando, muy en la línea de humor sarcástico característico de Naga. Uno de ellos propuso un brindis.

–Por Garibaldi.

(El del brindis era Abhishek, que trabajaba en la empresa de importación y venta de tubos para el alcantarillado de su padre.)

Se rieron ruidosamente, como hombres jugando a ser niños.

–¿Habéis intentado hablar con ella? No habla.

–¿Habéis intentado que sonría? No sonríe.

–¿De dónde diablos la habrá sacado?

Acabé la última copa y me dirigía a la salida cuando el padre de Naga, el embajador Shivashankar Hariharan, me llamó.

–¡Baba!

Pertenecía a otra época. Pronunciaba Baba como lo haría un inglés, «baarbar». (Pronunciaba su propio nombre como si fuera «Shivar».) Nunca dejaba escapar la oportunidad de hacer saber a todo el mundo que había estudiado en el Balliol College de Oxford.

–Tío Shiva, señor.

Los hombres poderosos no suelen llevar bien la jubilación. Noté que había envejecido de golpe. Parecía un poco demacrado y un poco pequeño para el traje que llevaba. Sostenía un puro entre sus dientes blancos y perfectos. Dos gruesas venas resaltaban en la pálida piel de sus sienes. Su cuello era demasiado delgado para la talla de camisa que llevaba. Unos pálidos anillos de cataratas sitiaban sus iris oscuros. Me estrechó la mano con más afecto que el que me había demostrado jamás en el pasado. Tenía una voz fina y aflautada.

–¿Te escapas? ¿Nos dejas abandonados a nuestra suerte en una ocasión tan feliz?

Esa fue la única referencia que hizo a la última aventura de su hijo.

–¿Dónde está tu preciosa esposa? ¿Dónde estás destinado ahora?

Cuando se lo dije, se le endureció el rostro. Se transformó de tal forma que casi daba miedo.

–Tú agárralos por las pelotas, Barbaar. El corazón y la mente caerán por sí solos.

Cachemira nos transformaba en eso.

Después de aquello, desaparecí de sus vidas. Desde entonces hasta ahora, solo me topé con Tilo una vez y por casualidad. Yo iba con R. C. (R. C. Sharma) y otro colega. Estábamos dando un paseo por los Jardines Lodhi, hablando sobre algunos fastidiosos politiqueos en el trabajo. La vi de lejos. Iba en chándal y corriendo a toda velocidad con un perro a su lado. No estaba claro si el perro era suyo o solo un chucho de los Jardines Lodhi que había decidido correr con ella. Creo que Tilo también nos vio, porque bajó la velocidad y caminó en nuestra dirección. Cuando llegó hasta mí, estaba empapada en sudor y todavía sin aliento. No sé qué me pasó. Quizá me sentí incómodo de que me viera con R. C. o quizá fue la misma confusión que siempre me invadía cuando estaba con ella. Fuese lo que fuese, dije una estupidez sin pensarlo, algo que le diría a la mujer de un colega si me la encuentro por casualidad en algún lugar, el típico chascarrillo de amiguete que sueltas en una fiesta.

–¡Hola! ¿Dónde está tu maridito?

Quise morirme nada más decirlo.

Levantó la correa del perro que llevaba en la mano (o sea que el perro era suyo) y me contestó:

–¿Mi maridito? Ah, de vez en cuando me da permiso para sacarme yo misma a pasear.

Podría haber sonado horrible, pero no fue así. Lo dijo con una sonrisa. Su sonrisa.

Hace cuatro años Tilo me llamó como caída del cielo para preguntarme si era yo el Biplab Dasgupta (hay muchos con ese nombre absurdo en este mundo) que anunciaba un apartamento para alquilar en un segundo piso. Le contesté que sí, que era yo. Me dijo que estaba trabajando por libre como dibujante y diseñadora gráfica, que necesitaba un estudio y que podía pagarme el alquiler que le pidiese. Le contesté que estaría encantado de alquilárselo. Un par de días después, llamaron al timbre de mi puerta y allí estaba ella. Con muchos años más, por supuesto, pero igual en lo esencial, tan peculiar como siempre. Llevaba un sari púrpura y una blusa de cuadros blancos y negros, una camisa en realidad, con cuello y las mangas arremangadas. Tenía el pelo canoso, de un blanco apagado, y muy cortito, lo suficiente como para que le quedara hirsuto. No sabría decir si parecía más joven o más vieja de lo que era.

En aquel momento yo estaba destinado en el Ministerio de Defensa y vivía en el piso de abajo (el que hoy es una sandía). Era sábado y Chitra y las niñas habían salido. Estaba solo en casa.

Mi instinto me aconsejó ser más formal que amistoso, no mencionar el pasado. Así que la conduje directamente al piso de arriba para que viese el apartamento. Tenía dos habitaciones (un dormitorio pequeño y un estudio grande). Sin duda era mucho mejor que el trastero de Nizamuddin donde Tilo vivió de joven, aunque mucho peor que su hogar durante muchos años en el privilegiado Enclave Diplomático. Casi sin mirarlo, dijo que le gustaría mudarse al apartamento lo antes posible.

Recorrió las habitaciones vacías, se sentó junto a la ventana que tenía un saledizo y se quedó abstraída observando la calle. Parecía fascinada por lo que veía, pero cuando me acerqué a mirar no me dio la impresión de que estuviésemos viendo lo mismo.

No hizo intento alguno por conversar y parecía cómoda en silencio. Todavía usaba el mismo anillo sencillo de plata en el dedo medio de la mano derecha. Daba la impresión de estar manteniendo una especie de conversación consigo misma. De repente, habló de una cuestión práctica.

–¿Puedo darte un cheque? ¿O tengo que depositarte el dinero en algún sitio?

Le dije que no tenía prisa y que le haría un contrato para que lo firmase en los próximos días.

Me preguntó si podía fumar, le contesté que por supuesto, que a partir de ese momento aquel era su espacio y que podía hacer lo que quisiese en él. Sacó un cigarrillo y lo encendió, ahuecando la mano para proteger la llama, como un hombre.

–¿Ya no fumas *bidis?* –le pregunté.

Su sonrisa encendió todas las luces de la habitación.

La dejé que fumara su cigarrillo tranquila y fui a comprobar que todo funcionaba bien: las luces, los ventiladores, las conexiones de agua de la cocina y el baño. Cuando se puso de pie para marcharse, dijo, como si continuase una conversación que estuviésemos teniendo:

–Hay tanta información..., pero en realidad nadie quiere saber nada, ¿no te parece?

Yo no tenía idea de qué estaba hablando. Después se marchó. Y entonces, igual que ahora, su ausencia llenó el apartamento.

Se mudó uno o dos días más tarde. No tenía casi muebles. En aquel momento no me dijo que había dejado a Naga y que no solo tenía la intención de trabajar en el apartamento sino de vivir allí. Depositaba el dinero del alquiler en mi cuenta sin falta el primero de cada mes.

Su llegada a mi vida, su presencia en el piso de arriba, desató algo en mi interior.

Me preocupa el hecho de expresarlo en pasado.

Basta pasear la mirada por la habitación, por las fotos (numeradas, anotadas) sujetas con chinchetas a una plancha de corcho, por los documentos apilados cuidadosamente en el suelo y ordenados en cajas de cartón o en archivadores y por las notitas escritas en post-its amarillos pegados a las estanterías, a los armarios y a las puertas, para darte cuenta de que allí hay algo peligroso, algo que es mejor no tocar, que quizá debería entregar a Naga o incluso a la policía. Pero ¿soy capaz de hacer eso? ¿Debo hacerlo, debería hacerlo, puedo resistirme a la invitación a entrar en esta intimidad, a la oportunidad de compartir estas confidencias?

En el extremo opuesto de la habitación hay un tablero grueso y largo apoyado sobre dos borriquetas de metal que sirve de mesa. Está atestada de papeles, viejas cintas de vídeo, una pila de DVD. Hay planchas de corcho cubiertas de fotografías, notas, dibujos. Junto a un viejo ordenador hay una bandeja llena de etiquetas, tarjetas de visita, folletos y membretes –probablemente, el trabajo de diseño gráfico con el que Tilo se ganaba (se *gana*, ¡por Dios!) la vida–, las únicas cosas en la habitación que tienen un aspecto tranquilizadoramente normal. Hay listados de lo que parecen ser varias versiones de etiquetas de champú, con diferentes tipos de letra:

Acondicionador Nutritivo Naturelle Ultra Suave
Con aceite de nuez y hojas de melocotón

Naturelle Ultra Suave combina las virtudes nutritivas y relajantes del aceite de nuez con el poder suavizante de las hojas de melocotón para ofrecer una crema de gran riqueza que se funde instantáneamente con tus cabellos y los desenreda.

Resultados: Muy fácil de peinar.
Tu pelo recupera su suavidad irresistible sin aspecto de pesadez.
Tu cabello, tras una nutrición profunda, queda liso y suelto.
UNA EXPERIENCIA SULIME.

A «sublime» le faltaba la *b* en todas las versiones. Quién iba a decir que, a estas alturas de su vida, Tilo estaría diseñando etiquetas de champú con faltas de ortografía.

¿Por qué no hacen un champú para evitar la caída rápida del cabello?

Colgadas de la pared, justo encima del ordenador, hay dos fotografías pequeñas enmarcadas. Una es la foto de una niña de cuatro o cinco años. Tiene los ojos cerrados y el cuerpecito envuelto en una mortaja. Le brota sangre de una herida en la sien que gotea sobre el sudario blanco y dibuja una mancha con forma de rosa. Yace sobre la nieve. Un par de manos forman una almohada por debajo de su cabeza y la levantan un poco. En el borde superior de la foto se ve una hilera de pies, calzados con todo tipo de zapatos de invierno. Se me ocurre que esa niña podría ser hija de Musa. ¡Qué extraño elegir una fotografía así para enmarcarla y colgarla de la pared!

La otra foto es menos inquietante. Está tomada en el porche de una casa-barco. De las que son más pequeñas y humildes. Al fondo se ve el lago salpicado por algunas *shikaras* y, más allá, las montañas. Es la foto de un hombre joven, con barba, increíblemente bajo, vestido con la característica túnica abrigada cachemira, un gastado *feran* marrón. Tiene una cabeza desproporcionadamente grande para el resto del cuerpo. En cada oreja lleva un ramito de diminutas flores silvestres. Se está riendo, los ojos verdes le brillan y tiene los dientes torcidos. Su franqueza y su irrefrenable risa le hacen parecer un niño pequeño. Entre sus grandes manos sostiene dos gatitos minúsculos, uno atigrado, de pelaje gris humo con rayas negras, y el otro con manchas blancas y negras y un parche negro en un ojo. Los ofrece con los brazos extendidos, como si invitase al fotógrafo a tocarlos o a acariciarlos. Los gatitos asoman por encima de una barrera de gruesos dedos y miran alerta y temerosos a su alrededor con los ojos acuosos.

¿Quién será ese joven? No tengo ni idea.

Cojo una abultada carpeta verde de una de las pilas que están sobre la mesa y la abro al azar. Hay dos fotos pegadas en un folio. En la primera se ve a un ciclista borroso, desenfocado, pasando por delante de un muro color rosa de un par de metros de altura, con una puerta metálica que es la entrada de lo que parece un aseo de hombres. Se encuentra en un barrio muy poblado, rodeado de edificios de ladrillos de una y dos plantas con balcones. Pintado directamente sobre el muro hay un anuncio de «Fotocopiadora Roxy» con grandes letras verdes. La segunda foto está tomada dentro del aseo. Las gastadas paredes rosas están cubiertas de verdín y manchas de humedad y atravesadas horizontal y verticalmente por cañerías oxidadas. Hay un lavabo blanco mugriento y tres letrinas abiertas en el suelo de cemento. Junto a ellas se ven unas tapas de metal con manijas, como si fueran las tapas de unas ollas gigantes. Contra una de las paredes reposan un marco de ventana roto y un tablero de madera. Son las fotos menos interesantes que he visto en mi vida. ¿Quién las habrá tomado? ¿Por qué tomará alguien unas fotos así? ¿Y por qué las archivará con tanto cuidado?

La siguiente página lo explicaba:

LA HISTORIA DE GHAFOOR

Este lugar se llama Baaar Nawab. ¿Veis ese baño público? ¿Donde dice Fotocopiadora Roxy? Allí fue donde sucedió. Fue en 2004. Debió de ser por el mes de abril. Hacía frío y llovía a cántaros. Estábamos sentados en la tienda de mi amigo, Nueva Electrónica, justo al lado de la Sastrería Rafiq, bebiendo té. Tariq y yo. Eran alrededor de las ocho de la noche. De repente oímos un chirrido de frenos. Al otro lado de la calle se detuvieron cuatro o cinco vehículos y acordonaron el baño público. Eran vehículos de las STF. Ya sabéis, la Fuerza de Tareas Especiales. Entraron ocho soldados en la tienda y nos obligaron a cruzar la calle con ellos a punta de pistola. Cuando llegamos al baño público nos dijeron que entrásemos y lo revisáramos. Dijeron que se había escapado un terrorista afgano y que se había metido en el aseo. Querían que entrásemos y le dijésemos que se rindiera. Nosotros no queríamos entrar porque pensábamos que el muyahidín estaría armado. Los hombres de la STF nos apuntaron con las pistolas en la cabeza. Entramos. Estaba totalmente oscuro. No veíamos nada. Allí no había nadie. Salimos y les dijimos que no había nadie. Nos ordenaron que volviésemos a entrar. Nos dieron una linterna. Nunca habíamos visto una linterna tan enorme. Uno de ellos nos enseñó cómo funcionaba, la encendió y la apagó, la encendió y la apagó, la encendió y la apagó. Otro nos observaba jugando con el seguro de su arma, poniéndolo y quitándolo, poniéndolo y quitándolo, poniéndolo y quitándolo. Nos volvieron a enviar dentro del baño con la linterna. Alumbramos alrededor, pero no encontramos a nadie. Lo llamamos a gritos, pero nadie contestó. Estábamos completamente empapados.

Los de la STF habían tomado posiciones en el edificio de al lado. Había dos apostados en el balcón del primer piso. Dijeron que podían ver a alguien en la letrina. ¿Cómo era posible? Estaba muy oscuro, ¿cómo podían ver algo desde tan lejos? Dirigí la luz de la linterna hacia las tres letrinas. Vi la cabeza de un hombre. Yo estaba aterrado. Pensaba que tenía un arma y me hice a un lado. Los soldados de la STF me gritaron que le dijera que saliese. Tariq, que estaba detrás de mí, susurró: «Se están montando una película. Haz lo que te piden.» Con lo de «montando una película» no se refería a una película en el sentido estricto. Se refería a que todo aquello era un montaje.

Le dije al hombre que estaba metido en la letrina que saliese. No contestó. Me di cuenta de que no era afgano, era cachemir. Solo me miraba fijamente. No podía hablar. Nos quedamos quietos junto a él con la linterna de la STF. Seguía lloviendo. El hedor de la letrina era insoportable. Debía de haber pasado una hora y media. No nos atrevíamos a hablar entre nosotros. Encendíamos y apagábamos la linterna. Entonces la cabeza del hombre se inclinó hacia un lado. Había muerto. Sepultado en mierda.

Los soldados de la STF nos dieron picos y palas. Tuvimos que romper las paredes de cemento de la letrina para sacar al hombre. Estábamos todos empapados, tiritando y apestosos. Cuando sacamos el cuerpo descubrimos que tenía las piernas atadas y unidas a una gran piedra al otro extremo de la soga.

Solo después nos enteramos de lo que había ocurrido antes en aquella película de la STF.

Primero llegaron unos pocos en un solo coche y sin hacer ruido. Ataron al hombre y lo metieron en la letrina. Lo habían torturado cruelmente y estaba a punto de morir. Cuando entraron, se encontraron con que había un hombre joven dentro del baño público. Lo detuvieron y se lo llevaron (quizá se negó a hacer lo que nosotros hicimos). Después volvieron con más vehículos y escenificaron el resto de la película, en la que también habían reservado papeles para nosotros.

El agente nos dijo que firmáramos un papel. Si no lo hubiésemos firmado, nos habrían matado. Firmamos como testigos de un enfrentamiento en el que la STF había perseguido y matado a un temible terrorista afgano tras acorralarlo en un baño público del Bazar Nawab. Salió en las noticias.

El hombre al que mataron era un obrero de Bandipora. El joven al que detuvieron por estar meando a una hora extraña e inconveniente ha desaparecido.

Y a Tariq y a mí nos pesa en la conciencia la mentira y la traición.

Esos ojos que nos miraron durante una hora y media eran unos ojos comprensivos que nos estaban perdonando. Los cachemires ya no necesitamos hablarnos para entendernos entre nosotros.

Nos hacemos cosas terribles los unos a los otros, nos herimos, nos traicionamos y nos matamos, pero nos entendemos entre nosotros.

Una historia infame. Terrible, de hecho. Si fuera cierta, claro. ¿Cómo se verifica algo así? La gente no es fiable. Siempre exageran. Sobre todo los cachemires. Y después empiezan a creer sus propias exageraciones como si fuese la palabra de Dios. No comprendo qué hace Madam Tilottama reuniendo todo este material inútil. Debería limitarse a diseñar sus etiquetas de champú. De todas formas, la violencia no es unilateral. El otro bando también cuenta con su repertorio de horrores. Entre aquellos sediciosos había bastantes maniacos. Si *tuviera* que elegir, siempre preferiría a un fundamentalista hindú que a uno musulmán. Es verdad que hicimos –hacemos– algunas cosas terribles en Cachemira, pero... Quiero decir que lo que el ejército paquistaní hizo en Pakistán Oriental, bueno, *eso* sí fue un claro caso de genocidio. Sin duda. Cuando el ejército indio liberó Bangladesh aquella buena gente cachemir lo llamó –todavía lo llaman– «la *Caída* de Dhaka». Ser solidarios con el dolor de otros pueblos no se les da bien. Pero, bueno, ¿quién lo es? A los baluchis, a los que Pakistán tiene bien jodidos, no les importan nada los cachemires. Los bangladesíes, a los que nosotros liberamos, salen a cazar hindúes. Los viejos camaradas comunistas consideraban los gulags de Stalin como «parte necesaria de la Revolución». En la actualidad, los norteamericanos se atreven a sermonear a los vietnamitas sobre los derechos humanos. Lo que tenemos entre manos es un problema de la especie humana. Nadie está exento. Y no hay que olvidar ese otro negocio que ha crecido bastante últimamente. La gente (comunistas, castas, razas e incluso países) exhibe sus tragedias y miserias como trofeos o como mercancía que se vende y se compra en el mercado abierto. Por desgracia yo no tengo ninguna miseria con la que comerciar, soy un hombre carente de tragedias. Un opresor de clase alta, de una casta superior, se mire por donde se mire.

Brindo por eso.

¿Qué más tenemos aquí?

Una caja de cartón abierta sobre la mesa. Es la caja de una impresora de chorro de tinta Hewlett-Packard. Siento un gran alivio al comprobar que su contenido es un poco más alegre: dos sobres amarillos de fotos, uno etiquetado «Fotos de Nutrias» y el otro, «Matanza de la Nutria». Bien. No tenía ni idea de que Tilo estuviese interesada en las nutrias. Eso le otorga, cómo decirlo, una cualidad menos peligrosa. Imaginármela caminando por la playa, por la orilla de un río, con el pelo al viento..., relajada, vulnerable..., buscando nutrias..., hace que me alegre por ella. A mí me encantan las nutrias. Hasta creo que son mis criaturas favoritas. Una vez pasé toda una semana observando nutrias marinas durante unas vacaciones familiares, a bordo de un crucero por el Pacífico que recorría la costa oeste de Canadá. Incluso cuando estaba tormentoso y había mucho oleaje, allí estaban ellas, esas bastarditas descaradas, flotando despreocupadamente panza arriba, como si estuviesen leyendo el periódico matutino.

Extraigo las fotos de uno de los sobres.

No hay ninguna foto de nutrias.

Tendría que haberlo imaginado. Me siento como si me hubiesen tomado el pelo.

La primera del montón es una foto sacada en el paseo que hay alrededor de Dal Gate en Srinagar. Se ve a un soldado sij de tez morena, con chaleco antibalas y sosteniendo un rifle, rodilla en tierra. Posa con aire triunfal junto al cadáver de un joven. Está claro que el hombre está muerto por la postura del cuerpo. La cabeza descansa sobre el bordillo de cemento de un palmo de altura que rodea el lago. El resto del cuerpo forma un arco descendente, con las piernas abiertas y una de las rodillas doblada en ángulo recto. Viste pantalones y un polo beige. Le han disparado en el cuello. No hay mucha sangre. Al fondo de la imagen se ven las siluetas borrosas de las casas-barco. Alrededor de la cabeza del soldado han pintado un círculo con rotulador violeta. A juzgar por la ropa del chico y el fusil que sostiene el soldado, la foto es bastante antigua. En todas las demás fotografías, que son imágenes menos dramáticas de grupos de soldados tomadas en mercados, en puestos de control o en autopistas mientras controlan la circulación, hay siempre un soldado rodeado por un círculo con el mismo rotulador violeta. No detecto una conexión obvia entre ellos. Algunos son sijs, otros van totalmente afeitados, otros son obviamente musulmanes. Todas las fotografías, menos una, están tomadas en Cachemira. En esa se ve a un soldado con aspecto de aburrido, sentado en una silla de plástico azul dentro de un búnker protegido por sacos de arena, aparentemente en la mitad de un desierto. El casco descansa sobre su regazo, mientras sostiene un matamoscas naranja en la mano con la mirada perdida a lo lejos. Hay algo en sus ojos, algo vacío e inexpresivo que llama la atención. También su cabeza está rodeada por un círculo con el rotulador violeta.

¿Quiénes son esos hombres?

Y entonces, cuando extiendo todas las fotos sobre la mesa, me doy cuenta: todas son fotos del mismo soldado. En todas tiene un aspecto diferente excepto por sus ojos. Es un transformista. Quizá uno de nuestros chicos de la contrainteligencia. ¿Por qué su cabeza está encerrada dentro de un círculo violeta?

Dentro de la caja de cartón hay una carpeta que dice «La Nutria». El primer documento de la carpeta parece un currículum. El encabezamiento pone Licenciado Ralph M. Bauer, Trabajador Social Clínico, seguido por una larga lista de cualificaciones académicas. Una palabra capta mi atención. *Clovis.* La dirección de la casa de Ralph Bauer es East Bullard Avenue, Clovis, California.

Clovis fue donde Amrik Singh mató a su familia y después se suicidó. En su casa, en un pequeño barrio residencial de las afueras. Y entonces me doy cuenta. Amrik es la Nutria. Claro. El hombre de las fotos es Amrik Singh. De hecho, nunca estuve cara a cara con él en Cachemira. No sabía qué aspecto tenía de joven (entonces no existía Google). Esas fotografías no se parecen en nada a las suyas más recientes (gordinflón, perfectamente afeitado y con expresión despistada), las que publicaron en los periódicos después de su suicidio.

Siento como si, en lugar de sangre, me corriera alguna sustancia química por las venas. ¿De dónde había sacado Tilo esos documentos? ¿Y por qué? *¿Por qué?* ¿Para qué los quería? ¿Para qué sirven ahora? ¿Son una especie de imaginaria venganza vudú?

Las primeras páginas de la carpeta contienen un cuestionario, la típica serie de preguntas trilladas, según la jerga de los psicólogos: *¿Alguna vez ha tenido sueños angustiosos relacionados con lo sucedido? ¿Se ha sentido incapaz de experimentar sentimientos de tristeza o amor? ¿Le ha costado imaginarse vivir una vida prolongada en la que realizar sus deseos?* Y cosas por el estilo. El cuestionario está acompañado de dos testimonios escritos firmados por Amrik Singh y su mujer (el de ella extenso, el de él muy breve) y de unas fotocopias de dos abultados impresos de solicitud de asilo en los Estados Unidos, pulcramente cumplimentados y también firmados por ellos.

Necesito sentarme. Necesito un trago. Tengo una botella de Cardhu que no debería haber comprado en el Duty Free cuando llegué de Kabul y que tampoco debería haber traído aquí conmigo. Sobre todo, después de haberle prometido a Chitra que no volvería a tocar el alcohol. Ni una copa. Ni una gota. Sobre todo, después de saber que me estoy jugando el puesto. Sobre todo, después de saber que mi jefe me ha dado una última oportunidad y que, según sus propias palabras, «o me pongo las pilas o me largo».

Me gustaría tener un poco de hielo, pero no hay. El congelador se ha convertido en un único bloque de hielo y necesita que lo descongelen. La nevera está vacía, pero la cocina está llena de cajas de fruta. Quizá Tilo estaba –está– haciendo una de esas dietas de desintoxicación en las que solo comes fruta. Quizá haya ido a un sitio de esos. A un retiro de yoga o algo por el estilo.

Por supuesto que no.

Tendré que beber el Cardhu puro. Hace realmente frío y esas malditas palomas deberían parar de fornicar en el alféizar de la ventana. ¿Por qué no paran de una vez?

Fecha: 16 de abril de 2012
Asunto: Lovelin Singh, de soltera Kaur, y Amrik Singh

Mediante la presente se solicita una Evaluación Psico-Social de Amrik Singh y de su esposa, Lovelin Singh, de soltera Kaur, para determinar si fueron víctimas de persecución como consecuencia del maltrato, corrupción policial y extorsión que han padecido en la India, su país de origen. ¿Experimentan un «miedo justificado» a sufrir torturas o ser asesinados por parte de su gobierno? Solicitan asilo puesto que afirman que Amrik Singh será torturado o asesinado si regresa a la India. Durante el transcurso de la entrevista he aplicado un Inventario de Síntomas de Trauma-2 (IST-2), una Evaluación del Estado Mental, un test mediante entrevista del Trastorno de Estrés Postraumático (TEPT) y una valoración mediante la Escala de Trauma de Davidson. Se ha elaborado un extenso historial durante la entrevista personal de dos horas con cada uno de ellos para completar un relato de los verdaderos hechos que experimentaron en Cachemira, India.

Antecedentes:

El señor y la señora Singh residen en Clovis, California. Lovelin Singh, de soltera Kaur, nació en Cachemira, India, el 19 de noviembre de 1972. Amrik Singh nació en Punyab, India, el 9 de junio de 1964. El matrimonio tiene tres hijos, el menor nacido en Estados Unidos. La pareja huyó de la India hacia Canadá con sus dos hijos mayores. Entraron en los Estados Unidos a pie el 1 de octubre de 2005. Al principio se dirigieron a Blaine, Washington, pero ahora viven en Clovis, California, donde el señor Amrik Singh trabaja como camionero. Lovelin Singh es ama de casa. Viven en un estado de angustia constante por la seguridad de su familia.

Relato de Lovelin:

Este relato se basa en fragmentos de la entrevista a Lovelin.

Mi marido Amrik Singh era comandante del ejército destinado en Srinagar, Cachemira. Mientras estuvo destinado allí, yo no vivía con él en la base, vivía con mi hijo en un alojamiento privado, un apartamento en una segunda planta en Jawahar Nagar, Srinagar. En esa colonia vivían muchas familias sijs y apenas unas pocas musulmanas. En 1995 secuestraron y asesinaron a un abogado especializado en derechos humanos llamado Jalib Qadri y la policía local culpó a mi marido y nos dimos cuenta de que los musulmanes lo estaban incriminando falsamente. Mi marido no aceptaba sobornos y no le gustaban los terroristas musulmanes. Era un hombre honrado. Como él mismo decía: «Nunca traicionaré a mi país y a mí nadie me compra.»

Por aquella época mi amiga Manprit era periodista en Srinagar. Ella descubrió quién le estaba tendiendo una trampa a mi marido y quién había matado a Jalib Qadri. Fue a la comisaría acompañada de mi madre para notificar lo que había descubierto. La policía no le hizo caso porque era mujer y la otra, pariente del acusado. Y porque allí la mayoría de los policías son cachemires musulmanes. El investigador principal de la policía les dijo: «Si quiero, puedo hacer que las quemen vivas aquí mismo, señoras. Tengo ese poder.»

Un año después, unidades policiales acordonaron la colonia de Jawahar Nagar donde yo vivía sin mi marido y llevaron a cabo un registro. Aporrearon mi puerta y entraron. Me agarraron del pelo y me arrastraron desde el segundo al primer piso. Uno de los policías agarró a mi hijo. Me robaron todas las joyas. No cesaban de pegarme y darme patadas y decían: «Esta es la familia de Amrik Singh, el que mató a nuestro líder.» Me llevaron a la comisaría, me ataron a un tablón y me dieron patadas, me abofetearon y me golpearon. Me pegaban en la cabeza con una tira de goma rígida. Me decían: «Te vamos a convertir en un vegetal para el resto de tu vida.» Un hombre con zapatos de metal me aplastó el pecho y me molió el estómago a patadas. Después me ataron las piernas con palos de madera. Después me pusieron unas cosas pegajosas en el cuerpo y en los pulgares y me aplicaron descargas eléctricas una y otra vez. Querían que hiciera una declaración falsa contra mi marido. Me retuvieron allí dos días. A mí hijo lo tenían en otra habitación y decían que solo me lo devolverían después de que yo firmara la declaración falsa. Al final me soltaron. Entonces pude ver a mi hijo. Los dos llorábamos. Yo no podía ir hacia él porque me dolían los pies. El conductor de un rickshaw me recogió y me llevó a casa de mi madre.

No me quiso atender ningún médico porque temían que los terroristas musulmanes los mataran. A mi marido y a mí nos vigilaban todo el tiempo. Vivíamos una vida muy estresada.

Tres años después nos marchamos de Cachemira y nos instalamos en Jammu. En 2003 abandonamos nuestro país rumbo a Canadá. Solicitamos asilo y nos lo denegaron. Fue muy cruel. Necesitábamos ayuda. Les presentamos todas las pruebas y aun así nos lo denegaron. En octubre de 2005 fuimos a Seattle. Mi marido consiguió un trabajo como camionero y en 2006 nos mudamos a Clovis, en California. No tenemos ninguna protección. No salimos a ningún lado, no vamos de paseo ni tenemos una vida feliz. Cuando salimos a la calle nunca sabemos si regresaremos a casa con vida. Todo el tiempo nos sentimos vigilados por los terroristas. Oigo cualquier ruido y ya pienso que voy a morir. Me asusto fácilmente con cualquier ruido. El año pasado, en 2011, mi marido solo estaba regañando a voces a nuestros hijos, pero cuando lo oí me asusté tanto que creí que los terroristas habían venido a matarnos. Corrí al teléfono para llamar al 911. Mientras corría, me golpeé en la cabeza, en el pecho y en las piernas. Creía que iba a morir, aunque lo único que pasaba era que mi marido estaba regañando a voces a los chicos. Sufro tales taquicardias que me vuelvo loca. Reacciono dramáticamente ante los gritos y los ruidos fuertes. Aunque mi marido solo estaba regañando a voces a nuestros hijos, llamé a la policía y no sé ni qué les dije. Detuvieron a mi marido y después lo dejaron en libertad bajo fianza. Todavía sigo sin estar segura de lo que pasó. La noticia salió en los periódicos diciendo que mi marido era esto y aquello y que había servido en Cachemira. Publicaron su foto, la de nuestra casa y le dijeron a todo el mundo dónde vivíamos. La noticia apareció en internet y también en Cachemira. Otra vez los terroristas empezaron a reclamar la vuelta de mi marido. Días después llamó un periodista y nos dijo que alguien que escribía para una revista de la India nos estaba buscando. Pero nosotros sabíamos que esa persona no era quien decía ser. Le vi pasar por delante de casa en un coche varias veces. Le dije a mi marido que teníamos que marcharnos. Él contestó: «No tenemos dinero para estar mudándonos todo el tiempo. Yo no quiero huir. Quiero vivir.» Ese hombre está siempre dando vueltas por aquí. También otros hombres. Todos terroristas musulmanes. Estoy todo el tiempo asustada. Siempre tengo las cortinas corridas y vigilo desde detrás. Montan guardia en la calle frente a nuestra casa. Ahora lo cierro todo con llave. Antes tenía un pequeño salón de belleza en casa, depilaba las cejas y depilaba con cera las piernas. Ahora me parece arriesgado dejar entrar a cualquier extraño en casa.

Han pasado diecisiete años y los terroristas musulmanes cachemires siguen conmemorando la muerte de ese abogado. Siguen culpando a mi marido a través de los periódicos y de internet. Mis hijos viven asustados. Siempre me preguntan: «Mamá, ¿cuándo podremos disfrutar de la vida?» Y yo les contesto: «Lo intento, pero no está en mis manos.»

Lovelin se hirió en las piernas, en la cabeza y en el pecho mientras corría hacia el teléfono. Vaya proeza. Me pregunto qué hizo su marido para conseguir que retirara la denuncia. Quizá ella y sus hijos estarían hoy vivos si no la hubiera retirado. Sobre todo me encanta la parte en la que cuenta que la policía local monta una redada y una operación de registro nada menos que en la zona de Jawahar Nagar y que, después, detienen y torturan a la esposa de un comandante del ejército en activo. Eso sí que es único. En Cachemira esta historia sería considerada una payasada. La parte de los médicos que temían que los terroristas los mataran también tiene gracia. La verosimilitud lo es todo. En cuanto a su relato detallado y concienzudo de la tortura, espero que su marido se haya limitado a instruirla en las técnicas que usaba y que no las practicara con ella. Repetir tres veces en un párrafo «mi marido solo estaba regañando a voces a nuestros hijos» es algo que suena bastante alarmante.

El testimonio de Amrik Singh era muy militar. Breve y al grano:

> Serví como oficial en el ejército indio. Estuve destinado en labores de contrainsurgencia y de mantenimiento de la paz dentro y fuera de la India. En 1995 me destinaron a Cachemira, donde los insurgentes están activos desde 1990. En 1995 secuestraron y asesinaron a un activista de los derechos humanos y más tarde me enteré de que pertenecía a un grupo terrorista perseguido. La policía cachemira y el gobierno indio me culparon a mí. Me han utilizado como cabeza de turco. No tuve más remedio que huir de la India junto con mi familia. Si regreso, al gobierno de la India no le gustaría que yo me enfrentase a ningún tribunal donde pudiese exponer mi versión de los hechos. Me torturarían con golpes, descargas eléctricas, el submarino, me privarían de comida y de sueño o me matarían y nunca más se me volvería a ver ni se volvería a saber de mí.

Los formularios estaban rellenados a mano. Amrik Singh tenía una letra bonita, casi femenina, y una firma a juego, bonita y femenina. Es inquietante observar su firma. Tienes una extraña sensación de intimidad.

Aquellos dos sabían cómo hacer las cosas. ¿Cómo iba a advertir el pobre licenciado Ralph M. Bauer, Trabajador Social Clínico, que la historia de los Singh sonaba tan real porque *era* real, solo que habían cambiado los papeles de víctimas y verdugos? No me extraña que llegase a esta hilarante deducción:

Conclusiones:

Basándome en los datos presentados previamente, no me cabe duda alguna de que la señora Lovelin Singh y el señor Amrik Singh padecen ambos un Trastorno de Estrés Postraumático grave. Este grado de estrés se da, sin duda, en individuos que han sufrido experiencias destructivas y traumáticas tales como la tortura, periodos indefinidos de encarcelamiento y separación de la familia. Experimentan un miedo profundo a que esos hechos se repitan si regresan a la India. No cabe duda de que algunas personas todavía buscan vengarse y llevan a cabo su campaña de hostigamiento en diferentes blogs de internet.

Dadas estas circunstancias, recomiendo vivamente que se otorgue protección y asilo a los señores Singh en los Estados Unidos de América para que puedan emprender una vida normal dentro de sus posibilidades.

Pues casi lo consiguen, el señor y la señora Singh. Estaban a punto de convertirse en ciudadanos legales de los Estados Unidos. Y, sin embargo, un par de meses después, Amrik Singh decidió matar a su familia y suicidarse.

¿Qué sentido tenía eso?

¿Cabía la posibilidad de que no hubiese sido un suicidio?

¿Quién era el escritor que trabajaba para una revista, que pasaba en coche por delante de su casa y que la esposa mencionaba en su testimonio? ¿Y quiénes eran los otros hombres?

¿Importa a estas alturas?

A mí, no.

Al gobierno de la India, tampoco.

Seguro que tampoco a la policía de California, que debe de tener otras cosas de que ocuparse.

Pero me dan pena la mujer y los hijos.

¿Por qué mi inquilina, Madam S. Tilottama, tiene esta carpeta?

¿Y dónde diablos está?

Suena la señal de mensaje en mi teléfono móvil. Qué raro. Nadie tiene este número. Para el mundo en general, estoy en una clínica de rehabilitación. O con licencia académica, que es otra forma de decirlo. ¿Quién me manda un mensaje? Ah. TIROASISTENCIA, ¿qué será eso?:

> Estimado cliente, visite nuestro campamento de la salud. VitD+B12, Azúcar, Lípido, Pruebas de función hepática, Pruebas de función renal, Tiroides, Hierro, Análisis sanguíneo completo, Análisis de orina, 1.800 rupias.

Estimada Tiroasistencia. Gracias pero preferiría morirme.

Ya me he bebido un cuarto de la botella. Es hora de una siesta prohibida. Los hombres que trabajan no deberían dormir la siesta. Yo no debería llevarme el Cardhu al dormitorio. Pero tengo que hacerlo. Él me insiste.

No hay cama. Solo un colchón en el suelo. Hay libros, cuadernos y diccionarios perfectamente apilados.

Enciendo la alta lámpara de pie. Veo un papelito de colores pegado con cinta adhesiva a la enorme pantalla de la lámpara. ¿Un recordatorio? ¿Una nota escrita para sí misma? Dice:

> *En cuanto a su muerte, ¿tendré que contárosla? Será para todos la muerte de aquel que, cuando se enteró por el jurado de la suya, se limitó a murmurar con acento renano: «Yo ya estoy más allá de todo eso.»*
>
> *Jean Genet*
>
> *P. D. Esta pantalla está hecha con la piel de algún animal. Si te fijas bien, verás que tiene pelos.*
>
> *Gracias.*

Estas habitaciones parecen haber sido testigos de una especie de desentrañamiento. Hurgar en cualquier ser humano puede resultar algo horrible de presenciar. Pero *¿este* ser humano? Tiene una arista peligrosa, como el leve olor acre de la pólvora que queda flotando en la escena de un crimen.

No he leído a Genet. ¿Debería haberlo hecho? ¿Lo habéis leído vosotros?

Es un buen whisky el Cardhu. Y jodidamente caro. Tendré que beberlo con respeto. Ya estoy un poco pedo. Un poco *woozy*, como se dice en inglés, o como diría mi viejo amigo Golak, *oozy* (espeso), porque en Orissa tienden a no pronunciar las *w*.

Está oscuro como boca de lobo.

He soñado con una torre de tapas de ollas y letrinas abiertas en el suelo y llenas de cosas extrañas, sobre todo carpetas y los dibujos de caballos de Musa. Y largos cilindros de nieve muy seca que parecían huesos.

¿Quién se ha acabado el whisky?

¿Quién ha sacado el vodka y la caja de cervezas de mi coche y los ha subido al apartamento?

¿Quién ha convertido el día en noche?

¿Cuántos días se han convertido en cuántas noches?

¿Y quién está en la puerta? Oigo que alguien está metiendo una llave.

¿Es ella?

No, no es.

Son dos personas con tres voces. Qué raro. Entran y encienden las luces como si fuesen los dueños del apartamento. Y ahora estamos frente a frente. Un hombre joven con gafas de sol y un hombre mayor. Una mujer mayor. Hombre. Mujer-hombre. Lo que sea. Una especie de bicho raro vestido con un traje pastún y un anorak de plástico barato. Muy alto. Con los labios muy rojos y un diente brillante, reluciente. O quizá es que todavía estoy soñando. Mis sentidos están extrañamente alertas y adormilados al mismo tiempo. Hay botellas por todos los lados; chocan con nuestros pies, ruedan bajo los muebles y caen por las letrinas abiertas.

Puesto que no tenemos mucho que decirnos y me es difícil mantenerme en pie (siento que me cimbreo como el maíz en un maizal), vuelvo al dormitorio y me tumbo en el colchón. ¿Qué otra cosa puedo hacer?

Me siguen hasta el dormitorio. Eso sí me parece algo inusual, incluso dentro de la secuencia de un sueño, si es que esto es un sueño. La mujer-hombre habla con una voz que suena como dos voces. Habla un urdu precioso. Dice que se llama Anyum, que es amiga de Tilottama, que por ahora está viviendo con ella y que ella y su amigo Sadam Husain han venido porque Tilo necesita algunas cosas del armario. Les digo que yo también soy amigo de Tilo y que pueden llevarse lo que quieran. El hombre joven saca una llave y abre el armario.

Sale flotando una nube de globos.

El hombre joven saca una bolsa y comienza a llenarla. Por lo que alcanzo a ver, mete un pato de goma, una bañera de bebé inflable, una cebra de peluche grande, algunas mantas, libros y ropa de abrigo. Cuando acaban, me dan las gracias por mi paciencia. Me preguntan si deseo enviarle un mensaje a Tilo. Les digo que sí.

Arranco una página de uno de sus cuadernos y escribo GARSON HOBART. Las letras me salen mucho más grandes de lo que pretendía. Como una especie de declaración. Les entrego la nota.

Y después se marchan.

Me acerco a la ventana para observarlos salir del edificio. Uno de ellos, el mayor, se sube a un rickshaw. El otro, lo juro por mis hijas, se marcha a lomos de un *caballo*. Un par de bichos raros con un hatillo lleno de muñecos de peluche internándose al trote en la niebla sobre un caballo increíblemente blanco.

Mi cabeza es un caos. Mis alucinaciones son patéticas. Todo parecía tan real. Podía olerlo. No recuerdo cuándo comí por última vez. ¿Dónde está mi teléfono? ¿Qué día es hoy o qué noche?

Observo la habitación. Los globos flotan de un lado al otro como un salvapantallas. Las puertas del armario están abiertas de par en par. El interior de una de ellas tiene marcas a distintas alturas. Desde donde estoy, parece una especie de escala..., las marcas que hacen los padres para registrar la altura de sus hijos a medida que van creciendo. Nosotros solíamos hacer eso con Ania y Rabia cuando estaban en edad de crecer. Me pregunto de qué niño estaría registrando las medidas Tilo. Cuando me acerco, me doy cuenta de que no tiene nada que ver con eso. ¿Cómo pudo ocurrírseme que podía ser algo tan hogareño y entrañable?

Es una especie de diccionario, un trabajo todavía sin terminar. Las entradas están anotadas con una letra irregular y en diferentes colores:

Alfabeto Cachemir

A: Azadi/Alá/ataque/AK-47/Aatankwadi/Al Badr/Al Mansurian/Al Yihad/afgano/Amarnath Yatra/alambre de espino/alambre de púas/alto el fuego/agente doble/ADH (activista por los derechos humanos)/amenazas/advertencia

B: BSF *(Border Security Force*, Fuerza de Seguridad Fronteriza)/bala/batallón/bomba trampa/búnker/byte/*begaar* (trabajos forzados)

C: Cachemira/cuerpo/cruce de frontera/campamento/civil/CRPF *(Central Reserve Police Force*, Fuerza de Reserva Policial)/contrainsurgencia/contrainteligencia/*cilindrar* (rendirse)/colaboracionista/cadáver/combatiente extranjero/cementerio/cultura de las armas/cédula de identidad/cárcel/carta de amor/comunicado de prensa/conferencia de prensa/Corán/cadáver no identificado/clandestino/Comité de Defensa Local

D: Detener y matar/desaparecido/desaparición forzada/detenido/Departamento General-Inteligencia de la BSF/destacamento especial

E: Ejército/ejército regular/Estados Unidos/emboscada/explosión/encuentro/EJK *(Extrajudicial Killing*, ejecución extrajudicial)/elecciones/explosión de granada/escudos humanos/error en la identidad de la persona/espía/*Ex gratia*

F: Fronterizo/fuego cruzado/funerales/fedayines/FIR

(First Information Report, Primer Reporte de Información)/falso enfrentamiento/fallar el tiro (muerte accidental)/fraude/fuentes

G: Guarida/guerra de información

H: HM (Hizbul Muyahidín)/Hartal/Harkat-ul-Muyahidín

I: Indemnización/interrogatorio/India/inteligencia/insurgente/informante/ISI *(Inter-Services Intelligence*, Dirección de Inteligencia Inter-Services)/interceptores/Ijwan/IB *(Intelligence Bureau*, Oficina de Inteligencia)

J: Jamaat/JKP *(Jammu and Kashmir Police*, Policía de Jammu y Cachemira)/JIC *(Joint Interrogation Centre*, Centro Conjunto de Interrogatorios)/JKLF *(Jammu & Kashmir Liberation Front*, Frente de Liberación de Jammu y Cachemira)/*jannat*/*jahannam*/Jamiat ul Muyahidín/Jaish-e-Mohammed

K: Kashmiriyat (amor o apego a lo cachemir)/Kaláshnikov (véase también AK)/Kilo Force/*kafir*

L: Ley de Poderes Especiales de las Fuerzas Armadas/Ley para Zonas de Disturbios/Lashkar-e-Taiba/LMG *(Light Machine Gun*, ametralladora ligera)/Lahore

M: Munición/medidas severas/muerte bajo custodia/medio viudas/medio huérfanos/matanza/mortero/mina terrestre/minas/muyahidín/militares/Mintree/medios de comunicación/MPV *(Mine Proof Vehicle*, vehículo blindado antiminas)/militante (también Milton, Mike)/muyahidín musulmán/mártires/*mukhbir* (informante)/Muskaan (orfanato militar)/masacre/*mout*/*moj*

N: Nueva Delhi/Nizam-e-Mustafá/Nabad (véase también Ijwan)/NTR *(Nothing to Report*, sin novedad)/*nail parade* (comprobación por parte de las fuerzas de seguridad de que los ciudadanos tienen el dedo manchado de tinta, señal de que han acudido a votar)/normalidad

O: ONG/ocupación/Ops (operaciones)/OGW *(overground*

worker, colaborador con la insurgencia)/*overground* (no estar en la clandestinidad)/Operación Tigre/Operación Sadbhavana/objetivo

P: patrulla de carretera/patrullas nocturnas/puesto de control/portavoz de Defensa/periodistas asignados/periodo de gracia/Pakistán/PSA *(Public Security Act*, Ley de Seguridad Pública)/POTA *(Prevention of Terrorism Act*, Ley de Prevención del Terrorismo)/Prima Facie/paz/policía/Papa I, Papa II (centros de interrogatorios)/Psyops (guerra psicológica)/*pandits*/Proceso de Paz/paramilitar/Paar/pistoleros no identificados

R: ráfaga/redada y registro/RR *(Rashtriya Rifles*, Fusileros de Rashtriya)/RDX/RAW/Renegados/RPG *(rocket propelled grenade*, granada propulsada por cohete)/referéndum/rendición (también «cilindrar»)/radio

S: Serie de preguntas/separatistas/SOG *(Special Operation Group*, Grupo Especial de Operaciones, GEO)/STF *(Special Task Force*, Fuerza de Tareas Especiales)/sospechoso/Shahid (mártir)/Shohada (mártires)/seguridad/Sadbhavana (buena voluntad)/SRO 43 *(Special Relief Order*, Solicitud de ayuda especial-1 lakh)/soplo/seguridad Z plus

T: toque de queda/toque de queda indefinido/traición/tiroteo/toque sanador/TEPT (Trastorno de Estrés Postraumático)/tercer grado/tortura/terrorista/turismo/TADA *(Terrorist and Disruptive Activities Act*, Ley de Actividades Terroristas y Disruptivas)

U: Ultras

V: VDH (violaciones de los derechos humanos)/versión oficial/violación/violencia/vigilancia/Victor Force/versión (local/oficial/policial/ejército)/victoria

W: *waza* (cocinero)/*wazwaan*

Y: Yatra (Amarnath)

Z: Zona de Dominio Territorial/*zulm* (opresión)

Musa no está. Entonces, ¿quién le ha estado llenando la cabeza a Tilo con toda esta basura?

¿Por qué sigue regodeándose en el pasado?

Todo el mundo ha pasado página.

Yo creía que ella también lo habría hecho.

Estoy tumbado en su cama.

La cabeza me está matando.

Y la habitación está llena de globos.

¿Por qué siempre termino así cuando se trata de ella?

Abro el cuaderno del que antes arranqué una página. En la primera página dice:

> *Estimado doctor:*
> *Por encima de mi cabeza revolotean ángeles.*
> *¿Cómo decirles que sus alas huelen igual que*
> *el fondo de un gallinero?*

Sinceramente, todo es mucho más sencillo en Kabul.

Luego, después de haber muerto cuatro o cinco veces, el apartamento había quedado disponible para un drama más grave que su propia muerte.

JEAN GENET

8. LA INQUILINA

La lechuza jaspeada que estaba posada en la farola se inclinó repetidamente hacia delante con los modales delicados e impecables que mostraría un hombre de negocios japonés al hacer una reverencia. A través de la ventana podía ver sin obstáculo alguno la habitación desnuda y a la extraña mujer desnuda que yacía sobre la cama. Ella también podía verla sin obstáculo alguno. Algunas noches la mujer respondía con repetidas reverencias diciendo *Moshi Moshi*, que era todo lo que sabía decir en japonés.

Incluso dentro de la casa, las paredes irradiaban un calor agobiante e incesante. El ventilador giraba con lentitud desde aquel techo bajo y dejaba un polvo fino y ceniciento suspendido en el aire ardiente.

La habitación mostraba signos de la celebración de una fiesta. Los globos que habían atado a la reja de la ventana chocaban indolentes entre sí, ablandados y marchitos por el calor. En el centro de la habitación, sobre una banqueta pintada, había una tarta con un brillante glaseado de fresa, flores de dulce y una velita con el pábilo chamuscado, una caja de cerillas y varios fósforos usados. La tarta tenía la inscripción *Feliz cumpleaños Miss Yebin*. La habían cortado y le faltaba un pedacito. El glaseado se había derretido y goteaba sobre la bandeja de cartón recubierta de papel de aluminio. Las hormigas se estaban llevando migajas más grandes que ellas mismas. Hormigas negras, migas rosadas.

El bebé, cuyo bautismo y cumpleaños se habían celebrado al mismo tiempo y de forma satisfactoria, estaba profundamente dormido.

Su secuestradora, que respondía al nombre de S. Tilottama, estaba despierta y muy concentrada. Podía oír cómo le crecía su propio pelo. Sonaba como si se estuviera deshaciendo. Como algo quemado que se deshace. Carbón. Pan tostado. Polillas que se chamuscan contra una bombilla. La mujer había leído, no sabía dónde, que las uñas y el pelo de las personas seguían creciendo aun después de muertas. Como la luz estelar que viaja por el universo aún después de que la estrella haya muerto. Como las ciudades. Ajetreadas y efervescentes, simulando una ilusión de vida, mientras que el planeta que ellas mismas han saqueado muere a su alrededor.

La mujer se puso a pensar en la ciudad de noche, en las ciudades por la noche. Unas constelaciones de estrellas desechadas, caídas del cielo y reordenadas en la tierra con sus estructuras, caminos y torres. Invadidas por gorgojos que han aprendido a caminar erguidos.

Un gorgojo filósofo con ademán severo y un bigote afilado daba una clase y leía un libro en voz alta. Unos gorgojos jóvenes se afanaban por asimilar cada palabra que salía de los gorgojosos y sabios labios del filósofo: «Nietzsche pensaba que si la compasión constituyera el elemento central de la ética, la desdicha se volvería contagiosa y la felicidad objeto de sospecha.» Los jóvenes garabateaban en sus pequeños cuadernos. «Sin embargo, Schopenhauer creía que la compasión es y debería ser la virtud suprema de los gorgojos. Pero mucho antes que ellos, Sócrates se hizo la pregunta clave: ¿por qué hemos de ser morales?»

Este profesor había perdido una pierna en la Cuarta

Guerra Mundial Gorgoja y usaba bastón. El resto de sus piernas (cinco) estaban en un estado excelente. Al fondo de la clase podía leerse un grafiti que decía:

Los gorgojos más rijosos siempre aprueban.

Otras criaturas entraron y abarrotaron aún más la clase.
Un cocodrilo que llevaba un bolso de piel humana.
Un saltamontes bienintencionado.
Un pez en ayunas.
Un zorro portando una bandera.
Una urraca portando un manifiesto.
Un tritón neocon.
Una iguana icónica.
Una vaca comunista.
Una lechuza con una alternativa.
Un lagarto en la televisión. *Hola y bienvenidos, están ustedes viendo las Noticias Lagartas de las Nueve. La gente está harta en la isla lagarta.*

El bebé era el comienzo de algo. Hasta ahí sabía la secuestradora. Sus huesos se lo habían susurrado aquella noche *(aquella* noche, la noche de autos, la mencionada noche, la noche que, a partir de ese momento, pasaría a llamarse «la noche») cuando decidió dar el paso en la calle. Y sus huesos siempre habían sido unos confidentes fiables. El bebé era Miss Yebin recuperada. Recuperada para el mundo, no para ella (Miss Yebin Primera nunca fue suya). Cuando Miss Yebin Segunda se convirtiera en una dama, arreglaría cuentas con el mundo y pondría las cosas en su sitio. Miss Yebin le daría la vuelta a todo.

Todavía quedaba esperanza para el Mundo Gorgojo Rijoso.

Cierto era que el Valle Feliz había sucumbido. Pero Miss Yebin había llegado.

Naga le pidió a Tilo que le diera aunque solo fuera una razón por la cual le abandonaba. ¿Es que él no la amaba? ¿Es que no había sido cariñoso con ella? ¿Considerado? ¿Generoso? ¿Comprensivo? ¿Por qué en aquel momento? ¿Después de tantos años? Naga le dijo que catorce años era tiempo más que suficiente para que alguien se sobrepusiera a cualquier cosa. Suponiendo que quisiera. Otras personas habían pasado por cosas peores.

–Ah, *eso* –dijo ella–. Ya lo he superado hace tiempo. Ahora me he adaptado bien y soy feliz. Como la gente de Cachemira. He aprendido a amar a mi país. Puede que incluso vote en las próximas elecciones.

Naga dejó pasar eso último y contestó que debería pensar en ir a un psiquiatra.

Pensar hacía que a Tilo le doliera la garganta. Esa era una buena razón para no pensar en ir a un psiquiatra.

Naga había empezado a vestirse con abrigos de tweed y a fumar puros, como hacía su padre. Y a dirigirse a los criados con un tono imperioso, como hacía su madre. Las tostadas untadas con termitas, los taparrabos de calicó y los Rolling Stones formaban parte de un sueño febril, de una vida que había pasado al olvido.

La madre de Naga, que vivía sola en la planta baja de la gran casa (su padre, el embajador Shivashankar Hariharan, había fallecido), le aconsejó que dejara marchar a Tilo.

–No será capaz de arreglárselas sola y te suplicará que la dejes volver.

Naga pensaba lo contrario. Tilo se las arreglaría sola. Pero, aunque no lo hiciera, nunca recurriría a la súplica. Naga intuía que Tilo se estaba viendo arrastrada por una marea frente a la cual ambos eran impotentes. Naga era incapaz de dilucidar si la inquietud de Tilo, su continuo deambular por una ciudad cada vez más insegura, era señal de un desequilibrio mental o de una aguda y peligrosa forma de lucidez. ¿No serían las dos cosas a la vez?

La única causa que podía estar detrás de aquella nueva inquietud era la reciente y extraña muerte de la madre de Tilo, algo que le chocaba, pues la relación entre ambas apenas existía. Es cierto que Tilo había permanecido junto a la cama de su madre en el hospital durante las últimas dos semanas, pero, salvo eso, las dos mujeres solo se habían visto muy pocas veces en los últimos años.

Por un lado, Naga tenía razón, pero por otro se equivocaba. La muerte de su madre (murió en el invierno de 2009) había liberado a Tilo de una reclusión de la que nadie, ni siquiera ella, era consciente. Porque todos pensaban lo contrario, que Tilo, con su peculiar independencia, se había refugiado en una isla que ella misma había creado. Durante toda su vida adulta, Tilo había definido su personalidad marcando y manteniendo las distancias entre ella y su madre, su verdadera madre adoptiva. Cuando eso dejó de ser necesario, algo helado empezó a descongelarse y algo extraño empezó a tomar su lugar.

La seducción de Tilo por parte de Naga no había salido como este había planeado. Se suponía que ella sería una conquista fácil, otra mujer que sucumbiría a su brillantez irreverente y a sus encantos para acabar con el corazón roto. Pero Tilo acabó subiéndosele a la chepa y se convirtió en una especie de compulsión, casi una adicción. Una adicción posee sus propios elementos mnemónicos: la piel, el olor, la longitud de los dedos de la amada. En el caso de Tilo fueron sus ojos rasgados, la forma de su boca, la cicatriz casi invisible que alteraba levemente la simetría de sus labios y que la hacía parecer desafiante, incluso cuando no pretendía serlo, la manera en que se le hinchaban las fosas nasales mostrando su disgusto antes de que lo hicieran sus ojos. Su manera de erguir los hombros. Su costumbre de sentarse en el retrete totalmente desnuda y quedarse allí fumando cigarrillos. Tantos años de matrimonio y el hecho de que ya no fuera joven (nunca hizo nada para aparentar lo contrario) no habían cambiado los sentimientos de Naga hacia ella. Porque tenían que ver con bastantes cosas más. Tenían que ver con su altivez (a pesar del signo de interrogación sobre el «pedigrí» de Tilo, como no había dudado en expresarlo la madre de Naga). Tenían que ver con la forma en que ella vivía dentro de aquel país que era su propia piel. Un país que no expedía visados y parecía no tener consulados.

Es cierto que nunca había sido un país particularmente amigable, incluso en los mejores tiempos. Sus fronteras estaban cerradas, aunque el periodo de aislacionismo, más o menos total, solo comenzó después de la catástrofe ocurrida en el Cine Shiraz. Naga se casó con Tilo porque, en realidad, nunca había podido alcanzarla. Y, como no podía alcanzarla, tampoco podía dejarla. (Eso plantea, por supuesto, otra cuestión: ¿por qué se casó Tilo con Naga? Siendo bondadosos, se diría que ella necesitaba cobijo. Siéndolo menos, se diría que necesitaba una tapadera.)

Aunque Naga representase apenas un pequeño papel en aquella historia, en su mente las expresiones «antes» y «después» de Shiraz adquirían a menudo las mismas connotaciones que antes de Cristo y después de Cristo.

Después de la llamada que recibió a medianoche de Biplab Das-Goose-*da* desde Dachigam, Naga necesitó algunas horas y varias llamadas de teléfono discretas para hacer los preparativos necesarios antes de trasladarse desde el Hotel Ahdoos al Cine Shiraz. Se había decretado el toque de queda. Srinagar estaba aislada. Las fuerzas de seguridad estaban desplegadas para custodiar la procesión funeraria de las víctimas asesinadas durante el anterior fin de semana que recorrería airadamente las calles a la mañana siguiente. Las fuerzas tenían órdenes de disparar sin necesidad de dar el alto. Circular de noche por la ciudad era misión imposible. Cuando Naga consiguió un vehículo, un pase para el toque de queda, los documentos para mostrar en los puestos de control y el permiso de entrada al Shiraz, ya casi amanecía.

Un ordenanza militar le esperaba a la puerta del vestíbulo del cine, cerca de donde había estado la taquilla, ahora convertida en una garita para el centinela. El ordenanza le dijo que el sahib comandante (Amrik Singh) se había ido, pero que su ayudante le recibiría en su oficina. El ordenanza escoltó a Naga hasta la puerta trasera del edificio y por la escalera de incendios hasta una oficina precaria y mal iluminada en el primer piso. Invitó a Naga a que tomara asiento diciendo que el «sahib» llegaría en un minuto. Cuando Naga entró en la oficina no podía saber que la figura vestida con una gruesa túnica de lana de cachemira y un pasamontañas, sentada de espaldas a la puerta, era Tilo. Hacía tiempo que no la veía. Cuando ella se volvió, lo que preocupó a Naga, más que la expresión de sus ojos, fue el esfuerzo que Tilo hizo por sonreír y decir hola. Para él, aquello era señal de que estaba rota por dentro. No era ella. Tilo no era una mujer que sonriera y dijera hola. Sus amigos cercanos habían aprendido con el tiempo que en ella la ausencia de saludo era una brusca declaración de intimidad. El pasamontañas impedía distinguir a primera vista lo que más adelante vendrían a llamar «el corte de pelo». Naga pensó que el pasamontañas era una muestra más de la exagerada respuesta al frío de la gente del sur de la India. (Él tenía un buen arsenal de chistes sobre los sureños y sus pasamontañas que siempre contaba con aplomo imitando todo tipo de acentos, sin miedo de ofender a nadie porque él también era medio del sur.) Nada más verlo, Tilo se levantó y se dirigió deprisa a la puerta.

–¡Eres tú! Creí que Garson...

–Fue él quien me llamó. Está en Dachigam con el gobernador. Yo me encontraba en la ciudad por casualidad. ¿Estás bien? ¿Y Musa...? ¿Era él...?

Naga pasó el brazo por el hombro de Tilo. Más que escalofríos, ella temblaba como si tuviera un motor bajo la piel. Una de las comisuras de los labios le palpitaba.

–¿Podemos irnos ya? ¿Nos vamos...?

Antes de que Naga pudiera responder, Ashfaq Mir, subcomandante del Centro Conjunto de Interrogatorios, el JIC, del Cine Shiraz, entró en la oficina precedido por el intenso aroma de su colonia. Naga retiró el brazo del hombro de Tilo como si se sintiera culpable de una falta imaginaria. (En Cachemira, en aquellos tiempos, la diferencia entre la inocencia y la culpabilidad pertenecía al reino de lo oculto.)

Ashfaq Mir era sorprendentemente bajito, sorprendentemente fuerte y sorprendentemente blanco, incluso para un cachemir. Tenía la nariz y las orejas de color rosa brillante. Desprendía un resplandor casi metálico. Iba impecablemente vestido, con pantalones caquis planchados con raya, botas marrones bien lustradas, las hebillas relucientes y el pelo engominado y peinado para atrás de modo que dejaba a la vista su frente despejada y brillante. Podría haber sido un albanés o un joven oficial balcánico, pero cuando hablaba lo hacía con el tono de un propietario de una casa-barco de antaño, educado en la legendaria hospitalidad que caracterizó a generaciones de cachemires, al saludar a un viejo cliente.

–¡Bienvenido, señor! ¡Bienvenido! ¡Bienvenido! ¡Debo decirle que soy su mayor admirador, señor! ¡Las personas como yo necesitamos a personas como usted para mantenernos en el camino recto! –La sonrisa que abarcaba todo su rostro aniñado era como un emblema. Sus ojos azul celeste de expresión asombrada se encendieron con lo que parecía reflejar un verdadero placer. Hizo un sándwich con la mano de Naga, estrechándola entre las suyas en un fuerte apretón durante un largo rato antes de dirigirse a su asiento detrás del escritorio, al tiempo que invitaba con un gesto a Naga para que se sentara–. Siento haber llegado un poco tarde. He estado fuera toda la noche. Se habrá enterado de que hay disturbios en la ciudad, protestas, tiroteos, asesinatos, entierros... Lo típico de nuestro Especial Srinagar. Acabo de llegar. El señor comandante me pidió que viniera para hacerle entrega personalmente de la señora.

A pesar de referirse a Tilo como la «señora», el oficial se comportaba como si ella no estuviera allí. (Lo que también permitía a Tilo actuar como si ella no estuviese allí.) Ni siquiera cuando la mencionaba le dirigía la mirada. No estaba claro si aquello era un gesto de respeto, de desprecio o una simple costumbre local.

Casi nada de lo que pasó esa noche en aquella oficina estaba claro. La actuación de Ashfaq Mir podía haber respondido a un guión cuidadosamente escrito, incluidos la forma y el momento de su entrada, o podía haber sido una especie de improvisación ensayada. Lo único que no se prestaba a la ambigüedad era la amenaza que subyacía bajo aquella animada sonrisa: Ashfaq Mir entregaría personalmente a la «señora», pero el señor y la señora no saldrían de allí hasta que él lo decidiera. Sin embargo, Ashfaq Mir se comportaba como si él solo fuera un humilde peón que llevaba a cabo, de la forma más amable posible, una misión que le habían encomendado. Daba la impresión de no tener la menor idea de lo que había sucedido, de qué hacía Tilo en el Centro Conjunto de Interrogatorios ni de por qué necesitaba que la «entregaran».

Aunque solo fuera por la atmósfera (tensa) que reinaba en aquella habitación, era obvio que allí había sucedido algo atroz. No estaba claro qué ni quién había sido el pecador ni contra quién había pecado.

Ashfaq Mir tocó un timbre y pidió al ordenanza té y bizcochos sin preguntar a sus invitados si deseaban algo. Mientras esperaba a que lo sirvieran, siguió la mirada de Naga, fija en un cartel que había colgado en la pared:

Seguimos nuestras propias reglas
Somos feroces
Siempre letales
Domamos las mareas
Jugamos con las tormentas
Usted lo ha adivinado
Somos
Hombres Uniformados

–Es nuestra poesía casera... –dijo Ashfaq Mir soltando una risotada y echando la cabeza hacia atrás.

El té (o el guión a seguir) le hizo más hablador. Ajeno al nerviosismo (así como al mutismo) de su público, habló amigablemente sobre su época en la universidad, sobre sus afinidades políticas y su trabajo. Dijo que había sido un líder estudiantil y, como la mayoría de los jóvenes de su generación, también un acérrimo separatista. Pero, después de ser testigo de los derramamientos de sangre a principios de la década de 1990 y de perder a un primo y a cinco amigos cercanos, había visto la luz. A partir de entonces quedó convencido de que la lucha de Cachemira para conseguir la *Azadi* había perdido el norte y que nada se conseguiría sin el «imperio de la ley». Por eso entró en la policía del estado de Jammu y Cachemira, donde le destinaron al Grupo Especial de Operaciones (GEO). Sosteniendo delicadamente un bizcocho en el aire entre el pulgar y el índice, comenzó a recitar un poema de Habib Jalib que, según dijo, le había *venido a la mente* en el preciso momento en que cambió de bando.

Mohabbat goliyon se bo rahe ho
watan ka chehra khoon se dho rahe ho
gumaan tum ko ke rasta katt raha hai
yakeen mujhko ke manzil kho rahe ho

Siembras balas en lugar de amor
riegas con sangre nuestra patria
tú imaginas guiar nuestro destino
pero yo creo que vas por mal camino.

Sin esperar respuesta, pasó de un tono declamatorio a otro conspiratorio.

–¿Y después de la *Azadi* qué? ¿Alguien ha pensado en ello? ¿Qué le hará la mayoría a la minoría? Los *pandits* que vivían en Cachemira ya la han abandonado. Solo quedamos los musulmanes. ¿Qué nos haremos entre nosotros? ¿Qué les harán los salafistas a los barelvíes? ¿Qué les harán los sunitas a los chiíes? Dicen que irán con más certeza al Jannat, al Paraíso, si matan a un chií que si matan a un hindú. ¿Qué será de los budistas de Ladakh? ¿Y de los hindúes de Jammu? Las letras J y C no representan solo a Cachemira. Representan a Jammu, Cachemira y Ladakh. ¿Ha pensado algún separatista en eso? Yo le puedo dar la respuesta: un gran «No».

Naga estaba de acuerdo con lo que Ashfaq Mir acababa de decir y era consciente de lo cuidadosamente que había sembrado esas dudas una administración que había recuperado el control con uñas y dientes después de estar al borde del caos absoluto. Escuchar a Ashfaq Mir era como contemplar el paso de una estación a otra y ver cómo maduraba la cosecha. Naga sintió un breve subidón, una sensación de cultivada omnisciencia. Pero no deseaba hacer nada que prolongara la reunión. Se mantuvo en silencio. Torció sensiblemente el cuello para intentar leer la lista de los «Más Buscados» (unos veinticinco nombres) que estaba escrita con rotulador verde sobre un panel blanco colgado en la pared detrás de la mesa. Casi la mitad de los nombres tenían anotado a su lado (muerto), (muerto), (muerto).

–Son todos paquistaníes y afganos –dijo Ashfaq Mir sin girar la cabeza hacia el cartel y manteniendo la mirada fija en Naga–. Su fecha de caducidad no llega a los seis meses. Hacia final del año estarán todos eliminados. Pero nunca matamos a chicos cachemires. NUNCA. Nunca, salvo si son recalcitrantes.

La mentira descarada quedó flotando en el ambiente sin que nadie de los presentes la refutase. Ese era su propósito, comprobar cómo estaba el ambiente.

Ashfaq Mir se bebió su té y continuó mirando a Naga sin parpadear con aquellos ojos asombrados. De repente, o quizá no tan de repente, pareció ocurrírsele una idea.

–¿Quiere usted ver a un *milton?* Tengo a uno herido bajo custodia. Es un cachemir. ¿Ordeno que se lo traigan?

Tocó el timbre de nuevo. A los pocos segundos apareció un ordenanza que recibió la orden como si le hubieran pedido más bizcochos para el té.

Ashfaq Mir sonrió maliciosamente.

–No se lo diga a mi jefe, porque me echaría una bronca. Este tipo de cosas no están permitidas. Pero usted y la señora lo encontrarán muy interesante.

Mientras esperaba a que le trajeran el nuevo bizcocho, Ashfaq Mir desvió su atención a los papeles que tenía sobre el escritorio, firmando con rapidez varios de ellos, con alegre aire de triunfo mientras el silencio reinante amplificaba el rasgueo de la pluma. Tilo, que había permanecido sentada al fondo de la habitación, se levantó y se dirigió a la ventana que daba a un lúgubre aparcamiento lleno de camiones militares. No deseaba pertenecer al público que seguía el espectáculo de Ashfaq Mir. Era un acto instintivo de solidaridad con el prisionero frente al carcelero, al margen de las razones que hubieran convertido al prisionero en prisionero y al carcelero en carcelero.

Dejó de ser alguien que había tratado de convertir su presencia en la habitación en una ausencia y pasó a ser una forma no presente cargada de energía térmica, que irradiaba un calor que ambos hombres percibían perfectamente en aquella habitación, aunque de formas muy distintas.

Pocos minutos después entró un fornido policía llevando en brazos a un chico delgado. Una de las perneras del pantalón del muchacho estaba subida dejando al descubierto una pierna delgada como una cerilla, entablillada desde el tobillo hasta la rodilla. Además, tenía un brazo escayolado y una venda alrededor del cuello. A pesar del suplicio que se reflejaba en su rostro, no hizo ni la más mínima mueca de dolor cuando el soldado lo depositó en el suelo.

Negarse a mostrar dolor era un pacto que el chico había hecho consigo mismo. Era una actitud de desolado desafío que había logrado manifestar ante las fauces de una abyecta y total derrota. Y eso la hacía majestuosa. Solo que nadie lo notó. Permaneció muy quieto, como un pájaro quebrado, medio sentado, medio tumbado, apoyado en un codo, con la respiración entrecortada, la mirada vuelta hacia su interior y el rostro totalmente inexpresivo. No mostró curiosidad por lo que le rodeaba ni por la gente que allí había.

Tilo, de espaldas a la habitación, con la misma actitud de desolado desafío, también se negaba a mostrar curiosidad por el chico.

Ashfaq Mir rompió el silencio con el mismo tono declamatorio que había usado para recitar su poema. Lo que dijo parecía también una especie de recitado:

–La media de edad de un *milton* está entre los diecisiete y los veinte años. Les lavan el cerebro, los adoctrinan y les entregan un arma. La mayoría son chicos pobres, de la casta baja. Sí, para su información y satisfacción, los musulmanes también practicamos el sistema de castas sin problemas. Estos chicos no saben lo que no quieren saber. Se dejan utilizar por Pakistán para desangrar a la India. Es lo que podemos llamar su política de «pinchar y desangrar». Este chico se llama Aijaz. Lo capturamos durante una operación en un huerto de manzanos cerca de Pulwama. Puede usted hablar con él. Pregúntele lo que quiera. Pertenecía a un *tanzeem*, un nuevo grupo armado que ha empezado a operar aquí, el Lashkar-e-Taiba. Abu Hamza, su comandante, era paquistaní. Ya ha sido neutralizado.

El juego estaba claro para Naga. Ashfaq Mir le estaba ofreciendo un trato utilizando la moneda de cambio habitual en Cachemira. Una entrevista con un militante capturado perteneciente a una organización relativamente nueva y peligrosa (según los informes de inteligencia militar de los que estaba al tanto), a cambio de cubrir con un tupido velo lo acontecido aquella noche, fuera lo que fuese lo que le hubiera sucedido a Tilo y cualquier horror que hubiera presenciado.

Ashfaq Mir se acercó a su presa y le habló en cachemir con el tono de voz que usaría con alguien duro de oído.

–*Yi chui* Nagaraj Hariharan Sahib. Se trata de un famoso periodista de la India –dijo. (La sedición era tan contagiosa en Cachemira que también se colaba involuntariamente en el vocabulario de los progubernamentales.)–. Escribe abiertamente contra nosotros pero, a pesar de eso, le respetamos y admiramos. Eso significa la democracia. Algún día comprenderás su belleza. –Se volvió para dirigirse a Naga en inglés (idioma que el chico entendería aunque no lo hablase)–. Después de estar entre nosotros y conocernos bien, este muchacho ha llegado a comprender lo erróneo de su proceder. Ahora nos considera su familia. Ha renegado de su pasado y ha denunciado a sus colegas y a aquellos que le adoctrinaron por la fuerza. Él mismo nos ha pedido que le mantengamos bajo custodia durante un par de años para estar a salvo de ellos. A sus padres se les permite visitarle. En unos días será enviado a la cárcel bajo custodia judicial. Hay muchos chicos como él que ahora están con nosotros, listos para trabajar con nosotros. Puede usted hablar con él, preguntarle lo que quiera. No hay problema. El chico hablará.

Naga no dijo nada. Tilo permanecía junto a la ventana. Hacía frío fuera y el aire trepidaba y olía a gasoil. Tilo vio cómo varios soldados escoltaban a una mujer joven con un bebé en brazos a través del laberinto de camiones militares. La mujer parecía reticente y no dejaba de volver la vista atrás, buscando algo con la mirada. Los soldados la dejaron al otro lado de las enormes puertas metálicas del cine, más allá de la cerca de alambre de espino que separaba el centro de tortura de la carretera principal. La mujer no se movió de donde la habían dejado. Una figura pequeña, desesperada y atemorizada, una isleta en medio de un cruce de carreteras que no llevaban a ninguna parte.

Durante un rato se instaló en la habitación un violento silencio.

–Ah, ya veo..., ¿quiere usted hablar con él a solas? ¿Debo irme? No hay problema. Salgo enseguida. –Ashfaq Mir tocó el timbre–. Voy a salir –informó al sorprendido asistente que acudió a su llamada–. Vamos fuera. No sentaremos en el cuarto de al lado.

Siguiendo su propia orden, salió de su oficina y cerró la puerta tras él. Tilo se dio momentáneamente la vuelta para verlo salir. Por la rendija que había entre el suelo y la puerta podía ver sus botas marrones bloqueando la luz. A los pocos segundos, Ashfaq Mir volvió a entrar junto a un hombre que llevaba una silla azul de plástico. La colocó frente al chico tirado en el suelo.

–Por favor, tome asiento, señor. El chico hablará. No se preocupe. No le hará daño. Voy a salir ahora, ¿de acuerdo? Así podrán hablar en privado.

Se marchó, cerrando la puerta detrás de él. Volvió casi de inmediato.

–Olvidé decirle que se llama Aijaz. Pregúntele lo que quiera. –Miró a Aijaz y su tono de voz se volvió más perentorio–. Respóndele a todo lo que te pregunte. No hay problema si es en urdu. Puedes hablarle en urdu.

–*Ji*, señor –dijo el chico sin levantar la cabeza.

–Él es cachemir –dijo Ashfaq Mir–, yo soy cachemir, somos hermanos. ¡Y mírenos ahora! De acuerdo. Me voy.

Abandonó una vez más la habitación. Y una vez más se oyeron sus pisadas yendo arriba y abajo al otro lado de la puerta.

–¿Quieres decir algo? –le preguntó Naga a Aijaz, dejando a un lado la silla azul para arrodillarse junto al muchacho–. No tienes que hacerlo. Solo si tú quieres. Abierta o confidencialmente.

Aijaz sostuvo la mirada de Naga durante unos instantes. El hecho de haber sido presentado como un renegado le mortificaba más que el dolor físico que sufría. Sabía quién era Naga. No conocía su cara, pero el nombre de Naga era bien conocido en los círculos militantes como el de un audaz periodista (por supuesto, no era un compañero de viaje sino alguien que podía serles útil), un miembro de la «derecha humanitaria» como algunos militantes llamaban burlonamente a los periodistas indios que daban el mismo tratamiento a los excesos cometidos por las fuerzas de seguridad que a los de los separatistas. (El giro político de Naga todavía no se había manifestado con claridad ni siquiera para él mismo.) Aijaz sabía que tenía poco tiempo para decidir qué hacer. Como un portero ante el penalti, tenía que lanzarse a un lado o al otro. Era joven y eligió el más arriesgado. Empezó a hablar despacio y con claridad en urdu, con acento cachemir. La incongruencia entre su apariencia y sus palabras era casi tan chocante como las palabras mismas.

–Sé quién es usted, señor. La gente que lucha, quienes luchan por su libertad y su dignidad, saben que Nagaraj Hariharan es un periodista recto y honesto. Si escribe usted sobre mí, debe decir la verdad. No es cierto lo que Ashfaq Sahib ha dicho. Me han torturado y dado descargas eléctricas. Me han obligado a firmar una hoja en blanco. Eso es lo que hacen aquí con todos. No sé lo que escribieron después en ella. No sé lo que me obligaron a decir en ella. La verdad es que yo no he denunciado a nadie. La verdad es que yo honro a quienes me entrenaron para la yihad más de lo que honro a mis propios padres. Nunca me obligaron a unirme a ellos. Fui yo en su busca.

Tilo se dio la vuelta.

Aijaz prosiguió.

–Yo estaba en la clase doce de un colegio público en Tangmarg. Me costó un año entero conseguir que me reclutaran. Ellos (los del Lashkar) sospechaban de mí porque no tenía familiares mártires, torturados o desaparecidos. Me uní a ellos por la *Azadi* y por el islam. Tardaron un año en creerme, en investigarme para ver si era un infiltrado del ejército o si mi familia se quedaría sin un ganapán si me alistaba. En eso son muy cuidadosos...

Cuatro policías entraron de repente en la oficina llevando bandejas con tortillas, pan, kebabs, aros de cebolla, zanahorias cortadas y más té. Ashfaq Mir apareció detrás de ellos como un auriga conduciendo su cuadriga. Sirvió personalmente la comida en un par de platos y se tomó su tiempo para colocar las zanahorias alrededor del borde de los platos y los aros de cebolla hacia su interior como si se tratara de una impecable formación militar. Se hizo el silencio en la habitación. Solo había dos platos. Aijaz volvió a mirar el suelo. Tilo volvió a mirar por la ventana. Los camiones iban y venían. La mujer con el bebé seguía quieta en medio de la calle. El cielo tenía un color rosa intenso. Las montañas distantes eran bellas y etéreas, pero aquel había sido otro año terrible para el turismo.

–Por favor, coman algo. Sírvanse. ¿Quiere un kebab? ¿Lo quiere ahora o después? Por favor, sigan hablando. No hay problema. De acuerdo, me voy ahora mismo. –Por cuarta vez en diez minutos, Ashfaq Mir salió de su oficina y permaneció al otro lado de la puerta.

Naga estaba satisfecho tras oír lo que Aijaz había dicho de él como también estaba encantado de que lo hubiera dicho delante de Tilo. No pudo resistirse a hacer un poco más de teatro.

–¿Cruzaste la frontera? ¿Te entrenaron en Pakistán? –preguntó Naga a Aijaz cuando se aseguró de que Ashfaq Mir ya no le podía oír.

–No. Me entrenaron aquí, en Cachemira. Ahora aquí tenemos de todo. Armas, entrenamiento... Compramos la munición al ejército. Veinte rupias por bala y novecientas por...

–¿Al *ejército?*

–Sí. Ellos no quieren que cese el conflicto. No quieren salir de Cachemira. Están más que contentos con la situación actual. Ambos bandos hacen dinero con los jóvenes cachemires muertos. Ellos son los responsables de tantas y tantas explosiones y matanzas.

–Tú eres cachemir. ¿Por qué elegiste el Lashkar en lugar del Hizbul Muyahidín o el Frente de Liberación de Jammu y Cachemira?

–Porque incluso el Hizb respeta a algunos líderes políticos de Cachemira. En el Lashkar no respetamos a esos líderes. Yo no le tengo respeto a ningún líder. Nos han engañado y traicionado. Han construido sus carreras políticas sobre los cadáveres de los cachemires. No tienen ningún plan. Me uní al Lashkar porque quería morir. Se supone que estoy muerto. Nunca pensé que me atraparían vivo.

–Pero antes, antes de morir, ¿querías matar...?

Aijaz miró a Naga a los ojos.

–Sí. Quería matar a los asesinos de mi pueblo. ¿Está mal? Puede usted escribir eso.

Ashfaq Mir entró de golpe en la habitación sonriendo, pero sus ojos inquisitivos se clavaron en cada uno de los presentes tratando de adivinar lo que había sucedido en su ausencia.

–¿Ha sido suficiente? ¿Está satisfecho? ¿Ha cooperado el chico? Antes de publicar nada, por favor reconfirme conmigo cualquier dato que le haya dado. Después de todo, el chico es un terrorista. Mi hermano terrorista.

De nuevo soltó una carcajada y tocó el timbre. El policía fornido volvió, levantó en brazos a Aijaz y se lo llevó.

Una vez que retiraron la comida en la pesada bandeja, a Naga y Tilo se les concedió un alegre (aunque tácito) permiso para irse. La comida en los platos estaba intacta, la formación militar seguía intacta.

De camino al Ahdoos, sentados en el asiento trasero de un claustrofóbico vehículo blindado, Naga tomó de la mano a Tilo. Ella la mantuvo entre las suyas. Naga era plenamente consciente de las circunstancias en las que se estaba produciendo ese intento de intercambio de cariño. Podía sentir el estremecimiento, el motor bajo la piel de Tilo. Sin embargo, de todas las mujeres que había en el mundo, poder tomar de la mano a aquella mujer en particular le provocaba una felicidad indescriptible.

El olor dentro del blindado era abrumador (un cóctel maloliente de metal roñoso, pólvora, aceite para el pelo, miedo y traición). Los pasajeros habituales del vehículo eran informantes encubiertos que la policía denominaba «Gatos». Durante las operaciones de bloqueo y registro agrupaban a los hombres adultos del lugar y los hacían pasar por delante de esos blindados, símbolos omnipresentes del terror en el Valle de Cachemira. Desde las profundidades de aquellas cajas metálicas, el Gato escondido asentía con la cabeza o guiñaba el ojo al paso de alguien en la fila que, automáticamente, era apartado del grupo para convertirse en un torturado, un muerto o un desaparecido. Por supuesto que Naga sabía todo eso, pero saberlo no le restó ni un ápice de intensidad a su contento.

La ciudad inhóspita estaba despierta aunque fingía estar sumida en el sueño. Las calles vacías, los mercados cerrados, las tiendas clausuradas y las casas con el cerrojo echado pasaban delante de los ventanucos del blindado, «las ventanas de la muerte» las llamaban los lugareños, porque solo veían en ellas los ojos de los informantes o los fusiles de los soldados. Manadas de perros callejeros deambulaban por las calles olisqueando el suelo como oseznos que buscan algo que comer para aumentar sus grasas, anticipándose al cercano invierno. Aparte de soldados con el gatillo fácil, no había ningún ser humano a la vista. A media mañana se levantaría el toque de queda y se relajarían las medidas de seguridad para permitir que la gente recuperase su ciudad durante unas pocas horas. Saldrían a cientos de miles de sus casas y marcharían hacia el cementerio sin saber que la expresión de su furia y su dolor formaba ya parte integrante de un plan estratégico militar.

Naga esperaba que Tilo dijera algo. No lo hizo. Cuando trató de iniciar una conversación, ella dijo:

–Por favor. ¿Podemos...? ¿Sería... posible que no habláramos?

–Garson me dijo que habían matado a un hombre, un tal comandante Gulrez... piensan..., o no sé quién lo piensa... Garson piensa... o quizá le dijeron que se trataba de Musa. ¿Era él? Solo eso. Dime solo eso.

Por un momento permaneció callada. Luego se volvió hacia Naga y lo miró a los ojos. Los suyos eran cristales rotos.

–Era imposible saberlo.

Cuando Naga cubrió el conflicto de Punjab tuvo que ver innumerables veces el estado de los cuerpos que sacaban de los centros de interrogatorios. Lo que Tilo acababa de decir suponía la confirmación de sus sospechas. Comprendió que a ella le llevaría bastante tiempo sobreponerse a todo lo que había tenido que ver. Estaba dispuesto a esperar. Decidió que ya sabía lo suficiente (o al menos todo lo que necesitaba saber) sobre lo sucedido. Se disculpó a sí mismo por sentir que la angustia de Tilo supusiera para él una exquisita fuente de satisfacción.

La respuesta de Tilo no había sido una mentira descarada. Pero, desde luego, no era la verdad. La verdad era que, dadas las condiciones en las que se encontraba el cadáver que Tilo vio, si no hubiera sabido de quién se trataba, le hubiera resultado imposible afirmarlo. Pero ella sabía quién era. Sabía muy bien que no era Musa.

Con aquella falsedad o media verdad o décima parte de la verdad (o cualquier otra fracción de la verdad), las barreras se bajaron y las fronteras de aquel país sin consulado quedaron cerradas. El episodio del Shiraz quedó archivado.

Cuando regresaron a Delhi, dado que Tilo no estaba en condiciones de quedarse sola en lo que Naga llamaba su «almacén» en las chabolas de Nizamuddin Basti, la invitó a quedarse en el pequeño apartamento que tenía sobre la casa de sus padres. Después de contemplar el «corte de pelo» de

Tilo, Naga le dijo que le sentaba muy bien y que, quienquiera que se lo hubiera hecho, merecía llamarse peluquero. Con eso logró que ella sonriera.

Unas semanas después, Naga le pidió que se casaran. Ella le colmó de dicha al aceptar. Al poco tiempo, y para el tremendo disgusto de los padres de Naga, la ceremonia, como suele decirse, se solemnizó. Se casaron el día de Navidad de 1996.

Si lo que Tilo necesitaba era una tapadera, nada mejor que convertirse en la nuera del embajador Shivashankar Hariharan, con domicilio en el Enclave Diplomático de Delhi.

Tilo aguantó aquel estilo de vida durante catorce años hasta que, de repente, ya no pudo más. Había muchas razones para explicar su decisión, pero la principal era que estaba exhausta. Se cansó de una vida que, en realidad, no era la suya, en un domicilio que no debería ser el suyo. Lo irónico del asunto era que, cuando se inició la deriva, Tilo estaba más apegada a Naga de lo que había estado jamás. Era de sí misma de quien estaba cansada. Había perdido la habilidad de mantener la discreción sobre su mundo secreto (una destreza que muchos consideran la clave de la cordura). Su tráfico mental parecía haber dejado de respetar los semáforos. El resultado era un ruido incesante, algunas colisiones importantes y, finalmente, el atasco.

Echando la vista atrás, Naga se dio cuenta de que durante años había vivido con el temor inconsciente de que Tilo solo estuviera de paso en su vida, como un camello que atraviesa el desierto. De que Tilo acabaría dejándole algún día.

No obstante, llegado el momento, le llevó mucho tiempo asimilarlo.

Su viejo amigo R. C., quien siempre había sostenido que

trabajar en la Oficina de Inteligencia y tener acceso a las transcripciones de los interrogatorios le proporcionaba una comprensión inigualable de la naturaleza humana, más profunda que la que pudiera aspirar a conseguir jamás cualquier predicador, poeta o psiquiatra, le aconsejó:

–Lo que ella necesita, siento decirlo, es un par de bofetadas. Tu manera tan moderna de ver las cosas no siempre funciona. Al fin y al cabo todos somos animales. Necesitamos que nos pongan en nuestro l-u-g-a-r. Las cosas claras sirven para que las partes enfrentadas sepan a qué atenerse. Le harías un gran favor que, con el tiempo, acabaría agradeciéndote. Créeme, te hablo desde la experiencia. –A menudo R. C. bajaba la voz en mitad de una frase y deletreaba algunas palabras sueltas como si intentara confundir a un imaginario espía que no supiera deletrear. Siempre se refería a la gente como «las partes». «Al fin y al cabo» era su frase favorita para comenzar sus consejos y análisis, pero cuando quería hacer de menos a alguien, empezaba diciendo «con el debido respeto».

R. C. reprochaba a Naga haber tolerado que Tilo rehusara tener hijos. Los hijos la hubieran ligado al matrimonio más que cualquier otra cosa. R. C. era un tipo bajito, blandito y afeminado, con un bigote parcialmente encanecido. Tenía una mujer bajita y blandita y una hija adolescente bajita y blandita que estudiaba biología molecular. Parecían una familia modelo formada por juguetes pequeñitos y blanditos. Viniendo de alguien como él, aquel consejo tan masculino sorprendió a Naga, que conocía a R. C. desde hacía años. Naga se quedó pensando en la naturaleza y frecuencia de las bofetadas que la señora de R. C. habría necesitado para mantenerse en su sitio. De puertas afuera parecía una mujer plácida y contenta con lo que la vida le había deparado (una casa llena de recuerdos, una colección de joyas de dudoso gusto y otra de chales de Cachemira bastante caros). No le cabía en la cabeza que, en realidad, ella fuese un volcán de furia oculta que, de vez en cuando, precisara la disciplina de unos cuantos cachetazos.

R. C. adoraba los blues y le puso a Naga la canción de Billie Holiday «No Good Man» (No quiero un hombre bueno).

I'm the one who gets
The run-around,
I oughta hate him
And yet
I love him so
For I require
Love that's made of fire[1]

Donde la canción dice *I oughta hate him*, «Debería odiarle», R. C. entendía *All the hittin*, lo que quiere decir «tantas palizas».

–Las mujeres –dijo R. C.–. *Todas* las mujeres. Sin excepción. ¿Lo entiendes?

Naga pensó que Tilo siempre le había recordado a Billie Holiday. No tanto por su aspecto como por su voz. Si resultara posible para un ser humano evocar una voz, un sonido, para Naga la voz de Tilo evocaba la de Billie Holiday. Poseía esa misma cualidad infartante, ágil y confusa de lo inesperado. R. C. no tenía ni idea de lo que había desatado al elegir a Billie Holiday para apoyar su punto de vista.

Al margen de sus defectos, Naga era un hombre amabilísimo que jamás recurría a la violencia física, sin embargo, una mañana pegó a su mujer. Sin demasiada convicción, se-

1. Yo soy / la maltratada. / Debería odiarle / y, sin embargo, / le amo tanto / porque necesito / un amor hecho de fuego. *(N. de la T.)*

gún reconocieron ambos. Pero le pegó. Inmediatamente después la abrazó y lloró.

–No te vayas. Por favor, no te vayas.

Ese día Tilo permaneció junto a la verja del jardín viendo alejarse a Naga en el coche de la oficina después de que pasara a recogerle el chófer. No podía ver cómo lloraba en el asiento trasero ni que no dejaría de hacerlo hasta que llegara al trabajo. Naga no era propenso al llanto. (Cuando esa misma noche participó en un debate televisado sobre la seguridad nacional, no mostró el menor signo de desazón. Estuvo lúcido en su exposición y despachó con celeridad a la defensora de los derechos humanos que afirmaba que la Nueva India estaba deslizándose hacia el fascismo. La respuesta lacónica de Naga levantó un murmullo en un público escogido cuidadosamente para estar presente en el estudio, compuesto por estudiantes atildados y profesionales jóvenes y ambiciosos. Otro invitado, un viejo general retirado del ejército, todo él bigote y medallas, que aparecía con frecuencia en diversos canales de televisión cuando estos necesitaban añadir veneno y estupidez a los debates sobre la seguridad nacional, rompió en carcajadas y aplausos.)

Tilo tomó un autobús hasta las afueras de la ciudad. Caminó muchos kilómetros por montañas de basura, por un brillante vertedero de bolsas de plástico compactadas, donde un ejército de niños harapientos recogía restos acá y allá. Por el cielo sobrevolaban bandadas de cuervos y milanos que competían con los chicos, los cerdos y la manada de perros por aquellos despojos. A lo lejos, los camiones de basura ascendían lentamente por la montaña de podredumbre. Algunas zonas se habían derrumbado, creando acantilados que mostraban la profundidad de los desperdicios acumulados.

Tilo tomó después otro autobús hacia el río. Se detuvo sobre un puente y observó a un hombre que remaba en una balsa circular construida con botellas de agua mineral y bidones de gasolina de plástico, a través de las aguas calmas, asquerosas y espesas del río. Los búfalos se sumergían plácidamente en aquellas aguas negras. En la acera los vendedores ofrecían melones lustrosos y esbeltos pepinos verdes cultivados en puros vertidos fabriles.

Tilo viajó otra hora en un tercer autobús y se bajó en el zoológico. Estuvo observando largo rato a un pequeño gibón de Borneo en una enorme jaula vacía, un punto peludo que se aferraba a un árbol alto como si la vida le fuera en ello. Alrededor del árbol se amontonaban cosas que los visitantes le tiraban para atraer su atención. Frente a la jaula del gibón había una papelera de cemento con forma de gibón y frente a la jaula del hipopótamo otra con forma de hipopótamo. La boca de cemento del hipopótamo estaba repleta de basura. El hipopótamo de verdad se revolcaba en el agua sucia de una charca con su ancho trasero del color de un neumático mojado levantado en pompa y sus ojitos envueltos en unos párpados abultados y rosáceos que miraban alerta por encima del agua. Había botellas de plástico y cajetillas de tabaco vacías flotando a su alrededor. Un hombre se agachó junto a su hijita que llevaba un vestido de colores brillantes y tenía los ojos pegoteados con kohl. El hombre señaló al hipopótamo y dijo «cocodrilo» y la niñita repitió «crocodilo» con toda la gracia del mundo. Un grupo de jóvenes ruidosos lanzaba hojas de afeitar entre los barrotes y por encima de los muros de hormigón de la charca del hipopótamo. Cuando se les acabaron, le pidieron a Tilo que les sacara una foto. Uno de ellos, que llevaba los dedos cubiertos de anillos y las muñecas rodeadas por hilos rojos desteñidos, colocó a sus compañeros para la foto, entregó un teléfono móvil a Tilo y corrió de vuelta para integrarse en el grupo. El chico le pasó el brazo por los hombros a uno de sus compañeros e hizo el signo de la victoria con los dedos. Cuando Tilo devolvió el teléfono, felicitó al grupo por la valentía que habían mostrado alimentando con hojas de afeitar a un animal enjaulado. Les llevó un tiempo darse cuenta del insulto, cuando lo hicieron, fueron tras ella canturreando aquella letanía impúdica tan propia de Delhi: «*Oye! Hapshie madam!*» ¡Eh, tú, señorona negra! No la insultaban porque el color de su piel fuera inusual en la India, sino porque veían en su porte y en sus modales a una *hapshie* (que significa abisinia en hindi) que había ascendido en la posición social. Una *hapshie* que claramente no era una criada ni una obrera.

En el recinto de las serpientes todos los cajones contenían la misma especie de pitón de roca india. La estafa de las serpientes. En el recinto de los ciervos *sambar* había vacas. La estafa de los ciervos. En el recinto del tigre siberiano había obreras de la construcción cargando sacos de cemento. La estafa de los tigres siberianos. La mayoría de los pájaros que revoloteaban en el aviario podían verse en libertad posados en los árboles de la calle. La estafa de los pájaros. Junto a la jaula de la cacatúa de cresta azufrada uno de los jóvenes se insinuó a Tilo mientras le cantaba a la cacatúa una canción popular de Bollywood a la que había cambiado la letra:

Duniya khatam ho jayegi
chudai khatam nahi hogi

El mundo se va a acabar
pero nunca se dejará de follar.

Como Tilo le doblaba la edad, el chico pretendía ofenderla por partida doble.

Mientras estaba junto al recinto de los pelícanos rosados, Tilo recibió un mensaje de texto en su teléfono:

Casas Ecológicas en NH24 Ghaziabad
1 dormitorios 15L*
2 dormitorios 18L*
3 dormitorios 31L*
Precios a partir de 35.000 rupias
Teléfono de información gratuito 91-103-957-9-8

El viejo y polvoriento jaguar de Nicaragua apoyaba la barbilla en el borde polvoriento de su jaula. Permaneció así, con suprema indiferencia, durante horas. Quizá años.

Tilo se sentía como él. Vieja y polvorienta y extremadamente indiferente.

Quizá ella *era* él.

Quizá algún día también bautizarían con su nombre un coche caro como el Jaguar.

Cuando Tilo se marchó, no se llevó muchas cosas. Al principio Naga no tuvo muy claro (ni tampoco la propia Tilo) que se hubiera marchado. Ella le dijo que había alquilado una oficina, aunque no le dijo dónde. (Garson Hobart tampoco se lo dijo.) Durante algunos meses Tilo entraba y salía. Con el paso del tiempo, salía más que entraba y, poco a poco, dejó de volver a la casa.

Naga emprendió su nueva vida de soltero volcándose en su trabajo y encadenando una sucesión de ligues sin perspectiva de futuro. Aparecer con tanta frecuencia en la televisión lo había convertido en lo que los periódicos y las revistas llamaban una «celebridad», algo que mucha gente consideraba una profesión en sí misma. En los restaurantes y en los aeropuertos se le acercaban extraños para pedirle autógrafos. Muchos no estaban seguros de saber quién era ni lo que hacía ni por qué su cara les resultaba conocida. Naga estaba tan aburrido que era incapaz de negarse. A diferencia de la mayoría de los hombres de su edad, todavía era delgado y bien parecido con la cabellera intacta. Como le consideraban un «hombre de éxito», tenía fácil acceso a una gran variedad de mujeres, algunas solteras y mucho más jóvenes que él y otras de su edad o mayores, casadas en busca de variedad o divorciadas en busca de una segunda oportunidad. A la cabeza de todas había una esbelta y elegante viuda que estaba en la treintena, cuya piel era blanca como la leche y cuyo cabello era negro como el azabache. Pertenecía a la pequeña realeza de un pequeño principado. La madre de Naga veía en ella su propio retrato de cuando era joven y había depositado más confianza en la relación que su propio hijo. Un día invitó a la princesa y al Príncipe Charles, su chihuahua, a hospedarse en su casa para poder así planear juntas el asalto al castillo.

Pasados varios meses de relación, la princesa empezó a llamar *jaan* a Naga, que equivale a amado mío, y aleccionó al servicio para que la llamaran *Bai Sa*, siguiendo la tradición de la realeza rajputí. Cocinaba para Naga platos elaborados con recetas secretas procedentes de la cocina real de su familia. Mandó confeccionar cortinas nuevas, cojines bordados y alfombras *dhurries*. Le dio un toque dulce, luminoso y femenino a un apartamento terriblemente descuidado. Sus atenciones eran como un bálsamo para el orgullo herido de Naga. A pesar de no devolver los cuidados recibidos con la misma reciprocidad, los aceptaba de buen grado y algo de fatiga. Casi había olvidado lo que significaba ser mimado por tu pareja. No obstante su aversión inicial a los perros pequeños, desarrolló un cariño inusual hacia Príncipe Charles. Lo sacaba regularmente a un parque cercano y allí jugaba arrojándole un pequeño *frisbee*, un disco volador que había buscado y comprado por internet. Príncipe Charles recogía el *frisbee* y se lo devolvía a Naga bamboleándose entre la hierba que era casi tan alta como él. La princesa ejerció de anfitriona en algunas cenas que Naga organizó. R. C. estaba fascinado con ella y urgía a Naga para que no perdiera más tiempo y se casara mientras ella estaba todavía en edad de tener hijos.

Naga, todavía afligido y vulnerable a los desastrosos consejos de R. C., preguntó a la princesa si deseaba mudarse a vivir con él por un periodo de prueba. Ella se le acercó y acarició con cariño sus cejas rebeldes, peinándolas con el índice y el pulgar. Le dijo que nada la haría más feliz, pero que antes de mudarse debía liberar el *chi* de Tilo que seguía flotando por la casa. Con la aquiescencia de Naga, horneó un puñado de guindillas rojas en un cazo de cobre con el que después fue ahumando habitación tras habitación mientras tosía delicadamente, volvía la cabeza y cerraba bien fuerte los ojos para evitar aquel humo acre. Cuando las guindillas dejaron de humear, la princesa elevó una oración y enterró el cazo con su contenido en el jardín. Después ató un cordel rojo alrededor de una de las muñecas de Naga, encendió unas caras velas aromáticas y colocó una en cada habitación, dejando que se consumieran hasta el pábilo. Luego compró doce cajas grandes de cartón para que Naga guardara las cosas que quedaban de Tilo y las llevara al sótano. Mientras recogía la ropa de Tilo del armario (que todavía desprendía descaradamente su aroma), Naga se topó con el voluminoso historial médico de la madre de Tilo procedente del Hospital Lakeview en Cochín.

A pesar de todos los años que estuvieron casados, Naga jamás llegó a conocer a su suegra. Tilo nunca hablaba de su madre. Por supuesto, Naga conocía a grandes rasgos la historia: se llamaba Maryam Ipe y pertenecía a una antigua y aristocrática familia siria de religión cristiana que había atravesado malos tiempos. Dos generaciones de la familia (el padre y el hermano) se habían graduado en Oxford y ella misma había sido educada en el colegio del convento de Ootacamund, una localidad de la sierra en los Nilgiris. Luego asistió a una universidad cristiana en Madrás hasta que la enfermedad de su padre la obligó a regresar a su casa, en Kerala. Naga sabía que había sido profesora de inglés en un colegio de la localidad antes de abrir su propio centro docente, que llegó a convertirse en un instituto altamente reconocido por sus innovadores métodos educativos, el mismo instituto al que Tilo había asistido antes de ir a la universidad en Delhi. Naga también había leído diversos artículos periodísticos sobre la madre de Tilo en los que nunca llamaban a Tilo por su nombre sino que se referían a ella como la hija adoptiva que vivía en Delhi. R. C. (cuya labor consistía en saber todo de todos y hacer que todos supieran que lo sabía todo de todos) había recopilado tiempo atrás un dosier de recortes de prensa que entregó a Naga. «Tu suegra adoptiva es todo un personaje, *yaar.*» Los artículos cubrían varios años, algunos se referían a su colegio, a sus métodos educativos y a su precioso campus; otros, a las campañas sociales y medioambientales que había encabezado y a los premios que le habían otorgado. Contaban la historia de una mujer que había superado las mayores adversidades cuando era joven hasta llegar a ser lo que era: un icono feminista que no se mudó a la gran ciudad sino que eligió el difícil camino de vivir y combatir sus batallas en la ciudad pequeña y conservadora donde había nacido. Explicaban cómo había luchado contra los matones machistas, cómo se había ganado el respeto y la admiración de quienes la habían combatido y cómo había inspirado a toda una generación de mujeres jóvenes para que persiguieran sus sueños y sus deseos.

Para cualquiera que conociera a Tilo, resultaba evidente que no era la hija adoptiva de la mujer que aparecía en las fotografías de los recortes de prensa. Aunque tenían una tez totalmente diferente, sus rasgos físicos eran sorprendentemente parecidos.

De lo poco que sabía, Naga intuía que en las historias aparecidas en la prensa faltaba una pieza importante del rompecabezas, una especie de locura épica como la que se podría dar en un lugar como Macondo, más propio de la literatura que del periodismo. Aunque nunca se lo dijo, pensaba que la actitud de Tilo hacia su madre era punitiva y poco razonable. Según él, aun cuando fuese verdad que Tilo era la hija natural que aquella madre no quería reconocer públicamente, también era verdad que el hecho de que una mujer joven que vivía dentro de una sociedad tradicional hubiera elegido una vida de independencia y hubiera rechazado casarse para poder reclamar el bebé que había dado a luz fuera del matrimonio (aunque para ello tuviera que fingir que lo hacía por benevolencia y simular ser su madre adoptiva) representaba un acto de coraje y de amor inmenso.

Naga se dio cuenta de que, en todos los artículos de prensa, el párrafo que hacía alusión a Tilo contenía siempre la misma respuesta ensayada: «La hermana Escolástica me llamó para decirme que una mujer culi había dejado un bebé recién nacido en un cesto a la puerta del orfanato de Monte Carmelo. Me preguntó si quería quedarme con él. Mi familia se opuso por completo, pero yo pensé que si la adoptaba podría brindarle una nueva vida. Era una niña negra como el azabache, un pedacito de carbón. Era tan pequeña que casi cabía en la palma de mi mano y por eso la llamé Tilottama, que significa "semilla de sésamo" en sánscrito.»

Naga creía que, por muy doloroso que fuera para ella, Tilo debía ponerse en el lugar de su madre, quien solo negando su maternidad había podido después reclamarla, poseerla y amarla.

Según Naga, la personalidad de Tilo, su peculiaridad e individualidad, tenían su origen último en su madre (al margen de si es más importante dónde naces o dónde paces).

Pero nada de lo que pudo decir, directa o indirectamente, había conducido a un acercamiento entre madre e hija.

Por esa razón, Naga se quedó sorprendido cuando, después de tantos años de alejamiento, Tilo no dudó en viajar a Cochín para cuidar a su madre enferma en el hospital. Se imaginó (aunque no podía recordar si Tilo lo había dejado entrever alguna vez) que lo hacía con la esperanza de obtener alguna información, una confesión en su lecho de muerte, sobre ella misma y sobre quién era su verdadero padre. Naga tenía razón. Pero, tal como se desarrollaron las cosas, resultó un poco tarde para algo así.

Cuando Tilo llegó a Cochín, los pulmones deteriorados de su madre habían producido un incremento de dióxido de carbono en su corriente sanguínea que, a su vez, le provocó una inflamación del cerebro y, como resultado, la mujer estaba seriamente desorientada. Para colmo, la medicación y su prolongada estancia en la UCI le habían desencadenado una suerte de psicosis que los doctores decían que afectaba particularmente a las personas con una voluntad fuerte que, de repente, se encontraban desvalidas y a merced de gente a la que siempre habían tratado como peones. Aparte del personal del hospital, su enfado y desconcierto iban dirigidos a los fieles sirvientes y a las profesoras de su colegio que hacían turno para cuidarla en el hospital. Se pasaban el día deambulando por el pasillo hasta que les permitían entrar cada dos horas en la UCI para poder visitar a su amada Ammachi solo unos minutos.

La mañana que llegó Tilo el rostro de su madre se iluminó.

–Me paso el día rascándome –dijo a modo de bienvenida–. Me dicen que es bueno que me rasque, pero ya no puedo más, así que me tomo una medicina para no rascarme. ¿Cómo estás?

Para que Tilo viera su estado, levantó un brazo amoratado conectado al gota a gota y le mostró cómo le había quedado la piel tras los innumerables pinchazos de los médicos en su búsqueda de alguna vena que todavía no estuviese obstruida. La mayoría de ellas lo estaban y formaban ramificaciones aún más moradas, bajo una piel ya morada de por sí.

–Entonces se levantará la manga y mostrará sus cicatrices y dirá: «Estas heridas las recibí el día de San Crispín.» ¿Lo recuerdas? Yo te lo enseñé.

–Sí.

–¿Cómo sigue la frase?

–«Los viejos olvidan. Todo se olvidará. Pero él recordará siempre sus hazañas de aquel día.»

Tilo había olvidado que se acordaba. Shakespeare le vino a la memoria más como una melodía que como un texto, como una vieja canción rememorada. Se quedó muy turbada por el estado de su madre, aunque los médicos se mostraron satisfechos porque consideraban que el hecho de haberla reconocido evidenciaba una mejora importante. Ese mismo día la trasladaron a una habitación privada, con un ventanal que daba a la laguna salada y a los cocoteros que se combaban cuando soplaba el monzón.

La mejoría no duró mucho. Durante los días siguientes, la anciana perdía y recuperaba la lucidez y no siempre reconocía a Tilo. Cada día era un nuevo e impredecible capítulo en el transcurso de su enfermedad. Tenía nuevos caprichos y preocupaciones irracionales. El personal del hospital, los médicos, las enfermeras e incluso los asistentes eran muy amables y parecían no tomarse muy a pecho lo que la anciana les decía. También ellos la llamaban Ammachi, la aseaban con esponjas, le cambiaban los pañales y la peinaban sin aparentes muestras de disgusto o rencor. De hecho, cuantos más trastornos creaba, más parecían quererla.

Días después de la llegada de Tilo, su madre desarrolló

una extraña fijación. Se volvió una especie de inquisidora de las castas. Insistía en saber la casta, la subcasta y la subsubcasta de cualquiera que la atendiese. No le bastaba si le decían que eran «sirios cristianos» (tenía que saber si eran seguidores de Mar Thoma, yacobitas, C'Naah o de la Iglesia del Sur de la India). Si eran hindúes, no le bastaba si le decían que eran ezhavas, tenía que saber si eran thiyas o chekavars. Si le decían que eran de una de las «castas catalogadas», tenía que saber si eran parayas, pulayas, paravans, ulladans. ¿Eran originarios de la casta de recogedores de cocos? ¿Habían sido sus ancestros portadores de cadáveres, limpiadores de mierda, lavanderos o cazadores de ratas? Insistía en que fueran precisos en sus respuestas, y solo cuando quedaba satisfecha permitía que la tocaran. Si eran sirios cristianos, ¿cuál era el apellido de su familia? ¿Qué sobrino estaba casado con la sobrina de qué cuñada? ¿Qué abuelo se había casado con la hija de qué tía bisabuela?

–EPOC –le decía a Tilo una enfermera sonriente cuando veía la expresión de su cara–. No se preocupe, siempre sucede lo mismo. –Tilo miró lo que el acrónimo significaba. Enfermedad Pulmonar Obstructiva Crónica. Las enfermeras le dijeron que era una dolencia que podía transformar los modales de una inofensiva abuelita en los de una madama que regenta un prostíbulo y hacer que un obispo soltara juramentos igual que un borracho. Lo mejor era no tomarse las cosas personalmente. Las enfermeras eran unas jóvenes fabulosas, eficientes y profesionales. Todas tenían la esperanza de conseguir un trabajo en algún emirato del Golfo, en Inglaterra o en Estados Unidos, donde pasarían a formar parte de una comunidad de élite, la de las enfermeras malayalis. Mientras tanto, revoloteaban alrededor de los pacientes del Hospital Lakeview como mariposas sanadoras. Se hicieron amigas de Tilo e intercambiaron sus números de teléfonos y correos electrónicos. Durante los años siguientes Tilo continuó recibiendo felicitaciones de Navidad suyas por WhatsApp, así como innumerables chistes de enfermeras malayalis.

Al agravarse su enfermedad, la anciana se volvió inquieta y resultaba casi imposible controlarla. El sueño la abandonó y se mantenía despierta noche tras noche, con las pupilas dilatadas y la mirada aterrada, hablando sin parar consigo misma o con cualquiera dispuesto a escucharla. Era como si pensara que podía engañar a la muerte permaneciendo siempre vigilante. Así que hablaba sin cesar, a veces con una actitud agresiva y otras con un tono agradable y divertido. Cantaba fragmentos de viejas canciones, himnos, villancicos y canciones de los remeros de Onam. Recitaba a Shakespeare con su impecable acento inglés del convento. Cuando se enfadaba, insultaba a todos los que estaban a su alrededor en un cerrado dialecto malayalam que solo utilizaban los golfillos de la calle. Nadie podía entender cómo (y dónde) había aprendido ese lenguaje una dama de su clase y condición. Con el transcurso de los días su comportamiento se fue haciendo más agresivo. Su apetito aumentó considerablemente y devoraba huevos pasados por agua y pasteles de piña con la urgencia de un preso en libertad condicional. Desplegaba una energía física casi sobrehumana para una mujer de su edad. Echaba de su lado a médicos y enfermeras y se sacaba de las venas los viales y jeringas. No podían sedarla pues los sedantes afectaban a la función pulmonar. Al final tuvieron que trasladarla de vuelta a la UCI.

Eso la enfureció y la arrastró a una psicosis profunda. Con la mirada torva, planeaba sin cesar la forma de escapar. Ofrecía sobornos a las enfermeras y a los asistentes y le prometió a un joven doctor escriturar a su nombre el colegio y sus terrenos si la ayudaba a escapar de allí. Dos veces consiguió llegar hasta el final del pasillo enfundada en su camisón de hospital. Después de aquellos episodios, dos enfermeras estaban constantemente pendientes de ella, y a veces tenían que sujetarla para que no se levantara. Cuando consiguió dejar exhaustos a todos los asistentes, los médicos dijeron que el hospital no podía permitirse una guardia permanente de enfermeras a su alrededor, por lo que se veían obligados a atarla a la cama. Al ser la pariente más próxima, le pidieron a Tilo que firmara una autorización escrita a tal fin. Tilo les pidió una última oportunidad para intentar calmar a su madre. Un poco a regañadientes, los médicos aceptaron.

La última vez que Tilo llamó a Naga desde el hospital, le dijo que le habían dado un permiso especial para permanecer al lado de su madre en la UCI porque, por fin, había encontrado un método para mantenerla calmada. Naga creyó captar un tono de humor e incluso de afecto en la voz de Tilo. Ella le dijo que había encontrado una solución simple y eficaz. Se sentaba junto a la cama de su madre con un cuaderno y esta le dictaba unas notas interminables. Algunas veces eran cartas: *Querido padre, coma, siguiente línea..., ha llegado a mis oídos..., ¿has puesto una coma después de Querido padre?* La mayoría de las notas eran tonterías pero, según Tilo, parecía que aquello hacía sentir a su madre que todavía era la capitana del barco, que todavía estaba a cargo de algo y eso la tranquilizaba sobremanera.

Naga no tenía ni idea de lo que Tilo le estaba contando y le dijo que también ella parecía estar delirando un poco. Tilo se rió y dijo que lo entendería todo cuando leyera las notas. Naga recordaría después que en aquellos momentos llegó a pensar en qué clase de persona era capaz de simular ser una taquígrafa y llevarse tan bien con su madre mientras esta deliraba en su lecho de muerte.

Sin embargo las cosas no fueron a mejor en el Hospital Lakeview. Tilo regresó, después del entierro de su madre, más seca y menos comunicativa que nunca. Su descripción de la muerte de su madre fue breve y casi aséptica. A las pocas semanas de su regreso a Delhi, Tilo comenzó su inquieto deambular.

Naga nunca llegó a ver las notas dictadas.

Esa mañana, mientras hojeaba sin un propósito concreto el historial médico que halló en el armario de Tilo, Naga encontró alguna de las notas. Reconoció la letra de Tilo escrita sobre un papel rayado. Las notas arrancadas de un cuaderno estaban dobladas e intercaladas con las facturas del hospital, algunas recetas, gráficos de saturación de oxígeno y análisis de gases en sangre. Mientras las leía, Naga se dio cuenta de lo poco que sabía de la mujer con la que había estado casado. Y de lo poco que llegaría a saber:

7/9/2009

Ten cuidado con las plantas de las macetas, pues se pueden caer.

Ese pliegue, la arruga en la sábana, tendré que ponerle fin a todo.

¿Y qué dice eso de usted, señora embajadora, constructora en jefe, jovencita paraya?

Esa gente de azul que se lleva la mierda, ¿son parientes tuyos?

Hasta donde yo sé, Paulose no se lleva bien con las orquídeas; las está matando. Puede que sea un problema paraya.

Pídele a Biju o a Reju que se hagan cargo.

¿Has oído ladrar a los perros por la noche? Vienen a llevarse las piernas amputadas de los diabéticos que tiran a la basura. Los oigo ladrar y llevarse los brazos y las piernas de la gente. Nadie les impide que lo hagan.

¿Son tus perros? ¿Son machos o hembras? Parece que les gustan las cosas dulces.

¿Podrías conseguirme una pastilla de buena calidad?

La gente de azul no debe seguir a nuestro alrededor.

Tú y yo debemos tener mucho cuidado, lo sabes, ¿no?

Han analizado mis lágrimas y están bien de sal y agua. Tengo los ojos secos y debo lavármelos constantemente y comer sardinas para soltar lágrimas. Las sardinas están llenas de lágrimas.

Esa chica con el vestido a cuadros conseguirá cosas sorprendentes con la lotería.

Vámonos.

Dile a Reju que traiga el coche. No puedo. No quiero.

¡Hola! ¡Qué alegría verte! Esta es mi nieta. No hay quien la controle. Por favor, ocúpate de que limpien este lugar.

Tan pronto llegue Reju, huyamos en el coche. Llévate el orinal. Deja la caca.

Ven aquí ahora. Háblame en susurros. Estoy confusa. ¿Estás tú también confusa?

Nos sentamos en el orinal de un salto.

Voy a tomarme un Johnny Walker. ¿Está él encima de nosotras?

Solo quiero dos sábanas. ¿Pero qué harán nuestras piernas?

¿Habrá un caballo?

Ha estallado una gran guerra entre las mariposas y yo.

¿Saldrás cuanto antes con Princey, Nicey y las amigas? Llévate el jarrón de latón, el violín y los puntos. Deja la mierda y las gafas de sol y olvídate de las sillas rotas. Siempre están por en medio, vienen y van.

La chica con el vestido a cuadros te ayudará con la mierda. Su padre vendrá pronto para llevarse la basura. No quiero que lo encuentren contigo. Creo que debemos irnos simplemente.

Cuando miras detrás de esas cortinas, ¿no sientes que hay un montón de gente? Yo, sí. Hay un olor, sin duda. Un olor a gentío. Un poco a podrido, como el mar.

Creo que deberías dejarle todos tus poemas y todos tus planes a Alicekutty. Es horrorosamente fea. Quisiera tener una foto de ella para reírme un rato. Soy así de desagradable.

El obispo querrá verme en mi ataúd. Es un alivio porque es para mi entierro. Nunca pensé que llegaría hasta allí. Está lloviendo, está saliendo el sol, está oscuro, ¿es de día o es de noche? ¿Puede alguien decírmelo?

Ahora, LÁRGATE.

Y sacad esos caballos fuera.

Creo que es una maldad vaciar a esta chica.

¡¡¡Levántate!!!

Voy a salir. Puedes hacer lo que quieras. Te vas a llevar tal rapapolvo...

Es una vergüenza que andes por ahí diciendo que eres Tilottama Ipe cuando no lo eres. No te contaré nada de mí ni tampoco de ti.

Solo me pondré aquí de pie y diré: «Haz esto y haz lo otro.» Y más te vale hacerlo. A partir de mañana te quedas sin sueldo. ¿Lo has escrito? Te pondré multas todo el tiempo.

Ve a decirle a todo el mundo: «Esta es mi madre, Miss Maryam Ipe, y tiene ciento cincuenta años.»

¿Tienen medicamentos para todos los caballos?

¿Te has fijado cómo se parecen las personas a los caballos cuando bostezan?

Cuida tus dientes con todas tus fuerzas y no dejes que nadie te los saque.

A veces te ofrecen un descuento, lo cual es una estupidez.

Comprueba todo y vámonos.

Y además está Hannah. Le debo dinero y tengo que saltar por encima de todos esos niños con catéteres.

¡Hay tantos catéteres! Todos estaban contentos porque la señora Ipe iba a tener sus cebollas. Pero esta niña ha sido muy buena. No me quitaste el catéter. Ella sí lo hizo. Es una verdadera paraya. Tú ya has olvidado cómo serlo.

Alguien vino y luego alguien y alguien.

Lo escandaloso es que TÚ estás imponiendo tus reglas a todo el mundo. Pero yo espero que me obedezcan a mí.

Porque YO ESTOY a cargo. Es muy difícil dejar de estar a cargo, como sin duda sabrás. Annamma es la criatura más silenciosa de nuestra comunidad.

¿Quién es Annamma, que juega a ser Sherlock Holmes y Sherlock Holmes? Hace bien ambos papeles. Era la directora de mi colegio y murió plácidamente. Fue a su casa y me trajo una tos.

Hola, doctor, esta es mi hija, a quien educamos en casa. Es bastante desagradable. Hoy se ha portado fatal en las carreras. Pero yo también me he portado fatal. Hemos dado patadas a todos.

Me he pasado la vida haciendo cosas ridículas. Tuve una hija. Ella.

Y ese niño con la ropa sucia y el catéter sucio y yo estuve sentada en el río sucio durante horas.

Siento que estoy rodeada de eunucos. ¿No es así?

La música... ¿Qué hay de malo en ella? Ya no puedo recordarla.

Escucha eso... Es el oxígeno. Las últimas burbujas antes de acabarse. Me estoy quedando sin oxígeno. Pero no me importa si me estoy quedando o estoy entrando.

Quiero dormir. Me encantaría morir. Envolved mis pies en agua caliente.

Me gustaría ir a dormir. No estoy pidiendo permiso.

Es como uf, uf, uf... ¡CUK! ¡CUK! ¡CUK!

Eso es mi motor.

Cuando mueres puedes engancharte a una nube y así podemos obtener toda la información acerca de ti. Luego te traen la factura.

¿DÓNDE ESTÁ MI DINERO?

El catéter puerto es el tornillo de Jesucristo. No duele.

No soy más que un pequeño maniquí.

Me gusta mi trasero. No sé por qué el doctor Verghese quiere borrarlo del mapa.

Las flores congeladas nunca se marchitan. Siempre te las encuentras por algún lado. Creo que debemos hablar de jarrones.

¿Has oído el sonido de la flor blanca?

Lo que Naga encontró era solo una muestra. La totalidad de las notas hubiera ocupado varios volúmenes si no se hubiesen ido con la basura del hospital.

Una mañana, agotada después de estar tomando notas sin descanso durante una semana, Tilo se encontraba de pie junto a la cama de su madre, con los brazos apoyados en el respaldo de la silla donde solía sentarse. Era el momento más atareado de la UCI, cuando los médicos hacían su ronda, las enfermeras y los ayudantes estaban ocupados y el personal de limpieza fregaba el pabellón. Maryam Ipe estaba especialmente desagradable. Tenía la cara enrojecida y un brillo febril en los ojos. Se había levantado el camisón por encima de la cintura y exhibía los pañales, tumbada con las piernas flacas y tiesas como palos abiertas de par en par. Cuando gritaba, su voz era tan grave como la de un hombre.

–¡Diles a las parayas que ya es hora de que me limpien la caca!

La sangre de Tilo abandonó la autopista y bulló por un laberinto de caminos forestales. Sin previo aviso, la silla donde se apoyaba se desequilibró, levantándose del suelo y volviendo a caer para acabar haciéndose astillas. El estruendo de la madera rota retumbó por todo el pabellón. Las agujas saltaron de las venas. Los frascos de medicinas entrechocaron en los carritos. Los corazones más débiles contuvieron un latido. Tilo vio cómo el sonido recorría el cuerpo de su madre de los pies a la cabeza como un sudario que alguien extendiera por encima de un cadáver.

Tilo no tenía ni idea de cuánto tiempo permaneció allí de pie, inmóvil, ni de quién la condujo al despacho del doctor Verghese.

El doctor Jacob Verghese, jefe de la Unidad de Cuidados Intensivos, había sido hasta hacía cuatro años el segundo responsable de la UCI de su unidad militar durante la guerra de Kuwait y había regresado a Kerala al terminar su periodo en aquel destino. A pesar de haber pasado la mayor parte del tiempo en el extranjero, hablaba sin el menor acento norteamericano, algo notable pues la gente de Kerala bromeaba diciendo que solicitar un visado para los Estados Unidos ya era suficiente para empezar a tener acento norteamericano. No había nada en el doctor Verghese que sugiriera que no fuese más que un sirio cristiano, un nativo de Kerala que hubiese vivido allí toda su vida. El doctor sonrió a Tilo amablemente y pidió que le sirvieran café. Provenía de la misma ciudad que Maryam Ipe y, con toda probabilidad, estaría al tanto de los viejos rumores y murmuraciones sobre ella. Estaban arreglando el aire acondicionado de su despacho y el traqueteo del aparato disipaba la incomodidad de la situación. Tilo observaba al mecánico atentamente, como si la vida le fuera en ello. Hombres y mujeres con batas verdes y máscaras quirúrgicas deambulaban silenciosos por el pasillo, deslizándose sobre zapatillas de quirófano. Algunos de ellos tenían rastros de sangre en sus guantes de cirujano. El doctor Verghese miró a Tilo por encima de sus gafas de lectura, estudiándola como si intentara emitir un diagnóstico. Quizá lo estaba haciendo. Tras unos momentos alargó el brazo por encima de la mesa y tomó la mano de Tilo en la suya. No podía saber que intentaba consolar a un edificio que había recibido de lleno la descarga de un rayo. No quedaba demasiado espacio para el consuelo. Después de tomar su café y de que Tilo hubiera dejado el suyo intacto, el doctor sugirió que fueran juntos a la UCI para que ella pidiera a su madre que la disculpara.

–Su madre es una mujer notable. Debe usted entender que no es ella quien dice esas horribles palabras.

–Ah, entonces, ¿quién es?

–Otra persona. Su enfermedad. Su sangre. Su padecimiento. Nuestra presión, nuestros prejuicios, nuestra historia...

–Entonces, ¿a quién voy a pedir que me disculpe? ¿A los prejuicios? ¿A nuestra historia?

Pero Tilo ya estaba siguiendo al médico hacia la UCI.

Cuando llegaron, su madre había entrado en coma. Estaba más allá de oír nada, más allá de la historia, más allá de los prejuicios, más allá de las disculpas. Tilo se acurrucó en la cama con la cara contra los pies de su madre y permaneció así hasta que se quedaron fríos. La silla rota miraba a ambas como un ángel de la melancolía. Tilo se preguntaba cómo supo su madre lo que la silla iba a hacer. ¿Cómo pudo saberlo?

Olvídate de las sillas rotas, siempre están por en medio.

Maryam Ipe murió temprano a la mañana siguiente.

La iglesia sirio cristiana no le iba a perdonar sus pecados y le negó sepultura. El funeral, al que acudieron principalmente maestros y algunos padres de alumnos, se celebró en el crematorio gubernamental. Tilo se llevó las cenizas de su madre a Delhi. Le dijo a Naga que tenía que decidir cuidadosamente qué hacer con ellas. Y poco más. Hasta donde Naga podía recordar, la urna que contenía las cenizas estuvo siempre encima de la mesa de trabajo de Tilo. Un día se dio cuenta de que había desaparecido. No podía asegurar si Tilo había encontrado el lugar adecuado para sumergirlas (dispersarlas o enterrarlas) o se las había llevado con ella a su nueva casa.

La princesa se acercó a Naga que estaba sentado en el suelo repasando aquel grueso historial médico. Se colocó detrás de él y comenzó a leer las notas en voz alta.

–«El catéter puerto es el tornillo de Jesucristo... ¿Has oído el sonido de la flor blanca?» ¿Qué estupideces estás leyendo, *jaan?* ¿Desde cuándo suenan las flores?

Naga permaneció sentado durante un buen rato sin decir palabra. Parecía estar inmerso en sus pensamientos. Luego se levantó y sostuvo entre sus manos el bello rostro de la princesa.

–Lo siento...

–¿Por qué, *jaan*?

–No va a funcionar...

–¿El qué?

–Lo nuestro.

–¡Pero si ella se ha ido! ¡Te ha dejado!

–Sí, lo ha hecho. Lo ha hecho... Pero volverá. Debe hacerlo. Lo hará.

La princesa compadeció a Naga con la mirada. Siguió con su vida y pronto se casó con el editor en jefe de un canal de noticias de televisión. Hacían una bonita y feliz pareja y tuvieron muchos niños sanos y felices.

Las habitaciones que Tilo había alquilado estaban en el segundo piso de una casa frente a un parvulario público lleno de niños relativamente pobres y a un árbol de margosa lleno de periquitos relativamente felices. Cada mañana los maestros reunían a los niños en formación y comenzaban a cantar «Hum Hongey Kaamyaab», versión en hindi de «We Shall Overcome», Venceremos. Tilo cantaba con ellos desde casa. Los fines de semana y los días festivos echaba de menos la formación de los niños y cantaba ella sola a las siete en punto de la mañana. Los días que no lo hacía, se imaginaba que esa mañana era la prolongación de la del día anterior y que todavía no había amanecido. La mayoría de las mañanas, si alguien hubiese pegado la oreja a su puerta, la habría oído cantar.

Nadie pegaba la oreja a su puerta.

El cumpleaños y la ceremonia de bautizo de Miss Yebin marcaron el cuarto año y la última noche de la estancia de Tilo en el apartamento del segundo piso. Tilo pensó largo rato qué hacer con el resto de la tarta de cumpleaños. Quizá las hormigas invitaran a sus familiares de la vecindad para que se unieran a la fiesta y, una de dos, o se la terminaban de comer o se llevaban hasta la última migaja para almacenarla en su guarida.

El calor se envalentonó y se paseó por la habitación. El tráfico rugía a lo lejos. Truenos en la ciudad.

No llovía.

La lechuza moteada agitó las alas y se fue a revolotear, a inclinar la cabeza y a mostrar su buena educación delante de otra mujer detrás de otra ventana.

Cuando Tilo se dio cuenta de que la lechuza se había ido, su tristeza fue inefable. Sabía que ella misma también se iría pronto y no volvería a verla más. La lechuza era *alguien*. Tilo no sabía exactamente quién. Puede que Musa. Así era siempre con Musa. Cada vez que se iba después de sus breves y misteriosas visitas, vestido con curiosos disfraces como si fuera Don Nadie del Distrito Sin Nombre, Tilo sabía que quizá no volvería a verlo. Lo habitual era que él desapareciese y ella esperase. Ahora le tocaba a ella desaparecer. No tenía forma de hacerle saber dónde estaba. Musa no usaba el teléfono móvil. Él solo llamaba al teléfono fijo de Tilo en el que a partir de ese momento nadie respondería. Aquella noche Tilo sintió la abrumadora necesidad de comunicarle a la lechuza moteada la naturaleza incierta de su despedida. Garabateó una frase en un trozo de papel y lo pegó a la ventana, hacia fuera, para que la lechuza lo pudiera leer:

Quién sabe cuánta separación nos queda por delante al pronunciar la palabra adiós.

Volvió a echarse en el colchón, satisfecha consigo misma y con la claridad de aquella frase prestada. Sin embargo, y de inmediato, se sintió avergonzada. Ósip Mandelstam tenía cosas más serias en mente cuando escribió esos versos. Estaba sobreviviendo a los gulags de Stalin. No estaba hablando a las lechuzas. Tilo retiró la nota de la ventana y volvió de nuevo a la cama.

A varios kilómetros de donde Tilo yacía desvelada, tres hombres habían muerto la noche anterior aplastados por un camión que se había salido de la carretera. Quizá el conduc tor se había quedado dormido. En la televisión dijeron que ese verano la gente sin techo se había acostumbrado a dormir en los arcenes de las carreteras con mucho tráfico. Habían descubierto que los humos del gasoil de los tubos de escape de los camiones y autobuses eran un eficaz repelente de los mosquitos, lo que les protegía de la epidemia de fiebre de dengue que ya se había cobrado centenares de vidas en la ciudad.

Pensó en aquellos hombres, emigrantes recientes en la gran ciudad, canteros que regresaban a sus casas, a un lugar junto a la carretera reservado y pagado por adelantado, cuyo alquiler se calculaba calibrando la densidad óptima de los gases de escape y dividiéndola entre una aceptable densidad de mosquitos. Un cálculo algebraico exacto y difícil de hallar en los libros de texto.

Después de un largo día de trabajo en la obra, los hombres estaban fatigados y tenían las pestañas y los pulmones pálidos de todo el polvo que se levantaba al cortar la piedra y enlosar los múltiples pisos de los centros comerciales y de las urbanizaciones que crecían como hongos alrededor de la ciudad. Extendían sus *gamchhas* suaves y gastadas sobre la hierba rala de los taludes que encauzaban el río, salpicadas de cagadas de perros y esculturas de acero inoxidable (arte público) financiadas por el Grupo Pamnani que promocionaba a aquellos artistas de vanguardia que usaban el acero en sus obras, con la esperanza de que esos artistas promocionaran a su vez la industria del acero. Las esculturas se asemejaban a manojos de espermatozoides de acero o, quizá, eran más bien un conjunto de globos atados. No estaba nada claro. De cualquier forma, eran alegres. Los hombres encendieron un último *bidi*. Las volutas de humo ascendieron y desaparecieron en la profundidad de la noche. Las luces de neón de la calle daban a la hierba un tono azul metalizado y a los hombres un tono gris. Bromeaban y reían porque un par de ellos podía hacer anillos de humo y el tercero no. A ese hombre no se le daba bien nada y siempre era el último en aprender.

El sueño les llegó rápida y fácilmente, como les llega el dinero a los millonarios.

Si la muerte no les hubiera alcanzado bajo las ruedas de un camión, habrían fallecido por:

(a) el dengue
(b) el calor
(c) fumar *bidis*
o por
(d) el polvo de las piedras.

O quizá, no. Puede que progresaran y llegaran a ser:

(a) millonarios
(b) supermodelos
o
(c) jefes de oficina.

¿Acaso importaba si morían aplastados sobre la hierba donde dormían? ¿A quién le importaba? Y esos a quienes les importaba, ¿importaban?

Estimado doctor:
Nos han aplastado. ¿Existe una cura?
Saludos,
Biru, Jairam, Ram Kishore

Tilo sonrió y cerró los ojos.

Malditos cabrones irresponsables. ¿Quién les mandó ponerse en la trayectoria del camión?

Tilo se preguntó cómo des-conocer ciertas cosas, ciertas cosas concretas que conocía pero no quería conocer. Cómo des-conocer, por ejemplo, que cuando alguien muere de silicosis sus pulmones se niegan a ser incinerados. Cuando el resto del cuerpo no es más que cenizas, dos losas de piedra en forma de pulmones quedan sobre ellas sin quemarse. Su amigo el doctor Azad Bhartiya, que vivía en la calle, en Jantar Mantar, le había contado la historia de su hermano mayor, Jiten Y. Kumar, que había muerto a los treinta y cinco años después de trabajar en una cantera de granito. Le contó cómo tuvo que romper los pulmones de su hermano con una barra de hierro en la pira funeraria para poder liberar su alma. Lo hizo a pesar de ser comunista y de no creer en la existencia del alma.

Lo hizo para complacer a su madre.

Decía que los pulmones de su hermano brillaban debido a los granos de sílice.

Estimado doctor:
En realidad no hay nada nuevo que contar. Solo quería saludarle. Bueno, sí, hay algo. Imagínese que tiene usted que machacar los pulmones de su hermano para complacer a su madre. ¿Consideraría usted que esa es una actividad normal de los seres humanos?

Tilo se preguntó qué apariencia tendría un alma sin liberar, cómo sería una piedra en forma de alma en una pira funeraria. Como una estrella de mar, quizá. O un ciempiés. O una polilla moteada todavía viva, pero con las alas de piedra (pobre polilla), traicionada, lastrada por las mismas cosas que deberían ayudarla a volar.

Miss Yebin Segunda se movió mientras dormía.

Concéntrate, se dijo a sí misma la secuestradora mientras acariciaba la frente húmeda y sudorosa del bebé. *Si no, las cosas se te pueden ir de las manos.* No tenía ni idea de por qué ella, entre todas las personas, ella, que nunca quiso tener hijos, había tomado al bebé en brazos y había salido corriendo. Pero ya estaba hecho. Su papel en esa historia ya había sido escrito. Pero no por ella. ¿Por quién, entonces? Por Alguien.

Estimado doctor:

Si lo desea, puede usted cambiar cada centímetro de mi cuerpo. Soy solo una historia.

Miss Yebin era un bebé de buen carácter y parecía gustarle la sopa sin sal y el puré de hortalizas que Tilo preparaba. Para ser una mujer de tan escasa experiencia con niños, Tilo se encontraba muy segura de sí misma y se le daba sorprendentemente bien manejar al bebé. En las pocas ocasiones que Miss Yebin lloraba, era capaz de consolarla en un periquete. Tilo vio que el mejor método (aparte de darle de comer) era dejarla en el suelo junto a una camada de cinco cachorritos negros que la Camarada Laali, una perra mestiza de pelaje rojizo, había traído al mundo en el descansillo de la escalera cinco semanas atrás. Ambas partes (Miss Yebin y los cachorros) parecían tener mucho que decirse. Ambas madres eran grandes amigas. De modo que sus reuniones solían ir muy bien. Cuando todos estaban ya cansados, devolvía los perritos al saco de arpillera donde dormían en el descansillo y a la Camarada Laali le servía un tazón de leche con pan.

Ese mismo día, más temprano, Tilo había encendido la vela de cumpleaños en la tarta y estaba bailando con la recién bautizada en brazos por la habitación a los sones de «Cumpleaños feliz» cuando Ankita, la vecina del bajo, llamó por teléfono. Dijo que un policía había venido por la mañana a preguntar por Tilo y a averiguar si sabía de algún nuevo bebé en el edificio. El hombre tenía prisa y le había dejado un periódico donde la policía había publicado un aviso de rutina. Ankita se lo envió a Tilo por medio de su niña-esclava de la tribu adivasi. Decía:

AVISO DE SECUESTRO DP/1146
NUEVA DELHI 110001

Se informa al público en general de que un bebé desconocido, hijo de DESCONOCIDOS, pariente de DESCONOCIDOS, fue abandonado sin ropa en Jantar Mantar, Nueva Delhi. Después de que se avisara a la policía, pero antes de que las fuerzas policiales llegaran al lugar, dicho bebé fue secuestrado por una persona/personas desconocida(s). El primer informe policial se ha registrado bajo las secciones 361, 362, 365, 366A, y bajo las secciones 367 y 369. Para cualquier información contacten, por favor, con el oficial de guardia de la comisaría de policía de Parliament Street, Nueva Delhi. La descripción del bebé es la siguiente:
Nombre: DESCONOCIDO; Nombre del padre: DESCONOCIDO; Dirección: DESCONOCIDA; Edad: DESCONOCIDA; Ropa: NO LLEVABA.

Al teléfono, el tono de voz de Ankita reflejaba superioridad y desaprobación. Pero así se comportaba siempre con Tilo. Tenía tendencia a adoptar ese aire de suficiencia triunfal de una mujer con marido cuando habla con otra sin marido. No tenía nada que ver con el bebé. No conocía la existencia de Miss Yebin. (Por suerte, Garson Hobart se había preocupado de construir una casa sólida y con paredes insonorizadas.) Nadie lo sabía en el vecindario. Tilo no la había sacado nunca de la casa. Tampoco ella había salido mucho, salvo algunas idas y venidas escasas y esenciales al mercado cuando el bebé dormía. Los tenderos podrían haberse preguntado por qué aquella señora compraba a veces comida para bebé, pero Tilo no creía que la policía llegara tan lejos en su investigación.

Cuando leyó por vez primera el aviso de la policía no lo tomó en serio. Parecía algo rutinario, un requisito burocrático llevado a cabo sin mayor reflexión. Después de leerlo por segunda vez, se dio cuenta de que podía dar lugar a serios problemas. Decidió darse más tiempo para pensar y copió palabra por palabra el aviso en un cuaderno con una caligrafía antigua que luego decoró aún más con racimos de uvas y estambres como si se tratara de los Diez Mandamientos. No podía entender cómo la policía había dado con ella y llegado hasta su casa. Sabía que necesitaba un plan. Pero no tenía ninguno. Así que llamó a la única persona en el mundo que comprendería el problema y le daría un buen consejo.

Tilo y el doctor Azid Bhartiya eran amigos desde hacía más de cuatro años. Se conocieron cuando ambos esperaban a que un zapatero remendón les arreglara las sandalias en Connaught Place, un artesano famoso por su habilidad y su baja estatura. En sus manos cualquier zapato o zapatilla parecía pertenecer a un gigante. Mientras esperaban, cada uno con una sandalia puesta y la otra en la mano, el doctor Bhartiya sorprendió a Tilo preguntándole (en inglés) si tenía un cigarrillo. Ella le sorprendió a su vez respondiendo (en hindi) que no tenía cigarrillos, pero que podía ofrecerle un *bidi*. El pequeño zapatero les sermoneó largamente sobre las consecuencias de fumar tabaco. Les contó que su padre, fumador empedernido, había fallecido de cáncer. Sobre el polvo del suelo dibujó con el dedo el tumor del pulmón de su padre.

–Era así de grande –dijo.

El doctor Bhartiya le aseguró que él solo fumaba mientras esperaba a que le arreglasen las sandalias. La conversación derivó hacia el terreno político. El zapatero maldijo el clima político existente, insultó a los dioses de todos los credos y religiones y finalizó su diatriba besando su horma de hierro. Dijo que era el único dios en el que creía. Cuando hubo reparado las suelas de las sandalias, el zapatero y sus clientes ya se habían hecho amigos. El doctor Bhartiya invitó a sus dos nuevos amigos a que le visitasen en la acera donde vivía en Jantar Mantar. Tilo fue a verle. De ahí en adelante ya no hubo vuelta atrás.

Tilo iba a visitarle dos veces a la semana o más, a menudo a última hora de la tarde para quedarse hasta el amanecer. De vez en cuando le llevaba una pastilla contra las lombrices que, por alguna razón, ella consideraba esencial para el bienestar de cualquier persona y él consideraba ético tomarla aunque estuviese en huelga de hambre. Tilo lo tenía por un hombre de mundo, entre los más sabios y sensatos que conocía. Con el tiempo se convirtió en la traductora/transcriptora, además de impresora/editora, del panfleto *Mis noticias y opiniones* que el doctor Bhartiya revisaba y actualizaba cada mes. Se las arreglaban para vender ocho o nueve copias de cada edición. Con todo, aquella resultaba ser una asociación editorial muy próspera: políticamente aguda, independiente y absolutamente deficitaria.

Desde la llegada de Miss Yebin Segunda los socios editores llevaban sin reunirse más de ocho días. Cuando Tilo llamó al doctor Bhartiya para contarle lo del aviso policial, él bajó la voz hasta reducirla a un susurro. Dijo que debían hablar lo menos posible por el teléfono móvil porque las agencias internacionales les vigilaban constantemente. Pero después de ese momento inicial de precaución continuó hablando con desenfado. Le contó a Tilo que la policía le había dado una paliza y le había confiscado todos sus papeles. Le dijo que lo más probable era que hubieran seguido la pista a partir de ahí (porque el nombre del editor y su dirección aparecían al final del panfleto). Fue por eso o por la elaborada firma que Tilo había estampado en la escayola de su brazo y que, a pesar de sus protestas, la policía había fotografiado desde distintos ángulos.

–Nadie más firmó con tinta verde ni añadió su dirección –le dijo–. Así que debes de ser la primera persona de su lista. Debe tratarse de una comprobación de rutina.

De todas formas, sugirió a Tilo que se trasladase con Miss Yebin inmediatamente y por un tiempo a un lugar llamado Pensión y Funeraria Jannat, en la ciudad vieja. Allí debía contactar con Sadam Husain o, si no, con la propietaria, la doctora Anyum, que, según el doctor Bhartiya, era una persona excelente y había ido a verlo varias veces después del incidente (el de la noche *en cuestión)* para preguntarle por el bebé. Debido al título honorífico que él mismo se había otorgado arbitrariamente (aunque su doctorado seguía «pendiente»), el doctor Bhartiya llamaba a menudo «doctor» o «doctora» a algunas personas por el solo hecho de que le agradaban y sentía respeto por ellas.

Tilo reconoció el nombre de la pensión y el de Sadam Husain por la tarjeta de visita que había dejado en su buzón el hombre que cabalgaba en el caballo blanco y que la había seguido hasta casa desde Jantar Mantar (durante la noche *en cuestión).* Cuando llamó por teléfono a Sadam, este le dijo que el doctor Bhartiya ya se había puesto en contacto con él y que estaba esperando (Sadam) su llamada. Dijo que coincidía con la opinión del doctor Bhartiya y que la llamaría cuando tuviera listo un plan de acción. Le recomendó no salir de la casa con el bebé bajo ningún concepto hasta que tuviera noticias suyas. Le dijo que la policía no podía entrar en un domicilio sin una orden de registro, pero que si estaban vigilando la casa, algo bastante probable, y la sorprendían en la calle con el bebé, podían hacer lo que se les antojara. Tilo se quedó más tranquila después de escuchar por teléfono aquella voz amistosa y aquel tono tan eficiente. Sadam, por su parte, sintió lo mismo.

Horas más tarde llamó a Tilo para decirle que ya había hecho los preparativos necesarios. Al amanecer la recogería frente a su casa, probablemente entre las cuatro y las cinco de la madrugada, antes del horario que prohibía la entrada de camiones en su zona. Sería fácil comprobar si la casa *estaba* vigilada, porque a esas horas no habría nadie más por la calle. Sadam llegaría con un amigo en una camioneta de la Corporación Municipal de Nueva Delhi. Tenían que recoger el cadáver de una vaca que había muerto (reventada) por comer demasiadas bolsas de plástico en el vertedero principal de Hauz Khas. El desvío hasta la casa de Tilo sería mínimo. Era un plan a toda prueba.

–Ningún policía detendría a un camión de basura municipal –dijo Sadam, riéndose–. Si dejas abierta la ventana de casa podrás olernos antes de vernos.

Así pues, Tilo volvía a mudarse.

Miró con detenimiento cada rincón de su casa como una ladrona decidiendo qué llevarse consigo. ¿Qué criterio seguir? ¿Cosas que podría necesitar? ¿Cosas que no debería dejar atrás? ¿Ambas? ¿Ninguna? Se le pasó por la cabeza la idea fugaz de que si la policía entraba en la casa por la fuerza, el secuestro sería el menor de sus delitos.

Lo que más podría incriminarla era aquel montón de coloridos cajones de fruta que, de uno en uno y a lo largo de varios días, le había ido dejando en la puerta un frutero cachemir. Cada caja contenía lo que Musa llamaba sus «reliquias» de la gran inundación que había asolado Srinagar un año atrás.

Cuando la crecida del río Jhelum desbordó su cauce, la ciudad desapareció. Barrios enteros quedaron sumergidos bajo las aguas. Campamentos militares, centros de tortura, hospitales, juzgados, comisarías de policía, todo quedó sumergido. Las casas-barco flotaron a la deriva donde antes había plazas con mercados. Miles de personas se apiñaron precariamente sobre los empinados tejados de sus casas y en los refugios improvisados en las zonas altas, a la espera de un rescate que nunca llegó. Una ciudad sumergida constituía un espectáculo. Una guerra civil sumergida constituía un fenómeno. El ejército realizó algunos rescates impresionantes para las cámaras de televisión. Los presentadores de los canales de noticias veinticuatro horas se maravillaron de todo lo que hacían los valientes soldados indios por una gente ingrata y mal encarada que no se lo merecía. Cuando el nivel del agua descendió, dejó tras de sí una ciudad inhabitable cubierta de lodo. Tiendas llenas de barro, casas llenas de barro, bancos llenos de barro, neveras, estanterías y armarios llenos de barro. Y un pueblo desagradecido y hosco que había sobrevivido sin haber sido rescatado.

Durante las semanas que duró la inundación, Tilo no tuvo noticias de Musa. Ni siquiera sabía si seguía en Cachemira. No sabía si había sobrevivido o se había ahogado y su cuerpo había sido arrastrado hasta una orilla lejana. Todas esas noches, mientras esperaba noticias de él, Tilo se atiborraba de pastillas para dormir, pero durante el día, cuando estaba bien despierta, soñaba con la riada. Con la lluvia y los torrentes de agua que arrastraban marañas de alambres de espino que de lejos parecían ramas. Los peces eran ametralladoras con aletas y cañones que surcaban la vertiginosa corriente como colas de sirena, de modo que no se podía saber a quién apuntaban ni quién moriría cuando disparasen. Bajo esas aguas, soldados y rebeldes peleaban cuerpo a cuerpo a cámara lenta, como en las películas de James Bond, mientras las burbujas de sus últimos alientos ascendían entre las sucias aguas como balas de plata. Ollas a presión (privadas de sus silbatos), calentadores de gas, sofás, librerías, mesas y utensilios de cocina se arremolinaban en la superficie, dándole al río el aspecto de una anárquica autopista cargada de tráfico. Ganado, perros, yaks y gallinas nadaban en círculo. Declaraciones juradas, transcripciones de interrogatorios y comunicados de prensa del ejército se doblaban hasta convertirse ellos solos en barquitos de papel que navegaban hacia su salvación. Todos los políticos y presentadores de televisión, tanto hombres como mujeres, y tanto si eran oriundos del Valle como si venían de fuera, pasaban dando saltitos junto al agua enfundados en trajes de baño de lentejuelas, como una fila de vicetiples imitando a los caballitos de mar y realizando unas bellas coreografías para ballet acuático, zambulléndose, volviendo a emerger, girando, poniendo los pies de punta, felices en aquel torrente de desperdicios, sonriendo abiertamente y enseñando unos dientes brillantes como alambres de espino bajo el sol. Un político en particular, cuyas opiniones no estaban muy alejadas de las de las Schutzstaffel de la Alemania nazi, daba volteretas laterales sobre el agua con aire triunfante y envuelto en un *dhoti* blanco almidonado que daba la impresión de ser impermeable.

Día tras día la pesadilla diurna era recurrente, adornada cada vez con nuevos elementos.

Transcurrió un mes hasta que Musa, por fin, dio señales de vida. Tilo estaba furiosa con él por lo contento que parecía. Musa dijo que ya no quedaba un lugar seguro en Srinagar donde pudiera almacenar sus «reliquias» de la riada y preguntó a Tilo si podía guardarlas en su piso hasta que la situación se normalizase.

Podía. Por supuesto que podía.

Las manzanas de Cachemira llegaban en cajones hechos a la medida y eran de excelente calidad: algunas rojas, otras menos rojas, otras verdes y otras casi negras (Delicious, Golden Delicious, Ambri y Kaala Mastana), envueltas todas ellas en papel cebolla. Cada caja llevaba en una esquina la tarjeta de visita de Musa (un pequeño dibujo de la cabeza de un caballo). Cada caja tenía un doble fondo. Y cada fondo contenía las «reliquias» de Musa.

Tilo volvió a abrir las cajas para recordar lo que contenían y decidir lo que haría con aquellos documentos: ¿llevárselos o dejarlos allí? Musa era el único que tenía llave del apartamento. Con Garson Hobart no corría peligro porque estaba más que instalado en Afganistán. En cualquier caso, él no tenía llave, así que dejar los documentos donde estaban no suponía un gran riesgo. A no ser, a no ser, a no ser que diera la casualidad de que la policía forzara la entrada del piso.

Las «reliquias» eran escasas y era obvio que Musa las había enviado apresuradamente. Las primeras que llegaron estaban cubiertas de lodo (un barro espeso y oscuro del fondo del río). Otras estaban limpias y era evidente que habían escapado a la riada. Había un álbum de fotos de familia con manchas de humedad en el que casi no se reconocía a nadie. La mayoría de las fotos eran de la hija de Musa, Miss Yebin Primera, y de su madre, Arifa. Había un puñado de pasaportes dentro de una bolsa de plástico de cierre hermético (siete en total, dos indios y cinco de diversas nacionalidades): Iyad Kharif (Musa, el palomo libanés), Hadi Hasan Mohseni (Musa, el guía y sabio iraní), Faris Ali Halabi (Musa, el jinete sirio), Mohamed Nabil al Salem (Musa, el noble catarí),

Ahmed Yasir al Qassimi (Musa, el rico hombre de Baréin). Musa afeitado, Musa con barba de varios días, Musa con pelo largo y sin barba, Musa con el pelo corto y la barba recortada. Tilo reconoció el primer nombre, Iyad Kharif. Siempre había sido el favorito de Musa y ambos se reían de ese nombre cuando estaban en la universidad porque significaba «el palomo que nació en otoño». Tilo usaba una variante de ese nombre para referirse a aquellos con los que estaba enfadada: Gandoo Kharif, el tonto del culo que nació en otoño. (De joven Tilo había sido muy malhablada y cuando empezó a estudiar hindi se divertía usando las palabrotas recién aprendidas como soporte para su vocabulario básico.)

En otra bolsa de plástico había tarjetas de crédito pegoteadas de barro seco con nombres que coincidían con los de los pasaportes, tarjetas de embarque y algunos billetes de avión (reliquias de los días en los que existían billetes de avión). Había viejas agendas de teléfono repletas de nombres y direcciones. En la contratapa de una de ellas Musa había escrito, en diagonal, el fragmento de una canción:

> De la sombra a la luz y de la luz a la sombra,
> tres carruajes negros, tres carros blancos,
> lo que nos une nos separa
> nuestro hermano ha partido, nuestro corazón se ha partido.

¿Por quién estaba de duelo? Tilo no lo sabía. Quizá por toda una generación.

Había una carta inacabada, escrita en el papel azul para envíos nacionales con prepago. No iba dirigida a nadie. Quizá la escribiera para sí mismo... o para Tilo, porque comenzaba con un poema en urdu que él había intentado traducir, cosa que hacía a menudo para ella:

Duniya ki mehfilon se ukta gaya hoon ya Rab
Kya lutf anyuman ka, jab dil hi bujh gaya ho
Shorish se bhagta hoon, dil dhoondta hai mera
Aisa sukoot jis pe taqreer bhi fida ho

Estoy cansado de reuniones mundanas, oh Señor.
¿Qué placer encuentro en ellas si la luz de mi corazón se ha apagado?
Huyo del clamor de las masas, mi espíritu busca
esa clase de silencio que dejaría muda al habla misma.

Debajo de esas líneas había escrito:

No sé dónde parar ni cómo continuar. Me detengo cuando no debo. Sigo adelante cuando debería detenerme. Hay cansancio. Pero también desafío. Ambos me definen estos días. Juntos me roban el sueño y juntos restauran mi alma. Hay multitud de problemas sin solución a la vista. Los amigos se convierten en enemigos. Si no lo son abiertamente, lo ocultan en la reticencia y el silencio. Pero todavía me queda por ver que un enemigo se convierta en amigo. No parece que haya esperanzas. Pero fingir que aún las hay es lo único que nos queda...

Tilo no sabía a qué amigos se refería.

Solo sabía que era casi un milagro que Musa siguiera vivo. Durante los dieciocho años transcurridos desde 1996, Musa había vivido con la idea de que cada noche podría ser la noche de los cuchillos largos.

–¿Cómo van a matarme otra vez? –decía cuando veía a Tilo preocupada–. Ya has ido a mi entierro. Ya pusiste flores sobre mi tumba. ¿Qué más pueden hacerme? Soy una sombra al mediodía. No existo.

Pero la última vez que se encontraron, Musa dijo algo

de pasada, bromeando, pero con una mirada angustiada que heló la sangre de Tilo.

–Hoy en día en Cachemira te pueden matar por haber sobrevivido.

Musa le dijo a Tilo que en la batalla los enemigos no pueden quebrantar tu espíritu, eso solo pueden hacerlo tus amigos.

En otra caja había un cuchillo de caza y nueve teléfonos móviles (demasiados para pertenecer a alguien que no los usaba), algunos eran Nokia viejos y pequeños, y había además un smartphone Samsung y dos iPhones. Cuando Tilo los recibió estaban cubiertos de tanto barro seco que parecían tabletas de chocolate fosilizadas. Una vez limpios, los teléfonos sencillamente parecían viejos e inutilizables. Había unos recortes de prensa amarillentos y rígidos. Uno de ellos contenía unas manifestaciones del entonces primer ministro de Cachemira. Alguien lo había subrayado:

> No podemos seguir revolviendo la tierra de los cementerios. Necesitamos al menos algunas indicaciones de los familiares de los desaparecidos a falta de una información más concreta. ¿Dónde habría más posibilidades de que los cuerpos de sus parientes desaparecidos estuvieran enterrados?

Una tercera caja contenía una pistola, algunas balas sueltas, un frasco de pastillas (Tilo no sabía *qué tipo* de pastillas eran, pero podía imaginárselo: algo que empezaba por C) y un cuaderno que no parecía haber sufrido los estragos de la riada. Tilo reconoció el cuaderno y su propia letra, pero aun así lo leyó con curiosidad, como si lo hubiera escrito otra persona. En esos días sentía que su cerebro también era una «reliquia» recubierta de lodo seco. No era solo su cerebro, *toda* ella se sentía como un objeto recuperado o más bien como un cúmulo dispar de reliquias recuperadas del lodo.

Mucho antes de servir de taquígrafa a su madre y al doctor Azad Bhartiya, Tilo ya había ejercido, en Cachemira, como singular taquígrafa a tiempo parcial durante una ocupación militar a tiempo completo. Después del episodio del Cine Shiraz, después de volver a Delhi y casarse con Naga, Tilo volvió a Cachemira mes tras mes, año tras año, de forma obsesiva, como si estuviese buscando algo que hubiera dejado atrás. Ella y Musa apenas se veían durante aquellos viajes (cuando se encontraban, lo hacían sobre todo en Delhi). Pero mientras Tilo estaba en Cachemira, él la observaba desde su escondite. Ella sabía que las almas amigas que aparecían de la nada para acompañarla, para viajar junto a ella, para invitarla a sus casas, eran gente de Musa. Le daban la bienvenida y le contaban cosas que ni siquiera se dirían a ellos mismos, tan solo porque amaban a Musa (o, al menos, la idea que tenían de él, del hombre que conocían como la sombra entre las sombras). Musa no sabía lo que Tilo buscaba como tampoco lo sabía ella misma. Sin embargo Tilo gastaba casi todo lo que ganaba con sus trabajos de diseño y tipografía en aquellos viajes. A veces tomaba fotografías extrañas. Anotaba cosas extrañas. Coleccionaba fragmentos de historias y recuerdos inexplicables que parecían no tener sentido. No parecía existir un patrón ni un hilo conductor que explicara sus intereses. No se había impuesto ninguna tarea, no tenía ningún proyecto. No escribía para ningún periódico ni revista, no estaba escribiendo un libro ni rodando una película. No prestaba atención a las cosas que los demás hubiesen considerado importantes. Con el paso de los años, su curioso y deslavazado archivo se había convertido en algo particularmente peligroso. Era un archivo de reliquias, no de la riada, sino de otra clase de desastre. Instintivamente lo había mantenido oculto de Naga y lo había ordenado siguiendo su propia lógica, intuitiva y enrevesada, que apenas ella misma comprendía. Nada de aquello tenía sentido ni servía para algo en el mundo real. Pero eso daba igual.

La verdad era que Tilo volvía a Cachemira para apaciguar su corazón atormentado y redimirse de un crimen que no había cometido.

Y para poner flores frescas sobre la tumba del Comandante Gulrez.

El cuaderno que Musa envió junto al resto de sus «reliquias» era de Tilo. Debió de habérselo dejado durante uno de sus viajes. Las primeras páginas estaban escritas con su letra y el resto estaba en blanco. Tilo sonrió de oreja a oreja cuando leyó la primera página:

Reader's Digest de Gramática y Comprensión
de la lengua inglesa para niños pequeños
por
S. Tilottama

Tilo buscó un cenicero, se sentó con las piernas cruzadas en el suelo y fumó un cigarrillo tras otro hasta terminar de leer el cuaderno. Contenía historias, recortes de prensa y algunas anotaciones personales:

EL VIEJO Y SU HIJO

Cuando Mansur Ahmed Ganai se convirtió en guerrillero, los soldados fueron a su casa y detuvieron a su padre, el apuesto y siempre elegante Aziz Ganai. Lo encerraron en el Centro de Interrogatorios de Haider Baig. Mansur Ahmed Ganai militó en la insurgencia durante un año y medio. Su padre permaneció encarcelado un año y medio.

El día que mataron a Mansur Ahmed Ganai, unos soldados sonrientes abrieron la puerta de la celda de su padre.

–*Jenaab*, ¿no querías la *Azadi? Mubarak ho aapko.* ¡Enhorabuena! Hoy se ha cumplido tu deseo. ¿Querías ser libre? Pues la libertad te ha llegado.

La gente del pueblo lloró más por aquel desecho humano que cruzó a la carrera el huerto envuelto en harapos, con los ojos desorbitados, el pelo sin cortar y la barba sin afeitar desde hacía un año y medio, que por el chico asesinado.

Aquel desecho humano llegó apenas a tiempo para levantar el sudario y besar el rostro de su hijo antes de que lo enterraran.

Pregunta 1: ¿Por qué los aldeanos lloraron más por aquel desecho humano?
Pregunta 2: ¿Por qué estaba deshecho aquel desecho?

NOTICIAS

Servicio de Noticias de Cachemira.

Docenas de cabezas de ganado cruzan la línea de control (LC) en Rajouri:

Al menos 33 reses, incluidos 29 búfalos, han cruzado a Pakistán en el sector de Nowshera del distrito de Rajouri, en Jammu y Cachemira.

Según el Servicio de Noticias de Cachemira (SNC) el ganado cruzó la LC en el subsector de Kalsian. «El ganado, que pertenece a Ram Saroop, Ashok Kumar, Charan Das, Ved Prakash y otros, estaba pastando cerca de la LC cuando cruzaron al otro lado», informaron varios aldeanos al SNC.

Marque la casilla correspondiente:
Pregunta 1: ¿Por qué cruzó el ganado la LC?

(a) Para entrenarse.
(b) Para realizar una operación de infiltración.
(c) Ninguna de las opciones anteriores.

EL ASESINATO PERFECTO (La historia de J)

El hecho sucedió hace varios años, antes de que me retirara del servicio. Puede que fuera en 2000 o 2001. Entonces yo estaba destinado en Matan, con el cargo de superintendente adjunto de la Policía.

Una noche, alrededor de las 11.30, recibimos una llamada de un pueblo vecino. Quien llamaba era un aldeano que no quiso dar su nombre. Dijo que había habido un asesinato. Nos pusimos en marcha mi jefe (el superintendente) y yo. Era el mes de enero. Hacía mucho frío. Había nieve por todas partes.

Llegamos al pueblo. La gente permanecía en sus casas. Las puertas estaban cerradas a cal y canto. Las luces estaban apagadas. Había dejado de nevar. La noche estaba clara. La luna, llena. La nieve reflejaba la luz de la luna. Se podía ver alrededor con toda claridad.

Vimos el cuerpo de una persona, un hombre grande y fuerte. Estaba tendido sobre la nieve. Hacía poco tiempo que lo habían matado. Su sangre empapaba la nieve. Todavía estaba caliente. Había derretido parte de la nieve. La nieve todavía soltaba vapor. El hombre yacía allí, como si lo estuvieran cocinando...

Se podía apreciar que, después de que le cortaran el cuello, el hombre se había arrastrado unos treinta metros para llamar a la puerta de una casa. Pero, por miedo, nadie le había abierto y acabó muriendo desangrado. Como he dicho, era un hombre grande y fuerte por lo que había mucha sangre a su alrededor. Llevaba ropa de pastún (un *salwar kamiz),* un chaleco antibalas de camuflaje y un cinturón con cargadores lleno de balas. Cerca de él había un AK-47. No había duda de que era un guerrillero, pero ¿quién lo había matado? Si hubiera sido el ejército, habrían retirado el cadáver y reivindicado su muerte inmediatamente. Si hubiera sido otro grupo guerrillero, se hubieran llevado el subfusil. Aquello era un verdadero rompecabezas.

Reunimos a la gente del pueblo y les interrogamos. Nadie admitió haber sabido, visto u oído nada. Nos llevamos el cadáver a la comisaría de policía de Matan. Desde allí el superintendente llamó al oficial al mando del cercano cuartel de los Fusileros de Rashtriya (RR) para preguntarle si sabía algo. Nada.

No fue difícil identificar el cadáver. Se trataba de un conocido comandante de la guerrilla. Pertenecía al Hizb. El grupo Hizbul Muyahidín. Pero nadie reivindicó su muerte. Ante tal situación, el comandante del ejército y mi superintendente decidieron reivindicar la acción. Comunicaron que el guerrillero había sido abatido en un «encuentro» tras una operación de registro conjunta de los fusileros (RR) y la Policía de Jammu y Cachemira (JKP).

La historia apareció en la prensa nacional de la manera siguiente: *Después de un encarnizado enfrentamiento que duró varias horas, un temido guerrillero resultó muerto durante la operación conjunta que llevaron a cabo los Fusileros de Rashtriya y la Policía de Jammu y Cachemira, al mando del comandante XX y del superintendente de la Policía YY.*

Tanto los RR como la JKP recibieron menciones honoríficas y se repartieron entre ellos las recompensas económicas. El cuerpo del guerrillero se entregó a la familia y se investigó discretamente si alguien tenía idea de quién había podido matarlo. No se llegó más allá.

Siete días más tarde, en otra aldea, un militante del Hizbul Muyahidín fue hallado decapitado. Se trataba del segundo al mando del tipo que encontramos con anterioridad. El Hizb reivindicó su muerte. Después filtraron que lo habían matado porque había sido quien había asesinado a su comandante y además había robado veinticinco lakhs destinados a pagar al resto del grupo.

En la prensa nacional la noticia apareció así:

La guerrilla decapita a un civil inocente de forma truculenta.

Pregunta 1: ¿Quién es el héroe de esta historia?

EL INFORMANTE - I

Estamos en la circunscripción de Tral. En un pueblo llamado Nav Dal. Es el año 1993. El pueblo está repleto de guerrilleros. Es un pueblo «liberado». El ejército está acampado en los alrededores, pero los soldados no se atreven a entrar en el pueblo. Se ha llegado a un punto muerto. Ningún aldeano se acerca al campamento del ejército. No hay ningún tipo de intercambio entre soldados y aldeanos.

Sin embargo, el comandante que está en el campamento del ejército conoce cada movimiento que hacen los guerrilleros. Sabe qué aldeanos apoyan la rebelión y cuáles no; quiénes dan gustosamente comida y alojamiento a los guerrilleros y quiénes no.

Durante varios días se monta una estricta vigilancia. Ni una sola persona se acerca al campamento. Ni un solo soldado entra en el pueblo. Sin embargo, la información llega al ejército.

Por fin, los guerrilleros se dan cuenta de que hay un toro negro, gordo y de buen aspecto que va todos los días desde el pueblo hasta el campamento del ejército. Deciden interceptar al toro. Atado a uno de los cuernos, junto con diversos *taveez* (amuletos para evitar que enferme, contra el mal de ojo y contra la impotencia), encuentran notitas con información.

Al día siguiente los guerrilleros atan un artefacto explosivo a los cuernos del toro. Cuando este se aproxima al campamento lo hacen detonar a distancia. Nadie muere. El toro resulta gravemente herido. El carnicero del pueblo se ofrece a sacrificarlo siguiendo el ritual *halal* para que, al menos, los aldeanos se den un festín de carne.

Los guerrilleros emiten una fetua. El toro era un informante. Nadie puede comer su carne.

Amén.

Pregunta 1: ¿Quién es el héroe de esta historia?

EL INFORMANTE-II

> Vender a los demás le gustaba, pues lo
> deshumanizaba. Deshumanizarme es
> mi tendencia más profunda.
>
> Jean Genet

> Todavía no me he curado de la felicidad.
>
> Anna Ajmátova

Pregunta 1: ¿Quién es el héroe de esta historia?

VIRGINIDAD

El ataque que los fedayines habían planeado contra el campamento del ejército se abortó en el último minuto por parte, precisamente, de los propios fedayines. Tomaron tal decisión porque Abid Ahmed, alias Abid Suzuki, el conductor del Maruti Suzuki en el que iban, estaba conduciendo realmente mal. El pequeño coche iba dando bandazos a derecha e izquierda como si estuviera esquivando algo, pero la carretera estaba vacía y no había nada que esquivar. Cuando los compañeros de Abid Suzuki (ninguno de los cuales sabía conducir) preguntaron qué le pasaba, contestó que era porque las huríes habían venido para llevarlos a todos al paraíso. Estaban bailando desnudas sobre el capó del coche y eso le distraía.

No hay modo de saber si las huríes desnudas eran vírgenes o no.

Pero no hay duda de que Abid Suzuki sí lo era.

Pregunta 1: ¿Por qué Abid Suzuki conducía tan mal?
Pregunta 2: ¿Cómo sabes si un hombre es virgen?

EL CORAZÓN VALIENTE

Mehmud era un sastre de Budgam. Su mayor ilusión era hacerse una fotografía posando con varias armas. Por fin, un amigo del colegio que se había unido a la guerrilla le llevó a su guarida para que cumpliera su sueño. Mehmud regresó a Srinagar con el carrete de fotos y lo llevó al Estudio Foto Taj para que lo revelaran e hicieran varias copias. Después de regatear un descuento de 25 paisas por copia, se fue. Cuando volvió para recogerlas, la Fuerza de Seguridad Fronteriza había acordonado la zona del Estudio

Foto Taj y le pillaron con las manos en la masa, esto es, con las copias en las manos. Se lo llevaron a su campamento y lo torturaron durante varios días. No lograron que hablara. Le condenaron a diez años de cárcel.

Varios meses más tarde el comandante del grupo guerrillero que había consentido la sesión fotográfica también fue detenido. Le encontraron dos AK-47 y varios cargadores de balas. Lo dejaron libre al cabo de un par de meses.

Pregunta 1: ¿Valió la pena?

EL ARRIBISTA

El chico siempre quiso ser alguien. Una vez invitó a cuatro guerrilleros a cenar y les puso pastillas para dormir en la comida. Cuando se durmieron, llamó al ejército. Los soldados mataron a los guerrilleros e incendiaron la casa. El ejército le había prometido al chico que le daría dos canales[1] de tierra y ciento cincuenta mil rupias. Le dieron solo cincuenta mil y le alojaron en un barracón en el exterior del cuartel. Le dijeron que, si quería trabajar permanentemente para el ejército en lugar de ganarse la vida con un mísero jornal, debía entregarles un par de combatientes extranjeros. El chico consiguió que detuvieran «vivo» a un paquistaní, pero no le estaba resultando fácil dar con el segundo.

–Desgraciadamente el negocio va mal estos días –le dijo a un inspector de policía–. Las cosas se han puesto de tal modo que ya no puedes matar a alguien y decir que es

1. Unidad de superficie tradicional en los estados del norte de la India y noreste de Pakistán. Un canal equivale a 505,86 metros cuadrados. *(N. de la T.)*

un guerrillero extranjero. Así no conseguiré un trabajo permanente.

El inspector de policía le preguntó qué votaría si hubiera un referéndum, ¿India o Pakistán?

–Pakistán, por supuesto.

–¿Por qué?

–Porque es nuestro *mulk* (país). Pero los guerrilleros paquistaníes no nos pueden ayudar en eso. Si pudiera matarlos y conseguir así un buen trabajo, eso sí me ayudaría.

Luego le dijo al IP que cuando Cachemira formase parte de Pakistán, él (el IP) no sobreviviría. Pero él (el chico), sí. Aunque también dijo que eso era pura teoría. Porque a él lo matarían pronto.

Pregunta 1: ¿Quién creía el chico que lo mataría?

(a) El ejército.
(b) Los guerrilleros.
(c) Los paquistaníes.
(d) Los dueños de la casa que había quemado el ejército.

EL GANADOR DEL PREMIO NOBEL

Manohar Mattoo era un *pandit* de Cachemira que permaneció en el Valle incluso después de que todos los demás hindúes se hubieran marchado. En su fuero interno estaba cansando y profundamente dolido por los comentarios de sus amigos musulmanes que decían que todos los hindúes de Cachemira eran, en realidad, colaboradores de las fuerzas de ocupación indias. Manohar había participado en todas las manifestaciones de protesta contra la India y gritado *Azadi!* con más fuerza que ninguno. Pero nada parecía servirle de ayuda. En algún momento había contemplado la idea de tomar las armas y unirse al Hizbul Muyahidín, pero al final decidió no hacerlo. Un día un viejo amigo suyo del colegio, Aziz Mohamed, un agente de inteligencia, le fue a visitar y le dijo que estaba preocupado por él. Le contó que había visto su ficha policial que indicaba que estaba siendo vigilado por sus «tendencias antinacionalistas».

Cuando Mattoo oyó eso, sonrió radiante y sintió que el pecho se le henchía de orgullo.

–Me acabas de dar el Premio Nobel –le dijo a su amigo.

Después le llevó al Café Arábica y le invitó a café y pasteles que le costaron 500 rupias.

Un año más tarde Mattoo fue asesinado por un pistolero desconocido por ser considerado un *kafir,* un infiel.

Pregunta 1: ¿Por qué mataron a Mattoo?

(a) Porque era hindú.
(b) Porque quería la *Azadi.*
(c) Porque ganó el Premio Nobel.
(d) Por ninguna de esas razones.
(e) Por todas esas razones.

Pregunta 2: ¿Quién pudo haber sido el pistolero desconocido?

(a) Un guerrillero islamista que pensaba que todos los *kafires* debían morir.
(b) Un agente del ejército de ocupación que deseaba que la gente creyera que todos los guerrilleros islámicos pensaban que todos los *kafires* debían morir.
(c) Ninguno de ellos.
(d) Alguien que deseaba que la gente se volviera loca intentando resolver el enigma.

JADIYA DICE...

En Cachemira cuando una mujer le dice a otra por la mañana «Buen día para llevar pañuelo», lo que realmente quiere decir es «Buen día para estar de duelo».

LOS TIEMPOS ESTÁN CAMBIANDO

La Begum Dil Afroze era una conocida oportunista que creía, literalmente, que había que cambiar con los tiempos. Cuando el movimiento secesionista estaba en su apogeo, ella adelantaba su reloj media hora para adecuarse al horario de Pakistán. Cuando las fuerzas de ocupación recuperaban el control, ella retrasaba el reloj para adecuarlo al horario de la India. La gente del Valle siempre decía: «El reloj de la Begum Dil Afroze no es realmente un reloj, es un periódico.»

Pregunta 1: ¿Cuál es la moraleja de esta historia?

EL DÍA DE LOS INOCENTES DE 2008. En realidad es la noche de los inocentes. Las noticias llegan esporádicamente a través de los teléfonos móviles: *Enfrentamiento en un pueblo de Bandipora.* La Fuerza de Seguridad Fronteriza y la Fuerza de Tareas Especiales comunican que han recibido información precisa de que en una casa del pueblo de Chithi Bandi se encuentran varios guerrilleros, entre ellos el jefe de operaciones del Lashkar-e-Taiba. Hubo un enfrentamiento que duró toda la noche. Pasada la medianoche el ejército anunció que la operación había sido todo un éxito. Dijeron que habían matado a dos guerrilleros. Sin embargo, la policía no encontró ningún cadáver.

Fui con P a Bandipora. Salimos al amanecer.

La carretera de Srinagar a Bandipora serpentea entre campos de mostaza. El lago Wular es un espejo inescrutable. Barcas estrechas se deslizan por él como las modelos en una pasarela de moda. P me dice que hace poco y dentro de la «Operación Buena Voluntad», el ejército llevó a veintiún niños de pícnic en un bote de la marina. El bote zozobró. Los veintiún niños se ahogaron. Cuando los padres de los niños ahogados salieron a protestar, les tirotearon. Los que tuvieron más suerte murieron.

Dicen que Bandipora es un distrito «liberado». Como lo fue Sopore en su día. Como Shopian todavía lo es. Bandipora está situada a los pies de las altas montañas. Cuando llegamos, nos dimos cuenta de que la refriega no había acabado.

Los aldeanos nos dijeron que todo había empezado a las tres y media de la tarde del día anterior. Los soldados sacaron a la gente de sus casas a punta de fusil. Tuvieron que dejar las casas abiertas, el té caliente sin beber, los libros abiertos, los deberes escolares sin terminar, la comida en el fuego, las cebollas friéndose y los tomates cortados a la espera de acabar en la sartén.

Según los aldeanos, participaron más de mil soldados. Otros dijeron que cuatro mil. Por la noche el terror se agranda y las hojas de los plátanos debieron de parecerles militares. Mientras el enfrentamiento iba bajando en intensidad y se aproximaba el alba, no solo los disparos esporádicos amedrentaban a los aldeanos, también los sonidos atenuados de las puertas de sus aparadores que se abrían, de las joyas y el dinero que les estaban robando, de los telares que les estaban destrozando y del ganado que se estaba achicharrando vivo en los establos.

Una casa grande que pertenecía al hermano de un poeta había sido arrasada hasta los cimientos. Allí no se pudo encontrar ningún cadáver. Los guerrilleros habían escapado. O quizá nunca estuvieron en el lugar.

Sin embargo, ¿por qué seguía el ejército allí? Soldados con sus ametralladoras, morteros y palas controlaban al gentío.

Más noticias:

Dos hombres jóvenes han sido detenidos junto a una gasolinera cercana.

La gente se queda lívida.

El ejército ya ha anunciado que ha matado a dos guerrilleros en Chithi Bandi. Por lo tanto tendrán que mostrar los cadáveres. La gente sabe cómo funciona la vida real. Hay veces que el guión ha sido escrito de antemano.

–Si los cuerpos de esos chicos han sido quemados recientemente, no aceptaremos la versión que nos dé el ejército.

¡Fuera India! ¡Vete India!

La gente se fija en un soldado que les mira desde la mezquita del pueblo. No se ha quitado las botas para entrar en aquel lugar sagrado. Se desata el griterío. Despacio, el cañón del fusil del soldado se eleva y apunta. El aire se encoge y se enrarece.

Se oye un disparo que procede de las ruinas de la casa del hermano del poeta. Es un aviso. El ejército va a iniciar la retirada. La calle principal del pueblo no es lo suficientemente ancha para que pasen ellos y nosotros, así que nos arrimamos contra las paredes de las casas para dejarlos salir. Los soldados pasan en fila. Los abucheos los persiguen por la calle como el silbido del viento. Se puede sentir la furia y la vergüenza de los soldados. También su impotencia. La situación podría dar un giro trágico en cualquier momento.

Todo lo que tienen que hacer es darse la vuelta y empezar a disparar.

Todo lo que la gente tiene que hacer es caer al suelo y morir.

Cuando el último soldado abandona el pueblo, la gente se encarama sobre las ruinas de la casa incendiada. Las planchas de hojalata que una vez fueron el tejado están todavía humeantes. Un baúl con la tapa abierta sigue ardiendo a punto de calcinarse. ¿Qué habría dentro que arde con esas llamas tan preciosas?

Sobre el montón de escombros humeantes los aldeanos se apiñan y cantan:

Hum Kya Chahtey?

Azadi!

Y llaman al Lashkar:

Aiwa Aiwa!

Lashkar-e-Taiba!

Llegan más noticias.

Mudasser Nazir ha sido detenido por la Fuerza de Tareas Especiales.

Llega su padre. Está casi sin aliento. Su rostro ceniciento parece una hoja otoñal en primavera.

Se han llevado a su hijo al campamento.

–Él no es un guerrillero. Le hirieron el año pasado durante una manifestación.

–Dicen que si usted quiere que le devolvamos a su hijo, debe entregarnos a su hija a cambio. Dicen que colabora con la insurgencia y que ayuda a un guerrillero del grupo Hizbul Muyahidín a transportar sus cosas.

Puede que la chica lo ayude o puede que no. En cualquier caso, ya se puede dar por muerta.

Ayudaré a un guerrillero del Hizb a transportar sus cosas.

Después él me matará por ser quien soy.

Soy una mala mujer sin velo.

India.
¿India?
Qué más da.
Así están las cosas.

NADA

Me gustaría escribir una de esas historias sofisticadas en las que, a pesar de que no ocurre casi nada, hay mucho que escribir. Eso es imposible en Cachemira. Nada de lo que aquí sucede es sofisticado. Hay demasiada sangre para que exista una buena literatura.

Pregunta 1: ¿Por qué no puede ser sofisticada?
Pregunta 2: ¿Cuál es la cantidad aceptable de sangre derramada para que exista una buena literatura?

La última entrada en el cuaderno era un comunicado de prensa del ejército pegado a una de las páginas.

OFICINA DE PRENSA (SECCIÓN DE DEFENSA)
OFICINA DE RELACIONES PÚBLICAS DEL GOBIERNO
DE LA INDIA, MINISTERIO DE DEFENSA, SRINAGAR
UNAS NIÑAS DE BANDIPORA SALIERON DE EXCURSIÓN

Bandipora, 27 de septiembre: Hoy ha sido un día importante en la vida de 17 niñas de los pueblos de Erin y Dardpora en el distrito de Bandipora cuando su excursión de SADHBHAVANA de 13 días a Agra, Delhi y Chandigarh fue despedida por la señora Sonya Puri y el brigadier Anil Mehra, general al mando de la 81.º Brigada de Montaña, desde los caladeros del pueblo de Erin. Las niñas iban acompañadas por dos mujeres adultas y dos consejeros comunales de la zona junto con varios oficiales del 14.º de Fusileros de Rashtriya. Visitarán varios lugares de interés histórico y educativo en Agra, Delhi y Chandigarh. Además, tendrán el privilegio de ser recibidas en audiencia por el gobernador de Punyab y el de su propio estado.

El brigadier Anil Mehra, al mando de la 81.º Brigada de Montaña, al dirigirse a las participantes de la excursión les dijo que sacaran provecho de la excelente oportunidad que se les brindaba. También les pidió que observaran con mucho interés el progreso realizado por otros estados de la India y que se considerasen embajadoras de la paz. También estaban presentes en la ocasión para brindar una cálida despedida el coronel Vinod Singh Negi, comandante en jefe del 14.º de Fusileros de Rashtriya, los dignatarios electos de los dos pueblos, los padres de todas las niñas y gentes del lugar.

La lectura del *Reader's Digest de Gramática y Comprensión de la lengua inglesa para niños pequeños* le llevó a Tilo dos *bidis* y cuatro cigarrillos. Ajustando, por supuesto, la velocidad de la lectura con la de fumar, siendo ambas variables.

Tilo sonrió para sí recordando otra excursión de las llamadas de Buena Voluntad, similar a la descrita en el artículo de prensa, organizada amablemente por el ejército para los niños de Muskaan, el orfanato militar de Srinagar. Musa le había enviado un mensaje a Tilo para que se encontraran en el Fuerte Rojo. Debió de ser hace diez años. En aquel tiempo ella todavía vivía con Naga.

En esa ocasión, Musa, en el colmo de su audacia, participaba como uno de los acompañantes civiles del grupo. Estaban de paso en Delhi, camino de Agra, para ver el Taj Mahal. Durante su estancia en Delhi llevaron a los huérfanos a visitar el Qutb Minar, el Fuerte Rojo, la Puerta de la India, la Rashtrapati Bhavan (la residencia presidencial), el Parlamento, la Casa Birla (donde mataron a Gandhi), la Teen

Murti (donde vivió Nehru) y el número 1 de Safdarjung Road (donde fue asesinada Indira Gandhi) por sus guardaespaldas sijs). Musa estaba irreconocible. Se hacía llamar Zahur Ahmed, sonreía más de lo necesario y simulaba una actitud ligeramente humilde y obsequiosa.

Tilo y él se encontraron como dos extraños que se sientan juntos casualmente en la oscuridad durante el espectáculo de luz y sonido en el Fuerte Rojo. La mayor parte del público eran turistas extranjeros.

–Esta es una iniciativa de colaboración entre nosotros y las Fuerzas de Seguridad –le susurró Musa a Tilo–. A veces, en este tipo de colaboración, los socios no saben que son socios. El ejército cree que están enseñando a los niños a amar a la patria y nosotros creemos que le estamos enseñando a conocer al enemigo. De esta forma, cuando a esta generación de niños les llegue el turno de combatir, no acabarán comportándose como Hassan Lone.

Uno de los huérfanos, un pequeñajo con grandes orejas, se sentó sobre las rodillas de Musa, le dio miles de besos y se quedó allí muy quieto, mirando intensamente de cerca a Tilo con sus ojos inexpresivos. Musa parecía serio e indiferente con el niño. Pero Tilo observó cómo se le tensaban ligeramente los músculos de la cara y cómo, por un instante, se le iluminaba la mirada. Tilo dejó pasar el momento.

–¿Quién es Hassan Lone?

–Era mi vecino. Un gran tipo. Un hermano.

Llamar a alguien «hermano» era la forma que tenía Musa de mostrar su mayor respeto y aprecio.

–Quería unirse a la guerrilla, pero durante su primer viaje a la India, a Bombay, vio la masa de gente que había en la Estación Victoria y desistió. Cuando volvió, nos dijo: «Hermanos, ¿habéis visto cuántos son ellos? ¡No tenemos la menor oportunidad! Yo me rindo.» ¡Y se rindió *de verdad!* Ahora trabaja en un pequeño negocio textil.

Musa sonrió abiertamente en la oscuridad y le dio un sonoro beso en la cabeza al niño que tenía sobre el regazo, en memoria de su amigo Hassan Lone. El pequeñajo siguió mirando al frente, feliz y radiante como un sol.

Por los altavoces se oía que era el año 1739. El emperador Mohamed Sha Rangila llevaba casi treinta años en el Trono del Pavo Real en Delhi. Era un emperador interesante. Asistía a las peleas de elefantes vestido con ropa de mujer y zapatillas enjoyadas. Bajo su mecenazgo surgió una nueva escuela de miniaturistas que pintaban escenas de sexo explícito y paisajes bucólicos. Pero no todo era sexo e impudicia. En su corte actuaban grandes bailarines de *kathak* y cantantes de *qawwali*. El místico y académico Shah Waliullah tradujo el Corán al persa. Jwaya Mir Dard y Mir Taqi Mir recitaban sus versos en las casas de té de Chandni Chowk:

Le saans bhi ahista ki nazuk hai bahut kaam
afaq ki iss kargah-e-shishagari ka

Respira aquí con suave aliento pues todo se forja con
ligereza,
aquí, en este taller del mundo, donde el cristal se sopla
con sutileza.

De pronto, suenan los cascos de unos caballos. El pequeño se yergue sobre el regazo de Musa y vuelve la cabeza para ver de dónde viene el sonido. Es la caballería de Nadir Sha que llega a Delhi galopando desde Persia, arrasando a su paso las ciudades que cruza. El emperador sigue imperturbable en el Trono del Pavo Real. Según él, la poesía, la música y la literatura no deben ser perturbadas por la banalidad de la guerra. Las luces cambian de color en el Diwan-i-Khas. Violeta, rosa, verde. Por los altavoces se oyen las risas de las mujeres del harén. Jóvenes bailarinas hacen sonar las campanillas de sus tobilleras. Se oye la risa inconfundible, profunda y coqueta de un eunuco de la corte.

Después del espectáculo, los huérfanos y sus chaperones pasan la noche en un pabellón de la Vishwa Yuvak Kendra, situado en el Enclave Diplomático. El lugar está al final de la calle de la casa de Tilo (y de Naga).

Cuando Tilo regresó a casa, Naga estaba dormido frente al televisor encendido. Ella lo apagó y se recostó junto a él. Esa noche Tilo soñó con una carretera que serpenteaba por el desierto sin que hubiera razón alguna para que trazara aquellas curvas. Musa y ella caminaban por la carretera. Había autobuses estacionados en uno de los lados y en el otro había contenedores (todos con una puerta y una cortina de gasa raída). En algunas puertas había putas y en otras, soldados. Soldados somalíes muy altos. Sacaban a gente malherida de los contenedores y en su lugar metían a personas encadenadas. Musa se detenía para hablar con un hombre vestido de blanco. Parecía ser un viejo amigo. Musa le seguía al interior de uno de los contenedores mientras Tilo esperaba fuera. Al ver que Musa no salía, Tilo entraba en su busca. La luz de aquel habitáculo era roja. Una mujer y un hombre follaban en una cama que estaba en un rincón. Había también una cómoda con espejo. Musa no estaba allí, pero su imagen se reflejaba en el espejo. Estaba colgado del techo por las muñecas y se balanceaba y rotaba una y otra vez. Había mucho polvo de talco en el lugar y también en las axilas de Musa.

Tilo se despertó preguntándose cómo había llegado a un barco. Miró un buen rato a Naga y la embargó un breve sentimiento parecido al amor. Era un sentimiento que Tilo no comprendía y no hizo nada al respecto.

Tilo calculó que habían pasado treinta años desde que los cuatro (Naga, Garson Hobart, Musa y ella) se conocieron en los ensayos de *Norman, ¿eres tú?* Y, después de tanto tiempo, todavía seguían dando vueltas los unos alrededor de los otros de un modo peculiar.

La última caja no era de fruta ni tampoco de «reliquias» de la riada. Era la caja de una impresora pequeña de chorro de tinta Hewlett-Packard que ahora contenía los documentos sobre Amrik Singh que Musa había traído de uno de sus viajes a los Estados Unidos. Tilo la abrió para comprobar que no le fallaba la memoria. No le fallaba. Había un sobre con viejas fotografías y una carpeta con recortes de prensa sobre el suicidio de Amrik Singh. En uno de los recortes había una foto de la casa de los Singh en Clovis, rodeada de coches de policía y de agentes que estaban dentro de la zona que había sido acordonada con cinta de plástico amarilla como la que aparece en las series de televisión y en las películas policiacas. También publicaban una foto de Xerxes, el robot con cámara que la policía de California había enviado al interior de la casa, antes de entrar en ella, para cerciorarse de que no había nadie tendiéndoles una emboscada. Aparte de eso, había una carpeta con las copias de las solicitudes de asilo en los Estados Unidos de Amrik Singh y su mujer. Musa le había contado a Tilo la divertida historia de cómo se había hecho con la carpeta. Musa, junto con un abogado que había defendido cientos de casos de solicitudes de asilo en la Costa Oeste (el amigo de un «hermano»), fue a ver al asistente social norteamericano que tramitaba en Clovis la petición de Amrik Singh. El asistente social era un gran tipo, según Musa, viejo y con mala salud, pero dedicado plenamente a su trabajo. Tenía inclinaciones socialistas y estaba furioso con la política de inmigración de su gobierno. Su pequeña oficina estaba repleta de archivadores con los expedientes de cientos de personas que, gracias a él, habían conseguido asilo en los Estados Unidos. La mayoría eran sijs que habían huido de la India después de 1984. El hombre estaba al tanto de las atrocidades cometidas por la policía en el Punyab, de la toma del Templo Dorado por parte del ejército y de la masacre de sijs en 1984 como consecuencia del asesinato de Indira Gandhi. Vivía en un bucle temporal y no estaba al día de los últimos acontecimientos en la India. Por eso había mezclado los sucesos del Punyab con los de Cachemira y considerado al señor y a la señora Singh bajo ese prisma: otra familia sij víctima de una persecución. El viejo se inclinó sobre su escritorio y susurró que él creía que la tragedia de aquella familia había sucedido porque ni el señor Amrik Singh ni su mujer estuvieron dispuestos a asumir la violación que sufrió la señora Singh a manos de la policía mientras estuvo bajo su custodia. El asistente social había intentado convencerla de que hacer mención del incidente les ayudaría mucho a la hora de solicitar el asilo. Pero la señora no quería ni oír hablar de ello y se puso muy nerviosa cuando él le dijo que no tenía por qué avergonzarse de lo sucedido.

–Esa pareja eran buena gente y lo único que necesitaban era algo de asesoramiento, tanto ellos como sus hijos pequeños –dijo al entregarle a Musa las copias de los expedientes–. Asesoramiento y buenos amigos. Si se les hubiera ayudado un poco, todavía estarían vivos. Pero eso es mucho pedir en este gran país, ¿no es así?

Justo en el fondo de la caja había un grueso sumario judicial, como los de antes, que Tilo no recordaba haber visto hasta ese momento. Contenía unas cincuenta o sesenta páginas sueltas, metidas entre dos tapas de cartón atadas entre sí con cintas rojas y blancas. Eran las declaraciones de los testigos del caso de Yalib Qadri, recogidas casi veinte años atrás:

Memorándum

Declaración de Ghulam Nabi Rasul, hijo de Mushtaq Nabi Rasul, residente en Barbarshah. Profesión: Funcionario en la Oficina de Turismo. Edad: 37 años. Testimonio incluido bajo la sección 161 del CPP.

El testigo declara lo siguiente:

Soy residente de Barbarshah en Srinagar. El 8 de marzo de 1995 vi un contingente militar estacionado en Parraypora. Estaban registrando los coches que pasaban. También había aparcados un camión militar y un blindado. Un oficial sij muy alto, rodeado de muchos militares uniformados, estaba a cargo de los registros. Había también un taxi aparcado allí. En el taxi había varios civiles cubiertos por una manta roja. Por temor, me mantuve a cierta distancia. Entonces vi que se acercaba un Maruti blanco. Lo conducía Yalib Qadri y su esposa iba en el asiento del acompañante. Al ver que era Yalib Qadri, el oficial alto paró el vehículo y le obligó a salir. Lo metieron a empujones en el vehículo blindado y todos los coches, incluido el taxi, salieron formando un convoy por la circunvalación.

Memorándum

Declaración de Rehmat Bayad, hijo de Abdul Kalam Bayad, residente en Kursu Raybagh, Srinagar. Profesión: Funcionario en el Departamento de Agricultura. Edad: 32 años. Testimonio incluido bajo la sección 161 del CPP.

El testigo declara lo siguiente:

Vivo en Kursu Raybagh y trabajo como ayudante de campo en el Departamento de Agricultura. En el día de hoy,

27 de marzo de 1995, estaba en mi casa cuando oí un ruido que venía de la calle. Salí y vi que había gente alrededor de un cadáver que estaba dentro de un saco. El cadáver había sido rescatado del canal de control de inundaciones del Jhelum por un chico de la localidad. El chico sacó el cadáver del saco. Vi que se trataba del cuerpo de Yalib Qadri. Lo reconocí porque había sido vecino mío durante los últimos doce años. Después de inspeccionarlo, identifiqué la siguiente indumentaria:

1. Un jersey de lana de color caqui.
2. Una camisa blanca.
3. Unos pantalones grises.
4. Una camiseta blanca.

Aparte de esto, le faltaban los dos ojos. Tenía la frente ensangrentada. El cuerpo había encogido y estaba en estado de descomposición. Llegó la policía, se hizo cargo de la custodia del cadáver y redactó un parte de custodia que yo firmé.

Memorándum

Declaración de Maruf Ahmed Dar, hijo de Abdul Ahad Dar, residente en Kursu Raybagh, Srinagar. Profesión: Comerciante. Edad: 40 años. Testimonio incluido bajo la sección 161/CPP.

El testigo declara lo siguiente:

Vivo en Kursu Raybagh y soy comerciante. El 27 de marzo de 1995 oí ruidos procedentes de la orilla del canal de control de inundaciones del Jhelum. Fui al lugar y vi que el cadáver de Yalib Qadri yacía en el dique, dentro de un saco. Pude identificarlo porque hemos sido vecinos durante los últimos doce años y acudíamos a rezar a la misma mezquita del barrio. El difunto tenía la siguiente indumentaria:

1. Un jersey de lana color caqui.
2. Una camisa blanca.
3. Unos pantalones grises.
4. Una camiseta blanca.

Aparte de esto, le faltaban los dos ojos. Tenía la frente ensangrentada. El cuerpo había encogido y estaba en estado de descomposición. Llegó la policía, se hizo cargo de la custodia del cadáver y redactó un parte de custodia que yo firmé.

Memorándum

Declaración de Mohamed Shafiq Bhat, hijo de Abdul Aziz Bhat, residente en Ganderbal. Profesión: albañil. Edad: 30 años. Testimonio incluido bajo la sección 161 del CPP.

El testigo declara lo siguiente:

Soy natural de Ganderbal. Soy albañil y en la actualidad trabajo en la casa de Mohamed Ayub Dar, en Kursu Raybagh. Hoy, día 27 de marzo de 1995, a eso de las 6.30 de la mañana, fui al canal de control de inundaciones del Jhelum para lavarme la cara. Vi un cadáver dentro de un saco flotando en el agua. Pude ver un brazo y una pierna que sobresalían del saco. Por temor, no se lo comenté a nadie. Más tarde fui a la casa de Mohamed Shabir War para seguir con mi trabajo de albañil. Allí me encontré con el mismo cadáver en el saco que los vecinos habían sacado del canal. El cuerpo estaba descompuesto y empapado. La indumentaria era la siguiente:

1. Un jersey de lana color caqui.
2. Una camisa blanca.
3. Unos pantalones grises.
4. Una camiseta blanca.

Aparte de esto, le faltaban los dos ojos. Tenía la frente ensangrentada. El cuerpo había encogido y estaba en estado de descomposición. Llegó la policía, se hizo cargo de la custodia del cadáver y redactó un parte de custodia que yo firmé.

Memorándum

Declaración del hermano del fallecido, Parvaiz Ahmed Qadri, hijo de Altaf Qadri, residente en Awantipora. Profesión: Funcionario de la Academia de las Artes, de la Cultura e Idiomas. Edad: 35 años. Testimonio incluido bajo la sección 161/CPP.

El testigo declara lo siguiente:

Soy vecino de Awantipora y hermano del fallecido Yalib Qadri. Hoy, después de la identificación y la autopsia del cadáver de mi hermano Yalib Qadri, la policía me entregó sus restos. La policía redactó por separado una denuncia por daños y un recibo por la entrega del cadáver. Me leyeron ambos documentos y manifesté que eran correctos.

Memorándum

Declaración de Mushtaq Ahmen Jan, alias Usman, alias Bhaitoz, residente en Jammu City. Edad: 30 años. Testimonio recogido el 12 de junio de 1995 e incluido bajo la sección 164/CPP.

El testigo declara lo siguiente:

Señor, soy panadero. Tenía un local en Rawalpora y solía servir pan al personal del ejército desde 1990-1991. Entonces la situación de Cachemira se deterioró y los guerrilleros me amenazaron por vender pan al ejército. Como esa era mi única fuente de sustento, cerré mi panadería y me mudé a mi pueblo natal, en Uri. Después de los tres primeros meses, los guerrilleros empezaron a acosar a mi mujer. No solo eso, también secuestraron a mi hermana de 15 años y la forzaron a casarse con uno de los del grupo. A la vista de lo sucedido, dejé mi pueblo natal y regresé a Srinagar donde alquilé una casa en Magarmal Bagh. Al cabo de un tiempo, aparecieron unos guerrilleros del Frente de Liberación de Jammu y Cachemira (JKLF) y me obligaron a unirme a ellos. Más adelante, durante los conflictos entre las diversas facciones de la guerrilla, el grupo de Al-Umar me reclutó y estuve con ellos dos años. Luego, las fuerzas de seguridad empezaron a crearme problemas y se llevaron a mis hijos. Entonces me rendí a la Oficina de Inteligencia y les entregué mi ametralladora AK-47. Me tuvieron preso durante ocho meses en Baramulla y luego me soltaron con la condición de que informase cada quince días a la Oficina de Inteligencia. Lo hice durante tres meses, pero luego huí por temor, porque si alguien me veía con los de la Oficina de Inteligencia hubiese resultado fatal para mi vida. Una persona de Srinagar, Ahmed Ali Bhat, alias Cobra, me presentó al superintendente adjunto de la Policía de Khothi Bagh que me envió a trabajar con los Grupos Especiales de Operaciones (SOG) en el campamento de Rawalpora. Cobra y Parwaz Bhat eran Ijwan y solían trabajar en el acuartelamiento con el comandante Amrik Singh. Ambos pusieron al comandante Amrik Singh en mi contra diciéndole que yo conocía a todos los insurgentes de la zona y que debía ayudarle a arrestarlos. Un día el comandante Amrik Singh me llevó con él con el propósito de realizar una redada contra la guarida de los insurgentes en Wazir Bagh, donde capturamos a dos de ellos que después fueron liberados previo pago de 40.000 rupias. Colaboré con el comandante Amrik Singh durante muchos meses y fui testigo de cómo eliminó a las siguientes personas:

1. Ghulam Rasul Wani.
2. Basit Ahmed Janday, que trabajaba en el Hotel Century.
3. Abdul Hafiz Pir.
4. Ishfaq Waza.
5. Un sastre sij que se llamaba Kuldip Singh.

Todos ellos figuran como desaparecidos desde entonces.

Más adelante, un día de marzo de 1995, el comandante Amrik Singh y su amigo Salim Goyri, un guerrillero que se había rendido como yo y visitaba el acuartelamiento con frecuencia, trajeron a una persona que llevaba un abrigo, camisa blanca, corbata y pantalones grises. En aquel momento Sujan Singh, Balbir Singh y el doctor también estaban allí. El hombre del abrigo era una persona muy instruida. Se enfrentó a ellos en el cuartel y les decía: «¿Por qué me habéis arrestado y traído aquí?» Entonces el comandante Amrik Singh se puso furioso y lo golpeó sin parar y lo llevó a un cuarto aparte. Después de encerrarlo allí, volvió y dijo: «¿Sabíais que ese es el famoso abogado Yalib Qadri? Le hemos detenido porque quienquiera que hable mal del ejército y ayude a los terroristas no se saldrá con la suya, sea quien sea.» Esa noche oí gritos y quejidos que procedían del cuarto donde habían encerrado a Yalib Qadri. Más tarde, oí disparos dentro y luego vi cómo sacaban un saco y lo cargaban en un coche.

Unos días más tarde encontraron el cuerpo sin vida de Yalib Qadri y la noticia salió en los periódicos. El comandante Amrik Singh estaba muy arrepentido y me dijo que se había equivocado, que no tendría que haber matado a Yalib Qadri, pero que no pudo hacer otra cosa porque los mandos le habían confiado la tarea a él y a Salim Goyri. Cuando me dijo eso, empecé a temer por mi vida.

Entonces, Salim Goyri y sus colegas, Mohamed Ramzan, que era un emigrante ilegal de Bangladesh, Munir Nasser Hayam y Mohamed Akbar Laway dejaron de venir al cuartel. El comandante Amrik Singh me envió junto a Sujan Singh y Balbir Singh con unos coches para buscarlos y traerlos al cuartel. Encontramos a Salim Goyri sentado a la puerta de una tienda en Budgam y le preguntamos por qué no había pasado por el cuartel en una semana. Nos dijo que había estado ocupado participando en las redadas y que iría al día siguiente. Al día siguiente apareció con sus tres compinches. Llegaron en un taxi Ambassador. A la entrada del cuartel les retiraron las armas. El comandante Amrik Singh les dijo que eso era porque estaban esperando la visita del comandante en jefe del acuartelamiento. Después el comandante Amrik Singh, Salim Goyri y sus colegas se sentaron en unas sillas en el patio y empezaron a beber. Al cabo de un par de horas, el comandante Amrik Singh se llevó a Salim Goyri y sus compañeros al comedor. Yo estaba en el porche. Sujan Singh, Balbir Singh, un tal comandante Ashok y el doctor ataron a Salim Goyri y a sus compinches con cuerdas y cerraron la puerta. Al día siguiente encontraron los cuerpos de todos ellos en un campo de Pampore junto al del taxista Mumtaz Afzal Malik. Después de eso me llevé a mi mujer y a mis hijos a la casa de un amigo que vivía cerca de la circunvalación. Luego me escapé a Jammu. Ya no sé nada más.

Tilo puso los documentos y el sobre con las fotografías de nuevo en la caja y la dejó sobre la mesa. Eran documentos legales y no contenían nada que pudiera ser incriminatorio.

Colocó las «reliquias» de Musa (la pistola, el cuchillo, los teléfonos, los pasaportes, las tarjetas de embarque y todo lo demás) en recipientes de plástico al vacío y los apiló dentro del congelador. En uno de ellos metió la tarjeta de visita de Sadam Husain para que Musa supiera adónde acudir. La nevera era antigua, de esas que se llenan de hielo si no la descongelas a menudo. Sabía que si bajaba la temperatura al mínimo antes de marcharse, las pruebas incriminatorias se convertirían en un bloque de hielo. Siguiendo su razonamiento, si las «reliquias» de Musa habían sobrevivido a una devastadora riada era porque, seguramente, estaban dotadas de poderes especiales. Por eso también sobrevivirían a una pequeña ventisca helada.

Tilo metió después varias cosas en un bolso de viaje. Ropa, libros, cosas del bebé, el ordenador, el cepillo de dientes. La urna con las cenizas de su madre.

La única decisión por tomar era qué hacer con la tarta y los globos.

Tilo se echó vestida en la cama, lista para partir.

Eran las tres de la madrugada.

Todavía no había ninguna señal (ni ningún olor) de Sadam Husain.

Fue una equivocación leer los documentos sobre la Nutria. Un gran error. Tilo sentía como si la hubieran encerrado dentro de un barril de alquitrán junto a Amrik Singh y a todas las personas que él había asesinado. Podía olerlo. Y ver sus ojos fríos y su mirada vacía cuando estaba sentado en el bote frente a ella. Podía sentir la mano de Amrik Singh sobre su cráneo.

La cama donde estaba echada no era tal en realidad. Era un colchón sobre el suelo de cemento rojo. Las hormigas iban y venían transportando las migajas de la tarta. El calor del suelo traspasaba el colchón y Tilo sentía el roce de la sábana reseca contra su piel. Una pequeña salamanquesa cruzaba con paso vacilante la habitación. Se detuvo a un par de pasos de Tilo, levantó su desproporcionada cabeza y la miró con sus ojos brillantes y enormes. Tilo le devolvió la mirada.

–¡Escóndete! –le susurró–. Los vegetarianos están a punto de llegar.

Tilo ofreció a la salamanquesa un mosquito de los muchos que había recogido sobre una hoja de papel blanco. Puso el mosquito en el suelo, a mitad de camino entre ella y el reptil. Al principio la salamanquesa se mostró indiferente pero, al apartar Tilo la vista, se zampó el mosquito en un periquete.

Debería haber sido cuidadora de salamanquesas, pensó Tilo.

Un neón refulgente, disfrazado de luz de luna, se coló por la ventana. Semanas antes, mientras caminaba de noche por un paso elevado excesivamente iluminado, Tilo oyó de pasada una conversación entre dos hombres que circulaban en sus bicicletas: «*Is sheher mein ab raat ka sahaara bhi nahin milta.*» En esta ciudad hemos perdido hasta el cobijo de la noche.

Tilo permaneció rígida, como un cadáver en la morgue.

Su pelo seguía creciendo.

Sus uñas también.

Su cabello se había vuelto blanco.

El triángulo de vello de su entrepierna era negro como el azabache.

¿Qué *significaba* todo aquello?

¿Era vieja o todavía joven?

¿Estaba muerta o seguía viva?

Entonces, sin siquiera volver la cabeza, supo que habían llegado. Los toros. Enormes cabezas con cuernos como guadañas silueteadas a contraluz. Eran dos. Tenían el color de la noche. El color robado a la que solía ser la noche. Rizos ásperos envolvían como pañuelos de damasco sus frentes sudorosas. Hocicos de terciopelo brillantes y lustrosos morros violáceos. Estaban en silencio. En ningún momento le hicieron daño, tan solo la miraban. Las medialunas del blanco de sus ojos paseaban la vista por la habitación. No parecían especialmente severos ni mostraban curiosidad alguna. Eran como médicos que examinan a un paciente intentando llegar a un diagnóstico.

¿Has vuelto a olvidar el estetoscopio?

El tiempo tenía una cualidad diferente en su presencia. Tilo no sabría decir durante cuánto tiempo la observaron. En ningún momento volvió la vista hacia ellos. Solo supo que se habían ido cuando la luz que antes bloqueaban volvió a iluminar la habitación.

Cuando estuvo segura de que los toros ya no estaban, se acercó a la ventana, los vio encogerse a su tamaño normal y alejarse calle abajo. Unos impostores capitalinos. Un par de matones. Uno de ellos levantó la pata como un perro y meó en la ventanilla de un coche. Un perro bastante alto. Tilo encendió la luz y miró en el diccionario la palabra «desenfadado». El diccionario ponía: *Despreocupado, que muestra desinhibición y buen humor en el trato o en las acciones.* Tilo siempre tenía los diccionarios apilados junto a la cama.

Sacó una hoja de una resma de papel, un lápiz de un tazón lleno de lápices azules bien afilados y empezó a escribir:

> Estimado doctor:
>
> He sido testigo de un curioso fenómeno científico. Dos toros viven en el callejón de servicio que hay por la

parte de atrás de mi apartamento. Por el día parecen normales, pero por la noche crecen (creo que sería mejor decir que se «elevan») y me miran a través de la ventana del segundo piso, en el que vivo. Cuando orinan, levantan la pata trasera como los perros. Anoche (a eso de las 8), cuando volvía del mercado, uno de ellos me gruñó. Estoy segura de ello. Mi pregunta es: ¿existe alguna posibilidad de que sean toros modificados genéticamente, a los que se les hayan implantado genes de desarrollo perruno o lobuno y que se hayan escapado de un laboratorio? Si así fuera, ¿son toros o perros? ¿O son lobos?

No he oído que se hubieran hecho tales experimentos con ganado, ¿y usted? Sé que usan genes de crecimiento humano con truchas para hacerlas gigantes. Las personas que crían esas truchas gigantes dicen que lo hacen para alimentar a las gentes de los países pobres. Me pregunto quién alimentará a las truchas gigantes. También se han usado genes de crecimiento humano con cerdos. He visto el resultado de ese experimento. Es un mutante bizco tan enorme que no puede ponerse en pie porque no soporta su propio peso. Para levantarlo es necesario hacer palanca con un tablón. Es bastante repugnante.

En estos tiempos no se puede estar seguro del todo sobre si un toro es un perro o si una mazorca de maíz es, en realidad, la pata de un cerdo o una chuleta de ternera. Quizá ese sea el camino hacia la verdadera modernidad. Después de todo, ¿por qué un vaso no puede ser un puercoespín, un seto un manual de etiqueta y así sucesivamente?

Suya afectuosamente,

Tilottama

P. S.: He sabido que los científicos que trabajan en las granjas de pollos están intentando manipular el instinto maternal de las gallinas para mitigar o eliminar por completo su deseo de empollar. Según parece, su objetivo es evitar que las gallinas pierdan el tiempo en cosas innecesarias e incrementar así la eficacia en la producción de huevos. Aunque personalmente, y en principio, me opongo totalmente a la eficiencia, me pregunto si realizar este tipo de manipulación (me refiero a la eliminación del instinto maternal) sobre las Maaji (las madres de los desaparecidos en Cachemira) les sería de ayuda. Hoy por hoy estas mujeres son individuos ineficaces e improductivos, que viven de una dieta obligatoria de desesperada esperanza y pasan las horas muertas en sus huertos, preguntándose qué cultivar y qué cocinar en caso de que sus hijos vuelvan. Estoy segura de que usted estará de acuerdo conmigo en que ese no es un buen modelo de negocio. ¿Podría usted proponerme uno mejor? ¿Una fórmula factible y realista (aunque también estoy en contra del realismo) que conduzca a un eficaz mínimo de esperanza? En el caso de estas madres operan tres variables: la muerte, la desaparición y el amor familiar. Cualquier otro tipo de amor, suponiendo que de verdad exista, no nos sirve y debe desecharse. Excluyendo, por supuesto, el Amor a Dios. (Eso por descontado.)

P. P. S.: Me voy a mudar de casa. No sé adónde iré. Eso me llena de esperanza.

Cuando terminó la carta, Tilo la dobló cuidadosamente y la metió en el bolso. Cortó la tarta en varias porciones y las puso dentro de una de las cajas archivadoras que metió en la nevera. Desató los globos uno a uno y los metió en el armario. Encendió el televisor y le quitó el volumen. En la pantalla se veía a un tipo que estaba subastando sus cejas. Había rechazado una oferta inicial de quinientos dólares. Al final aceptó afeitárselas con una maquinilla eléctrica por mil cuatrocientos dólares. Después se le quedó una sonrisa divertida y avergonzada a la vez en la cara. Se parecía a Elmer, el cazador que siempre iba detrás de Bugs Bunny.

Amanece.

Todavía sin noticias de Sadam Husain.

La secuestradora miró por la ventana un tanto impaciente.

Llegó un mensaje de texto a su teléfono:

> En el Día Internacional del Yoga unámonos a la luz de las velas junto al estanque en una sesión de meditación y yoga con el gurú Hanumant Bhardway

Tilo tecleó una respuesta:

> No, por favor.

Justo al lado de la puerta del colegio donde una enfermera pintada estaba administrando una vacuna contra la polio pintada a un bebé pintado, un grupo de mujeres adormiladas, trabajadoras inmigrantes en las obras de las carreteras circundantes, formaban un corrillo alrededor de un niño muy pequeño que estaba agachado, las nalgas junto a la boca abierta de una alcantarilla y el cuerpo doblado formando una especie de coma. Las mujeres dejaron en el suelo sus picos y palas mientras esperaban la actuación de su estrella. La especie de coma miraba fijamente a una mujer: su madre. Al niño le entraron ganas. Hizo pis. Dejó un charquito. Una hoja amarilla. Su madre puso a un lado el hacha y lavó el trasero del niño con el agua turbia de una vieja botella de Bisleri. Con el agua que le quedaba, se lavó las manos y fregó la hoja amarilla empujándola dentro de la boca de alcantarilla. No había nada en la ciudad que perteneciera a las mujeres. Ni una mínima parcela de tierra, ni una chabola a las afueras, ni un pedazo de chapa bajo el que cobijarse. Ni siquiera el sistema de alcantarillado. Pero acababan de hacer una contribución expresa y poco ortodoxa. Una entrega urgente y directa al sistema mismo. Quizá aquello marcara un principio de entrada en la ciudad. La madre de la especie de coma lo cogió en brazos, se echó el hacha al hombro y el reducido contingente de mujeres abandonó el lugar.

La calle se quedó vacía.

Entonces, como si hubiera estado esperando a que las mujeres se fueran antes de hacer su entrada, apareció Sadam Husain. Lo hizo en el orden siguiente:

Primero, el sonido.

Luego, la vista.

Después, el olor (hedor).

El camión municipal amarillo se adentró por el pequeño callejón de servicio y aparcó unas casas más arriba. Sadam Husain se apeó del asiento del acompañante (con el mismo garbo con el que bajaba de su caballo) escrutando con la mirada la ventana del segundo piso del edificio de Tilo. Ella se asomó y le indicó por señas que la puerta de la verja estaba abierta y que subiera.

Tilo le recibió en la puerta de casa con el bolso preparado, el bebé y una caja archivadora llena de tarta de fresa. La Camarada Laali recibió a Sadam en el descansillo de la escalera como si hubiera vuelto a reunirse con un amante perdido. Con las orejas gachas y los ojos entrecerrados coquetamente, la perra mantuvo la cabeza erguida mientras el resto de su cuerpo se estremecía de forma incontrolable.

–¿Es tuya? –le preguntó Sadam a Tilo después de haberse presentado el uno al otro–. Podemos llevárnosla, hay mucho espacio en el sitio adonde vamos.

–Tiene cachorros.

–*Arre*, ¿cuál es el problema?

Sadam empujó con cuidado a los perritos fuera del saco donde estaban tumbados, lo abrió y los metió dentro: un puñado de berenjenas que se retorcían y chillaban. Tilo cerró la puerta con llave y la pequeña tropa bajó en procesión las escaleras hasta la calle.

Sadam con el bolso y un saco lleno de cachorrillos.

Tilo con el bebé y una caja archivadora.

Y la Camarada Laali siguiendo a su nuevo amor con desvergonzada devoción.

La cabina del camión era tan grande como la habitación de un pequeño hotel. El conductor, Niray Kumar, y Sadam Husain eran viejos amigos. Sadam (maestro de la previsión y de la atención a los detalles) colocó un cajón de frutas cerca de la puerta del camión. Un improvisado escalón. La Camarada Laali entró en el camión de un salto, seguida de Tilo y de Miss Yebin Segunda. Se sentaron en el camastro de escay rojo en el que dormían los conductores cuando les vencía el sueño durante los trayectos largos. Entonces, el ayudante se hacía cargo del volante (aunque los camiones municipales de basura nunca hacían trayectos largos, tenían todos un camastro). Sadam se sentó delante, en el asiento del acompañante. Colocó el saco con los perritos en el suelo, entre sus pies, lo abrió para que tuvieran aire, se puso las gafas de sol, tamborileó con los dedos en la puerta un par de veces como si fuera el cobrador de un autobús y el camión inició la marcha.

El camión amarillo atravesó la ciudad como un rayo dejando tras de sí un hedor a vaca reventada. A diferencia de su último viaje llevando una carga similar, Sadam iba esta vez en un vehículo municipal transitando por la capital del país. Todavía faltaba un año para que Guyarat ka Lalla subiera al trono y los periquitos azafranados se hallaran a la espera de que llegara su momento agazapados a los flancos. Así que, por el momento, la ciudad estaba segura.

El camión pasó traqueteando por delante de una fila de

talleres mecánicos. La gente y los perros manchados de grasa de motor todavía dormían a sus puertas.

Pasaron por un mercado, un templo sij y, luego, por otro mercado. Pasaron delante de un hospital con pacientes y familiares acampados en la calle. Pasaron junto a un gentío que se agolpaba frente a una farmacia abierta veinticuatro horas. Subieron por un paso elevado que todavía tenía las farolas encendidas.

Se adentraron por la Ciudad Jardín, con sus rotondas ajardinadas y exuberantes.

Una vez que dejaron atrás los jardines, la carretera empeoró. El camión daba tumbos por los baches, el borde de la calzada estaba lleno de cuerpos dormidos. Perros, cabras, vacas, seres humanos. Los rickshaws estacionados unos tras otros parecían las vértebras del esqueleto de una serpiente.

Bajo los arcos precarios de piedra que iba atravesando, el camión dejaba un reguero de hedor en su camino alrededor de las murallas del Fuerte Rojo. Bordearon la ciudad vieja y llegaron a la Pensión y Funeraria Jannat.

Anyum les esperaba; una extasiada sonrisa brillando entre las lápidas.

Iba espléndidamente vestida, con el satén y las lentejuelas de sus glorias de antaño. Se había maquillado, pintado los labios y teñido el pelo, al que había añadido una larga trenza postiza negra intercalada con una cinta roja. Anyum envolvió a Tilo y a Miss Yebin en un abrazo de oso y las cubrió de besos.

Había organizado una fiesta de bienvenida y la Pensión Jannat estaba decorada con globos y guirnaldas.

Los invitados, todos espléndidamente vestidos, eran: Zainab, una gordita que ya tenía dieciocho años y estudiaba diseño de moda en el instituto politécnico local; Saida (vestida sobriamente con un sari), quien, además de ser la Ustad de la Jwabgah, dirigía una ONG que trabajaba a favor de los derechos de los transexuales; Nimo Gorajpuri (que llegó en su coche desde Mewat con tres kilos de cordero fresco para la fiesta); Ishrat-la-Bella (que había decidido prolongar su visita); Roshan Lal (que seguía con su cara de póquer); el imán Ziauddin (quien, después de jugar a hacer cosquillas con su barba a Miss Yebin, la bendijo y oró por ella). Ustad Hameed tocó el armonio y dio la bienvenida al bebé con un Raga Tilak Kamod:

Ae ri sakhi mora piya ghar aaye
Bagh laga iss aangan ko

Ay, compañeros, mi amor ha vuelto a casa.
Mi patio, antaño yermo, es ya un jardín florido.

Sadam y Anyum mostraron a Tilo la habitación que habían dispuesto para ella en la planta baja. La compartiría con Miss Yebin, la Camarada Laali y familia y con la tumba de Ahlam Baji. La yegua Payal estaba atada por el ronzal al exterior de la ventana. La habitación estaba engalanada con globos y serpentinas. Sin saber cómo decorar y qué colocar en la habitación de una mujer, una mujer de verdad, del *Duniya* (y no solo del *Duniya* sino del *Duniya* del sur de Delhi), optaron por una decoración tipo salón de belleza: una cómoda comprada en un mercadillo de muebles de segunda mano con un gran espejo incorporado. Un carrito de metal donde colocaron varios frascos de diversos tonos de laca de uñas y pintalabios, un peine, un cepillo para el pelo, rulos, un secador de pelo y un frasco de champú. Nimo Gorajpuri aportó las revistas de moda que había coleccionado durante toda su vida y traído de su casa de Mewar. Las colocó formando unas altas pilas sobre una mesa grande de centro. Junto a la cama había una cuna con un gran oso de peluche recostado sobre la almohada. (Los únicos asuntos que todavía estaban sujetos a controversia, a saber, dónde dormiría Miss Yebin Segunda y a quién llamaría mami –no «*badi* mami» o «*chhoti* mami», sino mami a secas–, se resolverían más adelante y no habría nada que discutir puesto que Tilo accedía con gusto a las peticiones de Anyum.) Anyum hizo las presentaciones entre Tilo y Ahlam Baji como si esta estuviera todavía viva. Anyum le contó los logros y los méritos del personaje y repasó la lista de algunas luminarias de Shahjahanabad que Ahlam Baji había ayudado a traer al mundo: Akbar Mian, el panadero, que hacía el mejor *sheermal* de la ciudad amurallada; Jabbar Bhai, el sastre; Sabiha Alvi, cuya hija acababa de montar un emporio de saris de Benarés en el primer piso de su casa. Anyum hablaba como si Tilo estuviese familiarizada con aquel mundo, un mundo con el que todos debían estar familiarizados, el único mundo con el que *merecía* la pena estar familiarizado.

Por primera vez en su vida, Tilo sintió que su cuerpo tenía suficiente espacio para acomodar todos sus órganos.

El primer hotel que abrió en la pequeña ciudad donde Tilo creció se llamaba Hotel Anjali. Los carteles que anunciaban en la calle aquel lugar apasionante rezaban *Venga al Anjali para gozar del descanso definitivo de su vida*. Aquel doble sentido era totalmente involuntario, pero siendo ella niña siempre se imaginaba que el Hotel Anjali estaba lleno de los cadáveres de los confiados huéspedes asesinados mientras dormían y que permanecerían allí gozando del descanso definitivo de sus vidas (o, más bien, de sus muertes). Tilo pensó que el eslogan de aquel hotel no solo habría sido apropiado para la Pensión Jannat, sino que, además, habría sido un consuelo. Su instinto le decía que, por fin, podía haber hallado el hogar para el Descanso Definitivo de su Vida.

Acababa de romper el alba cuando se inició el festejo. Anyum había estado todo el día de compras (la carne, los juguetes, los muebles) y después cocinó durante toda la noche.

El menú consistió en:
Korma de cordero
Biryani de cordero
Sesos al curry
Rogan josh cachemir
Hígado frito
Shami kebab
Nan
Tandoori roti
Sheermal
Phirni
Sandía con sal negra.

Los drogadictos y la gente sin hogar de la periferia del cementerio se aproximaron para tomar parte en la fiesta y en la alegría. Entre resoplidos, Payal se zampó una buena ración de *phirni.* El doctor Azad Barthiya llegó un poco más tarde y fue recibido con cariño y un gran aplauso por haber coordinado la huida de Tilo y la llegada a su nuevo hogar. El ayuno indefinido del doctor Barthiya había llegado al undécimo año, tercer mes y vigésimo quinto día. No comió nada, pero accedió a tomarse un vaso de agua y una pastilla contra las lombrices.

Dejaron aparte algunos kebabs y algo de *biryani* para los funcionarios municipales que a buen seguro aparecerían más adelante por allí.

–Esos tipos son como nosotros, los *hijras* –dijo Anyum riendo con afecto–. No se sabe cómo, pero se huelen un festejo y aparecen para exigir su parte.

Biroo y la Camarada Laali se daban un festín con los huesos y las sobras. A modo de exagerada precaución, Zainab escondió a los cachorrillos en un lugar inaccesible para Biroo y se pasó horas jugueteando con ellos y coqueteando descaradamente con Sadam Husain.

Miss Yebin Segunda pasó de brazo en brazo. La abrazaron, la besaron y la atiborraron de comida. De esa forma, el bebé se embarcó en su nueva vida en un lugar parecido y sin embargo a años luz de donde, dieciocho años antes, su joven antecesora, Miss Yebin Primera, había terminado la suya.

En un cementerio.

Otro cementerio, situado un poco más al norte.

Y no me querían creer precisamente porque sabían que lo que yo decía era verdad.

JAMES BALDWIN

9. LA MUERTE PREMATURA DE MISS YEBIN PRIMERA

Desde que tuvo edad suficiente para insistir, había insistido en que la llamasen Miss Yebin. Era el único nombre al que respondía. Todos tenían que llamarla así, sus padres, sus abuelos y también sus vecinos. Era una devota precoz de la obsesión por el «Miss» que se apoderó del Valle de Cachemira durante los primeros años de la insurrección. De repente, a todas las jovencitas modernas, especialmente en las ciudades, les dio por insistir en que se las tratara de señoritas, de *Miss*. Miss Momin, Miss Ghazala, Miss Farhana. Era solo una de las muchas obsesiones de la época. En aquellos años empañados por la sangre, por razones que nadie entendía del todo, la gente se volvió propensa a las obsesiones. Aparte de la obsesión con el «Miss», había una obsesión con ser enfermera, con ser PF (preparador físico) y también con patinar sobre ruedas. Por eso, además de puestos de control, búnkeres, armas, granadas, minas de tierra, vehículos blindados, alambre de púas, soldados, insurgentes, contrainsurgentes, espías, operativos especiales, agentes dobles, agentes triples y maletas de dinero de los Servicios de Inteligencia de ambos lados de la frontera, el Valle también estaba inundado de enfermeras, PF y patinadores. Y, por supuesto, de Misses.

Entre ellas Miss Yebin, que no llegó a vivir lo suficiente para convertirse en enfermera. Ni siquiera en patinadora.

En el Mazar-e-Shohada, el Cementerio de los Mártires, donde fue enterrada desde un principio, había un cartel de hierro fundido sobre la puerta de entrada que decía (en dos idiomas): *Dimos nuestro presente por vuestro futuro*. Ahora está oxidado, la pintura verde descascarillada y la delicada caligrafía, atravesada por agujeritos de luz. Aun así, allí sigue, después de todos estos años, recortado como un tieso retal de encaje sobre el cielo de color zafiro y las sierras nevadas.

Allí sigue aún.

Miss Yebin no era miembro del comité que decidía lo que debía poner el cartel. Tampoco estaba en condiciones de discutir ninguna decisión. Además Miss Yebin no había acumulado tantos Presentes como para poder cambiarlos por Futuros, pero el álgebra de la justicia infinita nunca fue tan burda. De modo que, sin ser consultada al respecto, Miss Yebin se convirtió en una de las mártires más jóvenes del Movimiento. Fue enterrada junto a su madre, la Begum Arifa Yeswi. A madre e hija las mató la misma bala. Entró por la sien izquierda de Miss Yebin y fue a dar al corazón de la madre. En la última fotografía que le tomaron, la herida de bala parece una alegre rosa damascena colocada sobre su oreja izquierda. Algunos pétalos han caído sobre el *kaffan*, el sudario blanco con el que la envolvieron antes de enterrarla.

Miss Yebin y su madre fueron enterradas junto a otras quince personas, elevando a diecisiete el número de víctimas de la masacre.

En aquella época el Mazar-e-Shohada todavía era bastante nuevo, aunque ya comenzaba a llenarse. Pero el Comité Intizamiya, el comité organizador, estaba al tanto de todo desde el principio mismo de la insurrección y tenía una idea clara de lo que les esperaba. Planificó la distribución de las tumbas minuciosamente, aprovechando al máximo el espacio disponible. Todo el mundo comprendía la importancia de enterrar a los mártires en cementerios colectivos en lugar de diseminarlos (eran miles), como alimento para pájaros, en las montañas o en los bosques que rodeaban los campamentos del ejército y los centros de tortura que habían proliferado como hongos en el Valle. Cuando comenzó la lucha armada y las fuerzas de ocupación intensificaron aún más su control, establecer un lugar para sus muertos se convirtió en un acto de desafío en sí mismo.

La primera persona que enterraron en el cementerio fue un *gumnaam shahid*, un mártir anónimo cuyo ataúd fue transportado hasta allí en mitad de la noche. Lo enterraron en un cementerio que todavía no era un cementerio y se celebraron las honras fúnebres ante un puñado de solemnes dolientes. A la mañana siguiente, mientras se encendían velas, se esparcían pétalos de rosa sobre la reciente tumba y se elevaban nuevas plegarias delante de miles de personas que se habían congregado respondiendo a los anuncios que se hacían después del rezo de los viernes en las mezquitas, el comité se dedicó a cercar con alambre un terreno del tamaño de un prado pequeño. A los pocos días, colocaron el cartel: Mazar-e-Shohada.

Se rumoreaba que el mártir sin identificar que enterraron aquella noche (el cadáver fundador) no era ningún cuerpo sino un macuto vacío. Años más tarde, el (presunto) cerebro del (presunto) plan tuvo que responder a la pregunta de un joven *sang-baaz*, uno de esos chicos que se enfrentan a pedradas con el ejército, miembro de las nuevas generaciones de combatientes por la libertad, preocupado por esa historia que había oído:

–Pero, *yenaab*, *yenaab*, ¿no significa eso que nuestro movimiento, que nuestro *tehreek*, está basado en una mentira?

–Ese es el problema con vosotros, los jóvenes: no tenéis la menor idea de cómo se pelea en las guerras –fue la (presunta) respuesta de aquel cerebro macilento.

Por supuesto, muchos sostenían que el rumor sobre el macuto-mártir no era más que otra de las múltiples patrañas pergeñadas y difundidas por el Departamento de Rumores del Cuartel General de Badami Bagh, en Srinagar, otra de las múltiples estratagemas de las fuerzas de ocupación para socavar el *tehreek*, desestabilizar a la gente, alimentar continuas sospechas y sembrar la desconfianza entre la población.

Se rumoreaba que realmente existía un Departamento de Rumores al mando de un oficial con rango de comandante. Corría la voz de que un temido batallón de Nagaland (un territorio también ocupado en el este), compuesto de legendarios comedores de cerdos y perros, disfrutaba además comiendo, de vez en cuando, un aperitivo de carne humana, sobre todo de «vejetes», según decían los que estaban en el ajo. Corría la voz de que quien entregase (a alguien, no se sabe dónde) una lechuza en buen estado de salud que pesase tres o más kilos (las lechuzas de la región pesaban la mitad de eso, incluso las más gordas) recibiría un premio de un millón de rupias. La gente se dedicó a atrapar halcones, milanos, lechuzas y rapaces de todo tipo y a alimentarlos con ratas, arroz y uvas pasas, a inyectarles esteroides y a pesarlos cada hora, aunque no tuvieran ni idea de a quién debían entregar las aves. Los cínicos afirmaban que el ejército estaba, como siempre, detrás de todo para mantener entretenidos a los pánfilos y para que no se metieran en líos. Corrían rumores y contrarrumores. Había rumores que podían ser verdad y verdades que bien podrían ser solo rumores. Por ejemplo, era cierto que durante años la Célula de Derechos Humanos del ejército estuvo dirigida por un tal teniente coronel Stalin, un tipo simpático de Kerala, hijo de un viejo comunista. (El rumor decía que fue idea suya montar un *Muskaan* –que significa «sonrisa» en urdu–, una cadena de centros militares de «Buena Voluntad» para la rehabilitación de las viudas y las medio viudas, los huérfanos y los medio huérfanos. La gente, enfurecida, acusaba al ejército de ser el que creaba viudas y huérfanos y solía incendiar los orfanatos y las escuelas de costura de «Buena Voluntad». Pero siempre volvían a construirlos más grandes, más costosos, mejor equipados y más acogedores.)

Sin embargo, el asunto de si el primer cadáver enterrado en el Cementerio de los Mártires era un cuerpo o un macuto terminó por no tener consecuencia alguna. Lo único cierto era que un cementerio relativamente nuevo se estaba llenando con cadáveres auténticos a una velocidad alarmante.

El martirio se deslizó con gran sigilo por el Valle de Cachemira, colándose a través de la Línea de Control a la luz de la luna, cruzando pasos de montaña guarnecidos por soldados. Noche tras noche, recorrió estrechos senderos pedregosos que se devanaban alrededor de acantilados de hielo azul y cruzó vastos glaciares y altas praderas donde la nieve llegaba hasta la cintura. Lenta y fatigosamente, pasó junto a los cadáveres de jóvenes abatidos a tiros en los ventisqueros, sus cuerpos dispuestos en forma de sobrecogedoras naturalezas muertas bajo la mirada despiadada de la pálida luna sobre el frío cielo nocturno y de las estrellas que colgaban tan bajas que parecía que podían tocarse.

Cuando llegó al Valle, el martirio se agachó y, con el cuerpo pegado al suelo, se expandió por los bosques de nogales, los campos de azafrán y los huertos de almendros, manzanos y cerezos, como la niebla rasante. Susurró palabras de guerra al oído de médicos e ingenieros, estudiantes y obreros, sastres y carpinteros, tejedores y granjeros, pastores, cocineros y bardos. Ellos escucharon con atención y, después, abandonaron sus libros y herramientas, sus agujas, cinceles, cayados, arados, cuchillas y sus trajes de payaso salpicados de lentejuelas. Pararon los telares con los que habían tejido las alfombras más hermosas y los chales más suaves y refinados que el mundo haya visto jamás y acariciaron con sus dedos nudosos y asombrados los suaves cañones de los Kaláshnikovs que unos visitantes desconocidos les dejaron tocar. Siguieron a los nuevos flautistas de Hamelín montaña arriba hasta las altas praderas y los claros de los bosques donde se habían montado los campos de entrenamiento. Solo después de que les dieran sus propias armas, después de haber posado el dedo sobre el gatillo y sentir que cedía, levemente, después de haber sopesado las probabilidades y decidido que la opción era viable, solo entonces permitieron que todo el odio y la vergüenza por la opresión que habían padecido durante décadas, durante siglos, les corriese por las venas y convirtiera su sangre en humo.

La niebla siguió serpenteando por el Valle y se lanzó a una campaña de reclutamiento indiscriminado. Susurró al oído de traficantes del mercado negro, de fanáticos, de matones y estafadores. Ellos también escucharon con atención antes de reconfigurar sus planes. Deslizaron sus dedos taimados sobre la superficie metálica, corrugada y fría de la cuota de granadas que se les había distribuido tan generosamente como si estuvieran celebrando el Eid y lo que les repartían fuera carne de cordero de primera calidad. Intercalaron las palabras Dios y Libertad, Alá y *Azadi,* en sus asesinatos y nuevas maquinaciones. Robaron dinero, propiedades y mujeres.

Claro, las mujeres.

Las mujeres, claro.

Así empezó la insurrección. La muerte estaba por doquier. La muerte lo era todo. Carrera. Deseo. Sueño. Poesía. Amor. La juventud misma. Morir se convirtió en otra forma de vida. Los cementerios brotaron en parques y prados, junto a arroyos y ríos, en los campos y en los bosques. Las lápidas crecían de la tierra como dientes de leche. Cada pueblo, cada aldea, tenía su propio cementerio. A los que no los tenían les preocupaba que se les considerase colaboracionistas. En las remotas zonas fronterizas, cerca de la Línea de Control, no les resultaba nada fácil hacer frente a la celeridad y regularidad con la que llegaban los cadáveres ni a las condiciones en las que se encontraban muchos de ellos. Algunos eran entregados en sacos, otros en bolsas pequeñas de polietileno, solo unos trozos de carne, unos mechones de pelo y unos dientes. Las bolsas llevaban notas escritas por los intendentes de la muerte que ponían: *1 kg; 2,7 kg; 500 g*. (Sí, otra de esas verdades que tendrían que haber sido solo un rumor.) Los aviones llenos de turistas se fueron y llegaron los aviones llenos de periodistas. Desaparecieron las parejas de recién casados que iban a pasar allí su luna de miel. Aparecieron los soldados. Surgieron enjambres de mujeres arremolinándose en comisarías y campamentos del ejército llevando en sus manos un mar de fotografías tamaño carné, sobadas y blandas de tantas lágrimas: *Por favor, señor, ¿ha visto a mi hijo en alguna parte? ¿Ha visto a mi marido? ¿Por casualidad, no ha tenido usted aquí a mi hermano?* Y esos señores sacaban pecho, se atusaban los bigotes, jugueteaban con sus medallas y entornaban los ojos para calibrar a cada *maeje* y decidir a quién de aquellas desesperadas valía la pena darle falsas esperanzas *(Veré qué puedo hacer)* y cuánto estaría dispuesta a dar cada una de ellas por esa esperanza *(¿Dinero? ¿Una comilona? ¿Un polvo? ¿Un camión de nueces?)*.

Las cárceles se llenaron. Los puestos de trabajo desaparecieron. Los guías, los revendedores, los dueños de ponis (y los ponis), los botones, los camareros, las recepcionistas, los que tiraban de los trineos, los vendedores de baratijas, los floristas y los barqueros del lago se volvieron más pobres y más hambrientos.

Los sepultureros eran los únicos que no tenían descanso. Todo era trabajotrabajotrabajo. No les pagaban ni las horas extra ni los turnos de noche.

En el Mazar-e-Shohada enterraron a Miss Yebin y a su madre, una junto a la otra. Musa Yeswi escribió en la lápida de su esposa:

ARIFA YESWI
12 septiembre 1968 - 22 diciembre 1995
Esposa de Musa Yeswi

Y debajo:

Ab wahan khaak udhaati hai khizaan
phool hi phool jahaan thay pehle

Ahora la brisa del otoño levanta el polvo
donde una vez hubo flores, solo flores

Al lado, en la lápida de Miss Yebin:

MISS YEBIN
2 enero 1992 - 22 diciembre 1995
Amada hija de Arifa y Musa Yeswi

Y abajo del todo, con letras muy pequeñas, Musa le pidió al grabador de lápidas que escribiera algo que muchos considerarían un epitafio inapropiado para una mártir. Encargó que lo grabasen al pie de la lápida, donde sabía que quedaría más o menos cubierto por la nieve en invierno y oculto por las altas hierbas y los narcisos el resto del año. Más o menos. Esto es lo que escribió:

Akh daleela wann
yeth manz ne kahn balai aasi
noa aes sa kunni junglas manz roazaan

Es lo que Miss Yebin le decía por la noche cuando se tumbaba junto a él en la alfombra y apoyaba la cabecita en un almohadón cilíndrico de terciopelo gastado (lavado, zurcido y vuelto a lavar), ataviada con su túnica de abrigo cachemir, su *feran* (lavado, zurcido y vuelto a lavar) diminuto como un cubreteteras (azul turquesa, con dibujos bordados en color rosa salmón alrededor del cuello y de las mangas) y copiando al acostarse exactamente la misma postura de su padre: la rodilla izquierda doblada, el tobillo derecho apoyado sobre la rodilla izquierda, su puñito sobre el puño de su papá. *Akh daleela wann.* Cuéntame un cuento. Y a continuación ella misma empezaba el cuento, gritándolo a la sombría oscuridad de la noche bajo el toque de queda, un placer estridente escapándose por las ventanas y despertando a los vecinos. *Yeth manz ne kahn balai aasi! Noa aes sa kunni junglas manz roazaan! Nada* de había una vez una bruja y *nada* de que vivía en el bosque. Cuéntame un cuento, y ¿podríamos dejar ya las tonterías de la bruja y el bosque? ¿Puedes contarme un cuento *de verdad?*

Fríos soldados venidos de climas cálidos que patrullaban la helada autopista que rodeaba su barrio aguzaban el oído y quitaban el seguro de sus fusiles. *¿Quién anda ahí? ¿Qué es ese ruido? ¡Alto o disparo!* Los soldados venían de muy lejos y no sabían cómo se decía en cachemir *Alto* o *disparo* o *Quién anda ahí.* Tampoco necesitaban saberlo porque ellos tenían las armas.

El más joven, S. Murugesan, apenas mayor de edad, nunca había sentido tanto frío, nunca había visto la nieve y todavía estaba encantado con las formas que dibujaba su aliento al condensarse en el aire helado.

–¡Mirad! –exclamó su primera noche de patrulla, llevándose dos dedos a los labios, fumando un cigarrillo imaginario y soltando una bocanada de humo azulado–. ¡Tabaco gratis! –La blanca sonrisa dibujada sobre su rostro oscuro flotó en la oscuridad de la noche para después desaparecer, desmoralizada por el aburrido desdén de sus compañeros.

–Sigue fumando, Rajinikant –le dijeron los demás–. Fúmate todo el paquete. Los cigarrillos no te sabrán tan bien cuando *ellos* te vuelen la cabeza.

Ellos.

Y con el tiempo *ellos* acabaron por volársela. En la autopista, justo a la salida de Kupwara, hicieron estallar el vehículo blindado que conducía. Él y otros dos soldados murieron desangrados al borde de la carretera.

Enviaron su cuerpo en un ataúd a la familia, a su pueblo de Tamil Nadu, en el distrito de Thanjavur, junto con un DVD del documental *La saga de un valor indescriptible*, dirigido por un tal comandante Raju y producido por el Ministerio de Defensa. S. Murugesan no aparecía en el documental, pero su familia siempre creyó que sí, puesto que nunca lo vieron. No tenían reproductor de DVD.

Los Vanniyar de su pueblo (que no eran «intocables») no permitieron que el cortejo fúnebre con el cuerpo de S. Murugesan (que sí lo era) pasara por delante de sus casas camino a la pila funeraria. La comitiva tuvo que dar un rodeo para circunvalar el pueblo y llegar al crematorio de los intocables, un crematorio aparte que quedaba junto al vertedero del pueblo.

Una de las cosas que S. Murugesan disfrutaba en secreto durante su estancia en Cachemira era cuando los cachemires de piel blanca mortificaban a los soldados indios burlándose de su piel oscura y llamándolos *«chamar nasl»* (de la casta *chamar).* Le divertía ver cómo se enrabietaban sus compañeros, sobre todo los que se consideraban de una casta superior, a quienes no les parecía mal llamarle a él *chamar,* que era como solían llamar los indios del norte a todos los *dalits,* al margen de a cuál de las muchas castas de intocables pertenecieran. Cachemira era uno de los pocos lugares del mundo donde una población de tez clara había sido colonizada por otra de piel oscura. Esa inversión en el orden de las cosas justificaba, en cierta forma, cualquier desprecio que sintieran.

Para recordar el valor de S. Murugesan, el ejército colaboró en la construcción de una estatua de cemento del cipayo S. Murugesan, vestido de uniforme y con el fusil al hombro, a la entrada del pueblo. Siempre que su joven viuda pasaba junto a la estatua con su hijita, que tenía seis meses cuando murió el padre, se la señalaba.

–*Appa* –decía al tiempo que hacía adiós con la mano al monumento.

El bebé sonreía e imitaba perfectamente el saludo de su madre, agitando una manita regordeta rodeada de una muñeca tan rolliza que parecía un carnoso brazalete.

–*Appappappappappappappa* –repetía la pequeñita, sonriendo.

No todos estaban contentos por tener la estatua de un intocable a la entrada del pueblo. Máxime la de un intocable portando un arma. Les parecía que transmitía un mensaje equivocado, que daría ideas a la gente. Tres semanas después de inaugurada la estatua, el fusil desapareció. La familia del cipayo S. Murugesan intentó poner una denuncia por escrito, pero la policía se negó a admitirla, alegando que el fusil podía haberse caído solo o haberse desintegrado debido al cemento de mala calidad utilizado en su realización (una práctica bastante común) y que no podía culparse a nadie por eso. Un mes después cortaron las manos de la estatua. Una vez más, la policía se negó a admitir la denuncia, aunque en esa ocasión se les escaparon algunas risitas de complicidad y ni siquiera se preocuparon de inventar una excusa. Dos semanas después de la amputación de las manos, la estatua apareció decapitada. Siguieron algunos días de tensión. Las gentes de los pueblos aledaños que pertenecían a la misma casta que S. Murugesan organizaron una protesta. Iniciaron una huelga de hambre por turnos a los pies de la estatua. Un tribunal local dijo que nombraría un comité de magistrados para estudiar el caso. Mientras tanto, solicitó que se mantuviera el statu quo. Se suspendió la huelga de hambre. El comité de magistrados nunca llegó a constituirse.

En algunos países algunos soldados mueren dos veces.

La estatua decapitada permaneció a la entrada del pueblo. Ya no se parecía en nada al hombre que se suponía debía representar, pero acabó siendo un símbolo de la época más auténtico de lo que lo fuera en un principio.

La hijita de S. Murugesan siguió diciéndole adiós con la mano al pasar a su lado.

–*Appappappappa*...

A medida que la guerra avanzaba en el Valle de Cachemira, los cementerios se convirtieron en algo tan común como los aparcamientos de varias plantas que surgían como hongos en las florecientes ciudades de las llanuras. Cuando algunos cementerios se quedaron sin espacio, añadieron otro nivel a algunas de la tumbas y las hicieron dobles, como los autobuses de dos pisos que había antes en Srinagar para transportar a los turistas desde Lal Chowk hasta el bulevar.

Afortunadamente, la tumba de Miss Yebin no corrió esa suerte. Años más tarde, después de que el gobierno declarase extinguida la insurrección (aunque medio millón de soldados permanecieron en la zona por si acaso); después de que los grupos rebeldes más importantes se volviesen (o los volviesen) contra ellos mismos, atacándose entre sí; después de que los peregrinos, los turistas y las parejas de recién casados que iban a pasar su luna de miel empezaran a volver al Valle a retozar en la nieve (remontando y descendiendo a gran velocidad por profundas pistas de nieve, chillando en trineos conducidos por excombatientes); después de que los espías e informantes fuesen eliminados por sus propios controladores (por razones de orden y extrema precaución); después de que los renegados fuesen reabsorbidos con empleos fijos por las miles de ONG instaladas en la Zona de Paz; después de que los comerciantes locales, que habían ganado fortunas suministrando carbón y madera de nogal al ejército, empezaran a invertir su dinero en el próspero Sector de la Hospitalidad (también considerado un modo de facilitar a la gente su «Participación en el Proceso de Paz»); después de que los directores de los bancos se apropiaran del dinero que había en las cuentas de los guerrilleros muertos que nadie reclamaba; después de que los centros de tortura se transformasen en lujosas residencias para la clase política; después de que los cementerios de los mártires cayeran en cierto abandono y el número de mártires se redujese a unos pocos (mientras que el número de suicidios se incrementaba notablemente); después de que se celebraran elecciones y se declarase restaurada la democracia; después de que el río Jhelum se desbordase y volviese a su cauce; después de que la insurrección rebrotase y fuera nuevamente aplastada; incluso después de todo eso, la tumba de Miss Yebin continuó teniendo un solo piso.

Miss Yebin tenía mucha suerte. Tenía una tumba bonita, toda rodeada de flores silvestres y con su madre al lado.

La masacre que se la llevó fue la segunda que tuvo lugar en la ciudad en dos meses.

De los diecisiete que murieron ese día, siete eran ciudadanos que participaban en una marcha. Entre ellos se incluían Miss Yebin y su madre (aunque, en su caso, no estaban marchando sino que ambas estaban sentadas). Habían salido al balcón para ver pasar a los miles de personas que recorrían la ciudad siguiendo el cortejo fúnebre de Usman Abdullah, un profesor universitario muy querido. Miss Yebin tenía un poco de fiebre y estaba sentada en el regazo de su madre. Las autoridades informaron de que el profesor Usman Abdullah había muerto de un disparo realizado por un pistolero no identificado (si bien su identidad era un secreto a voces). Aunque Usman Abdullah era un destacado ideólogo en la lucha por la *Azadi,* había recibido múltiples amenazas por parte de una nueva facción extremista compuesta por combatientes radicales que habían regresado del otro lado de la Línea de Control provistos de armamento nuevo y también de ideas nuevas y muy rigurosas a las que el profesor se había enfrentado públicamente. El asesinato de Usman Abdullah constituía una declaración de que los integristas no tolerarían el sincretismo de Cachemira que él representaba. Se acabaron todas esas tradiciones antiguas y campechanas. Se acabaron los cultos a los profetas y santones locales en los santuarios del Valle, declararon los nuevos combatientes. Se acabó la tontería. Solo existiría Alá, el único Dios. Solo el Corán. Solo existiría el profeta Mahoma (la Paz Sea con Él). Solo habría una forma de rezar, una interpretación de la ley divina y una definición de *Azadi,* que era la siguiente:

Azadi ka matlab kya?
la ilaha illallah

¿Qué significa libertad?
No hay más dios que Alá.

Se acabaron los debates sobre este asunto. En el futuro todas las discusiones se zanjarían con balas. Los chiíes no eran musulmanes. Y las mujeres debían aprender a vestirse apropiadamente.

Claro, las mujeres.

Las mujeres, claro.

Esto incomodó al común de las gentes. Veneraban sus santuarios (en particular el de Hazratbal, que albergaba la reliquia sagrada, el *Moi-e-Muqaddas*, un cabello del profeta Mahoma). Cientos de miles de personas habían llorado por las calles cuando la reliquia desapareció en el invierno de 1963. Cientos de miles de personas se alegraron cuando el cabello volvió a aparecer un mes después (y la autoridad competente certificó que era auténtico). Pero los Estrictos volvieron de sus viajes y declararon que adorar a los santos locales y venerar un pelo en un santuario era una herejía.

La Línea Estricta sumió al Valle en un dilema. La gente sabía que la añorada libertad no se conseguiría sin una guerra y sabía que los Estrictos eran, de lejos, los mejores combatientes. Eran los mejor entrenados, tenían las mejores armas y, por mandato divino, llevaban los pantalones más cortos y las barbas más largas. Gozaban de más bendiciones y más dinero procedente del otro lado de la Línea de Control. Su fe, férrea e inquebrantable, les imponía disciplina, simplificaba sus vidas y los equipaba para enfrentarse al poder del segundo ejército más grande del mundo. Los guerrilleros que se autodenominaban «laicos» eran menos estrictos, de trato más fácil. Eran más elegantes, más extravagantes. Escribían poesía, flirteaban con las enfermeras y las patinadoras y patrullaban las calles con el fusil colgado al hombro de cualquier manera. Pero no parecían tener lo que se necesita para ganar una guerra.

La gente quería a los Menos Estrictos, pero temía y respetaba a los Estrictos. Cientos de personas perdieron la vida en la guerra de desgaste que se entabló entre ambos bandos. Al final, los Menos Estrictos declararon el alto el fuego, abandonaron la clandestinidad y prometieron continuar la lucha siguiendo el espíritu gandhiano. Los Estrictos continuaron combatiendo y, con el paso de los años, se les dio caza uno a uno. Cada vez que mataban a uno de ellos, otro ocupaba su lugar.

Pocos meses después del asesinato de Usman Abdullah, el ejército capturó y mató a su asesino (el célebre Pistolero

No Identificado). El cuerpo le fue entregado a la familia sembrado de agujeros de bala y quemaduras de cigarrillos. El Comité del Cementerio, tras discutir el asunto en profundidad, decidió que él también era un mártir y merecía que se le enterrase en el Cementerio de los Mártires. Lo enterraron en el rincón más lejano, con la esperanza, quizá, de que poner distancia entre la tumba de Usman Abdullah y la de su asesino evitaría que se peleasen en la otra vida.

La guerra continuó en el Valle y los seguidores de la línea blanda se fueron endureciendo mientras que la línea dura se hizo aún más dura. Cada línea engendró otras líneas y sublíneas. Los Estrictos engendraron otros aún Más Estrictos. El ciudadano común se las arregló, casi milagrosamente, para satisfacerlas a todas, apoyarlas a todas, subvertirlas a todas y continuar con sus tradiciones antiguas y supuestamente campechanas. La vehemencia del culto al *Moi-e-Muqaddas* no decayó. Y, a pesar de dejarse llevar por las rápidas corrientes del rigor y la intolerancia, una multitud cada vez mayor continuó acudiendo a los santuarios a llorar y desahogar sus corazones rotos.

Desde la seguridad de su balcón, Miss Yebin y su madre miraban cómo se acercaba el cortejo fúnebre. Al igual que las demás mujeres y niños que atestaban los balcones de madera de las antiguas casas a lo largo de la calle, Miss Yebin y Arifa también tenían preparado un cuenco lleno de pétalos de rosa para lanzarlos sobre el ataúd de Usman Abdullah cuando pasase por debajo de su balcón. Miss Yebin estaba bien protegida contra el frío, enfundada en dos jerséis y con mitones de lana. Tenía la cabeza cubierta con un pequeño hiyab blanco hecho de lana. Miles de personas se apretujaron gritando *Azadi! Azadi!* al entrar en el embudo formado por la estrecha calle. Miss Yebin y su madre también se unieron a los gritos. Aunque Miss Yebin, siempre traviesa, a veces gritaba *Mataji!* (madre) en lugar de *Azadi!* (porque las dos palabras sonaban igual y porque sabía que, cada vez que lo hacía, su madre la miraba, sonreía y le daba un beso).

La procesión tenía que pasar por delante de un búnker del 26.º Batallón de la Fuerza de Seguridad Fronteriza, situado a menos de treinta metros de donde estaban sentadas Arifa y Miss Yebin. Las puntas de las ametralladoras asomaban por la tronera de acero de una polvorienta cabina hecha de chapas de metal y tablones de madera. El búnker estaba protegido por un parapeto de sacos terreros y alambre de espino. De la alambrada colgaban a pares botellas vacías de Old Monk y Ron Triple X, suministradas por el ejército, que sonaban como campanas al entrechocar unas con otras. Era un sistema de alarma rudimentario pero efectivo: cualquier tintineo en la alambrada ponía a los soldados de pie de un salto. Botellas de alcohol al servicio de la nación. Además, tenían la ventaja añadida de resultar despiadadamente ofensivas para los musulmanes devotos. Los soldados del búnker alimentaban a los perros callejeros a los que la población local evitaba (como se supone que debe hacer todo musulmán devoto), así que los perros aportaban otro anillo de seguridad adicional. Estaban allí echados, observando el trasiego, alerta, pero no asustados. Cuando la procesión se acercó, los hombres encerrados en el búnker se agazaparon en las sombras mientras un sudor frío les corría por la espalda, bajo los uniformes de invierno y los chalecos antibalas.

De repente se oyó una explosión. No fue muy fuerte ni muy cerca, pero sí lo suficiente para desatar el pánico. Los soldados salieron del búnker, apuntaron y dispararon sus metralletas directamente contra la multitud indefensa que estaba encajonada en la estrecha calle. Tiraron a matar. Incluso después de que la gente se diera la vuelta para salir huyendo, las balas les persiguieron, alojándose en espaldas, nucas y piernas en retirada. Algunos soldados asustados apuntaron sus armas al público apostado en ventanas y balcones y vaciaron sus cargadores en personas, barandillas, paredes y cristales. En Miss Yebin y en su madre, Arifa.

Tirotearon el ataúd de Usman Abdullah y a quienes lo portaban. El ataúd se abrió al caer y, de nuevo asesinado, el cadáver rodó sobre el pavimento con una postura extraña, envuelto en una mortaja blanca como la nieve, doblemente muerto entre los muertos y los heridos.

Algunos cachemires también mueren dos veces.

No dejaron de disparar hasta que se vació la calle y solo quedaron los muertos y los heridos. Y zapatos. Miles de zapatos.

Y el eslogan ensordecedor, aunque ya no quedara nadie para gritarlo:

Jis Kashmir ko khoon se seencha! Woh Kashmir hamara hai!

¡La Cachemira que hemos regado con nuestra sangre!
¡Esa es nuestra Cachemira!

El protocolo que siguió a la masacre fue rápido y eficiente: perfeccionado por la práctica. En el plazo de una hora habían trasladado los cadáveres a la morgue del Centro de Control de la Policía y los heridos al hospital. Se limpió la calle con mangueras y el agua arrastró la sangre a las alcantarillas abiertas. Volvieron a abrir las tiendas. Se decretó la normalidad. (La normalidad llegaba siempre por decreto previo.)

Más adelante se descubrió que la explosión había sido causada por un coche que había pasado por encima de un envase de cartón vacío de zumo Mango Frooti en la calle de al lado. ¿De quién era la culpa? ¿Quién había tirado el envase de Mango Frooti *(Fresco & Jugoso)* al suelo? ¿India o Cachemira? ¿Quién lo había reventado con el coche? Se pasó el asunto a un tribunal para que investigara las causas de la masacre. Nunca llegaron a esclarecerse los hechos. No se inculpó a nadie. Aquello era Cachemira. La culpa era de Cachemira.

La vida continuó. La muerte continuó. La guerra continuó.

Todos los que vieron a Musa Yeswi enterrar a su esposa e hija notaron lo callado que estuvo aquel día. No exteriorizó su dolor. Parecía ensimismado y abstraído, como si no estuviese allí. Puede que eso fuera lo que, después, condujo a su detención. O puede que fueran sus pulsaciones. Quizá fuesen demasiado rápidas o demasiado lentas para ser un civil inocente. A veces los soldados de algunos puestos de control importantes pegaban la oreja al pecho de los jóvenes para escuchar la frecuencia de sus latidos. Corría el rumor de que algunos soldados llevaban estetoscopios. Decían: «A este le late la libertad en el corazón.» Y eso ya era razón suficiente para enviar a ese cuerpo que albergaba un corazón demasiado acelerado o demasiado lento a Cargo, a Papa II o al Cine Shiraz (los centros de interrogatorios más temidos del Valle).

A Musa no lo detuvieron en un puesto de control. Lo fueron a buscar a su casa después del funeral. Un excesivo mutismo en el funeral de una esposa y de una hija no era algo que pasara desapercibido en aquella época.

Al principio, todo el mundo guardó silencio, atemorizado. El cortejo fúnebre zigzagueó por la pequeña ciudad, empapada y gris, sin hacer el menor ruido. Solo se oía el plaf, plaf, plaf de miles de zapatos sin calcetines sobre la calle plateada de humedad que conducía al Mazar-e-Shohada. Muchachos jóvenes cargaban sobre sus hombros diecisiete ataúdes. Diecisiete más uno, es decir, el del asesinado por segunda vez, Usman Abdullah, cuya muerte, era obvio, no podía ser registrada dos veces. Diecisiete ataúdes de latón, más uno, recorrieron las calles devolviéndole sus centelleos al sol invernal. Para alguien que observase la ciudad desde el círculo de montañas que la rodeaban, la procesión le habría recordado una fila de hormigas marrones transportando diecisiete cristales de azúcar más uno a su hormiguero para alimentar a la reina. Quizá para un estudiante de la historia de los conflictos humanos el pequeño cortejo no significase más que eso en términos relativos: una fila de hormigas llevándose algunas migajas caídas de una alta mesa. Comparada con otras guerras, aquella era pequeñita. Nadie le prestaba mucha atención. Así que siguió y siguió. Se desplegó y replegó durante décadas, envolviendo a la gente en un abrazo demencial. Su crueldad se volvió tan natural como el paso de las estaciones, cada una con su variedad particular de aromas y flores, su propio ciclo de pérdida y renovación, de alteración y normalidad, de alzamientos y elecciones.

El cristal más pequeñito de todos los cristales de azúcar que cargaron las hormigas aquella mañana invernal se llamaba, por supuesto, Miss Yebin.

Las hormigas que estaban demasiado alteradas para unirse al cortejo se agolparon en las aceras, sobre los montículos de nieve sucia, con los brazos cruzados por debajo de sus tibios *feranes*, dejando que las mangas vacías flotaran con la brisa. Mancos que se encontraban en el corazón mismo de una insurrección que contaba con muchos brazos armados. Las hormigas que estaban demasiado atemorizadas para salir de casa se asomaron a ventanas y balcones (aunque eran perfectamente conscientes del peligro que corrían). Todos sabían que estaban siendo observados a través de las mirillas de los fusiles de los soldados apostados por toda la ciudad (en tejados, puentes, barcos, mezquitas, depósitos de agua). Habían ocupado hoteles, escuelas, tiendas e incluso algunas casas particulares.

Hacía frío aquella mañana. Por primera vez en años el lago se había helado y se habían pronosticado más nevadas. Los árboles alzaban al cielo sus ramas jaspeadas y desnudas como dolientes en un rígido gesto de aflicción.

En el cementerio esperaban ya dispuestas diecisiete tumbas más una. Nuevas, pulcramente cavadas, profundas. La tierra de cada hoyo estaba apilada junto a él como una pirámide de chocolate negro. Un grupo que se había adelantado a la procesión había llevado al cementerio las camillas de metal manchadas de sangre sobre las que habían devuelto los cuerpos a las familias una vez realizadas las autopsias. Las camillas estaban colocadas de pie alrededor de los troncos de los árboles, como si fueran los pétalos de acero ensangrentados de alguna gigantesca flor carnívora que creciera en las montañas.

Nada más cruzar el cortejo las puertas del cementerio, una melé de periodistas, nerviosos como atletas en sus puestos de salida, rompió filas y salió disparada hacia él. Los que portaban los féretros los depositaron, alineados y abiertos, sobre la tierra helada. La multitud se apartó respetuosamente para dejar paso a la prensa. Sabían que, sin los periodistas y los fotógrafos, sería como si la masacre no hubiese existido y los muertos no estarían realmente muertos. Por eso, llenos de esperanza y de ira, les hacían ofrenda de los cuerpos. Un banquete de muerte. A los familiares de luto que habían retrocedido se les pedía que avanzaran para salir en la foto. Había que registrar el dolor. En el futuro, cuando la guerra se convirtiese en un modo de vida, se escribirían libros, se harían películas y exposiciones de fotografía sobre el tema del dolor y la pérdida en Cachemira.

Musa no saldría en ninguna de esas fotos.

En aquella ocasión Miss Yebin fue, con diferencia, la más fotografiada. Las cámaras la rodearon, disparando una y otra vez y llenando el aire de clics y de zumbidos, como un oso enardecido. De aquella cosecha de fotografías una se convirtió en clásica. Durante años apareció en periódicos, revistas y portadas de informes sobre derechos humanos que nadie leía jamás, acompañada de diferentes pies de foto: *Sangre en la nieve*, *Valle de lágrimas* o *¿Nunca acabará el dolor?*

Por razones obvias, la fotografía de Miss Yebin alcanzó menos notoriedad en la India. En el supermercado del dolor, el Niño de Bhopal, víctima del escape de gas de Union Carbide, se mantuvo muy por delante de ella en la lista de favoritos. Varios fotógrafos de renombre reclamaron los derechos de la famosa fotografía del niño muerto, enterrado hasta el cuello en un túmulo de escombros, con la mirada petrificada en los ojos opacos que habían sido cegados por el gas venenoso. Esos ojos contaban mejor que ningún relato lo que había sucedido aquella terrible noche. Nos miraban fijamente desde las páginas de las revistas ilustradas de todo el mundo. Al final importó poco, por supuesto. La historia fue una llamarada que después se apagó. La batalla por los derechos de la fotografía continuó durante años, igual de encarnizada que la batalla por la indemnización a los miles de víctimas destrozadas por el escape de gas.

El oso enardecido desapareció y dejó a la vista la imagen de Miss Yebin intacta, inmaculada, profundamente dormida. La rosa damascena seguía en su sitio.

Cuando comenzaron a colocar los cuerpos en las tumbas la multitud alzó un murmullo de plegarias.

Rabbish rahlee sadree; wa yassir lee amri
wahlul uqdatan min lisaanee; yafqahoo qawlee

¡Oh Señor! Libera mi mente. Facilítame la tarea
y desata el nudo de mi garganta. Para que puedan
entender mi plegaria.

Los niños pequeños, que apenas llegaban a la altura de las caderas de sus madres, estaban segregados junto con ellas en el sector de las mujeres y casi no lograban ver lo que pasaba ni respirar, asfixiados entre la ropa de lana gruesa de sus madres. Entretanto, se dedicaban a realizar sus propias transacciones a bajo nivel: *Te cambio seis casquillos de bala por tu granada rota.*

Una solitaria voz femenina se elevó hacia el cielo, sorprendentemente aguda, un dolor intenso la atravesaba como una lanza.

Ro rahi hai yeh zameen! Ro raha hai asmaan...

Otra voz se le unió y después, otra:

¡Esta tierra llora! Y el cielo también...

Los pájaros dejaron su gorjeo durante un instante y escucharon, con la mirada atenta, la canción de los hombres. Los perros callejeros pasaron arrastrándose junto a los puestos de control, sin que nadie les controlara los inalterables latidos de sus corazones. Milanos y buitres volaban en círculo dejándose llevar por las corrientes térmicas hacia un lado y otro de la Línea de Control, solo para burlarse de los hombres que moteaban el suelo allá abajo.

Cuando el aire se llenó de lamentos fúnebres, algo ardió. Los muchachos jóvenes empezaron a saltar hacia el cielo, como llamaradas surgidas de unas brasas ardientes. Saltaban más y más alto, como si el suelo bajo sus pies tuviese resortes, convertido en una cama elástica. Su angustia era como una armadura, la ira les cruzaba el pecho como cartucheras. En aquel momento, quizá porque iban así armados o porque habían decidido abrazar una vida de muerte o porque sabían que ya estaban muertos, se volvieron invencibles.

Los soldados que rodeaban el Mazar-e-Shohada tenían instrucciones claras de sofocar aquel fuego sin importar cómo. Sus informantes (hermanos, primos, padres, tíos y sobrinos) mezclados entre la multitud gritando consignas con la misma pasión que los demás (e incluso compartiéndolas) tenían orden de sacar fotografías y, si era posible, grabar vídeos de todos los muchachos que, dejándose llevar por la furia, saltasen hacia el cielo convertidos en llamas.

Muy pronto cada uno de ellos oiría llamar a su puerta o vería cómo se le apartaba del resto del grupo al pasar por un puesto de control.

¿Eres fulano o zutano? ¿Hijo de fulano o zutano? ¿Trabajas en tal y tal lugar?

Por lo general la amenaza no pasaba de ahí, de un interrogatorio rutinario y superficial. En Cachemira el hecho de soltarle a un hombre a la cara sus datos personales ya era suficiente para cambiar el curso de su vida.

Y a veces no.

Fueron a buscar a Musa a la hora en la que solían hacer sus visitas: a las cuatro de la madrugada. Musa estaba despierto, sentado en su escritorio escribiendo una carta. Su madre estaba en la habitación contigua. Él la oía llorar y oía los murmullos de consuelo de sus amigos y parientes. El adorado (y agujereado) hipopótamo verde de peluche de Miss Yebin (con una sonrisa en forma de V y un corazón de retal de color rosa) estaba en su lugar de siempre, apoyado contra un almohadón cilíndrico, esperando a su pequeña mamá y su acostumbrado cuento antes de ir a la cama. *(Akh daleela wann...)* Musa oyó acercarse el vehículo. Desde la ventana del primer piso lo vio entrar en la calle y detenerse delante de su casa. No sintió nada, ni rabia ni temor mientras observaba a los soldados bajar del vehículo blindado. Su padre, Showkat Yeswi (Godzilla para Musa y sus amigos), también estaba despierto, sentado con las piernas cruzadas sobre la alfombra del salón. Era un constructor que trabajaba muy estrechamente con los Servicios de Ingeniería Militar, suministrándoles material de construcción y realizando para ellos proyectos de seguridad. Había enviado a su hijo a estudiar arquitectura a Delhi con la esperanza de que en el futuro le ayudaría a expandir su negocio. Pero cuando empezó el *tehreek* en 1990 y Godzilla continuó trabajando para el ejército, Musa lo rechazó de plano. Dividido entre las obligaciones filiales y la culpa de disfrutar de lo que consideraba un botín colaboracionista, a Musa le resultaba cada vez más difícil vivir bajo el mismo techo que su padre.

Parecía como si Showkat Yeswin hubiese estado esperando a los soldados. No pareció sorprendido.

–Ha llamado Amrik Singh. Quiere hablar contigo. No pasa nada, no te preocupes. Te dejará en libertad antes de que amanezca.

Musa no contestó. Ni siquiera miró a Godzilla, pero su disgusto quedaba patente en la postura de sus hombros y en su espalda erguida. Salió por la puerta principal escoltado por dos hombres armados y se subió al vehículo. No iba esposado ni con la cabeza cubierta. El vehículo se deslizó por las calles heladas y resbaladizas. Había empezado a nevar de nuevo.

El Cine Shiraz era el corazón de un enclave compuesto de cuarteles y dependencias de oficiales, acordonados por todo un elaborado aderezo de paranoia (dos círculos concéntricos de alambre de espino entre los que se extendía un foso poco profundo de arena; el cuarto círculo defensivo, el más cercano al centro, estaba conformado por un muro alto coronado con trozos de botellas rotas. Los portones de acero corrugado estaban flanqueados por torres de vigilancia ocupadas por soldados con metralletas. El vehículo blindado que transportaba a Musa pasó los puestos de control rápidamente. Estaba claro que lo esperaban. Siguió todo recto y atravesó el recinto hasta la puerta principal.

El vestíbulo del cine estaba muy iluminado. Un mosaico de minúsculas teselas de espejo que rodeaba el falso techo de escayola estriada blanca, como el glaseado de una gigantesca tarta de boda invertida, diseminaba y multiplicaba la luz de unas arañas baratas y ostentosas. La alfombra roja estaba tan gastada y rota que podía verse el suelo de cemento a través de los agujeros. El aire viciado olía a fusiles, a gasoil y a ropa vieja. El antiguo bar del cine había sido reconvertido en recepción y registro, tanto para torturadores como para torturados. Continuaba ofertando cosas que ya no vendían: Chocolates Cadbury con almendras y pasas y varios sabores de helados Kwality: Polo de Choco, Polo de Naranja, Polo de Mango. Las paredes exhibían descoloridos carteles de películas antiguas *(Chandni*, *Maine Pyar Kiya*, *Parinda* y *El león del desierto)* de la época anterior a la prohibición de las películas y al cierre del cine decretados por los Tigres de Alá. Varios carteles estaban salpicados de manchas rojas de zumo de betel. Sobre el suelo se alineaban filas de jóvenes, atados y esposados, arrodillados como gallinas. Algunos habían recibido tantos golpes que apenas se mantenían con vida, en cuclillas y con las muñecas atadas a los tobillos. Los soldados entraban y salían, trayendo unos prisioneros y llevándose a otros para ser interrogados. Los débiles sonidos que provenían del otro lado de las grandes puertas de madera que conducían al patio de butacas bien podrían haber correspondido a la mitigada banda sonora de un film violento. Unos canguros de cemento y sonrisa triste que en la bolsa marsupial contenían bolsas de basura con el cartel *Úsame* vigilaban el trasiego de aquel tribunal de farsa.

A Musa y sus escoltas no los retrasaron con las formalidades de recepción y registro. Seguidos por la mirada de los hombres golpeados y encadenados, se dirigieron como un séquito regio hacia la gran escalera en curva que conducía al primer entresuelo (el Anfiteatro de la Reina) y continuaron subiendo por unos escalones más estrechos hasta la sala de proyección que habían ampliado convirtiéndola en una oficina. Musa era consciente de que la puesta en escena de aquel rincón del cine no era casual sino deliberada.

El comandante Amrik Singh se puso de pie al otro lado de su escritorio para recibir a Musa. Tenía la mesa atiborrada de una idiosincrásica colección de pisapapeles exóticos, conchas marinas moteadas, estatuillas de bronce, bailarinas y veleros aprisionados en esferas de cristal. Era un hombre moreno, excepcionalmente alto (un metro ochenta y cinco, por lo menos), de treinta y pocos años. Esa noche había adoptado el aspecto de un sij. Justo por encima de la línea de la barba, la piel de sus mejillas tenía los poros muy abiertos, como la superficie de un suflé. Llevaba un turbante verde oscuro tan ajustado alrededor de las orejas y la frente que le tiraba hacia arriba del rabillo de los ojos y de las cejas, dándole un aspecto somnoliento. Los que lo conocían, aunque solo fuera de manera superficial, sabían que dejarse engañar por aquella expresión somnolienta era malinterpretar al personaje. Rodeó el escritorio y se acercó a Musa para saludarlo cordialmente, con preocupación y afecto. Ordenó a los soldados que habían escoltado a Musa que se retirasen.

–*As salaam aleikum huzoor...* Por favor, siéntese. ¿Qué quiere tomar? ¿Té? ¿O café?

Su tono estaba a medio camino entre una pregunta y una orden.

–Nada. *Shukriya*.

Musa se sentó. Amrik Singh levantó el auricular del interfono rojo y pidió que le trajeran té y unas «galletitas para oficiales». Su altura y corpulencia hacían que el escritorio pareciese desproporcionadamente pequeño.

No era la primera vez que se veían. Musa se había reunido con Amrik Singh muchas veces antes en, ¿quién lo diría?, su propia casa (la de Musa), cuando Amrik Singh pasaba a visitar a Godzilla, a quien había decidido honrar con su amistad (una oferta que Godzilla no podía tomarse la libertad de rechazar). Tras las primeras visitas de Amrik Singh, Musa notó que se había operado un cambio drástico en el ambiente de su casa. Se había tornado más tranquilo. Desaparecieron las encarnizadas discusiones políticas entre su padre y él. Pero Musa sentía que su padre se había vuelto desconfiado y no le quitaba el ojo de encima, como si intentara evaluarlo, juzgarlo, descifrarlo. Una tarde, al bajar la escalera desde su dormitorio, Musa se resbaló y logró recuperar rápidamente el equilibrio en el aire y caer de pie. Godzilla, que había observado la pirueta, abordó a su hijo. No levantó la voz, pero estaba furioso, y Musa notó que una vena de la sien le latía con fuerza.

–¿Dónde has aprendido a caer de esa manera? ¿Quién te ha enseñado a caer así?

Estudió a su hijo con los instintos hiperdesarrollados de un padre cachemir preocupado. Se fijó en detalles inusuales (si tenía un callo en el dedo del gatillo, durezas en rodillas y codos o cualquier otra señal de un «entrenamiento» recibido en un campamento guerrillero). No encontró nada. Decidió plantearle directamente a Musa la inquietante información que le había dado Amrik Singh (acerca de unas cajas de «metal» que alguien transportaba a través de los huertos que la familia tenía en Ganderbal, los viajes de Musa a las montañas o sus reuniones con ciertos «amigos»).

–¿Qué tienes que decir de todo eso?

–Que se lo preguntes a tu amigo el sahib comandante. Él te dirá que cualquier información que no sea operativa es pura basura –respondió Musa.

–*Tse chhui marnui assi sarnei ti marnavakh* –dijo Godzilla. Te acabarán matando y nos arrastrarás a todos contigo.

Cuando Amrik Singh volvió a presentarse de visita, Godzilla insistió en que Musa estuviese presente. En aquella ocasión se sentaron con las piernas cruzadas en el suelo alrededor de un *dastarkhan*[1] de plástico, mientras la madre de Musa les servía el té. (Musa le había pedido a Arifa que ni ella ni Miss Yebin bajasen las escaleras hasta que el visitante se hubiera marchado.) Amrik Singh rezumaba afecto y camaradería. Parecía sentirse a sus anchas recostado en los almohadones. Contó algunos estúpidos chistes sij de Santa Singh y Banta Singh[2] subidos de tono y se rió de ellos más que nadie. Y entonces, con la excusa de que el cinturón le apretaba y le impedía comer todo lo que quisiera, se lo desabrochó junto con la pistola que llevaba en la funda. Si la finalidad de aquel gesto era demostrar que confiaba en sus anfitriones y que se sentía cómodo con ellos, el efecto que logró fue el contrario. Yalib Qadri todavía no había sido asesinado, pero todo el mundo había oído hablar de la serie de asesinatos y secuestros que se atribuían a Amrik Singh. La pistola se convirtió en una presencia siniestra entre los platos con bizcochos y dulces y los termos de *noon chai*[3] salado. Cuando Amrik Singh se puso por fin en pie para marcharse, mostrando su agradecimiento con eructos, olvidó el arma

1. Mantel extendido en el suelo sobre el que se colocan los alimentos. *(N. de la T.)*

2. Santa Singh y Banta Singh son personajes muy populares en el repertorio de chistes sobre los sijs. *(N. de la T.)*

3. Té típico de Cachemira. *(N. de la T.)*

o fingió olvidarla sobre el mantel. Godzilla la recogió y se la entregó.

Amrik Singh miró fijamente a Musa y soltó una carcajada mientras volvía a colocarse el cinturón.

–Menos mal que su padre se ha acordado. Imagínese que hubiesen hecho un registro en esta zona y la hubieran encontrado aquí. Perdóneme, pero ni siquiera Dios hubiera podido ayudarle. Imagínese.

Todos se rieron diligentemente. Musa observó que no había expresión risueña alguna en los ojos de Amrik Singh. Parecían absorber la luz pero no reflejarla. Eran ojos opacos, esferas negras insondables sin el menor asomo de un destello o de un brillo.

Esos mismos ojos opacos miraban a Musa desde el otro lado del escritorio lleno de pisapapeles en la sala de proyección del Cine Shiraz. Era un espectáculo extraordinario ver a Amrik Singh sentado detrás de una mesa de trabajo. Estaba claro que no tenía ni idea de qué hacer con ella, aparte de usarla para mostrar sus souvenirs. Estaba colocado de tal manera que solo tenía que recostarse en el respaldo de su silla y mirar por la minúscula abertura rectangular de la pared (en el pasado el ventanuco por el que observaba el proyeccionista) para espiar lo que sucedía en el patio de butacas. Desde allí se accedía a las celdas de interrogatorios a través de las puertas que, con luces de neón rojas, anunciaban (a veces certeramente): SALIDA. La pantalla todavía estaba cubierta con un anticuado telón de terciopelo rojo con borlas, de esos que solían levantarse al son de músicas como «Palomitas de maíz» o «El paso del elefantito». Habían quitado las butacas de las últimas filas y las habían apilado en un rincón para hacer una cancha de bádminton donde los soldados estresados pudieran desahogarse un poco. Incluso a aquellas altas horas de la madrugada, desde la oficina de Amrik Singh se oía el tac tac de los raquetazos.

–Le he hecho venir para presentarle mis disculpas y mis más sinceras condolencias por lo sucedido.

La situación se había hecho tan corrosiva en Cachemira que Amrik Singh no se daba verdadera cuenta de la ironía de enviar a unos guardias armados a buscar a un hombre cuya esposa e hija habían sido asesinadas y llevarle a la fuerza a un centro de interrogatorios a las cuatro de la madrugada con el único fin de presentarle sus condolencias.

Musa sabía que Amrik Singh era un camaleón y que debajo de su turbante era un «Mona» (que no llevaba el cabello largo de un sij). Había cometido el mayor sacrilegio contra el canon sij al cortarse el pelo muchos años atrás. Musa le había oído alardear ante Godzilla de cómo, cuando llevaba a cabo las operaciones de contrainsurgencia, podía hacerse pasar por hindú, por sij o por musulmán paquistaní que hablaba punyabí, según lo exigiese la operación. Se reía a carcajadas mientras describía cómo, para identificar y desenmascarar a los «simpatizantes», sus hombres y él se ponían unos *salwar kamiz* («trajes de kan») y llamaban a las puertas de los aldeanos en mitad de la noche haciéndose pasar por unos combatientes procedentes de Pakistán que buscaban un lugar donde refugiarse. Si les dejaban entrar, al día siguiente arrestaban a los aldeanos por colaborar con la insurgencia.

–¿Cómo se supone que unos aldeanos desarmados puedan echar de su casa a un grupo de hombres armados que llaman a su puerta en mitad de la noche, independientemente de que sean guerrilleros o militares? –no pudo evitar preguntar Musa.

–Ah, nosotros tenemos métodos para calibrar la calidez del recibimiento –respondió Amrik Singh–. Tenemos nuestros propios termómetros.

Quizá. Pero no entendéis cuán honda es la duplicidad de los cachemires, pensó Musa, pero no lo dijo. *No tenéis ni idea de cómo un pueblo como el nuestro, que ha sobrevivido a una historia y a una geografía como la nuestra, ha aprendido a manejar su orgullo de forma clandestina. La duplicidad es la única arma que nos queda. No sabéis cuán radiantes pueden llegar a ser nuestras sonrisas cuando tenemos el corazón roto. Cuán despiadados podemos ser con aquellos a quienes amamos mientras abrazamos afablemente a los que odiamos. No tenéis ni idea de cuán cálidamente os podemos recibir en nuestros hogares, cuando en realidad deseamos que os marchéis. Aquí vuestros termómetros no sirven para nada.*

Esa era una forma de verlo. Por otro lado, podría ser que Musa fuese el ingenuo en aquel momento. Porque Amrik Singh tenía una idea muy certera de la distopía en la que se movía; una distopía cuyo populacho no tenía fronteras, lealtades ni límites en la bajeza hasta la que podía caer. En cuanto a la psique cachemir, si es que existía algo así, Amrik Singh no pretendía conocerla ni entenderla. Para él aquello era un juego, una cacería en la que el ingenio de sus presas se medía con el suyo. Se consideraba más un deportista que un soldado. Algo que contribuía a hacer de él un espíritu risueño. El comandante Amrik Singh era un jugador, un oficial temerario, un interrogador letal y un alegre asesino a sangre fría. Disfrutaba enormemente de su trabajo y siempre estaba buscando nuevas formas de divertirse. Estaba en contacto con algunos guerrilleros que, de vez en cuando, sintonizaban con su frecuencia de radio o él con las suyas y se insultaban unos a otros como niños.

–*Arre, yaar,* pero si yo no soy más que un humilde agente de viajes –le gustaba decirles–. Para vosotros, los yihadistas, Cachemira no es más que un lugar de tránsito, ¿no es así? Vuestro verdadero destino es el *jannat*, donde os esperan vuestras huríes. Yo solo estoy aquí para facilitaros el viaje. –Se refería a sí mismo como el *Jannat Express*. Y si se ponía a hablar en inglés (lo que casi siempre significaba que estaba borracho), lo traducía como Paradise Express, el Expreso al Paraíso.

Una de sus frases legendarias era: *Dekho mian, mein Bharat Sarkar ka lund hoon, aur mera kaam hai chodna.*

Mira, hermano, yo soy la polla del gobierno indio y mi trabajo es follarme a la gente.

Era sabido que, en su implacable búsqueda de diversión, había soltado a un guerrillero al que le había costado muchísimo rastrear y echar el guante, solo porque quería revivir la emoción de volver a capturarlo. Siguiendo con ese espíritu, con esa rúbrica perversa de su manual personal de caza, había convocado a Musa en el Cine Shiraz para disculparse con él. Durante los últimos meses Amrik Singh había identificado a Musa, quizá correctamente, como un antagonista potencialmente valioso, alguien que era su polo opuesto y, sin embargo, tenía el descaro y la inteligencia de subir la apuesta y, tal vez, cambiar el desenlace de la cacería hasta el punto de no saberse quién era el cazador y quién el cazado. Por eso a Amrik Singh le molestó sobremanera enterarse de la muerte de la mujer y de la hija de Musa. Quería que Musa supiese que él no tenía nada que ver con aquello. Que era algo inesperado y, en lo que a él concernía, un golpe bajo, que nunca había estado en sus planes. Para que pudiese continuar la cacería, Amrik Singh necesitaba dejárselo bien claro a su presa.

La caza no constituía la única pasión de Amrik Singh. Tenía gustos caros y un estilo de vida al que no podía hacer frente con su salario. De modo que explotaba las posibilidades empresariales que se le ofrecían al encontrarse en el lado ganador de la ocupación militar. Además de los asuntos relacionados con el secuestro y la extorsión, poseía (a nombre de su esposa) un aserradero en las montañas y un negocio de muebles en el Valle. Era un hombre tan impetuosamente generoso como violento y repartía regalos extravagantes, como mesas de café talladas o sillas de nogal, entre los que le caían bien o le eran útiles. (Godzilla tenía un par de mesillas de noche que el comandante le había obligado a aceptar.) La mujer de Amrik Singh, Lovelin Kaur, era la cuarta de cinco hermanas (Tavlin, Harprit, Gurprit, Lovelin y Dimple), famosas por su belleza, y tenía otros dos hermanos menores. Pertenecían a la pequeña comunidad sij que se había establecido en el Valle siglos atrás. Su padre era un granjero que contaba con pocos medios, o casi ninguno, para alimentar a su numerosa familia. Se decía que la familia era tan pobre que en una ocasión en que una de las niñas tropezó en el camino al colegio y se le cayó la fiambrera que contenía el almuerzo de ella y sus hermanas, como estaban tan famélicas no les importó que se hubiera derramado todo sobre el pavimento y se lo comieron directamente del suelo. Cuando las niñas crecieron, empezaron a rondarlas como moscones toda clase de hombres con todo tipo de propósitos, ninguno con fines matrimoniales. Así que los padres estuvieron más que encantados al poder entregar a una de sus hijas (sin aportar ninguna dote) a un sij de la India, un oficial del ejército, nada menos. Después de casarse, Lovelin no se mudó a vivir a las dependencias de oficiales en las que se iba alojando Amrik Singh en los diferentes cuarteles donde estuvo destinado, dentro y fuera de Srinagar. Se decía (se rumoreaba) que eso se debía a que él tenía otra mujer, otra «esposa», una colega de la Fuerza de Reserva Policial, una tal subinspectora Pinky que solía acompañarle en las operaciones de campo así como en los interrogatorios en los campamentos. Los fines de semana Amrik Singh visitaba a su esposa y a su hijo, que vivían en un apartamento situado en un primer piso en Jawahar Nagar, el pequeño enclave sij en Srinagar. Los vecinos cuchicheaban sobre los episodios de violencia doméstica y los gritos ahogados de la mujer pidiendo auxilio. Nadie se atrevió a intervenir.

Aunque Amrik Singh perseguía y eliminaba insurgentes sin piedad, en realidad los miraba (por los menos, a los mejores de ellos) con una especie de callada admiración. Se sabía que había acudido a presentar sus últimos respetos a la tumba de algunos de ellos, incluidos unos pocos a los que él mismo había matado. (A uno le dedicó incluso una salva extraoficial.) A los que no solo no respetaba sino que despreciaba con toda su alma era a los activistas de los derechos humanos (en su mayoría abogados, periodistas y directores de periódicos). A todos los consideraba una chusma que, con sus protestas y quejas, dañaba y distorsionaba las reglas del gran juego. Siempre que le daban permiso para atrapar a uno de ellos o para «neutralizarlo» (permisos que nunca se presentaban como una orden de matar sino, por lo general, como la ausencia de órdenes de *no* matar), Amrik Singh mostraba gran entusiasmo en cumplir con su deber. El caso de Yalib Qadri fue diferente. Sus órdenes habían sido las de simplemente detener e intimidar al hombre. Pero las cosas se torcieron. Yalib Qadri había cometido el error de no tener miedo. De replicar. Amrik Singh lamentaba haber perdido el control de sí mismo y lamentaba aún más haber tenido que eliminar a su amigo y compañero de fatigas, el Ijwan Salim Goyri, como consecuencia de ello. Salim Goyri y él habían pasado buenos momentos juntos y habían compartido grandes aventuras. Estaba seguro de que si hubiese ocurrido al revés, Salim habría hecho lo mismo que él. Y seguro que él, Amrik Singh, lo habría entendido. O al menos eso se decía para sus adentros. De todo lo que había hecho en su vida, matar a Salim Goyri fue lo único que le había hecho dudar. Salim Goyri había sido la única persona en el mundo, incluida su esposa Lovelin, por la que Amrik Singh había sentido algo vagamente parecido al amor. Consciente de ello, cuando llegó el momento él mismo apretó el gatillo contra su amigo.

Pero no era dado a la melancolía y se recuperó rápidamente. Sentado al otro lado del escritorio, frente a Musa, el comandante era el mismo de siempre, vanidoso y engreído. Lo habían apartado de la acción y le habían asignado un trabajo de oficina, sí, pero todavía faltaba mucho por venir. Todavía realizaba algunas operaciones de campo de forma esporádica, en particular aquellas en las que conocía a fondo el historial de algún guerrillero o de algún colaborador de la guerrilla. Estaba más que convencido de que había contenido los daños y de que estaba fuera de peligro.

Llegó el té y las «galletitas para oficiales». Musa oyó el leve tintineo de las tazas sobre la bandeja de metal antes de que apareciese por detrás de él quien la traía. Musa y el portador de la bandeja se reconocieron de inmediato, pero sus rostros permanecieron inmutables e inexpresivos. Amrik Singh no les quitaba ojo de encima. En la habitación faltaba el aire. Era imposible respirar. Había que fingir que respirabas.

Yunaid Ahmed Shah era comandante de zona del grupo Hizbul Muyahidín y lo habían capturado unos meses atrás cuando cometió el error más común (y fatídico) de todos: ir a visitar a su mujer y a su hijo en mitad de la noche a su casa de Sopore, donde los soldados le estaban esperando. Era un hombre alto y ágil, muy conocido y querido por su apostura y sus valientes hazañas, reales unas y apócrifas otras. En el pasado tenía una melena que le llegaba a los hombros y una poblada barba negra. Cuando entró con la bandeja, estaba totalmente afeitado y tenía el pelo cortado al rape, al estilo del ejército indio. Los ojos de mirada apagada estaban hundidos en unas cuencas grises y profundas. Llevaba unos pantalones de chándal gastados que le llegaban tan solo un poco más abajo de la rodilla, calcetines de lana, unas alpargatas del ejército y una chaqueta de camarero apolillada de color escarlata con botones dorados que le quedaba demasiado pequeña y le daba un aspecto cómico. Le temblaban tanto las manos que la vajilla bailaba encima de la bandeja.

–Muy bien, ahora márchate. ¿Qué haces ahí parado? –le dijo Amrik Singh a Yunaid.

–Ji Jenaab! Jai Hind!

¡Sí, señor! ¡Viva India!

Yunaid saludó y abandonó la habitación. Amrik Singh se volvió hacia Musa, la viva imagen de la compasión.

–Lo que le ha sucedido a usted es algo que no debería sucederle a ningún ser humano. Debe de estar usted en estado de shock. Aquí tiene, sírvase una galletita. Le hará bien. Mitad y mitad. Cincuenta por ciento de azúcar y cincuenta por ciento de sal.

Musa no dijo nada.

Amrik Singh acabó su té. Musa no tocó el suyo.

–Usted tiene una licenciatura en ingeniería, ¿no es así?

–No. Soy arquitecto.

–Me gustaría ayudarle. Ya sabe que el ejército siempre necesita ingenieros. Hay mucho trabajo. Muy bien pagado. Vallados fronterizos, orfanatos, también están proyectando algunos centros de recreo y gimnasios para los jóvenes, incluso este lugar necesita muchos arreglos... Puedo conseguirle unos buenos contratos. Estamos en deuda con usted.

Sin levantar la mirada, Musa apretó el filo de una concha marina con la punta del dedo índice.

–¿Estoy detenido o tengo permiso para marcharme?

Como tenía la mirada baja, Musa no vio la nube de ira que cruzó los ojos de Amrik Singh, silenciosa y rápida como un gato que hubiera saltado de un muro.

–Puede irse.

Amrik Singh permaneció sentado mientras Musa se ponía de pie y abandonaba la habitación. Llamó a un timbre y ordenó al hombre que apareció que acompañara a Musa a la salida.

Abajo, en el vestíbulo del cine, descansaban de la sesión de tortura. Les estaban sirviendo té con unas grandes teteras humeantes y samosas frías en cubos de hierro. Tocaban a dos por cabeza. Musa cruzó el vestíbulo, sosteniendo en esa ocasión la mirada de uno de los jóvenes encadenados, brutalmente golpeado y con sangre en el rostro, al que conocía bien. Sabía que la madre del chico había ido de campamento en campamento, de comisaría en comisaría, buscando a su hijo desesperadamente. Algo que podía haberle llevado toda la vida. *Al menos esta noche ha servido para enterarme de algo, aunque sea horrible,* pensó Musa.

Estaba a punto de salir por la puerta cuando Amrik Singh apareció al final de las escaleras, irradiando cordialidad. Era una persona completamente diferente a la que Musa había dejado en la sala de proyección. La voz del comandante resonó en todo el vestíbulo.

–*Arre huzoor! Ek cheez main bilkul bhool gaya tha!*

¡He olvidado darle algo!

Todo el mundo, torturadores y torturados, giraron la cabeza y le miraron. Seguro de que su público le estaba prestando total atención, Amrik Singh corrió escaleras abajo con paso ágil, como un alegre anfitrión despidiéndose de un amigo cuya visita había disfrutado enormemente. Le dio un afectuoso abrazo a Musa y le entregó algo que llevaba en la mano.

–Esto es para su padre. Dígale que lo he pedido especialmente para él.

Era una botella de whisky Red Stag.

Se hizo un silencio en el vestíbulo. Todos, tanto el público como los protagonistas de la obra que se estaba representando, entendían el guión. Si Musa rechazaba el regalo, sería como declararle la guerra abiertamente a Amrik Singh (lo cual convertiría a Musa en hombre muerto). Si lo aceptaba, sería como si Amrik Singh hubiese delegado la sentencia de muerte en los insurgentes. Porque sabía que la noticia saldría de aquellas paredes y que todos los grupos guerrilleros, aunque no estuvieran de acuerdo entre ellos en muchas cosas, sí lo estaban en que la muerte era el castigo que merecían los colaboracionistas y los amigos de la Ocupación. Y beber whisky (aunque no fueses colaboracionista) estaba declarada una actividad antiislámica.

Musa se acercó a la barra del bar y dejó la botella allí.

–Mi padre no bebe.

–*Arre*, ¿por qué ocultarlo? No es ninguna vergüenza. ¡Por supuesto que su padre bebe! Lo sabe usted muy bien. He comprado esta botella especialmente para él. No se preocupe, se la entregaré personalmente.

Amrik Singh, sin dejar de sonreír, ordenó a sus hombres que escoltaran a Musa y se asegurasen de que llegaba sano y salvo a casa. Estaba satisfecho de cómo habían salido las cosas.

Empezaba a amanecer. Un trazo rosa asomaba por un cielo de color gris paloma. Musa volvió a casa andando por las calles muertas. El vehículo blindado lo seguía a una distancia prudencial y, cada vez que se acercaban a un puesto de control, el conductor daba instrucciones por su walkie-talkie de que lo dejaran pasar.

Cuando entró en su casa tenía nieve sobre los hombros. El frío de la madrugada no era nada comparado con el frío que sentía por dentro. Cuando sus padres y hermanas le vieron la cara, se dieron cuenta de que era mejor no acercarse a él ni preguntarle qué había sucedido. Musa fue directamente a su escritorio y terminó la carta que estaba escribiendo cuando los soldados entraron a buscarle. Escribía en urdu. Escribía deprisa, como si fuera lo último que fuera a hacer, como si estuviese enfrentándose al frío y tuviese que terminar la carta antes de que el calor se le escapase del cuerpo, quizá para siempre.

Era una carta para Miss Yebin.

Babajaana

¿Crees que te voy a echar de menos? Estás equivocada.

Nunca te echaré de menos porque siempre estarás conmigo.

Querías que te contara historias reales, pero yo ya no sé qué es real. Lo que solía ser real ahora parece un estúpido cuento de hadas, como los que yo solía contarte, como los que tú no podías soportar. Lo único que sé seguro es lo siguiente: en nuestra Cachemira los muertos vivirán para siempre; y los vivos no son más que muertos que fingen no estarlo.

La próxima semana íbamos a intentar sacarte tu propio carné de identidad. Como sabes, *jaana*, nuestros documentos de identidad son ahora más importantes que nosotros mismos. Esa tarjeta es lo más valioso que uno puede tener hoy en día. Es más valiosa que la alfombra más hermosa o el chal más suave y abrigado o el jardín más grande o que todas las cerezas y todas las nueces de todos los huertos de nuestro Valle. ¿Te lo imaginas? Mi carné de identidad es M108672Y. Tú me dijiste que era un número de la suerte porque tenía la M de Miss y la Y de Yebin. Si es así, entonces pronto me llevará junto a ti y tu *Ammijaan*. Así que disponte para hacer tus tareas en el cielo. ¿Qué importancia tendría para ti si te cuento que a tu funeral fueron cien mil personas? ¿Para ti, que solo sabías contar hasta cincuenta y nueve? ¿He dicho contar? Quería decir gritar: tú, que solo sabías gritar hasta cincuenta y nueve. Espero que, dondequiera que te halles, no estés gritando. Tienes que aprender a hablar bajito, como una dama, al menos de vez en cuando. ¿Cómo podría explicarte lo que significa cien mil? Un número tan enorme.

¿Quieres que intentemos pensar en él según las estaciones? En primavera piensa en todas las hojas que hay en los árboles y en todas las piedrecitas que puedes ver en los arroyos cuando llega el deshielo. Piensa en cuantas amapolas rojas brotan en los prados. Eso puede darte cierta idea de lo que significa cien mil en primavera. En otoño es como todas las hojas de los plátanos que crujieron bajo nuestros pies en el campus universitario el día que te llevé a dar un paseo. (Y estabas furiosa con el gato que no confiaba en ti y no aceptó el trozo de pan que le ofreciste. Todos estamos volviéndonos como ese gato, *jaana*. No podemos confiar en nadie. El pan que nos ofrecen es peligroso porque nos convierte en esclavos y en criados serviles. Tú te pondrías furiosa con todos nosotros.) Pero dejémoslo. Estábamos hablando de un número. En invierno tendríamos que pensar en los copos de nieve que caen del cielo. ¿Recuerdas cómo los contábamos? ¿Cómo intentabas atraparlos? Todo eso son cien mil personas. En tu funeral la muchedumbre cubría la tierra igual que la nieve. ¿Puedes imaginártelo ahora? Bien. Y eso era solo la gente. No te digo el oso perezoso que bajó de las montañas, el ciervo que miraba desde el bosque, el leopardo de las nieves que dejó sus huellas en la nieve y los milanos que volaban en círculos en el cielo supervisándolo todo. En su conjunto fue todo un espectáculo. Tú habrías estado contentísima, te encantan las multitudes, lo sé. Siempre quisiste ser una niña de ciudad. Eso quedó claro desde el principio. Ahora te toca a ti. Cuéntame...

A mitad de frase Musa perdió la pelea contra el frío. Paró de escribir, dobló la carta y la guardó en el bolsillo. Nunca la terminó, pero siempre la llevó consigo.

Sabía que no tenía mucho tiempo. Tenía que adelantarse a la siguiente jugada de Amrik Singh y hacerlo rápido. La vida tal y como la conocía se había acabado. Sabía que Cachemira lo había devorado y ahora él formaba parte de sus entrañas.

Dedicó el día a resolver todos los asuntos que pudo (pagar la cuenta de cigarrillos que se había ido incrementando, destruir papeles, reunir las pocas cosas que amaba o necesitaba). A la mañana siguiente, cuando el hogar de los Yeswi se despertó para volver a enfrentarse a su dolor, Musa se había marchado. Había dejado una nota para una de sus hermanas en la que le hablaba sobre el chico apaleado que había visto en el Cine Shiraz y le adjuntaba el nombre y la dirección de su madre.

Así empezó su vida en la clandestinidad. Una vida que duró exactamente nueve meses, como un embarazo. Solo que, por decirlo de algún modo, el resultado fue lo contrario a un embarazo. Finalizó en una especie de muerte, en lugar de una especie de vida.

Durante sus días como fugitivo, Musa fue de un lugar a otro, nunca el mismo dos noches consecutivas. Siempre contó con otras personas (en guaridas en el bosque, en elegantes casas de comerciantes, en tiendas, en mazmorras, en trasteros), allí donde el *tehreek* era bienvenido con cariño y solidaridad. Aprendió todo lo que tenía que aprender sobre armas, dónde comprarlas, cómo transportarlas, dónde esconderlas, cómo usarlas. Le salieron callos de verdad en los lugares donde su padre había imaginado durezas inexistentes (en las rodillas y los codos, en el dedo con el que apretaba el gatillo). Llevaba pistola, pero nunca la usó. Con sus compañeros de viaje, todos más jóvenes que él, compartió el afecto que comparten los hombres apasionados, dispuestos a dar la vida por los demás. Sus vidas eran cortas. A muchos los mataron o fueron encarcelados y torturados hasta perder la razón. Otros ocuparon su lugar. Musa sobrevivió, purga tras purga. Los lazos con su vida pasada fueron borrándose poco a poco (y de forma deliberada). Nadie sabía realmente quién era él.

Nadie preguntaba. Su familia no estaba al tanto. Musa no pertenecía a ninguna organización en particular. En el corazón de una guerra sucia, enfrentándose a una bestialidad difícil de imaginar, hacía cuanto estaba en su mano para convencer a sus camaradas de que conservasen todos los rasgos de humanidad que les fuera posible, de que no se convirtiesen en aquello que aborrecían y contra lo que luchaban. No siempre lo lograba. Ni tampoco fracasaba siempre. Perfeccionó el arte de camuflarse con el entorno, de desaparecer en medio de una multitud, de hablar entre dientes y disimular, de enterrar a tal profundidad los secretos que conocía que olvidaba que los sabía. Aprendió el arte del tedio, de soportar y de provocar aburrimiento. Rara vez hablaba. Por la noche, harto con el régimen de silencio, sus órganos se comunicaban a través de murmullos en el idioma de los grillos. El bazo conversaba con el riñón. El páncreas le susurraba a los pulmones a través del silencioso vacío:

Hola
¿Podéis oírme?
¿Seguís ahí?

Se volvió más frío y más callado. El precio por su cabeza subió muy rápido (de un lakh a tres lakhs). Cuando pasaron nueve meses, Tilo viajó a Cachemira.

Tilo estaba donde solía estar la mayoría de las tardes (en un puesto de té en una de las estrechas callejuelas cercanas al *dargah* Hazrat Nizamuddin Auliya, haciendo un alto en el camino a casa después de trabajar) cuando se le acercó un joven que confirmó que ella se llamaba S. Tilottama y le entregó una nota. Decía: *Muelle Número 33, HB Shaheen, Lago Dal. Por favor, ven el 20.* No tenía firma, solo una cabecita de caballo dibujada a lápiz en una esquina. Cuando Tilo levantó la vista, el mensajero había desaparecido.

Pidió dos semanas libres en el estudio de arquitectura en Nehru Place donde trabajaba, tomó un tren a Jammu y un autobús que salía a primera hora de la mañana de Jammu a Srinagar. Hacía tiempo que Musa y ella no estaban en contacto. Ella acudió a la cita porque así eran las cosas entre ellos.

Tilo nunca había estado en Cachemira.

A última hora de la tarde el autobús emergió del largo túnel que atravesaba las montañas, la única unión entre India y Cachemira.

El otoño en el Valle era la estación de la abundancia descarada. Los rayos oblicuos del sol bañaban el halo lavanda de los campos de azafrán en flor. Los huertos de frutales estaban desbordantes de frutos. Los plátanos parecían arder. Los demás pasajeros que iban en el autobús, la mayoría cachemires, podían desglosar la brisa que entraba por las ventanillas y distinguir no solo si olía a manzanas, a peras o a arrozales maduros, sino que eran capaces de decir de quién eran las manzanas, de quién las peras y de quién los arrozales por los que pasaban en determinado momento. Había otro olor que todos conocían bien. El olor a miedo. Agriaba el aire y convertía sus cuerpos en piedra.

La tensión se hizo más tangible a medida que el autobús se internaba en el Valle con su ruidoso traqueteo y sus inmóviles y silenciosos pasajeros. Cada cincuenta metros a cada lado de la carretera podía verse un soldado fuertemente armado, con gesto alerta y peligrosamente tenso. Había soldados en los campos, metidos en los huertos, junto a puentes y alcantarillas, en tiendas y mercados, sobre los tejados, cada uno cubriendo al otro, formando un entramado que se extendía hasta las montañas. En cada rincón del legendario Valle de Cachemira, hiciera lo que hiciese la gente (charlar, rezar, bañarse, contar chistes, partir nueces, hacer el amor o esperar el autobús para volver a casa), todos estaban en la mirilla del fusil de algún soldado. Y debido a que estaban en la mirilla del fusil de algún soldado, hicieran lo que hiciesen (charlar, rezar, bañarse, contar chistes, partir nueces, hacer el amor o esperar el autobús para volver a casa), todos constituían un blanco legítimo.

En cada puesto de control la carretera estaba bloqueada con barreras horizontales móviles, montadas junto a unos pinchos de hierro que podían hacer trizas cualquier neumático. En cada puesto de control el autobús tenía que detenerse y todos los pasajeros debían bajar y ponerse en fila con sus bolsas para que las revisasen. Los soldados subían al techo del autobús y revolvían el equipaje allí colocado. Los pasajeros mantenían la mirada baja. En el sexto o séptimo puesto de control, había un vehículo blindado con ventanucos alargados y estrechos aparcado a un lado de la carretera. Un joven oficial, radiante y engreído, se acercó a hablar con alguien oculto dentro del vehículo y después se dirigió a los pasajeros alineados junto al autobús y apartó a tres muchachos: *Tú, Tú y Tú*. Los metieron a empujones en un camión del ejército. Ellos obedecieron sin oponer resistencia. Los pasajeros continuaron con la mirada clavada en el suelo.

Cuando el autobús llegó a Srinagar estaba oscureciendo.

En aquella época la pequeña ciudad de Srinagar moría al ponerse el sol. Las tiendas se cerraban y las calles quedaban desiertas.

Cuando Tilo bajó del autobús un hombre se le acercó y le preguntó su nombre. A partir de ese momento pasó de mano en mano. Un rickshaw la llevó de la parada del autobús al bulevar. Tilo cruzó el lago en una *shikara*[1] en la que no había posibilidad de sentarse, solo ir tumbado sobre al-

1. Embarcación a remo similar a la góndola que se puede ver en los lagos de Cachemira. *(N. de la T.)*

mohadones. De modo que se reclinó sobre los coloridos cojines floreados como una recién casada en su luna de miel, pero sin marido. Quizá como compensación, pensó Tilo, las brillantes paletas de los remos que el barquero hundía en la capa de algas tenían forma de corazón. El lago estaba envuelto en un silencio sepulcral. El sonido rítmico de los remos entrando en el agua bien podría haber sido el de los agitados latidos del corazón del Valle.

Plaf
Plaf
Plaf

Las casas-barco, amarradas en la orilla opuesta y muy pegadas unas a otras, estaban a oscuras y vacías: HB *Shaheen*, HB *Jannat*, HB *Reina Victoria*, HB *Derbyshire*, HB *Vista Nevada*, HB *Brisa del Desierto*, HB *Zam-Zam,* HB *Gulshan*, HB *Nuevo Gulshan*, HB *Palacio Gulshan*, HB *Mandalay*, HB *Clifton*, HB *Nuevo Clifton*.

El barquero le explicó a Tilo que HB significaba *House Boat*, casa-barco.

HB *Shaheen* era la más pequeña y destartalada de todas. Cuando la *shikara* se acercó, un hombrecito diminuto, perdido dentro de un andrajoso *feran* marrón que casi le llegaba a los tobillos, salió a recibir a Tilo. Después le diría su nombre: Gulrez. La recibió como si la conociese de toda la vida, como si ella viviese allí y acabase de llegar de comprar comida en el mercado. Gulrez tenía una cabeza grande y un cuello insólitamente fino asentado sobre unos hombros anchos y robustos. Condujo a Tilo a través de un pequeño comedor y a lo largo de un estrecho pasillo alfombrado hasta el dormitorio. En el trayecto, Tilo oyó maullar a más de un gatito. Él giró la cabeza y le sonrió alegremente por encima del hombro, como un padre orgulloso, con sus maravillosos ojos de color verde esmeralda radiantes de luz.

La atiborrada habitación era apenas más grande que la cama doble cubierta con una colcha bordada. Sobre la mesilla de noche reposaba una bandeja de plástico floreada con una jarra de agua de estaño, dos vasos coloridos y un pequeño reproductor de CD. La raída alfombra que cubría el suelo tenía unos intrincados dibujos, las puertas del armario estaban toscamente labradas, el techo era de madera apanalada y la papelera era de papel maché con un estampado enmarañado. Tilo buscó una superficie que no estuviera estampada, bordada, labrada o cubierta de filigranas para descansar la mirada en ella. Al no encontrarla, le invadió una sensación de agobio. Abrió las ventanas de madera, pero daban directamente a las ventanas de madera cerradas de la casa-barco que estaba abarloada a apenas un metro de distancia. Cajas de cigarrillos vacías y colillas flotaban en el estrecho espacio que separaba un barco de otro. Dejó su bolso y salió al porche, encendió un cigarrillo y contempló cómo la espejada superficie del lago se tornaba plateada al aparecer las primeras estrellas en el cielo. La nieve de las montañas resplandeció un instante, como el fósforo, incluso después de caer la noche.

Esperó en la casa-barco todo el día siguiente, observando cómo Gulrez quitaba el polvo a unos muebles ya desempolvados y hablaba a unas berenjenas moradas y a unos *haakh*[1] de grandes hojas en el huerto que cultivaba en la orilla, justo detrás del barco. Después de recoger la mesa tras un sencillo almuerzo, Gulrez enseñó a Tilo su colección de objetos. Los guardaba en una enorme bolsa amarilla de la tienda libre de impuestos de algún aeropuerto y tenía escrito *¡Mira! ¡Compra! ¡Vuela!* Los fue sacando uno a uno de la bolsa y colocándolos encima de la mesa del comedor. Era su versión del Libro de Visitas: una botella vacía de loción para después del

1. Variedad de col. *(N. de la T.)*

afeitado Polo, varias tarjetas de embarque usadas, unos prismáticos pequeños, unas gafas de sol a las que les faltaba un cristal, una manoseada guía de viajes de Lonely Planet, un neceser de la aerolínea Qantas, una linternita, un frasco de repelente de mosquitos de hierbas, un bote de crema bronceadora, un blíster plateado con pastillas para la diarrea caducadas y unas bragas azules de Marks & Spencer metidas dentro de una vieja lata de puros. Soltó una risilla y puso ojos de pícaro mientras enrollaba las bragas para convertirlas en una especie de cigarro blando y volver a meterlas en la lata. Tilo rebuscó en su bolso de bandolera y añadió a la colección una pequeña goma de borrar con forma de fresa y un recipiente que solía contener minas de recambio para un lápiz portaminas. Gulrez desenroscó la tapita del recipiente y la volvió a enroscar, fascinado. Después de contemplar aquel material durante un rato, metió la goma de borrar en la bolsa de plástico y el recipiente de minas en su bolsillo. Salió de la habitación y regresó con una fotografía tamaño postal en la que estaba él sosteniendo a los gatitos en las palmas de las manos y que le había sacado el último visitante de la casabarco. Se la regaló formalmente a Tilo, entregándosela con ambas manos como si estuviese concediéndole un diploma al mérito. Tilo lo recibió con una reverencia. El trueque había finalizado.

En una comunicación enrevesada entre el hindi titubeante de Tilo y el urdu vacilante de Gulrez, Tilo llegó a la conclusión de que el «Muzz-kak» al que su anfitrión no paraba de referirse era Musa. Gulrez le enseñó el recorte de un periódico en urdu donde aparecían las fotos de todos los que habían sido asesinados el mismo día que Miss Yebin y su madre. Gulrez besó el recorte una y otra vez, tras señalar a una niñita y a una mujer joven. Poco a poco Tilo logró armar algo con cierta lógica: la mujer era la esposa de Musa y la niña, su hija. La reproducción de las fotos era tan mala que era imposible ver los rasgos con nitidez y saber a quién se parecían. Para asegurarse de que Tilo entendía el significado, Gulrez hizo una almohada con sus manos, recostó la cabeza encima de ellas, cerró los ojos como un niño y después señaló al cielo.

Se han ido al cielo.

Tilo no sabía que Musa estaba casado.

Él no se lo había dicho.

¿Tendría que haberlo hecho?

¿Por qué tendría que haberlo hecho?

¿Y por qué tendría que importarle a ella?

Fue ella quien le dejó.

Pero a Tilo le importaba.

No que estuviera casado, sino que no se lo hubiese dicho.

Durante el resto del día no dejaron de resonar en su cabeza unos versos disparatados en malayalam. Habían sido el himno del monzón para un ejército de niños pequeños en calzones cortos (Tilo entre ellos) que lo cantaban a gritos mientras saltaban en los charcos de barro y patinaban por la ribera del río cubierta de enredaderas de un verde exultante bajo la lluvia torrencial:

Dum! Dum! Pattalam
Saarinde veetil kalyanam
Aana pindam choru
Atta varthadu upperi
Kozhi theetam chamandi

¡Bang! ¡Bang! La banda del ejército acaba de llegar
a la boda en la casa del señor del lugar.
¡Arroz con caca de elefante!
¡Ciempiés fritos, qué elegante!
¡Y mierda de gallina molida con salsa picante!

Tilo no podía entenderlo. No había vuelto a pensar en aquella cancioncilla desde que tenía cinco años. ¿Por qué le había venido a la cabeza en ese momento? ¿Existía una respuesta más inapropiada para lo que acababa de enterarse?

Quizá estuviese lloviendo a cántaros dentro de su cabeza. Quizá fuese la única estrategia de supervivencia de una mente que podría derrumbarse si fuese tan estúpida como para intentar hallar una lógica en la intrincada trama que conectaba las pesadillas de Musa con las suyas.

No había ningún guía turístico a mano que le dijese que en Cachemira las pesadillas eran promiscuas. Que les eran infieles a sus dueños, que se colaban dando volteretas, sin rubor, en los sueños de los demás, que no respetaban límite alguno y que eran las mayores expertas en emboscadas. No había fortificación ni edificio vallado que pudiera mantenerlas a raya. Lo único que uno podía hacer con las pesadillas en Cachemira era abrazarlas como a viejos amigos y tratarlas como a viejos enemigos. Tilo acabaría aprendiéndolo, por supuesto. Muy pronto.

Tilo se sentó en el banco tapizado que estaba empotrado en la entrada del porche de la casa-barco y contempló su segunda puesta de sol. Un pez nocturno, parecido a una triste pescadilla (que no era pariente de la pesadilla), saltó desde el fondo del lago y se tragó las montañas reflejadas en el agua. Enteras. Gulrez estaba poniendo la mesa para cenar (para dos, estaba claro que sabía algo) cuando Musa se presentó de repente, sigilosamente, entrando por la parte de atrás del barco.

–*Salaam*.

–*Salaam*.

–Has venido.

–Por supuesto.

–¿Cómo estás? ¿Qué tal el viaje?

–Bien. ¿Y tú?

–Bien.

La cancioncilla en la cabeza de Tilo se transformó en una sinfonía.

–Siento llegar tan tarde.

Musa no dio más explicaciones. Aparte de su aspecto un poco demacrado, no había cambiado mucho, y sin embargo estaba casi irreconocible. Tenía una barba incipiente aunque bastante poblada. Sus ojos parecían haberse aclarado y oscurecido al mismo tiempo, como si se los hubiesen lavado y un tono se hubiese descolorido y otro no. Sus iris de color castaño verdoso estaban rodeados por un círculo negro que Tilo no recordaba haber visto. Tilo notó que su silueta (el contorno que Musa ofrecía en el mundo) se había vuelto, de algún modo, indefinido, borroso. Se fundía en el ambiente incluso más que antes. Y no porque llevase el típico *feran* que usaba todo el mundo en Cachemira y que bailaba sobre su cuerpo. Cuando Musa se quitó el gorro de lana, Tilo vio que tenía el cabello salpicado de canas. Él se dio cuenta de que ella se había dado cuenta y se peinó con los dedos con gesto tímido. Unos dedos fuertes, dedos que dibujaban caballos, con callos en el que usaba para apretar el gatillo. Musa tenía la misma edad que Tilo. Treinta y un años.

El silencio entre ambos se inflaba y desinflaba como el lamento de un acordeón que tocara una canción que solo ellos oían. Él sabía que ella sabía que él sabía que ella sabía. Así eran las cosas entre los dos.

Gulrez apareció con una bandeja con té. Musa tampoco intercambió grandes saludos con él, aunque estaba claro que había una gran confianza entre ambos, incluso cariño. Musa lo llamaba Gul-kak, a veces «Mout», y le había conseguido gotas para el oído. Las gotas para el oído sirvieron para romper el hielo como solo unas gotas para el oído pueden hacerlo.

–Tiene una infección en el oído y está asustado. Aterrado –explicó Musa.

–¿Le duele? Parecía estar bien durante el día.

–No duele, no es doloroso. Es producto de un disparo. Dice que no oye bien y está preocupado de no enterarse cuando le den el alto en un puesto de control. A veces te dejan pasar y después te gritan que te detengas. Y si no lo oyes...

Al percibir la tensión (y el cariño) en el ambiente y consciente de que podría hacer algo para disiparla, Gulrez se arrodilló en el suelo con gesto histriónico y apoyó la mejilla en el regazo de Musa con su enorme oreja como una coliflor hacia arriba para recibir las gotas en el oído. Después de echarle las gotas en las dos coliflores y taponarlas con unas bolitas de algodón, Musa le entregó el frasco.

–Guárdalo con cuidado. Cuando yo no esté, le pides a ella que lo haga –le dijo a Gulrez–. Ella lo hará. Es mi amiga.

Por más que Gulrez codiciaba aquel frasquito con su cuentagotas de plástico, por más que pensara que donde debería guardarlo era en su Libro de Visitas *¡Mira! ¡Compra! ¡Vuela!*, se lo entregó a Tilo y le dedicó una sonrisa de oreja a oreja. Por un instante se convirtieron en una familia constituida espontáneamente. Papá oso, mamá osa y su osezno.

Osezno era, de lejos, el más feliz. Preparó cinco platos de carne para la cena: *gushtaba, rista, martzwangan korma, shami kebab* y *yakhni de pollo*.

–Tanta comida... –dijo Tilo.

–Carne de vaca, de cabrito, pollo, cordero..., solo los esclavos comen así –dijo Musa sirviéndose un grosero montón en el plato–. Nuestros estómagos son como tumbas.

Tilo no podía creer que el osezno hubiese cocinado él solo aquel festín.

–Pero si se ha pasado todo el día hablándoles a las berenjenas y jugando con los gatitos. No le he visto cocinar nada.

–Debe de haberlo hecho antes de que llegaras. Es un magnífico cocinero. Su padre es cocinero profesional, un *waza*, del pueblo de Godzilla.

–¿Por qué vive aquí tan solo?

–No está solo. Hay ojos y oídos y corazones a su alrededor. Pero Gulraz no puede vivir en la ciudad..., es demasiado peligroso para él. Gul-kak es lo que nosotros llamamos un *mout*, vive en un mundo propio, con sus propias reglas. Un poco como tú, en algunos aspectos. –Musa levantó la vista y miró a Tilo a los ojos con gesto serio, sin una sonrisa.

–¿Quieres decir que es tonto? ¿Que es el tonto del pueblo? –Tilo le devolvió la mirada, sin sonreír tampoco.

–Quiero decir que es una persona especial. Un bendito.

–¿Bendito por quién? Vaya forma más retorcida y jodida de bendecir a alguien.

–Bendecido con un alma hermosa. Aquí reverenciamos a nuestros *maet*.

Hacía mucho que Musa no oía una blasfemia de tal calibre, sobre todo viniendo de una mujer. Aquello se posó levemente, como un grillo, en su oprimido corazón y removió el recuerdo de por qué, cómo y cuánto había amado a Tilo. Musa intentó devolver aquel pensamiento al archivo del que se había escapado y que mantenía bajo llave.

–Casi lo perdimos hace dos años. Acordonaron su pueblo para una operación de registro y ordenaron a todos los hombres que se pusieran en fila en los campos. Gul corrió hacia los soldados para darles la bienvenida, convencido de que era el ejército paquistaní el que había llegado a liberarlos. Cantaba y gritaba *Jeevey! Jeevey! Pakistan!* Quería besarles las manos. Le dispararon en el muslo, lo golpearon con las culatas de los rifles y lo dejaron sangrando en la nieve. Después de ese incidente Gul se volvió histérico e intentaba huir cada vez que veía a un soldado, lo cual es, por supuesto, lo peor que puedes hacer. Así que lo traje a Srinagar a vivir con nosotros. Pero ahora que casi nunca hay nadie en casa (yo ya no vivo allí), él tampoco quería quedarse. Entonces le conseguí este trabajo. Este barco es de un amigo, aquí está seguro y no necesita salir a ningún lado. Lo único que tiene que hacer es cocinar para los pocos visitantes que aparezcan, aunque no viene casi nadie. Se le entregan los víveres a domicilio. Solo existe un peligro y es que el barco es tan viejo que un día igual se hunde.

–¿De verdad?

Musa sonrió.

–No. Es muy seguro.

La casa en la que no vivía «casi nadie» ocupó su lugar en la mesa, un tercer invitado, con el hambre canina de un esclavo.

–Mataron a casi todos los *maet* de Cachemira. Fueron los primeros en morir, porque no saben obedecer órdenes. Quizá sea por eso por lo que los necesitamos. Para que nos enseñen cómo ser libres.

–¿O cómo hacer para que os maten?

–Aquí es lo mismo. Solo los muertos son libres.

Musa miró la mano de Tilo apoyada sobre la mesa. La conocía mejor que la suya propia. Tilo todavía llevaba el anillo de plata que Musa le había regalado años atrás, cuando él era otra persona. El dedo medio de Tilo seguía estando manchado de tinta.

Gulrez, que se daba perfecta cuenta de que estaban hablando de él, daba vueltas alrededor de la mesa, volviendo a llenar las copas y los platos, con un gatito maullando en cada bolsillo de su *feran*. Cuando se hizo un silencio en la conversación, Gulrez los presentó y dijo que se llamaban Agha y Janum. El gris con rayas negras era Agha. El blanco y negro era Janum.

–¿Y Sultán? ¿Qué tal está? –le preguntó Musa con una sonrisa.

De inmediato el rostro de Gulrez se ensombreció. Su respuesta fue una sarta de blasfemias en una mezcla de cachemir y urdu. Tilo solo entendió la última frase: *Arre uss bewakoof ko agar yahan mintree ke saath rehna nahi aata tha, to phir woh saala is duniya mein aaya hi kyuun tha?*

Si ese tonto no sabía convivir con los militares, ¿se puede saber para qué vino a este mundo?

No cabía duda de que Gulrez estaba repitiendo algo que había oído decir de él a uno de sus padres o a un vecino preocupado y que lo había memorizado para utilizarlo como queja contra Sultán, fuese quien fuese el tal Sultán.

Musa soltó una carcajada, abrazó a Gulrez y lo besó en la cabeza. Gul sonrió. Un diablillo feliz.

–¿Quién es Sultán? –le preguntó Tilo a Musa.

–Después te lo cuento.

Después de la cena salieron al porche a fumar y a escuchar las noticias en la radio transistor.

Habían matado a tres guerrilleros y, a pesar del toque de queda, hubo grandes manifestaciones de protesta en Baramulla.

Era una noche sin luna, el agua estaba oscura como una marea negra.

Los hoteles que daban al bulevar que flanqueaba la orilla del lago habían sido convertidos en cuarteles, cercados con alambre de espino, rodeados de sacos de arena y cegados con tablas. Los comedores se convirtieron en dormitorios para soldados; las recepciones, en cárceles diurnas; las habitaciones, en centros de interrogatorios. Los pesados cortinajes bordados y las exquisitas alfombras amortiguaban los gritos de los jóvenes cuando les aplicaban la picana eléctrica en los genitales y les introducían gasolina por el ano.

–¿Sabes quién anda por aquí? –le preguntó Musa–. Garson Hobart. ¿Lo has vuelto a ver?

–No. Hace años que no sé nada de él.

–Es subdirector de zona de la Oficina de Inteligencia. Un puesto importante.

–Me alegro por él.

No había brisa alguna. El lago estaba en calma, el barco estable, el silencio inestable.

–¿La amabas?

–Sí. Quería decírtelo.

–¿Por qué?

Musa acabó el cigarrillo y encendió otro.

–No lo sé. Supongo que por respeto. A ti, a mí y a ella.

–Entonces, ¿por qué no me lo dijiste antes?

–No lo sé.

–¿Fue un matrimonio concertado?

–No.

Sentado junto a Tilo, respirando a su lado, Musa se sentía como una casa vacía cuyas ventanas y puertas cerradas empezaban a crujir y a abrirse un poquito para airear a los fantasmas allí encerrados. Cuando volvió a hablar, Musa dirigió sus palabras a la noche, a las montañas, completamente invisibles a aquella hora, excepto por el parpadeo de las luces de los campamentos militares, que parecían la exigua decoración de algún espantoso festival.

–La conocí de la forma más horrible..., horrible pero hermosa..., algo que solo podía suceder aquí. Era la primavera del 91, nuestro año del caos. Todos, todos menos Godzilla, supongo, creíamos que la *Azadi* estaba a la vuelta de la esquina, que era algo inminente. Todos los días había enfrentamientos armados, explosiones, muertos. Los guerrilleros andaban abiertamente por la calle, alardeando de sus armas...

Musa dejó la frase en suspenso, incómodo con el sonido de su propia voz. No estaba acostumbrado a ella. Tilo no hizo nada por ayudarlo. Una parte de ella temía oír la historia que Musa había empezado a relatar y agradeció que se desviara del tema y se perdiese en generalidades.

–De todos modos. Ese año, el año que la conocí, yo acababa de conseguir un trabajo. Tendría que haber sido una gran noticia, pero no lo fue, porque en aquella época estaba todo paralizado. No funcionaba nada..., ni juzgados ni universidades ni colegios..., la vida normal estaba sumida en una crisis total..., no sé cómo explicarte lo que era aquello..., la locura..., era la ley de la selva..., había saqueos, secuestros, asesinatos..., y masas de gente haciendo trampas en los exámenes de los colegios. Eso era lo más gracioso. De repente, en mitad de la guerra, todo el mundo quería obtener el pase para matricularse en la universidad porque con eso podías conseguir un préstamo barato del gobierno... De hecho, conozco a una familia en la que tres generaciones, el abuelo, el padre y el hijo, se presentaron juntos al examen de ingreso a la universidad. Imagínate. Granjeros, obreros, fruteros que apenas sabían leer ni escribir, todos se presentaban al examen, copiaban del libro de texto y aprobaban sin ningún problema. Copiaban hasta el cartelito de «continúa en la siguiente página» que había al final de la hoja, el que estaba junto a un dedo que señalaba hacia el lado derecho, ¿te acuerdas? El que solía estar a pie de página en los libros del colegio. Incluso hoy, cuando queremos insultar a alguien decimos: «¿Eres de los que obtuvieron un *pase namtuk?*»

Tilo se dio cuenta de que Musa se iba por las ramas a propósito, que evitaba narrar una historia que para él era tan difícil de contar (o más difícil) como para ella escucharla.

–¿Eres de la promoción del 91? –La risa tranquila de Musa estaba cargada de afecto por las debilidades de su gente.

A Tilo siempre le gustó eso de él, su forma de pertenecer por entero a un pueblo al que amaba y del que se burlaba, del que se quejaba y al que insultaba, pero en el que se sentía integrado. Quizá era algo que siempre le gustó porque ella no consideraba a nadie (no podía hacerlo) como «su gente». Excepto, tal vez, a los dos perros que aparecían todos los días a las seis de la mañana en punto en el parque, junto a su casa, donde ella les daba de comer y a los pordioseros con los que tomaba el té en el puesto cerca del *dargah* de Nizamuddin. Pero ni siquiera a ellos; en realidad, no.

Tiempo atrás Tilo había considerado a Musa «su gente». Juntos habían formado un extraño país, una isla republicana escindida del resto del mundo. Cuando decidieron seguir cada uno su camino, Tilo se había quedado sin «su gente».

–Estábamos luchando y muriendo a miles por la *Azadi* y, al mismo tiempo, intentábamos conseguir préstamos baratos del mismo gobierno contra el que luchábamos. Somos un valle lleno de idiotas y esquizofrénicos y estamos luchando para tener la libertad de ser idiotas y...

Musa se detuvo a mitad de frase y ladeó la cabeza. A lo lejos se oía el traqueteo de un barco patrulla. Los soldados que iban a bordo dirigían el haz de potentes linternas sobre la superficie del lago. Cuando se marcharon, Musa se puso de pie.

–Entremos, *Babajaana*. Está haciendo frío.

Lo dijo con tal naturalidad, aquel término cariñoso que solía usar en el pasado, *Babajaana*. Mi amor. Ella lo notó de inmediato. Él, no. No hacía frío. Pero, de todos modos, entraron.

Gulrez estaba dormido sobre la alfombra del comedor. Agha y Janum estaban totalmente despiertos, jugando encima de él como si su cuerpo fuese un parque de atracciones construido para su solo disfrute. Agha se escondió en el hueco de la corva de Gulrez, Janum subió a la cadera, punto estratégico desde donde estaba organizando una emboscada.

Musa se detuvo en la puerta del dormitorio tallado, bordado, estampado y lleno de filigranas y preguntó:

–¿Puedo entrar?

Eso hirió a Tilo.

–Los esclavos no tienen por qué ser necesariamente estúpidos, ¿no? –Tilo se sentó en el borde de la cama y se dejó caer hacia atrás, con las manos entrecruzadas detrás de la cabeza y los pies todavía apoyados en el suelo. Musa se sentó a su lado y apoyó la mano en su vientre. La tensión desapareció de la habitación como un intruso inoportuno. Estaba oscuro, excepto por la luz del pasillo.

–¿Quieres oír una canción cachemira?

–No, gracias, hombre. No soy una nacionalista cachemira.

–Pronto lo serás. En tres o cuatro días.

–¿Y eso por qué?

–Lo serás porque te conozco. Cuando veas lo que vas a ver y oigas lo que vas a oír, no tendrás otra opción. Porque tú eres tú.

–¿Habrá una asamblea? ¿Me darán un diploma?

–Sí. Y aprobarás con honores. Te conozco.

–Tú no me conoces. Soy una patriota india. Se me pone la carne de gallina cuando veo la bandera nacional. Me emociono tanto que casi no puedo pensar. Me encantan las banderas y los soldados y todo el asunto de los desfiles. ¿Cuál es la canción?

–Te va a gustar. La cantaba durante los toques de queda. Fue escrita para nosotros, para ti y para mí. La compuso un tipo llamado Las Kone, que es de mi pueblo. Te va a encantar.

–Estoy segura de que no.

–Por favor, dame una oportunidad.

Musa sacó un CD del bolsillo de su *feran* y lo puso en el reproductor. A los pocos segundos de sonar los primeros acordes, Tilo abrió los ojos de par en par.

Trav'ling lady, stay awhile
until the night is over.

I'm just a station on your way,
I know I'm not your lover.[1]

–Leonard Cohen.

–Sí. Él no sabe que en realidad es cachemir. O que su nombre verdadero es Las Kone...

Well I lived with a child of snow
when I was a soldier,
and I fought every man for her
until the nights grew colder.

She used to wear her hair like you
except when she was sleeping,
and then she'd weave it on a loom
of smoke and gold and breathing.

And why are you so quiet now
standing there in the doorway?
You chose your journey long before
you came upon this highway.[2]

–¿Cómo lo supo?

–Las Kone lo sabe todo.

–¿Ella llevaba el pelo como yo?

–Ella era una persona civilizada, *Babajaana*. No una *mout*.

1. Dama viajera, quédate un rato / hasta que acabe la noche. / Solo soy una estación en tu camino, / sé que no soy tu amante. *(N. de la T.)*

2. Yo viví con una joven de nieve / cuando era un soldado, / y peleé con todos los hombres por ella / hasta que la noche se volvió más fría. // Ella solía llevar el pelo como tú / excepto cuando dormía, / entonces lo entretejía en un telar / con hilos de humo, oro y aliento. // ¿Y por qué estás tan callada ahora / ahí, de pie en la puerta? / Elegiste tu camino mucho antes / de entrar en esta autopista. *(N. de la T.)*

Tilo besó a Musa y mientras lo estrechaba contra su pecho, sin dejar de abrazarlo, le dijo:

–Apártate de mí, sucio hombre de montaña.

–Hiperlimpia mujer de río.

–¿Cuánto hace que no te bañas?

–Nueve meses.

–No, de verdad.

–¿Una semana, quizá? No lo sé.

–Sucio cabrón.

Musa estuvo un tiempo exageradamente largo bajo la ducha. Tilo podía oírlo tararear la canción de Las Kone. Salió del baño desnudo con una toalla alrededor de la cintura y oliendo al jabón y al champú de Tilo. Aquello la hizo reír alegremente.

–Hueles a rosas.

–Me siento muy culpable –dijo Musa, sonriendo.

–Es verdad. Lo pareces.

–Después de brindarles mi generosa hospitalidad a piojos y sanguijuelas durante semanas, acabo de echarlos de casa.

Los «piojos» hicieron que Tilo le amase un poquito más.

Siempre habían encajado los dos perfectamente, como piezas de un rompecabezas sin resolver (e irresoluble quizá), la volatilidad de ella en la solidez de él, la soledad de ella en la capacidad de integración de él, la perplejidad de ella en la franqueza de él, la despreocupación de ella en el autodominio de él. La calma de ella en la calma de él.

Pero también estaban las otras piezas, las que no encajaban.

Lo que pasó aquella noche en la casa-barco *Shaheen* fue más un lamento que una relación sexual. Las heridas de ambos eran demasiado viejas y demasiado nuevas, demasiado diferentes y quizá demasiado profundas para curarse. Pero durante un breve instante fueron capaces de acumularlas, como antiguas deudas de juego, y compartir su dolor por igual, sin necesidad de nombrar las heridas ni preguntar cuál pertenecía a quién. Durante un breve instante fueron capaces de repudiar el mundo en el que vivían e invocar otro, tan real como aquel. Un mundo en el que mandaban los *maet* y daban órdenes a unos soldados que necesitaban gotas para los oídos para poder oírlas mejor y cumplirlas correctamente.

Tilo sabía que había una pistola debajo de la cama. No hizo ningún comentario al respecto. Ni siquiera después, cuando contó los callos en las manos de Musa. Y los besó. Tilo se quedó tumbada encima de él, como si Musa fuese un colchón. Tilo tenía los dedos entrecruzados, el mentón apoyado sobre ellos y el trasero, ajeno a las formas cachemires, expuesto a la noche de Srinagar. En cierto modo, el viaje de Musa hasta llegar a donde se encontraba en aquellos momentos no sorprendía tanto a Tilo. Recordaba perfectamente un día, muchos años atrás, en 1984 (¿quién podría olvidarse de 1984?), en que los periódicos publicaron que un cachemir llamado Maqbul Burt, en prisión por asesinato y traición, había muerto en la horca en la cárcel de Tihar, en Delhi. Sus restos fueron enterrados en el patio de la cárcel por miedo a que su tumba se convirtiese en un lugar de peregrinación en Cachemira, donde las disensiones empezaban a levantar ampollas. La noticia no le importó a nadie en la Escuela de Arquitectura, ni a profesores ni a alumnos. Pero aquella noche Musa le había dicho como si nada y con tono tranquilo: «Algún día entenderás por qué, para mí, la historia empieza hoy.» Aunque en aquel momento Tilo no comprendió el alcance de aquellas palabras, nunca olvidó la intensidad con la que fueron pronunciadas.

–¿Cómo está la Reina Madre en Kerala? –preguntó Musa, acariciando el nido de pájaros que era el pelo de su amada.

–No lo sé. No he ido a verla.
–Deberías.
–Ya lo sé.
–Es tu madre. Ella eres tú. Tú eres ella.
–Ese es un punto de vista cachemir. En India es distinto.
–Hablo en serio. No es ninguna broma. Lo que haces no está bien, *Babajaana*. *Deberías* ir.
–Ya lo sé.

Musa deslizó los dedos a lo largo de los músculos que recorrían la columna de Tilo. Lo que empezó como una caricia se tornó en un examen físico. Durante un instante Musa se mostró tan desconfiado como su propio padre. Inspeccionó los hombros y los brazos delgados y musculados de Tilo.

–Y esto, ¿de dónde ha salido?
–Ejercicio.

Hubo un segundo de silencio. Tilo decidió no hablarle de los hombres que la acosaban, que llamaban a su puerta a horas intempestivas del día y de la noche, incluido el señor SPP Rajendran, un agente de policía retirado que tenía un puesto administrativo en el estudio de arquitectura donde ella trabajaba. Habían contratado al policía retirado más por sus contactos en el gobierno que por su experiencia administrativa. El tipo tenía una actitud abiertamente lasciva hacia Tilo, le hacía propuestas obscenas y le dejaba regalos sobre la mesa a los que ella hacía caso omiso. Pero a altas horas de la noche, envalentonado tal vez por el alcohol, el expolicía cogía el coche, se iba hasta la casa de Tilo en Nizamuddin y aporreaba la puerta gritando que le dejara entrar. El hombre era así de descarado porque sabía que, si las cosas se ponían feas, su palabra prevalecería por encima de la de ella, tanto frente a la opinión pública como en un tribunal. Él tenía una hoja de servicios ejemplar y una medalla al valor, mientras que ella era una mujer que vivía sola, que se vestía de forma poco recatada, fumaba cigarrillos y nada en ella daba a entender que viniese de una familia «decente» que pudiera salir en su defensa. Tilo era consciente de todo eso y había tomado precauciones. Si el señor Rajendran tentaba a la suerte, ella podría tenerlo inmovilizado en el suelo antes de que él pudiera darse cuenta.

No le contó nada de eso a Musa porque le parecería sórdido y trivial comparado con lo que le estaba pasando a él. Rodó hacia un lado y se quitó de encima de Musa.

–Háblame de Sultán..., la persona *bewakoof*, tonta, con la que Gulrez estaba tan enfadado. ¿Quién es?

Musa sonrió.

–¿Sultán? Sultán no era una persona. Y no era un *bewakoof*. Era un tipo muy listo. Era un gallo, un gallo huérfano que Gul había criado desde que era un pollito. Sultán adoraba a su amo, lo seguía a todas partes y entre los dos mantenían largas conversaciones que nadie más entendía. Eran un equipo... inseparable. Sultán era famoso en la región. La gente venía incluso de los pueblos cercanos a verlo. El gallo tenía un plumaje precioso: púrpura, naranja y rojo. Caminaba pavoneándose como un auténtico sultán. Yo lo conocía bien..., todos lo conocíamos bien. Era un bicho tan altivo que siempre actuaba como si le debieras algo..., ¿sabes? Un día llegó al pueblo un capitán del ejército con algunos soldados... Se hacía llamar capitán Janbaz. No sé cuál era su verdadero nombre... Esos tipos siempre se inventan nombres como de película... No habían venido para hacer ningún registro en la zona..., solo para hablar con la gente del pueblo, para meterles un poco de miedo, para maltratarlos un poco..., lo de siempre. Los hombres del pueblo ya estaban acostumbrados a reunirse en la plaza. La famosa pareja formada por Gul-kak y Sultán también acudió, el gallo escuchaba atentamente como si fuese una persona, un anciano del pueblo. El capitán tenía un perro. Un pastor alemán enorme que llevaba sujeto con una correa. Cuando el capitán terminó de pronunciar su perorata y sus amenazas, soltó la correa del perro al tiempo que decía: «¡Jimmy! ¡Busca!» Jimmy se lanzó encima de Sultán, lo mató y los soldados se lo llevaron para cocinarlo para la cena. Gul-kak se quedó destrozado. Lloró durante días, igual que llora la gente por sus familiares asesinados. Para él Sultán *era* un familiar..., ni más ni menos. Y además Gul-kak estaba furioso con Sultán por haberle dejado, por no haber peleado por su vida o no haber escapado, como si el gallo fuera un combatiente que tuviera que conocer esas tácticas. Así que Gul maldecía a Sultán y se quejaba: «Si no sabías convivir con los militares, ¿para qué viniste a este mundo?»

–Entonces, ¿por qué le preguntaste por él? Eso es una crueldad...

–Gul es mi hermano pequeño, *yaar*. Yo uso su ropa y él la mía, pongo mi vida en sus manos y él la suya en las mías. Puedo hacer lo que quiera con él.

–Eso no está bien, Musakuttan. En la India no hacemos eso...

–Incluso usamos el mismo nombre...

–¿Qué quieres decir?

–A mí me conocen por su nombre. Comandante Gulrez. Nadie sabe que me llamo Musa Yeswi.

–Todo esto me parece un alucine que te cagas.

–Shhh..., en Cachemira no usamos ese lenguaje.

–En India, sí.

–Deberíamos dormir, *Babajaana*.

–Deberíamos.

–Pero antes deberíamos vestirnos.

–¿Por qué?

–Por protocolo. Estamos en Cachemira

Después de ese comentario de pasada, dormir ya no era una opción realista. Tilo, completamente vestida, un poco preocupada por lo que pudiera implicar el «protocolo», pero fortalecida por el amor y saciada por el sexo, se incorporó apoyándose en un codo.

–Háblame...

–¿Y qué es lo que hemos estado haciendo todo este rato?

–Eso se llama preámbulo.

Tilo frotó su mejilla contra la incipiente barba de él y después se tumbó boca arriba, con la cabeza apoyada en la almohada, junto a la de Musa.

–¿Qué quieres que te cuente?

–Todo. Sin omisiones.

Tilo encendió dos cigarrillos.

–Cuéntame la otra historia..., la que es horrible y hermosa..., la historia de amor. Cuéntame la historia de verdad.

Tilo no entendía por qué sus palabras hicieron que Musa la estrechara entre sus brazos con los ojos brillantes de lágrimas. No entendía lo que quería decir cuando musitó: *«Akh daleela wann...»*

Y entonces, abrazándola fuerte, como si su vida dependiese de eso, Musa le habló de Yebin, de la insistencia de la niña en que la llamara Miss Yebin, de sus exigencias precisas respecto a los cuentos que quería oír antes de dormir y de todas sus demás travesuras. Le habló de Arifa y de cómo la conoció, en una papelería de Srinagar.

–Ese día había tenido una gran discusión con Godzie por culpa de mis botas nuevas. Eran unas botas preciosas, ahora las usa Gul-kak. Da igual... Yo tenía que ir a la papelería a comprar algunas cosas y llevaba las botas puestas. Godzie me dijo que me las quitara y me pusiese unos zapatos normales porque a los jóvenes que llevaban botas buenas solían detenerlos como sospechosos de ser separatistas (en aquella época eso era evidencia suficiente). Me negué a hacerle caso y entonces mi padre dijo: «Haz lo que quieras, pero después no digas que no te lo advertí. Esas botas te traerán problemas.» Tenía razón..., me trajeron problemas, un gran problema, pero no como los que auguraba mi padre. La papelería a la que yo solía ir, la Papelería JK, estaba en Lal Chowk, en el centro de la ciudad. Yo estaba dentro de la tienda cuando explotó una granada en la calle, justo delante de la puerta. Un insurgente se la había lanzado a un soldado. Casi me estallan los tímpanos. El interior de la tienda quedó hecho trizas, había cristales por todas partes, el mercado era un caos total, la gente chillaba. Los soldados se volvieron locos, por supuesto. Destrozaron todos los puestos, repartieron palos a diestro y siniestro. Yo estaba en el suelo. Me patearon, me golpearon con la culata de un rifle. Solo recuerdo estar allí tirado, tratando de que no me pegaran en la cabeza y viendo cómo mi sangre se extendía por el suelo. Estaba herido, no de gravedad, pero estaba demasiado asustado para moverme. Un perro me miraba. Se mostraba bastante compasivo. Cuando me recuperé del shock inicial, sentí que me pesaban los pies. Me acordé de mis botas nuevas y me pregunté si les habría pasado algo. Cuando consideré que era seguro, levanté la cabeza muy despacio, con mucho cuidado, para echarles una ojeada. Y entonces vi aquella preciosa cara apoyada sobre mis botas. Fue como despertarme en el infierno y encontrar a un ángel sobre mis zapatos. Era Arifa. Ella también estaba petrificada, demasiado asustada para moverse. Pero sin perder la calma. No sonrió, no movió la cabeza. Simplemente me miró y dijo: *«Asal boot»,* «bonitas botas». Yo no podía creer que tuviera tanta sangre fría. Ni una queja, ni un grito, ni un sollozo, ni un llanto. Totalmente tranquila. Los dos nos reímos. Ella acababa de terminar veterinaria. A mi madre casi le da un ataque cuando le dije que quería casarme. Creyó que nunca me casaría. Ya había renunciado a la idea.

Tilo y Musa podían mantener aquella extraña conversación sobre otra persona amada porque los dos eran al mismo tiempo novios y exnovios, amantes y examantes, hermanos y exhermanos, compañeros y excompañeros de clase. Porque confiaban el uno en el otro de un modo tan esencial que, fuera quien fuese esa otra persona querida, tenía que ser alguien digno de ser amado. En lo referente al corazón, ambos contaban con un verdadero entramado de redes de seguridad.

Musa le enseñó a Tilo las fotos de Miss Yebin y de Arifa que llevaba en la billetera. Arifa iba vestida con un *feran* de color gris perla bordado en plata y tenía la cabeza cubierta con un hiyab blanco. Miss Yebin cogía de la mano a su madre. Vestía un mono vaquero con un corazón bordado en el pecho. Llevaba un hiyab blanco anudado alrededor de su carita sonriente, con las mejillas como manzanas. Tilo miró la foto un largo rato antes de devolvérsela a Musa. Notó cómo, de repente, la cara de Musa se tornaba macilenta y demacrada. Pero segundos después recuperó el aplomo. Le contó a Tilo cómo habían muerto Arifa y Miss Yebin. Le habló de Amrik Singh y del asesinato de Yalib Qadri y de la retahíla de asesinatos que se sucedieron a continuación. De las amenazadoras disculpas que Amrik Singh le ofreció en el Cine Shiraz.

–Nunca voy a considerar lo que pasó con mi familia como algo personal. Pero *tampoco* voy a dejar de tomármelo como algo personal. Porque eso es lo importante.

Pasaron la noche hablando. Horas después, Tilo volvió a la fotografía.

–¿Le gustaba llevar pañuelo?

–¿A Arifa?

–No, a tu hija.

–Es la costumbre –dijo Musa, tras encogerse de hombros–. Es nuestra costumbre.

–No sabía que fueras un hombre de costumbres. Así que, si yo hubiera aceptado casarme contigo, ¿habrías querido que usara pañuelo?

–No, *Babajaana*. Si hubieras aceptado casarte conmigo, *yo* habría acabado llevando un hiyab y tú habrías acabado en la clandestinidad con un fusil entre las manos.

Tilo soltó una sonora carcajada.

–¿Y quién formaría parte de mi ejército?

–No lo sé. Ningún ser humano, seguro.

–Un escuadrón de polillas y una brigada de mangostas...

Tilo le habló a Musa de su aburrido trabajo, de su emocionante vida en el trastero cerca del *dargah* de Nizamuddin, del gallo que había dibujado en una de las paredes.

–Es rarísimo que dibujara un gallo –comentó Tilo–. Quizá Sultán me visitó telepáticamente. ¿Se dice así? –(Era la época anterior al teléfono móvil, así que no tenía una foto para enseñarle a Musa.) Le describió su barrio, le contó lo del falso especialista en medicina sexual, con los bigotes encerados, que tenía una fila interminable de pacientes en la puerta de su consulta y le habló de sus amigos, los vagabundos y mendigos con los que tomaba el té en la calle todas las mañanas, y le dijo que todos creían que ella trabajaba para un traficante de drogas.

–Yo me río, pero no lo niego. Les dejo con la duda –dijo Tilo.

–¿Por qué? Eso es peligroso.

–No. Todo lo contrario. Me proporciona seguridad gratis. Creen que los gángsters me protegen. Nadie me molesta. Leamos un poema antes de dormir. –Era una vieja costumbre de su época universitaria. Uno de los dos abría el libro al azar. El otro leía el poema. A veces revelaba un significado asombroso para ese determinado momento que estaban viviendo. Una ruleta poética. Tilo se escabulló fuera de la cama y regresó con un libro delgado y de cubiertas gastadas de Ósip Mandelstam. Musa abrió el libro. Tilo lo leyó.

Me bañaba en el patio por la noche,
en el cielo las estrellas refulgían.
Como la sal, la luz estelar arde sobre un hacha,
la tina desborda de agua de lluvia, congelada.

–¿Qué es una tina? No lo sé..., tengo que buscarlo.

La verja tiene echado el cerrojo,
y la tierra se empeña en ser inhóspita.
Es difícil encontrar nada más básico y puro
que el lienzo limpio de la verdad.

Una estrella se disuelve como la sal en el barril
y el agua helada es más negra,
la muerte más limpia, la desgracia más salada
y la tierra más veraz, más terrible.

–Otro poeta cachemiro.

–Ruso cachemiro –dijo Tilo–. Murió en un campo de prisioneros, en un gulag de Stalin.

Tilo se arrepintió de haber leído aquel poema.

Durmieron mal. Antes del amanecer, todavía medio dormida, Tilo oyó a Musa ducharse otra vez y lavarse los dientes (con el cepillo de dientes de ella, claro). Salió del cuarto de baño con el pelo mojado y se puso el gorro y el *feran*. Tilo lo observó rezar sus plegarias. Nunca lo había visto rezar. Tilo se sentó en la cama sin que Musa reparara en ella. Cuando acabó, Musa fue hacia Tilo, se sentó en el borde de la cama y le preguntó:

–¿Te preocupa?

–¿Debería?

–Es un gran cambio...

–Sí. No. Pero me hace... pensar.

–No podemos vencer en esta ocasión solo con nuestros cuerpos. También debemos reclutar a nuestras almas.

Tilo encendió dos cigarrillos más.

–¿Sabes qué es lo más difícil para nosotros? –continuó Musa–. ¿Contra lo que más tenemos que luchar? La lástima. Es tan fácil sentir lástima de nosotros mismos..., a nuestro pueblo le han pasado cosas tan terribles..., en cada casa ha pasado algo horrible..., pero la autocompasión... debilita tanto. Es tan humillante. Ahora la lucha, más que por la *Azadi*, es por la dignidad. Y de la única forma que podemos aferrarnos a nuestra dignidad es luchando. Aunque perdamos. Aunque muramos. Pero para eso debemos, como pueblo, como ciudadanos, convertirnos en una fuerza de combate..., en un ejército. Para eso debemos simplificarnos, estandarizarnos, empequeñecernos... Tenemos que deshacernos de nuestras complejidades, de nuestras diferencias, de nuestras locuras, de nuestros matices... Tenemos que convertirnos en algo tan obstinado..., tan monolítico..., tan estúpido... como el ejército al que nos enfrentamos. Pero ellos son profesionales y nosotros no somos más que gente común y corriente. Lo peor de la ocupación es eso... en lo que nos convierte. Es este empequeñecimiento, esta masificación, esta *estupidización*... ¿Esa palabra existe?

–Acaba de inventarse.

–Cuando logremos esa estupidización, si es que la logramos..., esa idiotización... será nuestra salvación. Nos hará invencibles. Primero será nuestra salvación y después..., cuando hayamos vencido..., será nuestro castigo. Primero la *Azadi*. Después la aniquilación. Ese es el esquema.

Tilo no dijo nada.

–¿Me estás escuchando?

–Por supuesto.

–Estoy siendo muy profundo y tú no dices nada.

Tilo lo miró y colocó el pulgar sobre la pequeña «V» invertida entre sus dientes delanteros rotos. Musa le cogió la mano y besó su anillo de plata.

–Me alegra ver que todavía lo llevas.

–No sale. Aunque quisiera, no me lo puedo quitar.

Musa sonrió. Fumaron en silencio y cuando apagaron los cigarrillos, Tilo sacó el cenicero por la ventana, tiró las colillas al agua para que se sumaran a las otras que allí flotaban y levantó la vista al cielo antes de volver a la cama.

–Lo que acabo de hacer es una marranada. Lo siento.

Musa le besó la frente y se puso de pie.

–¿Te vas?

–Sí. Un bote pasará a buscarme. Vendrá cargado de espinacas, melones, zanahorias y tallos de loto. Iré a Haenz... a vender mis productos en el mercado flotante. Voy a vender más barato que la competencia, regatearé sin piedad con las amas de casa. Y en mitad del caos, me esfumaré.

–¿Cuándo volveré a verte?

–Alguien vendrá a buscarte, una mujer que se llama Jadiya. Confía en ella. Ve con ella. Viajarás. Quiero que lo veas todo, que te enteres de todo. Estarás segura.

–¿Cuándo volveré a verte?

–Antes de lo que piensas. Te encontraré. *Khuda Hafiz,*[1] *Babajaana.*

Y se marchó.

Por la mañana Gulrez le preparó un desayuno cachemir. Un correoso pan *lavasa* con mantequilla y miel. Té *kahwa* sin azúcar, pero con trocitos de almendras que Tilo recogió del fondo de la taza con una cuchara. Agha y Janum exhibieron unos modales deplorables correteando por toda la mesa, tirando la cubertería y derramando la sal. A las diez en punto llegó Jadiya con sus dos hijos pequeños. Cruzaron al otro

1. Despedida que significa «Que Dios te guarde». *(N. de la T.)*

lado del lago en una *shikara* y desde allí fueron en un Maruti 800 rojo al centro de la ciudad.

Durante los siguientes diez días Tilo recorrió el Valle de Cachemira, acompañada cada día por un grupo de personas diferente, a veces hombres, a veces mujeres, a veces familias con niños. Fue el primero de los muchos viajes que realizó durante muchos años. Viajó en autobús, en taxis compartidos y, a veces, en coche. Visitó los lugares turísticos que se hicieron famosos gracias al cine hindi: Gulmarg, Sonmarg, Pahalgam y el Valle de Betaab, este último llamado así por la película que se rodó allí. Los hoteles donde solían alojarse las estrellas de cine estaban vacíos y las cabañas para pasar la luna de miel (donde, según le decían a Tilo sus acompañantes en tono jocoso, fueron concebidos los actuales opresores de Cachemira) estaban abandonadas. Tilo paseó por los prados donde, un año atrás, el grupo Al-Faran (una organización nueva de la que poca gente había oído hablar) secuestró a seis turistas, de Estados Unidos, Gran Bretaña, Alemania y Noruega. Cinco fueron asesinados y uno escapó. Al joven noruego, un poeta y bailarín, lo decapitaron y abandonaron su cuerpo en la pradera de Pahalgam. Antes de morir, como sus secuestradores le trasladaron de un lado a otro, fue dejando un reguero de poemas en trocitos de papel que se las arregló para entregar a la gente con la que se cruzaba.

Tilo viajó al Valle de Lolab, considerado el lugar más bello y peligroso de toda Cachemira, con sus bosques atestados de insurgentes, soldados y delincuentes Ijwan. Paseó por senderos forestales poco conocidos cerca de Rafiabad, próximos a la Línea de Control, junto a riberas de arroyos de montaña cubiertas de hierba, donde se inclinó a cuatro patas para beber el agua cristalina, como un animal sediento, y los labios se le pusieron morados del frío. Visitó aldeas rodeadas de huertos y cementerios y se quedó a dormir en las casas de los aldeanos. Musa aparecía y se iba sin previo aviso. Se sentaban junto a una fogata en una cabaña de piedra en lo alto de la montaña que solían usar los pastores gujjar cuando subían allí a los rebaños en verano. Musa le enseñó una ruta que a menudo usaban los guerrilleros para cruzar la Línea de Control.

–Berlín tenía un muro. Nosotros tenemos la cordillera más alta del mundo. No la derribaremos, pero la escalaremos.

En una casa de Kupwara, Tilo conoció a la hermana mayor de Mumtaz Afzal Malik, el joven que conducía el taxi que llevó al campamento militar a Salim Goyri, el cómplice de Amrik Singh, el día que fueron asesinados. La hermana le contó que encontraron el cadáver de su hermano en un prado y se lo entregaron a la familia. Sus puños cerrados en rigor mortis estaban llenos de tierra y le habían brotado flores de mostaza amarilla entre los dedos.

Tilo regresó sola a la casa-barco *Shabeen* después de sus excursiones por el Valle. Por si acaso, Musa y ella se habían despedido con gesto despreocupado. Tilo aprendió rápidamente que, en situaciones como aquellas, la despreocupación y las bromas significaban algo muy serio y que la seriedad solía expresarse mediante bromas. Hablaban en clave incluso cuando no era necesario. Así fue como empezaron a llamar a Amrik Singh por su seudónimo, «la Nutria». (No se lo habían propuesto, pero bromearon tanto con el apodo que terminaron por adjudicárselo formalmente. Aunque Tilo no mostraba más que desdén ante el eslogan *Azadi ka matlab kya? La ilaha illallah*, a esas alturas ya podía considerársela, con certeza y sin margen a error, una Enemiga del Estado.) Al día siguiente de regresar, cuando vio que Gulrez ponía la mesa para dos, supo que Musa aparecería.

Se presentó a altas horas de la noche con aire preocupado. Dijo que había habido graves disturbios en la ciudad. Pusieron la radio.

Un grupo de Ijwan había matado a un chico y había hecho «desaparecer» el cuerpo. Durante las posteriores protestas, catorce personas murieron víctimas de los disparos. Tres guerrilleros fueron abatidos en un enfrentamiento. Los insurgentes incendiaron tres comisarías. Esa jornada el número de muertos ascendió a dieciocho.

Musa comió a toda velocidad y se levantó para marcharse. Masculló un brusco adiós a Gulrez. Besó a Tilo en la frente.

–*Khuda Hafiz, Babajaana*. Buen viaje.

Musa le dijo que se quedara dentro, que no saliera a despedirle. Tilo no le hizo caso. Lo acompañó hasta el desvencijado muelle improvisado donde le esperaba un pequeño bote de madera. El barquero lo ocultó bajo una esterilla y colocó con maña varios cestos vacíos y algunos sacos de verduras por encima. Tilo observó alejarse el bote con su amada carga. La embarcación no cruzó el lago en dirección al bulevar sino que se mantuvo pegada a la hilera de casas-barco hasta perderse a lo lejos.

Pensar en Musa tumbado en el suelo de un bote y cubierto de cestos vacíos la afectó. Sentía como si su corazón fuese una piedrecita gris sumergida en un arroyo de montaña y la recorriera una corriente helada.

Se fue a la cama y puso el despertador para levantarse a tiempo para coger el autobús que la llevaría a Jammu. Por suerte, siguió el protocolo cachemir, no porque lo hubiera decidido, sino porque estaba demasiado cansada para desvestirse. Podía oír a Gul-kak atareado con los cacharros de la cocina, tarareando.

Menos de una hora después, Tilo se despertó. No de repente sino poco a poco, nadando a través de capas de sueño, primero debido al ruido y después debido a su ausencia. Primero, por el rugir de motores que parecían provenir de todas direcciones. Después, cuando se apagaron, por el repentino silencio.

Lanchas motoras. Muchas.

La HB *Shaheen* cabeceó y se balanceó. No demasiado, solo un poco.

Tilo ya estaba en pie y preparada para lo peor cuando tiraron de una patada la puerta de su dormitorio tallado, bordado y lleno de filigranas y la habitación se llenó de soldados armados.

Lo que sucedió durante las siguientes horas fue muy rápido o muy despacio, Tilo no sabría decirlo. La imagen era clara y el sonido preciso, pero algo distante. Las sensaciones iban muy a la zaga. La amordazaron, le ataron las manos y registraron la habitación. La llevaron a empujones por el pasillo hacia el comedor donde pasó junto a Gul-kak, que estaba en el suelo, recibiendo puntapiés y puñetazos por parte de, al menos, diez hombres.

¿Dónde está?

No lo sé.

¿Cómo te llamas?

Gulrez. Gulrez. Gulrez Abru. Gulrez Abru.

Cada vez que él decía la verdad, le pegaban más fuerte.

Los gritos de Gulrez atravesaban limpiamente el cuerpo de Tilo como jabalinas y se internaban en el lago. Cuando sus ojos se acostumbraron a la oscuridad exterior, Tilo vio una flotilla llena de soldados meciéndose en las negras aguas, el equivalente acuático de una redada. Habían formado dos arcos concéntricos, el exterior era el grupo de control del perímetro y el interior, el de apoyo. Los soldados del grupo de apoyo estaban de pie en las lanchas portando largas lanzas con puñales en los extremos con las que removían y pinchaban el agua, arpones improvisados con los que se aseguraban de que el hombre que buscaban no pudiera escaparse buceando por debajo del agua. (Estaban avergonzados por la huida reciente, aunque ya legendaria, de Harun Gaade –Harun, el Pez–, que había logrado escapar, incluso después de que los responsables de la redada pensaran que lo tenían acorralado en su guarida a orillas del lago Wular. La única ruta de escape era el propio lago, donde le esperaba un comando de infantes de marina. Pero Harun logró escapar por debajo del agua, envuelto en una maraña de algas y usando una caña de bambú para respirar. Consiguió permanecer escondido durante horas hasta que sus desconcertados perseguidores tiraron la toalla y se marcharon.)

El barco en el que había llegado el grupo de asalto estaba amarrado, esperando a sus pasajeros para volver con el trofeo. El hombre al mando de la operación era un sij alto que llevaba un turbante verde oscuro. Tilo supuso, acertadamente, que se trataba de Amrik Singh. La empujaron dentro de la lancha y la obligaron a sentarse. Nadie le habló. Nadie salió de las casas-barco vecinas para averiguar qué pasaba. Todas habían sido ya registradas por un grupo reducido de soldados.

Poco después, sacaron a Gulrez. No podía andar, así que lo llevaban a rastras. Su gran cabeza le colgaba sobre el pecho, cubierta con una capucha. Lo sentaron frente a Tilo. Ella solo podía verle la capucha, el *feran* y las botas. La capucha ni siquiera era tal. Era una bolsa que ponía arroz basmati Surya. Gul-kak permanecía callado y parecía muy malherido. No podía mantenerse sentado sin que lo sujetasen dos soldados. Tilo rezó para que Gul-kak estuviese inconsciente.

El convoy partió en la misma dirección que había tomado el bote de Musa: a lo largo de la interminable fila de casas-barco oscuras y vacías, para luego torcer a la derecha e internarse en lo que parecía un pantano.

Nadie hablaba y durante un largo rato lo único que rompía el silencio eran los motores de las lanchas y el maullido de un gato que reverberaba en la noche e incomodaba a los soldados. Era como si el maullido viajase con ellos, pero no había ningún gato a bordo. Al final descubrieron a Janum, el gatito blanco y negro, en el bolsillo de Gulrez. El soldado lo tiró al lago como si fuese una basura. Voló por los aires aullando, al tiempo que enseñaba los colmillos y sacaba sus pequeñas garras, dispuesto a enfrentarse en solitario a todo el ejército indio. Se hundió en silencio. Aquel fue el fin de otro *bewakoof* que no sabía cómo vivir bajo una ocupación *mintree*. (Su hermanito Agha sobrevivió, aunque no está claro si como colaboracionista, ciudadano común o muyahidín.)

La luna estaba alta y, a través del bosque de juncos, Tilo distinguió las siluetas de unas casas-barco mucho más pequeñas que las destinadas al turismo. Justo por encima del agua, soportada por unos pilotes medio podridos, había una construcción de madera destartalada con una desvencijada pasarela delante, también de madera. Era un viejo centro comercial en un remanso del lago por el que hacía años que no pasaba ningún cliente. Las tiendas de artesanía, una tienda de ropa de mujer y una farmacia estaban cerradas y con sus puertas y ventanas clausuradas con tablones. Había islotes de aspecto pantanoso, con botes de remos varados en la orilla y viejas casuchas de madera de aspecto ruinoso. Los únicos signos de que el pantano sobre el que reinaba un fantasmal silencio no estaba totalmente despoblado eran las interferencias de radios y fragmentos esporádicos de canciones que surgían en la oscuridad a través de ventanas con barrotes y postigos cerrados a cal y canto. Navegaban por aguas poco profundas y atestadas de algas, y eso daba a todo un aire surrealista, como si las lanchas fueran hendiendo un prado oscuro y líquido. Aquí y allá flotaban restos de frutas y verduras del mercado que tenía lugar por las mañanas.

Lo único en lo que Tilo pensaba era que el pequeño

bote de Musa había seguido esa misma ruta hacía menos de una hora. La embarcación de Musa no tenía motor.

Por favor, Dios, seas quien seas y estés donde estés, haz que vayamos más despacio. Dale tiempo a huir. Másdespaciomásdespaciomásdespaciomásdespaciomásdespaciomásdespaciomásdespacio.

Alguien oyó sus plegarias y las atendió. Es difícil que fuera Dios.

Amrik Singh, que iba en la misma lancha que Tilo y Gulrez, se puso de pie e hizo señas a las lanchas escolta para que siguieran adelante. Una vez que estas se alejaron, Amrik Singh ordenó al conductor de su lancha que girara a la izquierda por un canal de agua tan estrecho que tuvieron que reducir al máximo la velocidad y abrirse camino, literalmente, entre el juncal. Tras diez minutos de angustia salieron otra vez al lago abierto. Volvieron a girar a la izquierda. El conductor apagó el motor y amarraron la lancha a la orilla. A continuación tuvo lugar lo que parecían ser unas maniobras habituales. Nadie necesitó que le dieran instrucciones. Cargaron a Gulrez y lo bajaron arrastrándolo a través de dos palmos de agua hacia la orilla. Un soldado se quedó en la lancha con Tilo. Los demás, incluido Amrik Singh, bajaron a tierra. Tilo podía distinguir la silueta de una casa grande en ruinas. Tenía el tejado hundido y la luna brillaba a través del armazón de vigas que se recortaban en la noche. Un corazón luminoso en una caja torácica angulosa.

Un disparo seguido de una explosión corta alarmó a los pájaros que anidaban en la tierra. Por un momento el cielo se llenó de garzas, cormoranes, chorlitos y avefrías piando como si hubiese roto el día. Solo estaban haciendo teatro y pronto se calmaron. A esas alturas las aves ya estaban acostumbradas a las horas intempestivas y la banda sonora propias de la Ocupación. Cuando los soldados volvieron a la lancha ya no había Gulrez. Solo un saco pesado y amorfo que requería a más de un hombre para cargarlo.

Así fue como el prisionero que bajaron del barco como Gul-kak Abru retornó convertido en los restos mortales del temido guerrillero comandante Gulrez, cuya captura y muerte supondría a sus asesinos una recompensa de trescientas mil rupias.

El recuento de los muertos de la jornada acababa de ascender a dieciocho más uno.

Amrik Singh subió a la lancha y se sentó frente a Tilo.

–Quienquiera que seas, quedas detenida como cómplice de un terrorista. Pero no te haremos daño si nos lo cuentas todo. –Hablaba con tono amable en hindi–. Tómate tu tiempo. Queremos todos los detalles. Dónde lo conociste. Dónde habéis estado. Con quién habéis estado. Todo. Tómate tu tiempo. Y debes saber que nosotros ya conocemos esos detalles. Tú no nos ayudarás a nosotros. Nosotros te examinaremos a ti.

Los mismos ojos negros, opacos e inexpresivos, que habían simulado reírse tras fingir haberse olvidado la pistola en casa de Musa, eran los que en aquellos momentos miraban a Tilo en el pantano iluminado por la luna. Esa mirada hizo hervir la sangre de Tilo. Siguió una ira muda, un obstinado impulso suicida. Una resolución estúpida de que no diría nada, ni una sola palabra.

Por suerte, su decisión no fue nunca puesta a prueba. Nunca se llegó a tal extremo.

El viaje en lancha duró otros veinte minutos. Un vehículo blindado y un camión militar abierto esperaban aparcados debajo de un árbol para llevarlos al Cine Shiraz. Antes de entrar en el edificio, Amrik Singh le quitó la mordaza a Tilo, pero le dejó las manos atadas.

El vestíbulo del cine bullía con tanta actividad como

una terminal de autobuses a pesar de las altas horas. Allí Tilo fue entregada a la subinspectora Pinky, a la que habían despertado y convocado de urgencia para que se hiciese cargo de aquella inusual prisionera. No se registró la detención. Ni siquiera se le preguntó el nombre a la prisionera. La subinspectora Pinky la condujo a través del vestíbulo. Pasaron por delante del mostrador de recepción, donde, nueve meses antes, Musa había dejado la botella de whisky Red Stag de Amrik Singh, delante de los anuncios de chocolate Cadbury y de helados Kwality y de los descoloridos carteles de *Chandni*, *Maine Pyar Kiya*, *Parinda* y *El león del desierto*. Zigzaguearon entre las filas formadas por los últimos grupos de hombres torturados y entre las papeleras de cemento con forma de canguro, entraron en el patio de butacas, cruzaron la cancha de bádminton improvisada, salieron por la puerta más cercana a la pantalla y luego por otra que daba a un patio trasero. Hubo más de una mirada de cachondeo y comentarios procaces pronunciados entre dientes cuando las mujeres pasaron rumbo al centro principal de interrogatorios del Shiraz.

El centro principal era una estructura independiente, una vulgar sala rectangular, cuya característica más sobresaliente era el hedor. La peste a orín y a sudor se mezclaba con el olor dulzón de la sangre rancia. Aunque el cartel de la puerta ponía *Centro de interrogatorios* en realidad era un centro de tortura. En Cachemira el «interrogatorio» como tal no existía. Estaba lo que llamaban «hacer una serie de preguntas», que significaba que te iban a dar bofetadas y puntapiés, y lo que llamaban un «interrogatorio», que significaba que te iban a torturar.

La sala solo tenía una puerta y no tenía ventanas. La subinspectora Pinky fue hasta una mesa que había en un rincón, sacó unas hojas en blanco y un bolígrafo de un cajón y los colocó con un golpe seco sobre la mesa.

–No pierdas el tiempo ni me lo hagas perder a mí. Escribe. Vuelvo en diez minutos.

Desató las manos de Tilo, se marchó y cerró la puerta tras de sí.

Tilo tenía las manos dormidas y esperó a que la sangre volviera a circularle por los dedos antes de coger el bolígrafo. Los primeros tres intentos de escribir fallaron. Era tal el temblor de sus manos que ni siquiera podía entender su propia letra. Cerró los ojos y pensó en los ejercicios respiratorios de sus clases de relajación. Dio resultado. A continuación escribió con letra clara:

Por favor, llamen al señor Biplab Dasgupta, subdirector de zona, India Bravo.[1]

Denle el siguiente mensaje: G-A-R-S-O-N H-O-B-A-R-T

Mientras esperaba a que volviese la subinspectora Pinky, Tilo echó un vistazo a la sala. A primera vista parecía un rudimentario cobertizo para guardar herramientas amueblado con un par de mesas de carpintero, además de martillos, destornilladores, alicates, cuerdas, unos pequeños pilares redondos de cemento o piedra, caños, una bañera con agua sucia, bidones de gasolina, embudos de metal, cables, alargadores, rollos de alambre, varillas de todos los tamaños, un par de palas y barras de hierro.

En un estante había un bote de pimentón. El suelo estaba cubierto de colillas. Tilo había aprendido lo suficiente durante los últimos diez días para saber que a esas cosas de uso ordinario podía dárseles un uso extraordinario.

Sabía que los pilares eran los instrumentos de tortura favoritos en Cachemira. Los usaban como «apisonadoras»,

1. Alfabeto radiofónico para designar en Cachemira a la Oficina de Inteligencia (IB, Intelligence Bureau, por sus siglas en inglés). *(N. de la T.)*

haciéndolos rodar sobre los prisioneros, atados de pies y manos, aplastándoles, literalmente, los músculos. Por lo general, la aplicación de la «apisonadora» acababa provocando graves problemas renales al prisionero. La bañera la utilizaban para el «submarino»; los alicates, para arrancar las uñas de las manos; los alambres, para aplicar descargas eléctricas en los genitales del prisionero; el pimentón, para metérselo por el ano con la ayuda de una varilla o para mezclarlo con agua y vertérselo por la garganta. (Años más tarde, otra mujer, Lovelin, la esposa de Amrik Singh, demostraría un gran conocimiento de estos métodos al cumplimentar su impreso de solicitud de asilo en los Estados Unidos. Era aquel mismo cobertizo donde Lovelin había realizado su estudio de campo, solo que no había ido allí como víctima sino como esposa del torturador jefe a quien le estaban enseñando las oficinas del mandamás en una visita privada.)

La subinspectora Pinky regresó con el comandante Amrik Singh. Tilo se dio cuenta de inmediato, por su lenguaje corporal y la intimidad que se percibía en la forma de hablarse, de que eran más que colegas. La subinspectora Pinky cogió la hoja de papel escrita por Tilo y la leyó en voz alta, despacio y con cierta dificultad. Quedó claro que la lectura no era su fuerte. Amrik Singh le quitó el papel de las manos. Tilo vio cómo le cambiaba la expresión del rostro.

–¿Qué es tuyo este Dasgupta?

–Un amigo.

–¿Un *amigo*? ¿A cuántos hombres te follas a la vez? –La que hablaba era la subinspectora Pinky.

Tilo no contestó.

–Te he hecho una pregunta. ¿A cuántos hombres te follas a la vez?

El silencio de Tilo provocó una andanada de insultos en un tono predecible (entre los cuales Tilo distinguió las palabras «negra», «puta» y «yihadista»), seguidos de la repetición de la pregunta. El persistente silencio de Tilo no tenía nada que ver con la valentía o la resistencia. Tenía que ver con que no tenía elección. Estaba bloqueada.

La subinspectora Pinky notó la sonrisa de satisfacción en el rostro de Amrik Singh. Estaba claro que él disfrutaba del enfrentamiento que tenía lugar ante él. Era una expresión que lo decía todo y que enfureció a la subinspectora Pinky. Amrik Singh se dirigió hacia la puerta con la hoja de papel. Antes de salir, se volvió y dijo:

–Averigua lo que puedas. Sin dejar marcas. El nombre que ha escrito es el de un alto cargo. Déjame comprobarlo. Puede que sea un farol. Pero nada de marcas hasta que yo lo diga.

«Nada de marcas» era un problema para la subinspectora. Carecía de experiencia en esas lides porque no era una torturadora experimentada. Había aprendido su trabajo sobre la marcha y «nada de marcas» no era una cortesía habitual que se aplicara a los cachemires. Pinky no creía que las instrucciones de Amrik Singh tuvieran nada que ver con un supuesto alto cargo. Reconocía aquella mirada en el hombre y sabía cuánto le atraían las mujeres. Tener que contenerse ofendía la dignidad de la subinspectora y no ayudaba a apaciguar su ira. Sus bofetadas y puntapiés (que correspondían a la categoría de «hacer una serie de preguntas») no consiguieron arrancar nada de la detenida, solo un silencio total e inexpresivo.

A Amrik Singh le llevó más de una hora localizar a Biplab Dasgupta y hablar con él por la línea de emergencia en la Hostería del Bosque de Dachigam. El hecho de que Biplab Dasgupta formara parte del séquito que acompañaba al gobernador durante el fin de semana era motivo de grave inquietud. No había duda de que la mujer lo conocía. Y bien. Dio la impresión de que el subdirector de zona India Bravo sabía exactamente lo que significaba G-A-R-S-O-N H-O-B-A-R-T.

Pero el depredador que había en Amrik Singh detectó un tono de duda, de inseguridad, incluso. Se dio cuenta de que podía meterse en un problema, en un problema serio, pero todavía no era demasiado tarde para solucionarlo si dejaba libre e ilesa a la mujer. Todavía podía arreglarlo. Regresó deprisa al centro de interrogatorios para evitar mayores daños. Llegó un poco tarde, pero no demasiado.

La subinspectora Pinky había hallado una solución manida y rastrera para su problema. Recurrió al castigo primordial que se le aplicaba a cualquier mujer a la que hubiera que darle una lección. Su afán de venganza poco tenía que ver con el contraterrorismo o con Cachemira, excepto, quizá, por el hecho de que aquel lugar era una incubadora de toda suerte de locuras.

Mohamed Subhan Hayam, el peluquero del campamento, salía de la sala en el mismo momento en que Amrik Singh entraba a toda prisa.

Tilo estaba sentada en una silla de madera con los brazos atados con una correa. Su larga cabellera estaba en el suelo, los rizos, que ya no eran suyos, dispersos y mezclados con las colillas y la mugre. Mientras la tonsuraba, Subham Hayam se las había arreglado para susurrarle a Tilo: «Lo siento, señora, lo siento mucho.»

Amrik Singh y la subinspectora Pinky se enzarzaron en una pelea de amantes en la que casi llegan a las manos. El gesto de Pinky era de contrariedad, pero seguía desafiante.

–Enséñame qué ley prohíbe cortar el pelo.

Amrik Singh desató a Tilo y la ayudó a ponerse en pie. Le quitó los restos de pelo de los hombros con gran ceremonia. Apoyó su enorme mano con gesto protector sobre el cráneo de Tilo. La bendición de un carnicero. Tilo tardó años en superar la obscenidad de aquel contacto. Amrik Singh mandó traer un pasamontañas para que Tilo se cubriese la cabeza.

–Le ofrezco mis disculpas. Esto no debería haber sucedido –le dijo a Tilo mientras esperaban a que trajesen el pasamontañas–. Hemos decidido dejarla en libertad. Lo hecho, hecho está. Usted no habla. Yo no hablo. Si usted habla, yo hablo. Y si hablo, usted y su amigo subdirector tendrán grandes problemas. Colaborar con terroristas no es algo banal.

El pasamontañas llegó acompañado de un botecito rosa de polvos de talco Dreamflower de Pond's. Amrik Singh echó talco en el cráneo afeitado de Tilo. El pasamontañas apestaba más que un pescado muerto. Pero Tilo dejó que se lo colocara en la cabeza. Salieron del centro de interrogatorios, cruzaron el patio y subieron por una escalera de incendios hasta una oficina pequeña. Estaba vacía. Amrik Singh dijo que era la oficina de Ashfaq Mir, del Grupo Especial de Operaciones y subcomandante del campamento. Había salido para una operación, pero volvería pronto para entregar a Tilo a la persona que enviase el señor Biplab Dasgupta.

Tilo rechazó educadamente el té e incluso el agua que le ofreció Amrik Singh. Este la dejó en la oficina y se marchó, claramente interesado en poner fin a aquel capítulo. Fue la última vez que Tilo lo vio, hasta que, dieciséis años después, abrió el periódico y leyó la noticia de que había matado a su mujer y a sus tres hijos y, después, se había suicidado en su casa en un pequeño pueblo de Estados Unidos. Le resultó difícil asociar la fotografía que aparecía en el periódico de un hombre de cara regordeta, quizá un poco hinchada, perfectamente afeitado y con la mirada asustada, con la del hombre que había asesinado a Gul-kak y después, solícito, casi con ternura, le había echado talco en el cráneo.

Tilo esperó en la oficina vacía, mirando un panel blanco con una lista de nombres, al lado de los cuales estaba anotado (muerto), (muerto), (muerto) y un cartel colgado en la pared que decía:

Seguimos nuestras propias reglas
Somos feroces
Siempre letales
Domamos las mareas
Jugamos con las tormentas
Usted lo ha adivinado
Somos
Hombres Uniformados

Pasaron dos horas antes de que Naga entrara por la puerta seguido de Ashfaq Mir, que llegó acompañado del intenso aroma de su colonia. Pasó otra hora más en la que Ashfaq Mir desplegó todo su histrionismo, usando a un militante herido del grupo Lashkar como decorado para, después, hacerse servir tortillas y kebabs, antes de dar por terminada la «entrega». En lo único que pensó Tilo durante todo el tiempo que pasó en aquella oficina y durante el trayecto en coche hasta el Hotel Ahdoos, de la mano de Naga, era en la cabeza de Gul-kak colgándole sobre el pecho, cubierta con una bolsa de arroz basmati Surya (por alguna razón las asas de la bolsa, sobre todo las asas, resultaban irrespetuosamente demoniacas), y en Musa, cubierto de cestos vacíos, tumbado en el suelo de un bote en el que alguien remaba y remaba hasta la eternidad.

Naga, muy considerado, le había reservado una habitación junto a la suya en el Hotel Ahdoos. Naga le preguntó si quería que se quedase a acompañarla («estrictamente como amigos», como dijo). Cuando Tilo respondió que no, Naga la abrazó y le dio dos pastillas para dormir. («¿O prefieres un porro? Tengo uno ya liado y listo.») Llamó al servicio de habitaciones y pidió que subieran dos cubos de agua caliente a la habitación de Tilo. A ella le conmovió ese lado tierno y bondadoso de Naga. Nunca se lo había notado. Naga le dejó una camisa limpia y planchada y unos pantalones suyos por si quería cambiarse de ropa. Le propuso que cogieran el vuelo de la tarde a Delhi. Tilo le dijo que lo pensaría. Ella sabía que no podía irse sin tener alguna noticia de Musa. Sencillamente, no podía. Y sabía que recibiría algún mensaje. Como fuera, pero lo recibiría. Se tumbó en la cama, incapaz de cerrar los ojos, temerosa hasta de pestañear por miedo a que algo pudiese aparecer de repente. Una parte de ella, en la que le costaba reconocerse, quería regresar al Cine Shiraz y tener una pelea limpia con la subinspectora Pinky. Era como pensar en una respuesta inteligente cuando hacía mucho que había pasado el momento de decirla. Tilo comprendió que eso era algo nocivo y denigrante. La subinspectora Pinky no era más que una mujer violenta y desgraciada. No era la Nutria, la máquina asesina. Entonces, ¿por qué esa fantasía insensata de vengarse?

Tilo echaba de menos su pelo. Nunca más volvería a dejárselo largo. En memoria de Gul-kak.

A las diez en punto de esa misma mañana llamaron suavemente a su puerta, con unos golpecitos apenas audibles. Tilo creyó que sería Naga, pero era Jadiya. Las dos mujeres apenas se conocían, pero no había nadie en el mundo que Tilo se alegrase tanto de ver (aparte de Musa). Jadiya le explicó a toda prisa cómo había dado con ella. «Nosotros también tenemos nuestros informantes», le dijo. En aquel caso habían sido el conductor de una de las lanchas que participó en la redada y algunas personas de las casas-barco vecinas y de otras a lo largo del trayecto que habían ido pasando la información casi en tiempo real. En el Cine Shiraz contaban con el peluquero, Mohamed Subhan Hayam, y en el Hotel Ahdoos, con un botones.

Jadiya le traía noticias. El ejército había anunciado la captura y muerte del temido comandante guerrillero Gulrez. Musa seguía en Srinagar. Iría al entierro. Asistirían militantes de varios grupos para brindarle al comandante Gulrez una despedida con una salva de fusilería. Era una ocasión segura para moverse entre la multitud de las decenas de miles de personas que llenarían las calles. El ejército no intervendría para no provocar una masacre. Tilo tenía que ir con Jadiya hasta una casa segura en Janqah-e-Moula, adonde Musa acudiría después del entierro. Musa había dicho que era importante. Jadiya le había llevado ropa limpia (un *salwar kamiz*, un *feran* y un hiyab verde lima). La actitud pragmática de Jadiya ayudó a Tilo a salir del lodazal de autocompasión en el que se había hundido. Fue esa actitud la que le recordó a Tilo que estaba entre gente para quienes la ordalía que ella había vivido la noche anterior era cosa de todos los días.

Trajeron el agua caliente. Tilo se bañó y se puso la ropa limpia. Jadiya le enseñó a ajustarse el hiyab alrededor del rostro. El pañuelo le daba a Tilo un aspecto regio, como una reina etíope. Le gustaba, aunque prefería mil veces el aspecto que tenía con su propio pelo. Su expelo. Tilo deslizó una nota por debajo de la puerta de Naga diciéndole que volvería a última hora de la tarde. Las dos mujeres salieron del hotel y se internaron por las calles de una ciudad que solo cobraba vida cuando tenía que enterrar a sus muertos.

La Ciudad de los Entierros se despertó de repente, se animó y se llenó de movimiento. Todo era ajetreo. Las calles eran afluentes, corrientes de gente que iban a parar al estuario del Mazar-e-Shohada. Pequeños grupos, grandes grupos, gente de la ciudad nueva, gente de la ciudad vieja, de los pueblos y de otras ciudades convergían rápidamente. Incluso en los callejones, grupos de mujeres, de hombres y también de niños muy pequeños gritaban *Azadi! Azadi!* En algunos puntos del recorrido los jóvenes habían montado cocinas comunitarias donde se distribuía agua y comida para alimentar a los que habían llegado de lejos. Mientras distribuían agua, mientras servían comida, mientras comían y bebían, mientras respiraban y caminaban, gritaban *Azadi! Azadi!* al compás del redoble de un tambor que solo ellos oían.

Jadiya parecía tener grabado en su cabeza un mapa detallado de las calles secundarias. Aquello dejó impresionada a Tilo (porque ella carecía de esa habilidad). Dieron un largo rodeo. Los gritos de *Azadi!* reverberaban como los truenos de una tormenta sobre la ciudad. (La secretaria de Garson Hobart sostenía el auricular del teléfono por la ventana abierta, para que también él los oyera desde su refugio en Dachigam, donde esperaba con el séquito del gobernador a que las calles volviesen a ser seguras para regresar a Srinagar.) Nueve meses después de la inhumación de Miss Yebin, volvía a haber otro entierro multitudinario. Esta vez eran diecinueve los ataúdes. Uno de ellos vacío: el del niño cuyo cadáver habían robado los Ijwan. Otro, con los restos despedazados de un hombrecito de ojos de color esmeralda que iba camino al reencuentro en el cielo con Sultán, su amado *bewakoof*.

–Me gustaría ir al entierro –le dijo Tilo a Jadiya.

–Podríamos ir, pero sería arriesgado. Llegaríamos tarde y, además, tampoco podríamos aproximarnos mucho. A las mujeres nos está prohibido acercarnos a las tumbas. Podemos visitar el cementerio más tarde, cuando se haya ido todo el mundo.

A las mujeres nos está prohibido. A las mujeres nos está prohibido.

¿Era para proteger las tumbas de las mujeres o a las mujeres de las tumbas?

Tilo no preguntó.

Después de dar vueltas en el coche durante cuarenta y cinco minutos, Jadiya aparcó, bajaron y se internaron andando deprisa por un laberinto de callejuelas serpenteantes en un sector de la ciudad que parecía interconectado de múltiples maneras (bajo tierra, en superficie, en vertical y en diagonal, a través de calles, tejados y pasadizos secretos) como un organismo único. Un arrecife de coral o un hormiguero.

–Esta parte de la ciudad sigue siendo nuestra –dijo Jadiya–. El ejército no entra aquí.

Se metieron por una puertecita de madera que daba a una habitación pequeña y vacía, con una alfombra verde. Un hombre las recibió con gesto serio y las condujo dentro de la casa. Cruzaron dos habitaciones a toda prisa y, al entrar en la tercera, el hombre abrió lo que parecía un enorme aparador. En su interior había una trampilla que conducía a un sótano secreto a través de unos escalones estrechos y empinados. Tilo siguió a Jadiya escaleras abajo. La habitación no tenía muebles, pero había dos colchones en el suelo y varios almohadones. De la pared colgaba un calendario de dos años atrás. La mochila de Tilo estaba apoyada en un rincón. Alguien se había arriesgado a subir a la HB *Shaheen* para recuperarla. Una chica joven bajó las escaleras y extendió un *dastarkhan* de plástico imitando encaje. A continuación bajó una mujer mayor que llevaba una bandeja con una tetera y tazas de té, un plato con galletitas y otro con rodajas de un esponjoso bizcocho. La mujer le cogió el rostro a Tilo con ambas manos y le besó la frente. No se dijo mucho más, pero madre e hija permanecieron en la habitación.

Cuando Tilo acabó su té, Jadiya dio unos golpecitos en el colchón sobre el que estaban sentadas.

–Duerme. Él tardará por lo menos dos o tres horas en llegar.

Tilo se tumbó y Jadiya la tapó con una colcha. Tilo le cogió la mano y la retuvo entre las suyas debajo de la colcha. Con el tiempo Tilo y Jadiya llegarían a ser íntimas amigas. Tilo cerró los ojos. El murmullo de voces femeninas hablando en un idioma que no entendía actuó como un bálsamo aplicado sobre carne viva.

Seguía dormida cuando llegó Musa. Él se sentó con las piernas cruzadas a su lado, mirando su rostro dormido durante largo rato y deseando poder despertarla en un mundo mejor. Musa sabía que pasaría una larga temporada antes de volver a verla. Y eso solo si tenían suerte.

No quedaba mucho tiempo. Musa tenía que marcharse mientras la marea estuviese todavía alta y las calles siguieran llenas de gente. Despertó a Tilo lo más delicadamente posible.

–*Babajaana.* Despierta.

Ella abrió los ojos y tiró de él para que se tumbara junto a ella. Durante largo rato no hubo nada que decir. Absolutamente nada.

–Acabo de volver de mi propio entierro. Me he brindado una salva de veintiún disparos en mi propio honor –dijo Musa.

Y entonces, con una voz que no pasaba de ser un susurro, porque si hablaba un poco más alto, se quebraba bajo el peso de lo que intentaba decir, Tilo le contó a Musa lo que había pasado. No omitió nada. Ni un solo detalle. Ni un sonido. Ni una sensación. Ni una palabra que hubiera sido dicha o no dicha.

Musa le besó la cabeza.

–Ellos no saben lo que han hecho. No tienen ni idea. –Y entonces llegó el momento de despedirse–. Escúchame bien, *Babajaana.* Cuando vuelvas a Delhi no debes quedarte sola bajo ningún concepto. Es demasiado peligroso. Quédate en casa de amigos..., quizá en la de Naga. Vas a odiarme por lo que voy a decirte, pero, una de dos: o te casas o te vas a vivir con tu madre. Necesitas una tapadera. Por lo menos durante un tiempo. Hasta que nos ocupemos de la Nutria. Ganaremos esta guerra y entonces estaremos juntos, tú y yo. Yo llevaré un hiyab, aunque tú estás preciosa con el que llevas puesto, y tú puedes tomar las armas, ¿vale?

–Vale.

Por supuesto que las cosas no resultaron así.

Antes de marcharse, Musa le entregó a Tilo un sobre cerrado.

–No lo abras ahora. Khuda Hafiz.

Pasarían dos años antes de que Tilo lo volviera a ver.

Todavía no se había puesto el sol cuando Jadiya y Tilo fueron al Mazar-e-Shohada. La tumba del comandante Gulrez destacaba entre las demás. Encima de ella habían construido un pequeño armazón de bambú que decoraron con cintas de oropel plateadas y doradas y una bandera verde. Era un santuario temporal para un amado combatiente por la libertad que había dado su presente por el futuro de su gente. Un hombre miraba la tumba desde lejos con las mejillas bañadas en lágrimas.

–Es un excombatiente –dijo Jadiya por lo bajo–. Pasó muchos años en la cárcel. Pobre hombre, está llorando por una persona equivocada.

–Quizá no –respondió Tilo–. El mundo entero debería llorar por Gul-kak.

Esparcieron pétalos de rosa sobre la tumba de Gul-kak y encendieron una vela. Jadiya buscó la tumba de Arifa y de Miss Yebin Primera e hizo lo mismo en ella. Le leyó a Tilo la inscripción de la lápida de Miss Yebin en voz alta:

MISS YEBIN
2 enero 1992 - 22 diciembre 1995
Amada hija de Arifa y Musa Yeswi

Y las palabras grabadas más abajo, casi escondidas:

Akh daleela wann
yeth manz ne kahn balai aasi
noa aes sa kunni junglas manz roazaan

Jadiya se las tradujo a Tilo, pero ninguna entendió lo que querían decir realmente.

Los últimos versos del poema de Mandelstam que había leído con Musa (y que había deseado no haberlo hecho) volvieron a la memoria de Tilo sin haberlos convocado.

La muerte más limpia, la desgracia más salada
y la tierra más veraz, más terrible.

Regresaron al Hotel Ahdoos. Jadiya no se marchó hasta después de acompañar a Tilo a su habitación y dejarla allí. Cuando Jadiya se fue, Tilo llamó a Naga para comunicarle que ya había vuelto y que se iba a la cama. Por ninguna razón conocida, Tilo rezó una pequeña oración (a ningún dios conocido) antes de abrir el sobre que le había dado Musa.

Contenía una receta médica de unas gotas para los oídos y una foto de Gul-kak. Llevaba una camisa caqui, su uniforme de combate, las *Asal boot*, las «bonitas botas» de Musa, y sonreía a la cámara. Tenía una hermosa cartuchera de cuero colgada de ambos hombros y una funda de pistola en la cadera. Iba armado hasta los dientes. En cada funda de la cartuchera en lugar de una bala había insertado una guindilla verde. En la funda de la pistola portaba un rábano blanco con hojas frescas y jugosas.

En el reverso de la foto Musa había escrito: *Nuestro querido comandante Gulrez.*

En mitad de la noche, Tilo llamó a la puerta de Naga. Él abrió y le pasó el brazo por los hombros. Pasaron la noche juntos, estrictamente como amigos.

Tilo se había descuidado.

Regresó del Valle de la muerte portando una pequeña vida.

Naga y ella llevaban casados dos meses cuando se enteró de que estaba embarazada. Su matrimonio todavía no había sido lo que se dice «consumado». Tilo no tenía ninguna duda acerca de quién era el padre de la criatura. Se planteó seguir adelante con el embarazo. ¿Por qué no? Gulrez si era niño. Yabin si era niña. No se veía a sí misma como madre, igual que tampoco se veía como novia. Aunque *había sido* una novia. Había pasado por eso y había sobrevivido. Entonces, ¿por qué no iba a sobrevivir a esto otro?

Lo que acabó decidiendo no tuvo nada que ver con sus sentimientos hacia Naga ni con su amor por Musa. Vino de un lugar más primitivo. Le preocupaba que el pequeño ser humano que ella alumbrase tuviera que enfrentarse al mismo océano lleno de peces extraños y peligrosos que ella tuvo que afrontar en relación con su madre. Pensaba que no podía ser mejor madre que Maryam Ipe. La clarividente conclusión de Tilo fue que ella sería incluso mucho peor madre. No quería imponer su presencia a un niño. Ni quería imponer una réplica de sí misma al mundo.

El dinero era un problema. Tilo tenía algo, pero no mucho. La habían despedido por ausentarse del trabajo y no tenía otro. No quería pedirle dinero a Naga. Así que fue a un hospital público.

La sala de espera estaba llena de mujeres desesperadas a las que sus maridos habían repudiado por ser incapaces de concebir un hijo. Estaban allí para hacerse una prueba de fertilidad. Cuando las mujeres se enteraron de que Tilo había ido para someterse a una interrupción del embarazo no pudieron ocultar su rechazo y disgusto. También los médicos eran contrarios a su decisión. Tilo escuchó sus sermones impertérrita. Cuando les dejó claro que no iba a cambiar de parecer, los médicos le dijeron que no podían administrarle anestesia general si no iba acompañada de alguien que firmase el formulario de consentimiento, preferiblemente el padre del niño. Tilo les dijo que le practicaran el aborto sin anestesia. Se desmayó de dolor y se despertó en el pabellón general. Había otra persona metida en la cama con ella. Un niño con un trastorno hepático que chillaba de dolor. Había más de un paciente por cama. Había enfermos en el suelo y la mayoría de los familiares y demás visitas que les rodeaban parecían igual de enfermos. Enfermeras y médicos agobiados se abrían paso a través de aquel caos. Era como un hospital en tiempos de guerra. Solo que en Delhi no había más guerra que la de siempre, la guerra de los ricos contra los pobres.

Tilo se levantó y salió tambaleándose del pabellón. Se perdió en los sucios pasillos del hospital, llenos de enfermos y moribundos. En la planta baja le preguntó a un hombrecillo con unos bíceps que parecían de otra persona dónde estaba la salida. Él le indicó una puerta que daba a la parte de atrás del hospital. A la morgue y, más allá, a un descuidado cementerio musulmán que parecía haber caído en desuso. Zorros voladores colgaban de las ramas de unos árboles enormes y viejos. Los murciélagos parecían mustias banderas negras de una pasada manifestación. No había nadie por allí. Tilo se sentó en una tumba rota mientras intentaba orientarse.

Un hombre delgado y calvo con una chaqueta morada de camarero entró en el cementerio montado en una bicicleta destartalada y chirriante. Sujeto al transportín, llevaba un ramito de caléndulas. Se dirigió a una de las tumbas con las flores y un trapo. Después de limpiar la lápida, colocó las flores encima, permaneció un momento en silencio y después se marchó deprisa.

Tilo se acercó a la tumba. Por lo que llegaba a ver a su alrededor, era la única cuya lápida estaba escrita en inglés. Era la tumba de la Begum Renata Mumtaz Madam, la bailarina de la danza del vientre de Rumanía que había muerto porque le rompieron el corazón.

El hombre era Roshan Lal y ese era su día libre en el Rosebud Rest-O-Bar, donde trabajaba como camarero. Tilo volvería a verlo diecisiete años después, cuando regresase a aquel cementerio con Miss Yebin Segunda. Por supuesto que ella no le reconocería. Ni reconocería el cementerio porque, para entonces, ya no era un lugar abandonado con unos muertos olvidados.

Cuando Roshan Lal se fue, Tilo se acostó encima de la tumba de la Begum Renata Mumtaz Madam. Lloró un poco y después se durmió. Cuando despertó, se sintió mejor preparada para volver a casa y enfrentarse al resto de su vida.

Eso incluía cenar en el piso de abajo al menos una vez por semana con el embajador Shivashankar y su esposa, cuyas opiniones sobre casi todo, incluida Cachemira, hacían que a Tilo le temblaran las manos hasta hacer repiquetear los cubiertos en el plato.

La estupidización de la India avanzaba a pasos agigantados, tanto que ya ni siquiera era necesario recurrir a una ocupación militar.

Y además estaba el cambio de estaciones. «Esto también es un viaje», decía M, «y eso no pueden quitárnoslo.»

NADEZHDA MANDELSTAM

10. EL MINISTERIO DE LA FELICIDAD SUPREMA

La noticia de que una mujer muy lista se había instalado en el cementerio corrió como la pólvora por los barrios más pobres. Los padres de la vecindad se acercaron en masa para inscribir a sus niños en las clases que Tilo impartía en la Pensión Jannat. Sus alumnos la llamaban Tilo Madam y, a veces, *Ustaniji* (maestra, en urdu). A pesar de que Tilo echaba de menos los cantos de los niños del colegio que había frente a su antiguo apartamento, decidió que no iba a enseñar a sus propios alumnos a cantar «We Shall Overcome», Venceremos, en ningún idioma, porque no estaba segura de que la victoria estuviese en algún sitio o en el horizonte cercano de alguien. Sin embargo, les enseñaba aritmética, dibujo, gráficos por ordenador (con tres ordenadores personales de segunda mano que había comprado con los escasos emolumentos que cobraba), un poco de ciencias básicas, lengua inglesa y extravagancia. De sus alumnos Tilo aprendía urdu y algo sobre el arte de la felicidad. Trabajaba muchas horas y, por primera vez en su vida, dormía de un tirón. (Miss Yebin Segunda dormía con Anyum.) Con el paso de los días la mente de Tilo se sentía cada vez menos como una de las «reliquias» de Musa. A pesar de que, un día sí y otro no, hacía planes para volver a visitar su apartamento, lo cierto era que no había regresado desde que se marchó. Ni siquiera después de recibir el mensaje de Garson Hobart a través de Anyum y Sadam cuando estos fueron a su antiguo apartamento para recoger algunas de sus cosas (y curiosear, de paso, cómo vivía aquella extraña mujer que había llegado a sus vidas como caída del cielo). Tilo siguió pagando el alquiler en la cuenta corriente de Garson hasta que hubo retirado todas sus cosas del apartamento, algo que le parecía justo. Cuando pasaron varios meses sin noticias de Musa, le envió un mensaje a través del vendedor de fruta que le había traído las «reliquias». Pero siguió sin saber nada. Aun así, la carga de la perpetua aprensión que había sobrellevado durante años (la perspectiva de recibir la repentina noticia de la muerte de Musa) se había aligerado un tanto. No porque le amara menos, sino porque los maltrechos ángeles del cementerio que montaban guardia sobre las maltrechas tumbas mantenían abiertas las puertas entre los dos mundos (ilegalmente, tan solo una grieta) para que las almas de los vivos y las de los muertos pudieran mezclarse como los invitados en una misma fiesta. Eso hacía que la vida fuera menos determinante y la muerte, menos definitiva. De alguna manera, todo se hizo más fácil de sobrellevar.

Ustad Hameed, animado por el éxito y la popularidad de las clases que impartía Tilo, comenzó, una vez más, a dar lecciones de música a los alumnos que consideraba prometedores. Anyum asistía a sus clases como si fueran una llamada a la oración. Todavía no se decidía a cantar, pero tarareaba del mismo modo que lo había hecho al intentar que Zainab, cuando era Ratita, aprendiera a cantar. Con el pretexto de ayudar a Anyum y a Tilo a cuidar de Miss Yebin Segunda (que crecía muy deprisa y era cada vez más traviesa y mimada), Zainab empezó a pasar las tardes, las noches y, a veces, hasta las madrugadas en el cementerio. La verdadera razón (que todos conocían) era su arrebatado amor por Sadam

Husain. Después de terminar sus estudios en la politécnica, Zainab se había convertido en una modista gordita que cosía por encargo. Ella fue quien heredó todas las viejas revistas de moda de Nimo Gorajpuri además de los rizadores de pelo y los cosméticos que habían adornado la habitación de Tilo cuando llegó a la pensión por primera vez. La primera declaración de amor muda que Sadam le hizo a Zainab fue permitirle que le pintara coquetamente las uñas de las manos y los pies de color escarlata mientras ambos hacían risitas todo el tiempo. Sadam no se quitó el esmalte hasta que acabó desprendiéndose solo.

Zainab y Sadam habían convertido el cementerio en un zoológico, en un Arca de Noé de animales maltratados. Había un joven pavo real que no podía volar y una pava, que quizá fuera su madre, que no lo abandonaba nunca. Había tres vacas viejas que se pasaban el día durmiendo. Zainab llegó un día en un rickshaw con varias jaulas de madera en las que llevaba tres docenas de periquitos que alguien había pintado con unos absurdos colores fosforescentes. Los había comprado en un rapto de furia a un vendedor de pájaros que llevaba las jaulas apiladas en el transportín de su bicicleta y los iba ofreciendo de un lado a otro de la ciudad vieja. Pintados con esos colores no podían liberarlos, según dijo Sadam, porque atraerían a los predadores en segundos. De modo que les construyó una jaula alta y bien ventilada que ocupaba el ancho de dos tumbas. Los periquitos revoloteaban en ella, brillando en la noche como luciérnagas. Una pequeña tortuga (una mascota abandonada) que Sadam había encontrado en un parque y que tenía un brote de trébol en una de las fosas nasales, retozaba en el lodo de su propia charca en la terraza. La yegua Payal se había agenciado un burro cojo como compañero. Le llamaban Mahesh sin que nadie supiera por qué. Biroo se iba haciendo viejo, pero la progenie que tuvo con la Camarada Laali se había multiplicado y los cachorros no hacían más que ir dando tumbos por todas partes. También había varios gatos que iban y venían. Como hacían los huéspedes humanos que residían en la Pensión Jannat.

El huerto que habían plantado detrás de la pensión iba dando sus frutos porque la tierra del cementerio estaba compuesta por un abono con unos orígenes bien antiguos. A pesar de que a nadie le gustaban en realidad las verduras (a Zainab menos que a nadie), allí cultivaban berenjenas, alubias, guindillas, tomates y diversas variedades de calabazas, cuyas flores atraían a distintas mariposas, a pesar de los humos que producía el constante tráfico que circulaba alrededor del cementerio. Algunos drogadictos que todavía podían hacer algo ayudaban con el huerto y los animales. Por lo visto, aquello les proporcionaba un poco de consuelo.

Anyum sugirió la idea de que la Pensión Jannat debería tener una piscina. «¿Por qué no?», decía. «¿Por qué solo los ricos pueden tener piscina? ¿Por qué nosotros no?» Cuando Sadam señaló que el elemento fundamental de una piscina era el agua y que su falta podría constituir un problema, Anyum contestó que a la gente pobre le gustaría tener una piscina aunque no tuviera agua. Se puso a ello de inmediato y mandó excavar una especie de alberca de, aproximadamente, metro y medio de profundidad y la hizo alicatar con baldosines azules. Tenía razón: a la gente le gustó. Iban a verla y rezaban para que algún día estuviera llena de agua limpia y azul *(insha Allah, insha Allah)*.

De modo que, en general, con una piscina del Pueblo, un zoológico por el Pueblo y un colegio para el Pueblo, las cosas iban bien en el viejo cementerio. No se podía decir lo mismo del *Duniya*.

D. D. Gupta, el viejo amigo de Anyum, había regresado de Bagdad, o de lo que quedaba de ella, y contaba historias de terror, de guerras y masacres, bombardeos y carnicerías en aquella región que había sido, sistemática y deliberadamente, convertida en un infierno en la tierra. El hombre daba gracias por seguir vivo y por tener una casa a la que regresar. Ya no tenía estómago para construir muros defensivos de hormigón ni, llegado el caso, para iniciar cualquier otro emprendimiento, por eso estaba encantado de ver cómo el desolado y devastado fantasma que había dejado atrás cuando se fue a Irak había florecido y prosperado. Anyum y él pasaban horas juntos parloteando, viendo viejas películas en hindi por la televisión y supervisando los nuevos planes de expansión y construcción (fue él quien supervisó la construcción de la alberca). La señora Gupta, por su parte, se había retirado también del amor mundano y pasaba todo el tiempo orando a Krishna en su habitación.

En el frente nacional también se avecinaba un infierno. Guyarat ka Lalla había barrido en las urnas y ya era el nuevo primer ministro. La gente lo adoraba y en las pequeñas ciudades comenzaron a proliferar templos donde él era la deidad principal. Un devoto le regaló un traje de rayas que llevaba bordado por todo él *LallaLallaLalla*. Cuando recibía a los jefes de Estado que le visitaban lo hacía vestido de esa guisa. Cada semana se dirigía emocionado por radio a la gente del país. Echaba mano de fábulas, cuentos populares o citas de algún tipo para divulgar su mensaje de Limpieza, Pureza y Sacrificio por la Patria. Popularizó la práctica del yoga para las masas en los parques públicos. Por lo menos una vez al mes visitaba algún poblado de chabolas y se ponía a barrer las calles él mismo. Conforme crecía su popularidad, se fue volviendo paranoico y reservado. No confiaba en nadie y nunca pedía consejo. Vivía solo, comía solo y no se relacionaba con nadie. Como guardia pretoriana contrató a catadores de comida y guardaespaldas de otros países. Sus dramáticas declaraciones y sus decisiones drásticas tuvieron consecuencias que se notarían a largo plazo.

La organización que le había llevado al poder no veía con buenos ojos el culto a la personalidad porque tenía una visión panorámica de la historia. Siguieron apoyándole, pero empezaron a preparar discretamente a un sucesor.

A partir de entonces los periquitos azafranados, que habían estado esperando su momento, tuvieron las manos libres. Cruzaron como un tornado los paraninfos universitarios y las salas de los tribunales, interrumpieron conciertos, destrozaron cines y quemaron libros. Instauraron un comité periquito de pedagogía para formalizar el proceso de transformar la historia en mitología y la mitología en historia. El espectáculo de luz y sonido del Fuerte Rojo fue sometido a una profunda revisión. Muy pronto los siglos de dominación musulmana perdieron su poesía, su música y su arquitectura para convertirse en un ruidoso choque de espadas y gritos de guerra que apenas duraban un poco más que la risita ronca en la que Ustad Kulsum Bi había puesto todas sus expectativas. El resto del tiempo lo ocupaban las imágenes de las glorias hindúes. Como siempre, la historia se convertiría tanto, o más, en una revelación del futuro como en un estudio del pasado.

Pequeñas bandas de delincuentes que se hacían llamar los «defensores de la fe hindú» recorrían los pueblos saqueando todo lo que podían. Todo político con aspiraciones utilizaba como pistoletazo de salida para su carrera discursos de odio contra los musulmanes o grabando las palizas que les daban para subirlas después a YouTube. Cada peregrinación hindú, cada festividad religiosa, se convertía en un provocativo desfile de la victoria. Grupos de gente armada viajaban con los peregrinos y romeros en camiones y motocicletas buscando pelea en los barrios más tranquilos. En lugar de las banderas color azafrán, hacían ondear orgullosos la bandera nacional (una estratagema que habían aprendido del señor Aggarwal y de su mascota, el viejo gordito seguidor de Gandhi que había hecho huelga de hambre en Jantar Mantar).

La Vaca Sagrada se convirtió en el emblema nacional. El gobierno respaldó las campañas para promocionar la orina de vaca (no solo como bebida sino también como detergente). Desde las localidades donde se hallaban las bases del poder de Lalla se filtraban infundios sobre personas a quienes se había flagelado e incluso linchado en público por haber comido carne o matado a una vaca.

Después de sus recientes experiencias en Irak, en la respetable opinión del mundano señor D. D. Gupta, todos aquellos disturbios conducirían al final a la creación de un mercado que respondiera a la demanda de muros defensivos de hormigón.

Un fin de semana Nimo Gorajpuri llegó al cementerio contando, literalmente y golpe a golpe, un relato que había oído narrar a un conocido de una tercera persona sobre cómo un pariente de un amigo de una vecina había muerto a palos delante de su familia a mano de una turba que le había acusado de matar a una vaca y de comerse su carne.

–Ya podéis echar de aquí a esas vacas viejas –dijo–. Si se mueren, y me refiero a *cuando se mueran*, dirán que las habéis matado y esa será vuestra ruina. Seguro que ya tienen la vista puesta en este lugar. Eso es lo que vienen haciendo estos días. Os acusan de comer carne y se quedan con vuestra propiedad, mientras que a vosotros os mandan a un campo de refugiados. No tiene nada que ver con las vacas, se trata de quedarse con las propiedades. Debéis tener mucho cuidado.

–¿Cuidado? ¿En qué sentido? –gritó Sadam–. ¡La única manera de cuidarse de esos bastardos es dejar de existir! Si quieren matarte, lo harán, tengas cuidado o no, hayas matado a una vaca o no, hayas puesto los ojos en una vaca o no. –Era la primera vez que veían a Sadam perder los estribos. Todos se quedaron petrificados. Porque ninguno conocía su historia. Anyum no se la había contado a nadie. Como guardiana de secretos era lo más parecido a una campeona olímpica.

El Día de la Independencia, siguiendo lo que se había convertido en un ritual, Sadam se sentó junto a Anyum en el sofá rojo, que fue antaño un asiento de coche, con las gafas de sol puestas. Cambiaba de canal en la tele, pasando del belicoso discurso de Guyarat ka Lalla en el Fuerte Rojo a una protesta masiva que tenía lugar en Guyarat. Miles de personas, *dalits* en su mayoría, se habían congregado en el distrito de Una para protestar contra el azotamiento público de cinco intocables que habían detenido en una carretera porque llevaban el cadáver de una vaca en la plataforma de una camioneta. Ellos no habían matado la vaca. Solo habían recogido el cadáver, como había hecho el padre de Sadam muchos años atrás. Incapaces de soportar la humillación a la que eran sometidos, los cinco hombres intentaron suicidarse. Solo uno lo consiguió.

–Primero intentaron acabar con los musulmanes y con los cristianos. Ahora van a por los *chamares* –dijo Anyum

–Es al revés –contestó Sadam, sin explicar a qué se refería. Parecía estar emocionado cuando, uno detrás de otro, quienes se dirigían a los manifestantes juraban que jamás recogerían el cadáver de una vaca que perteneciera a los hindúes de las castas superiores.

Lo que no se veía por la televisión eran las bandas de delincuentes que se habían apostado en la carretera para atacar a cuantos manifestantes pudieran cuando se dispersara la manifestación.

El ritual televisivo de Anyum y Sadam cada Día de la Independencia quedó interrumpido por los alaridos de Zainab que estaba tendiendo la ropa fuera. Sadam salió corriendo, seguido de Anyum a un paso más lento. Les llevó un tiempo creer que lo que veían era real y no un fantasma. Zainab estaba mirando al cielo, paralizada y aterrada.

Un cuervo pendía congelado en el aire con las alas desplegadas como un abanico. Un Cristo emplumado colgando de una cruz invisible. En el cielo se agitaban miles de cuervos volando bajo y lanzando graznidos de aflicción que ensombrecían el resto de los sonidos de la ciudad. A un nivel más alto, sobrevolaban milanos silenciosos que mostraban una inescrutable curiosidad. El cuervo crucificado permanecía completamente inmóvil. Un pequeño gentío se congregó rápidamente para observar el portento y llevarse un susto de muerte, para cuchichear entre ellos acerca del significado oculto que había detrás del cuerpo de un cuervo inmóvil en el aire y para discutir la naturaleza exacta de los horrores que caerían sobre ellos tras aquel mal presagio, tras aquella maldición macabra.

Lo sucedido no era un misterio. Las plumas de una de las alas del cuervo se habían enredado en el hilo invisible de una cometa, tendido entre las ramas de los viejos y enormes ficus banianos del cementerio. La causante (una cometa de papel de color púrpura) asomaba culpable entre el follaje de uno de los árboles. El hilo era de una nueva marca china, hecho de nailon transparente recubierto de polvo de cristal. En el Día de la Independencia, los guerreros de las cometas intentaban cortar con sus afilados hilos los de otros contendientes para que sus cometas cayeran al suelo. Esa práctica ya había causado más de una desgracia en la ciudad.

Al principio, el cuervo había intentado liberarse, pero pronto se percató de que lo único que conseguía con cada movimiento era enredarse más el ala. De modo que se mantuvo quieto, mirando con la cabeza ladeada y los ojos sorprendidos y brillantes a la gente que se congregaba abajo. Conforme pasaba el tiempo, el cielo se iba poniendo cada vez más denso, cubierto de más y más cuervos angustiados.

Una vez evaluada la situación, Sadam se ausentó del lugar, pero regresó con una soga larga, hecha con diversos trozos anudados de bramante, del que se usa para atar paquetes, y varios retales de tela. Ató una piedra en un extremo y, entrecerrando los ojos tras sus gafas de sol, lanzó la piedra al cielo siguiendo su instinto para adivinar la trayectoria que había seguido el hilo invisible de la cometa con la esperanza de engancharlo y echarlo abajo con el peso de la piedra. Conseguirlo le llevó varios intentos y cambios de piedra (que debía ser lo suficientemente ligera para que llegara alto y lo suficientemente pesada para que, una vez sobre el hilo, pudiera tirar de él y liberarlo así del follaje). Cuando lo logró, el hilo cayó al suelo. En un principio el cuervo cayó con él, pero, mágicamente, se soltó y emprendió el vuelo. El cielo se iluminó y los graznidos cesaron.

Se decretó la normalidad.

Para todos aquellos curiosos que se apiñaron en el cementerio y que tenían un temperamento irracional y acientífico (lo que significa todos ellos, incluida la *Ustaniji)* estaba claro que se había evitado un apocalipsis y que, por el contrario, había caído sobre ellos una bendición.

El Hombre del Momento recibió entonces los abrazos y los besos de los demás.

Sadam no era un hombre que dejara pasar una oportunidad, por eso decidió que había llegado su ocasión: ahora o nunca.

Entrada la noche se dirigió a la habitación de Anyum. La encontró tumbada en la cama de costado, apoyada en un codo mientras miraba con ternura a Miss Yebin Segunda que estaba profundamente dormida. (Todavía no había llegado el inapropiado momento de contarle sus cuentos para que se durmiese.)

–Imagínate –dijo Anyum–, si no hubiera sido por la gracia de Dios, esta criaturita estaría ahora en un orfanato.

Sadam dejó pasar un meditado tiempo de silencio y, a continuación, pidió formalmente la mano de Zainab. Anyum le respondió un poco contrariada y sin levantar la mirada. Acababa de sentir un viejo dolor:

–¿Por qué me lo pides a mí? Pregúntale a Saida. Es su madre.

–Conozco la historia. Por eso te lo estoy pidiendo a ti.

Anyum estaba complacida, pero no lo demostró. Por el contrario, miró a Sadam de arriba abajo como si fuera un extraño.

–Dame una razón por la que Zainab deba casarse con un hombre que está dispuesto a cometer un crimen para que después lo cuelguen como a Sadam Husein en Irak.

–*Arre yaar*, eso ya es agua pasada. No existe. Mi pueblo se ha levantado. –Sadam sacó su teléfono móvil y buscó el vídeo de la ejecución de Sadam Husein–. Mira. Lo estoy borrando delante de ti. Mira. Ya no está. Ya no lo necesito. Tengo un vídeo nuevo. Mira.

Anyum se incorporó para sentarse en la cama que crujió con el movimiento. Tras un profundo suspiro, masculló con buen ánimo:

–*Ya Allah!* ¿Qué pecado habré cometido para tener que soportar a este lunático? –Se colocó las gafas de leer.

El nuevo vídeo que Sadam le mostraba comenzaba con un plano de varias camionetas abiertas y roñosas aparcadas en las inmediaciones de una vieja y elegante casa colonial que había pasado a ser la oficina del recaudador de un distrito de Guyarat. Las camionetas estaban cargadas hasta arriba con viejos cadáveres y esqueletos de vaca. Unos jóvenes *dalits* descargaban furiosos los cadáveres y luego, entre varios, hacían un movimiento de vaivén con ellos para lanzarlos al interior del porche que rodeaba la casa. Después dejaron un macabro rastro de esqueletos de vacas en el paso de coches, colocaron un enorme cráneo cornudo sobre la mesa del recaudador y dispusieron ristras de vértebras sobre los respaldos de las bonitas mecedoras del porche.

Anyum miraba con asombro el vídeo mientras los animados destellos de la pantalla del móvil se reflejaban en el blanco perfecto de su diente. Estaba claro que los intocables gritaban algo, pero el volumen del móvil estaba al mínimo para no despertar a Miss Yebin.

–¿Qué es lo que gritan? ¿Hablan guyaratí? –preguntó a Sadam.

–¡Tu puta madre! ¡Ocúpate de ella! –susurró Sadam.

–*Ai bai!* ¿Qué harán ahora esos chicos?

–¿Qué van a hacer esos cabrones? No podrán limpiar ni su propia mierda. No podrán enterrar ni a sus propias madres. No sé lo que harán. Pero ese es su problema, no el nuestro.

–¿Y ahora qué? –dijo Anyum–. Has borrado el vídeo... ¿Significa eso que has abandonado la idea de matar a aquel policía malnacido? –Parecía decepcionada e incluso casi hizo un gesto de desaprobación.

–Ya no necesito matarlo. Tú has visto el vídeo: ¡mi gente se ha rebelado! ¡Están luchando! ¿Qué puede significar para nosotros un policía llamado Sehrawat? ¡Nada!

–Entonces, ¿tú tomas las decisiones más importantes de tu vida basándote en los vídeos de tu teléfono móvil?

–Así son las cosas hoy en día, *yaar*. El mundo es ahora solo vídeos. Pero ¡mira lo que han hecho! Esto sí es real. No es una película. No son actores. ¿Quieres verlo otra vez?

–*Arre*, las cosas no son tan sencillas, *babu*. Van a moler a palos a esos chicos o los comprarán... Así es como se hacen las cosas hoy en día..., y si dejan de hacer su trabajo, ¿de qué vivirán? ¿Qué comerán? *Chalo*, lo pensaremos más tarde. ¿Tienes alguna fotografía bonita de tu padre? La podemos colgar en el cuarto de la tele.

Anyum estaba sugiriendo que colocaran una foto del padre de Sadam junto al retrato de Zakir Mian, que colgaba rodeado de una guirnalda de pajaritos hechas con pagarés de papel que alegraban el cuarto de la televisión. Era su manera de aceptar a Sadam como yerno.

Saida estaba encantada; Zainab, en éxtasis. Los preparativos para la boda dieron comienzo. A todo el mundo, incluida Tilo Madam, se le tomaron las medidas para confeccionar la nueva ropa de gala que diseñaría Zainab. Un mes antes de la boda, Sadam anunció que iba a invitar a la familia a celebrar una velada especial. Era una sorpresa. El imán Ziauddin estaba demasiado débil para salir y Ustad Hameed acudía ese día al cumpleaños de su nieto. El doctor Azad Bhartiya adujo que el lugar de celebración que Sadam había elegido estaba en contra de sus principios y que, en cualquier caso, él no podía comer. Así pues, el grupo lo formaron Anyum, Saida, Nimo Gorajpuri, Zainab, Tilo, Miss Yebin Segunda y el propio Sadam. Ninguno de ellos, ni siquiera en sueños, podía predecir lo que les aguardaba.

Naresh Kumar, un amigo de Sadam, era uno de los cinco chóferes empleado por un industrial multimillonario que poseía una casa palaciega y una flota de coches carísimos, a pesar de residir en Delhi solo tres o cuatro días al mes. Naresh Kumar llegó al cementerio para recoger al grupo de invitados a la preboda en un Mercedes-Benz plateado, tapizado en cuero, de su patrón. Zainab se sentó sobre el regazo de Sadam, ambos en el asiento del acompañante, y el resto se apretujó en el asiento trasero. Tilo nunca imaginó que disfrutaría de un paseo por las calles de Delhi en un Mercedes. Pero eso, según iba a descubrir muy pronto, se debía a su limitada imaginación. Cuando el coche tomó velocidad, los pasajeros empezaron a soltar los primeros chillidos. Sadam se negaba a decirles adónde se dirigían. Mientras circulaban cerca de la ciudad vieja, todos miraban ansiosos por las ventanillas con la esperanza de que algún amigo o conocido también les viera a ellos. Al internarse en el sur de Delhi, la incongruencia entre el coche y sus pasajeros atrajo la atención de muchos curiosos y también algunas miradas de disgusto. Un poco intimidadas, las mujeres subieron los cristales de las ventanillas. El coche se detuvo en un cruce, al final de una avenida arbolada donde un grupo de *hijras,* vestidas de punta en blanco, pedían limosna (técnicamente, mendigaban, pero lo que hacían en realidad era golpear las ventanillas de los coches para exigir dinero). Todos los coches que se paraban frente a los semáforos tenían las ventanillas subidas. Los que iban dentro hacían todo lo posible para evitar mirar a los *hijras* a los ojos. Cuando las cuatro pedigüeñas vieron el Mercedes plateado se lanzaron sobre él olfateando riqueza y con la esperanza de que se tratara de un extranjero desprevenido. Su sorpresa fue total, pues a punto de consumar su asalto, las ventanillas del coche se bajaron y aparecieron las caras sonrientes de Anyum, Saida y Nimo Gorajpuri, devolviéndoles el palmeo con los dedos abiertos típico de los *hijras*. El encuentro pronto derivó en un intercambio de cotilleos. ¿A qué Gharana pertenecían las cuatro? ¿Quién era su Ustad? ¿Y la Ustad de su Ustad? Las cuatro apoyaron los codos sobre las ventanillas abiertas del Mercedes, con los culos en pompa apuntando al tráfico provocativamente. Cuando el semáforo se puso verde, los coches que había detrás empezaron a tocar las bocinas con impaciencia. Los *hijras* respondieron con una retahíla de ingeniosas obscenidades. Sadam les dio cien rupias y su tarjeta de visita. Y también las invitó a la boda.

–¡Debéis venir!

Los *hijras* sonrieron y se despidieron contoneándose sin apuro entre los coches ante el cabreo de sus conductores. El Mercedes se alejó y Saida dijo que los *hijras* desaparecerían pronto porque la cirugía para cambiar de sexo se estaba haciendo cada vez más barata, mejor y más accesible para la gente.

–Nadie tendrá que pasar nunca por lo que nosotras hemos pasado.

–¿Quieres decir que se acabará nuestro conflicto indopaquistaní? –preguntó Nimo Gorajpuri.

–No todo fue tan malo –dijo Anyum–. Creo que sería una pena que nos extinguiéramos.

–Todo *fue* malo –replicó Nimo Gorajpuri–. ¿O es que te has olvidado del matasanos del doctor Mujtar? ¿Cuánto dinero te sacó?

El coche se deslizó como una burbuja de acero por calles anchas y estrechas, llanas y bacheadas, durante más de dos horas. Fluyó entre densos bosques y edificios de viviendas, pasó frente a gigantescos parques de atracciones de hormigón y grandes salones para banquetes de diseño caprichoso rodeados de imponentes estatuas de cemento tan altas como rascacielos, como la de Shiva, con un taparrabos de cemento imitando la piel de un leopardo y su cobra, también de cemento, enrollándose alrededor de su cuello, junto a un colosal Hanuman que se cernía sobre la vía del metro. Circularon por un paso elevado tan ancho como un campo de trigo en el que era imposible detenerse para orinar, pues lo cruzaban veinte carriles atestados de coches, flanqueado todo él por torres de acero y cristal. Cuando tomaron una salida, se dieron cuenta de que el mundo bajo el paso elevado era totalmente distinto. Una carretera sin asfaltar, sin pintar, sin iluminar, sin normas, peligrosa y salvaje, por donde los autobuses, los camiones, los bueyes, los rickshaws, las bicicletas, los carritos de mano y los peatones luchaban por sobrevivir. Un mundo volaba por encima del otro sin detenerse siquiera para preguntar la hora que era.

La burbuja de acero siguió flotando sobre las ciudades desvencijadas y los pantanos contaminados de residuos industriales, donde el aire era una amoratada bruma pálida, y atravesó vías de tren cubiertas de basura a cuyos lados se apiñaban las chabolas. Por fin llegaron a su destino. El Borde. Allí el campo intentaba convertirse, rápida, torpe y trágicamente, en ciudad.

Un centro comercial.

Los pasajeros del Mercedes se callaron como tumbas cuando el coche se dirigió al aparcamiento subterráneo, se detuvo nada más entrar, abrió el capó y el maletero como una joven que se levanta la falda, superó el rápido control antibombas y siguió su descenso hasta un sótano lleno de coches.

Al entrar en la resplandeciente galería comercial, Sadam y Zainab estaban radiantes y emocionados como si conocieran de toda la vida aquel nuevo lugar. El resto, incluida Ustaniji, parecía haber atravesado la puerta de otro universo. La visita comenzó con un pequeño contratiempo en las escaleras mecánicas. Anyum se negaba a subir en ellas. Necesitó un buen cuarto de hora de apoyo y ánimo para decidirse al fin. Sadam pasó el brazo por el hombro de Anyum y ambos se subieron en el mismo escalón. Zainab se colocó en el escalón superior, mirando a Anyum y sujetándole ambas manos mientras que Tilo iba detrás llevando en brazos a Miss Yebin Segunda. Con toda aquella escolta, Anyum ascendió mascullando y, de vez en cuando, gritando *Ai Hai!*, como si estuviera jugándose la vida practicando un deporte de riesgo. Mientras paseaban su asombro frente a las tiendas, boquiabiertos, intentando distinguir a las vendedoras de los maniquíes que estaban en los escaparates, Nimo Gurajpuri fue la primera en recuperar la compostura. Miraba con gesto de aprobación a las jovencitas que pululaban en shorts y minifaldas, llevando enormes bolsas de compras y gafas de sol, a modo de diademas, sobre sus exuberantes cabelleras peinadas con secador de pelo.

–¿Veis? Así es como yo quería ser de joven. Yo tenía un auténtico sentido de la moda. Pero nadie me entendía. Estaba muy por delante de mi tiempo.

Después de una hora de ver escaparates sin comprar nada, se fueron a almorzar a un local llamado Nando's. Comieron sobre todo grandes porciones de pollo frito. Zainab se encargó de supervisar a Nimo Gorajpuri y Sadam se ocupó de Anyum, porque ninguna de las dos había estado antes en un restaurante. Anyum observaba con ojos de sorpresa a una familia de cuatro miembros sentada a la mesa de al lado: una pareja mayor y otra más joven. Estaba claro que las mujeres eran madre e hija. Vestían de manera similar, con blusas estampadas sin mangas y pantalones. Ambas llevaban las caras maquilladas como si fueran paredes de yeso. El hombre joven, presunto novio de la chica, tenía los codos apoyados sobre la mesa y bajaba la vista con frecuencia para lanzar miradas de admiración a sus propios (y enormes) bíceps, que reventaban las mangas cortas de su camiseta azul. El único que parecía no disfrutar del momento era el hombre mayor. De vez en cuando espiaba furtivamente a su alrededor, escondido detrás de una columna imaginaria que le resguardaba. Cada pocos minutos, la familia interrumpía su conversación, todos congelaban sus sonrisas y se hacían un selfie con el menú, con el camarero, con la comida y entre ellos. Después de cada selfie se pasaban los móviles para que los demás vieran la foto. No prestaban ninguna atención al resto de los comensales que estaban en el restaurante.

Anyum estaba más interesada en ellos que en la comida que tenía en el plato, que no le había impresionado en absoluto. Después de pagar la cuenta, Sadam miró al grupo con gesto ceremonioso.

–Debéis de preguntaros por qué os he traído hasta aquí desde tan lejos.

–¿Para enseñarnos el *Duniya?* –dijo Anyum como si estuviera respondiendo a un acertijo en un programa de televisión.

–No. Para presentaros a mi padre. Aquí fue donde murió. Aquí mismo. Donde ahora está este edificio. Antes había aquí varios pueblos rodeados de campos de trigo. Había una comisaría... Una carretera...

Sadam les contó la historia de lo que le había sucedido a su padre. Les habló de la promesa que había hecho de matar a Sehrawat, el policía de la comisaría de Dulina, y de por qué había renunciado después a cumplir su propósito. Los del grupo miraron por turnos el vídeo que estaba grabado en el teléfono móvil de Sadam, en el que los intocables tiraban los cadáveres de las vacas al porche de la casa del recaudador del distrito.

–El espíritu de mi padre debe de estar vagando por aquí, atrapado en este lugar.

Todos intentaron imaginárselo, un desollador de ganado, un *chamar* de pueblo, perdido entre las luces brillantes, intentado salir del centro comercial.

–Esto es su *mazar*, su cementerio –dijo Anyum.

–A los hindúes no se les entierra. No tienen *mazars*, *badi* mami –repuso Zainab.

Quizá este sea el mazar del mundo entero, pensó Tilo, pero no dijo nada. *Quizá los vendedores-maniquíes sean fantasmas que intentan comprar lo que ya no existe.*

–No está bien –dijo Anyum–. Este asunto no puede quedar así. Tu padre tendría que tener un sepelio adecuado.

–Lo *tuvo* –dijo Sadam–. Fue incinerado en nuestro pueblo. Yo encendí la pira funeraria.

Anyum no estaba convencida. Quería hacer algo más por el padre de Sadam, para que su espíritu pudiera descansar. Después de discutir un buen rato, decidieron comprar una camisa en su memoria en una de las tiendas (igual que la gente compraba chadors como ofrendas en los *dargahs),* para después enterrarla en el viejo cementerio con el fin de que los hijos de Sadam y Zainab sintieran cerca la presencia de su abuelo mientras iban creciendo.

–¡Conozco una plegaria hindú! –dijo de pronto Zainab–. ¿Queréis que la recite ahora en memoria del *Abbajaan?*

Todos se inclinaron hacia delante para prestar atención. Entonces, ante la mesa de un restaurante de comida rápida, como un mensaje de amor a su fallecido y, a la vez, futuro suegro, Zainab recitó el mantra Gayatri que Anyum le había enseñado cuando era pequeña (porque pensó que podía serle de utilidad si se veía envuelta en algún disturbio).

Om bhur bhuvah svaha
tat savitur varenyam
bhargo devasya dhimahi
dhiyo yo nah pracodayat[1]

La mañana del segundo funeral del padre de Sadam Husain, Tilo puso algo más sobre la mesa. Literalmente. Era la pequeña urna que contenía las cenizas de su madre. Dijo que le gustaría que su madre también fuera enterrada en el viejo cementerio. Se decidió que ese día se celebraría una ceremonia doble. Si la cremación de Maryam Ipe en el horno eléctrico de Cochín contaba, aquel también sería su segundo funeral. Sadam Husain cavó las dos tumbas. En una ente-

1. Oh, Dios, tú que eres el dador de vida, / tú que quitas el dolor y la tristeza, / tú que brindas felicidad, / oh, Creador del Universo, / concédenos tu luz suprema, destructora del pecado, / guía nuestro intelecto por tu recto camino.

rraron una elegante camisa a cuadros de madrás. En la otra, la urna con las cenizas. El imán Ziauddin titubeó un poco antes de participar en aquella ceremonia tan poco ortodoxa, pero al final accedió a decir una oración fúnebre. Anyum preguntó a Tilo si deseaba elevar una plegaria cristiana por su madre. Tilo le explicó que, dado que la Iglesia había negado sepultura a su madre, cualquier oración valdría. Allí, junto a la tumba de Maryam Ipe, a Tilo le vino a la mente una frase que aquella repetía constantemente mientras alucinaba en la UCI:

Siento que estoy rodeada de eunucos. ¿No es así?

En su momento Tilo consideró la frase como una más entre las andanadas de insultos que su madre profería en la UCI. Pero la misma frase en ese nuevo contexto le hizo sentir un escalofrío. *¿Cómo pudo preverlo su madre?* Después de depositar la urna en la tumba y cubrirla de tierra, Tilo cerró los ojos y recitó para sus adentros el pasaje de Shakespeare favorito de su madre. En ese momento, el mundo, ya de por sí un lugar extraño, se tornó aún más extraño:

Y desde hoy hasta el fin de los tiempos
nunca pasará el día de San Crispín y Crispiniano
sin que nosotros seamos recordados;
nosotros los pocos, los felices pocos, nosotros la banda de hermanos;
porque quien vierta hoy su sangre conmigo será mi hermano;
y por muy vil que su vida haya sido,
en esta jornada será ennoblecido;
y esos nobles que en Inglaterra reposan ahora en sus lechos
se considerarán malditos por no haber estado hoy aquí,
y sentirán su virilidad cuestionada cuando oigan a alguien decir
que combatió junto a nos en el día de San Crispín.

Tilo nunca llegó a entender por qué aquellos versos le gustaban tanto a su madre, unos versos tan masculinos, tan militares y guerreros. Pero era así. Cuando volvió a abrir los ojos, se sorprendió al darse cuenta de que estaba llorando.

Zainab y Sadam se casaron un mes más tarde. Los invitados formaban un grupo ecléctico: *hijras* procedentes de todo Delhi (incluidas las nuevas amigas que hicieron junto al semáforo); las amigas de Zainab, en su mayoría estudiantes de diseño de moda, y algunos de los alumnos de la Ustaniji acompañados de sus padres; la familia de Zakir Mian, y varios de los viejos camaradas que Sadam Husain había ido haciendo durante su variada carrera (barrenderos, trabajadores de la morgue, conductores de camiones municipales y vigilantes de seguridad). También estaban, por supuesto, el doctor Azad Bhartiya, D. D. Gupta y Roshan Lal. Desde la calle de las putas, la G. B. Road, llegaron Anwar Bhai, sus mujeres y su hijo, a quien ya le quedaban pequeños sus Crocs malva, y desde Indore llegó Ishrat-la-Bella (que tuvo un papel estelar en el rescate de Miss Yebin Segunda). El zapatero bajito que hizo amistad con Tilo y el doctor Azad Barthiya, aquel que dibujó en el polvo del suelo la silueta del tumor pulmonar de su padre, se dejó caer por la fiesta un rato. El viejo doctor Bhagat también apareció por allí, vestido como siempre de blanco y llevando aún su reloj sujeto a una muñequera de felpa. El doctor Mujtar, el curandero, no había sido invitado. Miss Yebin Segunda iba vestida como una pequeña reina. Llevaba una tiara, un vestido vaporoso y unos zapatos que crujían al andar. De todos los regalos que recibieron, el favorito de la pareja fue la cabra que les regaló Nimo Gorajpuri. La había mandado traer expresamente de Irán.

Ustad Hameed y sus alumnos cantaron.

Todos bailaron.

Después Anyum llevó a Sadam y a Zainab al *dargah* de Hazrat Sarmad. Tilo, Saida y Miss Yebin Segunda les acompañaron. El grupo se abrió camino entre los vendedores de *ittars* y de amuletos, entre los custodios de los zapatos de los peregrinos, entre los lisiados, los mendigos y las cabras que estaban engordando para el Eid.

Habían pasado sesenta años desde que Jahanara Begum llevase a su hijo Aftab a Hazrat Sarmad y le pidiese que le enseñara cómo amarlo. Habían pasado quince años desde que Anyum le llevara a la Ratita para que exorcizara su *sifli jaadu*. Había pasado más de un año desde la primera visita de Miss Yebin Segunda.

El hijo se había convertido en la hija de Jahanara Begum y la Ratita en una novia. Pero, aparte de eso, las cosas no habían cambiado mucho. El suelo seguía siendo rojo; las paredes, rojas y el techo, rojo. Nunca pudieron lavar la mancha de sangre de Hazrat Sarmad.

Un tipo menudo que llevaba un gorrito de oración de rayas como el trasero de una abeja ofreció con gesto suplicante a Sarmad su rosario de oración. Una mujer flaca vestida con un sari estampado ató una cinta encarnada a la reja y luego acercó la frente de su bebé al suelo para tocarlo. Tilo hizo lo mismo con Miss Yebin Segunda, quien, pensando que era un bonito juego, repitió el gesto más veces de lo que era necesario. Zainab y Sadam ataron pulseras a la reja y depositaron sobre la tumba de Hazrat un chador nuevo de terciopelo con ribetes dorados.

Anyum dijo una oración y pidió la bendición para la joven pareja.

Y Sarmad –el Hazrat de la Felicidad Suprema, Santo de los Desconsolados y Solaz de los Indeterminados, Blasfemo entre los Creyentes y Creyente entre los Blasfemos– los bendijo.

Tres semanas después hubo un tercer entierro en el cementerio.

Una mañana el doctor Azad Bhartiya llegó a la Pensión Jannat con una carta que le habían enviado. Se la había entregado en mano una mujer que no quiso identificarse y lo único que dijo fue que la carta procedía del bosque de Bastar. Anyum no sabía qué era eso ni dónde estaba. El doctor Azad le explicó brevemente dónde estaba el bosque, quiénes eran las tribus adivasi que vivían allí, lo que sucedió cuando aparecieron las compañías mineras que codiciaban sus tierras y la guerra que comenzó a librar la guerrilla maoísta contra las fuerzas de seguridad que pretendían despejar la zona para permitir que las compañías mineras se instalaran en aquel lugar. La carta estaba escrita en inglés con una letra diminuta y arracimada. No llevaba fecha. El doctor Bhartiya dijo que la había escrito la verdadera madre de Miss Yebin Segunda.

–¡Rompedla! –rugió Anyum–. ¡Deja abandonada a su bebé y ahora pretende venir aquí diciendo que es su verdadera madre! –Sadam impidió que se lanzara sobre la carta.

–No os preocupéis –dijo el doctor Azad Bhartiya–, esa mujer no volverá por aquí.

Era una carta larga, sus páginas escritas por ambas caras, con párrafos enteros subrayados y frases que tropezaban con las siguientes como si hubiera escaseado el papel. Entre las páginas había algunas flores secas que se habían quebrado cuando doblaron la carta para introducirla en el saquito en la que la habían entregado. El doctor Azad Bhartiya la leyó en voz alta, traduciéndola sobre la marcha lo mejor que pudo. Su público lo componían Anyum, Tilo y Sadam Husain. Y Miss Yebin Segunda, que hacía todo lo posible para interrumpir la lectura.

Estimado Camarada Azad Bharatiya Garu:

Le escribo a usted porque durante los tres días que pasé en Jantar Mantar estuve observándole cuidadosamente. Si alguien sabe dónde está ahora mi niña pienso que solo puede ser usted. Soy una mujer telugu y siento no hablar hindi. Mi inglés tampoco es bueno. Lo siento. Me llamo Revathy, trabajo dedicando todo mi tiempo para el Partido Comunista de la India (Maoísta). Cuando reciba esta carta ya me habrán matado.

Llegado ese momento, Anyum, que había estado inclinada hacia delante escuchando con suma atención, se echó hacia atrás visiblemente aliviada. Parecía haber perdido el interés, pero poco a poco, según seguía leyendo el doctor Azad Bhartiya, se fue irguiendo y prestó atención sin más interrupciones.

Mi camarada Suguna sabe que debe entregarle esta carta cuando oiga que dejé este mundo. Como usted sabe, somos gente marginal que vive en la clandestinidad y esta carta mía es más clandestina aún, así que tardará mínimo cinco o seis semanas en llegarle a través de canales seguros. Después de dejar a mi niña en Delhi mi conciencia se siente mucho mal. No puedo dormir ni descansar. No quiero tener a la niña, pero no quiero que sufra tampoco. Así que en caso que usted sepa dónde está quiero contarle un poco su historia de verdad. El resto es decisión de usted. Su nombre que le puse es Udaya. En telugu significa Amanecer. Le di ese nombre porque nació en el bosque de Dandakaranya al amanecer. Cuando nació sentí verdadero odio por ella y pensé matarla. No sentía que era mía de verdad. Y en verdad no es mía. Si usted lee la historia que le escribo aquí verá que no soy su madre. El Río es su madre y el Bosque es su padre. Esta es la historia de Udaya y Revathy.

Yo, Revathy, vengo del distrito Este de Godavari en Andhra Pradesh. Mi casta es settibalija, o sea de las más bajas sociales pero no es de los intocables. El nombre de mi madre es Indumati. Ella acabó estudios secundarios. Casó con mi padre con dieciocho años. Padre trabajaba en el ejército. Era mucho más viejo que madre. La vio cuando estuvo en casa de vacaciones y se enamoró porque madre es blanca y guapa. Después del compromiso pero antes de la boda, le hicieron a padre un consejo de guerra por fumar al lado del polvorín. Volvió a su pueblo que está junto al río Godavari en la orilla opuesta al pueblo de madre. Su familia es misma casta pero más ricos que mi madre. En el casamiento obligaron a madre a levantarse del pandal y a que pidiera más dote. Mi abuelo tuvo que salir corriendo y pedir un préstamo. Solo entonces dejaron continuar la boda. Después mismo de la boda padre empezó a tener perversiones y sadismo. Quería que madre llevara vestidos cortos y bailara bailes de salón. Cuando madre le dijo que no, le hizo tajos con cuchillo y dijo que ya no tenía satisfacción con ella. Después de unos meses la devolvió al abuelo. Cuando llevaba cinco meses preñada de mí, el hermano pequeño de madre la llevó de vuelta a casa de padre en una barca. Iba vestida con un sari muy bueno y joyas y llevaba dos cuencos de plata con dulces y veinticinco saris nuevos para la suegra. Padre no estaba en la casa y los suegros dijeron que no le abrían la puerta. Luego salieron y le dieron una patada al cuenco de los dulces. Madre sintió mucha vergüenza. A la vuelta, en medio del río, madre se quitó las joyas y se tiró de la barca. Ahí yo llevaba cinco meses en su tripa. El barquero la salvó y la llevó a casa. Yo nací en casa de mi abuelo maternal. Madre estaba preñada con una tripa muy grande y creía que serían gemelos. Que serían de color blanco como ella y padre. Pero salí yo. Negra y gorda. Mi madre estuvo desmayada dos días al verme. Después no me abandonó nunca. Todo el pueblo hablaba de eso. La familia de padre se enteró de lo negra que yo era. Les importaba mucho todo eso de las castas y los colores. Luego dicen que yo no soy suya. Que soy una niña de la casta de los mala o de los madiga, que no soy de las castas socialmente bajas sino una niña de las Castas Catalogadas, de los intocables. Me crié en casa del abuelo. Él trabajaba en la cría de animales. Era comunista. Su casa tenía un tejado de paja pero tenía muchos libros. De viejo se quedó ciego. Entonces yo iba al colegio y le leía. Le leía las revistas Illustrated Weekly, Competition Success Review y el Soviet Bhumi. También el cuento El Pececito Negro. Muchos libros eran de la Editorial del Pueblo. Padre venía a casa del abuelo de noche para fastidiar a madre. Yo le odiaba. Se movía por la casa como una serpiente. Madre le seguía y él la torturaba y la cortaba y después la echaba. La volvía a llamar y ella iba con él. Por un tiempo se la llevó a su pueblo. Se quedó preñada de nuevo. En el pueblo del abuelo las mujeres rezaban para que naciera negro y entonces con eso se prueba que madre era una mujer fiel. Para eso sacrificaron treinta gallinas negras en el templo. Gracias a Dios mi hermano nació también negro. Entonces padre echó a madre de la casa y se casó con otra mujer. Yo quería ser abogado para meter a padre entre rejas para siempre. Pero ya me llamaba el comunismo y las ideas revolucionarias. Yo leía literatura comunista. Mi abuelo me enseñó canciones revolucionarias y las cantábamos juntos. Abuela y madre robaban cocos para vender y pagar mi colegio. Me compraban muchas cosas y me ponían bonita y yo les gustaba a muchos chicos. Después del instituto me presenté para médico pero cuando me dijeron que me aceptaban yo no tenía dinero para pagar. Así que fui a una universidad pública en Warangal. Allí el Movimiento era muy fuerte. Dentro del bosque y también fuera. En mi primer año me reclutaron la camarada Nirmalakka y la camarada Laxmi, que venían a la residencia de mujeres para hablarnos de la explotación de nuestro enemigo de clase y de la terrible pobreza de nuestro país. En la universidad yo hacía de correo del Partido y trabajaba muchas horas para eso. Luego trabajé en la Mahila Sangham, una organización de mujeres que iba a crear conciencia de clase en los pueblos y los suburbios. Nosotras llevábamos los mensajes del Partido por toda Telangana. Íbamos en autobús a las reuniones con los panfletos en los libros. En las manifestaciones cantábamos y bailábamos para protestar. Yo leía a Marx a Lenin y a Mao y me hice maoísta.

En ese tiempo la situación era muy peligrosa. Había policías por todos los sitios. Los Cobras, los Galgos, la policía de Andhra. Cientos de obreros del Partido fueron asesinados como si nada. La policía odiaba más que nadie a las mujeres. Cuando mataron a la camarada Nirmalakka la abrieron y le sacaron todas las tripas. A la camarada Laxmi no solo la mataron, la cortaron en pedazos y le sacaron los ojos. Hubo una gran protesta por ella. Otra más, la camarada Padmakka, le rompieron las dos rodillas cuando la cogieron para que no pudiera andar y le dieron tantos palos que le hicieron daño en los riñones y daño en el hígado. Tanto daño. Ha salido de la cárcel y trabaja en Amarula Bandhu Mithrula Sangathan. Cuando matan a obreros del Partido y su familia es pobre y no puede recoger el cuerpo de esa persona, ella sí va. En un tractor, en una Tempo o en lo que sea, y vuelve con el cuerpo y se lo entrega a la familia para que le hagan un funeral y todas esas cosas. En 2008 la situación era mucho peor en el bosque. El gobierno anunció la Operación Caza Verde. La Guerra contra el Pueblo. Miles de policías y paramilitares entraron en el bosque. Mataron adivasis y quemaron pueblos. Ningún adivasi podía quedarse en casa ni en el pueblo. Dormían en el bosque porque de noche venía la policía, cien, doscientos, a veces quinientos policías. Se llevaban todo, lo quemaban todo, lo robaban todo. Gallinas, cabras, rupias. Quieren que los adivasi se vayan del bosque para que se hagan las minas y un pueblo de acero. Metieron a miles en la cárcel. Puede usted leer toda esta política en los periódicos. O en nuestra revista La Marcha del Pueblo. Así que le contaré solo de Udaya. Cuando la Caza Verde, el Partido nos mandó alistar en el Ejército Guerrillero de Liberación Popular. El EGLP. Yo y otras dos fuimos al bosque de Bastar para entrenarnos con las armas. Estuve allí más de seis años. En el interior algunos me llamaban camarada Maase. Significa Chica Negra. Me gusta el nombre. Pero también tenemos otros nombres y los de cada uno. Aunque soy del EGLP, como soy mujer con estudios, el Partido me tiene también para hacer trabajos fuera. A veces tengo que ir a Warangal, a Bhadrachalam o a Khammam. A veces a Narayanpur. Eso es más peligroso porque en muchos pueblos y ciudades hay informantes que trabajan contra nosotros. Por eso un día que volvía me detuvieron en el pueblo de Kudur. Ese día yo llevaba un sari y pulseras y un bolso y un collar de dos vueltas de perlas. No podía luchar. No se supo de mi detención. Me ataron y me pusieron cloroformo y me llevaron a un sitio que no conocía. Cuando me desperté estaba oscuro. Era un cuarto con dos ventanas y dos puertas. Era una clase. Había una pizarra pero no había sillas. Era un colegio público. Todos los colegios del bosque eran cuarteles de policía. No iban maestros ni alumnos. Yo estaba desnuda. Habían seis policías. Uno me estaba cortando la piel con un cuchillo. Me dice: «¿Así que te crees una gran heroína?» Si cerraba los ojos me daban un tortazo. Dos me sujetan las manos y dos me sujetan las piernas. «Te vamos a dar un regalo para tu partido.» Se ponen a fumar y apagan los cigarrillos en mí. «Vosotros gritáis mucho. ¡Grita ahora y verás lo que te pasa!» Yo pensaba que me mataban como a Padmakka y a Laxmi pero dicen: «No te preocupes negrita que vamos a dejarte ir para que les cuentes lo que te hemos hecho. Eres una gran heroína. Tú les llevas municiones, medicina para la malaria, comida, cepillos de dientes. Todo eso lo sabemos. ¿Cuántas chicas inocentes te has llevado para tu partido? Estás jodiendo a todo el mundo. Cásate y quédate en casa calladita. Pero antes te vamos a enseñar un poco de experiencia matrimonial.» Me siguieron quemando y cortando. Pero yo no lloro nada. «¿Por qué no gritas? Tus grandes líderes vendrán a salvarte. ¿Es que vosotros no gritáis?» Entonces uno me abre la boca a la fuerza y uno me mete el pene. No podía respirar. Creía que me moría. Me echaban agua todo el tiempo en la cara. Después todos me violaron muchas veces. Uno de esos es el padre de Udaya. ¿Cuál? No sé. Me quedé inconsciente. Cuando me vuelvo a despertar sangraba por todos los sitios. La puerta estaba abierta. Ellos estaban fumando fuera. Vi mi sari. Lo cogí despacio. La puerta de atrás estaba entreabierta y se veía el campo. Me vieron cómo salía corriendo y fueron detrás de mí y me caí. Pero dijeron: «Dejadla, dejadla ir.» Esta es la experiencia de tantas mujeres en el bosque. De eso me vino el coraje y corrí por los campos. Solo había la luz de la luna y llegué a una carretera. Me quedé en la carretera. Solo llevaba el sari. Ni blusa ni combinación. No sé cómo me envolví en el sari. Llegó un autobús. Me subí. Estaba descalza. Sangrando. Mi cara estaba como una calabaza. Tenía los labios hinchados de tantos mordiscos que me dieron. El autobús estaba vacío. El revisor no dijo nada. No me pidió el billete. Me senté al lado de una ventana y me dormí porque todavía tenía cloroformo. El revisor me despertó en Khammam y me dijo que era la última parada. Me bajé del autobús. Como estaba en Khammam me alegré porque conocía muy bien al doctor Gowrinath que tiene una clínica. Fui caminando como un borracho. Llamé a la puerta y me abrió su mujer y soltó un grito. Me senté en su cama. Yo parecía una loca. Todas las quemaduras de cigarro eran ampollas en la cara, en el pecho, en los pezones y en la barriga. Dejé sangre por toda la cama. El doctor Gowrinath llegó y me dio los primeros auxilios. Yo me dormí porque todavía tenía cloroformo. Cuando me despierto no hago más que llorar. Solo quería ir con mis camaradas en el bosque, Renu, Damayanti, Narmadaakka. El doctor Gowrinath me cuidó diez días. Después un contacto del pueblo me llevó al bosque. Caminé doce kilómetros hasta que encontramos una partida del EGLP y seguimos andando cinco horas más hasta el campamento donde estaban los miembros del Comité del Distrito. El líder principal es el camarada PK que me pregunta qué me ha pasado. Él ya no está vivo. Muerto también en combate. Le conté todo pero yo no paraba de llorar y no me entendía nada. Él creía que me estaba quejando de un camarada del Partido. El camarada PK me dijo que no entendía las tonterías que decía. «Somos soldados. Cuéntamelo como se hace en los informes, sin lloriqueos.» Así que le hago el informe. Pero sin querer mis ojos siguen llorando. Enseñé mis heridas para la inspección de una camarada. Después se pasaron dos días pensando lo que hacer conmigo. Luego el Comité me llamó y me dijo que debía salir del bosque y formar un Comité Revathy Atyachar Vedirekh, o sea un Comité Contra la Violación de Revathy. Además me hicieron responsable de otro programa para hacerme cargo de un poblado de chabolas con 2.000 personas y solo dos bombas de agua. Estoy muy enferma y tuve que organizar una manifestación de gente para conseguir más bombas de agua. No me lo podía creer. Pero me dicen que me las apañe sola. Pero yo no podía salir porque entonces no podía andar. No paraba de sangrar. Me daban ataques. Mis heridas no estaban desinfectadas. No podía salir. No podía marchar con las partidas de los camaradas. Me volvieron a dejar en una aldea del bosque. Después de tres meses ya pude andar. Para entonces ya estaba preñada. Pero no me importaba. Volví al EGLP pero cuando el Partido se enteró me dijeron que saliera del EGLP porque estaba prohibido que las guerrilleras tuvieran hijos. Me quedé en una aldea del bosque hasta que Udaya nació. Cuando la vi al principio sentí mucho odio. Lo que veía era a seis policías haciéndome cortes con cuchillos y quemándome con cigarrillos. Pensé en matarla. Puse mi pistola en su cabeza, pero no pude disparar porque era un bebé tan pequeño y bonito. Fuera del bosque había una gran campaña contra la guerra contra el pueblo. Unos grupos grandes en Delhi organizaron un tribunal público. Llevaron a Delhi a gente adivasi que habían sido víctimas para que hablaran a los medios nacionales. El Partido me dijo que acompañara a esa gente junto con unos abogados y unos activistas locales. Como yo tenía un bebé, tenía una buena tapadera. Yo hablaba muy bien en telugu y sabía lo que decía. En Delhi había buenos traductores. Después de lo del tribunal me senté a protestar con las víctimas de otras tribus durante tres días en Jantar Mantar. Allí conocí a mucha gente buena. Pero yo no puedo vivir como ellos porque soy clandestina.

Mi Partido es mi Madre y mi Padre. Muchas veces hacen las cosas mal. Matan a la gente equivocada. Las mujeres se le unen porque son revolucionarias pero también porque no soportan lo que sufren en sus casas. El Partido dice que todos los hombres y todas las mujeres son iguales pero no acaban de entendernos. Yo sé que el camarada Stalin y el presidente Mao han hecho muchas cosas buenas y muchas cosas malas también. Pero aun así no puedo dejar a mi Partido. Tengo que vivir clandestina. Conocí mucha gente buena en Jantar Mantar. Así que tuve la idea de dejar ahí a Udaya. Yo no puedo ser como usted ni como la gente. No puedo hacer una huelga de hambre ni escribir peticiones. En el bosque la policía quema pueblos, mata a la gente pobre y viola a las mujeres cada día. Fuera del bosque estáis vosotros para luchar por las causas. Pero dentro solo estamos nosotros. Por eso me vuelvo a Dandakaranya para vivir y morir con mi pistola.

Gracias, camarada, por leer esto.

¡Saludo Rojo! Lal Salaam!

Revathy

–*Lal salaam aleikum* –fue la respuesta instintiva y espontánea de Anyum al final de la carta. Aquella frase podía haber sido el comienzo de todo un movimiento político, pero ella solo pretendía añadir un «amén», como si hubiera acabado de oír un sermón conmovedor.

Todos los que escucharon la lectura de la carta reconocieron, a su modo, una parte de sí mismos y de sus propias historias, de su propio conflicto indo-paquistaní, en el relato de una mujer desconocida y lejana que ya no estaba entre los vivos. Todo ello hizo que cerraran filas en torno a Miss Yebin Segunda como una formación de árboles enhiestos o de elefantes adultos. Una fortaleza impenetrable en la que la niña, a diferencia de su madre biológica, crecería protegida y amada.

Sin embargo, surgió un asunto que debía someterse a una discusión inmediata por parte del Politburó del cementerio: el de si Miss Yebin Segunda debía conocer algún día el contenido de la carta. La opinión de Anyum, la secretaria general del Politburó, no dejaba lugar a dudas. Mientras Miss Yebin Segunda se alzaba sobre las rodillas de Anyum y le retorcía la nariz para casi arrancársela, esta alcanzó a decir:

–Ella debe saber todo sobre su madre, por supuesto. Pero nunca nada sobre su padre.

Se decidió que Revathy fuera enterrada con todos los honores en el cementerio. En ausencia de su cuerpo, enterrarían la carta (Tilo conservaría una fotocopia para el futuro). Anyum quería saber cuál era el ritual funerario adecuado para un comunista. (Para un *Lal Salaami*, fue la expresión que usó.) Cuando el doctor Azad Bhartiya dijo que, hasta donde él sabía, no existía ceremonial ninguno, Anyum saltó como si la hubiesen insultado.

–Pero, entonces, ¿esto qué es? ¿Qué clase de gente abandona a sus muertos sin dedicarles una oración?

Al día siguiente el doctor Azad Bhartiya se hizo con una bandera roja. Introdujeron la carta de Revathy en una pequeña fiambrera de plástico hermética y la envolvieron con la bandera. Mientras le daban tierra, el doctor Azad cantó la versión en hindi de «La Internacional» y, con el puño en alto, hizo el Saludo Rojo. Así concluyó el segundo entierro de la primera, segunda o tercera madre, según se mire, de Miss Yebin Segunda.

El Politburó decidió que, a partir de ese día, el nombre completo de Miss Yebin Segunda sería Miss Udaya Yebin. En la lápida de su madre rezaba un simple epitafio:

CAMARADA MAASE REVATHY
Madre querida de Miss Udaya Yebin
Lal Salaam

El doctor Azad Bhartiya intentó enseñar a Miss Udaya Yebin –la hija de los seis padres y las tres madres, unidos todos por hilos de luz– a cerrar el puñito y dedicar un *Lal Salaam* final a su madre.

–... al salaam –logró balbucir.

11. EL CASERO

Sigo aquí, como, sin duda, habréis imaginado. Nunca llegué a ingresar en ese centro de rehabilitación. La borrachera que comenzó cuando llegué al apartamento se prolongó, con intermitencias, durante casi seis meses. Pero ahora estoy sobrio. Sobrio *por ahora* es probablemente lo que quise decir. Ha pasado más de un año desde que bebí la última copa. Aunque ya es demasiado tarde. Perdí el trabajo. Chitra me dejó y Rabia y Ania no me hablan. Curiosamente, nada de esto me ha afectado tanto como creía. He llegado a disfrutar de mi soledad.

Durante los últimos meses he vivido la vida de un recluso. En lugar de no parar de beber, lo que he hecho es no parar de leer. Me he dedicado en cuerpo y alma a curiosear hasta en el último papel que había en el apartamento (todos los documentos, todos los informes, todas las cartas, todos los vídeos, todos los post-its amarillos pegados por doquier y todas las fotos de todas las carpetas). Supongo que se podría decir que he volcado en este proyecto todos los atributos de una personalidad propensa a las adicciones, es decir, una firme perseverancia acompañada de un profundo sentimiento de culpa y un remordimiento inútil. Una vez revisado todo el extraño archivo, traté de compensar mi avidez entreteniéndome en poner un poco de orden y de lógica en aquel caos. Aunque, de nuevo, eso podría considerarse como una transgresión más por mi parte. Por la razón que fuese, archivé en orden los papeles y fotografías y los guardé en cajas de cartón cerradas para que cuando Tilo volviese, si es que volvía, pudiera transportarlos fácilmente. Descolgué las planchas de corcho y puse especial cuidado en empaquetar cada foto y cada post-it de forma que Tilo pudiera volver a ponerlos en el mismo orden sin ninguna dificultad. Huelga decir que me he mudado. Ahora vivo aquí, en el apartamento. No tengo otro sitio al que ir. El alquiler de la casa de la planta baja representa la mayor parte de mis ingresos. Tilo sigue ingresando en mi cuenta el dinero de su alquiler todos los meses, pero tengo previsto devolvérselo cuando vuelva (si es que vuelvo) a verla.

El resultado de mi intromisión, debo admitirlo, es que he cambiado de parecer respecto a Cachemira. Sé que decir esto ahora puede sonar a una postura fácil y oportunista. Debo de parecer uno de esos generales del ejército que se pasan la vida entera librando guerras y de repente, cuando se retiran, se convierten en unos beatos pacifistas y antinucleares. La única diferencia entre ellos y yo es que yo pienso guardarme mis opiniones para mí mismo. Aunque no es fácil. Si yo quisiera, y si jugara bien mis cartas, podría sacar mucho provecho de ello. Podría desatar una tormenta política si «saliera del armario», por decirlo de alguna forma, porque veo por las noticias que, después de algunos años de engañosa calma, Cachemira ha vuelto a explotar.

Aunque ya no son las fuerzas de seguridad las que atacan al pueblo. Ahora parece que es al revés. Es el pueblo –los ciudadanos de a pie, no los guerrilleros– el que ataca a las fuerzas de seguridad. Los niños con piedras en las manos se enfrentan en la calle a soldados con fusiles; los aldeanos armados de palos y palas descienden por las laderas de las montañas y atacan los campamentos militares. Si los soldados les disparan y matan a unos cuantos, las protestas crecen aún más. Los paramilitares usan pistolas de perdigones con las que acaban dejando ciega a la gente, lo cual, supongo, es mejor que matarla. Aunque la repercusión que eso tiene a través de la prensa es peor. El mundo está acostumbrado a ver imágenes de cadáveres apilados. Pero no de cientos de seres humanos ciegos. Disculpad mi crudeza, pero ¿podéis imaginaros la fuerza visual de algo así? Aunque tampoco eso parece estar dando resultados. Los chicos que han perdido un ojo vuelven a las calles dispuestos a arriesgar el otro. ¿Qué se puede hacer con una furia así?

No me cabe duda de que podemos vencerlos una vez más y de que lo haremos. Pero ¿cómo acabará todo esto? En una guerra. O en una guerra nuclear. Esas parecen ser las respuestas más realistas. Todas las noches, cuando veo las noticias, me sorprendo ante la exhibición de tanta ignorancia e idiotez. Y al pensar que toda mi vida he formado parte de esa falacia. Es lo único que evita que escriba lo que pienso y lo envíe a los periódicos. No lo hago porque me expondría al ridículo: el objetor de conciencia borracho al que han echado del trabajo. Y cosas por el estilo.

Por supuesto que ahora sé lo que le sucedió a Musa. Sé que no murió cuando pensábamos que había muerto. Ha seguido en activo todos estos años y, ni que decirlo, mi inquilina siempre lo supo. Tan solo hizo falta que hubiese un apagón lo suficientemente largo para que yo encontrase las cosas que Tilo había escondido en el congelador.

Podéis imaginaros mi alegría cuando una noche oí la llave en la puerta del apartamento y entró Musa, que se quedó más sorprendido al verme de lo que yo me quedé al verle a él. Los primeros minutos de ese encuentro fueron muy tensos. Intentó irse, pero logré convencerle de que se quedara, al menos, a tomar un café. Estuvo bien verle. No nos habíamos vuelto a encontrar desde que éramos muy jóvenes.

Unos niños, en realidad. Ahora yo he perdido casi todo el pelo y él lo tiene blanco. Cuando le dije que ya no trabajaba en la agencia, Musa se relajó. Acabamos pasando juntos esa noche y la mayor parte del día siguiente. Hablamos mucho. Cuando pienso en ese encuentro, me enerva un poco recordar la habilidad con la que Musa me sonsacó. Una habilidad compuesta de amabilidad y tranquilidad y de esa clase de curiosidad que resulta halagadora en lugar de inquisitiva. Quizá por mis ansias de demostrarle que yo ya no era un «enemigo», acabé por ser quien más habló. Me asombró comprobar el profundo conocimiento que tenía sobre el trabajo de la Oficina de Inteligencia. Hablaba de algunos agentes como si fueran amigos suyos. Fue casi como intercambiar información con un colega. Toda la conversación transcurrió con tal desenfado, con tal indiferencia (la mayor parte fueron comentarios hechos a la ligera que rayaban en el cotilleo), que solo caí en la cuenta de lo que había sucedido una vez que Musa se hubo marchado. En realidad no hablamos de política. Y tampoco hablamos de Tilo. Se ofreció a preparar un almuerzo con cualquier cosa que tuviese en la cocina. Estaba claro que lo que Musa en realidad quería era echar un vistazo al congelador. Lo único que había allí era un kilo de una excelente carne de cordero. Le dije que las cosas del apartamento, incluidos sus pasaportes y demás pertenencias personales, estaban embaladas en cajas y listas para que Tilo se las llevase cuando quisiera.

Tocamos el tema de Cachemira, pero solo por encima.

–Es posible que tengáis razón, después de todo –le dije en la cocina–. Tendréis razón, pero nunca vais a ganar.

–Yo opino exactamente lo contrario. –Sonrió mientras revolvía una olla de la que emanaba un magnífico olor a *rogan josh*–. Puede que al final estemos equivocados, pero ya hemos ganado.

No dije nada más. No creo que Musa fuese consciente

de hasta dónde estaba dispuesto a llegar el gobierno de la India para conservar ese pequeño territorio. La situación podría dar lugar a un baño de sangre que haría parecer un juego de niños los acontecimientos de la década de 1990. Por otro lado, quizá fuese yo quien no tuviera ni idea de lo suicidas que estaban dispuestos a ser los cachemires. De cualquier manera, nunca ambos bandos habían puesto tanto en juego. O quizá tuviéramos una idea distinta de lo que significaba «ganar».

El almuerzo estaba delicioso. Musa era un cocinero consumado y paciente. Me preguntó por Naga.

–No le he visto mucho en la televisión últimamente. ¿Se encuentra bien?

Curiosamente, Naga es la única persona que he visto alguna que otra vez durante mi nueva vida de recluso. Ha renunciado a su trabajo en el periódico y nunca ha sido tan feliz. No deja de ser irónico que, gracias a la categórica y concluyente desaparición de Tilo de nuestras vidas y del mundo que conocemos, Naga y yo nos sintamos liberados. Le conté a Musa que Naga y yo planeábamos (de momento no era más que un proyecto) lanzar un programa de música retro en la radio o quizá en podcast. Naga se encargaría de la música occidental (rock and roll, blues, jazz) y yo de la música de otras culturas. Tengo una colección muy interesante, y creo que excelente, de música popular afgana, iraní y siria. Nada más decirlo me pareció superficial y frívolo. Pero Musa se mostró sinceramente interesado en el asunto y tuvimos una charla agradable sobre música.

A la mañana siguiente Musa alquiló una furgoneta Tempo en el mercado y contrató a dos hombres para que le ayudaran a cargar las cajas y las demás cosas de Tilo. Parecía saber dónde encontrarla, pero no me lo dijo, así que yo no le pregunté. Pero sí había una pregunta que necesitaba hacerle antes de que se marchase, algo que me moría de ganas de saber antes de que pasaran otros treinta años. Me roería por dentro el resto de mi vida si no lo hacía. No existía un modo sutil de plantearlo. No era fácil, pero al final me atreví.

–¿Mataste a Amrik Singh?

–No. –Me miró con sus ojos del color del té verde–. No lo maté.

Se quedó callado un instante, pero me di cuenta de que me estaba estudiando con la mirada, preguntándose si añadir algo más o no. Le dije que yo había visto las solicitudes de asilo y las tarjetas de embarque de los vuelos a Estados Unidos con uno de los nombres que aparecía en sus pasaportes falsos. También había encontrado un recibo de una compañía de alquiler de coches de Clovis. Las fechas coincidían, por eso sabía que él había tenido algo que ver con aquel episodio, pero no sabía qué exactamente.

–Es pura curiosidad –le dije–. No me importa si lo mataste. Merecía morir.

–Yo no lo maté. Se suicidó. Pero nosotros hicimos que se suicidara.

No comprendí qué demonios quería decir.

–No fui a los Estados Unidos a buscarlo. Estaba allí por otros asuntos cuando leí en el periódico la noticia de que habían detenido a Amrik Singh por agredir a su mujer. Publicaron la dirección donde vivía. Yo llevaba años buscándolo. Tenía algunos asuntos pendientes con él. Muchos los teníamos. Fui a Clovis, hice algunas averiguaciones y lo encontré en un taller mecánico y lavadero de camiones adonde solía ir para que le arreglasen el suyo. Era una persona totalmente diferente al carnicero que conocí, al asesino de Jalib Qadri y de muchos otros. Ya no tenía la infraestructura para actuar con impunidad como en Cachemira. Estaba asustado y arruinado. Casi sentí lástima por él. Le aseguré que no le haría daño y que solo había ido hasta allí para que supiera que no íbamos a dejar que olvidase las cosas que había hecho.

Musa y yo estábamos teniendo aquella conversación en la calle, pues había bajado a despedirle.

–Otros cachemires también leyeron la noticia y, poco a poco, empezaron a llegar a Clovis a ver cómo vivía el Carnicero de Cachemira. Algunos eran periodistas, otros escritores, fotógrafos, abogados... y también gente común y corriente. Aparecían en su lugar de trabajo, delante de su casa, en el supermercado, en la acera de enfrente, en el colegio de sus hijos. Todos los días. Se vio forzado a mirarnos. Forzado a recordar. Debió de volverse loco. Y con el tiempo se autodestruyó. Así que..., volviendo a tu pregunta..., no, yo no lo maté.

Lo que Musa dijo a continuación a las puertas del colegio, teniendo como telón de fondo la pintada de un ogro de enfermera vacunando a un bebé contra la polio, fue como... como una inyección de hielo. Más aún, porque lo dijo con esa forma de hablar suya, desenfadada y genial, con esa sonrisa simpática, casi feliz, como si estuviese bromeando.

–Un día Cachemira logrará que la India se autodestruya de la misma manera. Puede que para entonces nos hayáis dejado ciegos a todos y cada uno de nosotros con vuestras pistolas de perdigones. Pero vosotros todavía tendréis ojos para ver lo que nos habéis hecho. No nos estáis destruyendo. Nos estáis construyendo. Os estáis destruyendo a vosotros mismos. Khuda Hafiz, Garson *bhai.*[1]

Y, tras eso, se marchó. Nunca más volví a verle.

¿Y si tiene razón? Hemos visto cómo se hundían grandes países casi de la noche a la mañana. ¿Y si ahora nos toca a nosotros? Un pensamiento que me llena de una suerte de tristeza infinita.

Si debo guiarme por esta pequeña calle, quizá la desintegración ya haya comenzado. Todo se ha quedado en silen-

1. *Bhai:* hermano, amigo. *(N. de la T.)*

cio de repente. Todas las construcciones están paradas. Los obreros han desaparecido. ¿Dónde están las putas y los homosexuales y los perros con elegantes abrigos? Los echo de menos. ¿Cómo puede desaparecer todo tan deprisa?

No debo seguir de pie aquí fuera, como un imbécil trasnochado y nostálgico.

Las cosas se arreglarán. Tienen que hacerlo.

Al regresar a casa logré subir las escaleras sin toparme con Ankita, mi inquilina voluptuosa y locuaz. Entré en mi apartamento vacío, al que siempre perseguirán los fantasmas de unas cajas de cartón y todas las historias que contenían.

Y la ausencia de la mujer a la que, a mi manera insegura y débil, nunca dejaré de amar.

¿Qué será de mí? Me parezco un poco a Amrik Singh: viejo, abotargado, asustado y carente de lo que Musa tan elocuentemente describió como «la infraestructura para actuar con impunidad» dentro de la que me he movido durante toda mi vida. ¿Y si yo también me autodestruyera?

Podría hacerlo, a menos que me salve la música.

Debería llamar a Naga. Debería ponerme a trabajar en la idea del podcast.

Pero antes necesito un trago.

12. GUIH KYOM

Era la tercera noche que pasaba Musa en la Pensión Jannat. Había llegado unos días antes como si fuera un transportista, con una furgoneta Tempo llena de cajas de cartón. Todo el mundo estaba encantado al contemplar la alegría que se reflejó en el rostro de Ustaniji cuando lo vio. Apilaron las cajas contra una de las paredes de la habitación de Tilo, abarrotando el espacio que compartía con Ahlam Baji. Tilo le estuvo contando a Musa historias de todos los residentes de la Pensión Jannat. Esa última noche juntos Tilo se tumbó a su lado en la cama y empezó a alardear de sus habilidades con el urdu. En uno de sus cuadernos había escrito un poema que le había enseñado el doctor Azad Bhartiya:

Mar gayee bulbul qafas mein
keh gayee sayyaad se
apni sunehri gaand mein
tu thoons le fasl-e-bahaar[1]

1. Murió en su jaula el bulbul, / y a su captor estas palabras dejó: / recoge, por favor, la cosecha en primavera / y métetela hasta el fondo por tu dorado culo.

–Eso parece el himno de un terrorista suicida –dijo Musa.

Tilo le habló del doctor Azad Bhartiya y le dijo que el poema había sido la respuesta que dio en el interrogatorio al que le sometió la policía en Jantar Mantar (la mañana siguiente después de *aquella* noche, la noche de autos, la mencionada noche, la noche que, a partir de ese momento, pasaría a llamarse «la noche»).

–Cuando yo muera –dijo Tilo, riendo–, quiero que ese sea mi epitafio.

Ahlam Baji farfulló algunos insultos y se revolvió en su tumba.

Musa echó un vistazo a la página del cuaderno opuesta a la del poema.

Decía:

¿Cómo
contar
una
historia
hecha añicos?
Convirtiéndote
poco a poco
en toda la gente.
No.
Convirtiéndote poco a poco en todo.

Eso es algo que da que pensar, se dijo Musa.

Aquello hizo que Musa se volviera hacia su amor de tantos años, la mujer cuya rareza se había vuelto tan preciada para él, y la abrazara con fuerza.

Había algo en el nuevo hogar de Tilo que a Musa le recordaba la historia de Mumtaz Afzal Malik, el joven taxista que Amrik Singh había asesinado, cuyo cadáver encontraron en un prado y entregaron a la familia con tierra dentro de los puños cerrados y flores de mostaza brotándole entre los dedos. Musa nunca olvidó esa historia, quizá porque en ella la esperanza y el dolor se entretejían de un modo tan sólido, tan inextricable.

A la mañana siguiente partiría hacia Cachemira para volver a empezar una nueva fase de una vieja guerra de la cual, esta vez, no volvería. Moriría como él había deseado, con sus *Asal boot* puestas. Lo enterrarían como él había deseado, como un hombre sin rostro en una tumba sin nombre. Los jóvenes que ocuparían su lugar serían más duros, más intolerantes y menos compasivos. Tendrían más posibilidades de ganar cualquier guerra en la que luchasen porque pertenecían a una generación que no había conocido otra cosa más que la guerra.

Tilo recibiría un mensaje de Jadiya: una fotografía de Musa, joven y sonriente, y Gul-kak. En el reverso de la foto Yadiya escribiría: *Los comandantes Gulrez y Gulrez están ahora juntos.* Tilo lloraría desconsoladamente la muerte de Musa, pero el dolor no la destrozaría porque podría escribirle con regularidad y visitarlo con bastante frecuencia a través de la grieta en la puerta que los maltrechos ángeles del cementerio mantenían abierta (ilegalmente) para ella.

Sus alas no olerían igual que el fondo de un gallinero.

La última noche que pasaron juntos, Tilo y Musa durmieron abrazados el uno al otro como si acabaran de conocerse.

Aquella noche Anyum estaba inquieta y no podía dormir. Dio vueltas por el cementerio inspeccionando sus propiedades. Se detuvo un momento junto a la tumba de Bombay Silk y rezó una oración y le contó a Miss Udaya Yebin, a quien llevaba a horcajadas en la cadera, la historia de la primera vez que vio a Bombay Silk mientras compraba unas pulseras al vendedor que había en Chitli Qabar y cómo la siguió calle abajo hasta Gali Dakotan. Anyum se agachó y recogió una de las flores que Roshan Lal había depositado en la tumba de la Begum Renata Mumtaz Madam y la puso en la tumba de la camarada Maase. Aquel pequeño gesto de redistribución hizo que se sintiese mucho mejor. Contempló la Pensión Jannat con un sentimiento de satisfacción por lo que había conseguido. Llevada por un impulso, decidió dar un breve paseo nocturno con Miss Udaya Yebin para que la niña se familiarizase con el barrio y viera las luces de la ciudad.

Pasó junto al depósito de cadáveres, cruzó el aparcamiento del hospital y llegó a la avenida principal. No había mucho tráfico a esa hora. De todas formas, y para mayor seguridad, no bajaron de la acera y zigzaguearon entre los rickshaws y la gente que dormía. Pasaron junto a un hombre desnudo y flaco con una púa de alambre de espino en la barba que levantó una mano a modo de saludo y se alejó a toda prisa como si llegase tarde a la oficina. Cuando Miss Udaya Yeben dijo: «¡Mami, soo, soo!», Anyum la puso en cuclillas debajo de una farola. Con la mirada fija en su madre, la niña hizo pis y después levantó el trasero y miró maravillada el cielo nocturno, las estrellas y la ciudad milenaria reflejados en el charquito que acababa de hacer. Anyum la alzó en brazos, la besó y la llevó de vuelta a casa.

Cuando llegaron, todas las luces estaban apagadas y todos dormían. Todos menos, por supuesto, Guih Kyom, el escarabajo pelotero, que estaba totalmente despierto en su puesto de guardia, tumbado boca arriba con las patas levantadas para salvar al mundo en caso de que se derrumbaran los cielos. Pero incluso él sabía que, al final, todo saldría bien. Y así sería porque así tenía que ser.

Porque Miss Yebin, Miss Udaya Yebin, había llegado.

AGRADECIMIENTOS

Con el amor y la amistad que he recibido de aquellos cuyos nombres menciono a continuación he tejido una alfombra sobre la que he pensado, dormido, soñado, huido, volado durante los muchos años que me llevó escribir este libro. Muchas gracias a:

John Berger, que me ayudó en su comienzo y esperó a que lo concluyera.

Mayank Austen Soofi y Aijaz Hussain. Ellos saben por qué. No necesito decirlo.

Parvaiz Bukhari. Por la misma razón.

Shohini Ghosh, el querido loco, que no ha dejado de fastidiarme.

Jawed Naqvi por la música, la poesía picaresca y una casa llena de lirios.

Ustad Hameed, que me enseñó que entre dos notas de música puedes lanzarte en caída libre, bucear y volar en ala delta.

Dayanita Singh, con quien me fui una vez de paseo y en el camino nació una idea.

Munni y Shigori en el Bazar Mina por tantas horas de charlas.

Los Jhinjhanvi: Sabiha y Naseer-ul-Hassan, Shaheena y Muneer-ul-Hassan, por darme cobijo en Shahjahanabad.

Tarun Bhartiya, Prashant Bhushan, Mohammed Junaid, Arif Ayaz Parray, Khurram Parvez, Parvez Imroze, P. G. Rasool, Arjun Raina, Jitendra Yadav, Ashwin Desai, G. N. Saibaba, Rona Wilson, Nandini Oza, Shripad Dharmadhikary, Himanshu Thakker, Nikhil De, Anand Dionne Bunsa, Chittaroopa Palit, Saba Naqvi y el reverendo Sunil Sardar, cuyas aportaciones se pueden encontrar en los cimientos de *El ministerio.*

Savitri y Ravikumar por nuestro viajes juntos y por tantas cosas más.

J. J. (Diablos.) Pero ella está en algún lugar del libro.

Rebecca John, Chander Uday Singh, Jawahar Raja, Rishabh Sancheti, Harsh Bora, el señor Deshpande y Akshaya Sudame, que me han mantenido alejada de la cárcel. (Por el momento.)

Susanna Lea y Lisette Verhagen, Embajadoras Mundiales de la Felicidad Suprema. Heather Godwin y Philippa Sitters, el toque femenino al campamento base.

David Eldridge, extraordinario diseñador de la portada. De dos libros, uno veinte años después del otro.

Iris Weinstein por la perfección de las páginas.

Ellie Smith, Sarah Coward, Arpita Basu, George Wen, Benjamin Hamilton, Maria Massey y Jennifer Kurdyla. Meticulosos lectores, correctores de importantes errores y brillantes protagonistas en la guerra de comas transatlántica.

Pankaj Mishra, Primer Lector, todavía.

Robin Dresser y Simon Prosser. Mis correctores de ensueño.

Mis maravillosos editores: Sonny Mehta, Meru Gokhale (por publicarme y por sus excelentes almuerzos), Hans Jürgen Balmes, Antoine Gallimard, Luigi Brioschi, Jorge Herralde, Dorotea Bromberg y todos los demás a quienes no he conocido personalmente.

Suman Parihar, Mohammed Sumon, Krishna Bhoat y Ashok Kumar, que me mantuvieron a flote cuando no era fácil hacerlo.

Suzie Q, psiquiatra móvil, querida amiga y la mejor taxista de Londres.

Krishnan Tewari, Sharmila Mitra y Deepa Verma por mi dosis diaria de sudor, lucidez y risas.

John Cusack, superadorable, coautor del proyecto de la Freedom Charter.

Eve Ensler y Bindia Thapar. Mis amadas.

Mi madre que es única, Mary Roy, un ser humano excepcional.

Mi hermano, LKC, guardián de mi cordura, y mi cuñada, Mary, supervivientes como yo.

Golak. Go. Mi más antiguo amigo.

Mithva y Pia. Mis pequeñas. Todavía mías.

David Godwin. Agente itinerante. Hombre clave. Imprescindible.

Anthony Arnove, camarada, agente, editor, roca.

Pradip Krishen, amor de muchos años, árbol honorario.

Sanjay Kak. Cueva. Desde siempre y para siempre.

Y

Begum Filthy Jaan y Maati K. Lal. Criaturas.

Agradecimientos especiales:

El pasaje en el que el profesor gorgojo lee en voz alta en su clase de alumnos gorgojos es una adaptación de *Perros de paja*, de John Gray.

Los versos «De la sombra a la luz y de la luz a la sombra» son del poema «Gone», de Ioanna Gika.

El poema *«Duniya ki mehfilon se ukta gaya hoon ya Rab»* es de Allama Iqbal.

El pareado en la lápida de Arifa Yeswi es de Ahmed Faraz.

PERMISOS

Fragmento de «Sobre el asunto de Romeo y Julieta», de *Poemas*, de Nazim Hikmet. Derechos de traducción 1994 de Randy Blasing y Mutlu Konuk. Reproducido con el permiso de Persea Books, Inc. (Nueva York), www.perseabooks.com. All rights reserved.

Fragmento LXVI de *El libro de las preguntas*. Fundación Pablo Neruda y Herederos de Pablo Neruda.

Fragmento de «Muharram en Srinagar, 1992», de *The Country Without a Post Office* de Agha Shahid Ali. Copyright © 1997 de Agha Shahid Ali. Con permiso de W. W. Norton & Company, Inc.

Fragmento de Nuestra Señora de las Flores de Jean Genet. Copyright © Jean Genet, 1943, 1951, 1964, 1973. Reproducido con permiso de Faber & Faber Ltd.

El fragmento de la canción *«No Good Man»*, letra y música de Irene Higginbotham, Dan Fisher y Sammy Gallop, copyright © 1944, Universal Music Corp. Universal/MCA Music Limited. All Rights Reserved. International Copyright Secured. Reproducido con permiso de Music Sales Limited; copyright © 1945, Sammy Gallop Music Company (ASCAP).

La canción «Gone», letra y música de Joanna Gikas, copyright © UPG Music Publishing, 2012. Universal/ MCA Music Limited. All Rights Reserved. International Copyright Secured. Reproducida con permiso de Music Sales Limited.

Fragmento de *The Fire Next Time* de James Baldwin, publicado por Penguin Classics, reproducido con el permiso de The Baldwin Estate.

La canción «Winter Lady», letra y música de Leonard Cohen, copyright © Sony/ATV Songs LLC, 1966. Chrysalis Songs Limited. All Rights Reserved. International Copyright Secured.

El poema de Ósip Mandelstam, *Selected Poems*, traducción de James Greene (Penguin Books; copyright © James Greene, 1989, 1991); reproducido con permiso de Angel Books.

El fragmento de *Hope Against Hope* de Nadezhda Mandelstam, traducción de Max Hayward, publicado por Harvill Press. Reproducido con permiso de The Random House Group Ltd. Copyright © Atheneum Publishers, 1970.

ÍNDICE

Impreso en Talleres Gráficos
LIBERDÚPLEX, S. L. U.,
ctra. BV 2249, km 7,4 - Polígono Torrentfondo
08791 Sant Llorenç d'Hortons